LESLIE GLASS

Tiefer Fall

Buch

Sein Leben lang fühlt sich Raymond Cowles unverstanden. Eine Psychoanalyse in jungen Jahren brach er abrupt ab, nachdem seine damalige Psychiaterin Clara Treadwell ihn darauf hinwies, daß seine Probleme möglicherweise von seiner uneingestandenen Homosexualität herrührten. Hals über Kopf heiratete Raymond daraufhin Lorna, aber die Ehe scheiterte. Nach vielen Jahren wagt er endlich den befreienden Schritt. Er trennt sich von seiner Frau, zieht in eine eigene kleine Wohnung. Dann verliebt er sich in einen jungen Mann und scheint endlich glücklich. Er nimmt wieder Kontakt zu Clara Treadwell auf, um die Analyse zu Ende zu bringen. Clara hat inzwischen Karriere gemacht und ist die Leiterin der angesehensten psychiatrischen Privatklinik New Yorks. Kurze Zeit später wird Raymond Cowles tot in seinem Appartment aufgefunden, mit einer Plastiktüte über dem Kopf und keinen Anzeichen von Gewalt.

Alles deutet auf Selbstmord hin, und die routinemäßig herbeigerufene Kriminalbeamtin April Woo vom Polizeirevier Upper Manhattan ist sich sicher, den Fall bald abschließen zu können. Doch dann erhebt Raymonds Exfrau Lorna schwere Anschuldigungen gegen Clara Treadwell und verklagt die von ihr geleitete Privatklinik auf 25 Millionen Dollar Schadenersatz wegen Behandlungsfehlern. Ausgerechnet der Psychiater Jason Frank, ein guter alter Bekannter von April Woo, soll im Namen der Versicherungsanstalt der Klinik nachweisen, daß Raymond keinen Selbstmord beging. Doch wenn es nicht Selbstmord war, dann muß April einen Mörder finden – einen Mörder, der auch bald wieder zuschlägt, und diesmal erschüttert seine Tat die Privatklinik bis in ihre Grundfesten...

Leslie Glass hat mit April Woo eine starke Frauenfigur geschaffen, die der Leser nicht so schnell vergißt. April weiß, was sie will, und sie kann sich auf der ganzen Linie durchsetzen: gegen ihre Mutter, die ihre Tochter lieber verheiratet sähe; gegen ihre Macho-Kollegen, die sie als Frau nicht für voll nehmen; gegen ihre Vorgesetzten, die ihr wegen ihrer Herkunft Steine in den beruflichen Weg legen.

Autorin

Leslie Glass hatte bereits drei Romane geschrieben, bevor ihr mit ihren Figuren April Woo und Jason Frank in Amerika der ganz große Durchbruch gelang. Die Autorin ist verheiratet und lebt in New York und Sarasota, Florida.

Bei Goldmann von dieser Autorin außerdem lieferbar

Der Kuß des Feuers (41604)
Schwester, liebe Schwester mein (41611)

LESLIE GLASS

Tiefer Fall

Roman

Deutsch von Kristin Ruppert

GOLDMANN

Deutsche Erstveröffentlichung 7/98
Titel der Originalausgabe: Loving Time
Originalverlag: Bantam Books, New York

*Für Edmund
und die Absolventen
Jhu und Res
der Class of 1996*

Umwelthinweis:
Alle bedruckten Materialien dieses Taschenbuches
sind chlorfrei und umweltschonend.
Das Papier enthält Recycling-Anteile.

Der Goldmann Verlag
ist ein Unternehmen der Verlagsgruppe Bertelsmann

Umschlaggestaltung: Design Team München
Umschlagfoto: Henrichs & Pflanz
Satz: Uhl + Massopust, Aalen
Druck und Bindung: Graphischer Großbetrieb Pößneck
Verlagsnummer: 41628
CV · Herstellung: Heidrun Nawrot
ISBN 3-442-41628-0

1 3 5 7 9 10 8 6 4 2

Weiß der Adler, was die Grube birgt?
Willst du den Maulwurf fragen gehn?
Kann Weisheit sein im Silberstab?
Liebe in goldner Schale stehn?

Thels Motto, William Blake

Raymond

1

Die Liebe brachte Raymond Cowles um. Nach langem Ringen um seine Seele starb er am Sonntag abend, dem 31. Oktober, seinem achtunddreißigsten Geburtstag. Wie so oft bei schmerzlichen Konflikten kam das Ende plötzlich und unerwartet. Genauso unerwartet, wie die Liebe in sein einsames, verzweifeltes Leben getreten war, schlich sich der Tod an, ohne daß Raymond ahnte, daß er bald von Ekstase und Seelenqualen erlöst sein würde.

Seit seinen Zwanzigern hatte Raymond über die Liebesszenen in Büchern hinweggeblättert. Leidenschaft und Lust in Filmen kamen ihm dumm und unglaubwürdig vor. Männer sollten sich verlieben, wenn leichtbekleidete, vollbusige Frauen ihnen Blicke zuwarfen, die sagten: »Ich tu alles für dich. Alles.«

Lorna hatte ihn so angesehen; andere Frauen auch. Viele Frauen. Manchmal meinte Raymond sogar, diesen Ausdruck in Dr. Treadwells Augen gesehen zu haben. Er konnte es einfach nicht verstehen. Für ihn war die Liebe wie eine Fremdsprache, deren Grammatik er zwar beherrschte, deren Bedeutung ihm aber verschlossen blieb. Er sah es als sein Schicksal an, daß er ein Leben ohne Liebe führen würde, so wie ein Legastheniker sich damit abfinden muß, nie richtig lesen zu können.

Noch vor einem halben Jahr hatte Raymond geglaubt, er hätte alles im Griff. Er hatte die Arbeit zum Mittelpunkt seines Lebens gemacht. Im Privatleben versuchte er dieselbe Befriedigung zu finden wie andere Leute. Er wollte dasselbe fühlen wie andere Menschen, und wenn das nicht möglich war, täuschte er diese Gefühle eben vor.

Worum es im Leben eigentlich ging, wurde Raymond Cowles vor einem halben Jahr plötzlich klar. Er verliebte sich. Es ist schon widersinnig, daß die wahre Liebe, die einen umhaut und völlig aus der Fassung bringt, nicht immer so aussieht, wie man sich das vorgestellt hat. Die große Leidenschaft trat zu spät in Raymond Cowles' Leben und war außerdem viel zu verworren. Er hatte schon mit vielen Dämonen gekämpft, aber dies war der schlimmste, dem er je begegnet war.

Alle anderen hatte er mit Dr. Treadwells Hilfe besiegt. Zuerst hatten ihm die Dämonen zugeflüstert, er sei ein böses Kind. Dann kamen die, die ihn für dumm hielten und bezweifelten, daß er sein Studium schaffen würde. Die großen Dämonen hielten ihn bei der Arbeit für unfähig, und im Hintergrund raunten sie immer, daß es ihm nie gelingen würde, eine Frau zu verführen oder gar zu befriedigen. Diese Dämonen quälten ihn sogar noch, nachdem er Lorna kennengelernt hatte, die liebe, verständnisvolle Lorna, die er schließlich heiratete.

Der Todesdämon flüsterte ihm zu, er habe auf der ganzen Linie versagt, selbst bei der Psychoanalyse, der er sich vor ungefähr achtzehn Jahren unterzogen hatte. Im Schlaf raunte er ihm zu, daß diese plötzliche, überwältigende Leidenschaft im Alter von siebenunddreißig Jahren ekelhaft und unmoralisch sei. Für Raymond Cowles war diese Liebe ein Sündenfall ins tiefste Loch des Verderbens, und er würde noch viel tiefer fallen, in die Flammen der Hölle.

In den Monaten, die seinem Tod vorausgingen, verstrickte sich Raymond immer mehr in Lust und Verderbtheit. Er sehnte sich nach dem anfänglichen Gefühl der Zufriedenheit und Freude, dem er sich zum ersten Mal hingegeben hatte. Aber er wollte sich nicht nur hingeben, sondern auch erlöst werden; er wollte seine Liebe anerkannt wissen. Hatte nicht jeder das Recht, sich der Leidenschaft hinzugeben und von der Sünde freigesprochen zu werden? Dieses Recht hatte er doch, oder?

Aber er wartete vergebens auf die Absolution, und wieder bevölkerten unerreichbare Frauen seine Träume – entweder standen sie hoch oben auf den Klippen und er war unten, oder er schwamm weit draußen im Meer, wenn sie ihm winkend vom Strand zuriefen: »Paß auf! Paß auf!« Er wachte jedesmal mit panischer Angst auf, denn er wußte nicht, wovor sie ihn warnten.

Dann, am 31. Oktober, dem Beginn seines neuen Lebens, brach Raymonds Welt ohne jede Vorwarnung auseinander. Er war in die Enge getrieben worden. Für kurze Zeit war er ganz allein. Und dann nicht mehr. Dann war er gefangen mit einer Person, die ihn töten wollte.

»Rettet mich, rettet mich«, wollte er ins Telefon schreien, in den Flur, hinaus in die laute Straße. *Rettet mich!*

Es war aber kein Rettungsring in Sicht, kein Rettungsboot. Kein Schutz.

Hilfe!

Am Ende war er stumm. Er schaffte es weder, nach Hilfe zu rufen, noch sich selbst zu helfen. In diesen letzten Momenten panischer, stummer Angst löste sich völlig unerwartet etwas aus dem lauten, kostümierten Getummel der Halloween-Nacht auf der Columbus Avenue und nahm ihm den Atem.

2

Halloween, um Mitternacht, zwei Stunden nachdem Raymond Cowles gestorben war, schlurfte Bobbie Boudreau ins *French Quarter*. Für einen Cajun aus Louisiana hatte die schäbige Kneipe absolut keine Ähnlichkeit mit dem echten *French Quarter*. Die alte Jukebox war ein schlechter Ersatz selbst für die miserabelste Live-Band, und es gab auch keine Stripperin, die lasziv zwischen den Gästen umherlief. Charlie McGeoghan erzählte Bobbie oft, daß er seine Spelunke *French Quarter* genannt hatte, weil ihm zu Ohren gekommen war, daß es in New Orleans wild herging, und schon das Wort *French* klang ziemlich verrucht, fand Charlie.

Nur zwei Sachen machte der alte Ire richtig: man konnte die Speisekarte kaum entziffern, so dunkel war es, und die Getränke neuer Gäste wurden grundsätzlich verwässert. Im Grunde verabscheute Charlie alles Wilde, und seine Kneipe war eher Beweis für ein verpfuschtes Leben. Bobbie war heute abend in der passenden Stimmung. Er konnte es nicht ausstehen, wenn Prinzipien wie Gerechtigkeit, Weisheit und Wahrheit durchbrochen wurden.

Früher hatten sie Bobbie erzählt, Gott würde immer alles richten. Aber das stimmte anscheinend gar nicht. Jedenfalls war Gottes geheimnisvolles Wirken schrecklich langsam, zu langsam für Bobbie Boudreau. Bobbie hatte oft ein Liedchen auf den Lippen: *»The Lord's too slow for Bobbie Boudreau«*. Ab und zu, wenn ihm das Warten zu lang wurde, mußte er als Gottes Helfer eingreifen und die Dinge etwas beschleunigen. An so einem Fall war er gerade dran. Bald schon würden die Würfel fallen, die Bösen würden bestraft und die Sanftmütigen gerächt werden. Er freute sich schon darauf, die Tür knallte gegen die Wand, als er die Kneipe betrat.

»Hey, Bobbie.« Charlies dürrer Neffe sah auf, während er gerade die Theke wischte. »Wie geht's?«

Bobbie griff sich einen Hocker. »Beschissen, *frère*. Echt beschissen.«

»Wie heißt es doch: die Zeit heilt alle Wunden. Was darf's denn sein?«

Bobbie schüttelte den Kopf. »Das stimmt nicht, du schlauer Ire. Mit der Zeit wird alles nur schlimmer.«

»Fang nicht wieder mit diesem Iren-Kram an, Bobbie. Du weißt doch, mein Onkel kann das nicht ausstehen.«

»Ich scheiß auf deinen Onkel.«

Brian McGeoghan beäugte nervös die schummrige, fast leere Kneipe. »Ein Glück, daß Charlie nicht hier ist. Er hat gesagt, ich soll dich rausschmeißen, wenn du rumstänkerst. Er kann sich nicht noch mehr Versicherung leisten.«

Bobbie sah zu den leeren Barhockern hinüber, und seine mürrische Miene hellte sich etwas auf beim Gedanken an die kleinen Raufereien, die schon mal vorkamen, wenn ihn irgendein Arschloch provozierte. »Rausschmeißen willst du mich, obwohl mich kein Mensch ärgert? Komm, gib mir ein Bier. Nur eins, ich muß heute nacht noch arbeiten.«

»Okay... eins geht in Ordnung, solange du keinen Ärger machst.« Brian lächelte plötzlich. »Wir wollen ja nicht, daß du im OP betrunken bist.« Er schob ein schäumendes Bier über den verkratzten Tresen.

»Hey, *frère*, 'nem Patienten würd ich nie was tun. Nie«, sagte Bobbie ernst. Es war schon lange her, daß er beim M.A.S.H. in Vietnam gewesen war, dem *Mobile Army Surgical Hospital*; seitdem hatte Bobbie nicht mehr im OP gearbeitet, aber das wußte Brian nicht.

Das Bier schmeckte beschissen. Bobbie stürzte es schnell runter und bestellte noch eins. Dann kamen zwei Arschlöcher rein, setzten sich einige Hocker entfernt von ihm hin und unterhielten sich gedämpft. Der eine hatte ein gemeines, fleischiges Narbengesicht mit einer rotgeäderten Säufernase und war größer als Bobbie, während der andere wie ein irischer Schlappschwanz aussah. Bobbie hatte heute abend keine Lust mehr auf eine Schlägerei, also zahlte er und ging.

Um ein Uhr war es endlich etwas ruhiger auf der Straße. Mittlerweile waren die Eltern mit ihren kostümierten Kindern wieder zu Hause und bis auf ein paar vereinzelte waren auch keine verkleideten Schwuchteln mehr unterwegs. Bobbie hatte nichts gegen Schwule. Außerdem war er beschäftigt. Er bearbeitete gerade einen Fall und konnte keinen Ärger gebrauchen. Er schlenderte über die ausgetrocknete Grasfläche zum Henry Hudson Parkway, rüber nach Riverside. Es gefiel ihm, wie die Autos neben dem Hudson dahinschossen, diesem anderthalb Kilometer breiten Fluß, der zwischen New York und dem Rest des Landes lag. Im Riverside Park wollte er sich ins Gras oder auf eine Bank setzen und sich noch mal sein Leben durch den Kopf gehen lassen, immer und immer wieder – bis zu dem Tag, an dem der Scheißkerl Harold Dickey und die Hexe Clara Treadwell es zerstört und seine Karriere als Krankenpfleger ruiniert hatten. Wegen diesen beiden wischte er seit einem knappen Jahr Böden, sammelte Müll auf und wechselte Glühbirnen aus – nicht mal als

Klempner oder Elektriker durfte er arbeiten. Selbst so einen Job müsse er sich erst verdienen, hatte sein beschissener Chef gesagt.

Wenn er als Hausmeister verkleidet mit einem schweren Schlüsselbund an der Hüfte durch das unterirdische Labyrinth lief, das die sechs Gebäude des großen Krankenhauskomplexes miteinander verband, sah Bobbie aus, als hätte er sich schon hochgearbeitet. Er war groß und breitschultrig, sein Bauch war noch straff, und er bewegte sich mit einer gewissen Autorität und konzentriertem, zielstrebigem Blick. Er wurde nur selten angehalten. Und wenn, dann meistens von jemandem, der sich verlaufen hatte. Ärzte, Pflegepersonal, Verwaltungsangestellte, Putzkolonnen, ja selbst die Sicherheitsbeamten liefen tagtäglich in ihre eigenen Gedanken versunken an ihm vorbei. Diejenigen, die überhaupt einen Blick auf ihn warfen, waren davon überzeugt, einen gewöhnlichen Angestellten des Krankenhauses vor sich zu haben: vertrauenswürdig und fürsorglich. Jemanden, der keine Zeit verlor, um zu richten, was falsch gelaufen war. Und ob er die Dinge richtete, die falsch liefen.

Er wollte gerade die Brücke überqueren, die über die Auffahrt der 69. Straße zum Henry Hudson Parkway führte, als ihm ein kräftiger Fäkaliengeruch entgegenschlug. Schon bevor der Penner hinter einem Busch hervortaumelte, stieg Ekel in Bobbie auf. Der Penner murmelte vor sich hin; aus dem offenen Hosenlatz baumelte ein kümmerlicher Penis.

Bobbie machte einen Bogen, um dem zerlumpten Kerl aus dem Weg zu gehen, doch der war froh, jemanden gefunden zu haben und wollte Bobbie nicht gehen lassen. »Hey«, rief er und eilte Bobbie mit offenem Hosenlatz hinterher.

»Verpiß dich.«

»Hey, hast du vielleicht 'nen Dollar? Ich habe Hunger.«

Jammernd lief der Penner Bobbie nach auf die Brücke. »Mann, ich hab Hunger. Hast du 'ne Ahnung, wie das ist? Ich brauch ja nur 'nen Dollar. Was ist das schon für 'nen reichen Mann wie dich?«

Was für ein ekelhafter Scheißkerl. Er stank und schiß hinter die Büsche wie ein Hund. Und jetzt lief ihm dieser dreckige Bastard sogar noch nach und machte sich über ihn lustig.

»Du sollst dich verpissen, hab ich gesagt.«

Wimmernd griff der Penner nach seinem Arm. Bobbie haßte es, wenn er bedrängt wurde. Unter ihnen rasten ein paar Autos Richtung Norden auf den Parkway. Die Ampel sprang um, und ein Wagen überquerte die Kreuzung unter ihnen.

»Hey, Mann, denk dran, was Jesus gemacht hätte. Würde Jesus einen Menschen so im Stich lassen?«

Bobbie blieb stehen und richtete sich zu voller Größe auf. Er war ungefähr eins fünfundachtzig und recht kräftig. Dieser Scheißkerl hatte doch tatsächlich Jesus erwähnt. Bobbie starrte ihn an.

Der Kerl dachte, er hätte einen Treffer gelandet. »Komm, gib mir 'nen Dollar. Du hast's auch nur Gott zu verdanken, daß du nicht in meinen Schuhen steckst.«

Da hatte er unrecht. Niemals könnte Bobbie so ein Penner sein. Bobbie war tüchtig, gut und ordentlich. Er hatte alles unter Kontrolle. Weiter dachte Bobbie gar nicht. Er schnappte den stinkenden Kerl, der ihn beleidigt hatte, und warf ihn übers Geländer. Es ging blitzschnell, zwei Sekunden, vielleicht drei. Darauf folgten äußerst beruhigende Geräusche: ein Grunzen, als er das Arschloch packte, ein Schrei, als er fiel, und ein dumpfer Schlag, als er auf die Straße knallte. Falls der Penner den Sturz überlebt hatte, machte er es danach nicht mehr lange. Es krachte mehrere Male; ein Auto, das in der Auffahrt zum Parkway beschleunigt hatte, riß den Penner mit sich, bremste abrupt und wurde von dem nachfolgenden Wagen umgewalzt. Bobbie ging weiter. So war's richtig: Gott selbst hatte eingegriffen, um die Bösen zu bestrafen.

Um drei Uhr morgens stahl er sich durch einen Zuliefereingang auf Ebene 2B in den *Stone Pavilion* des Krankenhauses. Bobbie ging es gut, die ganze Welt schien ihm zu gehören, er fühlte sich wie die rechte Hand Gottes. Nach der Sache mit dem Penner war er nach Hause gegangen und hatte die graue Arbeitsuniform des Krankenhauses angezogen, die ihm nicht zustand, und eine Werkzeugkiste geschnappt, die nichts mit seinem Job zu tun hatte. Die passende Jacke hatte er bisher noch nicht in die Finger gekriegt, deshalb trug er keine, obwohl es sehr kalt geworden war. Das Bild auf dem gestohlenen Plastikausweis, den er am gestohlenen Hemd befestigte, zeigte ein sommersprossiges, ernstes Gesicht unter grauen, zurückgegelten Lokken und wies ihn als Angestellten des *Psychiatric Centres* aus, in dem er sich nicht mehr blicken lassen durfte.

Wenn die zwei Scheißtypen, die sein Leben ruiniert hatten, wüßten, daß er sich immer noch hier rumtrieb, würden sie ihn sicher kaltmachen; dieser Gedanke gefiel Bobbie. Er summte sein kleines Liedchen: *The Lord's too slow for Bobbie Boudreau.*

Er kam zu einem Gang, der zur Ebene 3B abfiel. Aus dem Maschinenraum hörte er das Klicken der Motoren, die den Strom für die Aufzüge in der Nähe lieferten. Er ging weiter und kam an dem großen Turbinenraum vorbei, von dem aus heißes Wasser in Rohre und Leitungen gepreßt wurde, um die Heizungen der zwanzig Stockwerke des *Stone Pavilion* zu versorgen. Dann gelangte er zu der stillen, kühlen Leichenhalle, die sich in der Mitte des Innenhofes zwischen den Gebäuden befand, viel zu weit weg von allem.

Abrupt stieg der Gang wieder an und führte hinauf zur Ebene 2B. Der Streifen auf dem Fußboden war jetzt blau statt gelb, was signalisierte, daß man in ein anderes Gebäude kam, ins *Psychiatric Centre*, die Klapsmühle. Wie man es auch nennen wollte; Bobbie Boudreau jedenfalls war gekommen, um eine begonnene Sache zu Ende zu führen.

3

Am Morgen um 7.30 Uhr, als Dr. Clara Treadwell den halben Straßenblock von ihrem eindrucksvollen Penthouse-Appartment mit Blick auf den Hudson zu ihrer eindrucksvollen Bürosuite, ebenfalls mit Blick auf den Hudson, im zwanzigsten Stock des *Psychiatric Centres* zurücklegte, fühlte sie sich durch das fürchterliche Wetter bestätigt. Dunkelgrau wie ein Kriegsschiff hing der Himmel tief über dem unruhigen Gewässer. Es war zwar erst der 1. November, aber schon ein winterlicher Vorbote für die vielen trüben Tage, die noch kommen würden.

Sie schlug den Kragen ihres dunkelblauen Kaschmirmantels hoch und war froh, daß sie gestern darauf bestanden hatte, direkt von Sarasota nach New York zu fliegen, statt die Nacht mit dem Senator in Washington zu verbringen, wie er es gewollt hatte. In letzter Zeit war er recht vereinnahmend geworden, gebärdete sich fast schon wie ein Ehemann, der nicht mal eine Nacht alleine bleiben konnte. Es war an der Zeit, ihm Grenzen zu setzen, fuhr ihr durch den Kopf. So war sie um 17.30 Uhr nach Hause gekommen und hatte noch Zeit gehabt, ihren Anrufbeantworter abzuhören, einige Leute zurückzurufen, die unzähligen Notizen und Berichte durchzusehen, mit denen sie sich als Direktorin des *Psychiatric Centres*, Chefärztin, Vorsitzende der Psychiatrie des Lehrkrankenhauses und Mathew-Mcpherson-Appleton-Professorin beschäftigen mußte.

Als Medizinstudentin und Assistenzärztin hätte Clara Treadwell nie damit gerechnet, daß sie je auch nur einen dieser Titel tragen würde, geschweige denn alle. Sie hätte auch nie zu träumen gewagt, eines Tages zu einem präsidialen Ausschuß zum Thema »Psychische Gesundheit« berufen zu werden und dort den Senator kennenzulernen, der diese zu seiner Lebensaufgabe gemacht hatte. Als Assistenzärztin hätte sie nie gedacht, daß eine Frau über fünfundvierzig solchen Status erlangen konnte, und noch viel weniger, daß sie für einen Mann mit ähnlichem Erfolg (und weitaus mehr Geld) anziehend sein konnte und sie sich mit jugendlicher Leidenschaft ineinander verlieben würden.

Jeden Morgen, wenn Clara Treadwell in ihrem imposanten Appartement erwachte, wurde sie von der freudigen Erregung durchströmt, die der Erfolg ihr bereitete. Die Wohnung war mit antiken Möbeln bestückt und in Beige- und Pfirsichtönen gehalten, um das Licht etwas zu dämpfen und ihrem Teint zu schmeicheln. Das Appartement stand ihr von Amts wegen zu und kostete sie nur ein paar Dollar im Jahr. Schon das allein war befriedigend. Aber noch befriedigender war die Tatsache, daß sie die erste Frau war, die hier wohnte.

Sie war die erste weibliche Vorsitzende und Direktorin des *Psychiatric Centres*, die erste Dekanin der Fakultät, und hatte als erste Frau die Appleton-Professur inne. Der Wind, der vom Fluß kam, peitschte ihr das frisch gewaschene Haar ins Gesicht, obwohl sie großzügig Haarspray aufgetragen hatte. Schnell schlüpfte sie in das höhlenartige Gebäude und ordnete ihre Frisur.

»Morgen, Morgen«, murmelte sie, während sie auf den Aufzug wartete; sie war sich ihrer Position durchaus bewußt und wußte, wie wichtig es war, die Grüße ihrer Umgebung zu erwidern.

Sie konnte nicht widerstehen, das neue, elegante Kostüm und ihren schlanken Körper vorzuführen und knöpfte den Mantel auf. Zugegeben, ihre Figur war nicht mehr makellos, aber sie kleidete sich sehr gut, bewegte sich elegant und wußte, daß sie – wenn auch nicht mehr fabelhaft – doch noch gut genug aussah, um überall Aufsehen zu erregen. Diese selbstkritische Beurteilung ließ ein warmes, zufriedenes Gefühl in ihr aufkommen, als sie den Aufzug des *Psychiatric Centres* betrat. Während der sechs Minuten, in denen sich der überfüllte Kasten langsam nach oben kämpfte, spielte Clara Treadwell verschiedene Strategien für die verschiedenen Konferenzen durch, bei denen sie heute den Vorsitz führen würde; sie hatte die Fäden in der Hand und alles unter Kontrolle.

Als sich der Aufzug im zwanzigsten Stock öffnete, verspannte sich ihr Körper beim unwillkommenen Anblick Harold Dickeys, der gerade aus ihrer Bürosuite kam. Die Verspannung begann mit einem Kribbeln im Nacken, als hätte sie ein winziges Insekt gestochen; eines, das sie schon längst hätte zerquetschen sollen.

»Da bist du ja!« Harold lächelte erfreut. »Ich bin froh, daß ich dich erwische.«

»Das kann ich mir denken«, murmelte sie kühl und wollte an ihm vorbeieilen. Doch Harold hielt sie am Arm fest. Das Zucken in ihrer Wange, das sich nur bei totaler Erschöpfung oder Ungeduld bemerkbar machte, kündigte sich an. Sie seufzte. »Was willst du, Hal?«

Er lächelte sein altes Lächeln. »Nur dich«, schien es zu sagen.

Sie schüttelte den Kopf. Keine Chance. Nicht die geringste.

»Hattest du ein schönes Wochenende mit dem Senator?« fragte er.

»Harold, du warst gerade in meinem Büro.« Clara sprach betont langsam. Sie war so wütend auf ihn, sein ständiges Drängen, Drängen, Drängen, wenn er sich nicht bald zusammenriß, würde sie ihn zerquetschen müssen.

»Ich wollte vor der Konferenz noch mal mit dir über deine Änderungsvorschläge für die Richtlinien des Qualitätskontrollausschusses plaudern. Ich glaube, das wäre ganz nützlich.«

»Aha?« Wieder mal ein Führungsproblem, das sie deichseln mußte. So erpreßte Hal sie, Zeit mit ihm zu verbringen. Wenn sie keine Zeit für ihn erübrigte, wurde er schwierig. Dann vertrat er in Konferenzen gegensätzliche Ansichten oder stellte Fragen, die dazu führten, daß stundenlang über unwichtige Punkte debattiert wurde. Manchmal brachte er die anderen auch dazu, ihre Meinung zu ändern.

Harold Dickey ließ sie schnell wieder los, doch er hatte immer noch den weichen, bewundernden Gesichtsausdruck, den Frauen bei Männern, an denen ihnen nichts liegt, absolut nicht ausstehen können. Sie standen direkt vor der Tür ihrer Bürosuite, wo sie von Claras Assistentin, dem zweiten Vorsitzenden, dem Assistentensprecher und anderen gut beobachtet werden konnten.

Clara fand Harolds Gesichtsausdruck abstoßend, immerhin war er weit über sechzig, und seine besten Jahre lagen schon lange hinter ihm. Sein weißes Haar war mittlerweile so dünn, daß der helle, glänzende Schädel durchschien. Sein Bauch und die Tränensäcke waren dicker geworden. Der graue Anzug von *Brooks Brothers* hing formlos an ihm herab. Er joggte zwar noch und spielte Tennis, aber da war kein Feuer mehr. Sein Schnurrbart war das einzige, was noch so war wie vor achtzehn Jahren, als Clara Assistenzärztin unter seiner Leitung war. Damals hatte der weiße Schnurrbart sehr distinguiert ausgesehen; Harold hatte damit adrett und etwas gefährlich gewirkt. Er sah immer noch gefährlich aus. Jetzt *war* er allerdings auch gefährlich.

Sie war lange genug nachsichtig gewesen – verständnisvoll, großzügig, aufmerksam, sensibel. Sie hatte ihm Aufgaben übertragen und sogar Patienten an ihn überwiesen. Gestern abend erst hatte sie einen Patienten an ihn weitergeleitet, Ray Cowles. Verärgert erinnerte sie sich an das Gespräch mit Ray. Er und Hal waren zwei schwierige Kinder, die ihre Nerven zu sehr strapazierten. Sollten sie sich doch gegenseitig das Leben schwermachen; das geschah ihnen recht.

Claras Tag fing nicht gut an. Allen Männern in ihrem Leben mußte sie Grenzen setzen, und zwar nur auf die strikte Art. Sie ärgerte sich darüber, daß sie ihre kostbare Zeit darauf verschwenden mußte. Das Zucken in der Wange meldete sich wieder. Ungeduldig schüttelte sie den Kopf, damit es aufhörte. »Harold, ich bin spät dran, ich muß zu einer Konferenz.«

»Oje, ich will dich nicht aufhalten«, sagte er mit dem blöden, bewundernden Grinsen. »Wann paßt es dir denn?«

»Überhaupt nicht. Ich habe einen höllischen Tag vor mir.«

»Wie wär's mit Abendessen? Bis dahin könnte ich meine Gedanken noch aufheben.«

»Nein, ich muß zu der Verbandsversammlung.«

»Das trifft sich gut, ich auch. Wir könnten zusammen hingehen.« Er sah sie hoffnungsvoll an.

Clara preßte angeekelt die Lippen zusammen. Sie schüttelte den Kopf, warum ließ er das nicht bleiben? Seitdem Harold ihr Mentor, Vorgesetzter und Liebhaber gewesen war, hatte sie zweimal geheiratet, war zweimal geschieden worden, hatte viele Liebhaber gehabt und sich durch zwei weitere psychiatrische Institutionen gekämpft. Selbst jetzt noch, nach all diesen Jahren und obwohl sie ihm auf allen Gebieten überlegen war, glaubte er – arrogant wie er war –, daß er sie zurückhaben konnte. Bei ihren Überlegungen, nach dreizehn Jahren wieder nach New York zu kommen, hatte Harold Dickey nicht die geringste Rolle gespielt. Zuerst hatte sie sein trotz beständiger Abfuhren wiedererwachtes Interesse überrascht. Dann hatte sie sich darüber amüsiert und gedacht, es könnte vielleicht nützlich sein. Jetzt sah sie die Sache allerdings anders.

»Hal, ich sagte doch, ich habe viel zu tun.«

»Dein Kostüm gefällt mir«, murmelte er. »Du siehst gut aus, Clara. Ist es neu?«

Das dunkelblaue Kostüm war neu, und seine Bemerkung war unpassend. Sie war die Direktorin des Centres. Sie konnte ihn rauswerfen, ihn fertigmachen. Sie würde ihn abservieren, genauso, wie sie Ray abserviert hatte. Diese Möglichkeit bedachte Hal überhaupt nicht. In ihrer Wange zuckte es wieder, und sie faßte einen Entschluß.

Er lächelte. »Ich wünsch dir einen schönen Tag.«

4

Kurz bevor am 1. November der Morgen graute, hörte Maria Sanchez, wie ihr Sohn Detective-Sergeant Mike Sanchez aufstand und laut gähnend über den Flur ins Badezimmer tappte. Die Badezimmertür schlug zu. Fünf oder zehn Sekunden später plätscherte sein Wasser laut in die Kloschüssel. Die Klospülung rauschte. Dann klatschte der heftige Regen der Dusche gegen die Kacheln. Jeden Tag dasselbe. Mike brauchte genau zwanzig Minuten, um aufs Klo zu gehen, sich zu duschen, zu rasieren und anzuziehen.

Tagtäglich verbrachte Maria diese zwanzig Minuten damit, ihren starken Kaffee aufzubrühen und die Jogger zu beobachten, die sich am Eingang zum Van Cortlandt Park dehnten und streckten und dann mit auf- und abstrampelnden Beinen verschwanden. Die Jogger liefen sowohl in der Sommerhitze als auch im Winter, wo sie mit dampfendem Atem erschienen, bevor es hell wurde. Maria kannte schon ein paar, wußte, in welchen Häusern sie wohnten und um wieviel Uhr sie den Broadway El-Train nach Manhattan nahmen, den sie von ihrem Fenster aus sehen konnte.

Mike hatte gesagt, solche Zeugen wie sie könnte man vor Gericht gut gebrauchen: Leute, die wußten, was um sie herum vorging, denen Veränderungen auffielen und die sich später noch daran erinnern konnten. Es freute sie, wenn er das sagte. Ihr *hijo* war ein wichtiger Mann. Er fuhr nicht mehr Streife und mußte auch keine Uniform mehr tragen. In der Zeitung war schon einmal ein Foto von ihm gewesen. Diesen Zeitungsausschnitt zeigte Maria stolz ihren Freunden in der Nachbarschaft immer wieder. Die Leute glaubten, ihr *hijo* könnte etwas unternehmen, wenn sie zu schnell gefahren waren, und überhaupt bei allen Problemen, die mit staatlichen Institutionen zu tun hatten, eingeschlossen der Steuerbehörde. Sie belehrte auch niemanden eines Besseren.

Sie war davon überzeugt, daß ihr Sohn jede Frau haben konnte. Auch ohne Uniform war er attraktiv und bewundernswert. Die alleinstehenden Frauen in der Nachbarschaft machten ihm ständig schöne Augen. Auch einige der verheirateten Frauen flirteten mit ihm. Maria konnte ihnen das nicht verdenken. Wo Mike war, gab es nie Probleme.

Die Wände des alten Gebäudes waren dünn. Sie hörte, wie er rülpste und die Wassertemperatur regulierte. Sie blieb kurz stehen, da sie sich nicht sicher war, was sie tun sollte. In einer Hand hielt sie eine Streichholzschachtel, in der anderen ihren Lieblingsrosenkranz mit den rosafarbenen Glasperlen. Sie war abergläubisch und wußte, daß der richtige Zeitpunkt und die richtige Reihenfolge von Bedeutung waren. Gestern war Halloween gewesen. Gestern hätte sie um nichts in der Welt eine Kerze angezündet. Dieses Jahr endlich hatte Gott in Mikes Leben eingegriffen. Mikes Frau, Maria, die ihn vor fünf Jahren verlassen hatte, war an Leukämie gestorben. Halloween war vorbei, und morgen war der 2. November. Ob sie mit der Zeremonie schon einen Tag früher anfangen konnte, sie brauchte ja nur eine einzige Kerze anzuzünden, oder sollte sie warten?

Maria Sanchez hatte den 2. November, in Mexiko war das der Tag der Toten, immer gewissenhaft gefeiert. Die ganzen dreißig Jahre, die sie in dieser Wohnung in der Bronx gelebt hatte, von wo aus sie den Broadway, den El-Train und Van Cortlandt Park überblicken konnte. Dieses Jahr aber hatte sie schon zwei Monate früher damit begonnen, den kleinen Altar für die Toten aufzubauen und hatte die uralten Fotos ihrer Eltern und längst verstorbener Onkel und Tanten rausgekramt; das, was ihr von ihren beiden Babys geblieben war, die vor vielen, vielen Jahren in Mexiko gestorben waren, und die Bilder ihres Mannes Marco, als er noch jung war. Sie betrachtete jedes genau und arrangierte sie dann auf dem schweren, geschnitzten Holztisch, zusammen mit Nahrungsgaben, Kerzen und den Gebetskärtchen aus der Kirche.

Ihre Schwiegertochter war zu gläubig gewesen, um sich scheiden zu lassen, deshalb war Maria froh, daß sie tot war. Beschämt ertappte sie sich bei diesem sündigen Gedanken, steckte schnell ein Streichholz an und sog den beißenden Schwefelgeruch ein.

Mit dem Rauch sprangen tausend Erinnerungen in die Gegenwart, drängten sich auf der entflammten Streichholzspitze und suchten sich ihren Platz. Einige gehörten zu der silbernen Taschenuhr, die stehengeblieben war, als ihr Großvater starb; einige zu den Körben mit frischen und getrockneten Früchten; einige zu den Chilis und Kräutern, die sie mit dünnem Garn gebündelt hatte; einige gehörten zu dem Stapel Briefe mit verblichener Schrift, die man kaum noch entziffern konnte. Andere Erinnerungen waren verbunden mit den grellen, künstlichen Lilien und Rosen, die immer noch nach Plastik rochen, ganz egal, wie oft sie sie wusch.

Während die Kerze tropfend vor sich hin brannte, sank Maria zum Gebet auf die Knie. Dieses Jahr wollte sie nicht für die Toten beten, die ganz nach Gottes Gutdünken im Himmel waren oder nicht, sondern für die Seele ihres Sohnes, dessen Herz immer noch nicht geheilt war, trotz der vergangenen Jahre und trotz der vielen Frauen, die das Bett mit ihm geteilt hatten. Mike war zu lange ein Ehemann ohne Ehefrau gewesen. Ihr Sohn verdiente es, seine Seele wieder zurückzubekommen, damit er noch einmal mit dem Leben beginnen konnte.

»Sieh ihn dir nur an, *Todopoderoso*, ein Mann, fünfunddreißig Jahre alt, könnte fast schon ein *abuelo* sein, ist aber nicht mal *padre*«, klagte Maria dem Allmächtigen leise in ihrer Mischung aus Spanisch und Englisch.

»*Esta un crimen en contra la naturaleza*, oder? Ich will ja gar nichts für mich selbst, obwohl es mir natürlich nichts ausmachen würde, auf *dos bebes* aufzupassen oder sogar *tres*. Ich bitte für *m'ijo*. Mein einziges Kind. Du hast doch schon den ersten Schritt getan. Nun tu den zweiten. Flüster es ihm zu. *Todopoderoso*, sag ihm, es ist an der Zeit, sich zu verlieben, wieder zu heiraten. *Dios*, hörst du mich…?«

Maria betete nie zum Sohn Gottes. Ein einziges Kreuz fand sich in der Mitte ihres Altars, ein kleines, harmloses, mit einem *Jesucristo*, dessen Gesicht ernst, aber nicht schmerzverzerrt war. Es gab auch keine von Nägeln durchbohrten Hände oder Blut, das aus den Wunden troff; ein dichter Schopf wallender Locken bedeckte die Dornenkrone. Um das Kreuz herum standen kleine, bunte Gebetskarten, die mit rosigen Engeln und Abbildungen der *Virgen e Jesu* verziert waren. Im Gegensatz zu der italienischen Kirche, die Maria besuchte und in der vornehmlich gefolterte Heilige – gehäutete, geschlagene, verbrannte – und andere christliche Märtyrer verehrt wurden, bevorzugte sie die mexikanische Kirche, bei der die Liebe zwischen Mutter und Kind im Mittelpunkt stand. Sie betete immer zu *Todopoderoso* und der *Virgen*. Zu sonst niemandem.

Ihre Finger wanderten zur nächsten Perle. »Ave Maria…«

Ihr Sohn, Mike Sanchez, genoß die fünf Minuten unter der heißen Dusche, die einzige Zeit, die ihm allein gehörte. Er rubbelte sich gedankenverloren mit dem rauhen Luffaschwamm unter dem heißen Regen ab und dachte darüber nach – wie es dieser Tage häufig vorkam –, ob April Woo in Queens jetzt auch gerade unter der Dusche stand. Er fragte sich, ob sie überhaupt duschte. Vielleicht badete sie lieber in grünem, blauem oder rosa duftendem Schaumbad.

Was wohl – Dusche oder Bad? Das fragte er sich jeden Tag, und es machte ihn nervös, daß er die Antwort nicht kannte. Er konnte sich April auch nicht schlafend vorstellen, da er nicht wußte, was sie im Bett anhatte. So was irritierte ihn. Er war schließlich Detective. Über einen Toten, den er nicht einmal gekannt hatte, konnte er alles mögliche herausfinden; was April Woo anging, gab es unzählige Kleinigkeiten, die er einfach nicht herausbekam. Jedesmal, wenn er April eine Frage stellte, die ihr nicht paßte, warf sie ihm einen Blick zu, der chinesischer Folter gleichkam.

Außerdem ärgerte es ihn, daß er sich seiner Gefühle gegenüber dieser Polizistin nicht klarwurde. Sie brauchte keine Waffe, um einen Kerl fertigzumachen. Sie war ganz schön *tough*.

Okay, angenommen, sie duschte. Er stellte sich April Woo unter der Dusche vor. Das war nicht schwer. Er hatte sie schon einige Male nach Hause gefahren und wußte, daß sie im ersten Stock des adretten Backsteinhauses lebte, das sie mit ihren Eltern in Astoria, Queens, bewohnte. An den Fenstern hingen weiße Gardinen. Er stellte sich vor, wie April hinter einem weißen Duschvorhang ihren schlanken Körper einseifte. Bei diesem erregenden Gedanken verweilte er ein paar Sekunden.

Plötzlich, ohne jede Vorwarnung, trat Aprils Mutter mit den kleinen, stechenden Augen auf die Bildfläche. Sie lehnte aus dem Fenster und schrie ihn auf chinesisch an. Die Bedeutung der harten, kehligen Laute war Mike so klar wie das böse Knurren eines Wachhundes. Aprils Mutter war dünn und streng, wo seine Mutter pummelig und herzlich war.

Als Mike den Schaum abwusch und das Wasser abstellte, merkte er, daß er tatsächlich etwas gehört hatte, aber nicht auf chinesisch. Es war leidenschaftliches, spanisches Gemurmel. Er spitzte die Ohren und wunderte sich über den kalten Luftzug, den er im dampfenden Badezimmer zu spüren vermeinte. Plötzlich wußte er, was es war. Die Gebete seiner Mutter hatten die Geister der toten Verwandten aus Mexiko heraufbeschworen, und jetzt stellten sie sich langsam ein.

Mike kannte keinen einzigen dieser alten Verwandten. Er

wollte auch nichts mit ihnen zu tun haben. Von denjenigen, die seine Mutter verloren hatte, war nur sein Vater hier gestorben. Vor drei Jahren war Marco Sanchez in dem Restaurant, in dem er dreiundzwanzig Jahre als Koch gearbeitet hatte, zusammengebrochen, und niemand war auf den Gedanken gekommen, unter 911 Hilfe zu rufen. Statt dessen hatten sie *ihn* angerufen. Er war der Cop, er wußte, was zu tun war. Aber er hatte über eine Stunde gebraucht, um überhaupt zum Restaurant zu kommen. Da war sein Vater schon tot.

»Was machst du, *Mamita*?«

Maria sah auf und klappte schnell den Mund zu, ihr weiches Kinn wackelte. Sie hatte nicht gehört, daß ihr Sohn über den Flur in sein Zimmer gegangen war, um sich anzuziehen. Er trug ein graues Hemd mit einer silberglänzenden Krawatte, ein graues Tweedjackett und Cowboystiefel. Sie konnte seine Waffe zwar nicht sehen, wußte aber, daß er sie unter dem Jackett trug. Mike stand am anderen Ende des Wohnzimmers, das mit schweren Möbeln vollgestopft war, und betrachtete sie, als habe sie sich eines Verbrechens schuldig gemacht.

Sie runzelte die Stirn. Es brauchte keinen berühmten Polizisten, um festzustellen, daß sie auf den Knien lag und betete. Ihre Finger suchten die nächste Perle. »Weißt du, was morgen für ein Tag ist?« fragte sie leise.

»Ja, Tag der Toten.« *In Mexiko, aber nicht hier.*

Sie nickte. *Correcto.* »Ich bete für die Toten.«

Seiner Meinung nach war es zu spät, für die Toten zu beten, doch das sagte er nicht. Sie wußte, daß er so dachte. Sie wußte, daß er in seinem Job das Leben von Toten rekonstruieren mußte, um die Todesursache herauszufinden. Und er wollte nicht, daß ihm diese Toten, oder andere, nach Hause folgten. Aber solange er unverheiratet und kinderlos war, waren die Toten alles, was sie hatte.

»Ich bete auch für dich«, sie sah ihn trotzig an.

»Danke, *Mami*, ich bete auch für dich.« Nach dem Tod seines Vaters war Mike in einer schwachen Stunde wieder in das Haus seiner Kindheit gezogen, um seiner Mutter für ein paar Monate beizustehen. Das war vor drei Jahren gewesen. Er fragte sich, ob sie den kleinen Altar wohl bald abbauen würde.

Dann, wie jeden Morgen, sagte er, daß er den Tag früh beginnen wolle und machte sich nach einer Tasse Kaffee und ohne Frühstück auf den Weg. Als er an diesem 1. November um 7.30 Uhr das Haus verließ, wurde Sergeant Mike Sanchez klar, daß es an der Zeit war, sich eine eigene Wohnung zu suchen.

5

Die Fenster des schlauchförmigen Mannschaftsraums des zwanzigsten Reviers gingen nach Norden auf die 82. Straße West. Vor den Fenstern standen neun Schreibtische, die wie Bootlandungsstege in den Raum ragten. Davor standen uralte Bürostühle, auf sieben Schreibtischen gab es Telefone und Schreibmaschinen. Bisher stand nur auf zweien ein PC. Damit konnten sowieso nicht alle umgehen, außerdem gab es nicht genügend Drucker. Gegenüber dem Bootshafen befand sich eine Verwahrungszelle.

Dieser Raum im ersten Stock des Gebäudes war der Kulisse von *Barney Miller* gar nicht so unähnlich, die TV-Polizeiserie, die Detective April Woo als Kind gesehen und deshalb angenommen hatte, der Beruf Polizist könnte Spaß machen, auch wenn es im Vergleich zu der alten Fernsehserie weitaus mehr Tote und selten ein Happy-End gab.

Den Hörer zwischen Ohr und Schulter geklemmt, lehnte sie sich in dem alten Drehstuhl zurück und dachte an *Barney Miller*, da die Woche gerade erst angefangen hatte und sie bereits ein fernsehreifes Telefongespräch führte. Sie verdrehte die Augen und kräuselte erschöpft die Nase.

»Ma'am, es ist der Polizei *nicht* gleichgültig, daß Ihr Klo verstopft ist, aber wir können jetzt nicht einfach vorbeikommen und es reparieren.«

»Warum nicht?« Sie schrie ihre Forderung fast. »Sie sind doch direkt auf der anderen Straßenseite. Sie können doch wohl jemanden über die Straße schicken, oder?«

»Nein, Ma'am, wir können niemanden wegen einer verstopften Toilette vorbeischicken. Wir sind keine Klempnerei«, erklärte April zum wiederholten Male.

Die gellende Stimme wurde lauter. »Wollen Sie allen Ernstes behaupten, daß es in dem ganzen Scheißrevier nicht einen einzigen Menschen gibt, der ein Klo reparieren kann?«

April konnte Sanchez riechen, lange bevor er vor ihrem Schreibtisch stand. Sein kräftiges, würziges After-shave kündigte ihn schon von weitem an. Seit er den kleinen Warteraum um die Ecke betreten hatte, wo eine Bank für Besucher stand, wußte sie, daß er da war. Es hatte fast ein Jahr gedauert, bis sie sich an diesen Geruch gewöhnt hatte. Es gab genug Leute, die sich überhaupt nie daran gewöhnten. Mike hatte schon manchmal einem Kollegen, der ihn nicht kannte und ihn *Hispanic* oder Schwuchtel schimpfte, eine reingeschlagen.

»Also, wie sieht's aus? Schicken Sie jetzt jemanden vorbei?« schrie die Frau in Aprils Ohr.

April kam der Gedanke, daß dieser Anruf ein verspäteter Halloween-Scherz sein könnte. Es kam oft vor, daß Cops sich gegenseitig auf die Schippe nahmen.

Sai Woo, Aprils Mutter, erzählte gern die Geschichte von Aprils Geburt, die ihrer Meinung nach zu Aprils merkwürdigem Beruf geführt hatte, der so anders war als die Berufe der Kinder ihrer Freunde. April war von Anfang an schwierig gewesen, behauptete Sai Woo. Sie hatte sich gesträubt, auf die Welt zu kommen, deswegen hatte ihre Mutter sie mit Gewalt herauspressen müssen. Als sie schließlich das Licht der Welt erblickte, war Aprils Kopf länglich wie ein Kürbis gewesen und die Nase war ganz verbogen. Sie sah aus, als röche sie etwas ganz Schreckliches. April war schon mißtrauisch auf die Welt gekommen, erläuterte Sai Woo, deshalb war sie Cop geworden.

Um diesem ungünstigen Omen und dem kürbisförmigen Kopf etwas entgegenzusetzen, hatten sie April den chinesischen Namen »Froher Gedanke« gegeben. April entwickelte sich zwar zu einem klugen, schönen Kind, war aber trotzdem sehr widerspenstig und weigerte sich zu heiraten, Kinder in die Welt zu setzen und glücklich zu sein.

April hielt den Hörer vom Ohr weg. »Nein, Ma'am, das sagte ich doch schon. Wir können keinen Officer rüberschicken, der sich um Ihre verstopfte Toilette kümmert.«

Außer, das Klo war mit Leichenteilen verstopft. April wollte schon fragen, ob das der Fall war, ließ es dann aber doch bleiben. So etwas kam selbst in New York eher selten vor.

April mußte an ihren Hund denken. Sie hatte ihn ihrer Mutter geschenkt, um Sai von der Tatsache abzulenken, daß ihre Tochter immer noch unverheiratet war. Der verwaiste Pudel hatte mit einem von Aprils Fällen vor ein paar Monaten zu tun gehabt. Es war ein berühmter Hund, einziger Zeuge in zwei Mordfällen. April hatte Bedenken gehabt, daß ihre Mutter ein nichtchinesisches Wesen ablehnen würde, hatte aber trotzdem alle nötigen Formulare ausgefüllt, nachdem der Fall abgeschlossen war.

Es war die Mühe wert gewesen. Obwohl es kein Shi Tzu oder Pekinese war, das waren die Hunde der chinesischen Kaiser, fand Sai Gefallen an dem Pudel und machte einfach einen chinesischen Hund aus ihm. Sie nannte ihn Dim Sum, was »Berühre das Herz sanft« bedeutete. Und sofort mußten sich alle nach dem Willen des Tieres und seinen Bedürfnissen richten.

Der Welpe mußte noch stubenrein werden und lernen, die Zähne nicht an den Möbeln zu erproben. Er hatte viele Spielsachen und wurde extra bekocht. Dim Sum hatte anfangs nicht mal drei Pfund gewogen und konnte gar nicht richtig spielen. Jetzt benahm sich der mittlerweile sechs Pfund schwere, aprikotfarbene Pudel wie ein Tiger. Immer, wenn Dim Sum verärgert oder ungeduldig war, schüttelte er den winzigen Kopf und nieste laut. Sai Woo, die noch nie im Leben richtig entzückt gewesen war, war hingerissen. Darüber vergaß sie sogar manchmal, daß die biologische Uhr ihrer Tochter unaufhaltsam tickte.

April nieste.

»Gesundheit«, sagte Mike.

Die Frau am anderen Ende der Leitung brüllte immer noch. »Hören Sie mal, Sie müssen sich das mal ansehen. Die Niagarafälle sind nichts dagegen.«

April kicherte.

»Soll das etwa heißen, Sie kommen erst, wenn ich *tot* bin?«

»Nein, Ma'am. Ich sagte nur, daß wir Ihre Toilette nicht reparieren können.«

»Blöde Kuh!« Die Frau knallte den Hörer auf.

April sah endlich zu Mike hinüber, der ihr mit dem Rücken zugewandt vor seinem Schreibtisch saß und in einer Akte blätterte. Mißtrauisch preßte April die Lippen zusammen.

April war eine klassische Schönheit mit zartem, ovalem Gesicht, ausdrucksvollen Mandelaugen, rosigen Lippen, schlankem Hals und einem biegsamen Körper. Wie ein Cop sah sie nicht aus.

»Buenos dias, querida«, sagte Mike, ohne sich umzudrehen. *»Cómo estas?«*

Wortlos preßte sie die Lippen noch ein wenig fester zusammen.

Er wirbelte auf dem Stuhl herum. »Was hab *ich* denn schon wieder getan?« wollte er wissen und hob fragend die Hände.

»Diese Frau hat mich gerade blöde Kuh genannt, weil ich mich geweigert habe, ihre Toilette zu reparieren.«

Mike schüttelte den Kopf. »Was für 'ne beschissene Stadt. Nie ist ein Cop da, wenn man einen braucht.«

»Sehr nett.« Sie musterte ihn kühl. »Weißt du, ob mich irgend jemand verarschen will?«

»Komm schon, *querida*, wer würde denn so was tun?« Er lächelte sein breites, freundliches Lächeln, das so verführerisch war und so gar nichts Chinesisches hatte.

»Ja, wer wohl?«

Sanchez grinste.

April war gar nicht nach Grinsen zumute. Es störte sie ziemlich, daß Mike Sanchez sich immer als aufrichtigen Kerl darstellte, auf den man sich verlassen konnte, und daß ihm das alle abnahmen. Die Frauen flogen auf ihn wegen des Zapata-

Schnurrbarts und des würzigen After-shaves. Die Geschworenen schenkten seinen Aussagen immer Glauben. Obwohl er ein eher lässiger Typ war, munkelte man im Department, daß er es zu etwas bringen würde.

»Gab's viel zu tun gestern abend?« wechselte Mike das Thema und wühlte in seinen Ordnern herum.

»Meinst du wegen Halloween?«

April sah auf ihre Armbanduhr. Acht Uhr dreiunddreißig. Alle Verbrechen und Vorfälle der letzten Nacht waren auf verschiedenfarbigen, numerierten Formularen festgehalten worden und warteten darauf, von Sergeant Margaret Joyce, der Leiterin der Kripoeinheit, durchgesehen und zur Ermittlung verteilt zu werden.

Bei aufsehenerregenden Fällen gab es immer einen Riesenandrang. April hatte von dem Unfall gehört, in den unter anderem ein Obdachloser verwickelt war, der von der Brücke gesprungen oder gestürzt war, die bei der 69. Straße über den Parkway führte. Ein Auto hatte den Mann überfahren und war von einem nachfolgenden gerammt worden. Es hatte ziemlich lange gedauert, den ganzen Schlamassel aufzuräumen. Ein Zwölfjähriger, der keinen Sicherheitsgurt angehabt hatte, war gegen die Windschutzscheibe geprallt und lag im Koma. Zwei weitere Personen waren im Krankenhaus. Der unbekannte Obdachlose befand sich in der Leichenhalle. April zuckte mit den Schultern. »Anscheinend ist niemand Interessantes gestorben«, murmelte sie.

Um 22.30 Uhr hatte jemand wegen Ray Cowles angerufen. Irgendeine Frau hatte angeblich keinen Zugang zu ihrer eigenen Wohnung und wollte, daß die Polizei herausfand, was mit ihrem Mann los war. Bei seiner Arbeitsstelle, einem Versicherungsunternehmen, war er nicht erschienen und wurde bei einer wichtigen Sitzung erwartet. Mike und April sollten sich um diesen Fall kümmern, entschied Sergeant Joyce.

6

Auf dem Weg nach draußen holte Mike den Schlüssel für den nicht gekennzeichneten, giftgrünen Chevy ab, den sie seit einer Woche im Dienst fuhren. Draußen reichte er April den Schlüssel und sagte: »Hier, *querida*, nutz es aus, solange du noch kannst.«

Er nickte zwei Beamten zu, die das Revier betraten, und streckte kurz die Arme aus, als wolle er das Gebiet der 82. Straße West samt Columbus Avenue und der ganzen Upper West Side umarmen, dem die beiden Detectives aus Queens und der Bronx glücklicherweise zugeteilt worden waren und das April vielleicht bald verlassen würde.

April betrachtete sich den schmutzfarbenen, dreigeschossigen Häuserblock auf der anderen Straßenseite. Irgendwo dort gab es eine verstopfte Toilette, um die sie sich nicht kümmern wollte. Sie hatte sich schon schlimmere Sachen als Cop geleistet, aber ihr Gewissen regte sich ein wenig. Vielleicht war die Frau sehr alt und wußte sich nicht zu helfen.

Sie hielt einen Moment inne und rasselte mit den Autoschlüsseln. Es war erst der erste November, aber die Luft war bereits kalt und feucht, fast ein bißchen beißend. Vielleicht stand ihnen wieder ein schrecklicher Winter bevor.

Während der vier Jahre, die April in Chinatown auf Streife gewesen war, hatte sie den Wechsel der Jahreszeiten an der Intensität des Gestanks des Abfalls erkannt, der auf den Gehsteigen auf die Müllabfuhr wartete. Letzten Winter waren mindestens achtzehn Schneestürme durch New York gefegt. Immer wieder war die Stadt lahmgelegt worden, und Schnee- und Müllberge hatten es unmöglich gemacht, von den Gehsteigen auf die Straße zu kommen. Die Luft allerdings war frisch und sauber gewesen.

Seit April beim Zwo-Null war, verbrachte sie die meiste Zeit damit, in einem nicht gekennzeichneten Wagen mit Sergeant Sanchez von Fall zu Fall zu fahren, obwohl es unter den Detectives eigentlich keine Partner gab. Mike nannte ihre Arbeitsbeziehung »Supervision«.

April wußte, daß man unter der Supervision eines Cops über einen anderen vieles verstehen konnte. Ihre Arbeit konnte zum Beispiel ungenügend sein, so daß sie beaufsichtigt werden mußte. Dem war aber nicht so. Es konnte auch heißen, daß Mike ihr Boß war und ihr zeigen wollte, wo es langging. Davon war Mike überzeugt. Oder es konnte bedeuten, daß er sie ständig anbaggerte. Das tat er auch.

April gefiel diese Regelung nicht besonders. Sie haßte es, ständiger Beobachtung ausgesetzt zu sein und bewahrte lieber etwas Abstand. Cops, die nicht genug Distanz wahrten, machten Fehler bei der Arbeit. Sie waren verwundbar. Einmal war Mike vor ihre Pistole gesprungen, um ihr das Leben zu retten. Sie hätte ihn aus Versehen erschießen können. Bei dem Gedanken daran regte sie sich immer noch auf. Er wußte genausogut wie sie, daß zuviel Nähe die Urteilsfähigkeit beeinträchtigte und tödlich sein konnte. Trotzdem versuchte er ständig, ihr näher zu kommen.

»Mir ist schon ganz nostalgisch zumute«, murmelte sie, während sie die Jacke zuknöpfte.

Mike warf ihr einen kurzen Blick zu. »Meinst du das wirklich?«

»Na ja, ist doch gar nicht so übel hier. Brooklyn oder Staten Island, das wäre übel. Es gibt einige Reviere, die schlimmer wären.«

Sie waren auf dem Polizeiparkplatz bei dem Chevy angelangt, der in einer engen Lücke zwischen zwei anderen Wagen stand.

»Warum hast du dich dann nicht einfach für die Gehaltserhöhung entschieden?« fragte Mike.

»Das weißt du doch.« April knallte den Rückwärtsgang rein und manövrierte in der Lücke herum, was für zwei blauweiße Streifenwagen und den Ford Taurus der Leiterin fast fatale Folgen gehabt hätte.

»Hey, immer mit der Ruhe. Davon geht doch die Welt nicht unter.«

»Ist ja eigentlich auch alles in Ordnung.«

»Und warum fährst du dann das Auto des Captains zu Schrott?«

»Ich weiß nicht. Vielleicht hab ich einen Fehler gemacht.« Zum ersten Mal sprach April diese Worte aus; vielleicht war auch der Gedanke ganz neu. Aber nachdem die Wahrheit gesagt war, wurde sie ihr richtig bewußt. »Ich bin gern Detective gewesen, ehrlich.«

Sie fuhr auf die Straße und bremste scharf, fast hätte sie einen Fahrradkurier erwischt. »'tschuldigung«, murmelte sie, als Mikes Kopf gegen das Armaturenbrett knallte.

»Steig aus, ich fahre«, sagte er schroff.

»Tut mir leid«, April sah ihn besorgt an. »Alles in Ordnung?«

»Nein, du hättest den Kerl fast überfahren. Los, raus.« Mikes Zapata-Schnurrbart zitterte wütend, während er seine Haarpracht mit beiden Händen zurückstrich und sein Profil im Spiegel begutachtete.

»Da war noch jede Menge Platz«, protestierte April. »Laß mich bloß in Ruhe.«

Das hatte sie schon tausendmal gesagt. *Laß mich in Ruhe. Rück mir von der Pelle.* Was sollte sie auch mit einem eitlen, duftenden, hitzigen, haarigen, lächelnden nichtchinesischen Menschen anfangen, der sie dauernd »Liebling« auf spanisch nannte, ganz egal, wer dabei war? Sie war nicht sein Liebling.

»Na gut.« Er befingerte eine nicht vorhandene Beule an der Stirn. »Gut. Du baust Scheiße und sagst mir, ich soll dich in Ruhe lassen. Gut, dann laß ich dich in Ruhe.«

»*Ich* hab Scheiße gebaut? Ich hab's ja schließlich geschafft, oder? Weißt du überhaupt, wie viele fähige Leute es nicht geschafft haben?«

April fuhr vorsichtig auf die Straße und bremste vor der roten Ampel an der Columbus Avenue.

»Na gut«, sagte Mike zum vierten Mal. »Der Dienstgrad war dir wichtiger als die Bezahlung. Du willst irgendwann ein eigenes Revier, stimmt's? Vielleicht hast du mich auch einfach so gern, daß du hier wegmußt, bevor du etwas tust, was deiner *Mutter* nicht gefallen würde. Stimmt's?«

»Okay, du hast gewonnen. Du kannst fahren.« Sie schnallte den Sicherheitsgurt ab und öffnete die Tür.

»Komm zurück, ich will doch gar nicht fahren. Außerdem sind's nur zwei Häuserblocks.«

»Verdammt«, brummte April und klickte den Sicherheitsgurt wieder ein. Ja, das stimmte, sie wollte den Rang. Den meisten Cops war das ganz egal. Sie wurden zum Detective befördert, wurden nach einiger Zeit bezahlt wie ein Lieutenant und waren auch ohne Dienstgrad zufrieden. Aber sie wollte den Dienstgrad. Das vertrackte an der Situation war folgendes: Um Sergeant zu werden, mußte man eine Prüfung ablegen. War man Detective und bekam genug Punkte, um Sergeant zu werden, verlor man den Job als Detective, da man nach jeder Beförderung wieder als Supervisor in Uniform auf die Straße mußte.

Sie hatte für die Prüfung zum Sergeant gebüffelt und sie schließlich abgelegt, was bedeutete, daß sie möglicherweise ihren Status als Detective verlieren konnte sowie ihren angewachsenen Urlaubsanspruch und andere Vergünstigungen. Es war überhaupt nicht abzusehen, wo sie landen würde und wann – falls überhaupt – sie wieder im Detectivbüro sein würde.

Weshalb sie die Prüfung abgelegt hatte, obwohl sie schon auf der Gehaltsstufe eines Sergeants war? Nur wenn man den Dienstgrad eines Captains vorwies, konnte man weiter befördert werden, ohne noch mehr Prüfungen ablegen zu müssen. Da die Prüfungen zum Sergeanten, Lieutenant oder Captain nur dann anberaumt wurden, wenn es in den jeweiligen Dienstgraden dünn wurde, konnte man Glück haben oder nicht. Vor fünf Jahren, als die letzte Sergeant-Prüfung stattfand, war sie noch ein Neuling und hätte wahrscheinlich keine hohe Punktzahl erreicht. Mike hatte die Prüfung damals neunundzwanzigjährig abgelegt. Er war schon als Sergeant zur Kripoeinheit gekommen. Dann, als die Prüfung zum Lieutenant anstand, machte Mike nicht mit, da er bereits das entsprechende Gehalt bezog und mit seinem Job zufrieden war. Würde sich diese Gelegenheit noch einmal bieten, würde er die Prüfung wahrscheinlich ablegen. Sie schwiegen während der kurzen Fahrt. April parkte in zweiter Reihe auf der Columbus Avenue und warf Mike den Schlüssel zu, bevor sie ausstieg.

Raymond Cowles wohnte im fünften Stock des Gebäudes 79. Straße Ecke Columbus Avenue. Im Erdgeschoß befand sich das Restaurant *Mirellas*, einer der vielen teuren Szenetreffs in der Gegend, die von den Beamten des Zwo-Null nicht frequentiert wurden.

Als erstes sah April zum fünften Stock hinauf. Das Gebäude lag gegenüber dem Park, der an das *Museum of Natural History* grenzte. Im grauen Herbstlicht wirkte der Park gespenstisch, die wenigen Blätter an den Bäumen waren braun und verschrumpelt.

Der Portier, ein kleiner, dünner Mann in einer viel zu großen Uniform, putzte sich gerade die Nase und begann sofort, sich zu verteidigen, als April und Mike die Lobby betraten.

»Hätte ich denn einfach raufgehen und aufschließen sollen, nur weil sie mich darum gebeten hat? Ich hab ja schließlich keinen Schlüssel. Hätte ich die Tür eintreten sollen?«

April zeigte ihm ihre Dienstmarke.

»Ja, ja, ich weiß schon, wer Sie sind. Sie hatten doch mit diesem Fall vor ein paar Monaten zu tun, mit der Verkäuferin, stimmt's?«

April machte eine schwer zu deutende Kopfbewegung.

»Ihr Gesicht kommt mir nämlich bekannt vor. Sie waren doch damals auch hier und wollten wissen –«

»Hat der Hausmeister einen Schlüssel für Cowles' Wohnung?« unterbrach Mike ungeduldig.

Der Portier wandte sich ihm mit gerunzelter Stirn zu. »Nein. Die geben nicht alle ihre Schlüssel her. Dazu können wir sie ja auch nicht zwingen, oder?« Er drückte auf den Knopf für den Fahrstuhl. Die Tür öffnete sich. »Wohnung 5E, hinten rechts. Wahrscheinlich schläft er nur einen Rausch aus.«

»Das wollen wir hoffen«, murmelte April.

7

Bobbie Boudreau hatte schon den ganzen Morgen Schwierigkeiten mit der wuchtigen Bohnermaschine gehabt. Sie war schwer zu handhaben, und man konnte jemanden übel damit verletzen. Gestern abend hatte Brian im *French Quarter* etwas gesagt, worüber er sich schrecklich geärgert hatte. Angeblich hatte Charlie, der alte Ire, gesagt, er solle Bobbie rausschmeißen, wenn er wieder rumstänkerte. Wie kam der alte Scheißkerl nur auf die Idee, daß er Ärger machte? *Er* machte nie Ärger.

Er wollte nur gerecht behandelt werden; nur das hatte er sein ganzes Leben lang gewollt. Wo gab's schon Gerechtigkeit? Na und, er hatte ein paarmal in der Kneipe zugeschlagen. Und hatte was aus der Schublade im Büro der alten Hexe mitgehen lassen. Na und? Das war ja schließlich nichts Schlimmes.

Sein Vater, dieses Arschloch, der hatte schlimmen Ärger gemacht, hatte ihn immer grün und blau geschlagen, als er noch klein war und sich nicht wehren konnte; und dann hatte er jedes einzelne von seinen Hühnchen erschossen – dabei wollte Bobbie mit denen Geld verdienen und Strom, Telefon und einen Fernseher anschaffen und die Familie reich machen. Das war schlimm, dieser verrückte Säufer mit der Jagdflinte, dem einzig Wertvollen im ganzen Haus. Bobbie hatte immer noch vor Augen, wie sein Vater, der trotz seiner Krankheit kräftig war und mächtig wie Gott, in den Garten rannte wie ein rasender Stier und die fünfzig gackernden Hühner umlegte, die in tausend Richtungen davonstoben, um schließlich in einem Haufen aus Blut und Federn zu enden. Der Alte hatte sich kaum auf den Beinen halten können, hatte aber trotzdem alles umgelegt, was ihm vor die Flinte kam. »Du kleiner Scheißer, dich leg ich auch noch um! Du verrückter Träumer«, hatte er Bobbie ohne Unterlaß angebrüllt.

Kurz nachdem Bobbie beschlossen hatte, in die Armee einzutreten, brachten der Krebs und ein paar andere Krankheiten den Alten endlich unter die Erde. Bobbie erinnerte sich noch gut daran, daß an dem Tag, an dem sein Vater zum ersten Mal Blut spuckte, ein Typ von der Armee in die Schule kam, um Jungs zu rekrutieren. Mit sanfter Stimme hatte ihm der schwarze Major versichert, daß ein Schwarzer nur in der Armee eine faire Chance erhielt.

»Nur in der Armee werden alle – und ich meine wirklich *alle* – gleich behandelt.«

Der Major hatte Bobbie Boudreau, der noch nie eine neue Hose besessen hatte, monatlichen Sold, ein Dach überm Kopf und eine Uniform versprochen, in der er flott und respektabel aussehen würde.

»Du willst doch flott aussehen, oder? Du willst dich doch weiterbilden, Karriere machen?«

Glaubst du etwa diesen ganzen Scheiß, Junge?

Der Mann wollte ihn wohl verarschen. Eine neue Hose. Eine Jacke, Schnürstiefel. Karriere sollte er machen? Das Blut in Bobbies Familie war über so viele Generationen hinweg durchmischt worden, daß bei seiner Geburt – er war das siebte von zehn hellbraunen Kindern – keiner mehr wußte, was für einen ethnischen Hintergrund diese oder jene Tante, dieser oder jener Opa hatte. In seinen Adern floß afrikanisches, indianisches und französisches Blut. Er war nichts *Bestimmtes*, und das war während seiner Jugend auch das größte Problem gewesen. Was sollte aus ihm schon werden? So was wie ihn gab es nicht noch einmal.

Mit der sommersprossigen Haut und dem rötlichen Wuschelkopf war er eine ungewöhnliche farbliche Mischung. Als einziger der Familie hatte er wäßrig blaue Augen. Er war groß, ungelenk und schrecklich schüchtern. Die weißen Kinder schimpften ihn *Nigger*, die schwarzen nannten Bobbie Boudreau *weiß* und die kreolischen Kinder riefen ihm *Trash-Abschaum* hinterher. Er gehörte nirgends dazu.

Natürlich wollte er flott aussehen und als Mann respektiert werden. Er wollte genausogut aussehen wie der schwarze Major. Der war ziemlich hellhäutig, aber nicht so hell wie Bobbie. Er wollte auch so reden wie der Major. Am liebsten wäre er in die Haut des Majors geschlüpft. Wenn dieser Kerl es zu etwas gebracht hatte, warum sollte das Bobbie nicht gelingen?

Immer, wenn er den Kassettenrecorder in der Schublade der Hexe sah, mußte Bobbie daran denken, wie er sich im Leben abgestrampelt und es trotzdem zu nichts gebracht hatte. Ein Arschloch nach dem anderen hatte ihn abgeschossen, genau wie sein Vater damals die Hühnchen. Beim Militär hatte er die beste Tauglichkeitswertung bekommen – sehr gut. Er wollte Sanitäter werden. Er hatte geschickte Hände und war folgsam. Auch in der M.A.S.H.-Ausbildungsgruppe erhielt er die besten Noten.

Dann, noch vor Vietnam, unterlief ihm ein *einziger*, winziger Fehler. Während einer Operation, bei der er dem OP-Pfleger assistierte, bat Colonel Stasch um eine Arterienklemme. Bobbie holte eine von dem grünen Tablett und reichte sie dem OP-Pfleger, der sie dem Chirurgen gab. Colonel Stasch war aus dem Mittleren Westen. Die Chirurgen nannten ihn Hitler, weil er alle Krankenpfleger zum Heulen brachte.

»Das ist die falsche Größe.« Colonel Stasch schleuderte die Arterienklemme durch den OP und warf Bobbie einen wütenden Blick zu – nicht etwa dem Pfleger, der ihm die falsche Klemme gereicht hatte.

Er schnauzte Bobbie an. »Was ist los? Ja, dich mein ich, Wuschelkopf. Bist du schwachsinnig? Kannst du kein Englisch? Los, antworte! Kannst – du – kein – Englisch?«

Bobbie erstickte fast an den Worten, die er hervorpreßte. »Sir, ich geb mir Mühe«, nuschelte er mit gesenktem Kopf, damit der Scheißkerl nicht das wilde Feuer in seinen hellblauen Augen sah.

»Du gibst dir Mühe? Was soll das denn heißen, Junge?«

Während dieser Unterbrechung lag der Patient unter grünen Tüchern auf dem Operationstisch, im Magen klaffte ein zwei Zentimeter langer Schlitz, in dem ein Röhrchen steckte; der Pfleger wischte das heraussickernde Blut mit immer neuen Schwämmchen weg. Bobbies Blick fiel auf das Tablett mit den Instrumenten. Über das Skalpell, mit dem Colonel Stasch den Schnitt vorgenommen hatte, zog sich noch eine schmale Blutspur. Es lag neben den anderen Messern auf einem grünen Tuch.

»Du bist nicht mal Scheiße wert, Junge. Wir sollten dich dorthin zurückschicken, wo du hergekommen bist.«

Bobbie stieg das Blut in den Kopf, vor seinen Augen verschwamm alles. Er war größer als der schmächtige Arzt und hatte flinkere Hände. Er könnte das Skalpell schnappen und dem Bastard die Kehle durchschneiden, bevor irgend jemand etwas mitbekam. Das hätte er am liebsten getan, stellte es sich genau vor. Aber während er sich ausmalte, wie er den Kerl umbrachte, faßte er einen Entschluß. Er würde dem Arschloch nicht die Kehle durchschneiden. Er würde sich auf andere Art rächen. Die Gerechtigkeit würde ein wenig warten müssen.

Schon in der Schule hatte sich Bobbie Boudreau wegen seines Dialekts geschämt. Auch in der Armee hänselten sie ihn deswegen. Er hörte sehr genau zu, wenn sich Ärzte, die er bewunderte, unterhielten. Nach dem Vorfall mit Colonel Stasch hatte er sich einen Kassettenrecorder gekauft und angefangen, einzelne Worte zu üben. *Hallo. Auf Wiedersehen. Wie geht's? Ja, Sir. Sofort, Sir.*

Gestern abend hatte es ihm in den Fingern gekribbelt. Am liebsten hätte er den Kassettenrecorder aus der Schublade genommen und etwas auf Band gesagt.

»Hallo, Hexe. Hier bin ich.«

Nein, besser noch: »Hallo, Hexe. Deine Tage sind gezählt.« Er hätte auf Band sagen können: »Du machst es nicht mehr lange.«

Er hatte gar nichts gesagt. Die Hexe hätte vielleicht seine Stimme erkannt.

8

Obwohl es sich um eine reine Routinesache handelte, schlug Aprils Herz schneller, als sich der Aufzug im fünften Stock öffnete. So war es immer. Sie hatte einen merkwürdigen, metallischen Geschmack im Mund, als hätte sie auf einer Patrone rumgekaut. Ihre Hände waren feucht und ihr Herz pochte irgendwo im Nacken oder im Hals. Es pochte sogar im Mund und im Kopf hämmerte es wie eine Migräne.

Jedesmal dasselbe. Das Gehirn lud alle elektrischen Verbindungen auf und versetzte das ganze System in Alarmbereitschaft. Warnsignale, die das Archiv im Gedächtnis aktivierten. Bilder eines toten Kindes unter einem Müllberg, eine Explosion, Flammen, Schutt wirbelt durch die Luft, Rauch, Pistolenschüsse, ein verwundeter Verdächtiger, ein erschossener Cop, ein großer Spiegel fällt zu Boden und begräbt unter sich eine Frau. Brennende Kleidung. Haut. Blut. Die Stimmen von Verdächtigen und die Stimmen der Toten.

Bei jedem neuen Fall meldeten sich die warnenden Geister ihrer vergangenen Fälle. Halte nie etwas für selbstverständlich. Nie! Hinterfrage alles. Zweifle grundsätzlich erst einmal an dem, was die Leute sagen. Mach nie einfach eine Tür auf. Nie! Dahinter könnte sich etwas verbergen. Vielleicht steckt auch nichts dahinter. Man kann nie wissen...

Es kam gar nicht so selten vor, daß ein Cop an einem ruhigen Tag ohne besondere Vorkommnisse tot umfiel. Nach zu vielen Stromstößen blieb das Herz einfach stehen. Andere litten unter posttraumatischen Symptomen wie Soldaten nach dem Krieg. Viele Cops hatten einfach Probleme mit dem normalen Leben. Bei der Arbeit liefen sie auf Hochtouren, und es fiel ihnen schwer, im Alltag ein paar Gänge runterzuschalten. Frühstück, Mittagessen, Familien, die keine Ahnung davon hatten, wie sich zwei, drei heftige Adrenalinstöße pro Tag anfühlten.

April beschlich ein komisches Gefühl bei diesem Fall. Im Flur war es völlig still. Sie sah Mike an und schluckte. Wahrscheinlich ging es ihm wie ihr. Man wußte einfach nie, wessen Alptraum hinter der Tür darauf lauerte, sich in die eigenen Träume zu schleichen.

Das Gebäude war nicht sehr groß, auf jeder Etage gab es sechs Wohnungen. Hier, im fünften Stock, lag auf dem blauen, ausgeblichenen Teppichboden noch die *New York Times* vor zwei Wohnungstüren. Auch vor der Tür hinten rechts. Auf der Tapete waren stilisierte Bambusstöcke in Metallblau und Silber abgebildet. Das sollte exotisch und asiatisch wirken, weckte in April aber keinerlei Erinnerung an ein ihr bekanntes Asien. Die Tapete war verkratzt und fiel an manchen Stellen schon ab, der Teppich bot ein ähnliches Bild. Die abgestandene Luft roch nach geröstetem Brot.

An der Wand vor der Wohnung 5E lehnte eine etwa dreißigjährige, dünne Frau in einem beigen, unförmigen Mantel und sah auf die Zeitung hinab. Trotz der zarten, ebenmäßigen Züge konnte man sie nicht gutaussehend nennen. Angst und Sorge hatten sich so tief in das blasse Gesicht eingegraben, daß jegliche Attraktivität verschwunden war.

Die Frau sah April und Mike beklommen entgegen. Als sie nur noch wenige Meter von ihr entfernt waren, fragte sie zögernd: »Sind Sie von der Polizei?«

»Ja, Ma'am, Sergeant Sanchez, Detective Woo.« Mike zeigte ihr seine Dienstmarke.

Die Frau machte eine abwinkende Handbewegung. »Schon in Ordnung, ich glaube Ihnen.« Sie nestelte an der Schlaufe ihrer abgenutzten Schultertasche herum. »Es tut mir leid«, fuhr sie fort, »daß ich Ihnen Probleme bereite. Ich wußte mir nicht zu helfen. Die lassen mich einfach nicht rein und sagen, ich solle die Polizei rufen.« Sie deutete auf den Aufzug, sie meinte »die« in dem Gebäude, dann sah sie wieder auf die Zeitung.

»Merkwürdig.«

April nickte, das war es meistens. »Und Sie sind …?«

»Lorna Cowles. Jemand aus seinem Büro rief mich an, als er nicht zur Arbeit kam. Ray hat denen anscheinend nicht gesagt, daß wir getrennt leben.«

»Ich verstehe.« April spürte die Angst der Frau, die sie wie eine Aura umgab. Sie wirkte weitaus verzweifelter, als unter den gegebenen Umständen angemessen schien.

»Er sollte heute etwas abliefern, einen Bericht, glaube ich. Das sieht Ray gar nicht ähnlich, daß er einen Termin nicht einhält.« Lorna Cowles beäugte nervös die Tür.

»Haben Sie einen Schlüssel?« fragte Mike.

»Ich?« fragte sie erstaunt. »Nein. Er ist ausgezogen – das hab ich doch schon gesagt. Er wollte nicht, daß ich die Wohnung sehe. Ich – ich war noch nie hier.« Sie fuhr mit der Hand durch das dünne, schulterlange Haar. Es war bleich bis zu den Haarwurzeln. Eine echte Blondine ohne Make-up. Sie machte einen blutleeren, hoffnungslosen Eindruck.

Mike klingelte ein paarmal. Aus der Wohnung war kein Geräusch zu hören, absolut nichts. »Polizei«, sagte er. »Öffnen Sie die Tür.«

»Ich sag's ja, ich hab auch schon geklingelt. Ray ist ein *verantwortungsvoller* Mensch. Er würde aufmachen, wenn er da wäre –«

Mike kramte den dünnen Plastikstreifen hervor, der nur etwas nützen würde, wenn eine Tür nicht doppelt abgeschlossen war. April zog die Frau am Arm etwas zur Seite, um Mike Platz zu machen.

Bei der unerwarteten Berührung zuckte Lorna Cowles zusammen. Sie hob die Zeitung auf, bevor sie zur Seite ging. »Das ist so aufdringlich ... Das wird Ray gar nicht gefallen ...«

Mike hantierte flink mit dem Plastikstreifen. Er hatte auch Dietriche dabei, aber die brauchte er diesmal nicht. Die Tür war nicht abgeschlossen. Nach zwei Versuchen sprang sie auf.

Mike wandte sich April zu und zog eine Augenbraue hoch. *Bist du bereit?* Sie nickte. Er stieß die Tür auf und trat ein.

»Wahrscheinlich ist er verreist.« Lorna Cowles hielt sich im Hintergrund. »Das wird's wohl sein.«

»Wollen Sie hier warten?« fragte April leise.

»Ich – ich weiß nicht ... Was macht man denn normalerweise –«

»Das liegt ganz bei Ihnen.« April überließ ihr die Entscheidung und folgte Mike in die Wohnung.

Wohnzimmer und Eßecke waren sehr übersichtlich. Sie waren ziemlich leer und noch nicht vollständig eingerichtet. Im Wohnzimmer standen ein Sofa und ein Glastisch, auf dem zwei leere Weingläser standen. Auf dem Fußboden neben der Stereoanlage lagen ein paar CDs am Rande eines bunten Teppichs. In der Ecke neben dem gardinenlosen Fenster brannte eine Halogenstehlampe. Darunter standen zwei ungeöffnete Umzugskisten. Die Eßecke bestand aus einem runden Bistrotisch und zwei Korbstühlen. Auf dem Tisch stand eine Schüssel mit eingewickelten Süßigkeiten, wie man sie Halloween an Kinder verteilt, die an der Tür klingeln. Die Schüssel war etwa zu einem Viertel voll.

Es sah aus, als sei Cowles erst vor kurzem eingezogen und als hätte er mit einem Freund zusammen zu Abend gegessen. Dieser erste Eindruck würde April nicht mehr aus dem Kopf gehen. Vom Fenster aus sah man die Rückseite des Museums und die kahlen Bäume im Park. Mike stand in der Tür zum Schlafzimmer. Seine starre Haltung verriet ihr, daß sich der gesuchte Mann dort befand.

»Sieht nach Selbstmord aus«, sagte er leise und trat ein.

Wie zuvor Mike blieb April in der Schlafzimmertür stehen, um sich einen ersten Eindruck zu verschaffen. Sie gingen auf die gleiche Weise vor. Später würden sie einander die gleichen Fragen stellen, sie von allen Seiten – wie ein Hund ein Spielzeug – betrachten und dann zu einem Ergebnis kommen. Doch jetzt sichteten sie erst einmal alles.

Raymond Cowles lag auf der Seite des Doppelbettes, neben der das Nachttischchen stand. Er lag auf einem verkrumpelten, beigen Laken, die bloßen Füße steckten in Wildlederslippern. Er trug ausgewaschene Jeans und ein blaues Hemd, das halb offenstand. Er lag auf dem Rücken, die Arme an der Seite. Er war gut gekleidet und sah aus wie ein Filmschauspieler.

Da der Raum nur einen halbwegs bewohnten Eindruck machte – neben dem Bett gab es keine Leselampe und auf dem Boden lagen keinerlei Kleidungsstücke herum, auch nicht die anderen Requisiten, die zu einem Leben gehörten –, meinte man fast, man befände sich bei Dreharbeiten, gleich würde jemand »Action« rufen und der Schauspieler Raymond Cowles würde aufstehen, um die Szene zu Ende zu spielen.

Doch Raymond Cowles stand nicht auf. Seine letzte »Action« hatte darin bestanden, sich eine Plastiktüte über den Kopf zu stülpen und sie mit Klebeband am Hals zu befestigen. Sein

Leben war mit der Luft in der Tüte erloschen. Er sah wächsern aus.

»Mein Gott! *Nein!*« Lorna Cowles war ihnen doch gefolgt und schlug schreiend die Hand vor den Mund. »Um Gottes willen! Tun Sie das weg! Schnell, tun Sie das doch weg!«

April faßte sie am Arm. »Kommen Sie, wir –«

»Nehmen Sie das weg«, schrie sie. »Er darf nicht –«

»Zu spät. Wir können nichts mehr tun.« April brachte sie aus dem Zimmer.

»Ist er –?« Lorna wollte wieder ins Schlafzimmer.

»Er ist schon mehrere Stunden tot.« April führte sie in die Küche. Hier hatte sich Raymond Cowles mehr Mühe gegeben. Von einem Gestell hingen Töpfe. Gläser, mit Bohnen, Nudeln und Gewürzen gefüllt, standen in einem Regal. In einer Obstschüssel lagen reife Früchte. Auf der Ablage lagen zwei gebrauchte Stoffservietten neben zwei passenden Sets, Brotkrümeln und einer leeren Weinflasche. Weißwein, ein kalifornischer Chardonnay.

»O Gott.« Lorna Cowles schlug entsetzt die Hand vor den Mund. »Er hat für jemanden gekocht.«

Das stimmte offensichtlich. April suchte nach einem sauberen Glas, schenkte Wasser ein und reichte es Lorna.

Lorna trank einen Schluck, drehte sich abrupt um und übergab sich ins Spülbecken.

April schluckte. So war es meistens. Mike drückte die Wiederwahltaste des Telefons, um herauszufinden, ob der Tote noch jemanden angerufen hatte, bevor er gestorben war. Dann suchte er im Badezimmer des Opfers nach den Beruhigungsmitteln, die Cowles geschluckt haben mußte, damit er benommen genug war, um nicht gegen die Erstickung anzukämpfen; April blieb mit der sich übergebenden Gattin in der Küche und reichte ihr Papiertücher sowie ein weiteres Glas kaltes Wasser.

»O Gott ... Wer würde ihm so was denn antun?« Lorna lehnte sich gegen den Schrank. »Wer würde das tun?«

»Warum glauben Sie, daß ihn jemand umgebracht hat?« fragte April.

»Ray würde so was nicht machen. Er hat an Gott geglaubt; an das ewige Leben, die Hölle. Das hätte er sich doch nicht selbst angetan.« Lorna fixierte April mit hellen, blauen Augen. »Selbstmord kommt nicht in Frage. Da bin ich sicher. Finden Sie heraus, wer es war. Sie dürfen diese Sache nicht als Selbstmord durchgehen lassen.«

»Selbstverständlich«, sagte April. Natürlich würden sie ermitteln. Das war schließlich ihr Job. Aber es sah nach Selbstmord aus. April hörte, daß Mike im anderen Zimmer nach der Spurensicherung und einem Krankenwagen verlangte. Vielleicht hatte er doch etwas entdeckt, das ihn an einem Selbstmord zweifeln ließ. Dann sähe die Sache natürlich anders aus.

Lorna Cowles streckte die Hand nach der Weinflasche aus, als wolle sie eine Verbindung herstellen zu dem letzten Wein, den ihr Mann getrunken hatte. »Der arme Ray«, murmelte sie.

»Fassen Sie die nicht an«, sagte April schnell. »Fassen Sie bitte überhaupt nichts an.«

Die Hand zuckte zurück. »Nichts anfassen«, murmelte Lorna Cowles. »Nichts anfassen.«

9

Zehn Minuten später stand Lorna Cowles schluchzend im Flur vor dem neuen Appartement ihres Mannes. »Ray würde nie Selbstmord begehen. Er hat doch eine *Analyse* gemacht. Und Geld zur Seite gelegt für den Ruhestand.«

April reichte ihr noch ein Papiertaschentuch.

»Wir verstanden uns sehr gut, hatten viel gemeinsam. Gekocht haben wir beide nicht gern. Gingen viel lieber aus. Wir sind oft essen gegangen...«

April wartete, bis sie sich die Nase geputzt hatte.

»Ich kann das einfach nicht verstehen. Er wollte eine Weile allein sein. Mehr weiß ich nicht. Vielleicht hat sein Psychiater eine Ahnung.«

April hörte, daß Mike in der Wohnung telefonierte. Dann war alles still. Sie wußte, daß Sergeant Joyce auf dem Weg hierher war.

»Er *kann* sich gar nicht umgebracht haben«, klagte Lorna und schüttelte heftig den Kopf, so daß das bleiche Haar hin und her flog.

Bewußt schwieg April für einige Augenblicke. Dann fragte sie: »Woraus schließen Sie das?«

Lorna runzelte die Stirn. »Diese Fältchen, er weiß gar nicht, wie man die macht.« Sie demonstrierte mit den Händen in der Luft, was sie meinte. »Die Tüte war am Hals so gefältelt. Haben Sie das nicht bemerkt? Wie hätte er das denn hinkriegen sollen?«

Wahrscheinlich, bevor er sich die Tüte über den Kopf stülpte. Selbstmörder planten meistens alles sehr genau. April räusperte sich.

»Er war nicht sehr geschickt«, beharrte Lorna. »Er konnte nicht kochen, er konnte ja nicht mal einen Nagel in die Wand schlagen. Verstehen Sie?«

April sah die bleiche, dünne Frau an, die keinen hilflosen oder tragischen Eindruck mehr machte. Anspannung und Angst waren aus Lornas Gesicht gewichen. Jetzt war sie wütend. April fragte sich, ob der Tote wohl eine Lebensversicherung hatte. Sie blieb ruhig und wartete darauf, daß sie noch mehr von der Witwe erfuhr.

In diesem Moment öffnete sich der Aufzug am anderen Ende des Flurs. Mit zerzaustem Haar und finsterem Blick schlurfte Sergeant Margret Mary Joyce heraus. Während April sich im Revier am liebsten blau kleidete, bevorzugte Sergeant Joyce ihrer Herkunft wegen Grün. Heute trug sie eine waldgrüne Jacke, die sich mit dem Grün ihrer Bluse nicht vertrug, und eine dunkelbraune Hose.

April fand, daß Sergeant Joyce an ihren miesen Tagen aussah wie ein schlecht angezogener Hydrant mit einer blonden Perücke. Sie mußte allerdings zugeben, daß die irische Stupsnase ihrer Vorgesetzten an ihren besseren Tagen recht anziehend wirkte. Außer wenn sie zu einem Tatort gerufen wurde, ging sie nie ins Freie, deshalb war ihre Haut selbst im Sommer hell. Sie war kräftig, aber nicht dick. Ihr Haar war gar nicht so schrecklich, nur schlecht geschnitten und in einer ungünstigen Farbe getönt. Manchmal standen die Haare über ihrer Stirn platt ab. In diesem Fall kribbelte es April regelrecht in den Fingern, etwas dagegen zu unternehmen.

Sergeant Joyce kniff die dunkelblauen, engstehenden Augen zusammen, wenn sie sich konzentrierte, was meistens der Fall war. Sie war eine sehr ernsthafte Person und wollte der Welt beweisen, daß Frauen bei der Verbrechensbekämpfung mindestens so gut waren wie Männer, wenn nicht besser. Auch sie bastelte an ihrer Karriere, weswegen sie jetzt hier war, denn sie wollte vermeiden, daß ihr ein eventuell wichtiger Fall entging.

Sie schenkte April keine Beachtung. »Sind Sie Mrs. Cowles?« fragte sie ohne jedes Einfühlungsvermögen.

Lorna musterte die Neuangekommene unsicher. »Sind Sie auch von der Polizei?« fragte sie schüchtern.

»Ja, ich bin Sergeant Joyce.« Leiterin der Kripoeinheit, doch das unterschlug sie.

April bemerkte sofort, daß Lorna sie nicht mochte. »Ich hab der Beamtin schon alles gesagt.« Sie machte eine Kopfbewegung Richtung April, die sich in ihren Notizblock vertiefte.

»Sie meinen Detective Woo?«

Lorna streifte April mit einem Blick. »Äh, ja.«

Sergeant Joyce betrachtete sie zweifelnd. Zweifelnde und vernichtende Blicke waren ihre Spezialität. »Nun, Ihnen fällt mit der Zeit wahrscheinlich noch mehr ein.«

»Mir fällt bestimmt noch sehr viel mehr ein«, erwiderte Lorna brüsk, »aber ich weiß ganz sicher, daß mein Mann nicht Selbstmord begangen hat, ich kenne ihn. Fangen Sie am besten sofort an, nach dem Monster zu suchen, das ihn umgebracht hat.«

So machte man sich die Cops nicht zum Freund. An Sergeant Joyces stampfendem Gang merkte man, daß sie der frisch verwitweten Lorna Cowles nicht zugestand, der Polizei Vorschriften zu machen. Ohne ein weiteres Wort ging sie in die Wohnung, um sich den Toten anzusehen.

10

Als Sergeant Joyce zurückkam, kaute sie konzentriert auf ihrer Lippe herum. Die Spurensicherung hatte bereits mit der Arbeit begonnen. Joyce nickte April kaum merklich zu, während sie Lorna musterte. April wußte, was dieser Blick zu bedeuten hatte: *Wir nehmen sie in die Mangel, mal sehen, was wir rauskriegen.* Das war eine durchaus übliche Vorgehensweise der Polizei, die April und Sanchez aber nur bei verdächtigen Personen anwendeten. Bei der Frau handelte es sich um die Witwe des Opfers, die offensichtlich nicht in bester Verfassung war. Bei ihr hätten sie diese Taktik nicht eingesetzt.

April hob die linke Braue. *Soll ich gehen?*

Joyce antwortete mit einem Schulterzucken.

Bleiben Sie in der Nähe.

Aus dem Appartement waren gedämpfte Stimmen zu hören; die beiden Männer von der Spurensicherung gingen ihrer Arbeit nach, suchten nach Fingerabdrücken, fertigten Skizzen an, tüteten alles ein, was Monate später vor Gericht vielleicht als Beweismaterial dienen würde. Falls es je zu einer Verhandlung kam. Sanchez suchte nach einem Adreßbuch, aus dem vielleicht der Name der Freundin hervorging, die mit Cowles zu Abend gegessen hatte. April hätte sich auch gerne in der Wohnung umgesehen.

Im Flur war es still. Sergeant Joyce stand mit verkniffenem Mund wie ein Schrank in der Wohnungstür. Sie musterte die Witwe eine halbe Ewigkeit lang. Unter dem beigen Mantel trug Lorna einen braunen Pulli, der in einem blau-braunen Faltenrock steckte. Sie sah aus, als hätte sie sich in aller Eile angezogen und sei herübergerannt. Ihre Strümpfe und das seidene Halstuch waren trotzdem farblich passend. Als letztes glitt Sergeant Joyces Blick über Lornas Slipper, die denen ihres toten Mannes ähnelten, und die abgetragene Schultertasche. Eine langweilige, biedere Person. Konservativ. Lorna sah bleich und müde aus, nicht gerade wie eine Mörderin. April hatte allerdings innerhalb der letzten Stunde erlebt, wie sie sich dreimal ziemlich verwandelt hatte wie eine Art Chamäleon.

Sergeant Joyce stellte das Lippenkauen ein, nachdem sie ihren rosafarbenen Lippenstift weitflächig verschmiert hatte. Sie begann mit der Befragung. »Wie geht's Ihnen, Mrs. Cowles? Möchten Sie vielleicht einen Kaffee?«

Diese plötzliche Besorgnis verwirrte Lorna, und sie blickte April an, die neben ihr gestanden hatte, als sie sich übergeben mußte, ohne daß ihr selbst schlecht geworden war.

»Ich hab was angefaßt. Tut mir leid«, sagte sie so sanft, daß Sergeant Joyce stutzte.

»Was?« Sergeant Joyce blickte April fragend an.

April griff in ihre Schultertasche und reichte Sergeant Joyce ein Papiertaschentuch, wobei sie auf den Mund deutete.

»Was ist …? Oh.« Sergeant Joyce betupfte abwesend ihren Mund. »Was haben Sie angefaßt?«

»Man darf nichts anfassen, ich weiß. Aber ich mußte mich übergeben«, sagte Lorna. Und die chinesische Beamtin hatte ihr nicht erlaubt, die Spüle zu säubern. Ihre Lider flatterten, als aus der Wohnung ein Klicken zu hören war. »Was war das?«

»Die machen Fotos.«

Weiter unten im Flur öffnete sich eine Tür. Eine hagere, alte Frau in einem rosa Flanellbademantel und einem Müllbeutel in der Hand trat zögernd aus ihrer Wohnung. »Was ist da los?« fragte sie mit nörgelnder Stimme. »Ich bin krank. Ich brauche meine Ruhe.«

Sergeant Joyce machte eine Kopfbewegung. Wortlos ging April über den Flur, um mit der Frau zu reden.

»Wer sind Sie? Was ist das für ein Auflauf?« Die Frau sah April aus wäßrigen Augen an.

»Wir sind von der Polizei. Es gab einen Unfall«, erklärte April.

»Seien Sie bloß ruhig, das will ich gar nicht wissen. Machen Sie sich nur so schnell wie möglich aus dem Staub.« Damit drückte sie April den Müllbeutel in die Hand und warf die Tür zu.

Während der sechs Jahre, die April im Fünften Revier in Chinatown als Streifenpolizistin und als Detective gearbeitet hatte, war sie nie angepöbelt worden und einen Müllbeutel hatte ihr auch noch nie jemand in die Hand gedrückt. In Chinatown war man davon überzeugt, daß es nur aus einem einzigen Grund Gesetze gab: um unbescholtene Bürger zu ärgern. Von der Polizei wurde man ins Gefängnis gesteckt oder ausgewiesen; die Cops bestahlen einen und gleichzeitig wurde man noch verprügelt. In Chinatown begegnete man der Polizei mit Angst und Respekt.

Aber hier, in der wohlhabenden Upper West Side, hatte niemand Angst oder Respekt vor der Polizei. Niemand war dankbar, wenn sie ihre Arbeit machte. Die Reichen verachteten die Polizei, und die Armen verfluchten sie. Wenn man bedachte, daß die Polizei das einzige Bollwerk war, das New York City dem Chaos entgegenzusetzen hatte, war es ein äußerst undankbarer Job; eigentlich eher ein schlechter Witz, dachte April. Vielleicht gab es deshalb nur so wenige Chinesen bei der Polizei.

Sie trug den Müll zur Tür, über der EXIT stand. Irgend etwas berührte sie, und sie fuhr sich erschrocken mit der freien Hand übers Gesicht. Da war nichts. Für den Bruchteil einer Sekunde war ihr Schutzpanzer durchbrochen worden. Was war das? Es war doch niemand in der Nähe. Sergeant Joyce stand immer noch am anderen Ende des Flurs und sprach mit Lorna Cowles.

Wahrscheinlich hatte ihre Mutter versucht, sie zu beeinflussen. Vor vielen Jahren hatte Sai Woo ihr erzählt, daß die Luft immer in Bewegung war; sie meinte damit nicht Wind, Regen, Hagel oder Schnee, sondern das Wirken der mächtigen Gottheiten und uralten Geister, die mit den Leben der Menschen nach Belieben verfuhren. Sie hatte April beschworen, stets alle versteckten Zeichen zu erkennen und zu entziffern, um so die Götter für und nicht gegen sich arbeiten zu lassen. Die Geister konnten den Menschen warme oder kalte Luft ins Gesicht blasen und so dafür sorgen, daß sich Gefühle, ja ein ganzes Leben, innerhalb eines Augenblicks völlig wandelten. Sie konnten einen Mann dazu bringen, seine Frau zu verlassen und sich dem

Bösen zuzuwenden. Oder eine Frau das goldene Licht erblicken lassen. Die Pläne der Götter waren völlig undurchsichtig.

Aber April hatte auch dazu ihre eigene, widerspenstige Meinung. Sie glaubte weder an das goldene Licht noch an die schäbigen Götter, die sogar in China seit einem halben Jahrhundert keinen großen Einfluß mehr hatten. Sie war Amerikanerin und lebte in einer rationalen Welt mit erklärbaren Phänomenen. Hier *mußte* man sogar alles erklären. Jeder Fall, den sie bearbeitete, wurde mit unzähligen Formularen belegt. Jede Ermittlung wurde offiziell eröffnet, bearbeitet und abgeschlossen. Für Unerklärliches war in den kleinen Formularfeldern kein Platz.

Trotzdem war dieses System oft verzwickter und komplizierter als die wankelmütigen Geister, die ihre Mutter heraufbeschwor. Die Gesetze mochten zwar eindeutig sein, aber Anwälte und Richter vernebelten den Pfad zur Vergeltung, indem sie jeden Anklagepunkt drehten und wendeten. Menschen erschlugen sich bei Straßenaufständen oder töteten einander brutal im eigenen Heim, und die Anwälte bekamen sie frei. Gestohlene Autos, Drogen, Kinderschänder: im Handumdrehen liefen die Täter wieder frei herum. Wer konnte schon sagen, warum das so ablief?

Tagtäglich suchte April nach dem Sinn hinter absolut irrsinnigen Ereignissen. Manchmal erlebte sie aber auch Glücksmomente, einen magischen Augenblick, den sie sich vom Verstand her nicht erklären konnte. Als sie mit dem Müllbeutel in der Hand dastand, fragte sie sich, ob ihr die Geister mit dem verstopften Klo und dem Müll vielleicht sagen wollten, daß ihre Arbeit in dieser weißen, wohlhabenden Welt sinnlos und unerwünscht war.

Vielleicht war dieser Lebensabschnitt eine Art Prüfung gewesen – so ähnlich wie ihre Prüfung zum Sergeant –, die sich ihrem Ende näherte. Für die Prüfung zum Sergeant hatte sie allerdings einen zweiten Termin gebraucht, da sie den eigentlichen Termin vor ein paar Monaten verpaßt hatte. Damals wollte eine Verdächtige sie umbringen. Sie hatte eine zweite Chance bekommen. Statt der üblichen drei Personen, die Fragen stellten und ihre Antworten bewerteten, saß ihr dann allerdings nur ein einziger uniformierter, griesgrämiger Sergeant gegenüber, der ihr erst den schriftlichen Test vorlegte und dann, wie bei einem Verhör, eine Videokamera aufgebaut hatte.

»Sehen Sie bitte in die Kamera, wenn Sie die Fragen beantworten«, hatte er gesagt.

Wer weiß, ob sich überhaupt jemand die Videokassette angesehen hatte. Vielleicht waren sie – wer auch immer *sie* waren – einfach der Meinung, es sei Zeit für eine Veränderung in April Woos Leben, so wie damals, als sie aus dem Fünften Revier versetzt wurde. Vielleicht würde das Schicksal sie wieder ins Fünfte Revier verschlagen, in das sie als Asiatin anscheinend gehörte. Diesmal würde sie aber triumphierend zurückkehren, wahrscheinlich als Sergeant, als Supervisor.

Vielleicht hielt die Zukunft wieder eine Uniform und jeden Tag köstliches, chinesisches Essen für sie bereit. Das wäre eine stimmige Zukunft. Vor kurzem hatte sie einen Arzt kennengelernt, der eine Praxis in Chinatown hatte. George Dong zeigte Interesse, obwohl sie fast dreißig war und einen stressigen Job hatte. Vielleicht wurde ja was draus. Dieser Gedanke jagte ihr einen Schauer über den Rücken und verscheuchte den goldenen Augenblick. Sie öffnete die Tür.

Das Gebäude war zu schmal für einen zweiten Aufzug. Auf dem Treppenabsatz standen eine Recyclingtonne und ein Regal für Altpapier, außerdem gab es einen Müllschlucker. Die Recyclingtonne und das Regal waren leer. Was immer sich in Raymonds Müll gefunden hatte, war schon entsorgt worden. April fiel ein, daß vor seiner Tür die Montagsausgabe gelegen hatte, von der Sonntagszeitung keine Spur. Die meisten Leute hoben Teile der Zeitung für wenigstens ein, zwei Tage auf. Komisch. Sie warf den Müll der alten Frau in den Müllschlucker.

Der Flur war leer. Sergeant Joyce hatte Lorna Cowles bestimmt zur weiteren Befragung mit aufs Revier genommen. April ging zurück in die Wohnung.

Der Leichenbeschauer, der die Leiche offiziell für tot erklären sollte, war noch nicht aufgetaucht. Raymond Cowles lag immer noch mit der Plastiktüte überm Kopf auf dem Bett. Die Spurensicherung war mit dem Fotografieren fertig. Ein Typ, den April nicht kannte, halb so groß wie sie und ungefähr doppelt so schwer, skizzierte das Zimmer, maß alles aus und trug Winkel und Abstände in die Skizze ein. Er war völlig in seine Arbeit vertieft und ignorierte April.

Sie sah sich das Bett genauer an. Die beige Bettwäsche war zu einem unordentlichen Berg zusammengeknüllt. Der Tote lag auf dem zerknitterten, fleckigen Laken. Falls Haare darauf gewesen wären, hätte man sie schon entfernt und mitgenommen. Es sah nicht so aus, als hätte sich Raymond Cowles am Ende noch gewehrt. Die Arme lagen neben dem Körper. Die toten Augen unter der Plastiktüte waren leicht geöffnet. April berührte seine Hand. Sie war kalt und steif. Sie hockte sich neben ihn und betrachtete die langen, schlanken Finger mit den kurzen, polierten Nägeln. Der linke Ringfinger war von einem Ring etwas eingedellt, er trug aber keinen. Es gab nur einen sichtbaren Fleck am Hals – einen runden, roten Knutschfleck, den er vor seinem Tod erhalten hatte. Ob sich noch weitere Spuren unter Hemd und Hose finden würden, war nicht auszumachen.

»April«, rief Mike aus dem Wohnzimmer.

April richtete sich auf. Der Zeichner ignorierte sie nach wie vor. Sie öffnete die Schublade des Nachtschränkchens, obwohl ihr klar war, daß Mike hier schon längst nachgesehen hatte, und fand eine Dose Vaseline und einen Jahresvorrat Kondome in Dreierpackungen darin.

Offensichtlich hatte sich Raymond Cowles für Essen und Sex interessiert. Sie schloß die Schublade und verließ das Zimmer. Mike hatte einige Gegenstände auf dem Eßzimmertisch aufgereiht, auf dem noch der Staub des grauen Puders für die Fingerabdrücke lag. Die Gegenstände waren in durchsichtigen Tütchen verpackt und mit ordentlichen Aufklebern versehen. Unter anderem gab es ein Tablettenröhrchen, in dem noch fünfundzwanzig Kaminex von ursprünglich fünfundsiebzig waren, einen Notizblock, auf dem neben einer Telefonnummer der Name Harold Dickey stand, sowie das Buch *Final Exit.*

11

»Halloween«, schnaufte Sergeant Joyce verächtlich. »Die schlimmste Nacht im ganzen Jahr.« Sie ließ sich auf einen Stuhl im Mannschaftsraum fallen, wo der Fernseher eingeschaltet war und irgendeine Operation über den Bildschirm flimmern ließ. Etwas Augapfelartiges wurde soeben herausgeschnitten.

April lehnte sich gegen die Wand hinter dem Bildschirm, damit sie es nicht sehen mußte. Mike saß ihr gegenüber auf einem Stuhl und strich sich über den Schnurrbart.

»Eins meiner Kinder hat ein Kilo Süßigkeiten verschlungen und sich die halbe Nacht übergeben. Der andere hat sich als Waschmaschine verkleidet – hat sich einen großen Karton vom Supermarkt geholt und über den Kopf gestülpt, seine Schwester hat ihn dann unten zugetackert. Sie haben vergessen, Löcher für die Arme reinzumachen, der arme Kerl konnte gar keine Süßigkeiten einsammeln.« Sergeant Joyce schüttelte nachsichtig den Kopf. »Was kann man da noch sagen?«

Mike und April wechselten einen Blick.

Joyce seufzte herzhaft. »Nun, was haltet ihr von der Sache?« Sie sah Mike an.

Der zwinkerte. »Kinder sind schon toll«, sagte er, »hätte selbst gern welche.«

»Ach was.« Joyce sah ihn giftig an. »Irgendwie kann ich das nicht glauben. Aber ich sprach nicht von den Kindern. Ich meine den Fall – Raymond, wie hieß er noch?«

»Okay.« *Was immer Sie sagen.*

Aus dem Fernsehen ertönte das Wort »Gebärmutterkrebs«.

Sergeant Joyce fuhr herum, als hätte sie jetzt erst gemerkt, daß der Apparat eingeschaltet war. »Was ist denn da los?«

Aprils Magen knurrte. Ungeduldig wackelte sie mit dem Fuß. Es war Mittagszeit. Die Zeit verstrich, und es gab noch eine Menge zu tun.

»Der Fernseher. Soll ich ihn ausmachen?«

»Ja. Wenn's nach mir ginge, wär er immer aus. Wer macht den eigentlich immer an?«

Mike schaltete ihn aus und zuckte mit den Schultern. Es war ihm egal, daß die Leiterin nicht wußte, daß Healy bei jeder Gelegenheit den »OP-Kanal« einschaltete.

»Hoffentlich war's Selbstmord«, sagte sie unvermittelt und zog an einer Haarsträhne. »Unsere Aufklärungsrate sieht nämlich ganz schön übel aus.«

April lächelte. Da waren sie also in einem sogenannten »Revier mit hoher Lebensqualität«: West Side nördlich der 59. Straße, Central Park West bis zum Hudson. In diesem Gebiet gab es bekannte Kirchen und Synagogen, die New Yorker Gesellschaft für Geschichte, das Naturhistorische Museum, die Columbus Avenue, an der die meisten Fernsehsender ansässig waren, das Lincoln Center, verschiedene Colleges, eine Universität und einen riesigen Krankenhauskomplex. Die meiste Zeit waren sie hier mit Einbrüchen, Raubüberfällen, Autodiebstählen, Bettlerei, Drogen und vergewaltigten Obdachlosen beschäftigt. Mord kam in dieser Gegend nicht alle Tage vor. Die Menschen hatten was dagegen. Mord machte sie nervös.

»Healy. Healy ist's, ich weiß. Er ist wohl nicht zum Medizinstudium zugelassen worden.« Sergeant Joyce grinste; sie sollten wissen, daß sie doch alles im Auge hatte, auch wenn sie manchmal Unwissenheit vortäuschte.

»Zur High-School«, entfuhr es Mike.

»Schon gut. Also, was war mit den Sachen in Raymonds Appartement?«

»Meinen Sie das Buch und die Kaminex?«

»Genau.«

»In dem Buch wird genau geschildert, wie man sich mit einer Plastiktüte umbringt. Die beschreiben auch, wie man mit dem Alkohol und den Beruhigungsmitteln umgehen soll. Wenn man zuviel trinkt oder zu viele Tabletten nimmt, schläft man ein, bevor die Tüte richtig festsitzt. Den Abschnitt hatte er mit Leuchtstift markiert«, sagte Mike.

Oder jemand anderes. April dachte daran, wie perfekt das

Ganze ausgeführt worden war. Sie fragte sich, ob der Mann erst eine Geliebte zum Abschied eingeladen hatte, dann mit ihr geschlafen hatte, sich angezogen und gekämmt hatte. Und dann? Gab es vielleicht Streit, hatten sie sich getrennt? War er so verzweifelt, daß er sich im Bad die Pillen holte und dann seinen Therapeuten anrief?

Und dann?

Er schluckte die Tabletten, stülpte sich die Tüte über den Kopf, legte sich mit Schuhen aufs schmutzige Laken und schlief ein? Hätte er nicht was aufschreiben wollen, oder seinem Seelenklempner erzählt, was passiert war? Verzweifelte Menschen wollten normalerweise reden, sich mitteilen.

»Das Buch könnte auch eine Falle sein«, sagte April. Vielleicht fand sich in seinem Blut gar kein Beruhigungsmittel.

»Halloween«, murmelte Joyce. »Was das wohl zu bedeuten hat?«

»Könnte purer Zufall sein«, gab April zu bedenken.

»War viel los letzte Nacht, viel Lärm in der Gegend«, beklagte Sergeant Joyce. »Die Kinder, die dort Süßigkeiten einsammeln, wohnen ja nicht alle dort. Manche ziehen auch mit Freunden los und gehen durch die ganze Straße. Die Leute öffnen ihre Türen, ohne zu fragen, wer da ist.«

April verlagerte das Gewicht und wackelte jetzt mit dem anderen Fuß. Warum war Sergeant Joyce so auf Halloween fixiert? Wahrscheinlich hatte Halloween gar nichts damit zu tun. Der Kerl war unglücklich gewesen. Hatte sich umgebracht. Nach einer Flasche Wein, einem guten Essen und Sex? Mit einem Knutschfleck am Hals?

»Vielleicht ist es kein Zufall«, sagte Mike. »Es könnte ja auch so 'ne Art Streich sein, jemanden an Halloween umzubringen. Das Opfer hat natürlich Pech. Bringt man sich selbst um, hat man den Hinterbliebenen sozusagen einen Streich gespielt. Vielleicht hatte Cowles ja Humor?«

April schüttelte den Kopf. Mörder hatten schon manchmal Humor, Selbstmörder aber eher nicht. Raymonds Frau hatte einen Psychiater erwähnt, Dr. Treadwell, der auch die Beruhigungsmittel verschrieben hatte. Vielleicht hatte er Schlafstörungen oder ein psychisches Problem. April hatte schon die Nummer gewählt, die auf dem Nachttisch neben dem Toten gelegen hatte. Harold Dickey war ebenfalls Psychiater. Nach Raymonds Terminkalender hatte er Dr. Treadwell, den anderen Psychiater, am Freitag gesehen.

Vielleicht wußten die beiden Psychiater mehr. April warf einen Blick auf ihre Armbanduhr. Es war nach ein Uhr. Unter Dr. Dickeys Nummer hatte sie erfahren, daß der Doktor gewöhnlich zwischen halb zwei und zwei im Büro war. Wenn sie sich beeilten, würden sie ihn vielleicht noch erwischen.

»Komm, reden wir mit dem Seelenklempner«, sagte April.

Sergeant Joyce schob ihren Stuhl zurück, wobei sie neue Schleifspuren auf dem schäbigen Linoleumboden hinterließ. »Seid nett zu ihm«, mahnte sie.

12

Der alte Feuerschutzraum auf Ebene 3B, in dem Bobbie Boudreau seine Pausen verbrachte, war so winzig, daß er bei den extensiven Renovierungsmaßnahmen und Umbauten immer wieder übergangen worden war. Der *Stone Pavilion* war zwischen 1910 und 1913 erbaut worden. Der Raum, drei mal drei Meter groß, befand sich in einer stillen Abzweigung vom Hauptgang, die Tür war grün wie alle anderen, es war aber kein Schild angebracht. Ohne ein Schild, das besagte, wozu der Raum diente, wurde er ignoriert. Seit vielen Jahren schon war er nicht mehr benutzt worden, bis Bobbie bei einem seiner Streifzüge als Hausmeister vor einem halben Jahr darauf gestoßen war.

Als er das kleine Zimmer entdeckt hatte, war es völlig verstaubt gewesen. An einer Wand stapelten sich rote Feuerwehreimer, in denen noch alter Sand klebte. Eine große und eine kleinere Axt, beide total verrostet, hingen an der Wand über drei Holztragen. Überall lagen alte, vermoderte Wasserschläuche herum; ihretwegen hätte Bobbie die Tür fast nicht aufbekommen. Als er hier zum ersten Mal die warme, abgestandene Luft eingeatmet hatte, kam es ihm vor, als hätte er ein neues Land entdeckt, das ihm allein gehörte – wie der Pappkarton seiner Kindheit, den er sich in einer Ecke der windschiefen Hütte, dem Zuhause der Boudreaus, aufgestellt hatte.

Wenige Tage nachdem seine Mutter in dem kleinen Zimmer des Brownstone-Gebäudes gestorben war, hatte er diesen Raum gefunden. Er saß auf einer Pritsche, die sein Gewicht gerade noch aushielt, und ließ sich die Erniedrigungen und Ungerechtigkeiten durch den Kopf gehen, die er erlitten hatte; Clara Treadwell, diese Hexe, hatte dem Ganzen noch die Krone aufgesetzt, indem sie sein Leben ruiniert und seine Mutter umgebracht hatte.

Beim bloßen Gedanken an dieses Luder Clara Treadwell schmerzte Bobbies Kiefer, seine Kehle brannte, eigentlich der ganze Kopf, das Gehirn: Wie er ihren Tod herbeisehnte! Und das nach all den Jahren, die er dem Krankenhaus treu gedient hatte. Er hatte sich um die ganz schlimmen Fälle gekümmert, um die bösartigen, gefährlichen Patienten, vor denen sich die anderen Pfleger fürchteten. Er hatte Scheiße weggewischt, Erbrochenes, selbst zugefügte Messerstiche und Verbrennungen verbunden, sie davon abgehalten, sich das Haar auszureißen. Er konnte sie mit seiner Berührung beruhigen. Sie liebten ihn, hingen an ihm, und sie hatte ihn zerquetscht wie eine Fliege wegen eines Todesfalles, mit dem er überhaupt nichts zu tun gehabt hatte. *Absolut nichts.* Zum Sündenbock hatten sie ihn gemacht, ihn erniedrigt, rausgeworfen, sein ganzes Leben zunichte gemacht, obwohl er doch nur seinen Job getan hatte.

So etwas war ihm nicht zum erstenmal passiert, nein. Warum war das Leben nur so ungerecht? Die Antwort darauf war, daß Menschen wie Clara Treadwell immer ihre Macht ausnutzten. Sie verletzten jeden, wenn ihnen der Sinn danach stand. Und die guten Menschen konnten sich nicht davor schützen.

Als Bobbie in der Zeitung des *Medical Centers* auf ein Foto von Clara Treadwell stieß, kam ihm die Idee, aus ausgeschnittenen Buchstaben Botschaften zusammenzukleben und sie der Hexe persönlich zu überbringen. Ihr Foto tauchte regelmäßig auf. Er hatte es auch in der *Post* gesehen, als sie in den präsidialen Ausschuß berufen wurde. Das gleiche Foto war in der *Medical Center Newspaper* abgebildet. Einen Monat später gab es einen Bericht über ihren Kondomvortrag und ihren Vorschlag, Kondomautomaten in der Jugendpsychiatrie und in der geschlossenen Abteilung des *Psychiatric Centres* aufzustellen, um Aids vorzubeugen. In dem Bericht war die Rede davon gewesen, daß ihr Vorschlag großes Aufsehen erregt hätte.

Harold Dickey, Vorsitzender des Qualitätskontrollausschusses, war ebenfalls auf diesem Foto zu sehen gewesen. Er war das andere Arschloch, dem Bobbie den Tod wünschte. Vor Jahren hatte Bobbie Dr. Dickey und die junge Treadwell in einem leeren Krankenzimmer der geschlossenen Geriatrie dabei erwischt, wie sie sich hinter der Tür begrapschten. Manches änderte sich nie. Auf einem Foto in der letzten Zeitung waren die beiden neben einer Tafel zu sehen, auf der Kondome präsentiert wurden. Beide lächelten in die Kamera, und Dickeys Hand lag auf Treadwells Schulter.

Nachdem dieses Foto in der Zeitung erschienen war, hatte Bobbie mehrere Wochen lang Kondome in Treadwells Akten versteckt, auf ihren Stuhl im Konferenzraum gelegt, in ihre Schreibtischschublade und in die Joggingschuhe im Schrank. Das Schloß der Bürosuite war ausgewechselt worden, ihn konnten sie aber nicht aussperren.

Er saß auf der Pritsche und betrachtete seine Fotosammlung an der Wand. Am meisten regte er sich über das Bild mit dem dümmlich grinsenden, arroganten Dr. Dickey auf. Sie erlaubten sich einfach alles und dachten, niemand wußte, wie sie zueinander standen und was sie vorhatten. Aber Bobbie hatte sie in der Hand, denn er wußte alles über ihre Beziehung, ohne daß sie etwas davon ahnten.

Genauso, wie vor vielen Jahren Colonel Stasch nicht wissen konnte, wie knapp er dem Tod entgangen war, wußte Clara Treadwell nicht, in welch tödlicher Gefahr sie schwebte. Sie wußte nichts von Bobbies Macht. Das sah er an ihrem Gang und ihrem Lächeln auf den PR-Fotos. Diese einfältige Frau, sie würde auch ihren alten Liebhaber verlieren. Er klebte das Foto wieder an die Wand. Bobbie fühlte sich ruhig und sehr ausgeglichen seit dem Unfall, bei dem der Penner von der Brücke gestürzt war. Sein zerfleddertes Leben fügte sich wieder zu einem Ganzen. Unfälle waren seine Spezialität. Die Sache mit dem Penner war ein unerwarteter Bonus gewesen, die nächsten beiden Unfälle waren schon geplant. Er sah auf seine Armbanduhr. Fünf vor halb zwei. Zeit, sich an die Arbeit zu machen.

13

Um halb zwei rannte Jason Frank in einem grauen Jogginganzug ohne Aufdruck die fünf Stockwerke von seiner Wohnung hinunter zur Eingangshalle. Die Treppe erinnerte an ein nobles, europäisches Hotel und hatte es ihm vor acht Jahren, als er eingezogen war, besonders angetan. In diesem außergewöhnlichen Gebäude aus den zwanziger Jahren kam man auf zwei Arten hoch und runter: es gab einen altmodischen, käfigartigen Aufzug sowie eine Treppe, die sich um den Aufzug herum wand. Die großzügigen Treppenabsätze in jeder Ecke des Gebäudes bildeten von der marmornen Vorhalle aus bis zur vierzehnten Etage ein elegantes Viereck. Das schwarze, gußeiserne Geländer war mit Blattwerk aus Messing und gewundenen Weinranken verziert.

Das einst beeindruckende Gebäude wurde langsam schäbig. Die untere Hälfte der Wände bestand aus einem Karomuster aus weißen und schwarzen Fliesen, die mittlerweile zum Teil abgeplatzt oder durchgebrochen waren, einige fehlten ganz. Die durchgetretenen Marmorstufen hatten Risse und waren schon seit Jahrzehnten nicht mehr auf Hochglanz gebracht worden. Und die Goldrosetten an der Decke könnten auch mal wieder einen neuen Anstrich gebrauchen.

Die Bewohner des Gebäudes waren gleichzeitig Eigentümer, und ein Ausschuß hatte vor kurzem eine Umfrage durchgeführt, um festzustellen, wie viele von ihnen bereit wären, hunderttausend Dollar oder mehr für die notwendigen Reparaturen zu investieren. Das Ergebnis war noch nicht bekannt. Der Portier blickte gerade auf seine Armbanduhr, als Jason in der Eingangshalle ankam.

Emilio war fünfundzwanzig und beobachtete das Kommen und Gehen im Haus mit einer Genauigkeit, die selbst für die intime Upper West Side ungewöhnlich war. Der letzte Patient, der die Treppe heruntergekommen war, sah seiner Meinung nach schwul aus. Emilio grübelte darüber nach, ob der Doktor selbst vielleicht auch schwul war, wenn er schwule Patienten hatte. Diese Frage stellte sich einfach. Jetzt, zehn Minuten später, rannte Dr. Frank im Jogginganzug auf die Tür zu.

»Na, gehen Sie laufen, Doc?« fragte Emilio.

Jason lächelte. Nein, er wollte eine Bank ausrauben. »Guten Morgen, Emilio.«

»Es ist schon seit anderthalb Stunden Nachmittag.« Emilio hielt ihm die schwere, gußeiserne Eingangstür auf.

Dr. Frank lief weiter; eigentlich sah er nicht schwul aus. Er war etwas größer als Emilio, etwa einsfünfundachtzig, und viel schlanker. Der Doc war hager wie ein Läufer und hatte braunes, sehr kurzes Haar. Er sah fast aus wie ein Kennedy, einer von diesen Privilegierten. Gute Figur, gutes Aussehen, stammte wohl aus einer guten Familie und hatte sein Leben im Griff. Seit ungefähr drei Wochen ließ er sich einen Bart wachsen, der juckte wohl noch, denn Jason kratzte sich ständig. Emilio musterte den Doc genau, als er durch die Tür ging. Schwul oder nicht schwul?

»Es fängt bestimmt bald an zu regnen. Passen Sie auf!«

Jason sagte nichts. Er wollte nicht zuviel mit Emilio reden. Der junge Portier hatte Identitätsprobleme. Weil er in einer Abendschule Psychologiekurse belegte, hatte Emilio eine Zeitlang allen Leuten, die zu Jason kamen, erzählt, er sei ein Kollege von Jason. Er behauptete, den Charakter eines Menschen allein am Gang erkennen zu können.

Jasons Kollegen hatten sich darüber amüsiert, aber seine Patienten hatte es verunsichert. Jason hatte Emilio bitten müssen, nicht mehr solche Unwahrheiten zu verbreiten und sich auf seinen Job zu beschränken. Er sollte nur die Tür öffnen, mehr nicht. Am liebsten hätte er dem jungen Mann die Fresse poliert, aber das wäre dann wohl doch etwas zu aggressiv und unproduktiv gewesen.

Er fröstelte, als er die feuchte, kühle Luft einsog. Er verabscheute die Kälte und mußte sie jedes Jahr wieder wie einen Feind besiegen. Es war schon November. Bald würde er nicht mehr im Freien laufen können und wieder ins Fitneßcenter in der 92. Straße gehen. Jason haßte den langen Weg, der soviel Zeit kostete. In der warmen Jahreszeit lief er im Riverside Park, entweder morgens vor dem ersten Klienten oder zwischen zwölf und zwei. Alles, was er tat, war genau durchdacht; er arbeitete seit acht Jahren als Psychoanalytiker und plante seine Tage minutiös, um den Anforderungen seines außergewöhnlichen Berufes gerecht zu werden.

Er unterrichtete Medizinstudenten und Assistenzärzte der Psychiatrie. Für jede anderthalbstündige Vorlesung mußte er sich etwa vierzig Stunden vorbereiten. Er unterrichtete drei verschiedene Stufen. Am Ende jeder Stufe wurde ein bestimmtes Wissen vorausgesetzt. Medizinstudenten erhielten ein Grundwissen. Mit den Assistenzärzten behandelte er die gleichen Themen sehr viel ausführlicher. Für die Kollegen im Verband mußte er schon im voraus Aufsätze schreiben. Jason wurde für den Unterricht nicht bezahlt und auch nicht für die Betreuung der Assistenzärzte. Über den persönlichen Einsatz, den man erbringen mußte, um auf dem eingefahrenen Gebiet der Psychoanalyse überhaupt etwas zu bewegen, redete kein Mensch.

Für die unzähligen Stunden, die er investierte, um Artikel für psychoanalytische Fachzeitschriften zu verfassen, bekam er keinen Penny. Auch die Unkosten, die er hatte, um Nachdrucke von Artikeln anzufertigen und sie an Kollegen in der ganzen Welt zu verschicken, ersetzte ihm niemand. Für etwa die Hälfte seiner Vorträge erhielt Jason ein freiwilliges Honorar, aber das deckte nicht mal ansatzweise seine Kosten. Oder den Zeitaufwand für einen Vortrag, denn er konnte nicht einfach irgendwohin fliegen, den Vortrag halten und wieder nach Hause fliegen. Ein Redner mußte sich mit den Studenten treffen, mit dem Dekan zu Mittag essen und mit Kollegen reden. Manchmal waren die Wege so weit, daß er bleiben, zu Abend essen und ein Zimmer nehmen mußte.

Bei Konferenzen wurden die Themen vorab von einem Komitee abgesegnet. Als Redner mußte man dann seinen Vortrag einreichen, damit die Diskussionsteilnehmer sich mit dem Thema vertraut machen und später kritische Fragen stellen konnten. Man mußte sich natürlich auch die Vorträge von anderen anhören. Oft wurde Jason darum gebeten, einen Vortrag zu halten und ebenfalls an einer Diskussionsrunde teilzunehmen. Wenn er dann ausgelaugt und erschöpft nach Hause kam, warteten auf ihn die üblichen Zwölfstundentage mit Unterricht und Patienten sowie Stapel ungeöffneter Post. So sah eine Karriere aus, wenn man in der Psychiatrie etwas verändern wollte. So sah Jasons Karriere aus: er war unabhängig und hatte sich einer Institution angeschlossen, die Mitarbeit als Ehre verstand und den Gastprofessor nicht mit Geld korrumpieren wollte.

An der 80. Straße überquerte er den Riverside Drive und joggte langsam los. An der 85. Straße befand sich der riesige Krankenhauskomplex, in dem das *Psychiatric Centre* untergebracht war, in dem er unterrichtete.

Er lief daran vorbei, ohne hinüberzusehen. Er war nicht gern dort, deswegen hatte er auch keine volle Stelle. Jason hatte nie Gefallen gefunden an Personalpolitik, Komitees und endlosen Konferenzen. Wenn man wie Jason nicht bei einer Institution angestellt war, mußte man sich den Lebensunterhalt allein mit Therapiesitzungen verdienen. Er hatte genau ausgerechnet, wie viele Sitzungen er machen mußte, damit genug Geld fürs Schreiben und Unterrichten reinkam. Er hatte eigentlich nie freie Zeit, immer gab es tausend Dinge zu tun. Er hatte zweimal geheiratet. Seine erste Frau hatte er verlassen. Emma, seine zweite Frau, hatte ihn verlassen. Sobald er nicht arbeitete, mußte er daran denken.

Er schenkte dem majestätischen Hudson und den Klippen New Jerseys auf der anderen Seite keine Beachtung. In Gedanken war er bei seiner Frau, die als Filmschauspielerin in Kalifornien lebte und ihn jede Woche zu einer festgelegten Zeit anrief, um ihm zu sagen, daß sie an ihm nie etwas Liebenswürdiges gefunden hatte. Bei diesem Gedanken brach ihm der Schweiß aus.

Als er die 95. Straße erreichte, ging ihm durch den Kopf, daß er weder ein Auto noch ein Landhaus oder ein Kind hatte. Ob er seine Aktivitäten etwas einschränken konnte, um mehr Zeit für Emma zu haben? Das war das eigentliche Problem. Er konnte sie wahrscheinlich nur mit einem großen Opfer beeindrucken. So weit war es gekommen mit den Frauen, sie waren nicht mehr passive Helferinnen, sondern gleichberechtigte Partnerinnen, die ebenfalls arbeiteten. Es leuchtete ein, daß bei zwei Karrieren keine Zeit übrigblieb. Emma hatte ihm fünf Jahre ihrer Zeit geschenkt und war schließlich so verzweifelt gewesen, daß sie in einem erotischen Streifen mitgespielt hatte, nur um seine Aufmerksamkeit zu erlangen. Jetzt, da sie sich als Schauspielerin einen Namen gemacht hatte, war sie der Meinung, daß es nur fair wäre, wenn er fünf Jahre seiner Karriere für sie opferte.

Bei der 110. Straße, Jason war mittlerweile schweißgebadet, drehte er sich um und lief in schnellerem Tempo zurück. Die Endorphine machten sich bemerkbar. Er hatte wieder neue Energie. Es kam ihm vor, als könne er noch Stunden laufen, ohne jegliche Schmerzen hinterher zu haben. Das stimmte aber nicht. Er hatte ein zuversichtliches Gefühl, was Frauen im allgemeinen und Emma im besonderen betraf, irgendwie würde sich schon alles richten. Doch das stimmte wahrscheinlich auch nicht.

Als er wieder am *Psychiatric Centre* vorbeikam, warf er einen kurzen Blick auf die Eingangstür. Er wäre fast gestolpert, als er sah, daß die beiden einzigen Cops, die er persönlich kannte, wieder einmal in sein Revier eindrangen.

14

Psychiater waren seltsame Wesen, dachte April. Der Krankenhauskomplex hieß Medical *Center*, aber die psychiatrische Abteilung bevorzugte die britische Schreibweise Psychiatric *Centre*. Das gewaltige Tor und die riesige Eingangshalle des Centres machten einen äußerst seriösen Eindruck. Eine kurze Recherche hatte ergeben, daß beide Psychiater von Raymond Cowles ihre Büros in diesem furchteinflößenden Gebäude hatten. Als Cop konnte man sich hier des Eindrucks nicht erwehren, aus den Müllhaufen der untersten Gesellschaftsschichten hervorgekrochen zu sein.

Mike ging durch die Drehtür und lockerte seine silberglänzende Krawatte. Er paßte nicht in diese Welt der Ärzte. Unter der linken Achsel war der Wulst des Schulterhalfters zu erkennen. Seine saloppe Kleidung, die prüfenden Blicke und der wuchernde Schnurrbart machten die Sache nicht besser.

April hängte ihre Tasche über die Schulter und hoffte, der Sicherheitsbeamte, der sich angeregt mit einem Bediensteten unterhielt, würde nicht merken, daß er soeben zwei bewaffnete Leute durchgelassen hatte. Sie gingen zum Empfang.

»Können Sie uns sagen, wo wir Dr. Dickey finden?« fragte Mike die hübsche Frau hinter dem Tresen.

Sie schenkte ihm ein herzliches Lächeln und warf die roten Locken in den Nacken. »Dr. Harold Dickey?«

Mike erwiderte ihr Lächeln. »Genau der.«

»Haben Sie einen Termin?«

Mike zeigte ihr seine Dienstmarke. »Aber sicher.«

»Neunzehnter Stock.« Sie gab ihnen zwei Besucherausweise.

»Danke.« Schon im Gehen, drehte sich Mike Sanchez noch einmal um. »Und Dr. Treadwell?«

»Die Leiterin des Centres? Haben Sie bei ihr auch einen Termin?«

Bei *ihr*? Mike machte große Augen und ging zum Aufzug. »Ja«, murmelte er, »allerdings.«

Überrascht faßte April ihn am Arm. *Die Leiterin des Centres war die Psychiaterin des Toten gewesen?*

Mike machte eine Kopfbewegung in Richtung des Sicherheitsbeamten am Eingang, der immer noch in seine Unterhaltung vertieft war. Phantastische Sicherheitsvorkehrungen! Hinzu kam, daß die Dame am Empfang ebenfalls versäumte, ihnen mitzuteilen, daß sie ihre Patronen bei der Oberschwester im dritten Stock abgeben mußte. Es war in psychiatrischen Anstalten strikt verboten, mit geladener Waffe rumzulaufen.

April war verwirrt, nicht zuletzt durch die Tatsache, daß Dr. Treadwell eine Frau war. Sie hätte gar nicht sagen können, warum sie das störte. Vielleicht wäre sie ebenso verwirrt gewesen, wenn es sich um einen chinesischen Arzt gehandelt hätte. Den eigenen Leuten wünschte man keine Schwierigkeiten. Sie drückte mehrere Male vergeblich auf die Ruftaste für den Aufzug, bis Mike mit der Hand daraufschlug. Es gab zwar sechs Aufzüge, trotzdem dauerte es eine Ewigkeit, bis endlich einer kam. Es versammelten sich immer mehr Leute vor den Aufzügen. Manche trugen weiße Kittel. Andere hatten interessant geschorene Haare, mehrfache Piercings, buntgefärbtes Haar und trugen seltsame Kleidung. Mike fühlte sich zunehmend unwohl.

Es dauerte ewig, bis sie im dritten Stock ankamen, die Oberschwester gefunden und ihre Patronen ausgehändigt hatten. Sie wurden eingetütet, beschriftet und im Aktenschrank eingeschlossen. Als sie wieder wartend vor den Aufzügen standen, sah April, wie Mike zwei Ersatzpatronen in die Tasche gleiten ließ, für alle Fälle.

Um zwanzig vor zwei stiegen sie im neunzehnten Stock aus; die ältliche Frau am Schreibtisch rief Dr. Dickey an, um zu sehen, ob er Zeit hatte.

»Hier sind zwei Polizeibeamte, Dr. Dickey, die mit Ihnen sprechen wollen.« Sie wandte sich ab und verdeckte die Hörmuschel mit der Schulter. »Nein, haben sie nicht... Ja, Dr. Dickey.«

Sie legte den Hörer auf. »Fünfte Tür rechts«, sagte sie knapp.

Fünfte Tür rechts. Beim Gedanken an Raymond Cowles mit

der sorgfältig gefältelten Plastiktüte überm Kopf kniff April die Lippen zusammen. Ray hatte zwei Psychiater gehabt. Einer davon war eine Frau – die Direktorin des renommiertesten psychiatrischen Krankenhauses der Stadt, vielleicht des ganzen Landes. Über den anderen wußten sie noch nichts. An diesem Fall würde sicher niemand Gefallen finden.

Die fünfte Tür rechts wurde schon geöffnet, bevor sie dort ankamen. Ein untersetzter Mann in grauem Anzug sah ihnen argwöhnisch entgegen. Sein rosiges Gesicht wurde von buschigen Augenbrauen, einem imposanten Schnurrbart und dunklen, regen Augen beherrscht, denen nichts zu entgehen schien. Die Lebensmitte hatte er schon überschritten, doch er wirkte sehr energisch, als er zurücktrat und die beiden Detectives in sein Büro winkte.

»Dr. Dickey«, stellte er sich mit sanfter Stimme vor. »Womit kann ich Ihnen dienen?« Wie das bei Psychiatern oft der Fall war, vermittelte Dr. Dickey den Eindruck, als wüßte er schon, wie er ihnen helfen konnte.

»Sergeant Sanchez, Detective Woo«, sagte Mike.

»Gibt's ein Problem?« Dickey neigte den Kopf zur Seite.

»Kennen Sie einen Mann namens Raymond Cowles?«

Dickey legte den Kopf auf die andere Seite. *Ja, nein, vielleicht.* »Sollte ich?« fragte er.

Mike zuckte mit den Schultern.

Dickey musterte ihn kühl. »Warum sagen Sie mir nicht, worum es geht, und wir sehen, ob ich Ihnen behilflich sein kann?«

»Nun gut. Raymond Cowles wurde heute morgen tot in seiner Wohnung aufgefunden.«

Stirnrunzelnd zog Dickey die buschigen Brauen zusammen, seine Augen schossen fragend hin und her. »Ich kenne diesen Mann nicht«, murmelte er schließlich. »Ich kann dazu nichts sagen.« Er hob entschuldigend die Hände.

Die drei standen vor Dickeys nicht besonders großem Schreibtisch. Dickey fragte nicht, ob sie sich setzen wollten. »Was habe ich damit zu tun?«

»War Raymond Cowles nicht einer Ihrer Patienten?« fragte Mike.

Dickey schüttelte den Kopf. »Nein«, erwiderte er nachdrücklich.

»Sie kannten ihn nicht?«

»Nein.«

»Wir fanden Ihren Namen und Ihre Telefonnummer auf einem Notizblock neben der Leiche.«

Dickey zuckte zusammen und schüttelte wieder den Kopf. »Mich kennen eine Menge Leute. Deswegen habe ich noch lange nichts damit zu tun. Ich kenne diesen Mann gar nicht.«

»Er hatte Ihre Telefonnummer. Haben Sie mit ihm gesprochen?«

»Nein.«

»Kennen Sie Dr. Clara Treadwell?«

Dickeys Augen flogen zwischen Mike und April hin und her. »Selbstverständlich, sie ist die Direktorin des Centres. Ist sie ...?« Er wurde rot.

April sagte nichts, sie beobachtete Dickey genau. Zunächst gab er sich kühl und reserviert, zeigte keinerlei Interesse daran, zu erfahren, wie Raymond gestorben war. Kaum war jedoch Dr. Treadwells Name gefallen, errötete er wie ein junges Mädchen.

»Was ist mit Dr. Treadwell?« fragte Dickey plötzlich. »Hat sie irgend etwas damit zu tun? Was ist passiert? Sagen Sie mir doch bitte, was los ist.«

»Sie kannten den Verstorbenen nicht?«

»Nein, aber alles, was mit dem Centre zu tun hat ... ich bin der Vorsitzende des Qualitätskontrollausschusses.« Dickey richtete sich zu voller Höhe auf. »Ich muß wissen, wenn ...« Er lächelte einnehmend, fast flehentlich, er wollte mehr erfahren.

Mike warf April einen kurzen Blick zu. »Danke, wir kommen wieder auf Sie zurück.«

Dickey folgte ihnen bis zur Tür. Einen Moment sah es so aus, als wolle er mit ihnen nach oben zu Dr. Treadwell gehen. Doch er drehte sich abrupt um und verschwand wieder in seinem Büro; die Tür fiel leise hinter ihm ins Schloß.

April verzog das Gesicht. »Warum lügt er? Wir kriegen es doch sowieso raus.« Wieder standen sie vor dem Aufzug und warteten.

»*Querida*, alle lügen. Hast du das noch nicht gemerkt?«

Es war vierzehn Uhr, als die beiden Beamten im zwanzigsten Stock aus dem Lift stiegen. Sie sahen sich in dem leeren Flur um. Hier erinnerte nichts mehr an die kahlen Büros im neunzehnten Stock. Ein teurer, gemusterter Teppich bedeckte den Boden, die Wände waren in warmem Beige gestrichen und mit Pferdebildern dekoriert. Geradeaus vor ihnen befand sich eine überdimensionale Mahagonitür, die zur Bürosuite führte.

Beklommen traten Mike und April ein. Der Schreibtisch am Empfang war nicht besetzt. Auch die Polsterecke mit Sofa und Sesseln war leer. Der Empfangsbereich sah aus wie ein Wohnzimmer. Mehrere Mahagonitüren führten zu weiteren, wohnzimmerähnlichen Büros.

Bevor Mike und April sich orientieren konnten, schlenderte ihnen ein flotter junger Mann in teurem, grauem Anzug mit rotweiß gepunkteter Fliege entgegen. Er hatte ein markantes High-Society-Profil und lächelte fragend.

»Kann ich Ihnen irgendwie behilflich sein?« Sein selbstsicheres Auftreten verriet, daß dieser Mann gewohnt war, alle Probleme zu meistern.

Mike zog seinen Ausweis hervor. »Wir möchten Dr. Treadwell sprechen.«

Der junge Mann lächelte ununterbrochen, während er den Ausweis inspizierte. »Ich bin Dr. Goodrich, der zweite Vorsitzende des Krankenhauses. Worum geht es denn? Ich kann Ihnen sicher weiterhelfen.« Das Lächeln machte einer besorgten Miene Platz.

»Wir möchten Dr. Treadwell persönlich sprechen.«

»Alles, was mit dem Krankenhaus zu tun hat, geht auch mich etwas an.« Nach einigen Sekunden peinlicher Stille lächelte Goodrich wieder.

»Bisher gibt es noch keine Anhaltspunkte dafür, daß diese Sache etwas mit dem Krankenhaus zu tun hat.« Mike lächelte jetzt ebenfalls.

Es mißfiel April, schweigend mit ansehen zu müssen, wie idiotisch die beiden Männer sich benahmen. Sie räusperte sich. »Würden Sie Dr. Treadwell bitte mitteilen, daß wir sie über einen Todesfall unterrichten möchten? Sie möchte das bestimmt lieber von uns erfahren als aus der Zeitung.«

Dr. Goodrichs blasses Gesicht errötete. »Können Sie mir wenigstens sagen, um wen es sich handelt, damit ich Dr. Treadwell vorwarnen kann?«

»Nein, tut mir leid.«

»Warten Sie bitte. Ich will nachsehen, ob Dr. Treadwell Zeit hat.«

Goodrich eilte auf die mittlere, geschlossene Mahagonitür zu. Kurz darauf kam er zurück. »Sie kommt sofort. Folgen Sie mir bitte.« Er öffnete die Tür zur Rechten und führte sie in ein großes Eckbüro, von dem aus man einen beeindruckenden Blick auf den Hudson und die Klippen New Jerseys hatte.

Er deutete auf zwei Stühle vor dem riesigen Schreibtisch. »Nehmen Sie bitte Platz.«

»Danke.«

Mike und April blieben stehen. April fiel auf, daß Dr. Treadwells Büro doppelt so groß war wie der Mannschaftsraum des Zwo-Null, in dem sich neun Schreibtische und eine Verwahrungszelle befanden.

Kurz darauf öffnete sich die Verbindungstür zum nächsten Raum. Niemand wäre auf die Idee gekommen, die dunkelhaarige Frau für eine Sekretärin zu halten. Das enganliegende, dunkelblaue Kostüm bestach durch seine Einfachheit. Der Rock ging gerade übers Knie. Am Ausschnitt waren zwei Knöpfe geöffnet, darin steckte ein Chiffontuch in Erd- und Weintönen. Die Seidenstrümpfe und hochhackigen Schuhe nahmen das Burgunderrot des Chiffontuchs dezent auf.

Das Kostüm war allerdings nicht allein für den bemerkenswerten Eindruck verantwortlich. Der selbstbewußte Gang, die schlanken Beine, das makellose Make-up und ihr dunkles Haar trugen ebenfalls dazu bei. April war beeindruckt. Für ihre hohe Position sah diese Frau sehr jung aus.

»Ich bin Dr. Treadwell«, sagte sie mit weicher Stimme.

»Sergeant Sanchez, Detective Woo«, sagte Mike.

Die Ärztin musterte beide und ließ sich hinter ihrem Schreibtisch nieder. Sie mußte ihrem attraktiven, blonden Stellvertreter nicht erst sagen, was zu tun war. Ohne weitere Worte zog er sich zurück.

»Sie möchten mir etwas mitteilen?« fragte Dr. Treadwell.

»Heute morgen fanden wir Raymond Cowles tot in seiner Wohnung auf«, sagte Mike.

Dr. Treadwell holte tief Luft, dabei gelangte etwas Speichel in die falsche Röhre, sie mußte husten.

»Möchten Sie ein Glas Wasser?« fragte April. Ihr ging durch den Kopf, daß dies bereits die zweite Frau war, die wegen Raymond Cowles' Tod zu würgen begann.

Mit erhobener Hand schüttelte Dr. Treadwell den Kopf. »Tut mir leid. Das ist ein... Schock...«

»Lassen Sie sich Zeit. Es muß schrecklich sein, einen Patienten auf diese Art zu verlieren«, sagte Mike.

Dr. Treadwell runzelte die Stirn. »Was soll das heißen?«

»Die Frau des Verstorbenen sagte uns, Sie seien seine Psychiaterin.«

Clara Treadwell fuhr zusammen und drehte sich in ihrem Ledersessel zum Fenster. Als der Sessel zurückkam, hatte sie ihre Fassung wiedergewonnen. Sie holte einen kleinen Kassettenrecorder aus der Schublade und stellte ihn mitten auf den Schreibtisch.

»Nehmen Sie doch bitte Platz, und erzählen Sie mir, was geschehen ist.« Sie deutete auf die beiden Stühle ihr gegenüber.

April warf Mike einen kurzen Blick zu. Lächelnd deutete er mit dem Kopf auf den Kassettenrecorder. Sie setzten sich.

»Erster November. Gespräch mit Sergeant Sanchez und Detective Woo«, sagte Dr. Treadwell, die Augen auf Mike gerichtet. »Ich möchte das gerne mitschneiden, Sergeant, falls Sie nichts dagegen haben.«

Der Kassettenrecorder war stimmaktiviert. Dr. Treadwell hatte ihn nicht einmal berühren müssen. Mike zuckte mit den

Schultern und kratzte sich an dem Ohr, das bei der Explosion letzten Frühling am schlimmsten verbrannt worden war. Das war mal was anderes. Normalerweise waren sie diejenigen, die einen Kassettenrecorder dabeihatten und die Befragung durchführten.

»Sie können jetzt anfangen, Sergeant.«

»Heute morgen um halb elf rief uns Mrs. Cowles an«, sagte Mike.

Er teilte Dr. Treadwell nicht mehr mit als nötig; und das war nicht viel. Die meisten Informationen hielt er für später zurück. Die Autopsie war noch nicht abgeschlossen, die Todesursache bisher unklar.

Während er redete, legte Dr. Treadwell die Hände über die Augen. April war davon überzeugt, daß die Augen eines Menschen sehr viel über ihn aussagten. Zwischen den Augen befand sich der Pfad zur Seele. Dr. Treadwell verdeckte diesen Pfad mit den Händen, doch ihre tiefe Bestürzung entging April trotzdem nicht. Dr. Treadwell konnte zwar ein recht ausdrucksloses Gesicht machen, aber lange nicht so ausdruckslos wie Asiaten, die eine lange Geschichte mit der Devise *Wahre dein Gesicht, sonst hast du verloren* vorzuweisen hatten. Hinter Dr. Treadwells Fingern sah April die Angst; Angst, die sie heute morgen auch schon im Blick der Witwe gesehen hatte. Womit hatte der Verstorbene diesen Frauen soviel Angst eingejagt?

Als Mike zu Ende geredet hatte, senkte Dr. Treadwell ihre Hände. Vordergründig blickten ihre Augen jetzt offen und ehrlich, innerlich waren sie aber noch verschlossen.

»Ich möchte der Polizei helfen, so gut ich kann«, erklärte sie.

»Danke, das erleichtert uns die Sache.« Mike lächelte.

Dr. Treadwell fuhr fort: »Ich bin mir nicht ganz sicher, was ich in solch einem Fall überhaupt sagen darf ... wegen der ärztlichen Schweigepflicht ... ich muß erst einen Anwalt konsultieren.«

Das war's. Die Befragung war zu Ende. April warf Mike einen Blick zu.

»Der Verstorbene war Ihr Patient.«

Dr. Treadwell schüttelte den Kopf. »Nicht zur Zeit seines

Todes. Ich habe keine Privatpatienten mehr, seit ich Direktorin des Centres bin. Ray Cowles war früher einer meiner Patienten gewesen. Das ist mindestens zehn Jahre her – achtzehn, um genau zu sein –«

Die Ärztin schwieg unvermittelt. Sie griff nach dem Kassettenrecorder. »Rays Tod hat mich sehr erschüttert, Sergeant. Danke für die Information.«

Dr. Treadwell schenkte den beiden Detectives ein kleines, trauriges Lächeln und stellte den Kassettenrecorder ab. April hatte richtig vermutet; mit der Erwähnung des Anwalts war das Gespräch beendet. Sie konnten gehen.

15

Mike und April verließen das *Psychiatric Centre* und gingen über die Straße zu ihrem Wagen, der im Halteverbot stand. Am Himmel hing eine dicke Regenwolke, die mit einem feinen Nieselregen etwas Ballast abwarf.

Beim Auto angekommen, fuhr sich Mike durchs Haar und hielt April den Schlüssel hin. »Willst du fahren?«

April schüttelte den Kopf. Sie stieg auf der Beifahrerseite ein und knallte die Tür viel lauter als beabsichtigt zu.

Mike eilte zur Fahrerseite. Gerade als er nach dem Türgriff langte, brach das Unwetter los. Dicke Regentropfen prasselten herunter. Er schlug die Tür zu, versprengte Wasser über die Vordersitze und bespritzte April absichtlich mit ein paar Tropfen.

»Mensch, laß das.« Das kalte Wasser war erfrischend nach dem anstrengenden Tanz im Büro der Direktorin. Sie lachte; sie war froh, da raus zu sein.

Zusätzlich zum Mief des alten Autos verströmte Mike eine Duftmischung aus karibisch-aromatischem After-shave, Old Spice Deodorant und nasser Wolle. Er machte keine Anstalten, den Wagen anzulassen; zu sehr war er mit seinen nassen Haaren beschäftigt. Das Wasser ergoß sich über die Windschutzscheibe und schnitt sie von der Außenwelt ab.

Das gefiel ihm: mit April auf engstem Raum gefangen. In solchen Situationen würde er ihr gern von seinem Leben erzählen und mehr von ihrem erfahren. Er hätte sie gerne umarmt oder geküßt. Die Scheiben beschlugen. Von draußen konnte man nicht reinsehen, und sie konnten nicht raussehen. Er warf ihr einen kurzen Blick zu; April betrachtete schweigend den Regen, der auf die Windschutzscheibe prasselte. Sie würde ihn wahrscheinlich erschießen, wenn er ihr einen Kuß gab. April hielt die Liebe anscheinend für einen Fluch. Wie konnte eine Frau nur so hart und unnachgiebig sein?

»Ich habe beschlossen auszuziehen«, sagte er unvermittelt.

»Wann das?«

Er lachte. »Heute morgen, unter der Dusche. Ich dachte an dich und stellte fest, daß ich eine eigene Wohnung brauche.«

Wie sie so im Auto saßen und der Regen niederprasselte, konnte April sich das bildlich vorstellen. Der Regen rauschte wie eine Dusche. Allerdings wollte sie sich Mike nicht nackt vorstellen.

»Laß uns fahren. Es gibt noch viel zu tun. Außerdem habe ich Hunger, es ist fast halb drei.«

»Was hältst du davon?«

Sie schüttelte den Kopf. »Es ist schwer, von einem Psychiater eine klare Aussage zu bekommen. Sogar bei Mordfällen berufen sie sich auf ihre Schweigepflicht.« Sie seufzte. »Vielleicht kriegen wir nie raus, weshalb Cowles sterben mußte.«

»Das meine ich nicht.«

April lachte. »Ich bin froh, daß du duschst, falls du das meinst. Was soll ich davon halten, daß du an mich denkst? Ich weiß nicht, Mike... Dir laufen die Frauen doch scharenweise nach. Warum ich?« Sie wandte sich ihm mit nichtssagendem Gesichtsausdruck zu.

»Du bist doch Detective. Du kannst es mir bestimmt sagen.«

»Nein. Ich weiß ja nicht, was in deinem Kopf vorgeht.«

»Du, du gehst in meinem Kopf vor«, sagte er.

Unbehaglich rutschte sie auf ihrem Sitz herum. Sie hielt nichts von Flirten im Dienst. Warum ließ er das nicht bleiben?

»Okay, und du?« fragte er.

»Was?«

»Ich wüßte gern, ob du duschst oder badest.«

Sie seufzte mißbilligend. Sie wußte von Officers in der Kripoeinheit, die ein Verhältnis miteinander hatten. Sie kannte auch die ungestörten Stellen entlang des Henry Hudson Parkways. Man lebte praktisch zusammen bei der Arbeit im Revier. Bei den uniformierten Beamten gab es sicher auch die eine oder andere Affäre. Mit oder ohne beiderseitigem Einverständnis. Zwar wollte kein Mensch darüber reden, aber sexuelle Belästigung am Arbeitsplatz kam vor. Und das gar nicht so selten.

Die Detectives saßen ebenfalls dicht aufeinander. Am Ende des Flurs gab es sogar ein Zimmer mit Schlafkojen für diejenigen, die zwischen einer Nacht- und Tagesschicht nicht nach Hause gehen wollten. Außer Sergeant Joyce war April die einzige Frau in der Mannschaft. Sergeant Joyce ging immer nach Hause zu ihren Kindern. April ging auch nach Hause zu ihren Eltern, selbst für zwei oder drei Stunden. Sie ging nach Hause, dachte an Mike, kam wieder, sah ihn und wollte wieder verschwinden. Es war komisch.

»Sag du mir die Antwort«, schlug April vor, »wenn ich dir so im Kopf rumspuke; ich sag dann, ob's stimmt.«

»Okay.«

Obwohl April jeden Morgen duschte, dachte sie jetzt an die Badekugeln und Zusätze, die sie auf dem Regal über der Wanne aufgereiht hatte. Abends und am Wochenende badete sie.

»Beides«, sagte Mike. »Du badest und duschst, stimmt's?«

»Mit einer dritten Option sinkt deine Chance, die richtige Antwort zu erraten, auf dreiunddreißig Prozent.«

»Und?«

Tja, sie könnte lügen, aber sie war keine gute Lügnerin. »Du hast recht«, gab sie zu.

»Na prima! Siehst du, du solltest mir viel mehr vertrauen.« Der Regen war schwächer geworden, es tröpfelte nur noch.

Grinsend wischte Mike über die beschlagene Windschutzscheibe und ließ den Wagen an. »Was hältst du davon, daß ich ausziehen will?«

Was sollte April dazu sagen; sie hatte es selbst nicht geschafft, weiter von ihren Eltern wegzuziehen als ein Stockwerk höher. »Ich weiß nicht. Hast du schon mal allein gewohnt?«

»Ganz allein noch nicht.«

»Ich auch nicht.«

Er wendete in einem weiten Bogen. »Hast du je mit diesem Kerl – wie hieß er doch gleich? – Jimmy – zusammengewohnt?«

»Nein.«

»Danke.«

»Wofür?«

»Für die ehrliche Antwort. Ich hab dich was gefragt, und du bist mir nicht ausgewichen oder hast gesagt, es geht mich nichts an. Du hast ehrlich geantwortet.«

»Ich hab ja auch nie mit ihm zusammengewohnt«, sagte April verärgert. »Warum sollte ich lügen?«

»Das heißt aber nicht, daß ihr nicht miteinander geschlafen habt.«

»Ich bin schließlich keine Nonne.«

»Da fällt mir aber ein Stein vom Herzen, *querida*!« Lachend trat Mike aufs Gas und fuhr über die rote Ampel.

16

»Verdammt, das war ich nicht! Ich hab nichts getan. Die Göttin wird dir das Herz rausreißen; deine Kinder sollen die Pest kriegen.« Die Frau in der Verwahrungszelle stieß ununterbrochen wüsteste Beschimpfungen aus. Sie trug drei oder vier Schichten zerlumpter, stinkender Kleidung. Sie wollte sich nicht hinsetzen, statt dessen trat sie immer wieder mit dem Fuß gegen die Bank.

»Hier gibt's Kakerlaken«, schrie sie.

Das bestritt niemand.

»Hey, holt mich hier raus! Ich hab nichts getan. Ihr sperrt mich *grundlos* ein.« Sie klammerte sich an die Gitterstäbe der Zelle und versuchte, ihren dicken Kopf hindurchzupressen. Ihr Gesicht war aufgedunsen und fleckig. Das strähnige Haar hatte sie zu lockeren, seitlichen Knoten zusammengerafft.

Die vier Leute im Mannschaftsraum telefonierten und schenkten ihr keine Beachtung.

»Hey, du verdammter Kerl! Die reißt dir das Herz raus.«

Neben der Sekretärin Ginesha, die Anrufe und Nachrichten entgegennahm, saß Detective Aspirante. Er schlug die Beine übereinander und sagte: »Mach mal ein bißchen leiser, siehst du nicht, daß wir arbeiten?«

»Klar seh ich das. Und wie ihr arbeitet, ihr Arschlöcher!« Jetzt begann sie mit einem Weitspuckwettbewerb. Wie weit konnte sie wohl von der Zelle ins Büro spucken?

Kurze Zeit war es geradezu friedlich – Ginesha, Aspirante, Mike und April telefonierten und sahen hinaus in den Regen, der auf die 82. Straße prasselte.

»O Mann, hör auf damit!« Aspirante sprang auf. »Das ist ja ekelhaft.« Hilfesuchend sah er sich um. »Die spuckt, verdammt noch mal!«

Sergeant Joyce kam mit einem Aktenordner in der Hand aus ihrem Büro. »Was ist los, Aspirante?«

Die Frau in der Gitterzelle schrie jetzt Joyce an. »Der hat mich geschlagen. Das Schwein hat mich geschlagen.«

Joyce warf Aspirante einen entrüsteten Blick zu. Er schüttelte den Kopf.

»Das stimmt nicht. Ich hab sie nicht mal eingelocht, das war Healy.«

»Geschlagen hat er mich und vergewaltigt. Der da war's.« Die Frau deutete auf Aspirante. »Scheißcop. Den Kopf reißt sie dir ab, darauf kannst du Gift nehmen.«

»Was ist mit der Frau?« wollte Joyce wissen.

»Sie hat auf einer Parkbank ein Nickerchen gemacht und irgendein alter Kerl hat ihren Einkaufswagen gerammt. Von dem Lärm ist sie aufgewacht und hat ihm eins mit 'nem Besenstiel übergezogen. Sie hat ihm den Arm gebrochen.«

»Laßt sie gehen«, sagte Joyce und ging in ihr Büro zurück. »Es kommt gleich ein Vergewaltiger rein.« Sie trat die Bürotür hinter sich zu.

»Hey, Woo…«, Aspirante suchte Aprils Aufmerksamkeit.

April ignorierte ihn und setzte ihr Telefonat fort. »Ja, wann kommt er denn? Ah ja, ich verstehe.«

»Hey, Woo! Wir sollen die Pennerin freilassen, sagt Joyce.«

April drehte sich zum Fenster und ignorierte ihn weiterhin.

Mike legte auf. »Hast du ein Problem, Johnnie?«

»Sie hat auf den Boden gespuckt.« Aspirante deutete auf drei Spuckflecken.

»Ich muß mal pinkeln. Laßt mich raus, ich muß dringend pinkeln. Ehrlich.«

»Hey, Woo, die Dame muß mal pinkeln. Kümmer dich bitte drum, ja?«

»Ja, Sie haben ja meine Telefonnummer. Rufen Sie mich doch bitte an, falls Ihnen noch etwas dazu einfällt.« April legte auf. Dann wandte sie sich Aspirante zu und sagte mit ruhiger, eiskalter Stimme: »Tu das nie wieder. Hast du nicht gesehen, daß ich am Telefon war?« Sie sah zu ihm auf. Grinsend sah er von seinen einsachtzig auf sie herab; er wog bestimmt zwei Zentner, etwa zehn Gramm davon waren Intelligenz.

»Du telefonierst?«

April stand auf und der Abstand zwischen ihnen verringerte sich. »Jetzt nicht mehr«, sagte sie beherrscht.

Aspirante schob eine Hüfte vor, als wollte er ihr den Weg versperren, falls sie auf die Idee kam zu gehen. Er sah gehässig zu ihr hinab. »Wir hatten hier einen Notfall, während du telefoniert hast. Die Dame hier muß mal aus-tre-ten. Und dann soll sie gehen, sagt Joyce.«

»Das ist nicht meine Aufgabe.«

»Wenn hier 'ne Frau aufs Klo muß, Woo, ist es ausschließlich deine Aufgabe.«

April fielen darauf eine Menge passender Antworten ein,

doch sie sagte nichts. Sollte sie Aspirante je in einer dunklen Gasse begegnen, hätte sie wahrscheinlich nichts zu lachen. Aber so war das ja eigentlich immer, in dunklen Gassen gab es meistens nichts zu lachen. Jetzt stand auch Mike auf. Scheiße.

»Mike, ich muß mit dir reden«, sagte April. »Ich werde mich darum kümmern, John. Geh wieder in deinen Käfig.«

Aspirante sah sie forschend an. »Was soll das denn heißen?«

»Das soll heißen, daß wir alle viel zu tun haben.« Mike kam hinter seinem Schreibtisch hervor. »Sie kümmert sich drum, du solltest dich bei ihr bedanken.«

Aber Aspirante brachte kein »Dankeschön« über die Lippen. Es war schon fast zuviel von ihm verlangt, sich auf seinen Namen zu besinnen. Er mußte erst mal darüber nachdenken, ob er diesen Schlagabtausch gewonnen oder verloren hatte, das war ihm nicht ganz klar. Er sah zu, wie April eine uniformierte Beamtin beauftragte, sich um die Pennerin zu kümmern, wie sie danach die Frau zur Toilette führte und dann die Formulare für alles weitere rauskramte. Healy befragte unterdessen im Verhörzimmer den Sohn des Verletzten. Falls der Sohn Anzeige erstatten wollte, konnte es ewig dauern, bis die Frau wieder auf freiem Fuß war. Vielleicht hatte es bis dahin wenigstens aufgehört zu regnen. Goldie, die viel Erfahrung mit Obdachlosen und Verrückten hatte, kam, um die Pennerin zu holen.

»Hast du wieder was angestellt, Mamie?« fragte sie die alte Frau. »Was sollen wir bloß mit dir machen?«

Mike lehnte an Aprils Schreibtisch. »Was gibt's?«

»Der Portier, der letzte Nacht in Cowles' Haus Schicht hatte, war nur eine Aushilfe. Er hat zum ersten Mal dort gearbeitet. Er kennt noch niemanden und hat keine Ahnung, wer kam und ging oder wer wen und wann besucht hat. Er weiß absolut nichts. Außerdem ging es ihm nicht gut. Er war erkältet und wollte erst gar nicht zur Arbeit kommen.«

»Dann müssen wir den anderen Portier fragen. Vielleicht weiß der, mit wem Cowles liiert war. Oder die Psychiaterin. Die müßte es doch wissen.«

»Mike, beide Ärzte haben behauptet, er sei nicht ihr Patient.«

Mike nickte. »Stimmt. Aber in Cowles Terminkalender stand doch, daß er zwei Tage vor seinem Tod einen Termin mit Dr. Treadwell hatte. Sie ist sehr attraktiv. Vielleicht war sie nicht nur seine Ärztin?«

April nagte grübelnd an ihrer Lippe. Vielleicht hatten die beiden ein Verhältnis gehabt. »Kann sein. Was hältst du eigentlich von seiner Kondomsammlung?«

Er hob eine Augenbraue. »Sex war ihm anscheinend sehr wichtig.«

»Auf dem Laken waren Samenflecken«, murmelte sie.

»Woher willst du wissen, daß es Samen war?« fragte Mike mit unbewegtem Gesicht.

»Und *falls* es tatsächlich Samen ist?«

»Du meinst: warum ist er auf dem Laken und nicht in einem Kondom, obwohl er so viele hatte? Oder in der Partnerin, falls er sich nicht die Mühe machte, eins überzuziehen?« Mike kratzte sich an dem vernarbten Ohr. »Vielleicht kam er nicht zum Ziel und hat sich einen runtergeholt, als sie weg war.«

»Kann sein«, stimmte April zu. Es gab verschiedene Möglichkeiten. Das Büro füllte sich. Sie sah auf ihre Armbanduhr. Es war nach vier. Zeit, nach Hause zu gehen. Morgen hatte sie die Schicht von vier Uhr nachmittags bis ein Uhr morgens. Am Tag darauf war Schichtwechsel. Dann ging es um acht Uhr morgens los. Vielleicht lag bis dahin der Autopsiebericht vor.

Mike nickte. »Das sollten wir im Auge behalten.« Sie sah ihm an, daß er überlegte, ob er sie zum Abendessen einladen sollte. Das Gerede über Samen und Ejakulationen hatte ihn anscheinend auf gewisse Gedanken gebracht. Es war aber zu früh, essen zu gehen. Sie hatten ja gerade erst Mittagspause gehabt. Er fragte schließlich: »Hast du Lust auf ein Bier? Wir könnten noch ein wenig über den Fall reden.«

April ließ sich nichts anmerken. »Klar, Sergeant.«

17

Harold Dickey hing den ganzen Montagnachmittag den Erinnerungen an sein Verhältnis mit Clara Treadwell nach, das vor achtzehn Jahren begonnen hatte, als sie eine unerfahrene Assistenzärztin gewesen war. Damals hatte er ihr bei ihren ersten Fällen zur Seite gestanden und ihr vermittelt, worauf es beim psychoanalytischen Prozeß ankam; aus ihr sollte eine erstklassige Analytikerin werden. Sie besprachen damals jede Sitzung, und Dickey erklärte ihr alles. Er belehrte sie bei Fehlern und hatte stets ein wachsames Auge auf sie. Das beanspruchte jede Woche mehrere Stunden. Die Analyse von Ray Cowles brachte sie schließlich zusammen; beide hatten großes Interesse an diesem Fall gehabt. Ihre Leidenschaft und Claras Karriere als Psychiaterin nahmen damals ihren Anfang. Ray war sozusagen das Verbindungsglied zwischen den beiden gewesen. Nach vier Jahren schon war Ray geheilt und die Therapie erfolgreich abgeschlossen. Clara hatte einen Vortrag über den Fall gehalten, der auch veröffentlicht wurde. Claras Stern begann am psychiatrischen Firmament unaufhaltsam aufzusteigen und ließ Hal weit hinter sich zurück.

Um sechs Uhr abends, Stunden nach dem Besuch der Polizeibeamten, konnte Harold Dickey kaum noch die Fassung bewahren. Nervös blickte er ständig auf seine Armbanduhr und fragte sich, wie es Clara wohl ging. Wie hatte sie die schreckliche Nachricht aufgenommen? Was wollte sie unternehmen? Die Zeit schlich im Schneckentempo vorbei, und er regte sich immer mehr darüber auf, daß sie nicht anrief, um mit ihm die beste Vorgehensweise zu besprechen. Es gab viel zu tun. Sie hätte sich schon längst melden sollen. Schließlich ging es um den Tod eines Patienten. Die Polizei war bei ihm gewesen. Clara brauchte ihn jetzt doch. Jetzt, sofort.

Es war schon nach sechs. Früher hatte Harold nie auf Clara Treadwell warten müssen. Im Gegenteil, es hatte ihn amüsiert, daß sie kaum von ihm lassen konnte. Sie war sehr sexy gewesen.

Zweifellos war sie auch die bei weitem klügste Studentin gewesen. Eine tolle Mischung aus Intelligenz, Energie und Sexualität. Clara Treadwell war für ihn ein täglicher Adrenalinschock gewesen.

Harold strich gedankenverloren über seinen Schnurrbart. Während seiner Zeit als Professor hatte er vor Clara nie Interesse an Kolleginnen gehabt. Natürlich gab es hier und da ein Techtelmechtel mit einer Sekretärin, einer Psychiatriekrankenschwester oder Sozialarbeiterin, mit netten, nachgiebigen Frauen eben, so wie Sally Ann, die Krankenschwester, die er am Anfang seines Medizinstudiums in Texas kennengelernt und kurz darauf geheiratet hatte. Sie waren noch verheiratet; verliebt waren sie schon lange nicht mehr. Bisher waren sie allerdings zu bequem gewesen, sich scheiden zu lassen.

Ihre Ehe entsprach dem Klischee. Nachdem Sally Ann jahrelang das Geld nach Hause gebracht hatte, hörte sie auf zu arbeiten und war nur noch Mutter und Hausfrau. Er war inzwischen Arzt geworden, und Sally war nicht mehr auf dem gleichen gesellschaftlichen Niveau wie er; außerdem langweilte sie ihn. Seit dreißig Jahren wohnten sie zusammen in Hastings. An ihre Ehe glaubten sie schon lange nicht mehr. Ihm war völlig egal, was sie machte. Er hatte immer noch jemanden nebenher gehabt.

Für Kolleginnen hatte er sich aber nie interessiert; das kam überhaupt nicht in Frage. An den ernsten, mütterlichen Frauen, die sich in den fünfziger und sechziger Jahren auf diesem Gebiet tummelten, konnte er keinen Gefallen finden. Selbst in den siebziger Jahren, nachdem Harolds Karriere Früchte getragen und er eine Spitzenposition hatte, kam ihm der Gedanke nie, obwohl immer mehr Frauen in die Psychiatrie vorrückten – zuerst nur vereinzelt, dann jedes Jahr ein paar junge, schlaue Dinger mehr, bis sie mehr als die Hälfte der Kollegen ausmachten. Mittlerweile befand sich die Psychiatrie in einer richtiggehenden Krise. Wesentlich mehr Frauen als Männer wollten heutzutage Psychiater werden.

Harold hatte sich keine von ihnen genauer angesehen. Nur einer hatte er seine Aufmerksamkeit geschenkt. Carmen – Clara.

Clara war Carmen, eine männermordende Verführerin; anfangs hatte er sie allerdings anders eingeschätzt. Clara Treadwell trieb sich immer in seiner Nähe rum und verführte ihn schließlich. Er hatte nachgegeben, ohne sich zu sehr darauf einlassen zu wollen. Später, als sie New York verließ, war er so verliebt, daß er sich ein Leben ohne Clara gar nicht mehr vorstellen konnte. Aber Carmen/Clara zog weiter, zu anderen Männern, einem anderen Leben und verschwendete an ihn keinen Gedanken mehr. Und er mußte ohne sie zurechtkommen. Jetzt war sie zurück, und ihr Stern stieg immer noch, während seiner fiel.

Er seufzte. Natürlich, Clara war sehr intelligent. Der Erfolg war ihr sicher gewesen. Aber Harold wußte, daß sie es ohne sein Zutun nie so weit gebracht hätte. Einst hatte er bei Lawrence, dem letzten Direktor der Abteilung, ein gutes Wort für sie eingelegt. Lawrence war vor drei Jahren in Pension gegangen und kurz darauf gestorben.

Er klopfte ungeduldig auf seine Armbanduhr. Drei Jahre. Unglaublich, daß schon drei Jahre seit dem Tod seines alten Freundes und Ratgebers vergangen waren. Es war *kaum zu glauben*, daß jetzt sein Schützling Lawrence' Stelle innehatte und das Krankenhaus leitete. Einen hatte man übersehen. Er, Harold, war sozusagen der verbindende Mörtel gewesen zwischen diesen beiden Steinen. Der eine war jetzt tot und die andere – tja, die andere spannte ihn auf die Folter.

Harold sah sich in dem Büro um, in dem er drei Jahrzehnte verbracht hatte. Hier waren seine Hauptwerke der Genetik entstanden; Lawrence hatte eine genetische Abteilung eingerichtet und ihn zum Vorsitzenden ernannt. Während der sechziger und zu Beginn der siebziger Jahre, als es noch Fördermittel gab und Genetik hoch im Kurs stand, hatte Harold diese Abteilung geleitet. In den achtziger Jahren war es dann vorbei gewesen. Die genetische Forschung in der Psychiatrie wurde von der Molekularbiologie verdrängt, die wiederum wurde der neurologischen Abteilung angegliedert und von einem Arzt und einem Molekularbiologen geleitet.

Harold fragte sich mittlerweile wütend, wie er Clara seine

Forderungen klarmachen sollte. Eigentlich müßte er jederzeit direkten Zugriff auf sie haben. Er hatte Lebenswichtiges mit ihr zu besprechen. Er starrte das Telefon an. Warum klingelte es nicht? Sein Leben bestand aus Studenten, Patienten und Unterricht. Zugegeben, es hatte auf dem Gebiet der Psychiatrie enorme Veränderungen gegeben, aber er hatte immer eine wichtige Rolle dabei gespielt, die Assistenzärzte, Patienten, ja das ganze Krankenhaus am laufen zu halten. Er war immer wichtig gewesen. Warum behandelte Clara ihn nicht mit dem gebotenen Respekt – warum gab sie ihm nicht die Liebe, die ihm zustand? Das verletzte ihn sehr. Seit sie zur Königin des *Psychiatric Centres* gekrönt worden war, wollte er diesen Verletzungen ein Ende machen, aber er wußte nicht wie.

Tagtäglich nahm er sich vor, nicht mehr daran zu denken, sich nicht mehr einsam und von ihr verraten zu fühlen. Aber tagtäglich, wenn er die selbstbewußte, strahlende Clara sah, überkam ihn der Schmerz von neuem; die tiefe Trauer in seinem Innern kannte kein Ende. Harold Dickey fühlte einen riesengroßen Verlust, wenn sein Blick auf die Auszeichnungen fiel, die er vor Jahren für seine Arbeit erhalten hatte oder die Geschenke Claras, der einzig wahren Liebe seines Lebens.

Er war zwar ein brillanter Analytiker, aus seiner eigenen Misere fand er jedoch keinen Ausweg.

Er sah noch einmal auf seine Uhr. Sechzehn Minuten nach sechs. Er hielt das Warten nicht länger aus. Er langte nach dem Hörer und wählte die Nummer von Claras Sekretärin. Es hob niemand ab. Er versuchte es mit Claras Durchwahl. Auch da meldete sich niemand. Das wunderte ihn; er konnte nicht glauben, daß Clara ohne ihn gegangen war. Unmöglich! Wieder übermannte ihn die Wut, obwohl er viel lieber friedlich war. Clara wußte, wie ungern er sich aufregte. Sie *wußte*, daß er Provokationen dieser Art verabscheute. Warum erniedrigte sie ihn absichtlich? Es mußte sich um ein Versehen, ein Mißverständnis handeln. Ja, ganz bestimmt.

Vielleicht traf Clara keine Schuld. Vielleicht hatte sie gerade wegen Ray Cowles' Tod eine Unterredung mit den Anwälten.

Ihm fiel ein, daß er Max Goodrich im Gang getroffen hatte; der hatte gesagt, die Polizei sei bei Clara gewesen.

»Wir müssen Clara schützen«, hatte Goodrich gesagt, als läge Harold nicht selbstredend Claras Schutz am Herzen.

»Sie hat bestimmt nichts zu befürchten«, hatte Harold erwidert. In Wahrheit könnten Nachforschungen in der alten Ray-Cowles-Akte verheerende Konsequenzen haben.

Harold war in den letzten drei Jahren immer davon ausgegangen, daß sich Clara bei größeren Schwierigkeiten im *Psychiatric Centre* an ihn wenden würde. Jetzt hatte sie große Schwierigkeiten – wo blieb sie nur? Den ganzen Nachmittag über hatte er versucht, Clara, die hoch über ihm in den Hallen der Macht schwebte, aus seinen Gedanken zu verdrängen. Zwanzig Minuten nach sechs machte er sich auf, um sie zu suchen.

18

Clara Treadwell wandte sich zunächst nicht an den Rechtsbeistand des *Psychiatric Centres*. Sie verabscheute Ben Hartley, den Rechtsberater der Klinik, und beschloß, sich keine Gedanken mehr über die Cowles-Sache zu machen und keine weiteren Schritte einzuleiten, bis der Autopsiebericht vorlag und die Todesursache bekannt war. Die letzte Konferenz an diesem Tag wurde von einer ziellosen Debatte über Nebensächlichkeiten beherrscht, als sie es nicht mehr länger aushielt, ging sie.

Ihre Aufmerksamkeit war in letzter Zeit gewaltigen Schwankungen unterworfen. In Washington, wo es um wichtige Themen und wichtige Personen ging, war sie immer voll konzentriert. Aber auf dem Nebenschauplatz New York – bei endlosen Konferenzen über Abteilungsprobleme im Krankenhaus und an der Universität – war ihr Leben zur Routine geworden und kam ihr geradezu provinziell vor. Die kleinliche Personalpolitik, bei der sich jeder verzweifelt am geringsten Zipfelchen Macht festklammerte, nahm viel Zeit in Anspruch. Es war ein antiquiertes, von persönlichen Interessen verkorkstes System. Statt den Blick nach vorn auf die großen Herausforderungen des neuen Jahrhunderts zu richten, schien die Psychiatrie sich zu verkriechen, wie ein ängstlicher Krebs auf dem Rückzug. Einer von zehn Psychiatern hatte eine Fahrlässigkeitsklage am Hals. Versicherungsunternehmen schränkten ihre Zahlungen immer mehr ein und bezahlten nur noch fünfzehn Tage stationärer Therapie, egal, ob es sich um eine Eßstörung, Drogenabhängigkeit, Schizophrenie oder einen Soziopathen handelte. Chronische Krankheiten ließen sich nicht innerhalb von fünfzehn Tagen heilen, aber das wollte niemand hören. Es interessierte auch niemanden.

Wenn es nach den Versicherungsgesellschaften ginge, sollten Psychotherapien genauso aussehen wie Therapien bei Allergien oder Herzproblemen. Die Krankheit sollte entweder chemisch oder mit ein paar dynamischen Therapiesitzungen bekämpft werden. Psychiater suchten nach immer schnelleren Wegen, ihre Arbeit zu erledigen. Es war schon fast wieder so wie früher, als sich nur Reiche eine Seelenkrankheit leisten konnten. Kein Wunder also, daß Clara Treadwell sich in der ansteckenden Atmosphäre Washingtons wohler fühlte, das war wie ein Alkoholrausch, nur ohne morgendlichen Kater.

Heute machte sie sich um Viertel vor sechs in der feuchten Dämmerung auf den kurzen Heimweg. Zufrieden fand sie ihr Appartement so vor, wie sie es verlassen hatte – weiträumig, wunderschön und doch dezent ausstaffiert, alles war an seinem Platz. Es roch jetzt nach Möbelpolitur, und der Florist hatte wie jeden Montag das Blumenbukett geliefert. Diesmal war es eine ungewöhnliche Kombination aus blauen Schwertlilien, orangefarbenen Lilien sowie weißen und hellgrünen fliederähnlichen Blüten, die Clara noch nie gesehen hatte. Ihre Putzfrau hatte das Bukett ausgepackt und auf dem Teewagen im Wohnzimmer plaziert. Clara machte einen Umweg durchs Wohnzimmer, um daran zu schnuppern.

Es regnete schon seit Stunden nicht mehr. Hoch oben über dem Riverside Drive war es jetzt still und friedlich. Clara eilte ins Schlafzimmer und hörte den Anrufbeantworter ab. Ihr Liebhaber, Arch Candel, der Senator aus Florida, hatte nach siebzehn Uhr dreimal im Büro und zweimal bei ihr zu Hause angerufen. Er hatte beide Male dasselbe gesagt: Er hatte einen Moment Zeit und wollte sich vorm Feierabend noch mal melden. Das Band lief weiter, sie hörte die Nachrichten der vergangenen Woche und die vom letzten Wochenende ab, die sie noch nicht gelöscht hatte. Da war sie, die Nachricht von Raymond Cowles; er hatte vor einer Woche angerufen. Sie löschte sie. Dann stellte sie den Anrufbeantworter ab und ging zurück ins Wohnzimmer, wo sie sich ein Glas Wodka einschenkte und eine Flasche Tomatensaft schnappte.

Schließlich nahm sie das schnurlose Telefon und die blutlose Bloody Mary mit ins Badezimmer. Sie stellte das Getränk auf dem Wannenrand ab und warf etwas Badesalz in die Wanne. Sie wählte, während das Wasser einlief.

»Senator Candels Büro.«

»Ja, hier ist Dr. Treadwell, ich sollte den Senator zurückrufen.« Clara schlenderte zurück ins Schlafzimmer und stieg aus ihren Kleidern.

»Oh, Dr. Treadwell. Der Senator ist gerade unterwegs. Sind Sie zu Hause? Ich sag ihm Bescheid, er wird Sie vom Autotelefon aus zurückrufen.«

»Ja, ich bin zu Hause«, sie warf einen Blick auf die goldene Armbanduhr, ein Geschenk ihres zweiten Ehemannes, »noch eine Dreiviertelstunde etwa.«

»Gut, ich sage ihm Bescheid.«

»Danke.« Hüpfend entledigte sich Clara ihres Rockes und der Seidenstrumpfhose, zum Schluß warf sie den rosa Seiden-BH aufs Bett zu den anderen kostspieligen Kleidungsstücken. Samt Telefon ging sie nackt ins Badezimmer, die Wanne war schon fast voll. Genüßlich seufzend versank sie im heißen, duftenden Wasser.

Es waren noch keine fünf Minuten vergangen, als sie glaubte, die Türklingel zu hören. Bis zum Hals im Badeschaum versunken, telefonierte sie gerade mit Arch, der in seiner Limousine in Washington unterwegs war. Sie setzte sich auf und fuhr in der plötzlichen Kälte zusammen. Sie glitt zurück ins Wasser mit dem Gedanken, daß eigentlich niemand am Portier vorbeikommen konnte. Sie wollte sich entspannen, Arch zuhören und passende Bemerkungen von sich geben, als er ihr seinen Tagesablauf schilderte. Es war ihm wichtig, immer in Verbindung zu bleiben. Er redete gern.

Da klingelte es wieder.

»Hör zu, Liebling. Da ist jemand an der Tür. Ich muß Schluß machen.«

»Wer denn?«

»Keine Ahnung. Ich seh mal nach.«

»Komm aber gleich wieder zurück, Liebes, ich mach mir Sorgen um dich.«

»Das brauchst du nicht. Mir geht's gut.«

»Trotzdem, ruf mich an. Ich mach mir Sorgen.«

Archs Stimme hatte diese unterschwellige, südstaatliche Sanftheit, die Clara sehr anziehend fand. Sie mochte Männer aus den Südstaaten. Das waren noch richtige Gentlemen, die mit der Muttermilch eine beruhigende Sanftheit aufsogen, wobei sie jedoch nicht über die Knarre auf dem Rücksitz oder die Pistole im Nachtschrank hinwegtäuschen konnte. Clara machte das jedenfalls ganz scharf.

»Vielleicht kann ich dir helfen.«

Sie lächelte. Jedesmal, wenn sie Arch gegenüber ein Problem erwähnte, wollte er jemanden aus Washington um Hilfe bitten – das CIA, das FBI, die Justizbehörde – jemand Einflußreiches.

»Danke, Baby«, murmelte sie. »Aber ich sagte doch schon, ich kann sehr gut selbst auf mich aufpassen.«

»Ich könnte das noch viel besser.«

Clara Treadwell legte großen Wert darauf, immer einen mächtigen Mann an ihrer Seite zu haben: Man wußte ja nie, ob man irgendwann einmal seine Hilfe brauchte. Aber dieses Gerede machte sie mißtrauisch. Arch war sehr besitzergreifend. Er hatte gern alles unter Kontrolle. Vermutlich ließ er sie schon von jemandem beobachten. Das beunruhigte sie zwar noch nicht, aber sie würde so etwas nicht lange tolerieren.

Es klingelte wieder an der Tür, diesmal anhaltender.

»Ich muß Schluß machen.«

Widerstrebend kletterte sie aus der Wanne und langte nach dem dicken, weißen Frotteebademantel. Durch den Spion fiel ihr Blick auf Harold Dickey, der in seinem uralten Regenmantel vor der Tür stand.

Sie öffnete die Tür einen Spalt. »Was machst du denn hier?«

»Willst du mich nicht reinbitten, Clara?«

»Ich war gerade in der Badewanne.«

»Hast du dort auf mich gewartet?« Harold lächelte sein altes Lächeln, so als wären sie immer noch ein Paar, als hätte sich nichts verändert.

»Was?« Ihre Kopfhaut kribbelte. Die nassen Haarsträhnen im Nacken fühlten sich an wie Eiszapfen. Seit wann überlief es sie kalt beim Anblick Harold Dickeys?

»Du hast mich doch vor der Konferenz zu einem Drink eingeladen. Hier bin ich. Willst du mich nicht reinlassen?« Er lächelte immer noch.

Clara wußte, daß sie ihn nicht eingeladen hatte. Sie würde ihn nie allein zu sich bitten. Sie merkte gar nicht, daß er gegen die Tür drückte, aber plötzlich stand sie weit offen und Harold in der Wohnung. Sie standen in dem Flur, der jetzt zu ihrem neuen Leben gehörte. Er erkannte den Bademantel, den sie anhatte, Harold trug den Regenmantel, über den sie vor achtzehn Jahren Witze gemacht hatte. Sie hatte ganz vergessen, wie intensiv ihre Beziehung damals gewesen war. Studentin und Lehrer, Geliebte und Geliebter. Erschrocken darüber, daß die Vergangenheit sie wieder einholte, trat sie einen Schritt zurück.

»Schöne Wohnung«, sagte Harold. »Ich bin ja leider nicht mehr so oft wie früher hier. Du riechst gut. Noch dasselbe Schaumbad?«

Clara zog den Bademantel enger. Sie faßte ins feuchte Haar, das im Nacken klebte. Sie hatte ihre Liebhaber immer sehr sorgsam ausgewählt – unabhängige Männer mit ausgeprägtem Ego, denen es egal war, ob sie die Beziehung aufrechterhielten oder sich in anderen Gefilden tummelten. Wenn sie sich nach Beendigung der Beziehung gut benahmen, behielt sie sie in guter Erinnerung. Wenn nicht, brach sie den Kontakt völlig ab. Das Leben war zu kurz für solch unnötigen Ballast. Aber hier stand ein Liebhaber aus Urzeiten, der sie damals gewählt hatte, und nicht umgekehrt.

»Wie bist du überhaupt reingekommen, Hal?«

Er sah sie voller Bewunderung an. »Lawrence war doch einer meiner besten Freunde. Er hatte damals seine Hand im Spiel, als du ...«

»Jaja, ich weiß.«

»Ich sagte Tom, daß du mich erwartest. Tom kennst du doch, oder? Außerdem dachte ich wirklich, daß du mich erwartest.« Harold zog den alten Regenmantel aus und ließ ihn auf einen Hocker fallen.

Tom war der Portier. Er kannte Harold natürlich von früher. Es pochte in Claras Wange: sie würde Tom zur Rede stellen. Keine Besucher ohne Rücksprache mit ihr hieß *absolut keine Besucher.*

Mit einem bewundernden Kopfschütteln blieb Harold mitten im Wohnzimmer stehen. »Wirklich schön. Du hast es sehr warm gestaltet, und so freundlich ... Du hast es ehrlich zu was gebracht, Clara.«

»Hast du ein Problem damit, mein Lieber?« fragte Clara. Sie fühlte sich jetzt sicherer, lächelte sogar ein wenig.

Der sechzigjährige, weißhaarige Texaner, dessen Leibesfülle in einem unauffälligen Anzug steckte, stritt das überzeugend ab.

»Nein, ich bin stolz auf dich. Du bist unser aller Mutter und spielst die Rolle sehr gut, Clara.«

Aber er war nicht mehr der Vater. Vielleicht wurde er damit nicht fertig. »Denkst du das wirklich?« fragte sie. Sagte ihr überhaupt noch irgend jemand die Wahrheit?

»Natürlich. Ich platze fast vor Stolz auf dich. Das weißt du doch.«

Diese Worte hatte Clara schon mal aus seinem Mund gehört. So hatte er sie vor Jahren angespornt und ermutigt. Sogar jetzt wurde ihr noch warm bei seinen Worten, wärmer als von dem

Bad. Sie merkte, daß er ihr immer noch die Sprache verschlug. Meinte er auch wirklich, was er sagte? Er schien ehrlich stolz auf sie zu sein, sie zu bewundern. Sie würde allein mit ihm fertig werden.

»Ja, ich bin auch froh, Harold, denn es hat ganz schön lange gedauert und ich hab schwer geschuftet, um es so weit zu bringen... Warum machst du dir nicht einen Drink, während ich mich anziehe?«

Er nickte. »Danke.«

Clara ging ins Schlafzimmer, wo ihr dunkelblaues Kostüm zusammengeknäult auf dem Bett lag. Sie zog frische Unterwäsche an und streifte das Kostüm wieder über. Als sie zurück ins Wohnzimmer kam, saß Harold in einem Ohrensessel vor dem leeren Kamin und nippte an einem Glas Scotch. Sie setzte sich in den Sessel gegenüber. Fünf Minuten wollte sie ihm geben, mehr nicht.

»Was gibt's, Harold?« fragte sie leise.

»Ist es so ungewöhnlich, daß zwei alte Freunde etwas Zeit miteinander verbringen?« Harold legte den Kopf schief, er gab sich gewollt unbeschwert und jung.

»Schon, wenn sie so lange nichts mehr miteinander zu tun hatten. Es ist eine Menge Wasser den Fluß runtergelaufen seit –«

»Das Wasser steht natürlich nie still, Clara, aber wenn sich zwei Leute so nah waren wie wir, dann ändern sich manche Dinge einfach nicht. Du bedeutest mir immer noch viel. Ich mache mir Sorgen um dich. Mir entgeht kaum etwas, ich könnte dir helfen.«

»Ich brauche keine Hilfe.«

»Das hast du früher nie gesagt.« Harold lächelte.

»Ich habe mich eben verändert.«

Harold schüttelte den Kopf. »Nein, Clara, du brauchst meine Hilfe immer noch. Ich könnte die Sache für dich regeln, wenn du mich nur läßt.«

Clara schnaubte.

»Mach dich nicht lustig über mich, Clara«, sagte er schneidend.

»Ich mach mich nicht lustig über dich.« Sie starrte ihn mit kühlem Blick an. Der hatte Nerven, erst brachte er sie in Schwierigkeiten, und dann bot er an, sie zu bereinigen.

»Die Polizei war heute bei dir, habe ich gehört.« Er wechselte das Thema und nahm einen Schluck Scotch.

Sie nickte mit verkniffenem Gesicht. »Von wem weißt du das?«

»Bei mir waren sie auch.«

»Wirklich?« fragte Clara entsetzt.

»Haben Sie dir das nicht gesagt? Die beiden Beamten waren zuerst bei mir.«

»Was hast du ihnen gesagt?«

»Rate mal.«

»Keine Spielchen, Hal. Ich hab keine Ahnung.«

»Weißt du, weshalb sie zuerst bei mir waren?«

»Nein.«

»Du brauchst mir nichts vorzumachen, Baby.«

»Ich mache dir nichts vor. Ich weiß überhaupt nicht, was los ist. Sie haben mir nicht viel gesagt.«

»Was hast du getan, Clara?« Hal war merkwürdig ernst. »Warum hat sich der junge Mann umgebracht? Hast du ihn auch verführt?«

»Also Harold, laß mich bloß in Ruhe. Ich schlafe nicht mit meinen Patienten.«

Er zuckte mit den Schultern. »Wenn du meinst.«

»Ich schlafe nicht mit meinen Patienten«, zischte sie. »Wie kannst du so was Schreckliches nur sagen?«

»Weil es vorkommt. Es ist unmoralisch, aber es kommt vor. Es soll sogar vorkommen, daß sich jemand deswegen umbringt...«

»Hal, irgendwie habe ich den Eindruck, du willst mir drohen.«

»Du steckst in der Patsche und brauchst Hilfe. Ich kann dir helfen.« Er zuckte wieder mit den Schultern. »Das ist gar nicht so schwer. Ich überprüfe die Angelegenheit für dich. Wir könnten uns die Akte gemeinsam ansehen, an ein paar Abenden oder einem Wochenende… ich bin sicher, der Qualitätskontrollausschuß –«

»Nein, Harold! Du bist der allerletzte, der das tun könnte, du warst damals mein Supervisor.«

Harold lächelte. »Das lief doch sehr gut damals, wenn ich mich recht erinnere.«

»Du weißt ganz genau, daß man mir vierzehn Jahre nach Beendigung der Therapie keinen Vorwurf daraus machen kann, daß sich der Patient umgebracht hat.«

»Doch, wenn du ihn immer noch triffst.«

»Ich habe mich nicht mit ihm *getroffen.«*

»Du wirst noch von der Polizei erfahren, wie leicht sich das feststellen läßt. Es fragt sich allerdings, was für ein Spiel du mit mir spielst, Clara.«

Sie erstarrte. »Wovon redest du überhaupt, Hal?«

»Du weißt ganz genau, warum die Polizei zuerst bei mir war.«

»Nein, weiß ich nicht«, erwiderte sie ausdruckslos.

»Mein Name und meine Telefonnummer wurden neben der Leiche gefunden.«

»O Gott.« Clara atmete tief durch und beruhigte sich fast augenblicklich. Beinahe hätte sie vor Freude in die Hände geklatscht. Sie hatte ihn an der Angel, und sie war frei.

»Du mußt ihm meine Nummer gegeben haben.« Harold stellte sein Glas ab und legte die Hände auf die Knie. »Wie dem auch sei, wir kriegen das schon irgendwie hin. Ich hab dich vermißt, Clara. Es ist schön, daß wir endlich wieder mal zusammenarbeiten.«

Clara lächelte. Sie mußte sich verkneifen zu sagen, daß er so gut wie erledigt war.

19

Am zweiten November gegen halb zwölf stattete April Woo dem Fünften Revier in Elizabeth Street einen Besuch ab. Es gab hier zum ersten Mal einen chinesischen Polizeichef. Als erstes traf sie im Mannschaftsraum auf Lieutenant Alfredo Bernadino. Wahrscheinlich stand der Italiener mit der Mafia nicht gerade auf bestem Fuß, denn seine riesige Nase war schon häufig gebrochen worden. Lieutenant Bernadino war ungefähr so zartfühlend wie Schmirgelpapier und sehr beliebt in Chinatown. Die Leute mochten seine Auffassung von Gerechtigkeit. Bei größeren Vergehen hatte der Lieutenant ein wachsames Auge, bei Kleinigkeiten wiederum drückte er schon mal eins zu.

»Wie geht's, Alfie?«

»*Dio mio,* so wahr ich hier stehe: April Woo! Wie geht's denn so im Zwo-Null?«

Ihr ehemaliger Supervisor und Mannschaftskapitän reichte ihr die Hand und ließ sich dann in dem metallenen Besucherstuhl von Detective Francis Harding nieder, der im Einsatz war.

»Viel los.«

Es war einfach anders. Hier redeten sich alle mit Vornamen an, sie nannten sich Alfie, April, Frank und Carlin, begrüßten einander mit Schulterklopfen und nahmen es nicht so genau mit der Förmlichkeit. Uptown war alles etwas steifer. Sergeant Joyce würde jeden umbringen, der auf die Idee käme, sie mit Margaret Mary oder MM anzureden. Deswegen hielt April auch nichts von Sergeant Sanchez' vertraulicher Anrede *(Querida),* als wäre sie eine alte Jugendliebe.

»Oder muß ich jetzt Sergeant sagen?« Alfie kaute Kaugummi, gleichzeitig hing eine Zigarette in seinem Mundwinkel. Die Zigarette brannte nicht und der Filter war so durchgeweicht und zerbissen, daß es aussah, als hinge die Camel schon seit Aprils Weggehen vor einem Jahr dort.

April lächelte bescheiden. »Du hast die Liste bestimmt gesehen.«

»Herzlichen Glückwunsch.« Ohne eine Miene zu verziehen, streckte Alfie ihr seine kleine, behaarte Hand entgegen.

April schüttelte sie peinlich berührt. Vielleicht war ihm entfallen, wie es zu ihrer ersten Beförderung gekommen war, die sie nie vergessen würde. Vor vier Jahren hatte sie einen Jugendlichen, der zu einer Gang gehörte, in der Straße geschnappt, ihm

Handschellen angelegt und zur Verwahrung in die Zelle im Mannschaftsraum gebracht. Damals war sie noch Streifenpolizistin gewesen, und der junge Kerl hatte gleich in dreifacher Hinsicht das Gesicht verloren. Erstens, weil er überhaupt festgenommen worden war. Zweitens, weil eine Frau ihn gestellt hatte, der es ein Leichtes gewesen war, ihm die automatische Glock zu entwenden. Und drittens – das war das Schlimmste – war es eine chinesische Polizistin gewesen.

Auf dem rechten Handrücken hatte der Bursche die Tätowierung einer Gang, die ihnen damals noch unbekannt war. Zweifellos hatte er in Taiwan schon einige Leute umgelegt, bevor er in der Tofu-Fabrik in Chinatown aufgetaucht war, wo April mit zwei Beamten auf ihn stieß, als er den Geschäftsführer und vier Arbeiter mit seiner automatischen Glock bedrohte.

Alfie hatte dem Burschen im Verhörzimmer eine Menge Fragen gestellt, die April übersetzte. Nach einer Weile ließen sie den Kerl allein, damit er nachdenken konnte. April wollte gerade gehen, als Captain Marcello Malacarne, der Revierleiter, hereingeschlendert kam. Er hatte ihr zugenickt und Alfie einen Zettel hingehalten. Alfie bedeutete April zu bleiben und nahm den Zettel entgegen. April mußte stumm warten, das war sie gewohnt.

Captain Malacarne, ebenfalls Italiener mit einem fiesen Gesicht und viel Erfahrung in Chinatown, hatte gesagt: »Das landete gerade auf meinem Schreibtisch. Was machen wir damit?«

Alfie überflog den Zettel. »Aha, Sanford soll befördert werden.« Er winkte ab, als wolle er sagen: Na und?

»Sanford ist vor einem Monat in Pension gegangen.«

»Stimmt, ja.« Alfie nickte bedächtig und dachte über die Sachlage nach. Sanford war zweiundzwanzig Jahre lang Streifenpolizist gewesen, und erst zwei Monate nach seiner Pensionierung hatten sie ihn endlich mal befördert. Anscheinend hatte die Personalabteilung nicht mitbekommen, daß er nicht mehr im Dienst war.

Es war schön für das Fünfte Revier, daß ihnen ein weiterer Detective-Posten genehmigt worden war. Weniger schön war, daß es gerade keinen Officer gab, der zur Beförderung antreten konnte. Es könnte problematisch werden, wenn das Fünfte Revier dieses Detail meldete, denn dann würde man alles noch einmal überdenken und eventuell einem anderen Revier die Detective-Stelle zuteilen.

Kurze Zeit später, nachdem kein weiteres Wort mehr über diese Angelegenheit gefallen war, ging der Captain. Lieutenant Bernadino hatte sich an April gewandt und gefragt: »Officer, möchten Sie Detective werden?«

»Ja, Sir«, hatte April geantwortet.

»Dann melden Sie sich am Ersten des Monats um zehn Uhr morgens zur Beförderung.« Er reichte ihr den Zettel, damit sie wußte, wo sie sich zu melden hatte.

»Ja, Sir«, hatte sie gesagt und den Zettel entgegengenommen.

Sie hatte sich schon oft gefragt, weshalb sie zum Zwo-Null versetzt worden war, wo chinesischsprachige Detectives nicht gerade gebraucht wurden.

»Ich hatte gehofft, ich würde den neuen Chef kennenlernen«, sagte sie jetzt.

»Ein guter Mann«, erwiderte Alfie nickend und kauend. Weiter würde er sich nicht äußern. Ihm war es gleichgültig, wer kam und ging, in der Mannschaft änderte sich nie viel. Er erwähnte nicht, daß Captain Chew vielleicht auf einer der unzähligen Sitzungen oder bei einem der vielen gesellschaftlichen Ereignisse war, bei denen die führenden Persönlichkeiten Chinatowns die Anwesenheit des obersten Polizeichefs erwarteten. Er fragte April auch nicht, weshalb sie den Captain sehen wollte und was bei ihr anstand. »Tja, so ist das Leben«, sagte er nach einer Weile.

»Das dachte ich auch gerade«, murmelte sie. Ihre Uhr zeigte 11:55. George Dong machte von zwölf bis eins Mittagspause. »Ich muß los.«

Alfie lächelte und nahm die Zigarette aus dem Mund. »Schön, daß du mal reingesehen hast«, sagte er.

Dr. George Dongs Praxis befand sich im zweiten Stock auf der Südseite eines neuen Gebäudes gegenüber des Polizeihauptquartiers One Police Plaza. Während April auf ihn wartete, bemerkte sie, daß Georges Blick als allererstes auf das gefängnisartige Mauerwerk des Polizeihauptquartiers fiel, egal ob er bei Sonnenschein oder Regen aus seiner Praxis kam.

Dreimal pro Woche nahm George Dong morgens Augenoperationen vor, Sprechstunde war zwischen drei und sechs Uhr nachmittags. An zwei Tagen war er ganztags in der Praxis, nur nicht zwischen zwölf und eins, da machte er Mittagspause. Er hatte April seinen Stundenplan vorgelegt, um zu zeigen, was für ein durchstrukturierter Mensch er war: Er hatte sein Leben im Griff, deshalb gebührten ihm Aufmerksamkeit und Respekt.

Mit solchen Informationen stieß man April mit Sicherheit auf abgründige Selbstzweifel. Gleichzeitig mit dem Lesenlernen hatte sie als Kind zwar gelernt, ihren Gesichtsausdruck zu beherrschen, ihr Leben hatte sie aber trotzdem nicht unter Kontrolle. Es hatte nichts Geordnetes an sich, außer der Gewißheit, daß jeder neue Fall ein neues Chaos mit sich brachte.

»Du hättest auch nach oben kommen können.« George trat um 12:02 aus dem Gebäude.

»Ich bin eben erst gekommen«, murmelte sie.

Soviel also zur Begrüßung. Sie kannten sich noch nicht sehr gut und begrüßten einander daher nicht mit einem Händeschütteln oder einem Kuß. Weder April Woos noch George Dongs Gesicht verriet irgendeine Gefühlsregung. Beide hatten die wichtigsten Regeln der Herzens- und Willensbildung ihres konfuzianischen Erbes verinnerlicht. In diesem Fall war *Wu wei* (Nichtstun und das Wissen, daß man nichts tut) ausschlaggebend.

Als April George das erste Mal traf, hatte er einen dunkelblauen Trainingsanzug mit roten Streifen getragen und eine Wilson-Tennistasche dabeigehabt. Sein rundes Mondgesicht hatte wenig ausgeprägte Züge. Er war nicht dick, aber nach westlichem Standard hatte er keine besonders gute Figur. George erinnerte April an einen kantonesischen Knödel, dem man erst alle Gewürze beigibt und dann wieder wegnimmt. Man zerdrückt Knoblauch in der Pfanne, rührt ihn etwa dreißig Sekunden in Erdnußöl und holt ihn dann wieder raus, ohne daß Rückstände in der Soße bleiben. Der fade Geschmack soll die Zunge dazu anregen, aktiv zu werden und nach dem Geschmack zu suchen.

So war George. April wußte nicht, ob er wirklich Tennis spielte oder nur Eindruck schinden wollte, aber die Bedeutung des Trainingsanzugs bei ihrem ersten Treffen war ihr nicht entgangen. Er wollte sich erst ein Bild von ihr machen. In der Praxis kleidete er sich anders. Heute hatte George ein erstklassiges englisches Tweedjackett an, so wie Jason Frank sie trug, der andere Arzt, den April kannte. Außerdem eine graue Hose und ein flottes blaues Hemd mit weißem Kragen und weißen Manschetten. Er wirkte erfolgreich bis zu den Zehenspitzen. Ohne weitere Worte lief er los; das hieß, April sollte folgen.

Zwei Häuserblocks westlich befand sich sein neuestes Lieblingsrestaurant. In dem überfüllten Gastraum gab es noch einen freien Tisch am Fenster, der anscheinend für ihn reserviert war. Als sie Platz genommen hatten, bestellte er sogleich auf chinesisch, ohne die Karte anzusehen.

»Ist das in Ordnung?« fragte er April, nachdem die Kellnerin gegangen war.

Sie nickte. »Hört sich gut an.« Ihre erste Lüge.

»Gut.« Er drehte den goldenen Siegelring am Finger und musterte sie nachdenklich. »Hast du schon mal eine Dauerwelle gehabt?« fragte er plötzlich.

»Was?«

Er deutete auf ihr Haar.

Ach ja, er meinte diese Krauselocken, die Aprils Meinung nach an Asiaten immer fürchterlich aussahen.

»Nein. Du?«

»Du solltest darüber nachdenken. Locken würden dir gut stehen.«

Ihre Mutter hatte Locken und sah beschissen damit aus. April nickte. Man hatte ihr beigebracht, daß nur einfältige Personen drauflosplapperten und so ihre Unwissenheit kundtaten. Nach konfuzianischer Vorstellung sollte man schweigen, damit sich die Weisheit in der Stille spiegelte. Mike nannte ihre Zurückhaltung in Gefühlsdingen *Passivität*; manchmal, wenn sie reglos verharrte wie ein Stein, würde er sie am liebsten schütteln, hatte er gesagt. Sogar jetzt merkte sie, wie ihr Blut in Wallung geriet, wenn sie nur an Sanchez' perverse Auffassungen dachte.

Sie hörte George gar nicht mehr richtig zu. Er sprach gerade davon, daß er die Großmutter des Restaurantbesitzers vor einigen Wochen einer Laseroperation unterzogen hatte und sie nun besser sehen konnte als in ihrer Jugend. Die Kinder und Enkelkinder der alten Frau waren tief beeindruckt davon, daß sie keine Brille mehr brauchte und die dreitausend Dollar erschienen ihnen ein Klacks. Seitdem konnte George hier umsonst essen.

»Toll«, murmelte April, »das muß nett sein.«

»Das hat nichts mit nett zu tun. Ich will den Leuten helfen«, sagte George wichtig.

April spielte mit den Eßstäbchen. Ihre Mutter fand, George Dong war der ideale Heiratskandidat, sie wollte, daß April den Handel bald perfekt machte. Doch der fiel es schwer, Interesse aufzubringen.

»Aber alles hat seine Schattenseiten.« George betrachtete sie ernst.

»Was ist die Schattenseite?« fragte April pflichtbewußt.

»Die Familie hielt es für ein Wunder, daß ihre blinde *zumu* wieder ohne Brille sehen konnte; auf einmal wollten sie alle operiert werden.«

April lachte nicht. Sie fand die Situation zutiefst peinlich. »Und wie hast du die Sache gelöst?«

»Zwölf Paar Kontaktlinsen.« George lachte.

Jetzt wurde April klar, warum ein Asiate, der wie George in Amerika geboren und in Queens aufgewachsen war, die Columbia University und Columbia Medical School besucht hatte, sich in Chinatown niederließ. Die Patienten hier hinterfragten seine Preise nicht, bezahlten ihre Rechnungen und hielten ihn für einen Gott.

Sie lachte ebenfalls. »Eine Menge Kontaktlinsen.«

»Die zum Wegwerfen.«

»Aha, das ist natürlich was anderes.«

»Allerdings.«

Er schwieg, während April Tee einschenkte. Es war die richtige Sorte Tee, die Blätter schwammen noch obenauf. George beobachtete sie.

»Kannst du so gut kochen, wie du Tee einschenkst?«

April schob eines der Täßchen neben seinen Teller. Ihr Vater war Koch. Das mußte George doch wissen. »Ich weiß, wie's geht«, sagte sie und sah ihn direkt an. Sie hatte allerdings nicht die Zeit, zu Hause rumzuhängen und Gemüse zu schnippeln.

»Ich mag es, wenn eine Frau gut kochen kann.«

»Und eine Dauerwelle soll sie haben. Irgendeine bestimmte Haarfarbe?«

George errötete. »Du weißt es also«, sagte er.

April nickte. Auch wenn man keinen blassen Schimmer hatte, gehörte es zur Vorgehensweise der Polizei, dem Gegenüber das Gefühl zu vermitteln, man kenne schon die ganze Geschichte. Die Kellnerin stellte einige Metallschüsseln vor ihnen ab und entfernte die Deckel. In dem Gefäß, das April am nächsten stand, schwammen verschrumpelte, graue Schnecken und schlüpfriger, weißer Tintenfisch in brauner Austernsoße. April ließ sich ihren Ekel nicht anmerken.

»Meine Mutter hat's deiner Mutter erzählt, stimmt's?« fragte George.

April nickte wieder. George zuckte mit den Schultern und stürzte sich mitten in die Geschichte einer alten Liebe, die sein Herz gebrochen hatte. Eine blondgelockte junge Frau aus Philadelphia, Violinistin und Katholikin. Die Verbindung hielt eine ganze Zeit, obwohl beide Familien dagegen waren. Seine Familie hatte religiöse Einwände gehabt. Wie dem auch sei, nachdem sie beide mit der Medical School fertig waren, verließ sie ihn wegen eines indischen Anästhesisten. April war überzeugt davon, daß es George gefallen würde, sich deswegen für den Rest seines Lebens im Leid zu suhlen.

»Und was ist mit dir?« fragte er.

»Was soll mit mir sein?« April versteckte eine Schnecke auf

ihrem Teller unter einem Salatblatt und nahm dann ein Stück mariniertes Huhn.

»Du bist ganz schön alt. Warum bist du nicht verheiratet?«

April war neunundzwanzig. Sie balancierte das Stück Huhn zwischen den Stäbchen vor den Lippen und nahm einen kleinen Happen. Neunundzwanzig war gar nicht so alt, jedenfalls nicht *ganz schön* alt. Sie biß noch einmal hinein und noch mal, bis es verschwunden war. Sie suchte nach einer Erwiderung, die weder für sie noch für George peinlich wäre. Schließlich legte sie die Stäbchen zur Seite und antwortete.

»Der Himmel schweigt, doch die vier Jahreszeiten gehen ihren Weg«, sagte sie leise.

»Ehrlich. Ist es so schlimm?« George stellte einen Tweedellbogen auf den Tisch und stützte das Kinn in die Hand. Er musterte sie interessiert. »Ich glaube, aus uns könnte was werden. Was denkst du?«

April wischte ihren Mund mit der weißen, steifen Serviette ab. Sie wollte nicht schon wieder lügen. Sie schenkte also noch einmal Tee ein und machte ein unbewegtes Gesicht.

20

Am zweiten Tag der Ermittlungen im Fall Raymond Cowles, um vier Uhr nachmittags, klingelten alle Telefone gleichzeitig. Einige Beamte der zweiten Schicht standen noch plaudernd herum und schenkten dem Gebimmel keinerlei Bedeutung. Die dritte Schicht war erst zur Hälfte anwesend, als Mike Sanchez hereingeschlendert kam. Er sah schlecht aus.

Er setzte sich an den Schreibtisch, der April am nächsten war. Sie beugte sich über ihre Notizen hinweg, die sie gerade durchsah, in seine Richtung und schnupperte mit gerümpfter Nase.

»Was ist los?« wollte er wissen.

April schloß die Augen, um den merkwürdigen Geruch von Mikes Lederjacke zu identifizieren. Sie kannte diesen Geruch, bisher hatte sie ihn aber noch nie mit Mike in Verbindung gebracht. Vor ihrem inneren Auge tauchten Gold und Rot, Münzen und Bänder auf. Ja, das war's. Sie öffnete die Augen.

Mike betrachtete sie mit gerunzelter Stirn. »Stink ich oder was?«

»Ich mache nur ein wissenschaftliches Experiment«, murmelte sie.

»Ach ja?« Er schnupperte an seinen Achseln. »Was ist denn?«

»Ich wollte nur was rausfinden.«

»Ich sag dir nicht, wo ich war. Es geht auch niemanden was an, mit wem ich zusammen war.«

»Das brauchst du mir gar nicht zu sagen. Ich weiß, *wo* du warst und auch mit *wem.«*

»So? Wo denn?«

»Entweder bei einer buddhistischen Beerdigung oder in einer katholischen Kirche.«

»Und woher willst du das wissen?«

»Weihrauch«, sagte sie triumphierend. »Da du kein Buddhist bist, heißt das also, daß du mit deiner Mutter in der Kirche warst, eine Menge gegessen hast und dich jetzt am liebsten übergeben würdest.«

»Das hast du gewußt«, entgegnete er. »Ich hab dir davon erzählt.«

Sie schüttelte den Kopf. »Nein, hast du nicht.«

»Doch, gestern. Du hast von deiner Verabredung mit dem Arschloch Ding Dong erzählt und ich hab dir gesagt, daß in Mexiko Tag der Toten ist und ich mit meiner Mutter zur Messe gehen würde.«

»Verdammt, Mike, *das* hab ich dir bestimmt nicht erzählt.« April schlug mit der flachen Hand auf einen Stapel Papier, was höllisch weh tat. Entgeistert betrachtete sie ihre Hand.

»Ha«, sagte er. »Ha.«

Das hielt er wohl für Chinesisch. *»Wo ni hen«,* zischte sie.

»O nein, du liebst mich. Das weißt du nur noch nicht.«

Sergeant Joyce konnte es nicht ausstehen, wenn sich irgend jemand amüsierte, und wenn es nur für eine Sekunde war. Sie stampfte herüber und sah von einem zum andern. »Was ist hier los?« wollte sie wissen, die Hände in die drallen Hüften gestemmt.

»Heute ist wieder der reguläre Portier in Cowles' Haus. Ich wollte gerade rüber und ihn befragen.«

»Ja«, sagte Mike. »Wir werden uns auch noch mal Mrs. Cowles vorknöpfen.«

»Gut, dann hört auf rumzualbern und macht, daß ihr wegkommt. Seht auch mal nach, wann die Autopsie stattfindet und ob es schon Fingerabdrücke gibt.«

»Nach den Fingerabdrücken hab ich mich schon erkundigt«, sagte April, froh darüber, diese Neuigkeit loszuwerden. »In der ganzen Wohnung gibt es nur zwei verschiedene Abdrücke, die von Raymond und von jemand anderem.«

»Haben Sie uns sonst noch was mitzuteilen, bevor das Jahr rum ist? Vielleicht, wessen Abdrücke es sind?« keifte Joyce.

»Das wird gerade per Computer überprüft.« April machte ein unschuldiges Gesicht. »Morgen wissen wir vielleicht mehr. Vielleicht aber erst nächste Woche.« Sie zuckte mit den Schultern. »Sie wissen ja, wie das ist.«

»Was ist mit der Plastiktüte und dem Klebeband? Gibt's da was Neues?« fragte Mike.

April schüttelte den Kopf. »Darauf sind nur Raymonds Abdrücke. Sieht doch nach Selbstmord aus.«

Joyce fuhr sich durchs Haar. »Okay, geht jetzt.«

Mike erhob sich, immer noch grinsend.

Joyce warf ihm einen ihrer paranoiden Blicke zu. »Was ist verdammt noch mal so lustig? Darf ich auch mitlachen?«

»Nichts Lustiges, Sergeant, ich hab bloß Verdauungsprobleme. Sie können sich nicht vorstellen, was ich zu Mittag hatte.«

April griff nach ihrer Tasche. Sie konnten sich bestimmt auch nicht vorstellen, was sie zu Mittag gehabt hatte.

Der reguläre Nachmittagsportier war mittleren Alters, knochig und hatte nußbraune Haut. Das schwarze Haar wurde an den Rändern grau. Er warf ihnen einen fragenden Blick zu, als er die Tür aufmachte. April zog ihren Polizeiausweis aus der Schultertasche.

»Sind Sie Thomas Torres?«

Er nickte.

»Detective Woo.« Sie deutete auf Mike. »Sergeant Sanchez.«

Torres nickte wieder.

»Wir sind wegen Raymond Cowles hier. Er starb Samstagnacht. Haben Sie davon gehört?«

Torres nickte zum wiederholten Male.

»Fällt Ihnen zu Raymond Cowles irgend etwas ein?«

»Was zum Beispiel?« fragte er leise und mißtrauisch.

Aha, er konnte also sprechen. »Was er für Gewohnheiten hatte, wer ihn besucht hat.«

Torres betrachtete Sanchez. *»Por lo vista está una mariposa«*, sagte er zu Mike.

Sanchez lächelte April an. Sie runzelte die Stirn. *Er sah aus wie ein Schmetterling?*

»Würden Sie das bitte auf englisch sagen für die Dame?« bat Mike.

Der Portier wandte sich an April. »Er war ein sehr genauer Mann, eigenbrötlerisch.«

Eine sehr freie Übersetzung. »Bekam er manchmal Besuch?«

»Einen Besucher gab's.«

»Nur einen?« Das vereinfachte die Sache.

»Ja, der hieß Tom wie ich, deswegen kann ich mich dran erinnern.«

Aprils Stirn glättete sich. Ach so, ein *butterfly*. Raymond Cowles war schwul, ein Schmetterling. Langsam kam Licht in die Sache.

»Wissen Sie auch, wie dieser Tom mit Nachnamen heißt?« fragte Mike.

Torres schüttelte schmunzelnd den Kopf. »Er hieß einfach Tom. *Ich bin's, Tom,* hat er immer gesagt.«

Mike wollte eine Beschreibung. Torres sagte, er sei groß und auf eine feminine Art attraktiv. Die zwei Männer sahen einander ähnlich, man hätte sie für Brüder halten können.

»Vielleicht war Tom ja Raymonds Bruder«, sagte April, als sie auf dem Weg zum Polizeiparkplatz waren, um ihren Wagen zu holen.

»Klar doch, vielleicht hatten sie ein gemeinsames Coming-Out. Tom hat's nicht gefallen, und er zog Raymond eins über.«

April schüttelte den Kopf. »Auf der Tüte waren nur Rays Fingerabdrücke.«

»Vielleicht hat Tom seine weggewischt?«

»Dann gäb's *gar keine.* Ich glaube nicht, daß ihn jemand wegen seines Schwulseins umgebracht hat. Vielleicht hat Tom Raymond verführt, und Raymond wurde damit nicht fertig. Wär doch möglich, oder?«

Mike zuckte mit den Schultern und ging ins Revier, um den Autoschlüssel zu holen.

Raymonds Frau war die nächste auf ihrer Liste.

Lorna Cowles wohnte in der 74. Straße Ost in einem kleinen Gebäude, das dem ähnelte, in das ihr Mann gezogen war, nachdem er sie verlassen hatte. Der Zufall wollte es, daß sie ebenfalls Appartement 5E bewohnte. Der Portier, eine füllige Person mit deutschem Akzent und einer mächtigen Bierfahne, hatte gerade erst seinen Dienst angetreten und wußte nicht, ob sie da war. Er rief sie übers Haustelefon an.

»Mrs. Cowles.« Der Portier ließ April nicht aus den Augen, während er ins Haustelefon sprach. »Eine fremdländische Dame möchte Sie besuchen.«

»Detective Woo«, soufflierte April.

Der Portier schüttelte den Kopf. »Mrs. Cowles sagt, sie habe schon eine Putzfrau.«

April errötete. Das war das erste Mal, daß man sie für eine Putzfrau hielt. »*Woo,* sagen Sie ihr, Detective *Woo* möchte sie sprechen.«

»Foo«, sagte er in die Muschel.

April nahm ihm den Hörer aus der Hand. »Mrs. Cowles, hier ist Detective April Woo von der Polizei, wir haben uns gestern schon mal unterhalten. Sergeant Sanchez und ich würden gerne kurz mit Ihnen sprechen … Danke.«

Mit grimmiger Miene stand April im Aufzug, der sie in den fünften Stock brachte. Lorna stand am Ende des Flurs in der offenen Tür, im Arm hielt sie einen winzigen schneeweißen Malteser. Der Hund erinnerte April daran, wie sie Dim Sum zum ersten Mal gesehen hatte. Der bezaubernde Pudelwelpe hatte zwei junge Frauen in den Tod gelockt. Sie warf Sanchez einen kurzen Blick zu. Sein Schnurrbart zuckte. Sie fragte sich, ob sie jemals die gleiche Meinung über Hundeliebhaber haben würden.

Lorna betrachtete die beiden nervös. »Haben Sie etwas herausgefunden?« wollte sie wissen.

»Hübscher Hund«, sagte Mike. »Dürfen wir reinkommen?«

Lorna ging voran ins Wohnzimmer, das sich im hinteren Teil der Wohnung befand und auf einen Garten mit hohen Bäumen hinausging, deren kahle Äste über den fünften Stock ragten.

Als Cop mußte April unvoreingenommen sein, sich nicht von Freude oder Leid beeinflussen lassen, sondern einfach ihrem Instinkt folgen. Die Frau war eine Närrin. Ihr Mann hatte sie anscheinend wegen eines anderen Mannes verlassen und war jetzt tot. April sah sich um. Dieser Einrichtungsstil war ihr bisher noch nicht untergekommen. Die Wände waren dunkelorange gestrichen, und es gab viele Grünpflanzen. In einer Ecke stand ein Bambusstrauch, der fast bis zur Decke reichte. Darum herum waren Farne in Blumentöpfen gruppiert. Violette, lavendelfarbene und weiße Usambaraveilchen standen auf einem Stufengestell, das mit nassen Kieselsteinen gefüllt war. Aus einem Luftbefeuchter strömte Nebel und umhüllte einen Kamelienbusch mit unzähligen weißen, duftenden Blüten. Schwer vorstellbar, daß in dieser Wohnung ein Mann gelebt hatte.

Das Mobiliar bestand aus geschwungenen Korbstühlen und Zweisitzern im Kolonialstil, die aus dem Vietnam, Ägypten oder Indien des letzten Jahrhunderts zu stammen schienen. Ein Elefantenfuß diente als Fußstütze. April vergewisserte sich, daß in den Ecken keine Schlangen lauerten.

»Hübsch«, bemerkte Mike.

Heute trug Lorna Cowles einen grauen, rosagesprenkelten Tweedrock und eine rosafarbene Seidenbluse. Die Perlen ihrer

Ketten waren so groß wie Mottenkugeln. Sie streichelte den Hund.

»Es soll nicht aussehen wie eine New Yorker Wohnung«, erwiderte sie und bedeutete ihnen, sich zu setzen.

Was das anging, konnte sie ganz unbesorgt sein. April ließ ihren Blick über den niedrigen Korbstuhl in ihrer Nähe streifen und blieb stehen. Mike entschied sich ebenso. Sie standen in einem kleinen Kreis, und es sah fast so aus, als wollten sie gleich Ringelreihen tanzen.

»Was haben Sie herausgefunden? Wann kann er endlich beigesetzt werden?«

Mike hob das Kinn einen Millimeter. Das bedeutete, diese Frage war für April. Die holte tief Luft und zog es nun doch vor zu sitzen. Sie ließ sich auf einen der Stühle gleiten, und ihr Hintern landete wenige Zentimeter über dem Boden auf der Sitzfläche.

»Mrs. Cowles«, begann sie, »wie gut kannten Sie Ihren Mann?«

»Was soll das denn heißen?« wollte sie wissen.

»Nun, Sie hatten eheliche Probleme. Worum ging es da?«

»Wir führten eine wunderbare Ehe«, sagte Lorna steif. »Wir hatten die gleichen Vorlieben.«

»Haben Sie Kinder?«

»Nein, wir wollten keine Kinder. Wir hatten ja einander. Warum fragen Sie das alles?«

»Bei solchen Differenzen geht es doch meistens um ein bestimmtes Thema: Geld, Sex, Religion, Eifersucht.« April sprach so sanft sie konnte.

»Nein, solche Probleme hatten wir nicht«, erwiderte Lorna entschieden und drückte ihr Gesicht in das weiche Hundefell.

»Gut. Ich möchte Ihnen ein paar Fragen stellen, damit wir gewisse Dinge ausschließen können. Was für ein Mensch war Raymond, wer waren seine Freunde, was hatte er für Gewohnheiten?«

Lorna rückte das flauschige Wesen auf ihrem Schoß zurecht und streichelte es ausgiebig. Sie hatte lange, dünne Finger. Sie trug immer noch den goldenen Ehering und einen dezenten Diamantring. »Na gut. Zum Thema Geld: Ich habe eigene Rücklagen, und Raymond verdiente gut. Wir gehörten zur Gemeinde St. Stephen's. Ray sang dort im Chor. Interessiert Sie das?«

»Ja.« April schlug ihr Notizbuch auf und machte einen Vermerk.

»St. Stephen's – ist das die episkopale Kirche an der Ecke Lexington?« fragte Mike.

Lorna blickte ihn an. »Ja.«

»Wie stand er zu seiner Familie?« fragte April.

»Wir haben beide keinen Kontakt mehr zu unseren Familien«, sagte sie leise.

»Hatte er Freunde oder Bekannte?« Diesmal fragte Mike.

»Bekannte... meinen Sie Frauen?«

»Oder Männer: Wie sieht's mit Männerfreundschaften aus? Irgend jemand aus der Kirche oder dem Chor?«

»Ich glaube, er hatte keine. Er mochte einige Leute im Chor. Und Pastor Hartman. Der besuchte uns auch manchmal. Aber enge Freunde...« Sie schüttelte den Kopf.

»Und bei der Arbeit? Hatte er da Freunde?«

»Ray sprach nie über seine Arbeit.«

April übernahm wieder. »Weshalb ist Ihr Mann ausgezogen?«

»Das habe ich gestern schon der anderen Dame erzählt. Ray war unglücklich. Das hatte nichts mit mir zu tun. Er liebte mich, das hat er auch gesagt, aber irgend etwas fehlte in seinem Leben.«

»Hat er gesagt, was das war?«

»Er *wußte* es selbst nicht. Hören Sie, ich rede die ganze Zeit. Was gibt's eigentlich Neues? Was haben Sie rausgefunden?«

»Der Autopsiebericht steht noch aus, wir können also noch nichts Hundertprozentiges sagen«, antwortete April. »Aber die ersten Ermittlungen deuten sehr darauf hin, daß sich Ihr Mann das Leben genommen hat.«

Lorna war verwirrt. »Und was ist mit der Frau, die bei ihm war? Ich hab doch das Essen gesehen und die Weingläser...«

»Der Portier sagte, daß Raymond häufig Besuch bekam – von einem großen, dunkelhaarigen Mann namens Tom. Sagt Ihnen der Name etwas?«

»Ein Mann?«

Mike nickte.

»Ein Mann?« fragte Lorna verstört. »Tom Hartman?«

»Der Priester?«

»Der ist aber nicht groß, auch nicht dunkel«, stellte sie verwirrt fest. »Wollen Sie damit sagen, Ray war schwul?« Sie mußte gar nicht lange nachdenken, sondern kam direkt zur Sache.

»Wäre das eine Möglichkeit?«

»Auf keinen Fall! Ray haßte Schwule, *verabscheute* sie. Er war auch gegen Schwule in der Kirche. Er verabscheute sie, das schwöre ich«, schrie Lorna schrill.

»Danke, daß Sie so offen waren. Damit wäre dieser Punkt wohl geklärt.« Mike kämpfte sich aus seinem Stuhl, was ihm erst beim zweiten Anlauf gelang. Den ganzen Weg zum Revier schwieg er.

21

Um 18 Uhr am Dienstag, dem 2. November, waren zwei Nachrichten auf Jason Franks Anrufbeantworter, mit denen er nicht gerechnet hatte. Die erste war von Clara Treadwell, dem letzten Menschen, der ihn um etwas bitten würde. Vor vier Jahren hatte Jason in Kalifornien einen Vortrag gehalten, und Clara war eine Diskussionsteilnehmerin gewesen. Sie hatte damals versucht, ihn mit einem verbalen Angriff, dem weder wissenschaftliche noch klinische Beweise zugrunde lagen, vor zweihundert Kollegen auseinanderzunehmen. Nachdem sich Jason erfolgreich zur Wehr gesetzt hatte, hatte sie ihn zum Mittagessen eingeladen. Sie war ein hohes Tier in jenem Krankenhaus gewesen und steckte eine Niederlage anscheinend souverän ein.

In dem Speisesaal, der gefüllt war mit aufmerksamen Kollegen, denen nicht einmal das Aussetzen eines Herzschlags hinter einer Mauer entgangen wäre, fing sie auf einmal an, sein Knie unterm Tisch zu massieren und sagte, daß sie an einer Zusammenarbeit mit ihm interessiert sei. Sie entschuldigte sich weder für die vorangegangene Verbalattacke, noch störte es sie anscheinend, daß sich die Kollegen über ihr Verhalten die Mäuler zerreißen würden. Sie war sich ihrer selbst sehr sicher und hatte weder die Konsequenzen noch eine Zurückweisung gefürchtet. Jason war klar, daß sie ihre Kräfte messen wollte wie ein Hobbyfischer, der mit einem Schwertfisch an der Angel kämpft. Er war damals fünfunddreißig Jahre alt gewesen und erst seit einem Jahr mit Emma verheiratet. Vielleicht hatte er Clara Treadwell etwas zu barsch abserviert, denn seit sie als Direktorin des Centres wieder in New York war, bewies sie Jason, wo sie konnte, daß sie dank ihrer Position die Macht hatte, ihm das Leben schwerzumachen. Wo es ging, legte sie ihm Steine in den Weg.

Er war überrascht, als die freundliche Stimme auf seinem Band fragte, ob er bereit wäre, als Sachverständiger in einem Fall tätig zu werden, der sie persönlich betraf, es ging um den rätselhaften Tod eines ehemaligen Patienten. Clara sagte, sie halte ihn für besonders geeignet, da er mit der Vorgehensweise der Polizei vertraut sei, und nannte ihre Privat- und Büronummer. Er notierte sie und hörte sich die nächste Nachricht an.

Der zweite unerwartete Anruf war von seiner Frau, die wissen wollte, ob er etwas dagegen hätte, wenn sie für ein paar Tage nach Hause käme. Sie wollte in New York für ein Theaterstück vorsprechen und mußte irgendwo unterkommen. Diese Nachricht erfreute Jason so, daß er Clara Treadwells toten Patienten für kurze Zeit verdrängte und nicht darüber nachdachte, was sie wirklich von ihm wollte und was es ihn kosten würde. Er sah auf seine Armbanduhr. Sieben Minuten nach sechs. Er wählte Emmas Nummer in Kalifornien. Dort war es 15.07 Uhr.

Beim dritten Klingeln hob Emma ab. »Hallo?«

»Hi, ich bin's.« Jason legte soviel Gefühl wie möglich in seine Stimme.

»Hi.« Emma klang zögerlich und mißtrauisch. Er liebte sie

sehr und hielt sich für einen rundum netten Kerl. Das Mißtrauen in ihrer Stimme konnte er sich nicht erklären.

»Wie ist das Wetter?« fragte er.

»Rufst du wegen der Temperatur in Südkalifornien an? Die kannst du auch auf CNN erfahren.«

Er seufzte. Die Temperatur zwischen ihnen war mit einem Satz um zehn Grad gefallen. »Ich hab doch nur hallo gesagt. Warum bist du gleich so gereizt?«

»Schatz, ein Mann, der seine Frau liebt, sagt: ›Ich hab deine Nachricht erhalten und freu mich wahnsinnig darauf, dich zu sehen; ich hoffe, du bekommst die Rolle.‹ *Du* fragst bloß: ›Wie ist das Wetter?‹ Was soll ich denn davon halten?«

Jason schwieg und dachte über die unüberwindbaren Unterschiede zwischen den Geschlechtern nach – ein ewiges Rätsel. War es wirklich so schlimm, wenn die Worte, die er für richtig hielt, ihr nicht gefielen? Waren nicht die Gefühle ausschlaggebend, die Dinge *zwischen* den Worten, das, was man gar nicht in Worte fassen *konnte*? Oder war er einfach noch ein Steinzeitmann, emotional so unterentwickelt wie ein schmuddeliger Siebzehnjähriger mit Walkman auf den Ohren, den alles abnervte, ein Mensch, den alles nervte und der nur Geilheit kannte? Die Stille verleitete ihn dazu, sich in seinem Arbeitszimmer umzusehen.

In Jasons Büro standen an zwei Wänden Bücherregale bis unter die Decke. Die beiden Fenster an der dritten Wand gingen auf eine Seitenstraße. Die Fensterläden davor sollten vermeiden, daß Patienten, die sich der Behandlung widersetzten, während der Therapie von der Aussicht oder dem Wetter abgelenkt wurden. Es gab fünf Uhren, doch keine davon schlug die Stunde. Alles andere wurde in diesem Zimmer erzählt und besprochen, die Zeit verstrich jedoch kommentarlos.

Obwohl auf den Regalen und Tischen aufgrund der merkwürdigen Sammlung der meistens geschmacklosen Geschenke, die ihm Patienten aus dem Urlaub mitgebracht hatten, kaum noch Platz war – bestickte Kissen, bemalte Steine, Skulpturen aus bunten Muscheln, Aquarellbilder sowie seine stetig wachsende Büchersammlung und die vielen medizinischen Fachzeitschriften –, wirkte Jasons Büro asketisch, fast wie ein Vakuum. Die Doppeltür zwischen Büro und Wartezimmer verstärkte diesen Eindruck noch. Manchmal kam es sogar Jason so vor, als sei er eingeschlossen.

»Bist du noch da?« fragte Emma nach einer Minute.

»Wo sonst«, murmelte er und beugte sich vor, um den Minutenzeiger der Uhr, die ihm am nächsten stand, genauer einzustellen. »Wollen wir's noch mal probieren?«

»Gute Idee.«

»Ich habe deine Nachricht bekommen.«

»Schön. Und, was denkst du?«

»Ich find's super, Emma, wirklich. Du wolltest doch immer im Theater arbeiten.«

»Es ist auch ein gutes Stück.«

»Das glaube ich, sonst würdest du ja nicht mitspielen wollen.« Er kritzelte auf seinem Terminkalender herum. Es war der offizielle Kalender der APA, der *American Psychiatric Association*, der bei jeder Stunde des Tages ausreichend Platz vorgesehen hatte. Morgen war er komplett ausgebucht, übermorgen auch.

»Es ist eine Komödie. Ich krieg die Rolle bestimmt nicht«, sagte Emma.

Jason widersprach ihr nicht, obwohl er überzeugt war, daß sie die Rolle bekommen würde. Jahrelang hatte Emma unermüdlich für jede Rolle vorgesprochen, die auch nur im entferntesten ihren Vorstellungen entsprach, sowie für jeden New Yorker Werbefilm. Doch außer ein paar Synchronisationsjobs hatte sie nichts bekommen. Sie hatte eine tolle Stimme und synchronisierte Leute, die zwar das richtige Aussehen für solche Dinge wie Exedrin-Kopfschmerzmittel hatten, jedoch nicht die richtige Stimme. Er wagte es nicht, Emma nach dem Skript des Stücks zu fragen. Dieses Privileg war ihm verlustig gegangen, als er es versäumt hatte, das Skript von *Serpent's Teeth* zu lesen, dem Film, der vor einem halben Jahr zu Emmas Entführung und ihrer Trennung geführt hatte.

»Wie heißt es?« fragte er schließlich. »Das Stück.«

»Strokes.«

»Aha, wieder ein Titel mit S. Von wem ist es?«

Stolz kam ihre Stimme von der anderen Seite des Kontinents. »Simon Beak.«

»Wirklich?« Jason klang jetzt tatsächlich aufgeregt. »Mensch, Emma, das ist ja aufregend! Am Broadway. Das ist ja –« *Big time.*

»Freu dich noch nicht zu früh. Wahrscheinlich bekomme ich die Rolle gar nicht.«

»Na und? Ich bin beeindruckt«, hauchte er. »Ich bin wirklich beeindruckt.«

»Das hättest du mir nicht zugetraut, was?«

»Doch. Du hast es dir selbst nicht zugetraut.«

Sie erwähnte nicht, daß es eines abgedrehten, schlechten Films wie *Serpent's Teeth* bedurft hatte, damit man auf sie aufmerksam geworden war, und Jason brachte dies ebenfalls nicht zur Sprache. Wozu man sich manchmal herablassen mußte, um das zu erreichen, was man eigentlich wollte – es war komplizierter, als sie gedacht hatte.

»Und, ist mein Bett belegt? Soll ich lieber ins Hotel gehen?« fragte Emma leichthin, aber sie meinte es ernst. Sie hielt einiges aus, deshalb überstand sie auch Situationen, an denen andere zerbrachen.

»Soll das ein Witz sein?«

»Das ist kein Witz. Es ist schließlich kein Geheimnis, daß die Frauen bei dir Schlange stehen, Jason. All die netten Damen in den Pflegeberufen.«

»Jetzt klingst du aber verbittert«, sagte Jason und freute sich ein wenig darüber, daß die Ehefrau, die ihn verlassen hatte, eifersüchtig war. Viele Frauen von Psychiatern waren Psychologinnen, Sozialarbeiterinnen oder Lehrerinnen, nette, verständnisvolle Frauen, die nicht zu viele Ansprüche an ihre vielbeschäftigten Ehemänner stellten, damit diese nicht alles hinwarfen.

Immer wenn Emma einer dieser Frauen vorgestellt worden war, kam die Frage, ob sie auch einen sozialen Beruf ausübe.

Darauf pflegte sie zu antworten: »Nein, im Gegenteil.« Darauf hatte nie eine negativ reagiert, denn das wäre ja aggressiv und verständnislos gewesen. Aggressivität und Verständnislosigkeit waren in psychologischen Kreisen nicht politisch korrekt.

»Bist du sauer?« fragte Jason.

»Ein bißchen. Also, wie ist die Lage im Schlafzimmer?«

»Die Laken sind sauber. Du brauchst dir diesbezüglich keine Gedanken zu machen. Ich habe die ganze Zeit auf dich gewartet.«

»Und wenn ich nicht zurückgekommen wäre, was dann?«

»Du weißt, was du tun mußt, Liebling. Du brauchst nur deine Sachen zu packen und sagen, es ist aus. Was ich dann mache, geht dich nichts mehr an. Solange gehöre ich dir.«

»Okay, am Samstag bin ich zu Hause.«

Jason schlug den Samstag in seinem Terminkalender auf. »Wann genau?«

»Ich ruf dich an, sobald ich es weiß.«

Am Samstag gab es noch keinen Eintrag. Er kratzte sich am Bart. Den kannte Emma noch gar nicht. Vielleicht sollte er sich die Haare schneiden lassen und gleich auch rasieren, vielleicht auch nicht. Er grübelte darüber nach: Rasieren oder nicht, das war die Frage. »Ich bin jedenfalls hier«, sagte er.

22

»Bobbie…«

Bobbie hörte das leise, erstickte Rufen. Er wirbelte herum, die Hände instinktiv zu Fäusten geballt. Einen halben Häuserblock weiter südlich hastete Gunn Tram auf dem Broadway hinter ihm her und rief seinen Namen in der lauten, dämmrigen *rush-hour*. Ein schneidender Wind, Vorbote des nahenden Winters, wehte vom Fluß herüber und schlug Bobbie ins Gesicht. Er hatte Wichtiges zu erledigen und ärgerte sich über diese Störung.

Gunns Trippelschritte wurden schneller. Einen Augenblick

lang kam sie Bobbie vor wie ein alternder Dackel. Unsicher wackelten der große Kopf und der untersetzte Körper auf den kurzen Beinchen in kleinen, schwarzen Turnschuhen den Broadway entlang. Er antwortete ihr nicht, blieb aber auf der Stelle stehen, damit sie nicht noch lauter schrie und noch mehr Aufmerksamkeit erregte.

Als sie schließlich in Rufweite war, sagte sie: »Gehst du nach Hause?«

»Weiß noch nicht«, erwiderte er zögernd.

»Kommst du mit mir? Ich habe Neuigkeiten.«

»Na gut.« Er riß seinen Blick von ihr los und setzte sich wieder in Bewegung. Es ärgerte ihn, daß er dieser sogenannten *Freundin* in dem unförmigen Hosenanzug und den Turnschuhen begegnet war. Geradezu peinlich. Gunn ließ sich gehen, fand er, sie war wie eine alte Frau, die nicht einmal mehr ein gutes Paar Schuhe mit an ihren Arbeitsplatz in der Personalabteilung des Centres brachte.

Gunn war zweiundsechzig und machte Witze darüber, daß sie die Daten in ihrer Akte ändern wollte, damit man sie nicht in Pension schicken würde. Obwohl niemand auf die Idee käme, sie in Pension zu schicken, sagte sie sorglos. »Ich bin die Seele des Centres, die *persönliche* Abteilung«, sagte sie gern.

Bis vor kurzem hatte Bobbie das auch geglaubt. Gunn hatte was Heiliges, sie war sehr lieb zu den Menschen. Sie sei Optimistin, sagte sie, und mache aus verfahrenen Situationen immer das Beste. Sie hatte auch die Mittel dazu. Sie hatte Zugang zu dem Computer mit den Geschäftsdaten und zu den auf dem Regal nach Farben geordneten Personalakten mit den Bewertungen und Zeugnissen. Gunn wußte fast alles über alle Angestellten des Centres, was man nur wissen konnte, Ärzte und Geschäftsführer eingeschlossen. Und alle lagen ihr am Herzen, besonders er.

Bobbie hatte Gunn immer vertraut, bis er letztes Jahr gefeuert wurde und seinen Versicherungsanspruch verlor, gerade als seine Mutter so krank wurde. Gunn hatte ihm Geld gegeben, damit er die alte Frau nach New York holen konnte, und hatte ihm gesagt, wie er den Job als Monteur im *Stone Pavilion* kriegen könnte, trotzdem war Bobbie davon überzeugt, daß Gunn am Tod seiner Mutter schuld war. Außerdem war es Gunn gewesen, die ihm mitgeteilt hatte, daß er sich nie wieder für eine Stelle als Krankenpfleger bewerben könne. Auch darüber ärgerte sich Bobbie.

Jetzt war alles noch schlimmer. Die zwölf Jahre Altersunterschied hatten ihn nie gestört. Gunn war die ganze Zeit schon zwölf Jahre älter gewesen als er. Sie war nicht so eine weiße Hexe, die ihn reinlegen wollte, sie war Schwedin und konnte gar nicht gemein sein. Er wußte nicht, warum sie so war, wie sie war. Vielleicht, weil sie aus einem anderen Land kam, obwohl man ihr das kaum noch anhörte. Sie war lebhaft und begeisterungsfähig, traute keinem Menschen etwas Böses zu. Er konnte sie ganz gut leiden, obwohl es ihm manchmal lästig war, ihre fremdartigen Ideen anhören zu müssen. Gutes Aussehen hatte ihm jedenfalls nie viel bedeutet. Er sah eigentlich nie jemanden genauer an; und was das Ficken anging – er fickte sie halt.

Daß sie älter war, hatte ihn nie gestört, aber daß sie *alt* wurde, machte ihm sehr wohl etwas aus. Bobbie kam sich noch wie ein *junger* Mann vor, wie der Junge, der zur Armee gegangen war und das Leben noch vor sich hatte. Er hatte noch Saft in den Knochen. Aber in letzter Zeit ging Gunn ihm immer mehr auf die Nerven, und wenn sie ihn beschwor, sich zusammenzureißen und keinen Ärger zu machen – dann kam er sich auch alt und verbraucht vor.

»Heute war die Polizei da«, sagte Gunn, als sie wieder zu Atem gekommen war.

»Ja, warum?« Bobbie dachte nicht daran, langsamer zu laufen, obwohl sie kaum mit ihm Schritt halten konnte.

»Das rätst du nie.«

»Ein Patient ist gestorben.« Er hatte es erraten. War ja auch die einzige Möglichkeit, oder?

»Woher weißt du das, Bobbie, du gerissener Kerl? Hast du es schon gehört?« Spielerisch stieß sie ihn mit ihrer kleinen Faust an. Er war über einen Kopf größer als sie, hatte die Baseballmütze tief ins Gesicht gezogen und sah verbissen und fies aus, weshalb vorsichtige Leute lieber einen Bogen um ihn machten.

»Das war nicht schwer. Es kommen doch ständig Unfälle vor. Wer mußte denn diesmal dran glauben?«

»Bobbie, das tut mir leid. Ich hätte nicht davon anfangen sollen ... ich hab gedacht, es interessiert dich, das ist alles.«

»Was denn?« Er spuckte die Worte aus, ihm war das alles sowieso scheißegal.

»Clara Treadwell, es war einer ihrer Patienten«, sagte Gunn voller Genugtuung. »Angeblich hat sie mit ihm geschlafen.«

»Und deswegen hat sie ihn umgebracht? Überdosis? Die blöde Kuh hätte dankbar sein sollen.«

Gunn lachte. »Sie hat ihn nicht umgebracht. Es war Selbstmord. Sie hat ihm den *Becher* nicht gereicht ...«

»*Ich* war das nicht«, unterbrach Bobbie sie empört. »*Alice* hat ihm das Zeug gegeben. Scheiße, Gunn, warum hast du das gesagt? Ich würde einem Patienten nie was tun, nie.«

»Tut mir leid, Bobbie – tut mir leid.« Gunn sah reuevoll drein.

»Dafür sollte ich dir den Kopf abreißen«, schnaufte er verärgert und boxte in der Luft herum.

»Ich weiß. Das ist mir so rausgerutscht. Ich weiß nicht, warum. Nimm's mir nicht übel, ja?« Heftig den Kopf schüttelnd marschierte sie schneller, als könne sie so der unschönen Situation entrinnen. »Ich weiß, daß du damit nichts zu tun hattest.«

»Der Assistenzarzt hat ihm das falsche Medikament verschrieben«, sagte Bobbie wütend.

»Das weiß ich, Bobbie. Alle wissen das. Du warst nicht verantwortlich.«

»Und *Alice* hat ihm das Medikament gegeben.«

»Ich weiß, du hast recht.«

»Und warum wurde ich gefeuert? Erklär mir das mal!«

»Ich weiß es nicht, Bobbie.« Sie erinnerte ihn nicht daran, daß er nach dem Tod des Patienten einen behandelnden Arzt – der nicht einmal zur Belegschaft gehört hatte – zusammengeschlagen hatte. Oder daran, daß das Komitee zu der Ansicht gelangt war, daß er eine Gefahr für die Gemeinschaft war, ganz abgesehen von der Frage seiner Schuld oder Unschuld in der vorliegenden Sache.

»Schweinehunde.« Er lief Richtung Norden zu dem Brownstone-Gebäude in der 99. Straße, wo Gunn im vierten Stock wohnte. Er war in die Kellerwohnung gezogen, in der seine Mutter das letzte Jahr ihres Lebens verbracht hatte. Es überraschte ihn nicht, daß die Direktorin des Krankenhauses wegen eines Patiententodes verhört wurde. Diese Hexe Clara Treadwell ruinierte doch täglich Menschenleben. Sie hatte sein Leben ruiniert. Es war an der Zeit, daß ihr mal jemand auf die Finger schaute.

»Bobbie?«

»Sie kriegen sie ja doch nicht«, murmelte er wütend.

»Nein«, stimmte sie zu.

»Es gibt keine Gerechtigkeit.«

»Nein ... Bobbie?«

Sie näherten sich der 99. Straße. »Was?«

»Ißt du mit mir zu Abend?« fragte Gunn leise.

Er zögerte und hetzte einen ganzen Häuserblock weiter, bevor er antwortete. »Weiß nicht. Vielleicht. Wenn's nicht zu lang dauert.«

»Es dauert nicht lange«, versprach Gunn eifrig.

23

Jason hörte zuerst vom Tod Raymond Cowles' von seinem Freund Charles, der am anderen Ende der Stadt in der 79. Straße Ost eine Privatpraxis hatte. Charles hatte die Information nicht von einem Kollegen, sondern von seiner Frau Brenda, die den Vorsitz bei einer Benefizveranstaltung hatte, die Gelder für das Centre einbringen sollte. Am Dienstag kam Brenda von einer Sitzung mit der Neuigkeit nach Hause, daß die große Göttin Clara Treadwell mit einem ihrer Patienten geschlafen und dieser Selbstmord begangen habe; man solle sich anschnallen, es stünde eine holprige Fahrt bevor. Jason schnallte sich an.

»Tut mir leid, daß ich Sie so früh hierher gebeten habe«, sagte Clara als erstes, als sie am Mittwoch zwei Minuten vor acht vor den Aufzügen im zwanzigsten Stock aufeinander trafen.

»Kein Problem«, erwiderte Jason, obwohl er – um Claras dringender Bitte nachzukommen – einem Patienten hatte absagen müssen, den er seit drei Jahren um diese Uhrzeit sah.

»Trotzdem, vielen Dank.« Mit einem kleinen, überlegenen Lächeln streckte Clara die behandschuhte Rechte aus.

Jason schlug ein, und seine Knochen knirschten bei dem kraftvollen Händedruck. Er war gute zehn Zentimeter größer als sie und schwerer, deshalb überraschte ihn ihre Kraft. Ein Lächeln umspielte Claras Lippen, als sie vor ihm den Flur entlang auf die Bürosuite zuging; hierher kam er nur selten. Die anderen Stockwerke des Krankenhauses kannte Jason so gut wie seine eigene Wohnung. Er hatte seine dreijährige Ausbildung hier gemacht, die Zusatzqualifikation als Psychoanalytiker hier erhalten und war vor allen anderen seiner Klasse gebeten worden, hier zu unterrichten. Wäre er Assistenzsprecher gewesen, hätte er ein Büro im zwanzigsten Stock gehabt und sich auch hier zu Hause gefühlt. Aber Assistenzsprecher war er nie gewesen. Die Stelle war damals zum ersten Mal an einen Latino vergeben worden. Zur Zeit war der Assistenzsprecher ein chassidischer Jude mit kleinen Schläfenlöckchen, einem dicken Bauch, an dem kaum eine Hose hielt, und einer ledernen Yarmulke.

Jason kratzte sich am Bart, während er zusah, wie Clara die zwei getrennten Schlösser zu der Bürosuite aufschloß. Sie schaltete das Licht ein und ging voran zu ihrem Büro, wo sie wieder nach einem Schlüssel kramte, um auch diese Tür zu öffnen.

»Ich wußte gar nicht, daß es hier so strenge Sicherheitsvorkehrungen gibt«, bemerkte Jason.

»Ja, seit letztem Jahr. Es gab einige Vorfälle… dumme Streiche.« Clara entledigte sich ihres Kaschmirmantels, schloß noch eine Tür auf und verschwand in dem begehbaren Schrank. Kurz darauf erschien sie in einem moosfarbenen Kostüm, das sich über Hüfte und Busen straffte.

»Setzen Sie sich bitte«, sagte sie förmlich. Sie deutete auf einen runden Ledersessel vor ihrem ausladenden Schreibtisch aus Kirschholz und gepunztem Leder.

Jason nahm Platz und sah durch das Fenster auf den Fluß hinaus. Es war ein strahlender Novembermorgen. Das schnell fließende Wasser zwanzig Stockwerke tiefer glitzerte im frühen Sonnenlicht. »Was kann ich für Sie tun?« fragte er.

Claras Lächeln kam wieder zum Vorschein. Die geschwungenen, allzu roten Lippen sollten gefühlvoll und vertrauenerweckend wirken, doch ihnen fehlte die Wärme, die jemanden, der so empfindlich wie Jason auf Manipulationsversuche reagierte, überzeugt hätte. Was Schuldzuweisungen und Kontrolle anging, waren seine Eltern in seiner Kindheit frostige Lehrmeister gewesen. Emma hatte ihm gesagt, er sei selbst ganz gut darin. Das meinte sie nicht als Kompliment.

»Sie haben es in kurzer Zeit weit gebracht, Jason«, sagte Clara und musterte ihn eingehend. Seine Frage beantwortete sie nicht. »Ich habe natürlich Vorträge von Ihnen gehört. Habe Ihre Veröffentlichungen gelesen. Von den Medizinstudenten und den Assistenzärzten bekommen Sie die besten Bewertungen.« Sie lächelte. »Sie sind eindeutig unser bester Lehrer. Und als Betreuer sind Sie natürlich auch sehr gefragt. Ohne einen Kurs bei Ihnen ist die Ausbildung hier nicht vollständig.«

Jason zuckte bescheiden die Schultern. »Das ist sehr schmeichelhaft«, murmelte er.

»Nicht nur schmeichelhaft, sondern die Wahrheit. Ich habe beschlossen, daß wir es uns nicht leisten können, Sie zu verlieren.«

»So?« Jason lachte. »Wo soll ich denn verlorengehen?«

»Sie kommen zweifelsohne viel herum. Ein so talentierter Mensch, guter Lehrer, integer...« Clara lächelte wieder.

Jason wußte nicht, worauf sie hinauswollte, daher schlug er die Beine übereinander und lächelte zurück.

»Leute wie wir, Jason, werden im kommenden Jahrhundert führende Persönlichkeiten auf unserem Gebiet sein. Ja, das können Sie mir glauben. Und ich möchte Sie dabeihaben, neben mir, ganz oben, hier im Institut, in Washington – überall, wo ich hingehe.«

Jason war entgeistert. Er war kein Mitläufer. »Ich –«

»Sie brauchen mir nicht zu danken«, unterbrach ihn Clara gewandt. »Jedes Talent braucht einen Mentor, jemanden, der ihn voranbringt. Ich werde Ihr Mentor sein, ganz einfach.« Claras Lächeln verlor sich, als sie die Augen zur Decke hob. Sie wurde besinnlich. »Ich möchte Ihnen eine kleine Geschichte erzählen, Jason. Der erste Patient, den ich analysierte, hieß Raymond Cowles. Mein Betreuer war Harold Dickey. Damals leitete Harold die Genetik, war im Vorstand und Vorsitzender einiger Verbände. Er war ein hohes Tier.« Wieder ein schwaches Lächeln. »Er war der Beste, und ich auch.«

Dazu sagte Jason nichts. Er war auch der Beste.

»Ich schätze, den ersten Analysepatienten vergißt man nie. Raymond war ein Student um die Zwanzig, als er in der studentischen Beratungsstelle auftauchte. Er entsprach den Kriterien für eine Psychoanalyse und wurde vom Centre als geeignet befunden, also ging alles seinen gewöhnlichen Gang. Ich sollte ihn behandeln und sagte natürlich aufgeregt zu.

Einen Patienten wie Ray kann man sich als junge Analytikerin nur wünschen. Er war hochmotiviert und sehr intelligent. Er konnte beständig ein beobachtendes Ego aufrechterhalten und frei assoziieren. Er träumte sogar. Er war attraktiv, gebildet, belesen, interessierte sich für Musik und Literatur, liebte gutes Essen. Sein Problem waren wiederkehrende, homosexuelle Phantasien, die er selbst mit Konzentration und Willenskraft nicht unterdrücken konnte. Ein eindeutiger Fall von homosexuellen Phantasien, die als Abwehrmechanismus dienten, weil er unbewußt Angst hatte vor seinen heterosexuellen Impulsen. Der Fall schien mir interessant und lohnenswert. Das war er auch.«

Jason schwieg.

»Raymond Cowles verstarb letzten Sonntag unter rätselhaften Umständen. Die Polizei ermittelt bereits. Sie vermuten, daß er Selbstmord beging.« Sie schüttelte widerwillig den Kopf. »Ich habe diesen Fall bei Konferenzen vorgetragen. Er war ein klassisches Schulbeispiel. Ein erfolgreicher Fall. Ich bezweifle, daß Raymond Cowles Selbstmord begangen hat.«

Clara sah auf ihre Armbanduhr. »Ich muß gleich zu einer Konferenz.«

Jason rutschte in seinem Stuhl umher. Er mußte auch bald gehen, und jetzt war ihm klar, worauf sie hinauswollte.

»Ich möchte, daß Sie sich den Fall noch mal genau ansehen«, sagte Clara plötzlich.

»Warum ich?« fragte Jason.

»Sie sind Lehrbeauftragter und haben keine Verwaltungsaufgaben, ist das korrekt?«

Jason nickte. Ja, er gehörte nicht zur Belegschaft.

»Sie arbeiten viel, tragen viel Verantwortung. Und alles ohne Bezahlung, korrekt?«

Jason sah sie an. *Na und?*

»Nun, das möchten Sie doch gerne ändern, oder? Eine ordentliche Professorenstelle, eine gute Position im Centre, mehr Zeit für die Forschung?«

»Ich wußte gar nicht, daß es eine offene Stelle gibt.« Jason kratzte sich am Bart.

»Es tut sich was, aber ich kann zur Zeit noch nicht darüber reden... Ich habe Kopien von der Aufnahme, meine Aufzeichnungen, Harolds Aufzeichnungen. Den Vortrag, den ich über diesen Fall gehalten habe.«

»Aha...« Das klang umfangreich. Weshalb war dieser alte Fall so gut dokumentiert? Jason zögerte.

»Sie kennen doch die Polizei.« Clara warf einen ungeduldigen Blick auf ihre Armbanduhr.

Ihre Bemerkung verdutzte Jason. »Und wenn es Selbstmord war?« fragte er mit bemüht tonloser Stimme.

»Ben Hartley rief mich gestern abend zu Hause an; Sie wissen schon, der Rechtsberater des Krankenhauses. Gestern rief ihn ein Anwalt der Versicherungsgesellschaft an, bei der Ray arbeitete und bei der auch er versichert war. Er war sehr aufgeregt. Die Sache ist so: Falls Ray Cowles ermordet wurde, muß die Versicherung seiner Witwe eine Million Dollar zahlen. Da führt kein Weg dran vorbei. Falls Ray sich umgebracht hat, müssen sie auch zahlen, allerdings besteht dann die Möglichkeit, daß sie das Geld wieder zurückbekommen. Hartley sagte, daß die Versicherung und die Witwe das Centre wegen Fahrlässigkeit verklagen wollen. Mein Name ist dabei auch gefallen.« Bei dem Wort *Fahrlässigkeit*, dem Alptraum aller Ärzte, machte sich in Claras Wange ein Zucken bemerkbar, das Jason bisher noch nie aufgefallen war.

»Aber seit dem Abschluß der Analyse sind doch viele Jahre vergangen. Wie sollte das denn noch etwas mit seinem Selbstmord zu tun haben?« fragte Jason verwundert.

»Ich habe die Akte für Sie zusammengestellt. Nehmen Sie sie bitte mit.«

»Und wonach genau soll ich Ausschau halten, Clara?«

»Ich habe vor achtzehn Jahren mit seiner Analyse begonnen. Ich habe die Sache korrekt gehandhabt. Hal war die ganze Zeit über mein Betreuer. Ohne seine Zustimmung lief gar nichts. Wir sind vorschriftsmäßig vorgegangen. Sie haben keine Interessenkonflikte in dieser Angelegenheit, Sie müssen nichts beweisen. Sie sind angesehen, und ich vertraue Ihnen.« Sie legte die Hände offen auf den Schreibtisch, als hätte sie damit seine Frage beantwortet.

»Woran macht die Versicherung ihre Behauptungen fest? Ich kann Ihnen nicht helfen, wenn ich nicht weiß, worum es eigentlich geht«, beharrte Jason.

Clara drehte die Hände um und musterte ihren Nagellack. »Sie sollen nur die Originalakte durchgehen. Das ist nicht viel, Jason. Ich möchte, daß Sie mein Berater sind bei den Unterredungen mit den Anwälten und daß Sie in dieser Sache Dickeys Rolle im Qualitätskontrollausschuß übernehmen. Außerdem sollen Sie mein Verbindungsmann zur Polizei sein. Falls alles gut läuft, und ich denke, das wird es, sind Sie in einer ausgezeichneten Position, um – nun ja, darüber sprechen wir später.«

»Ich sehe mir die alte Akte an und werde den Fall untersuchen…«, sagte Jason langsam.

»Und mit der Polizei reden?« fragte Clara. »Meine Sekretärin hat schon ein paarmal dort angerufen, aber die rufen nicht zurück.« Clara blickte ihn erwartungsvoll an. Sie war überzeugt davon, daß er den Schlamassel wieder hinbiegen konnte.

»Ich werde die Polizei anrufen«, hörte er sich selbst sagen.

»Ich verlasse mich auf Sie, Jason. Ich weiß, daß Sie ein guter Mann sind.«

Jasons leerer Magen machte sich bemerkbar. Clara hatte ihm bestimmt nicht alles gesagt. Vielleicht war an dem Gerücht, daß sie mit Cowles geschlafen hatte, ja etwas dran. Jasons Instinkt riet ihm, die Finger von der Sache zu lassen und angesichts einer weiteren, verworrenen Polizeiermittlung und eines vertrackten Skandals im Krankenhaus lieber das Weite zu suchen. Er wollte *einmal* Sachen machen, die New Yorker sonst nie machen. Er wollte seine Frau am Flughafen abholen, mit ihr schlafen, ein normales Leben führen.

Clara schob ihren Stuhl zurück und öffnete ihre Schreibtischschublade. Die Augen noch immer auf Jason gerichtet, griff sie hinein. Sie schrie auf, ihre Hand schnellte zurück.

»Um *Gottes* willen!« Schockiert betrachtete sie die tiefe Schnittwunde in ihrer Handfläche. Blut tropfte auf die grüne Schreibtischunterlage.

Jason sprang auf. »Was ist –?«

»Ich hab mich geschnitten. Holen Sie mir ein Glas Wasser«, befahl Clara und deutete zur Tür, die blutende Hand ausgestreckt vor sich haltend.

Hinter der Tür befand sich eine kleine Küche, Jason füllte ein Glas Wasser. Er schnappte ein paar Küchentücher. Als er wieder ins Büro kam, war Claras Schreibtisch voller Blut und sie betrachtete wütend den Gegenstand, an dem sie sich verletzt hatte.

»Sehen Sie sich das an. *Sehen* Sie nur!« zischte sie. Die Akte, die sie gesucht hatte, lag mittlerweile auf dem Schreibtisch. Darauf lag ein Skalpell, das durch ein Kondom gestochen war, die tödliche Klinge nach oben gerichtet.

»Zeigen Sie mal her. Ist es schlimm?« Jason kümmerte sich erst einmal um die Wunde.

»Bloß ein Kratzer.« Ungeduldig griff Clara nach den Küchentüchern und drückte sie auf die Wunde, den Blick immer noch auf den Gegenstand auf ihrem Schreibtisch gerichtet.

»Was ist das?« Jason beugte sich vor.

Fassungslos las Clara die Nachricht auf Krankenhausbriefpapier, die unter dem blutverschmierten Skalpell und dem Kondom lag. Die Worte waren aus Zeitungsbuchstaben zusammengesetzt. DU WIRST FÜR DAS BLUT AN DEINEN HÄNDEN BEZAHLEN.

»Das ist doch krank.«

Ja, allerdings, aber clever gemacht. »Wie geht's Ihrer Hand?«

Clara schüttelte den Kopf, die Wunde interessierte sie nicht. »Sehen Sie sich das an – mein Schreibtisch, mein Kostüm, alles voller Blut!«

»Ich finde, wir sollten die Polizei benachrichtigen.«

»Nein! Ich kümmere mich schon darum.« Clara sah auf ihre Armbanduhr und schob den Stuhl zurück. »Jason, ich würde mich gern noch länger mit Ihnen unterhalten, aber ich muß das jetzt in Ordnung bringen.« Sie musterte ihn kühl und fügte hinzu: »Ich möchte nicht, daß jemand von dieser Sache erfährt.«

Jason schüttelte den Kopf. »Hat das etwas mit Cowles' Tod zu tun?«

»Nein!« Clara starrte auf ihre blutverschmierten Hände. »Nein!« schrie sie noch einmal. »Ganz und gar nicht! Das ist –«

»Clara, offensichtlich hat es jemand auf Sie abgesehen. Wir müssen die Polizei verständigen.«

»Damit werde ich selbst fertig. Ich möchte die Polizei da raushalten.« Ihr Gesicht verhärtete sich. »Das kommt nicht wieder vor.«

»Sie wissen, wer das war?«

»Ich hab da so eine Ahnung.« Ohne jedes Anzeichen von Ekel griff sie nach dem Skalpell, dem Kondom und dem blutverschmierten Zettel und ließ sie in der obersten Schublade verschwinden. Die Cowles-Akte hatte interessanterweise kein Blut abbekommen. Sie hielt sie Jason hin. »Vielen Dank, daß Sie vorbeigekommen sind. Ich verlasse mich auf Sie«, sagte sie und überreichte Jason die Akte. Dann erhob sie sich und geleitete ihn zur Tür.

Jason war verwirrt. »Aber was wollen Sie denn jetzt unternehmen?« fragte er und deutete auf die verbundene Hand. Ein

Blutstropfen lief am Handgelenk herunter und näherte sich ihrem hellgrünen Ärmel.

»Ich kümmere mich darum«, sagte sie.

Jason mußte los. Auf ihn wartete ein Patient. Er grübelte jedoch den ganzen Morgen darüber nach, wessen Blut Clara wohl an den Händen hatte.

24

Am Donnerstag fand der Computer Fingerabdrücke, die mit denen übereinstimmten, die in Raymond Cowles' Wohnung gefunden worden waren. Gegen ein Uhr glitt die Personenbeschreibung aus dem Faxgerät des Zwo-Null; eine uniformierte Beamtin brachte sie hoch in den Mannschaftsraum und überreichte sie Sanchez.

April telefonierte gerade mit Lorna Cowles, die schon angerufen hatte und heute bereits zweimal vertröstet worden war.

»Ray ist seit *vier* Tagen tot«, klagte die Witwe. »Und was tun Sie? Nichts. Er kann nicht mal ordentlich beerdigt werden. Sie haben ihn einfach auf Eis gelegt. Dauernd erzählen Sie mir, der Autopsiebericht sei noch nicht da. *Es ist fast eine Woche vergangen,* und Sie haben immer noch keine Ahnung, was eigentlich passiert ist. Was ist eigentlich los mit euch? Die Versicherung muß die Todesursache wissen. Warum dauert das so lange?«

Mike las das Fax durch und drehte seinen Stuhl so, daß er April im Visier hatte. Er wedelte ihr mit dem Fax im Gesicht herum. Sie ignorierte ihn.

»Hören Sie, Mrs. Cowles. Ich rechne noch heute nachmittag mit dem Obduktionsbericht.«

»Werden Sie dann auch wissen, wer ihn umgebracht hat?« kreischte Lorna. Die letzten drei Tage hatte April ihr wiederholt erklärt, daß es keine Anhaltspunkte für einen Mord gab. Das wollte Lorna aber immer noch nicht glauben. Vielleicht zahlte die Versicherung bei einem Selbstmord nicht? April wußte nicht, was sie von Lorna halten sollte. Wer weiß – vielleicht war sie einfach gekränkt, weil ihr Ehemann sie mit einem Mann betrogen hatte.

»Ich hab Ihnen doch schon gesagt, Ray war ein gläubiger Christ«, fuhr Lorna fort, als April ihr eine Antwort schuldig blieb. »Er würde sich nie umbringen, das widerspricht all seinen Überzeugungen.«

»Dazu kann ich nichts sagen. Ich kann Ihnen nur sagen, daß der Bericht des Mediziners wahrscheinlich noch heute eintrifft. Ich rufe Sie dann an.« Sie legte auf.

»Sieh mal, was die Computerrecherche ergeben hat.«

April nahm Mike das Fax aus der Hand und las es durch.

»Tom White?« sagte sie stirnrunzelnd.

»Kennst du den?« fragte Mike. »Er ist als Assistent des Bezirksstaatsanwalts eingetragen.«

April rümpfte die Nase. Ein Assistent des Bezirksstaatsanwalts und ein Selbstmord, der vielleicht doch ein Mord war. Es gab doch noch Überraschungen.

Mike lächelte selbstgefällig. »Interessant, hm?«

»Ein Assistent des Bezirksstaatsanwalts war mit Raymond in der Nacht seines Todes zusammen?«

»Sieht ganz so aus.« Mike verzog sein Gesicht zu einer unheimlichen Grimasse.

»Ich kenne ihn nicht, du?« fragte April. Sie arbeiteten mit vielen Bezirksstaatsanwälten zusammen und kannten einige ganz gut.

»Nein. Aber es ist doch interessant, daß er sich nicht bei uns gemeldet hat.«

»Willst du mit ihm reden?«

»Ja. Kommst du mit?«

»Nein, ihr Jungs kommt allein vielleicht besser zurecht. Ich geh dann mal zum Rechtsmediziner und hol den Autopsiebericht.« April griff nach ihrer Schultertasche.

»Warum glaubst du, daß er fertig ist?«

April wußte, daß er um diese Zeit fertig war, das hatte ihr

einer der Mediziner versprochen. Sie zuckte mit den Schultern. »Das hab ich so im Gefühl.«

Mike wollte nicht, daß ihm etwas entging. Er lächelte. »Okay, ich fahr dich hin.«

Eine kurze Nachfrage im Büro des Bezirksstaatsanwalts ergab, daß Thomas Neale White vor zwei Jahren in die freie Wirtschaft gewechselt hatte. Sie teilten ihnen aber freundlich mit, daß Thomas N. White zur Zeit bei der *Unified Agency* 42. Straße Ecke Lexington Avenue angestellt war. Ausgerechnet bei der Versicherungsgesellschaft, bei der auch Raymond Cowles gearbeitet hatte und bei der er seine Lebensversicherung abgeschlossen hatte.

Das riesige Unternehmen erstreckte sich über fünf Etagen. Auf Whites Etage gab es keine Rezeption. Der Gang mit den Aufzügen war von den Büros auf zwei Seiten durch geschlossene Glastüren getrennt. Ohne eine Plastikkarte für diese Tür kam man nicht rein. Neben der Tür hing zwar ein Telefon, aber kein Telefonverzeichnis. Das Telefon war also nutzlos, wenn man nicht die Durchwahl der Person hatte, zu der man wollte. Mike kannte Whites Nummer nicht.

Er hatte Tom Whites Etage auf dem Plan in der Eingangshalle ausgemacht. Als er oben war, fummelte er erfolglos an dem Telefon herum, bis jemand durch die Tür kam. Mike schlüpfte hindurch, bevor sie wieder zuschlug. Auf der anderen Seite der Glastür gab es eine Unmenge von Schreibtischen, aber kein einziges Namensschild. Auch an den Bürotüren waren keine Namen angebracht. Es sah so aus, als wollte die Geschäftsleitung, daß die Angestellten unerkannt blieben.

Mike blieb vor dem ersten Schreibtisch stehen und fragte nach Tom White.

»Letzte Tür links«, antwortete die Frau, ohne aufzublicken.

Sieben Minuten nach zwei fand Sanchez den ehemaligen Assistenten des Bezirksstaatsanwalts in seinem Büro vor. Tom White war ein schlanker, dunkelhaariger Mann, der mit seinem grauen Anzug, dem weißen Hemd mit blauweiß gestreifter Krawatte und dem kurzen Haar sehr konservativ aussah. White saß an seinem Schreibtisch, den Rücken zum Fenster. Bewegungslos starrte er auf ein üppiges, unberührtes Sandwich, das vor ihm auf einem Pappteller lag. Dem Geruch nach handelte es sich bei dem weißen schlabbrigen Belag um Thunfisch.

Die Regale des Büros waren mit Gesetzestexten und Aktenordnern vollgestopft. Auch der Schreibtisch und einer der beiden Stühle waren völlig beladen. Die Tür stand offen, als Mike eintrat.

White blickte auf. »Ein Cop«, sagte er kraftlos, als sähe er jeden Tag Hunderte von Polizisten in Zivil.

Mike nickte. »Sergeant Sanchez.« Er zog seinen Ausweis hervor. »Sie haben mich wahrscheinlich erwartet.«

White studierte den Ausweis genau. Er war nicht erschrokken, nur erschöpft. »Was kann ich für Sie tun, Sergeant?«

Bevor er seine Frage beantwortete, musterte Mike den Mann genau. Er war Mitte oder Ende Dreißig, etwas dünner als in diesem Alter üblich. Unter den tiefliegenden, dunklen Augen waren dunkle, violette Ringe. Das längliche Gesicht mit den ausgeprägten Wangenknochen und dem markanten Kinn war blaß. White sah nicht gerade wie ein Schwuler aus, eher wie jemand, der große Sorgen hatte.

»Sie könnten mir sagen, was zwischen Ihnen und Raymond Cowles am Abend des einunddreißigsten Oktober vorgefallen ist«, sagte Mike geradeheraus.

White schluckte und schob den Pappteller weg. »Wollen Sie was davon? Ich hab keinen Hunger.«

»Nein danke.«

»Hätte ich mir denken können. Niemand will es haben. Ich will es schon seit Stunden loswerden.«

Das wird länger dauern, dachte Mike, setzte sich auf den leeren Stuhl und öffnete seine Jacke. Die erste häusliche Prügelei, zu der er als junger Cop gerufen worden war, hatte zwischen zwei Männern stattgefunden. Ein Nachbar hatte die Polizei gerufen, weil sie so laut stritten und schrien. Ein junger Mann in einem geblümten Negligé hatte auf Mikes Klingeln geöffnet. Er hatte ein blaues Auge und Nasenbluten, aber er wollte keine Hilfe von der Polizei.

»Männer«, hatte er geschluchzt. »Ich kann nicht ohne sie leben. Geh wieder nach Hause, Süßer, ich lieb ihn halt.«

Das war das erste, aber nicht das letzte Mal gewesen. Mike Sanchez wußte, daß schwule Männer genauso aneinander hingen wie heterosexuelle Männer an ihren Frauen, trotzdem fühlte er sich bei dem Gedanken unwohl. Er wußte auch, daß es nicht politisch korrekt war, Unterschiede zwischen Schwulen und Heterosexuellen zu machen. Für Schwule war Schwulsein normal. Aber für ihn war es nicht normal. Mikes Unbehagen wuchs, als ihm bewußt wurde, daß Cowles' Liebhaber von dessen Tod weitaus betroffener war als die Witwe.

White war trotz allem noch ein scharfsinniger Anwalt. Und er kannte sich mit Cops aus. Es ärgerte Mike, daß er ihn so schnell als Cop erkannt hatte.

»Haben Sie von Raymond Cowles' Tod gehört?«

White spielte mit einem Kugelschreiber. »Ja, alle hier im Büro wissen es.«

»Kannten Sie ihn gut?«

»Ja.«

»Möchten Sie darüber sprechen?«

»Warum nicht? Wie Sie sehen, ist das hier die Rechtsabteilung. Ray war in der Statistischen Abteilung. Wir hätten normalerweise nicht zusammen gearbeitet, aber vor einem halben Jahr bekamen wir ein neues Projekt.«

»Worum ging es da?«

»Ach, um das Risiko bei der Versicherung von Personen mit tödlichen Krankheiten. Ray machte die statistische Analyse und ich den Rest, die Ausformulierung, das Juristische und so.«

Mike hob eine Augenbraue. »Dafür oder dagegen?«

»Was?«

»Mögliche Aids-Opfer zu versichern.«

Whites Gesicht bekam ein wenig Farbe. »Das ist natürlich ein Aspekt. Wir wollen niemanden diskriminieren. Wir dürfen dem Gesetz nach auch niemanden benachteiligen. Aber die Statistiken haben ergeben, daß es eine Versicherungsgesellschaft in den Ruin treiben kann, wenn sie hohe Risikogruppen absichert, ohne das Risiko zu streuen und ohne die nötigen Rücklagen. Daran haben wir jedenfalls gearbeitet.«

Aha. »Sie kannten Ray also ganz gut.«

»Wir haben viel Zeit in dieses Projekt gesteckt. Es ist übrigens immer noch nicht fertig.« Whites Stimme brach. Er betrachtete den Kugelschreiber.

»Sahen Sie ihn auch außerhalb des Büros?«

»Wir haben manchmal zusammen zu Mittag gegessen.«

»Und Abendessen?«

»Ja, vielleicht, ein paarmal. Ich bin nicht verheiratet, ich gehe recht oft essen.«

»Kannten Sie seine Frau?«

White verzog keine Miene. »Nein. Ich wußte nicht, daß er verheiratet war.« Er zuckte mit den Schultern. »Vielleicht war er verheiratet, ich kann mich nicht mehr daran erinnern.«

»Hat sich Ray in letzter Zeit über irgend etwas Sorgen gemacht?«

»Nicht daß ich wüßte.«

»Sie haben nicht darüber geredet?«

»Nein, wir hatten ein reines Arbeitsverhältnis. Über Privatangelegenheiten haben wir nicht gesprochen.«

»Dann wissen Sie also nicht, ob er Sorgen hatte, deprimiert war oder so?«

»Nein.«

»Und daß er homosexuell war. Wissen Sie darüber Bescheid?«

»Wie bitte?«

»Ray war homosexuell. Wußten Sie das nicht?«

Tom White musterte eingehend seinen Kugelschreiber. Es war ein dicker, schwarzer Montblanc. »Ja, doch.«

»Und Sie hatten ein Verhältnis.«

»Passen Sie mal auf, ich werde alle Unterstellungen abstreiten, also –«

Mike holte tief Luft und erwiderte: »Nein. Sie passen jetzt mal auf, Mr. White. Wir ermitteln in einem Todesfall. Sie haben doch beim Bezirksstaatsanwalt gearbeitet. Sie wissen also, wie so was abläuft. Wir lassen nicht locker, bis wir wissen, was passiert ist. Hier sind die Fakten: Ray ist tot, und Sie waren an dem Abend seines Todes mit ihm zusammen. Das wissen wir sicher.«

Eigentlich wußten sie es nicht ganz sicher, doch seine Worte zeigten eine Wirkung. Tom White erschauerte. Für ein paar Sekunden zuckte sein Körper wie bei einem epileptischen Anfall. Doch bevor Mike seine Hilfe anbieten konnte, hatte sich der Anwalt wieder in der Gewalt. Er lächelte grimmig. »Ich habe das Recht, die Aussage zu verweigern«, sagte er.

»Ihr Privatleben geht niemanden etwas an«, entgegnete Mike. »Ich will nur wissen, was geschehen ist. Wenn Sie ihn nicht umgebracht haben, bleibt alles innerhalb dieser vier Wände.«

»Ich habe ihn nicht umgebracht.«

»Gut. War es ein Unfall?«

»*Was* soll ein Unfall gewesen sein? Ich weiß doch nicht einmal, wie Ray gestorben ist. Vielleicht könnten Sie mir das ja mal sagen.«

»Er ist mit einer Plastiktüte überm Kopf gefunden worden«, sagte Mike behutsam.

Tom White schloß die Augen. »Ich hab mich schon gewundert«, sagte er tonlos.

»Sie hätten zu uns kommen können. Da hätten Sie alles erfahren.«

»Sie wissen ganz genau, daß ich das nicht hätte tun können.« Seine Augen sprangen auf. Er war wieder da. »Eine Plastiktüte also. Die Ursache kennen Sie noch nicht?«

»Der Bericht kommt heute nachmittag.«

»Ich möchte ihn sehen.«

»Das glaube ich Ihnen gern, aber Sie sind nicht mehr bei der Staatsanwaltschaft und es dürfte schwierig sein, Einblick in die Akte zu bekommen, ohne daß Sie Aufmerksamkeit auf sich und diesen Fall lenken. Es sei denn, Sie haben irgendwo noch einen guten Freund, der Ihnen helfen könnte. Ansonsten würden sich bestimmt ein paar Leute darüber wundern, daß Ihnen an diesem

Fall etwas liegt.« Mike schwieg einen Augenblick. »Sie sitzen ganz schön in der Klemme.«

Das kam vor, wenn man Geheimnisse hatte. Wenn die Kacke am Dampfen war, konnte man sich an niemanden wenden. Er tat Mike beinahe leid. »Mir ist das ja alles ziemlich egal. Es wäre am besten, Sie erzählen mir, was los war.«

White schüttelte den Kopf. »Es gibt nichts zu erzählen. Ich war nicht dabei, als er starb. Wir haben zusammengearbeitet. Er war mein Freund...« Er legte eine Hand über die Augen. »Ich hätte ihm doch nie weh getan.«

»Vielleicht kam er mit der Beziehung nicht zurecht.«

»Ich sagte doch, ich war nicht da.«

»Wir wissen, daß Sie da waren.« Mike hatte einige Hebel in Bewegung gesetzt. Im Labor der Polizei gab es Unmengen zu tun, so daß im letzten Jahr Hunderte von Vergewaltigungen unerledigt geblieben waren, weil sie nicht dazu kamen, die Samen mit dem des Beschuldigten zu vergleichen; aber am Mittwoch hatte sich Mike zwischen zwei Wohnungsbesichtigungen in Queens eine kurze Pause genommen und war zum Labor in der 20. Straße gegangen, wo er einen Freund darum gebeten hatte, Raymonds Bettlaken zu überprüfen. Es stellte sich heraus, daß zwei Blutgruppen zu den Samenflecken gehörten. Das bedeutete, zwei Männer hatten ejakuliert. Es dürfte nicht schwer sein, zu beweisen, daß einer von ihnen Tom White gewesen war.

»Wir haben Ihre Fingerabdrücke in seiner Wohnung gefunden.«

»Ach, so haben Sie mich also ausfindig gemacht...«

Mike schwieg. Whites Trauer ging ihm allmählich zu nahe. Es war heiß in dem Büro. Außerdem wurde Mike langsam übel von dem Thunfischgeruch. Er beschloß, noch einen weiteren Schritt nach vorn zu wagen.

»Sie haben Sonntagabend zusammen gegessen. Dann haben Sie sich noch ein wenig amüsiert. Sie gingen, und er lebte noch. So war's, oder?«

»Wir aßen gemeinsam. Ich ging, und er lebte noch.«

»Dann hat er sich also mit jemand anderem amüsiert, nachdem Sie gegangen waren.«

»Wie bitte? Wie kommen Sie überhaupt auf die Idee, Raymond habe sich noch mit jemandem amüsiert, wie Sie es ausdrücken?«

»Er war jedenfalls nicht allein. Wir haben auf dem Bettlaken Samenflecken von zwei verschiedenen Männern gefunden.«

»O Gott.« Tom schloß die Augen.

»Alles deutet auf Sie hin.«

Als er sie wieder aufmachte, standen Tränen in Toms dunklen Augen. »Ray war noch am Leben, als ich ging. Wir wollten zusammenziehen. Er war ganz euphorisch. Er war *euphorisch*«, wiederholte er, um das Wort in seiner ganzen Bedeutung zu erfassen. »Kennen Sie dieses Gefühl, grenzenlos glücklich zu sein?«

Mike schwieg, er war sich nicht sicher.

»Ray war jedenfalls total glücklich, als ich ging. Ich hab keine Ahnung, was danach passiert ist.« Er wischte die Tränen weg, doch es kamen immer neue. »Ich habe absolut keine Ahnung.«

»Danke. Wir werden es hoffentlich herausfinden.« Mike erhob sich.

Der ehemalige Assistent des Bezirksstaatsanwalts, der sich ein ruhigeres Leben in einer Versicherungsgesellschaft ausgesucht hatte, stützte den Kopf in die Hände und überließ sich seiner Trauer. Er verabschiedete sich nicht, als Mike das Büro verließ.

25

Sergeant Joyce raufte sich die Haare, als sie den Zettel durchlas, der zuoberst auf dem Berg numerierter Formulare lag. Sie trug ein kurzärmeliges, grünes Hemd, auf dem dicke, schwarze Rhinozerosse abgebildet waren, die denen auf der Krawatte des Polizeichefs ähnelten, die er häufig bei wichtigen Pressekonferenzen trug. Als April das Büro betrat, schien Joyce gerade damit beschäftigt, sich ein Haarbüschel auszureißen.

April räusperte sich. Sergeant Joyce sah auf und ließ das blonde Büschel los, das nicht wie normales Haar runterfiel, sondern abstand, als stünde sie unter Strom.

»Haben Sie ihn?« wollte sie wissen.

»Ja.« April blieb mit dem Umschlag, in dem sich Raymond Cowles' Autopsiebericht befand, in der Tür stehen. Sie traute Sergeant Joyce nicht unbedingt und wünschte, Sanchez würde sich auf dem Klo etwas beeilen, damit sie die Sache gemeinsam hinter sich bringen konnten. Sie drehte ihren Arm so, daß sie die Armbanduhr im Auge hatte, ohne nervös zu wirken. Er war schon fünfzehn Minuten weg. Was machte er bloß? Er brauchte ja länger auf der Toilette als sie.

»Können wir was damit anfangen?« Joyce beäugte den Umschlag.

April nickte. Ja, allerdings. »Sie werden zufrieden sein.«

»Kommen Sie doch rein und geben Sie her.«

Die Falte zwischen Sergeant Joyces aufgemalten Augenbrauen entspannte sich etwas und ihr schmaler, ernster Mund kräuselte sich zu einem kleinen Lächeln. Es wäre schön, wenn der Fall Cowles in weniger als einer Woche aufgeklärt werden könnte. Sie deutete auf die beiden Stühle vor ihrem Schreibtisch, doch April bevorzugte wie immer den Platz am Fenster. Auf dem Weg dorthin überreichte sie Joyce den braunen Umschlag und untersuchte dann die drei Pflanzen auf dem Fensterbrett nach Lebenszeichen.

Sergeant Joyce hatte vor kurzem eine neue Pflanze neben die zwei verstaubten Efeutöpfe gestellt. Etwas Farnartiges, das schon am Tag seiner Ankunft zu welken begonnen hatte. Die spitzen Blätter wurden von Tag zu Tag brauner. April sah der Pflanze an, daß sie bald genauso tot sein würde wie Raymond Cowles. Sie bohrte ein wenig in der Erde herum und mußte an Lorna Cowles' üppigen, feuchten Garten denken. Mit Pflanzen kannte sich Lorna auf jeden Fall besser aus als mit Männern. Die Erde um den Farn war staubtrocken und mit Zigarettenstummeln übersät. April zog schnell den Finger zurück.

Mike schlüpfte herein, während Sergeant Joyce den Bericht studierte. Er setzte sich auf den Stuhl in der Nähe der Tür und machte ein nachdenkliches Gesicht. Sergeant Joyce kam zu den wichtigen Abschnitten und begann, vor sich hin zu murmeln.

»Narben im Analbereich, eine alte Infektion. Sieht aus, als wäre er schon eine Weile zugange. Schlüsselbein gebrochen, vor langer Zeit, wahrscheinlich als Kind. Aha, seine Arterien sahen nicht gut aus.« Sergeant Joyce zog wieder an dem Haarbüschel.

»Sehen Sie sich mal den Alkohol- und Kaminexspiegel im Blut an«, sagte Mike.

»Ah ja. Das könnte auf jeden Fall ein Selbstmord gewesen sein. Genug, um ruhiggestellt zu sein, aber nicht genug, um bewußtlos zu werden, bevor die Tat vollbracht war.«

»Er war HIV negativ«, warf April ein. Angst vor einem langwierigen, schrecklichen Siechtum schied als Motiv also aus.

»Ja.« Sergeant Joyce warf den Bericht auf den Schreibtisch. »Keine Anzeichen für Einwirken von außen.« Sie starrte die beiden an. »Das heißt aber nicht, daß ihm niemand zur Hand gegangen ist. Was haltet ihr davon?«

Mike strich sich zweifelnd über den Schnurrbart. »Tom White, sein Freund, beschwört, daß Raymond in euphorischer Stimmung war, als er am Sonntag abend ging. Sie wollten eine Wohnung suchen.« Er hob eine Augenbraue. »Wollten offen leben.«

»Vielleicht kam er damit nicht klar.« April wackelte mit dem Fuß, sie wollte weg hier.

Mike zuckte mit den Schultern.

»Was ist mit seiner Frau?«

»Sie hat anscheinend nichts damit zu tun. Sie ist auch nie in seiner Wohnung gesehen worden«, sagte April. »Es liegt nichts gegen sie vor.« Sie vergegenwärtigte sich noch einmal Lornas Reaktion, als die Homosexualität ihres Mannes zur Sprache gekommen war, und fragte sich, wie es war, mit jemandem verheiratet zu sein, der die Sexualität mit einer Person desselben Geschlechts bevorzugte. Sie dachte an die Narben und Entzündungen in Cowles' Analbereich, an die Flecken auf dem Laken.

Letzteres war Beweis dafür, daß die beiden Männer einander masturbiert hatten. Und offensichtlich nicht zum ersten Mal. Warum sollte er sich diesmal umbringen? Aus Scham? Hatte White gedroht, ihn bloßzustellen, wenn er nicht zu seiner Neigung stand? Ging es überhaupt darum?

Sie wandte sich an Sanchez. Er betrachtete sie mit dem üblichen, siegessicheren Lächeln, das soviel heißen sollte wie: »Ich weiß, was du willst, und ich hab es.« Ihr wurde flau im Magen, und das Blut stieg ihr in die Wangen. Manchmal waren Mikes Augen wie flüssiger Rauch. Darin saß ein böser Geist, der sie ablenken wollte und sie dazu brachte, daß ihr solche Dinge durch den Kopf gingen wie das Leben ihrer Eltern vor vielen Jahren in China. Wie hatten sie einander gefunden, und wie fühlten sich diese beiden dürren Menschen, die so bescheiden waren wie Mönche?

Chinesen waren zweifellos ein prüdes Volk. Sie mußten sich viel zu sehr ums nackte Überleben kümmern, als daß sie viel Toleranz aufbrächten für Hirngespinste wie Liebe und Romantik. Die Ehe war ein Geschäft. Für Frauen sowieso. Im alten China konnte ein Mann so viele Frauen heiraten, wie er sich leisten konnte. Er konnte mit ihnen machen, was er wollte. Und Parteivorsitzender Mao, der große Reformator, hatte die Tradition skrupellos weitergeführt. Hunderte von Mädchen hatte er gehabt und ganz besonders junge, doch er wurde ihrer schnell überdrüssig und brauchte dauernd Nachschub. Amerikanische Präsidenten waren anscheinend ähnlich veranlagt. Über Liebe hielt sich niemand mehr auf und an Scham starb auch keiner mehr.

Sergeant Joyce hatte bemerkt, daß April rot geworden war und grinste. Es gefiel ihr, wenn April sich vor Scham wand. Sie nahm den Faden wieder auf. »Raymond stirbt also gegen zehn. Wann ist sein Freund gegangen?«

»Gegen neun, sagte er. Er wollte noch arbeiten.«

»Danach wählte Raymond also die Nummer seiner Therapeutin, entweder, um ihr zu sagen, daß er einen Mann liebt oder um ihr mitzuteilen, daß er Schluß macht. Hat er mit ihr gesprochen?« wollte Joyce wissen.

Mike und April tauschten einen kurzen Blick. Sie hatten Treadwell nicht gesagt, daß Cowles als letztes ihre Nummer gewählt hatte. Außer der Tatsache, daß Raymond tot war, hatten sie ihr bewußt nichts mitgeteilt.

»Das ändert aber nichts an unserem Fall, oder?« fragte April.

Mike schüttelte den Kopf. »Nein, das Labor sagt, er hat die Tüte definitiv allein präpariert. Seine Fingerabdrücke sind auf der Außen- und Innenseite der Tüte, auf dem Klebeband sind Teilabdrücke. Er ist ganz cool an die Sache rangegangen. Wußte genau, was er tat, hat die Tüte schön klein gefältelt und luftdicht gemacht. Dann hat er die Kaminex genommen. Nach einer Weile stülpte er sich die Tüte über den Kopf, legte sich hin und schlief ein.«

Sergeant Joyce schürzte die Lippen. »Haben wir irgend etwas übersehen, was unsere Theorie später noch umwerfen könnte?«

Mike schüttelte den Kopf.

Joyce seufzte. »Gut, dann wäre die Sache Cowles wohl erledigt. Macht den Bericht bis morgen fertig.«

April wartete, bis Sanchez den Raum verlassen hatte, bevor sie vom Fensterbrett glitt. Sergeant Joyce war über ihren Berg Akten gebeugt und schon wieder mit anderen Dingen beschäftigt. Für sie war der Fall Raymond Cowles abgeschlossen.

26

Um 8.45 Uhr am Freitag morgen betrat Clara Treadwell das Konferenzzimmer neben ihrem Büro. Sie hatte sich so gut wie möglich auf das Treffen vorbereitet, das Ben Hartley anberaumt hatte, um den Todesfall Raymond Cowles zu besprechen. Sie legte ihre Ledermappe mit dem Terminkalender und einen Notizblock an ihren Platz am Kopf des Tisches. Als sie sich setzte, betastete sie mit den Fingerspitzen prüfend die Wunde in ihrer Handfläche.

Die Skalpellspitze hatte sich tief hineingebohrt und der

Schnitt schmerzte noch, doch der wahre Schaden ging viel tiefer. Clara war überzeugt davon, daß das Skalpell und das Kondom – beides eindeutig symbolische Gegenstände – etwas mit ihrem damaligen Verhältnis mit Harold Dickey zu tun hatten.

Mit dieser irrsinnigen Aktion wollte er wohl andeuten, daß Clara unmittelbar für den Tod eines Patienten verantwortlich war, indem sie das ärztliche Skalpell zu einem Dolch umfunktioniert hatte. Während ihrer Zeit als Direktorin des Centres hatte Clara schon gegen viele Widerstände ankämpfen und Schwierigkeiten meistern müssen. Schön und begehrenswert, wie sie war, hatte sie schon des öfteren allzu anspruchsvolle Ehemänner und Liebhaber in ihre Schranken weisen müssen, dabei hatte sie noch nie körperlichen Schaden davongetragen. Sie hatte sich auch noch nie derart über jemanden aufgeregt. Sie konnte es kaum ertragen, im gleichen Raum wie er zu sein.

Ben Hartley hatte diese idiotische Besprechung gerade auf den Freitagmorgen gelegt, an dem Clara eigentlich zu einem Kommissionstreffen nach Washington wollte, um danach ein ruhiges Wochenende mit dem Senator in Sarasoto zu verbringen. Clara holte den winzigen Kassettenrecorder, mittlerweile ihr ständiger Begleiter, aus der Handtasche und fummelte daran herum. Sie amüsierte sich darüber, daß keiner wissen konnte, wann der Recorder ein- oder ausgeschaltet war und nie jemand zu fragen wagte.

Sie war soweit und sah in die Runde der drei entbehrlichen Männer, deren Aufgabe es war, sie zu beraten. Max Goodrich, der stellvertretende Leiter des Centres, der sich vor ihrem Büro herumgedrückt hatte, als die Polizei da war, und der nicht recht zu wissen schien, in welchen Wind er sein Mäntelchen nun hängen sollte; Ben Hartley, der Rechtsberater der Klinik, ein aufgeblasener, elegant gekleideter, silberhaariger Mann, der dem Aussehen nach ins Außenministerium gepaßt hätte; und Harold Dickey, der sich angesichts seiner Überflüssigkeit besonders hervortat und sich irgendwie selbst eingeladen hatte. Der vierte Mann in der Runde war der einzige, den sie eingeladen hatte. Jason Frank hatte etwas zu gewinnen und war deswegen der einzige, auf den Clara zählen konnte.

Schäumend vor Wut starrte Hartley sie an; er wartete auf ihr Nicken, daß die Sitzung beginnen würde. Sie lächelte ihm zu.

»Immer mit der Ruhe, Ben. Wir werden die Sache schon zu deiner Zufriedenheit regeln«, sagte sie beruhigend.

»Ich hasse Überraschungen, Clara. Du hast mich schon ein paarmal ganz schön ins Schleudern gebracht, aber bei dieser Sache wird mir ganz schwindlig.«

»Komm schon, Ben. Die Arbeit hier im Centre war doch schon immer etwas brenzlig.«

»Clara, wenn mich ein alter Freund, mit dem ich vor dreißig Jahren auf Harvard war, anruft und mir sagt, daß die Direktorin des Psychiatric Centre in einen angeblichen Selbstmordfall involviert ist und deshalb von der Polizei verfolgt wird und die Versicherungsgesellschaft dieses Freundes das Centre wahrscheinlich verklagen wird, und dich auch wegen Fahrlässigkeit – und ich wußte von der ganzen Sache bisher nichts ... Also, ich finde, das ist mehr als ein bißchen brenzlig.«

»Moment mal, Ben. Die Polizei hat mich nicht *verfolgt*. Die Polizei war hier, um mich über den Todesfall zu *informieren*, und es gibt bisher keine Anhaltspunkte für einen Selbstmord. Es kann auch ein Unfall sein oder Mord. Wie auch immer, ich bin in keinster Weise involviert. Das wollen wir doch mal festhalten.«

»Wenn du mit der Sache nichts zu tun hast, weshalb war im Telefon des Toten noch deine Telefonnummer gespeichert?«

Clara runzelte die Stirn. »Wovon redest du überhaupt, Ben?«

»Hat dir die Polizei nicht gesagt, daß der letzte Anruf von Raymond Cowles' Wohnung bei dir zu Hause war?«

Nein, das hatten sie ihr nicht gesagt. Sie wußte nichts davon, wie kam Ben zu dieser Information? Harold starrte sie vorwurfsvoll an. Ben bluffte bestimmt nur. »Nein, das hat mir niemand gesagt. Aber das stimmt auch gar nicht.«

Max Goodrich blickte entsetzt in die Runde. »Kommen wir doch zur Sache. Was genau wollen wir eigentlich –«

Hartley fiel ihm ins Wort. »Ich bin für den Schutz des Krankenhauses zuständig – und auch für Claras Schutz, sofern es sich um ihre Funktion als Direktorin des Krankenhauses handelt.«

Clara starrte ihn an. »Das wissen wir, Ben. Was willst du sagen?«

»Sagen wir's mal so. Gesetzt den Fall, die Direktorin des Krankenhauses ist beruflich mit einem Wagen des Krankenhauses unterwegs und fährt einen Fußgänger an. Anderer Fall: Clara Treadwell, die Direktorin des Krankenhauses, ist mit ihrem eigenen Wagen am Wochenende unterwegs, um sich mit ihrem Liebhaber zu treffen, und fährt einen Fußgänger an. Im ersten Fall kann der Fußgänger das Krankenhaus auf Schadenersatz verklagen. Im zweiten Fall ist die Leiterin auf sich selbst gestellt.«

Clara befingerte ihre Oberlippe. Es war schon erstaunlich: man konnte noch so hoch gestellt und noch so umfangreich abgesichert sein, sobald ein Problem auftauchte, spielte das alles keine Rolle mehr.

»Ich nehme das zur Kenntnis«, sagte sie kühl, während sie ihre Hand sinken ließ.

»Um noch deutlicher zu werden: Es handelt sich hier nicht um eine Besprechung des Qualitätskontrollausschusses.«

»Warum nicht?« fragte Max. »Deswegen sind wir doch hier.«

»Wir müssen genauestens abwägen, ob es bei einem Problem, das die Mitglieder dieses Ausschusses oder Vorstandsmitglieder des Centres betrifft, eventuell Interessenskonflikte gibt. Außerdem sollten wir uns an die Regel halten, die meines Wissens auch für Psychiater gilt, daß ein Untersuchungsausschuß sich nicht selbst untersuchen kann.«

»Es gibt überhaupt keinen Grund, diese Sache anders als sonst zu behandeln«, unterbrach Clara gewandt. »Raymond Cowles war einer meiner Patienten, als ich vor achtzehn Jahren Assistenzärztin unter Harold Dickeys Aufsicht hier war. Die Therapie dauerte knapp vier Jahre, wurde wie üblich abgeschlossen und war in jeder Hinsicht erfolgreich.«

»Außer daß der Patient starb«, sagte Hartley kühl.

»Das war überflüssig«, sagte Dickey barsch.

»Harold hat recht«, fiel Max ein. »Wir sollten die Ruhe bewahren.«

»Tut mir leid«, sagte Ben Hartley ruhig. »Aber ich mache mir große Sorgen.«

»Wir wissen nicht, was Raymond zugestoßen ist«, sagte Clara mit Nachdruck. »Wahrscheinlich werden wir es auch nie erfahren. Er rief mich vor einigen Monaten wegen Schlafstörungen an. Ich sprach ein- oder zweimal mit ihm und verschrieb ihm ein schwaches Beruhigungsmittel. Ich wollte ihm einen Psychiater vorschlagen, falls er noch einmal eine Behandlung machen wollte. Das war alles.«

Harold Dickey rutschte auf seinem Stuhl herum und hustete, um die Aufmerksamkeit auf sich zu lenken. Clara schenkte ihm keine Beachtung. »Ich würde die Sache gerne überprüfen«, sagte er unvermittelt.

Hartley schlug die Hände überm Kopf zusammen. »Du erstaunst mich, Harold. Wenn deinetwegen ermittelt wird, kannst du nicht der Ermittler sein. Falls wir verklagt werden – wozu es hoffentlich nicht kommt –, wird das Hauptaugenmerk auf Clara und dich gerichtet sein. Ganz einfach. Das Komitee hat dann also nur noch zwei Mitglieder, die agieren können.«

»Moment mal, Ben«, warf Clara ein. »Selbstverständlich kann man nicht in eigener Sache ermitteln. Genau deswegen habe ich ja Dr. Frank gebeten, den Fall für uns zu überprüfen. Ich habe ihm schon die einschlägige Akte zugänglich gemacht.« Sie vermied es, in Harold Dickeys Richtung zu sehen, doch sie war sich seiner Wut bewußt. Nur Hartley schien nichts zu bemerken.

Hartley wandte sich zum ersten Mal an Jason. Clara lächelte ihm ermutigend zu.

»Dr. Frank, was haben Sie mit dem Centre zu tun?« fragte Hartley.

»Ich habe meine Ausbildung hier gemacht. Jetzt bin ich Dozent an der Medical School. Außerdem mache ich Betreuung bei den Assistenzärzten. Ansonsten bin ich noch bei –«

»Danke, Sie scheinen durchaus qualifiziert zu sein. Da Sie mit der Geschäftsführung nichts zu tun haben, können Sie die Angelegenheit untersuchen und gegebenenfalls die nötigen Nachforschungen anstellen. Ich würde vorschlagen, daß wir einen Ad-hoc-Qualitätsausschuß ins Leben rufen, dem Sie vorstehen. Sie werden darauf aufpassen, wie wir den Fall intern handhaben.« Hartley rieb sich die Hände, als sei er erleichtert, eine Lösung gefunden zu haben.

»Sie werden natürlich einen Bericht schreiben und uns über ihre Fortschritte auf dem laufenden halten«, fügte er beinahe lächelnd hinzu.

»Gute Arbeit, Ben. Überlassen wir es also Jason, uns über die Ausgangssituation in dieser Angelegenheit zu informieren.« Clara warf einen kurzen Blick auf ihre Armbanduhr. Alles geregelt, sie konnte gehen.

»Dann müssen wir uns nur noch auf einen Termin für das nächste Treffen einigen. Dr. Frank, wann paßt es Ihnen denn nächste Woche?«

Zum ersten Mal heute an diesem Tag öffnete Clara ihre teure, dunkelrote Aktenmappe, auf deren Vorderseite ihr Name in Goldprägung prangte. Darin steckte zwischen den Seiten ihres Terminkalenders ein benutztes, tropfendes Kondom. Sie schlug die Mappe zu, doch alle Anwesenden hatten es gesehen.

Für einen Augenblick herrschte Grabesstille. Clara empfand die öffentliche Demütigung so heftig, als hätte ihr jemand einen Schlag versetzt. Vor ihren Augen verschwamm alles und sie befürchtete, das Bewußtsein zu verlieren.

Doch in diesem Moment kicherte Hartley, und sie sah wieder scharf. Wütend starrte sie Dickey an. »Harold, ich muß mit dir reden, bevor ich fliege«, sagte Clara. »Meine Herren – die Sitzung ist vertagt.«

Harold

27

Harold Dickey verließ Claras Büro mit einem Stechen in der Brust. Wäre er nicht selbst Arzt gewesen, hätte er es womöglich für einen Herzinfarkt gehalten. Das Blut war aus seinen sonst so rosigen Wangen gewichen. Seine Haut war klamm und grau wie ein Fischfilet. Das leichte Zittern seines Kopfes hatte er nicht mehr unter Kontrolle, und sein Doppelkinn wackelte hin und her. Die tiefliegenden Augen mit den violetten Tränensäcken brannten vor Erniedrigung und Verzweiflung. Es tat weh, am Leben zu sein, zu atmen, zu denken. Das Denken tat am meisten weh.

Er lehnte an der Wand vor der Bürosuite und wartete alleine auf den Aufzug. Es dauerte einige Minuten. Kalter Schweiß stand ihm auf der Stirn, während eine eiserne Faust seine Brust zu umklammern schien. Er schlug auf den Aufzugsknopf, doch es geschah nichts, er schlug noch mal zu. Das war kein Herzinfarkt. Er hatte immer auf seine Ernährung geachtet, lief täglich sechs Kilometer und spielte noch Tennis mit ein paar ausgewählten Assistenzärzten.

Es handelte sich bloß um einen Wutanfall, der sich leider körperlich ausdrückte, indem das Herz aus dem Takt geriet und nicht mehr genug Sauerstoff in Lungen und Gehirn pumpte, was einen schrecklichen Druck im Kopf und ein Absinken der Körpertemperatur zur Folge hatte. Er war sich sicher. Es war blokkierte Wut, die er nicht artikulieren konnte und die sich tief in ihn hineinfraß.

Wie konnte Clara es *wagen*, ihn so zu erniedrigen? Sie hatte ihn beschuldigt, das gebrauchte Kondom in ihrem Terminkalender versteckt zu haben. Entsetzlich, geradezu paranoid. Er liebte sie doch und wollte doch nur, daß Clara Treadwell ihn ebenfalls liebte; das stand ihm doch zu. Es käme ihm nie in den Sinn, sie zu erniedrigen oder zu verletzen.

Wie kam sie nur auf so schreckliche Gedanken? Sie hatte gesagt, er habe nichts mehr im Centre verloren. Er hatte dem Centre sein ganzes Leben gewidmet, fast dreißig Jahre lang seine Kraft und Energie investiert. Er war der Mentor aller. Vor allem war er natürlich ihr Mentor. Ohne ihn wäre Clara Treadwell ein Niemand. Er hatte sie geschaffen; ihre eigenen Hoffnungen waren aus seinen ehrgeizigen Plänen für sie erwachsen, und er hatte ihr sein ganzes Wissen vermittelt. Es ging Harold schlecht. Daran war Claras Verdacht schuld; das war kein Herzanfall.

Ihm ging nicht aus dem Kopf, wie sie hinter dem Schreibtisch gestanden hatte: die Hände aufgestützt, hatte sie sich leicht vorgebeugt, völlig überzeugt von ihren Worten, und hatte ihn mit einem Ausdruck feindlicher Überzeugung angestarrt. Bestimmt sahen so Richter aus, oder Staatsanwälte, Henker – Menschen, die im Namen der »öffentlichen Sicherheit« Leben beendeten.

»Harold, du bist zu weit gegangen. Es ist vorbei«, hatte sie ihm als erstes vorgeworfen.

Er war sprachlos, wußte nicht, was sie meinte. »Was denn, meine Liebe? Was ist vorbei?« Am Montag hatten sie doch einen angenehmen Abend verbracht. Seitdem hatten sie mehrmals nett geplaudert. Bis zur morgendlichen Sitzung war Harold davon überzeugt gewesen, daß sich ihr Verhältnis gebessert hatte. Er müßte eigentlich verletzt und wütend sein, schließlich hatte er Clara in der Cowles-Sache zur Seite gestanden. Und heute hatte sie ihn ohne Vorwarnung öffentlich abgesägt und durch Jason Frank ersetzt. Unerhört.

Clara öffnete ihre Aktenmappe. Das Kondom lag noch darin.

Erst jetzt fiel ihm der Verband an ihrer Hand auf. »Was ist mit deiner Hand passiert?«

Sie schwieg.

»Clara, was ist überhaupt los?« wollte er wissen.

Sie starrte ihn wütend an. Am Zucken ihrer Wange erkannte

er, daß etwas Schreckliches geschehen war, wofür sie ihn verantwortlich machte.

»Was ist passiert, Clara? Was ist hier los?« fragte Harold verwirrt. Er wurde aus ihrem eiskalten, zornigen Gesichtsausdruck nicht schlau.

»Tu nicht so scheinheilig, Harold«, hatte sie gesagt und wild mit dem Finger in der Luft herumgestochert. »Ich kenn dich doch.«

Ihr Parfüm stieg ihm in die Nase: *Paris*. Der Duft entströmte ihrem Halstuch und dem violetten Kostüm.

»Mach mir nichts vor, Harold. Ich habe lange genug Geduld mit dir gehabt, viel zu lange. Aber jetzt reicht's. Das mach ich nicht mehr mit. Du mußt gehen; geh von mir aus in Pension. Hier kannst du jedenfalls nicht länger bleiben.«

»Wie bitte? Warum?«

»Weil du mich dauernd belästigst. Du läßt mich einfach nicht in Ruhe.« Sie schlug die Aktenmappe mit dem anstößigen Inhalt zu. »Es ist vorbei, Harold.«

»Ich weiß überhaupt nicht, wovon du sprichst, Clara –«

»Von den Vorfällen hier. Dinge verschwinden und werden mutwillig zerstört. Dauernd läuft irgendwas schief; das kann nur jemand sein, der sich hier auskennt. Ich bin in Lebensgefahr. Zuerst die Verletzung an meiner Hand. Und jetzt – *das*! Das ist doch krank. Was willst du damit bezwecken? Einfach ekelhaft. Du mußt gehen. Ich bin keine von deinen schutzlosen Assistenzärztinnen. Ich bin erwachsen, und du hast mir nichts mehr zu sagen.« Ihr Gesicht war verzerrt, der Blick kalt vor Wut.

»Clara, ich würde dir nie etwas antun. Ich mag dich viel zu sehr. Du weißt doch, daß ich dich liebe; ich hab dich immer geliebt.« Harolds Hand fuhr an seine Brust. Der Schmerz war unerträglich.

»Ich tu das ungern, das kannst du mir glauben. Ich wollte dich da nicht reinziehen, Harold. Aber *du* forderst es ja geradezu heraus. Du bist selbst schuld.«

»Sag mir bitte endlich, was eigentlich los ist und wie lange das schon geht.«

»Du weißt ganz genau, wovon ich rede. Du hast dich selbst verraten«, sagte sie bitter.

»Was ist denn noch passiert? Ich soll was mit deiner Verletzung zu tun haben? Clara, ich mache mir wirklich Sorgen. Du denkst, ich hätte dich *verletzt*? Wann soll das denn gewesen sein? Womit denn?«

»Tu nicht so scheinheilig«, erwiderte sie barsch.

Seine Augen wanderten von der Aktenmappe zu der verbundenen Hand. Entweder wurde Clara wirklich von jemandem belästigt oder sie bereitete gerade in großem Stil seinen Rausschmiß vor. Er schüttelte den Kopf. Würde Clara so etwas Schreckliches inszenieren, um ihn fertigzumachen?

Das konnte Harold nicht glauben. Sie hatten ihr ganzes Leben den seelisch Kranken gewidmet, hatten versucht, sie zu verstehen, ihnen zu helfen. Würde Clara, diese talentierte, engagierte Frau, die ihm seit Jahren am Herzen lag, diese Umgebung kaltschnäuzig ausnutzen, um ihn zugrunde zu richten?

»Die Sache ist sehr ernst«, sagte sie leise.

»Allerdings.«

Nein, selbst Clara/Carmen würde ihm so etwas nicht antun. Harold wollte an Claras Unschuld glauben; sie wurde sicher belästigt und schwebte ernsthaft in Gefahr.

»Clara, du bist in Gefahr. Wann fing das denn an?«

Clara wurde ungeduldig. »Harold, laß diese Spielchen. Ich weiß genau, was du vorhast, aber du kannst mich nicht erschrecken. Du schadest nur dir selbst.«

Ihn durchfuhr wieder ein Schock. »Wie kannst du so was sagen? Ich würde dich nie verletzen. Ich hab doch immer zu dir gehalten – sogar wenn du im Unrecht warst. Ich habe dich immer unterstützt. Jetzt unterstütze ich dich doch auch.«

»Darüber will ich jetzt gar nicht reden, Hal. Unsere Beziehung hat sich verändert. Meine Stellung hat sich verändert. Es wird Zeit, daß du in Pension gehst.«

»Was hab ich denn *falsch* gemacht?«

»Ich hab keine Zeit, das jetzt auszudiskutieren. Außerdem muß ich zum Flughafen.«

»Ich hab nichts falsch gemacht.«

Ihr Blick fiel auf die Aktenmappe. »Ich will nichts mehr davon hören. Ich laß ... dieses *Ding* untersuchen. Hal, ich warne dich. Schaufel dir nicht selbst dein Grab.«

Sein Herz pochte heftig, sein Kopf auch. Sein Grab schaufeln. Warum?

Er war körperlich erschöpft, aber seine Stimme klang noch fest. »Clara, du steckst total in der Patsche. Dir steht eine Fahrlässigkeitsklage bevor, die dich total ruinieren kann; davon wirst du dich beruflich nie mehr erholen. Und anscheinend gibt es hier im Centre jemanden, der Zugang zu deinen Privaträumen hat; eine ziemlich beängstigende Vorstellung. An deiner Stelle würde ich mir darüber mal Gedanken machen. Du solltest dich auf die gerichtliche Auseinandersetzung vorbereiten und nach dem *wahren* Schuldigen suchen.«

»Du drohst mir? Du machst alles nur noch schlimmer.«

Er schüttelte den Kopf, sein Gesicht war grau wie der Tod. »Du machst einen großen Fehler. Irgend jemand will dir an den Karren fahren, aber ich bin's nicht.«

»Wer sonst? Sag schon. Wer hat denn Zugang zu meinem Büro, meinem Schreibtisch? –« Unvermittelt hielt sie inne. Sie wollte sich nicht weiter mit ihm streiten.

»Gib mir das Ding. Ich finde heraus, wer dahintersteckt, und dann wirst du dich bei mir entschuldigen müssen, Clara. Es gibt ja wahrlich genug Paranoide und Psychotiker hier. Hast du wenigstens schon die Angestellten befragt? Die Nachtwächter, die Sicherheitsleute? Vielleicht hat jemand was gegen dich. Wie kannst du bloß denken, daß ich das war? So was lasse ich mir nicht bieten. Von niemandem.« Den letzten Satz wiederholte er mit der Hand auf der Brust, als lege er einen Eid auf die amerikanische Flagge ab.

Aber Clara gab ihm die Mappe nicht. Sie drehte ihm den Rücken zu und starrte aus dem Fenster auf den Hudson hinunter. So blieb sie stehen, bis er ging. Irgendwie gelangte er in sein Büro, doch auch dort ließ der Schmerz nicht nach. Statt dessen nistete sich ein quälender Druck ein.

Clara war stur und töricht; keines ihrer Probleme ging sie richtig an. Am meisten beunruhigte ihn, daß sie die Belästigungen vertuschen wollte. Wieso war der Übeltäter noch nicht überführt worden? Harold versuchte sich in seinem Büro zu sammeln und das weitere Vorgehen zu überdenken. Einen Herzinfarkt konnte er jetzt nicht gebrauchen. Clara war nur von Idioten umgeben – Ben Hartley, Max Goodrich, die ganze Geschäftsleitung. Bei Interessenkonflikten würden die Clara gnadenlos in die Pfanne hauen. Harold bekam große Angst bei dem Gedanken, daß ihm etwas zustoßen könnte und er sich nicht mehr um Claras Problem kümmern konnte; wer würde sie dann beschützen? Er ging runter in den dritten Stock, um Gunn Tram aufzusuchen.

28

»Hallo, Jason, es ist Freitagnachmittag, halb vier. Hier spricht April Woo. Wir haben uns schon lange nicht mehr gesehen, hm? Ich habe Ihren Anruf erhalten. Sie rufen bestimmt wegen der Cowles-Sache in Ihrem Laden an – oder ist noch was passiert? Ich bin noch eine halbe Stunde hier. Am Samstag arbeite ich von vier bis eins. Sonntag habe ich frei.«

Das war Ihre letzte Nachricht. Tüt-tüt-tüt.

Jason legte auf, sein Blick fiel auf den Messingbullen mit der Uhr im untersten Bücherregal, der zwischen einem gläsernen Briefbeschwerer und einem Stapel Fachzeitschriften stand. Jason wußte, daß die Uhr mindestens zwei Minuten nachging. Es war also 15.47 Uhr. Seit der Besprechung im Centre heute morgen hatte er einen Patienten nach dem anderen gehabt. Wenn er gut drauf war, war es schon anstrengend herauszufinden, was in jedem einzelnen Patienten vorging und das Gesagte nicht falsch zu interpretieren. Wenn er nicht gut drauf war – das heißt, wenn ihm noch andere Gedanken durch den Kopf gingen als die Bedürfnisse seiner Patienten –, fühlte er sich völlig überfordert.

Heute hatte er sich eigentlich nur seinen Patienten widmen und ein paar Lebensmittel einkaufen wollen, damit Emma, die morgen ankam, ihn nicht der haushälterischen Inkompetenz bezichtigen würde. Statt dessen war es Clara Treadwell gelungen, ihn in den Sumpf der Krankenhauspolitik zu locken, von dem er sich immer bewußt ferngehalten hatte. Das mußte er ihr lassen. Vor zwei Tagen hatte Clara ihn dazu überredet, den Fall Cowles zu untersuchen. Und seit heute morgen war er auf einmal Vorsitzender einer Ad-hoc-Kommission des Qualitätskontrollausschusses und plötzlich verantwortlich für die Ermittlungen in einem Fall, der die Direktorin des Centres betraf, die zudem seine Mentorin sein wollte.

Jason schnaubte verächtlich. Er war selbst jedes Jahr Lehrer oder Mentor mehrerer Assistenzärzte; er hatte noch nie einen Mentor gehabt. Er wollte nicht die ideellen Einschränkungen hinnehmen, die das mit sich brachte, und auch nicht ständig Loyalitäten bedenken müssen. Er hatte sich immer allein und ohne Unterstützung durchgewurstelt. Seine Eltern hielten ihn für verrückt, weil er sich der Psychiatrie verschrieben hatte statt der lukrativeren Herz- oder Gehirnchirurgie.

Jason blickte auf seine Uhr. Unaufhaltsam rückte der Minutenzeiger vor, was ihn an sein eigenes, stetiges Vorankommen über die Jahre hinweg erinnerte. Er hatte sich immer nur auf sich selbst verlassen, traf seine eigenen Entscheidungen und machte seine eigenen Fehler. Über Clara Treadwells Arroganz konnte er nur lachen. Sie konnte ihm zwar Steine in den Weg legen und versuchen, ihn zu verwirren, aber das Ergebnis seiner Untersuchung würde sie nicht manipulieren können.

Jason wollte April anrufen, bevor der nächste Patient kam. Er hörte die Tür des Wartezimmers. Seine letzte Patientin war nach einer kleinen Verschnaufpause gegangen. Jeannie hatte volle fünfundvierzig Minuten geweint und sich ununterbrochen dafür entschuldigt. »Es tut mir leid. Ich kann nicht anders. Ich weiß gar nicht, was mit mir los ist.«

Jason wußte, was mit der armen Frau los war. Sie war mit einem Egoisten verheiratet, der sie nicht mehr liebte. Er hatte ihr gesagt, daß er Zeit zum Entspannen und Freiraum bräuchte. Jeannie hatte vor langem ihre Karriere aufgegeben, um sich um die beiden kleinen Kinder zu kümmern, die ihr Mann gewollt hatte. Der ganze Haushalt lastete auf ihr, da ihr Mann es als unter seiner Würde betrachtete, seine wertvolle Zeit mit solchen Nebensächlichkeiten zu verschwenden. Es ging ihr schlecht, trotzdem entschuldigte sie sich dauernd dafür, daß sie sich elend fühlte, als sei sie schuld an ihrer Einsamkeit und ihrem Leid. Sie kam zweimal pro Woche zu Jason, und immer wirkte er beständig und ruhig wie ein Fels. Sie konnte nicht ahnen, wie sehr es ihn danach verlangte, einfach tröstend den Arm um sie zu legen.

Während er in seinem Adreßbuch nach Aprils Nummer suchte, fiel ihm ein, daß er die Nummer eigentlich gar nicht nachsehen mußte. Sie hatten schon zweimal zusammengearbeitet: vor einem halben Jahr bei Emmas Entführung und drei Monate später bei dem Fall der Honiger-Stanton Schwestern. Die Nummer des Reviers war auf ewig in sein Gehirn gebrannt. Er lächelte grimmig, als er daran dachte, wie drastisch sich sein ruhiges Analytikerleben verändert hatte: inzwischen galt er sogar im *Psychiatric Centre* als Kriminalexperte. Und diese New Yorker Polizistin glaubte doch tatsächlich, sie hätten sich schon lange nicht mehr gesehen, nur weil sie mehrere Wochen nichts voneinander gehört hatten.

In dem Augenblick, als Jason nach dem Telefonhörer griff, ging die Tür zum Wartezimmer auf und zu. Sein nächster Patient war gekommen. April hatte ihm einmal gesagt, sie ängstige sich mehr vor geschlossenen Türen als vor einer ungesicherten Pistole, die auf sie gerichtet war.

»Hinter einer Tür kann sich alles mögliche verstecken. Bei einer Pistole weiß ich wenigstens, womit ich es zu tun habe.« Er dachte an ihr Lächeln. »Manchmal klemmen die Dinger ja auch.«

April hatte Jason auch erzählt, daß es, je nach Modell, eines Drucks von vier bis sechs Kilo bedurfte, um den Abzug zu betätigen. »In der Hitze des Gefechts braucht es aber nur einen winzigen Druck. Wenn man auf jemanden geschossen hat, zittert die Hand noch eine ganze Woche danach.«

Bevor er April kennengelernt hatte, hatte Jason von solchen Dingen keine Ahnung gehabt. Er war zwar in der Bronx aufgewachsen, hatte aber noch nie eine Pistole in der Hand gehalten und auch nie etwas mit Cops zu tun gehabt. Auch in die Ermittlungen in einem Kriminalfall war er noch nie verwickelt gewesen, erst recht nicht in Ermittlungen, die Kollegen betrafen. Das war Neuland für ihn.

Die Tür zu Jasons Wartezimmer war immer offen, damit seine Patienten kommen und gehen konnten, wann sie wollten, doch die beiden Türen zum Büro waren geschlossen. Die Patienten warteten im Wartezimmer, bis er sie ins Allerheiligste bat. Er hatte es immer beruhigend gefunden, zu wissen, wer da draußen auf ihn wartete, ohne daß seine Patienten ahnen konnten, womit er sich gerade beschäftigte oder wer bei ihm war. Jetzt ging es ihm eher wie April. Er war nicht mehr so überzeugt von Dingen, die er nicht mit eigenen Augen sah. Er mußte noch mal aufs Klo und wollte mit April sprechen, bevor sie Dienstschluß hatte.

Er erwog kurz, das schnurlose Telefon mit auf die Toilette zu nehmen, entschied sich aber dagegen. Er wählte ihre Nummer, diesmal hob sie ab.

»Hallo, ich bin's, Jason. Ich will nicht unhöflich sein, aber ich bin etwas unter Zeitdruck. Können Sie mir etwas über den Fall Raymond Cowles sagen?«

Sie antwortete, ohne zu zögern. »Gestern nachmittag kam der Autopsiebericht. Es gibt keine Anzeichen für Fremdeinwirkung, meinte der Rechtsmediziner. Seiner Ansicht nach eindeutig Selbstmord. Wir haben den Fall abgeschlossen.«

Jason stöhnte, das Wort »Selbstmord« hörte er ungern. »Ich würde gern mit Ihnen über die Sache reden«, sagte er.

»Okay. Morgen?«

Morgen kam Emma nach Hause. »Wie wär's Anfang nächster Woche?«

»Klar.«

Sie einigten sich auf einen Termin. Jason legte auf und ging zur Toilette. Dann bat er den nächsten Patienten herein.

29

»Wo steckst du bloß, Bobbie?« schimpfte Gunn Tram ins Telefon, als ob er sie hören könnte und abnehmen würde. »Dr. Dickey hat heute nach dir gefragt. Versteck dich nicht vor mir, Bobbie. Ich will wissen, ob du Ärger hast.«

Dem Telefon war das egal. Es klingelte ununterbrochen, als mache es sich über ihre Besorgnis lustig. »Mach schon, Bobbie, heb ab.«

Er nahm nicht ab, was aber noch lange nicht hieß, daß er nicht zu Hause war. Auf der verzweifelten Suche nach ihm stieg Gunn an diesem Freitag abend mehrmals die drei Stockwerke mit den quietschenden Treppenstufen zwischen den beiden Wohnungen auf und ab.

»Weil ich ein Telefon habe, muß ich es noch lange nicht benutzen«, hatte er ihr schon bei anderen Gelegenheiten gesagt, als sie die Stufen hinabgeklettert war, um ihn zu suchen. »Vielleicht will ich ja nicht gefunden werden.«

In dieser Nacht wollte er jedenfalls nicht gefunden werden. Auch wenn Dr. Dickey nicht in ihr Büro gekommen wäre, um sich nach Leuten zu erkundigen, die »etwas gegen das Centre haben«, hätte sich Gunn Sorgen gemacht. Bobbie hatte diesen merkwürdigen Blick, irgend etwas machte ihm zu schaffen. Und Gunn wußte, wenn Bobbie Probleme hatte, schaffte er meistens Abhilfe, indem er jedem anderem Kummer bereitete.

Gunn machte sich Sorgen um Bobbie. Er wollte ja gar nichts Böses. Heute hatte Dr. Dickey gefragt, ob Bobbie sich vielleicht noch im Centre aufhielt. Es tat Gunn leid, daß die Leute sich so über Bobbie ärgerten, selbst wenn er nichts angestellt hatte. Er zog das Pech an wie ein Magnet. Sie konnte nicht verstehen, warum Ärzte, die sich um Verrückte sorgten, denen nicht zu helfen war, nicht versuchten, Bobbie zu helfen, der so ein guter Krankenpfleger gewesen war.

Gegen elf Uhr suchte Gunn Bobbie im *French Quarter*, der Kneipe am Broadway. Von Brian erfuhr sie, daß Bobbie nicht dagewesen sei. Sie setzte sich an die Theke, bestellte ein Bier und wartete bis Mitternacht, bevor sie sich langsam auf den Heimweg machte.

Bobbies Wohnung befand sich dort, wo früher, als das Brownstone-Gebäude noch ein Privathaus war, die Küche gewesen war. Die Wohnung lag knapp unter der Erde im hinteren Teil des Gebäudes. Von der Hintertür führten ein paar Stufen zu einem ungenutzten Garten. Von der Straße aus konnte man seine beiden Fenster nicht sehen.

Es gab jede Menge Beschwerden über Bobbie und Gunn wußte, daß er oft die Hintertür benutzte und so den Nachbarn zu den ungewöhnlichsten Zeiten einen Schrecken einjagte. Sicher, Bobbie benahm sich oft merkwürdig. Wenn er sie besuchte, kletterte er zum Beispiel manchmal über die Feuerleiter und kam durchs offene Fenster. Gunn hielt ihn für einen Exzentriker und führte das auf seine ungewöhnliche Kindheit in Louisiana und die schrecklichen Erlebnisse in Vietnam zurück.

Ihr Leben lang hatte sich Gunn für Menschen interessiert. In Schweden waren alle Leute gleich, deshalb hatte sie ihre Heimat auch mit sechzehn verlassen und sich ganz allein nach Amerika aufgemacht. Sie hatte nicht die ereignislosen Leben ihrer Eltern und Großeltern wiederholen wollen. Schon damals hatte sie sich für alle möglichen Leute interessiert und war völlig fasziniert von den verschiedenen Lebensgeschichten, besonders den traurigen. Sie konnte sich in jeden einfühlen und verlangte danach, den Menschen zu helfen. Gunn hatte es gern mit Tragödien zu tun und mit unerfüllten Träumen, deswegen arbeitete sie im *Psychiatric Centre*. Verglichen mit den vielen traurigen Schicksalen war ihr langweiliges Leben geradezu fröhlich. Gunn hatte Bobbie gleich beim ersten Gespräch vor fünfzehn Jahren ins Herz geschlossen. Er war mit dem gleichen Wunsch wie sie zum Centre gekommen: er wollte den Menschen helfen. Er hatte ein gutes Händchen für die armen, verrückten Kreaturen in der geschlossenen Abteilung. Vor diesen Leuten hatte Gunn Angst, kam ihnen lieber nicht zu nahe, auch wenn die Psychiater Toleranz predigten und Gunn sich darum bemühte. Ihr und Bobbie lagen die kleinen Leute am Herzen.

In den dreißig Jahren, die Gunn jetzt im Centre arbeitete, hatte sie immer wieder Ärzte darüber scherzen hören, daß eigentlich alle verrückt waren und daß das auch völlig in Ordnung sei. Sie mußte allerdings feststellen, daß die Verrücktheiten immer mehr überhand nahmen, und ihr entging nicht, daß einige der jungen Assistenzärztinnen sehr dubiose Gestalten waren.

Früher hatte man auf solch heikle Dinge wie sexuelle Vorlieben geachtet. Auffällige oder merkwürdige Menschen konnten damals nicht einfach Arzt oder Ärztin werden. Die betreuenden Ärzte wurden von der winzigsten Kleinigkeit unterrichtet, die sich ein Assistenzarzt zuschulden kommen ließ. Es war nicht leicht, einen Ausbildungsplatz im Centre zu bekommen, und waren sie erst einmal drin, wurden die Assistenten weiterhin genauestens beobachtet und ausgesiebt. Früher hatte Gunn ihre Arbeit in der Personalabteilung geliebt. Sie hatte jede Akte mit haargenauen Anmerkungen vervollständigt. Jetzt war alles anders. Jetzt mußte man sich politisch korrekt verhalten und jedem die emotionalen Altlasten lassen, mit denen er in die Klinik kam, egal, welche Auswirkungen das auf die Patienten oder den Tagesablauf hatte. Was sich die Leute heutzutage alles erlauben konnten, das machte ihr richtig angst. Gunn wußte zum Beispiel von Ärzten, die medikamentenabhängig waren; sogar der großartige Dr. Dickey frönte nachmittags im Büro seiner Schwäche für Johnnie Walker. Vieles lief nicht korrekt ab, und das machte Gunn große Sorgen.

Als Gunn zurückkam, sah sie Licht unter Bobbies Wohnungstür. Sie stand in dem düsteren, engen Korridor vor seiner Wohnung und klopfte zaghaft an.

»Bobbie?«

Sie vernahm Geräusche hinter der Tür, aber er antwortete nicht. »Bobbie, bist du da? Ich muß mit dir reden.«

Oben ging eine Toilettenspülung, eine Tür wurde zugeschlagen. Gunn näherte sich der Tür, ihre Lippen berührten fast den abblätternden Anstrich. »Bobbie, erinnerst du dich noch an Dr. Dickey?« flüsterte sie nachdrücklich. »Dr. Dickey war heute bei mir. Er wollte wissen, ob es jemanden gibt, der etwas gegen das Centre hat; jemand, der Dr. Treadwell haßt ... Bobbie, du haßt Dr. Treadwell doch nicht, oder?«

Keine Antwort. Gunn wurde mulmig in der düsteren Stille, aber was sie zu sagen hatte, mußte sie unter allen Umständen loswerden. »Ich habe ihm natürlich nichts gesagt – ich weiß ja auch nichts. Dr. Dickey hat Akten mitgenommen, Bobbie, viele Akten. Er will sich alle Disziplinarmaßnahmen ansehen, bei denen sich das Personal falsch verhalten hat. Er hat auch ein paar Krankenakten mitgenommen. ... Er hat sie einfach mitgenommen, Bobbie, ich konnte nichts dagegen tun. Du weißt ja, er ist der Vorsitzende des Ausschusses. Er wollte die Akten haben, und oben waren schon alle gegangen. Es war niemand mehr da, den ich hätte fragen können, ob das seine Ordnung hatte.«

Gunn hörte Bobbie auf der anderen Seite der Tür atmen. »Da ist irgendwas los, Bobbie. Jemand will Dr. Treadwell schaden, sagte Dr. Dickey. Ich mache mir solche Sorgen, aber ich wußte einfach nicht, was ich sagen sollte.« Sie hielt einen Moment inne; auf der anderen Seite der Tür war immer noch Bobbies Atem zu hören.

»Bobbie, bitte, ich mach mir solche Sorgen. ... Bitte, sag doch, daß du nichts gegen Dr. Treadwell hast. Du würdest ihr doch nichts tun, oder?«

Gunn haßte die Dunkelheit, die Enge, die drückende Stille in dem heruntergekommenen Gebäude, das leichte Pfeifen nach jedem von Bobbies Atemzügen. Sie kannte ihn; sie wußte, daß er manchmal mitten in der Nacht regungslos auf ihrer Feuerleiter saß und nur atmete, genau wie jetzt. Sie mußte häufig daran denken, daß selbst Dr. Dickey gesagt hatte: »Wir sind alle ein wenig verrückt. Daran dürfen Sie sich nicht stören, Gunn. Die meisten Verrückten schaden niemandem, nur sich selbst.« Gunn hatte sich immer bemüht, Verrücktheiten nicht allzuviel Bedeutung beizumessen.

Plötzlich erlosch das Licht unter der Tür und Bobbie sagte in die Stille: »Verschwinde, Alte. Der Scheißkerl sucht jemand anderen, nicht mich.«

Sie seufzte erleichtert auf. »Da bin ich aber froh, mein Lieber, deine Akte hat er nämlich auch mitgenommen.«

»Scheiße!« Etwas Schweres knallte gegen die klapprige Tür. Gunn duckte sich. »Bobbie? Reg dich nicht auf, Bobbie. Bitte, reg dich nicht auf, wir können über alles reden –«

Aber Bobbie wollte nicht reden. Gunn hörte, wie die Tür zum Garten zuschlug. Sie machte sich erneut Sorgen; vielleicht würde er sich betrinken und wieder einen Streit anfangen. Es tat ihr schrecklich leid, daß sie ihn so in Rage gebracht hatte.

30

Clara saß in der heißen Sonne neben dem Pool von Arch Candels Strandhaus auf Sleepy Key, einem wunderschönen Flecken im Golf von Mexiko vor der Küste Sarasotas, Florida. Schweißperlen sammelten sich auf ihrer Oberlippe, zwischen ihren Brüsten und Schenkeln, während sie darüber brütete, wie oft Hal sie verraten hatte. Während des Fluges von New York nach Florida hatte sie die ganze Zeit darüber nachgedacht; sie war überzeugt, richtig zu handeln. Sie fragte sich, wie lange es wohl dauern würde, die Sache zu einem Ende zu bringen. Zwischen den Palmblättern hindurch funkelten die Sonnenstrahlen auf dem Wasser des Golfstroms wie tausend Diamanten, wie schöne Steine schienen sie den üppigen Rasen zu schmücken, der an den Strand grenzte.

Senator Candel saß in einiger Entfernung auf der Terrasse an einem antiken Tisch, der um die Jahrhundertwende für seine Familie angefertigt worden war. Der wertvolle Tisch, auf dessen Platte die Tierkreiszeichen zu sehen waren, war vom Salz, der

Luftfeuchtigkeit und den heftigen Sommerregen ganz verrostet. Sein Besitzer sah ähnlich mitgenommen aus. Arch Candel war sehr hellhäutig; seine Haut hatte er ein Leben lang gefährlichen Sonnenbränden ausgesetzt, deshalb war sie sommersprossig und rot. Die Gefahren des Sonnenanbetens waren ihm gleichgültig. Es war Mittagszeit und er trug kein Hemd, sondern nur eine dunkelblaue Badehose mit Poloabzeichen. Die klugen, blauen Augen saßen über verbrannten Hängebacken und einer roten Nase, deren Haut sich schälte und dünn war wie Papier. Der schwabbelige Oberkörper, der schon vor Jahren alle Elastizität verloren hatte, saß auf langen, dünnen Beinen. Über den Gummizug der Badehose quoll ein beachtlicher Bauch.

Clara betrachtete ihn, als er dort saß und las.

Er spürte ihren Blick auf sich ruhen und sah auf. »Was ist?«

Ihr gingen frühere Probleme mit Hal durch den Kopf, als sie ihn noch zu lieben glaubte und auch seine Belästigungen neueren Datums; er wollte sie zurückhaben. Dieses Scheusal! Was für ein arroganter Kerl. Zu glauben, daß er sich dieses Verhalten leisten konnte. Sie wurde immer wütender und hörte Archs Frage gar nicht.

Den ersten Drohbrief hatte sie vor etwa einem halben Jahr bekommen; ausgeschnittene Buchstaben, aufgeklebt auf Briefpapier des Krankenhauses. Sie sollte damals die Eröffnungsrede für ein Seminar halten und hatte gerade das Podium betreten, als vor ihr auf dem Pult ein zusammengefaltetes Blatt Papier gelegen hatte. Sie stand vor dem gefüllten Saal und las lautlos die Worte: *Jemand, den du liebst, wird sterben.* Sie hatte den Zettel zerknüllt und die Eröffnungsrede gehalten. Sie hatte den Vorfall schnell vergessen und das Ganze sowieso für einen Scherz gehalten; vielleicht war der Zettel gar nicht für sie gewesen. *Jemand, den du liebst, wird sterben.* Claras Verstand arbeitete sehr wörtlich; sie liebte niemanden, war in dieser Beziehung also nicht verletzlich. Vielleicht war der Zettel für einen anderen Redner bestimmt gewesen. Erst später, nachdem sie einige fiese Drohbriefe erhalten hatte, wurde ihr die Sache lästig.

»Liebling?«

Clara schüttelte den Kopf und rückte den Strohhut zurecht, so daß er ihr Gesicht beschattete. Sie lag unter einem Sonnenschirm auf einem grünweiß gestreiften Liegestuhl neben dem Pool. Sie trug einen klassischen, schwarzen Badeanzug mit tiefem Dekolleté und hohem Beinausschnitt. Sie schlug die Beine andersherum übereinander, damit sie gleichmäßig bräunten.

Arch hatte seine Lesebrille abgenommen und spielte damit. Er hatte zwei Stunden damit verbracht, einen tausendseitigen Bericht zu studieren, über den nächste Woche im Senat diskutiert werden sollte. Als seine Ellbogen die Seiten nicht mehr offenhielten, klappte das schwere Buch von allein zu und vergrub in sich seine Notizen und Fragen, über die er später mit Clara reden wollte.

»Liebling, dich bedrückt doch was. Deine Sorgen sind auch meine Sorgen.« Mit seiner leisen, schleppenden Stimme konnte er niemanden täuschen; er war so gerissen wie die Krokodile in der Gegend, in der er aufgewachsen war.

Er war ein Mann, der wußte, was er wollte. Als er Clara Treadwell kennengelernt hatte, litt er noch unter der langen Krebskrankheit und dem Tod seiner Frau, mit der er achtundzwanzig Jahre verheiratet gewesen war. Claras Energie, das strahlende Lächeln und ihre Intelligenz hatten ihn sehr beeindruckt. Am liebsten hätte er sie, trotz der Einwände seiner beiden erwachsenen Kinder, auf der Stelle geheiratet. Er hatte Clara seine Häuser in Washington und Florida gezeigt, die sie nach ihrem Geschmack neu einrichten konnte.

Clara war gerade zum zweiten Mal geschieden worden, hatte keine Kinder und nannte fast eine Million Dollar ihr eigen. Wie vor kurzem Archs Frau, hatte ihre Mutter Krebs im Endstadium. Auf ihrem Sterbebett machte sie Clara Vorwürfe, weil sie sie im Stich gelassen hatte und weil sie einen Mann nach dem anderen ausgenutzt hatte, um voranzukommen. Clara war von ihrer sterbenden Mutter wiederholt als Hure und Schlampe beschimpft worden. Doch diese Worte konnten Clara nichts anhaben. Es waren nicht wirklich die vielen Männer, über die sich ihre Mutter aufregte. Sie ärgerte sich darüber, daß Clara erfolgreich war, und zwar auf ihre eigene Art.

Doch Clara hatte auf dem Weg zur Macht auch leidvolle Erfahrungen machen müssen. Sie würde es zwar nie zugeben, doch sie fühlte sich zutiefst verletzt und ausgebeutet von den Männern in ihrem Leben. Sie berührte das Pflaster auf der Hand. Die Wunde heilte, sie juckte fürchterlich. Clara wußte, daß sie in ihrem Beruf ganz oben angelangt war. Doch sie wußte auch, daß es Leute gab, die ihr schaden konnten, wenn sie nicht ständig auf der Hut war. Sie war sich auch darüber im klaren, daß sie den nächsten Ehemann sehr sorgfältig auswählen mußte. Arch wollte sie unbedingt haben. Er bedrängte sie geradezu.

Arch stand auf, räkelte sich und tätschelte seinen Bauch. Er ging über die moosbewachsene Steinterrasse zum Pool. »Du bist so still, meine Schöne.« Seine wuchtige Gestalt ging neben Claras Liege in die Hocke, und er begann, ihre gebräunten Waden zu streicheln.

Aus dieser Nähe konnte sie die trockenen Flecken auf seiner lederartigen Haut sehen und den Schweiß, der über seine wabblige Brust rann; kleine Rinnsale, die sich im Grau der Behaarung verloren. »Komm schon, Baby, erzähl Daddy, was dir Sorgen macht.« Archs sommersprossige Hand schob sich an ihrem Bein in die Höhe, zwei Finger hatten es auf den Gummizug des Badeanzugs abgesehen.

Beengte Orte machten ihn scharf – Aufzüge, Rücksitze. Ihn reizte der Gedanke, er sei noch ein Teenager, der jede Gelegenheit nutzen mußte, um lästige Kleidungsstücke abzustreifen und mit Fingern und Zunge an die magischen Punkte zu gelangen und einen Treffer zu landen. Clara kannte seine Vorlieben. Sein Anhängsel, das er zärtlich »meinen Kollegen« nannte – und das in den letzten Jahren nicht oft zum Zug gekommen war –, wölbte sich schon in der engen Badehose. Arch glaubte, mit Clara wieder seine Jugend entdeckt zu haben, und dafür war er überaus dankbar. Erregt beugte er sich über sie, die aufgesprungenen dünnen Lippen und die schälende Nase tauchten zwischen ihren parfümierten Brüsten ab.

Er roch nach Seife und Rasierschaum; er benutzte keine Sonnencreme. Clara schloß die Augen, damit sie seine kaputte Haut nicht sehen mußte; hinter ihren geschlossenen Lidern tauchten Bilder ihrer Mutter auf, die in den letzten schrecklichen Tagen ein einziges Ödem gewesen war. Mit aufgedunsenem Bauch und dicken Beinen hatte sie im Krankenhausbett gelegen, Gesicht und Arme dürr wie ein Kadaver, das Haar war ihr büschelweise ausgefallen. Verbittert hatte sie Claras Ende prophezeit. »Du hast dich nie um irgend jemanden gekümmert, nur um dich selbst«, hatte sie gekeift. »Nach dir kräht kein Hahn, wenn du stirbst.« Mit ihren letzten Worten noch hatte ihre Mutter sie verflucht. Clara trauerte ihr nicht nach.

Clara machte sich allerdings Sorgen um Arch. Sie hatte ihn schon oft gebeten, einen Hautarzt zu konsultieren und sich nicht mehr der prallen Sonne auszusetzen. Aber der Senator war stur, er kümmerte sich nur um das, was ihm gerade am Herzen lag, und gerade jetzt lag ihm ein Vorstoß in die schwülen, feuchten Tiefen ihres Körpers am Herzen.

Mit kehligem Stöhnen sog er an einer freigelegten Brustwarze; gleichzeitig arbeitete er sich voll konzentriert mit zwei Fingern im Schritt ihres Badeanzugs voran. Es war ihm gleichgültig, daß sie gut sichtbar waren für Strandspaziergänger, die durch die Bäume hindurch das eindrucksvolle Haus bestaunten.

Clara kniff die Augen zusammen. Sie wollte sich dem vertrauten Gefühl, das männliche, rücksichtslose Lust in ihr auslöste, hingeben. Sie übergab ihrem Körper die Regie und bot Arch sinnliche Hochgenüsse, denen er nicht widerstehen konnte. Er liebte ihren Körper, die verführerischen Rundungen ihrer Brüste, ihren Nacken, die Schultern, Hüften und den makellosen Bauch, der bisher weder durch Schwangerschaft noch durch Krankheit in Mitleidenschaft gezogen worden war. Er liebte die Geschmeidigkeit ihres feuchten Geschlechts, das an Freude gewöhnt war; das gefiel auch ihr. Bei ihr ging nie was schief. Sie war eine Sexkönigin, eine Göttin, die man anbeten mußte. Arch stöhnte und schnaufte, wieder mal ein alternder Mann außer Kontrolle. Seine Erregung machte sie ganz heiß. Sie ärgerte sich über die fummelnden Finger, sie verlangte nach etwas anderem als seiner Hand.

»Komm, gehen wir ins Haus«, murmelte sie.

Eine Stunde später – sie lagen in dem Bett, das Arch lange Jahre mit seiner Frau geteilt hatte – betrachtete er seine Geliebte mit der Hingabe, die sie von ihren Liebhabern erwartete.

»Liebling, wir sollten nicht länger warten. Machen wir Nägel mit Köpfen.«

Clara zog die Decke hoch. »So einfach geht das nicht, Arch.«

»Wir sind beide erwachsen. Nichts ist einfacher.«

In den Kiefern draußen schrien Krähen. Clara schüttelte den Kopf. Jetzt hieß es äußerst vorsichtig sein. Sie hatte so ein Gefühl, daß Arch sie beschatten ließ. Er fand so etwas spannend und hatte schon oft seine Freunde beim FBI erwähnt.

»Ich weiß doch, daß du schon verheiratet warst. Ich weiß auch, daß letzte Woche ein ehemaliger Patient von dir gestorben ist. Eigentlich weiß ich alles über dich.« Arch machte eine wegwerfende Handbewegung.

Clara schnaubte. »Woher?«

»Mach dir darüber keine Gedanken.«

»Was weißt du über mich, Arch? Sag schon.«

»Liebling, ich will nicht mit dir streiten. Ich sagte doch, ich weiß alles über dich – dabei sollten wir es belassen.«

»Hast du Nachforschungen über mich angestellt?« Er sollte bloß wagen, das zuzugeben.

»Nein, mein Schatz, nichts dergleichen. Ich habe eben meine Quellen. Ich will ja schließlich nicht nur wegen meiner Orangen geheiratet werden.«

Seine Orangenplantagen? Clara mußte laut lachen.

»Oder wegen meines Geldes.« Er faltete die Hände überm Bauch. »Also, worüber machst du dir Sorgen? Wenn du mir nicht vertrauen kannst, wem dann?«

Sie konnte *niemandem* ganz vertrauen. Aber vielleicht konnte sie Arch einige Happen anvertrauen. Vielleicht hatte er ja ein paar gute Ideen.

»Es geht um jemanden, der schon immer recht lästig war« – sie schürzte die Lippen – »jetzt wird er allerdings gefährlich.«

»Personalpolitisch?«

»Nein, physisch.« Sie seufzte irritiert.
»Jemand erpreßt das Krankenhaus?«
»Nein, nicht so wie in Kalifornien.«
»Was war da?«
»Da gab es einige Vorfälle in einem genetischen Labor. Hast du das nicht gelesen?«
Arch schüttelte den Kopf. »Nein, was war da los?«
»Nun ja, in so einer Institution ist das jedermanns Alptraum – Sabotage, die zu Tragödien führen kann. Im Krankenhaus kann das Personal den Patienten schaden. In der Pharmaindustrie können Medikamente vergiftet werden. In der Regierung ist es ein gefeuerter Angestellter, der mit einer Waffe oder einer Bombe wiederkommt. In diesem Fall waren es Drohbriefe, eine Geburtstagstorte mit vergiftetem Zuckerguß, aufgeschlitzte Reifen.«
»Wer war das?«
»Es gab keine Beweise. Man verdächtigte einen Arzt, der in eine Kollegin verliebt war. Sie hatte einmal mit ihm geschlafen und festgestellt, daß sie doch nichts von ihm wollte. Die Zurückweisung hat er anscheinend nicht verkraftet. Aber man konnte ihm nie etwas nachweisen.« Gedankenverloren nagte Clara an der Lippe. »Es war das Genlabor.«
»Clara, Schatz, ich kann dir nicht folgen.«
»Sie haben ihn nie erwischt. Sie konnten einfach nichts beweisen. Ein brillanter Kerl, trotz allem. Alles wurde versucht: Es wurden überall Kameras installiert, man engagierte sogar einen DNS-Spezialisten, um den Speichel auf den Briefumschlägen der Drohbriefe zu untersuchen.«
»Wozu?« fragte Arch verwundert.
»Sie fanden die DNS des Speichels heraus. Daraufhin mußten alle Angestellten ihre Spucke untersuchen lassen. Wenn sie eine Übereinstimmug gefunden hätten, wäre das Beweis genug, den Kerl loszuwerden.«
»Und?«
»Das ist ja der Witz an der Sache. Es war das Genlabor, der Kerl hatte ihnen einen Streich gespielt. Alles, was er anfaßte, vermischte er mit verschiedenstem Genmaterial. Auf den Briefum-

schlägen war Hundespeichel. Man hatte also nichts gegen ihn in der Hand. Irgendwann hörten die Vorfälle auf, und soviel ich weiß, ist er immer noch da.«

»Was hat das jetzt damit zu tun, Baby? Möchtest du irgendwelches Genmaterial untersuchen lassen?«

Clara starrte ihn verblüfft an. Was wußte er über ihre letzte Woche in New York? »Du weißt schon alles?«

»Nein. Aber du erzählst mir doch eine Geschichte, Schatz. Ich versuche nur zu verstehen, wo sie hinführt.«

Bevor sie antwortete, sah Clara einem Delphintrio zu, das in den Wellen zweier Wasserskifahrer herumtollte. »Zuerst waren es ja nur dumme Streiche – jemand wollte mir einen Schrecken einjagen. Ich weiß, wer das war. Ich dachte, er würde es irgendwann lassen.«

»Wer?« Arch deutete mit dem Finger auf die Delphine. »Schön, hm?«

Clara schnalzte mit der Zunge. »Irgendein hohes Tier. Er war mein Betreuer, als ich Assistenzärztin war. Wir hatten eine Affäre.« Sie sah Arch kurz an.

Er kratzte einen Mückenstich an seinem Bein.

»Er bedeutet mir nichts mehr«, fügte sie schnell hinzu.

Schweigend setzte er sich auf.

»Ray heiratete. Ich heiratete. Hal verlor all seinen Einfluß im Centre, als die Biologie auf dem Vormarsch war.«

Arch rieb sich mit zwei Fingern über den Mund. »Wer ist Ray?«

»Ray ist der Patient, der letzte Woche starb.«

»Hattest du mit ihm auch eine Affäre?«

»Nein!« Clara explodierte. »Er war mein Patient!«

»Und der andere Kerl war dein Betreuer. Mit dem hattest du eine Affäre.« Arch runzelte die Stirn. »War Ray euer gemeinsamer Patient?«

Clara nickte.

Die Delphine waren verschwunden. Arch schenkte Clara wieder seine volle Aufmerksamkeit. »Und dieser … Patient, gibt es eine Verbindung zwischen seinem Tod und deinem –«

»Harold?« Sie starrte Arch an, plötzlich wurde ihr mulmig. Sie verzog das Gesicht. »Möglich«, sagte sie gedehnt. »Ja, das ist durchaus möglich.«

»Die ganze Sache ist also recht verworren, meine Liebe.«

»Nachforschungen in Rays Krankenakte werden Harold auf jeden Fall involvieren. Er war schließlich mein Supervisor. Er las meine Aufzeichnungen und bestimmte den Verlauf der Therapie. Ich schätze, er hat etwas mit Rays Tod zu tun. Er wurde als erster von der Polizei verhört, nachdem man die Leiche gefunden hatte.«

»War es Selbstmord, Liebling?«

Clara schloß die Augen. »Kann sein.«

»Du sitzt also in der Tinte.« Arch befingerte seine Lippe und überlegte. »Wie sieht's denn aus mit diesem Harold...?«

»Dickey. Ich, ähm, ich sagte ihm, daß er gehen muß.«

»Ich dachte, es ist so gut wie unmöglich, in so einer Institution jemanden rauszuwerfen.«

»Das trifft auf Leute zu, die nichts mit der Geschäftsführung zu tun haben. *Mich* könnte man blitzschnell rauswerfen«, sagte sie mürrisch. »Aber er ist Professor auf Lebenszeit. Das Komitee wird beschließen müssen, daß er seiner Arbeit nicht mehr gerecht wird...«

Arch schlug sich auf die Schenkel. »Ich finde, du solltest es machen wie die in dem Genlabor in Kalifornien. Überall Überwachungskameras. Falls er sich noch mal was zuschulden kommen läßt, würdest du ihn bei der Tat ertappen.«

»Das wüßte er doch, er würde nichts mehr anstellen.«

»Damit wäre die Sache auch gelöst.«

»Aber nicht zu Ende. Er ist verrückt. Er will *mich* unbedingt haben. Ihm würde was anderes einfallen. Er muß entlassen werden, er ist nicht zurechnungsfähig.«

»Gut, dann werde ich das FBI darauf ansetzen. Dafür sind die ja da. Laß diesen Harold in Ruhe, Schätzchen. Am Ende haut er sich selbst in die Pfanne.«

»Das hoffe ich.« Clara lächelte. Arch hatte also schon jemanden vom FBI engagiert, um sie zu beobachten.

Er warf ihr ein Badetuch zu. »Komm, gehen wir essen – und verlaß dich ruhig auf mich. Es gibt für alles eine Lösung.«

Clara nickte ernst. »Das dachte ich mir schon«, sagte sie.

31

Am Samstag fing Mike Sanchez' und April Woos Dienst um vier Uhr nachmittags an. Mike rechnete sich aus, daß sie jetzt noch zu Hause war. Er parkte seinen roten Camaro vor dem adretten Backsteinhaus in Astoria, das April mit ihren Eltern bewohnte. Über jedem Fenster thronte ein kleines grünes Dach aus Plexiglas. April hatte mal erwähnt, daß Regen darauf wie Donner klang.

»Wozu sollen die gut sein?«

»Um Eindruck zu schinden.«

Der vorherige Besitzer hatte diese Dekoration anbringen lassen, hatte April erzählt, und die Woos wollten die Kosten für diese Verschönerung nicht verschwenden, indem sie die Dächer wieder abmontierten, obwohl sie ihnen nicht gefielen. Mike hatte lange über diese Begründung nachgedacht und langsam dämmerte ihm eine Lösung für sein Problem.

Sein Problem war April Woo, die wie ein stachliger Igel in den verwundbaren Regionen seines Körpers hauste. Er wußte nicht, wie sie es geschafft hatte, in sein Inneres vorzudringen. Aber da saß sie nun. Wenn er nicht mit ihr zusammen war, mußte er an sie denken. Wenn sie zusammen waren, mußte er sie unaufhörlich ansehen. Manchmal verlangte es ihn so sehr danach, sie zu berühren, daß er unter Dampf zu stehen glaubte wie eine abgedrehte Heizung. Das war eine Art chinesischer Folter.

April hatte erzählt, daß ein Todesurteil im alten China nicht einfach den Tod bedeutet hatte. Manchmal wurde der Schuldige von vier Pferden zerrissen, in Stücke gehackt und der Kopf wurde auf einem Pfahl herumgetragen. Manche wurden bei lebendigem Leib gehäutet. Da sollte noch jemand sagen, das

Leben in New York sei brutal. Mike wußte, daß April es ihm nie verzeihen würde, wenn er sie irgendwo berührte, wo sie nicht berührt werden wollte. Und das war eigentlich überall.

Seine Sehnsucht raubte ihm manchmal den Atem. Es war, als entzöge April der Luft um ihn herum den Sauerstoff. Und das würde im Gehirntod enden. In seinen vierunddreißig Jahren hatte er viele Frauen gehabt. Keine davon, sogar die Frau, die er geheiratet hatte, hatte ihm je den Atem geraubt. Na ja, jedenfalls nicht ständig und ohne jede körperliche Berührung. Und jetzt war er so sehr mit April beschäftigt, daß er sich nicht einmal Erleichterung bei anderen Frauen verschaffen konnte. Er befürchtete, daß ihrem Spott die Kraft innewohnte, seinen Schwanz vertrocknen und schrumpfen zu lassen. Er ging oft zum Krafttraining, roch das Parfum und den Schweiß anderer Frauen, doch die interessierten ihn nicht. So ähnlich mußten sich Schwule im Beisein von Frauen fühlen, dachte er. Er befürchtete, April könne ihn in einen Schwulen verwandeln.

Aus Mikes Perspektive war es töricht und gefährlich, April Woo zu wollen. Gefährlich, weil sie jedesmal, wenn das Gespräch darauf kam, störrisch wurde und ihn quälte. Aber er glaubte, einen Ausweg gefunden zu haben. April hatte viele Qualitäten, sie hatte Charakter. Um sie für sich einzunehmen, mußte er ihre Eltern von sich überzeugen, vielleicht die ganze chinesische Gemeinde. Wenn ihm das gelang, würde er sie bestimmt gewinnen.

Er stieg aus und streckte seine Glieder. Vor der Haustür machte sich ein dünner Mann unbestimmten Alters zu schaffen; das spärliche Haar war so kurz geschnitten, daß sein Kopf fast aussah wie ein kahler Schädel. Der Mann trug ein weißes, übergroßes Hemd, eine schwarze Hose und schwarze, chinesische Leinenschuhe – die moderne Version mit Gummisohle. Er stutzte gerade einen dichten, stachligen Busch mit dunkelgrünen, glänzenden Blättern und roten Beeren, befestigte die Schößlinge an einer Art Markise, die über der Haustür angebracht war. Dann betrachtete er sein Werk durch eine schwarze Brille mit dicken Gläsern. Auf der anderen Seite gab es einen ähnlich widerspenstigen Busch, den er noch nicht bearbeitet hatte. Es würde noch einige Zeit vergehen, bis die beiden Büsche über der Tür zusammenwuchsen.

Mike vermutete, daß es sich bei dem Mann, der das Haus zu verschönern suchte, um Aprils Vater Ja Fo Woo handelte. Als Mike das Haus das letzte Mal gesehen hatte, war dieses Spalier noch nicht dagewesen. Auch der kleine, aprikotfarbene Pudel, der jede Bewegung des dünnen Mannes aufmerksam verfolgte, hatte noch nicht auf der obersten Treppenstufe vor der Haustür gesessen.

Für einen Moment beobachtete Mike ebenfalls die Bewegungen des Mannes, der unbeirrt den Busch beschnippelte und Zweige festband, während der Hund bellend auf und ab sprang. Das Gekläff lockte zwei Köpfe ans Fenster. Oben lugte Aprils Gesicht zwischen weißen Gardinen hervor. Unten tauchte in der gleichen Position der Kopf ihrer Mutter auf.

Der Mann redete Chinesisch auf den Hund ein, drehte sich aber nicht um, als Mike näher kam. Da er so gänzlich ignoriert wurde, ergriff Mike das Wort.

»Guten Morgen, Sir«, sagte er. »Ich bin Mike Sanchez.«

»Ich weiß, wer Sie sind.« Der Mann wandte sich ihm zu. Zwischen seinen großen Zähnen steckte ein goldener Zahnstocher. »Sergeant.«

»Ja, Sir.« Mike trug Cowboystiefel und die Lederjacke, in der er aussah wie ein Drogendealer. Er hatte sich vier- oder fünfmal gekämmt, den Schnurrbart ordentlich gestutzt, Rasierwasser aufgelegt und mit Mundwasser gegurgelt. »Nett, Sie kennenzulernen«, versuchte er, einen Anfang zu machen.

Woos Vater schob den Zahnstocher in den anderen Mundwinkel und schnüffelte eingehend die starken Aromen, die Mike verströmte. Er selbst roch nach Wäschestärke, Knoblauch und Zigaretten. »Ist nicht da.«

»Ähm… April?«

Sie war aber doch da. Sie war im Haus und unterhielt sich gerade auf chinesisch mit ihrer Mutter, wahrscheinlich hatte diese sie abgefangen, als sie gehen wollte. Es klang, als stritten sich die beiden Frauen. Für Mike klang es, als schrien sie einander an.

Der Hund sprang aufgeregt an ihm hoch. Mike hockte sich und streichelte ihn. »Hallo, mein Junge, ähm, mein Mädchen, meine ich.«

»Dmsm!« bellte Woos Vater.

»Wie bitte?«

»Hund heißt Dmsm.«

»Ja, April sagte das schon. Sie ist sehr süß. Den Hund meine ich.« Mike tätschelte ihn noch ein wenig und richtete sich dann auf, als die Haustür aufging.

April trug Jeans und Sweatshirt. Sie war nicht besonders erfreut, ihn zu sehen.

Er sah sie mit einem strahlenden Lächeln an. »April, du bist wieder da!«

Sie warf ihrem Vater einen zornigen Blick zu. Ja Fo Woo hustete und spuckte ins Blumenbeet. Nach einer kurzen, peinlichen Stille sagte April leise: »Das ist mein Vater... Sergeant Sanchez.« Genug der Höflichkeiten.

»Wir haben uns schon bekannt gemacht«, erwiderte Mike.

Zwei Sekunden später stand Aprils Mutter in der Tür. Sai Woo trug ein braunes, chinesisches Kleid und eine blaue Steppjacke. Ihr Haar glänzte schwarz wie Schuhcreme und saß in kleinen Ringellöckchen auf ihrem Kopf. Sie war so dünn wie der Zahnstocher, der immer noch im Mund ihres Mannes zu sehen war.

Sie warf April einen Blick zu und sagte brüsk etwas auf chinesisch.

»Meine Mutter«, ergänzte April pflichtbewußt. »Sergeant Sanchez.«

Sai Woo inspizierte ihn von oben bis unten. »Warum Sergeant? Warum nicht Captain?« Auch sie schnupperte, als wollte sie so herausfinden, was das für ein Kerl war.

»Mom!« protestierte April.

»Haben Sie den Test nicht bestanden?« fragte Sai Woo.

Verlegen trat Mike gegen einen Stein; er kam sich vor wie ein

Schüler, dem die Lehrerin unbedingt eine schlechte Note verpassen wollte. »Ich habe gar nicht an der Prüfung teilgenommen«, erklärte er.

»Vielleicht nächstes Mal. Besser für Sie.«

»Ja, vielleicht. Danke, daß Sie daran gedacht haben«, raunte Mike.

»Ich an alles denke.«

»Das ist sehr gut.« Er nickte bestätigend.

»Danke, daß du vorbeigesehen hast.« April nickte Mike zu und schlenderte zu seinem Wagen.

»Wo gehst du hin?«

»Ich begleite Mike nur zu seinem Auto, Mom. Er muß jetzt gehen.«

»Dmsm!« sagte Sai scharf.

»Was?«

Sie deutete auf den Hund.

»Ach ja, und das ist *Dim Sum*«, April sprach den Namen deutlich aus. »Erinnerst du dich noch an Dim Sum, Mike?«

»Ja, natürlich. Es geht ihr anscheinend sehr gut hier.« Nun, da sein Dienstgrad nicht mehr das Thema war, atmete er etwas leichter und streichelte den Hund, der an seinem Hosenbein hochhüpfte.

»Hund hat großes Glück gehabt.« Sai machte ein merkwürdiges Geräusch, sofort ließ der kleine Hund Mikes Bein in Ruhe, setzte sich hin und legte den Kopf lobheischend auf die Seite.

»Toll, sie macht Sitz. Ich bin beeindruckt.«

»Mike, verabschiede dich bitte.«

Mike glaubte, sein Ziel erst einmal erreicht zu haben. Er nahm sich noch ein wenig Zeit, den kleinen Garten zu bewundern, und verabschiedete sich dann.

»Sie haben mit mir gesprochen«, sagte er siegessicher, als er neben April herlief. »Ich hatte ja etwas Angst, aber das lief doch prima, oder?«

»Sie haben zwar mit dir gesprochen«, gab April zu, »aber denk nur nicht, daß sie dich *mögen*. Sie mögen dich nämlich nicht. Was gibt's?«

»Sie haben schon jemand Besseres ausgeguckt, stimmt's?«

»Mike, was ist los?« April trat verärgert mit dem Fuß auf. Aus den Augenwinkeln beobachtete sie ihre Eltern, die wortlos vor der Haustür standen und zu ihnen herüberblickten.

Mike winkte ihnen zu. »Das nächste Mal bitten sie mich bestimmt herein.«

»Glaub mir, sie werden dich *niemals* hereinbitten.«

»Warum bist du dir so sicher, *querida*?«

»Weil du für einen Mann zu süßlich riechst.«

Er lächelte den Eltern zu. Sie lächelten nicht zurück. »Ganz schön intolerant.«

»Na ja, sie haben eben ihre eigenen Vorstellungen. Weshalb bist du überhaupt hier?«

Er zuckte mit den Schultern und wandte sich April zu, die an seinem Wagen lehnte, und obwohl sie erschöpft klang, wurde ihr Gesicht von einem breiten Lächeln erhellt, das bis in sein Herz vordrang.

»Ich war gerade in der Gegend und dachte, schau ich doch mal vorbei und –«, er hob die Schultern. »Na ja, ich wollte deine Familie mal kennenlernen.«

»Jetzt kennst du sie ja. Zufrieden?«

Er nickte. »Hättest du nicht Lust mitzukommen und eine Wohnung anzusehen?«

Das Lächeln verschwand. »Also Mike, was soll das? Ich kann doch nicht einfach mit dir auf Wohnungssuche gehen.« April schüttelte den Kopf. »Das hab ich dir doch schon erklärt.«

»Es ist ein Haus.«

»Ach ja. Bist du nicht im falschen Stadtteil?«

»Queens ist doch schön. Mir gefällt's hier. Komm schon, steig ein. Es dauert nicht lange.« Er öffnete die Beifahrertür. »Ich brauche die Meinung einer Expertin. Na, komm schon, ich würde das für dich auch tun.«

April beäugte ihre Eltern und dann ihre Jeans und die Turnschuhe. Es war fast halb zehn. Sie mußten erst um vier an der Arbeit sein. Mike lächelte und versuchte, das Zittern seines Schnurrbarts zu unterdrücken.

»Verdammt«, murmelte sie. Darauf schrie sie etwas so laut auf chinesisch, daß es ihm fast das Trommelfell zerriß.

»Was hast du gesagt?« Er klopfte gegen seinen Kopf, um das Klingeln in den Ohren zu stoppen.

»Daß ich zu einem dreifachen Mord muß und in einer Stunde wieder zurück bin.«

»Gute Idee, *querida*. Aber ein dreifacher Mord wird dich länger als eine Stunde aufhalten.«

»Stimmt. Ich hol meine Tasche.« April rannte den Pfad zum Haus zurück. Die Mutter folgte ihr mit dem Hund und warf die Tür hinter sich zu. Kurz darauf kam April mit roten Lippen und ihrer Schultertasche wieder zum Vorschein. Ihr Vater war schon wieder in die Gartenarbeit vertieft.

32

Harold Dickey hatte bis Montagmorgen Zeit, um Claras Problem in den Griff zu bekommen, keine Sekunde länger. Es blieben ihm also noch zwei Tage – Samstag und Sonntag –, um sich durch den Krankenhaussumpf zu wühlen. Dickey hatte sich darüber gewundert, daß die kleine Gunn Tram, die sonst immer so hilfsbereit und mitteilsam war, plötzlich still wurde, als er nach unzufriedenen Angestellten fragte. Nachdem sie sich drei Jahrzehnte lang die Klagen und Beschwerden aller Angestellten angehört hatte, wollte ihr auf einmal niemand einfallen, der Probleme mit dem Centre hatte.

»Warum fragen Sie?« hatte sie wissen wollen.

»Weil es einen Übeltäter gibt. Und ich möchte herausfinden, wer das ist. Fällt Ihnen jemand ein, Gunn?«

Sie schüttelte den Kopf so heftig, daß ihr Doppelkinn schwabbelte. »Ich weiß von nichts.«

Später behauptete sie sogar, den tragischen Vorfall vor einem Jahr vergessen zu haben, als ein Krankenpfleger einem neuen Patienten das falsche Medikament gegeben hatte, worauf dieser vom Balkon gesprungen war und sich einige Stockwerke tiefer auf einem Zaunpfahl aufspießte. Harold konnte sich noch daran erinnern, wie wütend der Krankenpfleger gewesen war, als er gefeuert wurde. Er hieß Bobbie irgendwas und hatte viele Jahre im Centre gearbeitet. Er hatte damals behauptet, hereingelegt worden zu sein.

Als Harold Gunn fragte, was denn aus Bobbie geworden sei, wurde Gunn geradezu aggressiv. »Woher soll ich das wissen?« erwiderte sie verärgert.

Woher auch? Gunn wußte schließlich alles. Sie fragte jeden aus und war immer auf dem neuesten Stand. Sie wußte bestimmt auch, daß Harold vor dieser Tragödie schon öfter Reibereien mit Bobbie gehabt hatte und sich das Centre gezwungen sah, ihn zu feuern. Bobbie kam mit Autoritätspersonen nicht zurecht und mit Frauen auch nicht. Es war durchaus vorstellbar, daß Bobbie Clara belästigte. Und Gunn wollte ihm Bobbies Akte nicht aushändigen. Das hatte doch bestimmt etwas zu bedeuten.

»Warum lassen Sie ihn nicht in Ruhe? Er arbeitet doch gar nicht mehr hier«, sagte Gunn. »Er kann es gar nicht sein.«

»Trotzdem, Gunn...« Harold warf ihr einen scharfen Blick zu, worauf sie flink die gewünschten Akten hervorkramte.

Am Samstag brach Harold vor neun Uhr in Westchester auf und war um 9.45 Uhr in seinem Büro im neunzehnten Stock des Centres. Er wollte Clara unbedingt den großen Schaden ersparen, den sie unweigerlich auf sich ziehen würde, wenn sie ihn hinauswarf. Harold wußte, daß man ihn – nicht Clara – im Centre liebte und verehrte. Sie würde sich ins eigene Fleisch schneiden, wenn sie ihn dummerweise in Verruf brachte. Er konnte nicht zulassen, daß sein Schützling sich zum Narren machte und das Centre derart spaltete.

Harold holte sich einen Kaffee in der Cafeteria und machte sich daran, die Akten zu sichten, die Gunn ihm gegeben hatte. Es hatte viele Probleme mit Angestellten gegeben, jeder Fall war säuberlich dokumentiert, egal ob ernst oder weniger ernst. Harolds Ausschuß hatte sich mit jedem einzelnen befaßt.

Emily, ein siebzehnjähriges Mädchen mit affektiver Schizophrenie, die man von Messern fernhalten mußte, war mit einem anderen Mädchen verwechselt worden, das wegen einer Eßstörung da war. Emily hatte um ein Rasiermesser gebeten, um sich die Beine zu rasieren. Die Krankenschwester, die glaubte, Emily brauche nur geringe Überwachung, hatte ihr die Klinge gegeben und war dann aufs Klo gegangen. Emily hatte sich Schnittwunden an Armen und Beinen beigebracht, hatte zu schreien begonnen und war schließlich auf den Pfleger losgegangen, der ihr das Messer abnehmen wollte.

Patrick, ein achtunddreißigjähriger paranoider Epileptiker, war fixiert worden mit der Maßgabe, daß alle fünfzehn Minuten seine Lebenszeichen überprüft werden sollten. Man hatte sich zwölf Stunden nicht um ihn gekümmert; in der Zeit erlitt er einen Anfall, der zu schweren, irreparablen Gehirnschäden führte.

Martha, eine fünfundsechzigjährige depressive Frau mit Wochenendausgang, wurde vom Pfleger im falschen Haus abgeliefert. Die verwirrte Patientin wußte nicht, wo sie wohnte, und der Fehler des Pflegers flog erst auf, als die Familie der Patientin drei Stunden später anrief und nach dem Grund für die Verspätung fragte.

Ein männlicher Jugendlicher, der sich von einer psychotischen Episode erholte, bekam einen »Ausgehpaß«, um neue Schuhe und einen Big Mac zu kaufen. Der Helfer, der mit ihm ging, vertiefte sich an einem Kiosk in die Schlagzeilen des Sportteils der *Daily Mail*. Der Junge hielt sich für unsichtbar, lief auf die Straße und wurde von einem Lastwagen erfaßt.

Es gab auch Ausreißerpatienten, die aus der geschlossenen Abteilung wegliefen und erst nach Tagen oder überhaupt nicht mehr auftauchten. Patienten, die aus ihrer Abteilung verschwanden, im Krankenhaus umherirrten und alles auf den Kopf stellten. Krankenpfleger, die nicht zur Stelle waren oder zwar zur Stelle waren, aber Fehler machten. Verwechslungen kamen oft vor. Jede Menge falscher Entscheidungen, bei denen das selbstzerstörerische Potential der Patienten unterschätzt wurde und sie Gelegenheit erhielten, sich oder andere zu verletzen.

Während Harold einen Fall nach dem anderen durchging, ließen seine Schmerzen in Brust und Kopf langsam nach. Er durfte sich nicht von Claras bösartigem Angriff am Freitag morgen fertigmachen lassen. Er war überzeugt davon, daß Clara ihn wieder lieben würde, so wie früher – sobald er den wahren Schuldigen ausfindig gemacht hatte, der verantwortlich war für diese schrecklichen Streiche, die sie ihm zur Last legte.

Harold wußte, daß es niemand von der Fakultät oder den höheren Verwaltungsangestellten sein konnte, denn die wurden genau überprüft und eine derart gestörte Persönlichkeit wäre aufgefallen. Es mußte jemand sein, der Zugang zu den Schlüsseln hatte und, ohne Aufsehen zu erregen, überall herumlaufen konnte. Jemand aus dem Krankenhaus, aber keiner von *ihnen.* Er würde denjenigen schon ausfindig machen, er hatte alles im Griff.

Er fühlte sich wesentlich besser als am Tag zuvor. Um sich zu beweisen, wie gut er wieder alles unter Kontrolle hatte, holte er die Flasche Johnnie Walker aus dem Schrank und stellte sie gut sichtbar vor sich hin. Er würde sie nicht anrühren, bevor er das Problem gelöst und sein Leben wieder in Ordnung gebracht hatte. Die Flasche war halb voll. Das wunderte ihn. Das letzte Mal war sie noch fast voll gewesen, es hatte höchstens ein kleines Glas gefehlt. Er trank im Büro eine Flasche pro Woche. Keinen Schluck mehr. Er wußte genau, daß er am Freitag eine neue Flasche hingestellt und sich Freitagnachmittag nur einen winzigen Schluck genehmigt hatte, denn er hatte sich nicht wohl gefühlt und keine Lust auf Johnnie Walker gehabt.

Ab und zu warf er einen Blick auf die Flasche. Machte er sich was vor, was seinen Alkoholkonsum betraf? Er wollte unbedingt einen Drink, besonders am Nachmittag, da er sich um diese Zeit sonst immer einen genehmigte. Doch er zögerte es immer wieder hinaus und sagte sich, er habe alles im Griff. Er fand in den Akten nicht, wonach er suchte.

Am Sonntag legte er sie beiseite und sah seine privaten Dateien im Computer durch. Dort fand er seine sehr ausführlichen Beschreibungen bezüglich Bobbie – Bobbie Boudreau – und erinnerte sich wieder daran, was sich dieser Pfleger geleistet hatte, bevor sie sich schließlich gezwungen sahen, ihn zu entlassen. Keine Frage. Bobbie Boudreau belästigte Clara.

Als erstes hinterließ Harold eine Nachricht auf Claras Anrufbeantworter. Als zweites genehmigte er sich zur Feier des Tages einen Drink und wartete darauf, daß Clara nach Hause kam und ihn zurückrief.

33

Am Sonntag erwischte Clara den Zwölf-Uhr-Nonstopflug von Sarasota nach Newark. Selbstbewußt und mit klarem Kopf kam sie um vier in ihrem Appartement an. Sie hörte ihren Anrufbeantworter ab, aus dem ihr Harolds Stimme entgegenschlug.

»Liebling, es ist Sonntag gegen zwei. Ich bin im Büro. Ich hab dein kleines Problem gelöst. Ruf mich bitte sofort zurück und sag mir, wann du vorbeikommen kannst.«

Kopfschüttelnd löschte Clara die Nachricht. Die zweite Nachricht war auch von Harold, diesmal klang es dringender.

»Clara, Liebling.« Pause. *»Die einzig wahre, echte Liebe kann immer wieder aufgefrischt werden, egal wie lange man getrennt war. Die Liebe kann wieder erblühen, wir werden sie pflegen. Ich werde immer der wichtigste Mann in deinem Leben sein, das weißt du doch. Vielleicht hast du ja gedacht, du könntest dich auch in andere Männer verlieben, aber das stimmt nicht, nicht nach mir.«* Er sprach mit drängender, schulmeisterlicher Stimme.

»Unsere Liebe ist etwas Einmaliges, das findest du nie wieder. Nur unsere Liebe, und was wir gemeinsam geschaffen haben, hat die Zeit überdauert, Clara. Je älter und weiser ich werde, desto klarer wird mir, wie tief und beständig unsere Verbindung ist. Liebling, mein Herz gehört dir allein. Ich hab die Lösung. Beeil dich!«

Clara war verwirrt und hörte die Nachricht noch einmal ab. Zwischen dem ersten und dem zweiten Anruf hatte Harold jeglichen Bezug zur Realität verloren. Das waren die Beweise, die sie brauchte. Die beiden letzten Vorfälle waren ziemlich wirr, aber vorhersehbar gewesen, so vorhersehbar wie ein zweiter und dritter Mord für einen Massenmörder. Harold legte sich selbst die Schlinge um den Hals. Zufrieden drückte sie auf den Knopf und hörte die nächste Nachricht ab.

»Clara, unsere Liebe hat immer noch Bestand, sie ist noch so ganz und rein wie immer. Erinnerst du dich? Wir haben doch immer darüber gesprochen, wie eine leidenschaftliche Verbindung zwischen Mann und Frau einem die ganze Schönheit und Würde des Lebens eröffnen kann. Kunstgeschichte, Gemälde, Skulpturen, Poesie. Beide Partner finden völlige Erfüllung. Diese transzendente Erfahrung ist eine lebenslange Verbindung. Seele und Körper verschmelzen für immer zu einer Einheit. Die Gefühle können jederzeit wieder aufwallen: mit einem Blick, einer Berührung, einem Kuß. Mißtrauen allein kann diese Verbindung zerstören. Clara, ich warte auf dich. Ich hab die Lösung.«

Clara schloß die Augen, als sie die vierte Nachricht anhörte. *»Ich hab das ganze Wochenende auf dich gewartet. Carmen, du dreckige Schlampe! Du hast den Falschen beschuldigt. Das ganze Wochenende hab ich mich für dich abgerackert, und du kommst nicht… du egoistische Schlampe… Dieser Pfleger ist schuld. Der, mit dem wir letztes Jahr soviel Ärger hatten, dieser Boudreau. Du hast es auf die Spitze getrieben, Clara. Ich warne dich, das mache ich nicht länger mit.«*

Boudreau… Hal beschuldigte Boudreau, diesen verrückten Pfleger, der letztes Jahr einem Patienten eine Überdosis verabreicht hatte. Clara saß auf dem Rand ihres Bettes und versuchte nachzudenken. Sollte sie sich die ganze Zeit tatsächlich getäuscht haben? Hatte sie einen fatalen Fehler begangen? Sie wählte Archs Nummer, zuerst in Sarasota, dann in Washington. Er war nicht da. Dann ging sie ins Badezimmer und erbrach das Sandwich, das sie im Flugzeug gegessen hatte. Kopfschüttelnd betrachtete sie die attraktive, dunkelhaarige Frau im Spiegel. Sie war Lichtjahre entfernt von dem einstigen häßlichen Entlein. In ärmlichen Verhältnissen vaterlos aufgewachsen, hatte sie einzig auf ihre Intelligenz und Willenskraft zählen können. In ihren Augen brannten Tränen.

»Warum? Warum ich?« fragte sie ihr Spiegelbild. »Womit hab ich das verdient?« Auf einmal kam sie sich alt und verletzlich vor. Sie sollte doch jetzt eine Frau in ihrer Glanzzeit sein und nicht ein Opfer, dem ein alter Liebhaber nachstellte. Es war geradezu ironisch, denn damals hatte Harold sich geweigert, sie zu heiraten. Sie hatte ihn gewollt, obwohl er fünfzehn Jahre älter war als sie und bei weitem nicht der mächtigste Mann, den sie kannte. Aber Harold wollte sich nach all den Jahren nicht von seiner Frau scheiden lassen und sich der Illoyalität bezichtigen lassen müssen.

Als ihre Assistenzzeit beendet war und sie im Centre bleiben wollte, hatte er gesagt, »daß alles ein Ende haben müsse«. Er hatte sogar eine neue Stelle für sie arrangiert, weit weg. Ihre Beziehung endete nicht in *beiderseitigem* Einverständnis. Er wollte den Skandal vermeiden, den eine dauerhafte Beziehung mit sich gebracht hätte, deswegen hatte *er* die Verbindung beendet. Während ihrer Ausbildung hatte sich Clara mehrere Jahre lang einer Psychoanalyse unterzogen. Sie wußte, daß es ihr schwerfiel, Männern zu vertrauen, weil ihr Vater sie und ihre Mutter im Stich gelassen hatte. Claras Niederlage mit Harold war nie analysiert worden. Harold hatte seine Position ausgenutzt und Clara benutzt.

Clara kam zu dem Schluß, daß man ihr keinen Vorwurf daraus machen konnte, falls sie den Falschen beschuldigt hatte. Ein verständlicher Fehler, der mit Hals Treuebruch vor Jahren zusammenhing und seinem gegenwärtigen Verhalten – er behandelte sie, als sei sie immer noch eine schutzlose Assistenzärztin, eine Schülerin, die ihn anbetete. Clara ließ die khakifarbene Hose und das Kaschmirjackett, die sie im Flugzeug getragen hatte, an. Sie steckte ein sauberes Taschentuch in die Brusttasche, schnappte ihre Handtasche und machte sich auf, um Harold im Büro zu treffen.

Sie konnte ihn schon hören, als sie aus dem Aufzug trat.

»Ich hab es dir doch gesagt. Du hättest auf mich hören sollen. Aber das tust du nicht. Warum nicht? All die Leute, die uns jetzt auseinandernehmen … das hätten wir alles vermeiden können.«

Clara blieb stehen und lauschte.

»Die kriegen alles raus, und ich halte auch nicht mehr länger den Mund. Du denkst, das ist unser Geheimnis? Tja, nicht mehr. Die wissen alles über uns.«

Harold klang verschwörerisch und bedrohlich; er bemühte sich nicht, leise zu sprechen. Das war interessant, denn normalerweise nahm man sich hier in acht, auch sonntags. Niemand wollte seine Ängste zeigen. Clara pirschte sich geräuschlos und vorsichtig an wie eine Jägerin.

Ein Forschungsbüro neben dem anderen säumte den Gang im neunzehnten Stock. Hier gab es weder Wartezimmer noch Sekretärinnenbüros. Nur identische Türen, die in identische, schmucklose Räume führten, die von den großen Heizkörpern beherrscht wurden, die immer zur falschen Jahreszeit zu arbeiten schienen. Heute war es kühl, doch die Heizung rührte sich nicht. Alle anderen Türen auf dem Gang waren geschlossen. Für einen Augenblick herrschte Stille. Clara ging etwas schneller.

»Zeig dich ruhig, Clara. Ich weiß, daß du da bist.«

Sie stieß die Tür auf.

»Aaaaah.« Harold stieß einen kleinen Schrei aus und war mit einem Sprung hinter seinem Schreibtisch. »Clara!«

»Hallo«, sagte sie leise und blieb in der Tür stehen. »Was gibt's?«

Er hielt die Hände schützend vor sich und starrte sie, hinter seinem Schreibtisch kauernd, mit wildem Blick an. »Was willst du hier?« schrie er.

»Du hast mich angerufen, Harold. Was ist denn los?«

Ohne den Kopf zu bewegen, nahm sie wahr, was sich im Zimmer befand. Harold war allein, umgeben von Tausenden von Akten. Sie waren auf dem Schreibtisch verstreut und stapelten sich auf dem Fußboden. Sein Laptop stand mitten auf dem Schreibtisch und war teilweise unter Akten begraben. Der Bildschirm war leer, aber der Drucker war eingeschaltet.

»Stimmt, das hab ich, Clara«, sagte er ernst und kam hinter dem Schreibtisch hervor. In seiner typisch schulmeisterlichen Manier zeigte er mit dem Finger auf sie. »Die Akte ist zwar verschwunden, aber die Lösung befindet sich hier drin.« Er deutete auf den Computer.

»Hier drin«, fuhr er fort. »Ich hab dir doch gesagt, daß du das bedenken sollst, aber du wolltest mir ja nicht glauben. Jetzt werden sie sich auf uns... stürzen.« Er legte den Finger vor den Mund und sah ängstlich zur Tür. »Sie werden...«, er bahnte sich einen Weg durch die Aktenberge.

»Wer?« fragte Clara gefaßt.

Harold wandte sich ruckartig der Tür zu. »Ist dir jemand gefolgt?« fragte er schrill.

Sie glaubte nicht. Heute jedenfalls nicht. »Warum sollte mir jemand gefolgt sein?« fragte sie.

»Ist dir jemand hierher gefolgt? Antworte!«

»Nein.« Sie beobachtete kühl, wie Harold die Schlinge fester zuzog.

Er war angezogen wie immer. Er trug eine graue Flanellhose. Das sportliche Jackett hing über der Rückenlehne seines Drehstuhls. Er hatte keine Krawatte an und der Kragen seines blauen Hemds stand offen, die Ärmel waren unordentlich hochgekrempelt. Das weiße Haar stand wirr vom Kopf ab, und in seinen Augen lag ein wilder Ausdruck.

Auf der hölzernen Verlängerung des Schreibtischs entdeckte Clara eine Literflasche Johnnie Walker Black Label und ein nahezu leeres Glas. Der Deckel lag neben der Flasche und bis auf einen kleinen Rest der goldbraunen Flüssigkeit war sie leer. Harold hatte anscheinend den ganzen Nachmittag getrunken.

»O Gott!« Er fing an zu schreien. Zitternd und stöhnend starrte er die Wand an. »Ahhhh! O Gott! Wanzen, überall Wanzen. Ahhhh! Clara, da an der Wand, überall. Wanzen, igitt! Clara, du hast Ungeziefer mitgebracht!« schrie er. »Du hast Wanzen mitgebracht.«

»Was für Wanzen?« Sie drehte sich um. An der Wand hingen

seine Diplome, Auszeichnungen, ein Museumsposter. Anklagend schlurfte er ihr entgegen.

Clara streckte die Hand aus, um ihn aufzuhalten. »Hier gibt's keine Wanzen, Hal«, sagte sie ruhig. »Keine Abhörgeräte, kein FBI, kein CIA, uns verfolgt niemand. Wir sind ganz allein. Reg dich nicht auf, Hal. Es geht schon alles in Ordnung.«

Er blieb stehen und kämpfte einen Moment mit sich, um Klarheit zu erlangen. »Es tut... mir leid, Clara... Ich weiß gar nicht, was mit mir los ist.« Er schüttelte den Kopf, als wolle er so die Wanzen verscheuchen. »Das muß die... Hitze sein.«

»Hal, wir haben November, es ist kühl.«

»August. Stimmt. Mach dir keine Sorgen. Mir geht's wieder gut.« Zitternd hob er den Zeigefinger, er schwankte. Sein Gesicht war rot wie ein gekochter Hummer.

»Hal –?«

Harolds Gesicht wurde dunkler, fast violett. Er fiel zurück und schlug gegen die Schreibtischkante, wobei er einen Stapel Akten umstieß, deren Inhalt in alle Richtungen stob. Er sank neben der Couch zu Boden, wo er auf der Seite landete und sein Kopf mit einem dumpfen Schlag aufknallte.

Clara stürzte erschrocken auf ihn zu, als sich sein Rücken unnatürlich krümmte und er mit den Beinen wild in den Papieren herumstrampelte. Clara griff nach dem Telefon.

»Hier ist Dr. Treadwell, Zimmer 1917. Ich hab einen Notfall, rufen Sie den Code aus. Neunzehnter Stock, Zimmer siebzehn«, schrie sie, knallte den Hörer auf und ging neben Hal in die Knie.

Hals Schließmuskel funktionierte nicht mehr, Darm und Blase entleerten sich. Überall stinkendes, schäumendes Erbrochenes. Auf dem Teppich, den Papieren, auf ihrer Hose.

»Das Leben ist eine feuchte Angelegenheit«, hatte Hal immer gesagt. Er hatte sich darüber amüsiert, wie die Erstsemester jedes Jahr aufs neue darüber erschraken, wie schmuddelig die menschliche Existenz doch war. »Das Leben ist feucht, die Liebe ist feucht, sogar der Tod ist feucht.«

»Um Gottes willen, Hal!« Er regte sich nicht mehr und lief blau an.

Sie rollte ihn auf den Rücken, öffnete seinen Mund und versuchte, mit den Fingern das Erbrochene zu entfernen. Sein Atem stand still. Mit beiden Fäusten hämmerte sie auf seinen Brustkorb ein.

»Na komm schon, atme.« Alles lief automatisch ab. Sie schlug auf ihn ein und begann mit der Mund-zu-Mund-Beatmung. Sie schlug immer wieder zu und atmete in seinen stinkenden Mund.

Zwei Atemzüge, um seine Lunge zu füllen, und einen Schlag auf die Brust. Sie hörte die Leute gar nicht, die mit einer Bahre den Gang entlangrannten. *Atmen. Atmen. Schlagen.*

Die Wächter stolperten ins Büro und trampelten über die Akten.

»Scheiße, Dr. Dickey.«

»Herzinfarkt?«

Atmen. Atmen. Schlagen. Clara antwortete nicht. Sie machte eine Handbewegung, worauf einer der Männer die Herzmassage übernahm, während der andere die Bahre, so weit es ging, in den Raum schob. Mit vereinten Kräften hoben sie ihn hoch und setzten die Herzmassage fort.

Innerhalb weniger Sekunden war die Bahre wieder auf dem Gang. Drei Sanitäter vom Hauptgebäude am Ende der Straße rannten ihnen entgegen. Sie schoben einen der Erste-Hilfe-Wagen vor sich her, wie sie sich im Schrank am Ende jedes Flures befanden. Ein junger Mann mit Pferdeschwanz suchte in Harolds Handgelenk nach einer Vene und führte ohne weitere Worte die Nadel für die Infusion ein. Ein anderer öffnete Harolds Mund und schob eine kleine Plastikkanüle hinein, die mit einem Sauerstoffgerät verbunden war.

Der dritte machte den Defibrilator fertig. Er sah Clara an. »Schuß?«

Clara nickte.

Er riß Harolds Hemd entzwei und spritzte Kontaktgel auf die beiden Paddles. Er legte sie unter Harolds linkem Arm und der Brust an und sah Clara fragend an. Sie nickte wieder.

»Alle zurücktreten«, rief der Sanitäter und betätigte die Schalter an den Paddles.

Harolds Arm schnellte in die Höhe und fiel wieder runter. Als sich seine Brust zu heben begann, rannten sie zum Aufzug.

»Hier ist er. Machen Sie Platz, bitte.«

Wortlos drängten sie sich hinein: Bahre, Wächter, Sanitäter, Clara.

»Um Gottes willen, wer ist das?« fragte ein weißgekleideter Pfleger.

»Lieber Himmel, Dr. Dickey!« Eine dicke Krankenschwester, die sich an einer Tasse Kaffee und ein paar Donuts festhielt, fing an zu weinen. Der Kaffee spritzte über ihren rosaroten Angorapulli. »Er ist doch nicht tot, oder?«

»Halten Sie den Mund!«

»Wer hat das gesagt? Wer hat gesagt, ich soll den Mund halten?«

Der Sanitäter mit dem Pferdeschwanz und den Ohrringen, die Clara jetzt erst auffielen, warf der schluchzenden Krankenschwester einen wütenden Blick zu und setzte seine Arbeit fort.

»Scheiße, nicht anhalten!« schrie Clara, als der Aufzug in der falschen Etage stehenblieb.

»'tschuldigung, Doktor.«

Die Türen schlossen sich wieder. Alle stöhnten und schwitzten in dem engen, stickigen, Raum. Irgend jemand fluchte leise. Der Patient reagierte nicht mehr. Sie konnten ihn in diesem winzigen Raum, in dem es keinen Stromanschluß gab, nicht noch einmal defibrillieren. Claras Kopf hämmerte.

Endlich kamen sie zum Ausgang und rollten die Rampe hinunter auf die Straße. Sie rannten samt Bahre, Infusion, in der sich ein Antiarrhythmikum befand, und Sauerstoffgerät bis zur Notaufnahme, die eineinhalb Häuserblocks entfernt lag. Die Straße vorm Eingang zur Notaufnahme war mit Autos verstopft. Nichts klappte richtig. Das war allen klar. Harold würde es nicht schaffen. Sie rannten weiter, wortlos und stöhnend.

Plötzlich raste ein Auto bei gelber Ampel um die Kurve. Bei dem Versuch, die Bahre festzuhalten, damit sie nicht auf die Straße und in das Auto rollte, rutschte sie vom Gehsteig.

»Gütiger Himmel!«

Zwei Sanitäter hielten den Patienten fest, während zwei Fußgänger dem dritten Sanitäter halfen, die Bahre wieder einzufangen. »Mann, hast du das gesehen? Der Kerl hält einfach nicht an.«

Endlich gelangten sie in ein Behandlungszimmer der Notaufnahme und setzten ihre Arbeit fort. Schweigend beobachtete Clara die Prozedur, die sie schon hundertmal gesehen hatte. Die Kanüle wurde herausgezogen; Harolds Rachen wurde von einem Kehlkopfsiegel erleuchtet; ein durchsichtiger Plastikschlauch wurde in seine Luftröhre gesteckt und mit einer Sauerstofflasche verbunden, so daß man ihm Sauerstoff direkt in die Lunge pumpen konnte. Sechs oder sieben Leute machten sich an ihm zu schaffen. Er war an eine Beatmungsmaschine und ans EKG angeschlossen. Adrenalin wurde ihm direkt ins Herz injiziert. Während der vorgeschriebenen vollen Stunde, in der sie verzweifelt versuchten, ihn wieder ins Leben zurückzuholen, hielt sich Clara im Hintergrund. Schon als er mit dem Kopf auf den Boden geknallt war, hatte sie gewußt, daß nichts mehr zu machen war.

Endlich tauchte Hals Internist auf. Er kam direkt vom Tennisplatz und trug einen schwarzen Trainingsanzug. Er war groß und durchtrainiert und anscheinend überrascht darüber, in die Notaufnahme gerufen worden zu sein.

»O Gott, dem Gestank nach hat jemand ganz schön tief in die Flasche geguckt«, sagte er, noch bevor er die flache Linie des EKGs oder das Krankenblatt gesehen hatte.

»Ja, der Patient.«

Dr. Chatman wandte sich an Clara. »Sie sind Dr. Treadwell?«

»Ja.« Sie streckte ihm die Hand entgegen.

»Ivan Chatman. Sie waren bei ihm?«

Sie nickte.

»Was ist passiert?«

»Er war in seinem Büro, war ganz aufgeregt. Er hatte getrunken. Er rief mich an und ich ging sofort rüber. Kurz nachdem ich ankam, kippte er auch schon um.«

Der junge Internist runzelte die Stirn. »Ich hab ihn vor ein paar Wochen erst untersucht. Er war körperlich total fit.«

»Ein Mann über sechzig, da kann man doch nie wissen«, sagte Clara.

»Ich mochte ihn sehr.« Kopfschüttelnd erklärte der Internist Harold Dickey für tot. Die Maschinen wurden abgestellt.

Der Kardiologe der Notaufnahme wandte sich an Dr. Chatman. »Ivan, wir würden gern die Erlaubnis für eine Autopsie einholen.«

Chatman nickte. »Klar, ich rufe seine Frau an. Das geht sicher in Ordnung. Sie war selbst Krankenschwester.«

Sie nahmen dem Toten die Sauerstoffmaske ab. Das EKG und die anderen Maschinen wurden ausgestöpselt. Die Infusionsflasche wurde entfernt; Nadel samt Röhrchen blieben in seiner Hand stecken, die würde man nicht noch einmal benutzen. Er war blau angelaufen, die Hände bereits in leichter Krallenstellung. Nach all den Anstrengungen, die sein Leben retten sollten, sah Dickey aus, als sei er zu Tode geprügelt worden.

»Gibt's ein Problem?« Der Kardiologe musterte Chatman.

Chatman stand jetzt neben dem Kopf des Toten. »Ich weiß nicht«, murmelte der. »Komische Sache.«

»Was soll das denn heißen?« fragte Clara.

»Ich kannte ihn ziemlich gut. Er war robust wie ein Pferd. Soweit ich weiß, nahm er keine Medikamente...« Stirnrunzelnd wandte er sich von dem Toten ab. »Na ja.«

»Sollen wir eine toxikologische Untersuchung veranlassen?« fragte der Kardiologe. »Man kann ja nie wissen. Gehen wir lieber auf Nummer Sicher, falls es später Fragen gibt.«

»Okay, ich spreche mit seiner Frau. Wenn sie nichts dagegen hat, sollten Sie das veranlassen«, sagte Chatman.

»Irgendeine Ahnung, wonach wir Ausschau halten sollten?«

»Gütiger Himmel«, murmelte Clara. »Das ist doch absurd! Der Mann hatte einen Herzinfarkt.«

Chatman sah den Kardiologen kopfschüttelnd an. »Ich kann mir nicht vorstellen, daß er irgendwas genommen hat.« Er zog das Laken über das Gesicht des Toten.

Clara stolzierte davon. Eine toxikologische Untersuchung! Sie wollte nicht mit anhören, wie Chatman Sally Ann, Harolds

Frau, die einem Wachsfigurenkabinett entsprungen schien, von Hals Tod unterrichtete. Plötzlich fühlte sie sich unwohl, äußerst unwohl. Sie hatte einen bitteren Geschmack im Mund. Ihr ganzer Körper tat weh, sie roch nach Schweiß, Erbrochenem und Harolds Johnnie Walker.

Ihr fiel ein, daß Hals Büro noch offen war. Sie mußte zurück ins Centre und das Büro sichern. Den Haupteingang würde sie aber lieber meiden, um Fragen aus dem Weg zu gehen. Sie starrte auf ihre Füße. Obwohl sie sich hundeelend fühlte, blieb ihr nichts anderes übrig, als noch einmal ins Centre zurückzugehen. Als sie aufsah, fiel ihr Blick voller Entsetzen auf den Mann, den Harold erwähnt hatte: rauchend lehnte Bobbie Boudreau auf der anderen Straßenseite an einem Baum und blickte in die andere Richtung. Clara hatte ihn oft in der geschlossenen Abteilung gesehen, wo er als Krankenpfleger gearbeitet hatte. Sie erkannte ihn sofort.

34

»Aeiiiii!« schreiend stand Sai Woo in der Wohnungstür ihrer Tochter. Der schrille, durchdringende Schrei klang wie das Katastrophensignal im Radio.

April wirbelte erschrocken herum, in der Hand hielt sie noch die gefährliche neue 9mm Glock-Automatik, mit der man sechzehnmal feuern konnte, ohne nachzuladen.

Skinny Dragon Mother schlug die Hände überm Kopf zusammen. »Ich deine Mutter«, kreischte sie. »Du nicht mich umbringen!«

Verärgert senkte April die Waffe. »Ma, hast du noch nie was von Anklopfen gehört? Ich hätte dich erschießen können.«

»Erschieß mich ruhig. Ich sowieso schon tot.« Dim Sum wurde von Sais Schreien angelockt. Als der Hund sein Frauchen erblickte, nahm er wie ein Panther Anlauf und sprang in Sais Arme, wo er am ganzen Körper zitternd kauerte.

»Mom, jetzt laß mich doch mal in Ruhe.«

»Siehst du«, sagte Sai vorwurfsvoll, »du *yinge'er* erschreckt.«

»Ma, ich sag's nur ungern. Das Ding da ist kein Baby, sondern ein Hund.«

»Einziges Baby, das ich habe«, murmelte Sai wütend und drückte den Welpen an die Brust. »Du kein Baby. *Boo hoa, nini.*«

»Fang nicht schon wieder damit an, Ma.« April legte die Pistole auf den Tisch neben dem Sofa und beugte sich vornüber, um die Gewichte von ihren Knöcheln zu entfernen.

Sie hatte mit den Gewichten und der Pistole trainiert, um die Unterarme zu kräftigen und vielleicht auch mal wahrnehmbare Muskeln im Hintern zu entwickeln. Chinesische Folter konnte sie jetzt überhaupt nicht gebrauchen. *Skinny Dragon Mother* sah das aber anders.

»Was für eine Tochter, spielt mit Pistole rum?« Sie beantwortete ihre Frage sofort selbst. »Komische Tochter. *Boo bao* Tochter. Hörst du, *nini*? Schlechte Tochter.«

Ihre Mutter hatte es offensichtlich auf einen langen Streit angelegt. Ganz egal, daß sie in einem freien Land wohnten. Ganz egal, daß ihre Papiere sie jetzt als US-amerikanische Bürgerin auswiesen. *Skinny Dragon Mother* war durch und durch konservativ chinesisch. Sie glaubte, daß April für alle Ewigkeit ihr gehörte, weil sie sie zur Welt gebracht hatte. Außerdem war sie davon überzeugt, daß der Weg zum Himmel mit Mißbrauch und Schrecken gepflastert war. Sie hatte Aprils Träume mit schrecklichen Dämonen, Geistern und Monstern bevölkert, so daß April der Selbstverteidigung wegen gar nichts anderes übriggeblieben war, als Cop zu werden. Draußen fühlte sie sich einigermaßen sicher, doch zu Hause gelang es ihr nicht, sich gegen die Übergriffe ihrer Mutter zur Wehr zu setzen.

Als sie mit ihren Eltern das Haus kaufte, hatte die Abmachung ganz anders ausgesehen. Sie hatten vereinbart, daß April das obere Stockwerk gehörte und sie dort tun und lassen konnte, was sie wollte. Soweit die Abmachung. Funktioniert hatte das noch nie. Ihr Appartement hatte zwar eine eigene Tür mit Schloß, aber den Flur und die Haustür benutzten sie gemeinsam. Nicht nur, daß Sai mitbekam, wann ihre schlechte Tochter, die nicht besser war als ein Wurm, kam und ging, sie hatte auch einen Schlüssel zur Wohnung ihrer Tochter und kam vorbei, wann immer sie wollte. Mißbilligend betrachtete sie Aprils Wohnzimmer und klapperte mit den Schlüsseln, mit denen sie hereingekommen war.

»Ich dachte, du hättest eine Verabredung«, sagte sie auf chinesisch. »Ich wollte dir beim Ankleiden helfen.«

April machte sich offensichtlich nicht für eine Verabredung fertig. Sie schwitzte ungehemmt in einem verwaschenen Police-Academy-T-Shirt und Shorts. Sie sah ihrer Mutter nicht in die Augen, als sie in die Küche ging, um sich ein Glas Wasser zu holen.

»Die Verabredung ist geplatzt«, erwiderte sie auf englisch.

Die Küche war wie das Badezimmer erbsengrün gefliest. April hatte viele Regale angebracht, auf denen ihre Sammlung bunter Ingwer- und Gurkengläser fast bis unter die Decke aufgereiht war. Zwei Pfannen und zwei Woks sowie unzählige bunte Plastiktütchen mit getrockneten Wurzeln, getrockneten Champignons, getrockneten Litschifrüchten, winzigen getrockneten Krabben, Ginkgonüssen, eingemachtem Rettich und vielen anderen Dingen – alles Geschenke ihres Vaters – hatte sie an Haken aufgehängt. Ihre Messersammlung, das Fleischmesser, das Ausbeinmesser und das Blockmesser, hing an einem Magnet neben der Tür. Sie waren von der alten Sorte, man mußte sie schleifen und immer richtig abtrocknen, damit sie nicht rosteten. Die Messersammlung war ebenfalls ein Geschenk ihres Vaters. Schon mit sieben Jahren hatte April all seine Messer handhaben können.

»Geplatzt? Warum geplatzt?« wollte ihre Mutter wissen.

Aprils Lieblingsglas stand im Spülbecken. Die Schriftzeichen für »Glück« und »Langes Leben« waren darauf abgebildet. Das waren zwei der fünf Segensgaben, um die Chinesen am häufigsten baten. April füllte das Glas mit Leitungswasser und stürzte die Hälfte hinunter. Bitte gib mir etwas Glück, betete sie still.

»Ma, das kommt vor«, erklärte sie.

Mit mißbilligendem Lächeln ließ sich Sai auf dem ihrer Meinung nach dekadenten – weil bequemen – rosa Satinsofa nieder. April hatte es sehr günstig in Little Italy erstanden. Das Sofa stand gegenüber den beiden Fenstern, von denen man den Garten hinterm Haus überblicken konnte. Der Garten, jetzt im Dunkeln nicht sichtbar, war schon für den Winter gemulcht und hergerichtet worden. Es war ungefähr sechs Uhr abends.

»Was passiert? Er dich nicht mehr mag?«

April leerte das Glas. Vor dem Sofa standen zwei chinesische Hocker, die ebenfalls als Tische dienten. April ließ sich auf einem nieder. Ihre Mutter sprach von George Dong, dem chinesischen Arzt, auf den sie so große Hoffnungen als Schwiegersohn gesetzt hatte. Das Problem war nicht, daß er April nicht mehr mochte, sondern daß April ihn nicht leiden konnte. Sie zuckte entschuldigend mit den Schultern. Das konnte man nicht so einfach erklären.

»Er wollte mich in Chinatown treffen, Ma.«

»Na und?«

»Da verliere ich doch mein Gesicht. Er muß mich hier abholen.« Sie stellte ihr Glas auf dem anderen Tisch ab.

Sai dachte darüber nach. Seit wann legte ihre Tochter soviel Wert auf korrekte Umgangsformen, fragte ihre Miene. *»Na bú shi gùyi de«,* sagte sie schließlich.

»Da bin ich mir nicht so sicher, er macht das bestimmt absichtlich«, sagte April langsam. »Du hältst einfach zu ihm, ohne zu wissen, ob er das mit Absicht macht oder nicht. Wenn ihm wirklich etwas an mir liegen würde, würde er doch meine Eltern kennenlernen wollen.« Touché.

Für eine Weile herrschte Totenstille.

Ha, jetzt hab ich sie! April unterdrückte ein Grinsen. Darauf wußte ihre Mutter nichts zu sagen. Schon beim ersten Schlagabtausch hatte sie ihre Mutter zum Schweigen gebracht. Aus ihr hätte ein japanischer Samurai werden können.

Skinny Dragon Mother kniff die Augen zusammen, so daß sie kaum noch zu sehen waren, und machte tief in der Kehle ein klickendes Geräusch. Das war Ausdruck größter Wut, und gleich würde Sai mit dem wahren Grund ihres Besuchs rausrücken.

»Warum du bei Mei Mei Chen gewesen?« Ihre Stimme klang so kalt und wütend, daß der Hund zu knurren begann.

»Was?« fragte April verdutzt.

»Du verstehst mich gut, *ni*.«

»Da war nichts.«

»Erzähl schon.«

April seufzte; sie kam wohl nicht drum herum. Verdammte Judy! »Ma, du kennst doch Sergeant Sanchez, der gestern hier war.«

»Ja, ich weiß.«

»Er meinte, du seist sehr hübsch. Er will deinen Ratschlag befolgen.«

Sai machte ein anderes Geräusch, eine Art Grunzen, das bedeuten sollte: »Und?«

»Er sucht gerade eine Wohnung. Bisher konnte er noch nichts Passendes finden, deswegen habe ich ihm Judys Nummer gegeben.«

»Hm. Ich bin Cousine von Judys Mutter.«

»Das weiß ich, Ma.«

»Judy hat ihrer Mutter erzählt. Die mich angerufen.«

April zuckte mit den Schultern. »Na und?«

»Sie sagt, du nicht heiraten George. Du heiraten Spanier.«

Wütend schnappte April ihr Glas und ging in die Küche, um neues Wasser zu holen. »Ma, Judy ist Maklerin. Es ist ihr Job, Wohnungen zu suchen. Ich hab ihr einen Job besorgt. Das war alles.«

»Glaub ich nicht. Du nicht mit Spanier rumgemacht, du hattest Verabredung mit Doktor. Jetzt hast du keine Verabredung mit Doktor, weil du mit Spanier rummachst. *Boo hao ni.*«

April hatte selbst keine allzu hohe Meinung von sich. Mit rotem Kopf kam sie zurück ins Wohnzimmer. »Sag nicht immer Spanier, er heißt Mike.«

»Nicht Spanier?«

»Er ist Amerikaner, genau wie ich.«

»Du Chinesin.«

»Wir sind beide Amerikaner, Ma. Unsere Väter waren beide Köche. Wir sind beide Cops. Wir sind genau gleich.«

»Chinesischer Koch?«

»Mikes Vater? Nein, Ma.«

»Was kocht?«

»Mexikanisch«, antwortete April zögernd.

»Ha«, sagte Sai.

»Was soll das heißen?« fragte April. Sie ärgerte sich maßlos darüber, wie ihre Mutter in der schwarzen Hose und der schwarzen Steppjacke wie eine alte Bäuerin mit einem Fluch auf den Lippen auf ihrem schönen, rosa Sofa saß. Sie würde nicht irgendeinen Mann nehmen, nur um ihrer Mutter eine Freude zu bereiten. Das hatte nichts mit Liebe zu tun. Und es war auch nicht die amerikanische Art.

»Ha, doch Spanier«, triumphierte Sai.

»Ja, ethnisch ist er vielleicht Spanier. Er hat wahrscheinlich auch etwas indianisches Blut.«

»Aeiiii. Indianer?« Jetzt war Sai wirklich entsetzt.

»Maya, Mutter. Die lebten schon vor tausend Jahren in Mexiko und haben sich mit den Spaniern vermischt. Wenn ich mich recht entsinne, trinken sie das Blut ihrer Feinde.«

»Aeiiii.« Das wurde ja immer schlimmer.

»Und sie schneiden ihr Herz raus. Es gibt auch Geister wie im alten China. Und mit diesen Geistern legst du dich lieber nicht an, hörst du? Das sind nämlich ganz fiese Geister. Vielleicht trinken sie ja immer noch das Blut ihrer Feinde. Also nenne ihn lieber Mike, Ma, und sei etwas respektvoller.«

Sai starrte die Pistole an. April sah ihrer Mutter an, daß ihr etwas Gemeines auf der Zunge lag, sie sich aber ausnahmsweise nicht traute, es auszusprechen. April beobachtete die Zornesfalten, die sich in Sais Gesicht ausbreiteten. *Skinny Dragon Mother* fürchtete sich offensichtlich vor Mike Sanchez. Sie hatte Angst davor, daß April Mike noch mehr in Schutz nehmen würde, wenn sie etwas Gemeines über ihn sagte. Es heiterte April merklich auf, daß ihre Mutter sich vor einem ihrer Freunde fürchtete.

»Komm, Ma, ich hol uns was zu essen«, schlug sie vor. »Wie wär's mit mexikanischem Take-out-Hühnchen?«

35

Jason saß in Shorts und T-Shirt auf dem Bett, die Raymond-Cowles-Akte auf den Knien. Er war in der umfangreichen Akte noch nicht sehr viel weiter als vor sieben Stunden, als er sie zur Seite gelegt hatte, um mit seiner Frau Emma zu schlafen. Danach hatten sie sich lange unterhalten. Dann hatten sie zu Abend gegessen, viel geredet. Darauf hatte sich Emma in den kleinen Raum hinter der Küche verzogen, um auf dem Laufband zu joggen. Jetzt war sie auf dem Weg ins Badezimmer und Jason merkte, daß ihr Blick auf ihm ruhte.

Er sah von der Seite auf, die er schon viermal durchgelesen hatte. »Hi.«

»Selbst hi.« Ihre Shorts und das weiße, nabelfreie T-Shirt waren durchnäßt.

Jason konnte Emmas wunderbarem Körper nie widerstehen, egal wie sehr sie ihn geärgert oder verletzt hatte. Ihr Haar war jetzt kurz und blonder als früher. Sie sah aus wie ein richtiger Filmstar. Ihr Gesicht war zu jedem Gefühlsausdruck fähig. Jetzt wirkte sie etwas angespannt. Sie schüttelte ihr Haar aus. Sie hatte den ganzen Tag Zeit gehabt zu laufen und hatte sich schließlich nach dem Abendessen und einer halben Flasche Wein noch dazu aufgerafft. Es ging ihm nicht in den Kopf, wie sie das schaffte.

Sie breitete das Badetuch auf dem Boden aus und begann mit ihren Gymnastikübungen. Wahrscheinlich würde sie sich bald übergeben müssen, dachte er, sie hatte bestimmt fürchterliche Angst.

»Wann ist dein Vorsprechen?« fragte er und sah zu, wie sie sich streckte und dehnte.

»Schrecklich früh«, stöhnte sie.

»Und was ist schrecklich früh für eine Uhrzeit?«

Sie stöhnte. »Halb zwölf.«

Er lachte. Sein Tag war um halb zwölf schon halb vorbei. Sie hatte noch zwölf Stunden Zeit, sich vorzubereiten. »Bist du aufgeregt?«

»Bin ich immer.«

»Aber du willst wirklich in einem Stück spielen? Jeden Abend dasselbe – mittwochs und samstags sogar zweimal?«

»Du machst doch auch immer dasselbe, jahrein, jahraus, mit denselben Leuten. Hast du das nicht satt?«

»Hm. Nein.«

»Siehst du, ich arbeite dann eben abends statt tagsüber. Für sechs Monate ist das vielleicht ganz spaßig. Danach kann ich ja wieder einen Film drehen.«

Es überlief Jason kalt. Sechs Monate. Seine Frau wollte also nur sechs Monate bleiben. Schön, daß ich das auch mal erfahre, das sagte er aber nicht. Was dachte sie sich eigentlich? Daß sie jederzeit kommen und gehen konnte, wie es ihr paßte und ohne ihn zu fragen? Und was war er? Ein Möbelstück? Verärgert rückten seine Augenbrauen zu einer Linie zusammen. Es fiel ihm nicht gerade leicht, ruhig zu bleiben. Ein Teil von ihm hätte am liebsten ihr Gepäck aus dem Fenster geworfen, sollte sie ihre tolle Karriere doch allein genießen.

Emma hielt mitten in einer Übung inne und starrte auf die Fransen des Bettüberwurfs.

Na prima, er würde auch ohne sie zurechtkommen. Es gab schließlich noch andere Frauen auf der Welt. Er würde schon eine finden. Sein Kiefer verkrampfte sich.

»Was ist?« fragte sie leise.

»Was soll schon sein?«

»Was hältst du davon, wenn wir das Schlafzimmer mal neu einrichten?«

Er betrachtete die cremefarbenen Wände, die ausgesuchten Drucke, den türkisfarbenen Sessel, den Bettüberwurf in der gleichen Farbe und die farblich abgestimmten Kissen. »Warum?«

»Nur so. Vielleicht würde uns eine Veränderung guttun.«

»Aha.« Jason wandte sich wieder seiner Akte zu. Ihm hatten der merkwürdige blaugrüne Bettüberwurf und die Vorhänge, die Emma nach ihrer Hochzeit ausgesucht hatte, nie besonders gefallen. Aber er haßte Veränderungen. Er wollte, daß alles so war wie *früher*. Er wollte keinen neuen Bettüberwurf oder eine veränderte Frau. Falls Emma die Rolle in dem Broadway-Bühnenstück bekam, würde sie bald eine noch erfolgreichere Schauspielerin. Falls sie die Rolle nicht bekam, würde sie wieder nach Kalifornien in das schöne Mietshaus am Strand ziehen und blöde Filme drehen. Ihn ließ sie dann einfach wieder in der Luft hängen. Das alles stank ihm gewaltig.

Jason war sich seiner ambivalenten Gefühle, was Bindung und Konflikte betraf, durchaus bewußt. Trotz seiner Ausbildung und trotz zwei Ehen war er mit seinen fast vierzig Jahren immer noch nicht dahintergekommen, warum die Liebe manchmal einfach siegte. Hatte das mit Sinneseindrücken zu tun, die man immer wieder durch Blicke, Berührungen oder Gerüche abrufen konnte? Oder war die Liebe einfach ein rätselhaftes Phantasieprodukt, das sich ausschließlich im Kopf abspielte?

»Und, was hältst du davon?«

»Wovon?«

»Schon gut.« Sie deutete auf die Cowles-Akte, die er den ganzen Tag lang von einem Zimmer ins andere geschleppt hatte. »Was ist das für ein Fall?«

Jason war immer noch mit dem ausführlichen Aufnahmebericht beschäftigt, der sich mit Raymond Cowles' Analysefähigkeit auseinandersetzte. Raymonds Großvater mütterlicherseits war mehrmals in psychiatrischen Anstalten gewesen und war unter mysteriösen Umständen verstorben, als Ray zwei Jahre alt war. Diese Information erschien Jason sehr bedeutungsvoll. Das war eventuell ein wichtiger Anhaltspunkt, vielleicht gab es in Raymonds Familie eine Disposition zu Selbstmord. Vielleicht war die Mutter nach dem Tod ihres Vaters depressiv geworden. Obwohl die Todesursache des Großvaters unklar war, wurde er in der Beurteilung nur ganz flüchtig erwähnt. Anscheinend waren zu diesem Punkt keine weiteren Fragen gestellt worden, denn es gab dazu nichts Schriftliches.

In der Akte hieß es:

Eine abschließende Diagnose steht noch aus. Es handelt sich um einen zwanzigjährigen neurotischen Mann mit Identitätsproblemen und wiederkehrenden egodystonischen homosexuellen Phantasien, die er nie ausgelebt hat. Masturbationsphantasien sind homosexueller Natur. Patient ist sympathisch, hochintelligent, verantwortungsbewußt und möchte wegen eines Jobangebots in New York bleiben. Seine Verlobte promoviert an der gleichen Universität. Begrenzte finanzielle Mittel.

»Jason?«

»Hm?« Jason sah auf. Emma wartete anscheinend auf eine Antwort. Schuldbewußt legte er den Bericht aus der Hand.

»Plus ça change.« Sie lachte.

»Was soll das heißen?«

»Nichts, gar nichts. Ich weiß schon, mein Schatz. Wenn ich dich haben will, muß ich dich nehmen, wie du bist.«

»Mir geht's anscheinend genauso. Findest du das fair?«

Sie nickte. »Du hast dein Leben. Ich brauche meins.«

Das soll *fair* sein? hätte er am liebsten geheult. War das ihre Abmachung? Verdammt, sie war einfach fabelhaft! »Was hast du gefragt?« brummelte er.

»Ach nichts; ich wollte nur wissen, was das für ein Fall ist. Aber du darfst sicher nicht darüber reden, oder?«

»Doch, darf ich. Letzte Woche beging ein ehemaliger Patient von Clara Treadwell Selbstmord; Clara will, daß ich den Fall überprüfe.«

»O Schreck! *Die* Clara Treadwell?« Emma streifte das kurze T-Shirt und die Radlerhosen ab und wickelte sie in ein Handtuch für die Wäsche.

Ihre Nacktheit brachte die Unterhaltung aus mehreren Gründen zum Stillstand. Ihr Körper war wunderschön, doch um den Bauchnabel herum waren noch die Reste der Tätowierung zu sehen, die ihr Entführer an ihr begonnen hatte. Die Hälfte hatte sie schon in Kalifornien durch Laserchirurgie entfernen lassen, es waren nur noch ein paar schwarze Punkte zu sehen. Man konnte nicht mehr erkennen, was die Tätowierung darstellen sollte, aber Jason hatte sie ja schon früher gesehen. Was ihn jedoch am meisten wunderte, war, daß seine bisher so zurückhaltende Frau sich in eine kühne Verführerin verwandelt hatte. Er wollte sich dadurch nicht aus der Ruhe bringen lassen, aber das war unmöglich. Jason wurde von neuer Begeisterung für seine Frau durchströmt; sie machte ihn ganz wild.

»Sehr schön«, sagte er. »Du Angeberin.« Er räusperte sich. Ob sie noch mehr Sex wollte? Konnte er überhaupt noch? Ja, sein Körper regte sich, er konnte sehr wohl noch.

Aber Emma meinte es gar nicht so. Sie zog sich einen Pulli über und hockte sich neben ihn aufs Bett. Ohne Unterwäsche. Sie schlug die Beine übereinander. Jetzt brach ihm der Schweiß aus.

»*Die* Clara Treadwell, die sich in Seattle auf dich gestürzt hat?«

»In Los Angeles«, erwiderte Jason bescheiden.

»Und ausgerechnet *du* sollst ihren Fall untersuchen? Nach all dem Ärger, den sie dir im Centre gemacht hat? Warum?«

Jason strahlte. »Das weißt du noch? Du bist immer noch eifersüchtig, Liebling.«

»Und du gehörst immer noch mir«, sagte Emma stolz. »Auch mit Bart.«

Er kratzte seinen Bart; er freute sich darüber, daß sie ihn ernst nahm. »Hey, du weißt doch, daß man niemanden besitzen kann.«

»Also, warum hat sie dich ausgesucht?«

»Tja, das hab ich mich auch schon gefragt.« Es wäre nicht klug, Emma zu sagen, daß Clara seine Mentorin sein wollte und vorhatte, seine Lebensqualität zu verbessern. Er mußte lachen, denn das würde niemandem außer Emma gelingen.

»Und, ist sie schuld am Tod des Patienten?«

»Genau das wollen seine Frau und die Versicherungsgesellschaft wissen.«

»Fahrlässigkeit.« Sie schüttelte sich. »Warum?«

Jason zuckte mit den Schultern. »Es geht um Geld.«

»Und was glaubst *du*?« Emma legte sich zurück in die Kissen und sah zur Decke auf.

»Keine Ahnung. Als Clara mich am Mittwoch bat, einen Blick in die Akte zu werfen, war die Todesursache noch nicht klar. Es hätte auch Mord sein können – und weil ich Verbindungen zur Polizei habe –«

»Ah. April Woo.«

Jason nickte. »Ja, April Woo. Aber jetzt steht fest, daß es Selbstmord war.«

Eine der vielen Uhren schlug elf.

»Ich habe die Uhren richtig vermißt«, murmelte Emma. »Hätte ich nie gedacht. Aber es war nachts immer so still. Ich hätte beinahe eine Standuhr gekauft.« Sie machte eine hilflose Geste. »Aber du weißt ja, man muß sie alle fünf Minuten aufziehen …«

»Ich bin froh, daß du da bist, Emma. Ich hab dich auch vermißt.«

Das Telefon klingelte zum *ding-dong* der Uhren. Emma runzelte die Stirn. »Deine Freundin?«

»Ich hab keine Freundin.« Er nahm den Hörer ab. »Dr. Frank.«

»O Jason, ich bin ja so froh, daß Sie da sind. Ich hoffe, ich störe nicht. Hier ist Clara Treadwell.«

»Hallo, Clara.«

»Ach du Schreck«, brummte Emma.

»Tut mir leid, daß ich so spät noch anrufe, aber ich habe schlechte Neuigkeiten«, sagte Clara.

»Ja?« Jason warf seiner Frau einen Blick zu. Emma hob fragend eine Augenbraue.

»Ja, Harold Dickey starb heute nachmittag.«

»Was?« fragte Jason verblüfft. Er hatte Dickey doch erst vor zwei Tagen bei der Konferenz in Claras Büro gesehen. Da hatte er noch kerngesund ausgesehen.

»Das tut mir leid«, sagte Jason. »Was für ein Schreck. Er sah so gut aus.«

»Nun ja, bei einem Mann über sechzig... Ich wollte Ihnen das nur mitteilen.«

»Danke für den Anruf, Clara. Wie ist es denn passiert?«

»Ganz überraschend.« Sie machte eine längere Pause. »Er hatte in seinem Büro einen schweren Herzanfall. Jetzt brauchen wir jemand Neues für seine Position.«

Da war also das Jobangebot, nicht mal eine Woche, nachdem Clara die Möglichkeit vage erwähnt hatte.

»Danke, daß Sie mich angerufen haben«, sagte Jason noch einmal und fragte sich, was Harold wohl am Sonntag im Büro gemacht hatte. Harold hatte sonntags nie gearbeitet, auch nicht, als Jason noch im Centre war. Er spielte am Wochenende immer Tennis, das war allgemein bekannt. Und er trank gerne. Jason dachte darüber nach.

»Ja, ich finde, Sie sollten das wissen... Jason –?«

»Ja?«

»Ähm, haben Sie von der Polizei etwas in der Sache Ray Cowles gehört?«

»Ja«, erwiderte Jason erstaunt, »am Freitag abend. Sind Sie nicht benachrichtigt worden?«

»Ich war nicht in der Stadt. Und –?«

»Der Fall ist abgeschlossen. Es war Selbstmord.«

Nach einer Pause sagte sie: »Das ist eine große Enttäuschung. Nun ja, gute Nacht, Jason. Wir bleiben in Verbindung.«

Clara legte auf, bevor er noch etwas sagen konnte. Nachdenklich legte er den Hörer auf die Gabel.

»Was ist los?« fragte Emma.

»Harold Dickey ist tot. Er hatte heute nachmittag einen Herzinfarkt.«

»Wie schrecklich. Das tut mir leid.« Emma stand auf, ging in Richtung Badezimmer und blieb plötzlich stehen.

»Aha, das sieht ja ganz nach einer Professur für dich aus. Seid ihr beide« – sie rümpfte ihr schönes Näschen – »aus irgendeinem Grund jetzt ganz dicke Freunde?«

»Mein Gott, warum seid ihr Frauen immer gleich so mißtrauisch? Clara ist sechzehn Jahre älter als du.«

»Und du hast sie schon einmal zurückgewiesen, Jason. So was vergißt eine Frau nicht. Vielleicht weiß sie noch nicht, daß deine Frau wieder da ist.« Emma verschwand im Badezimmer und schlug die Tür hinter sich zu.

Jason kratzte sich am Bart und dachte an etwas, was April einmal gesagt hatte. Bei polizeilichen Ermittlungen war es immer hilfreich, die dreckigen Möglichkeiten zu bedenken, da das wenigste im Leben wirklich astrein war. Ein altes Gerücht über Dickey und Treadwell kam ihm plötzlich in den Sinn. An die mögliche Stelle, die sich auf einmal auftat, durfte er gar nicht denken. Das Wasser plätscherte in der Dusche und er hörte, wie Emma ihre Sprechübungen machte. Jason ertappte sich auf einmal dabei, daß ihm – ganz unwillkürlich – die dreckigen Möglichkeiten durch den Kopf gingen.

36

»Was ist das für ein Wagen, Mr....?« April kümmerte sich um die Beschwerde auf ihrem Schreibtisch. In Gedanken war sie jedoch bei den beiden jungen Frauen, die am Montag abend um sechs und heute morgen um halb elf entführt und in leeren Unterrichtsräumen der Universität vergewaltigt worden waren.

Es war Mittwoch, der 10. November, 14 Uhr. Um drei hatte sie eine Verabredung mit Jason Frank. Das war schon der dritte Termin diese Woche, und sie war sich noch nicht sicher, ob sie ihn einhalten konnte. Heute hatte sie zweieinhalb Stunden mit dem zweiten Vergewaltigungsopfer auf der Notaufnahme verbracht. Nicole Amandonde war eine hübsche, kaffeebraune Studentin aus Frankreich. Sie war vergewaltigt, anal penetriert und geschlagen worden; an Brüsten und Innenschenkeln hatte sie Bißwunden.

Ein Professor hatte die Studentin nackt und blutend aufgefunden und Hilfe geholt. Im Krankenhaus hatte sich die junge Frau allerdings geweigert, über den Vorfall zu sprechen. Sie wollte nichts mit der Polizei zu tun haben, ihre Eltern sollten nichts erfahren. Sie befürchtete, ihre Eltern würden ihr die Schuld geben. Das Krankenhaus hatte im Revier nach einer Beamtin gefragt, die sich mit der Studentin auf der Intensivstation unterhalten würde.

In Chinatown war April oft solchem Widerstand begegnet. Ihr gelang es, Nicole dazu zu bewegen, zu erzählen, was geschehen war; sie konnte sie auch zu einer Untersuchung überreden. Wieder zurück im Mannschaftsraum hatte sie noch nicht einmal Zeit für eine Tasse Kaffee gehabt, als Sergeant Joyce ihr diesen Clown vorbeischickte.

»Dr. Lobrinsky.« Vor Wut schäumend saß der untersetzte, braungebrannte kleine Mann in einem einreihigen, zugeknöpften Kamelhaarmantel vor ihrem Schreibtisch. Sein gelbes Toupet war verrutscht; der Scheitel fing nun am Ohr an. Angespannt preßte er die wulstigen Lippen zusammen.

Der dicke Mann ärgerte sich fürchterlich über die oberflächliche Behandlung. Er bellte seinen Namen in den überfüllten Mannschaftsraum, als ob er sich damit den Respekt verschaffen könnte, der ihm seiner Meinung nach zustand. Er wurde ignoriert.

Die Woche hatte schlecht angefangen und wurde immer schlimmer. Sergeant Joyce hatte läuten hören, daß sie kurz vor der Beförderung zum Lieutenant stand: Vor knapp einem Jahr war sie schon unter den letzten drei gewesen. Das war die (wahrscheinlich) gute Neuigkeit. Die schlechte Neuigkeit war, daß noch nicht bekannt war, zu welchem Revier sie kommen würde. Sergeant Joyce war also mit ihrer ungewissen Zukunft beschäftigt und dementsprechend hysterisch. Im voraus konnte man nie wissen, was eine Beförderung bedeuten würde. Es konnte genausogut das Ende einer Karriere sein wie ein Schritt nach vorn. Im Laufe des Tages hatte Sergeant Joyce schon die Haut um ihre beiden Daumennägel weggekaut und nagte jetzt an den Nägeln selbst.

Die Sache wurde auch dadurch nicht besser, daß es in ihrem Revier auf einmal jede Menge Autodiebstähle gab und zwei junge Frauen innerhalb von zwei Tagen brutal vergewaltigt worden waren. Sergeant Joyce war früher bei der Sittenpolizei gewesen; schon nach dem ersten Vorfall hatte sie eine Strategie verlangt. Die zweite Vergewaltigung hatte an diesem Morgen in einem anderen Gebäude stattgefunden, das hieß der Wiederholungstäter würde wahrscheinlich innerhalb der nächsten drei Tage wieder zuschlagen. Es war ein schlechtes Zeichen, daß er die fürchterliche Tat innerhalb so kurzer Zeit wiederholt hatte. Offenbar war er total abgedreht und würde nicht aufhören, ehe er gefaßt wurde. Er hatte Orte gewählt, an denen es viele Menschen gab; vielleicht legte er es unbewußt darauf an, geschnappt zu werden. Aber er würde ihnen sehr wahrscheinlich durch die Lappen gehen. Er konnte die Stadt jederzeit per Bus oder Bahn verlassen.

Bei beiden Opfern handelte es sich um schwarze Studentinnen des Colleges; der Täter war weiß. Durch diesen Umstand erhielt dieser Fall natürlich politische Sprengkraft und machte sorgfältiges Vorgehen notwendig. Das Police Department wollte unter allen Umständen vermeiden, daß noch eine Studentin vergewaltigt wurde. Das Department hatte von höchster Stelle verlauten lassen, daß bei diesem Fall weder an Zeit noch an Geld gespart werden sollte.

Es sollte keine Zeit verschwendet werden und trotzdem mußte sich April um diesen Dr. Marcus Lobrinsky kümmern, der ein hohes Tier im Krankenhaus war. Er hatte Pech gehabt, denn sein 1992er Mercedes 500SEL war gestohlen worden, als er ihn in zweiter Reihe vor dem Delikatessenladen *Zabor's* in der 80. Straße geparkt hatte, um sich mit seinem wöchentlichen Vorrat an Räucheraal und Kaviar einzudecken. Ausgerechnet jetzt mußte das passieren, wo es Wichtigeres zu tun gab.

April war die einzige, die höflich nickte, als er seinen Namen bellte. »Dr. Lobrinsky.« Er zeigte mit einem auffällig schlanken Finger auf sie, und April fragte sich, was für ein Arzt er wohl war.

»Ich will meinen Wagen sofort wiederhaben. Der hat mich 85000 Dollar gekostet, und das war 1992«, sagte er streitsüchtig.

April tat so, als lese sie die Beschwerde durch. Dr. Lobrinsky hatte keinerlei Chance, sein Auto zurückzubekommen. Gestohlene Autos tauchten nie wieder auf. Schließlich handelte es sich nicht um ein verlaufenes Schaf, das schwanzwedelnd wieder nach Hause trottete. Autos wurden auch nicht einfach nur für eine Spritztour geklaut und dann in einer Seitenstraße abgestellt, wo ein aufmerksamer Polizist nach ein paar Tagen fündig werden konnte. Sie wurden auch nicht im Originalzustand verkauft.

Autodiebstahl war ein großangelegtes Geschäft, organisierte Kriminalität. Es ging um die Einzelteile. Zwölfhundert Dollar pro Airbag, tausend Dollar und mehr für die Stereoanlage, die Reifen, Sitze, Stoßstangen, Felgen, Halogenleuchten, Stoßdämpfer, Benzintank – jedes Einzelteil wurde für einen bestimmten Preis verhökert. Und alle verdienten daran, außer den Bestohlenen und der Versicherungsgesellschaft natürlich, die das Geld für einen neuen Wagen hinblättern mußte. Dr. Lobrinskys Mercedes war erst seit einer Stunde verschwunden, aber April war davon überzeugt, daß er bereits zerlegt war und keine Ähnlichkeit mehr mit einem Auto hatte. Sie seufzte.

»Ich werde Sie mit den zuständigen Beamten in Verbindung setzen«, erklärte sie dem Doktor. »Ich sage Ihnen jemanden, der da unten für Autodiebstahl zuständig ist.«

»Scheiße«, Lobrinsky explodierte fast. »Wo da unten?«

»One Police Plaza.«

»Downtown? Warum kümmern Sie sich verdammt noch mal nicht hier darum?«

»Ihr Auto ist wahrscheinlich nicht mehr hier in der Gegend.«

»Wollen Sie damit sagen, *Sie* sind nicht fähig, sich darum zu kümmern?« Er stierte April haßerfüllt an. In seinem Blick war zu lesen, daß er die Polizei im allgemeinen für unfähig hielt, aber sie, April Woo, war bestimmt die dümmste und unfähigste Beamtin der ganzen Abteilung. April kannte diesen Blick.

Die nächste Frage war meistens: »Sind Sie überhaupt eine richtige Polizistin?« Da April an ihrem Schreibtisch im Mannschaftsraum saß, konnte er ihren Rang jedenfalls nicht anzweifeln.

Seine bösen Verwünschungen wurden übertönt vom Lärm zweier großer Officers, die einen Kerl hereinbrachten. Er trug eine rote Baseballkappe verkehrt herum, schmutzige Jeans und ein fleckiges, zerrissenes Sweatshirt mit dem Aufdruck *One World*. Der Mann war weiß, von mittlerer Statur, ungefähr einsachtzig groß. Das fettige, braune Haar hing ihm auf die Schultern. Die Cops hielten ihn aufrecht zwischen sich fest, sein Gesicht zeigte ein paar frische Kratzer, und seinen Augen nach zu urteilen weilte er gerade in anderen Sphären. Es wurde still im Mannschaftsraum.

April bemühte sich, von ihrem Platz aus mitzubekommen, was los war. Dr. Lobrinsky saß immer noch bis oben zugeknöpft und mit schiefem Toupet wichtigtuerisch auf dem Besucherstuhl und war nur mit seinen eigenen Problemen beschäftigt. Er merkte gar nicht, daß sich die Atmosphäre im Raum völlig verändert hatte. Plötzlich schlug er mit der Faust auf den Tisch und begann zu brüllen.

»Ich hab keine Zeit für diese Scheiße! Ich verlange doch nichts Unmögliches. Suchen Sie mein Auto, verdammt noch mal! Wozu sind Sie überhaupt da, wenn Sie noch nicht mal einen kanariengelben Mercedes ausfindig machen können?« Seine Worte zerrissen die Stille wie die Schüsse einer Maschinenpistole.

Wie ein Pfeil schoß Sergeant Joyce aus ihrem Büro. *Ihr* gelbes Haar, das nur wenige Zentimeter länger war als das des Doktors, saß auch verkehrt. Die uniformierten Beamten und Detectives gingen ihr aus dem Weg. Sie stürmte auf Aprils Schreibtisch zu. Auf ihrer Bluse waren auffällig wenige Kaffeeflecken für diese Tageszeit, trotzdem wirkte Joyce völlig erschöpft und ausgelaugt. Ihr Blick sagte: Sehen Sie denn nicht, daß wir keine Zeit für Ihre dummen Bemerkungen haben?

April sah ihr an, daß die Sache mit den beiden Studentinnen sie sehr mitgenommen hatte. Offensichtlich hatte sie ihre Meinung über arrogante Leute und Autodiebstahl geändert. Sie nickte April zu. *Kommen Sie in mein Büro.*

April entschuldigte sich und ging in Joyces Büro. Dreißig

Sekunden später stürmte Sergeant Joyce herein und schlug die Tür zu. »Jemand vom rechtsmedizinischen Labor hat angerufen«, verkündete sie und ließ sich auf den Stuhl fallen.

April lehnte am Fensterbrett. Die jämmerliche Heizung im Revier war noch nicht angestellt worden, obwohl der Monat bisher sehr kalt gewesen war. Eisige Luft leckte an den Rändern des Fensters. Ihre Finger wurden langsam steif. Geschäftig schob Sergeant Joyce einige Papiere auf dem Schreibtisch hin und her.

»Mir ist nicht ganz klar, wie das jetzt kommt«, brummte sie, während sie ihren Notizzettel suchte. Schulterzuckend legte sie die unordentlichen Zettel des einen Stapels auf den anderen Stapel. Sie fand offenbar nicht, wonach sie suchte. »Eine toxikologische Untersuchung bei einem angeblichen Herzinfarkt ergab eine Überdosis Medikamente. Kümmern Sie sich drum.«

April runzelte die Stirn. Was? Bei all dem, was hier los war? Sie deutete auf die Tür zum Mannschaftsraum. »Was ist mit Lobrinsky?« Und was mit dem Vergewaltiger?

»Ich hab ihm gesagt, daß sein gelber Vogel schon längst ein Haufen Schrott ist und es nichts bringt, Leute so anzuschreien.«

»Wie hat er reagiert?«

»Ist ausgerastet und hat sein Toupet verloren.« Knackend biß Sergeant Joyce ein Stück Daumennagel ab. »Und dann ist er gegangen.«

Na ja, das wunderte sie nicht. Diese Wirkung hatte Sergeant Joyce häufig. April wechselte das Thema. »Wie heißt der Tote?«

Sergeant Joyce fand den Zettel mit ihrer krakeligen Schrift. »Hier ist es ja. Raten Sie mal. Dr. Harold Dickey. Alter: 68, offensichtlich bei guter Gesundheit. Kein Herzfehler, keine Embolie oder so was. Ungewöhnlich hohe Dosis von – *Ami* –«, sie konnte ihre Schrift nicht entziffern. »Ich weiß nicht, was, *-tripty* irgendwas. Der Bericht ist noch nicht komplett.«

»Harold Dickey?« April runzelte die Stirn. »Der Psychiater im Cowles-Fall?«

»Genau der. Fällt auf einmal tot um.«

»Dickey kannte Cowles gar nicht, behauptete er jedenfalls. Er hat nie mit ihm gesprochen«, sagte April. Aber wer sagte schon die Wahrheit? Vielleicht hatte Dickey Selbstmord begangen, weil er doch in die Sache verwickelt war. Aber wer zeigte heutzutage noch soviel Schuldgefühl? Sie schüttelte den Kopf. Wahrscheinlich war es Mord.

»Kümmern Sie sich drum.«

»Okay. Welcher Officer war am Tatort?« fragte April.

»Anscheinend keiner.«

»Was? Wieso ist der Fall dann beim Rechtsmediziner gelandet?«

»Machen Sie mich nicht wahnsinnig, Woo! Die ganze Sache ist ziemlich undurchsichtig. Vielleicht hat jemand etwas gesehen oder etwas gesagt. Vielleicht war dem Arzt mulmig, als er den Totenschein ausstellte, wer weiß? Woher soll ich denn wissen, wie der Rechtsmediziner dazu kam? Ich weiß nur, daß der Fall untersucht wurde. Und jetzt wollen Sie wissen, weshalb Dickey soviel Ami-was-auch-Immer im Blut hatte.«

April riskierte noch eine Frage. »Gehen Sie denn davon aus, daß –«

Joyce raufte sich entnervt das Haar. »Du lieber Himmel, April! Es ist bloß eine Routineermittlung. Vielleicht hat er ein falsches Medikament geschluckt oder zuviel vom richtigen. Vielleicht war's eine versehentliche Überdosis oder Selbstmord. Es ist halt kein natürlicher Todesfall.«

Es paßte April gar nicht, so bald schon wieder im *Psychiatric Centre* zu tun zu haben. Irgend etwas stimmte nicht mit diesen Leuten. Die Ärzte waren ihr so unheimlich wie die Patienten, und schon wieder gab es einen Toten. »Was ist mit dem Vergewaltiger?« fragte sie abschließend.

»Downtown wird ein Täterprofil erstellt. Mike ist gerade im College, damit die ihre Studentinnen warnen.« Mehr wollte Sergeant Joyce nicht sagen und schob sich das nächste Opfer in den Mund, den linken kleinen Finger.

April stieß sich vom Fensterbrett ab. Der Kerl, den sie gerade in die Verwahrungszelle gesteckt hatten, war also kein Verdächtiger im Vergewaltigungsfall. Sie öffnete die Tür. Im Mannschaftsraum war es recht laut, und es wimmelte von Zivilbeamten, von denen sie viele noch nie gesehen hatte. Sie holte sich ihre Tasche aus der unteren Schreibtischschublade. Es sah aus, als wären eine Menge Leute angeheuert worden, um die Ratte zu suchen, und sie war nicht mit von der Partie.

37

Pünktlich um 15 Uhr stand April zögernd vor der Doppeltür zu Jasons Allerheiligstem. Er saß an seinem Schreibtisch und hatte ihr den Rücken zugewandt. Sie wußte, daß in seinem Zimmer viele Uhren standen, doch keine läutete die volle Stunde. Vielleicht war sie zu früh.

Er schaltete den Laptop aus und wirbelte herum. »Hey, April, sie haben's geschafft.«

Du liebe Zeit! Sie versuchte, keine Miene zu verziehen. Der neue Bart war ungleichmäßig lang und von anderer Farbe als das Kopfhaar. Mit dem graumelierten Bart sah Jason viel älter aus als neunundreißig, außerdem verdeckte er die attraktiven Gesichtszüge, die April immer bewundert hatte.

»Wie geht's denn der klügsten Polizistin New Yorks?« Jasons dunkle Augen blickten noch so intensiv und wißbegierig wie immer. Er musterte April mit unverhohlener Freude.

April trug eine schwarze Hose, knöchelhohe schwarze Stiefel, einen roten Rollkragenpullover und eine schwarze Jacke. Ihr gestuftes kurzes Haar war etwas länger und voller geworden. Sie hatte noch die gleiche schwere Schultertasche, in der sie eine Ersatzpistole, Handschellen und Tränengas aufbewahrte. Sie war die einzige Frau in Jasons Bekanntenkreis, die solche Sachen bei sich trug und auch immer wußte, wie man sie einsetzte... so wie ihm immer bewußt war, daß er Arzt war. Als er April das letzte Mal gesehen hatte, hatte sie rosafarbenen Lippenstift getragen. Heute war er feuerrot, wahrscheinlich, damit er zum Pullover paßte. Sie sah gut aus.

Sie sah sogar noch besser aus, wenn sie lächelte. »Ich bin müde, Doc. Und Sie?«

Er nickte, zuckte gleichgültig mit den Schultern und schüttelte die Hand, die so gut mit Waffen umgehen konnte. »Ist schon chronisch.«

»Was soll der Bart? Sind Sie jetzt Dr. Freud?«

»Gefällt er Ihnen nicht? Ich mache eine Befragung.«

»Das Gesicht war doch gar nicht schlecht.« April zuckte mit den Schultern. »Ermitteln Sie undercover oder was?«

Jason lächelte. »Vielleicht.«

April fiel sein Lachen auf. Es ging ihm wohl wieder besser. Vielleicht hatte er eine neue Freundin oder seine Frau war zurück. »Was ist mit den Uhren los, bin ich zu spät?«

Jason drehte sich um und betrachtete das Regal. »Nein. Auf die Minute pünktlich.«

»Warum machen die dann keinen Krach?« April deutete auf den Messingbullen mit der Uhr auf dem Rücken. Der Minutenzeiger stand mittlerweile schon auf fünf nach.

»Ach so, nur meine Uhren zu Hause schlagen.«

»Aha, stille Uhren für die Patienten.« Sie hielt einen Moment inne. Sie wollte nicht nach Emma fragen und wußte nicht, ob sie sich setzen sollte. »Tut mir leid, daß ich die beiden ersten Termine nicht geschafft habe. Es war viel los. Sie wissen ja, wie das ist. Sie haben ein paar Fragen für mich?«

»Ja, genau. Danke, daß Sie gekommen sind. Wollen Sie sich setzen, sollen wir einen Kaffee trinken gehen? Oder wollen Sie da stehenbleiben?«

Sie hatte Riesenhunger. »Wieviel Zeit haben Sie denn?«

»Ich muß Viertel nach vier wieder hier sein. Sie sehen irgendwie hungrig aus.«

»Bin ich auch«, gab sie zu. Am Morgen um sechs Uhr hatte sie zum letzten Mal was gegessen. Sie hatte sich leise aus dem Haus schleichen wollen, um weiteren Diskussionen über Ehe und Pflicht zu entgehen, war aber von ihrer Mutter abgefangen und genötigt worden, gebratenen Reis mit Ei hinunterzuwürgen. Das hatte sie als Kind schon immer essen müssen. Die Gespräche der letzten neun Jahre waren auch immer die gleichen. Nur hatte *Skinny Dragon Mother* jetzt, da Mike Sanchez aufgetaucht war, ein neues Thema, über das sie sich aufregen konnte. Endlich war eine Ehe in Sicht, aber mit dem falschen Kerl.

»War ein langer Tag.« Den Vormittag auf der Intensivstation bei Nicole Amendonde, dem Vergewaltigungsopfer, erwähnte sie nicht.

Zwölf Minuten später saßen sie in einem Coffee Shop am Broadway. Von dort konnte man *Zabor's* sehen, den Laden, vor dem Dr. Lobrinskys Wagen abhanden gekommen war, den April ebenfalls unerwähnt ließ.

»Also, was können Sie mir sagen?« fragte Jason, nachdem sie die Hälfte ihres BLT-Sandwiches zur Seite geschoben und sich den Pommes frites zugewandt hatte.

»Ich hab schon wieder einen in Ihrem Laden, der eines unnatürlichen Todes gestorben ist. Was ist da bloß los?«

»Ein Patient? Essen Sie die alle?«

»Nein.« April schob ihm die Pommes frites rüber. »Mir reicht's.«

»Ich sollte ja eigentlich nicht...«, murmelte er und nahm ein paar.

April wischte ihre Lippen sorgfältig mit der Papierserviette ab. »Kein Patient. Diesmal war's ein Arzt. Vielleicht kennen Sie ihn ja, er heißt Dickey.«

Jasons Handvoll Pommes blieb auf halbem Wege zum Mund in der Luft stehen. »Harold Dickey ist ein unnatürlicher Todesfall?«

»Ja, genau.«

»Sind Sie sich sicher?«

»Er hatte angeblich einen Herzanfall, aber es hat sich herausgestellt, daß er eine Überdosis Amitrip-ti-Irgendwas im Blut hatte.«

»Amitriptylin?« Jason runzelte die Stirn. Kopfschüttelnd lehnte er ab, als der Kellner ihm den trüben Rest Kaffee aus der Kanne anbot.

»Ja, was ist das?«

Jason fuhr sich nachdenklich über den Bart. »Ein trizyklisches Antidepressivum.«

»Und wofür?« fragte April unbewegt.

»Es ist indiziert bei depressiven Neurosen, Depressionen, Angstzuständen. Sie kennen es vielleicht unter seinem Handelsnamen. Elavil.«

April nickte. »Weshalb sollte Dr. Dickey es einnehmen?«

»Keine Ahnung. Ich wußte jedenfalls nicht, daß er unter Depressionen litt.« Nachdenklich hob Jason eine Augenbraue. Es war kein Geheimnis, daß Harold dem Scotch sehr zugeneigt gewesen war. Vielleicht war über die Jahre aus geselligem Trinken Alkoholismus geworden, und er hatte eine Entziehungskur gemacht. Elavil könnte man gegen Entzugsdepressionen einsetzen. Vielleicht hatte er sich das Medikament selbst verordnet. Das kam bei Ärzten häufig vor.

»Was denken Sie?« fragte April.

Jason grinste. »Nichts. Eine komplizierte Sache. Warum hat die Polizei damit zu tun?«

»Vielleicht ist es komplizierter, als Sie glauben. Wir fanden Dickeys Namen und Telefonnummer neben Raymond Cowles' Leiche.«

»Tatsächlich?«

April nickte. »Ich habe Dickey letzte Woche verhört, und er behauptete, Raymond Cowles nicht zu kennen, und stritt vehement ab, vor seinem Tod mit ihm gesprochen zu haben.«

»Das ist ja...« Jason schüttelte den Kopf. »Was ist mit Dickey? Warum ermitteln Sie?«

»Das ist etwas mysteriös. Normalerweise stellt der Notarzt in so einem Fall ohne Zögern den Totenschein aus. Dickey war achtundsechzig und hatte einen Herzanfall. Eigentlich eine klare Sache. Aber – ich schätze, irgend jemand hatte Zweifel. Ich weiß nur, daß der Rechtsmediziner informiert wurde, den Toten untersuchte und fündig wurde.« Sie beobachtete, wie Jason sich erneut den Pommes frites zuwandte, und sagte dann: »Cowles sah ja auch wie ein eindeutiger Selbstmord aus. War es ja auch, aber wir mußten die Sache trotzdem überprüfen.«

»Wie ging das überhaupt weiter?« Jason schleckte einen Finger nach dem anderen ab.

April rümpfte die Nase. »Wissen Sie nicht, wozu es Servietten gibt?«

»Nein.« Nachdem er alle Finger abgeleckt hatte, schob er den Teller zur Seite. »Also, was haben Sie denn im Cowles-Fall rausgefunden?« fragte er und kam endlich zum eigentlichen Grund ihres Treffens.

»Warum wollen Sie das wissen?«

Jason seufzte. »Ich bin in die Sache hineingezogen worden und soll sie als Sachverständiger untersuchen. Womöglich landet der Fall vor Gericht.«

»Das glaube ich auch, zumal ich die Witwe kennengelernt habe.« April sah, wie Jason einen kurzen, erstaunten Blick in den Spiegel hinter der Sitzgruppe warf, bevor er wieder zum Thema zurückkehrte.

»Mit welcher Begründung?« fragte er.

»Sie waren fünfzehn Jahre verheiratet, und sie wußte nicht, daß er schwul war. Ihrer Ansicht nach waren sie das perfekte Paar. Er braucht auf einmal mehr Freiraum, nimmt sich eine eigene Wohnung, geht wieder zu Dr. Treadwell, seiner ehemaligen Therapeutin. Sie sieht ihn ein paarmal und verschreibt ihm ein Beruhigungsmittel. Damit bringt er sich um. Die Witwe glaubt, die Therapeutin habe Ray in einer verletzlichen Phase in den Kopf gesetzt, daß er schwul sei. Weil er das nicht mit seinem Glauben und seinen Prinzipien vereinbaren konnte, dreht er durch und bringt sich um. Ob das so stimmt oder nicht – fest steht, daß die Medikamente, die sie verschrieben hat, an seinem Tod beteiligt waren.«

»Sonst noch was?«

»Die Autopsie hat ergeben, daß Cowles eine Menge Narben im Analbereich und eine alte Infektion hatte. Der Pathologe meinte, er sei schon eine ganze Weile zugange.«

»Wahrscheinlich, seit er erwachsen ist«, murmelte Jason.

»Da ist noch was. Cowles war mit jemandem zusammen, kurz bevor er starb. Sein Partner ist Anwalt bei der Versicherungsgesellschaft, bei der Cowles arbeitete. Am Abend vor seinem Tod kochten sie gemeinsam und hatten Sex. Sein Liebhaber sagt, Cowles war sehr gut gelaunt. Sie liebten sich sehr und wollten zusammen eine Wohnung suchen. Sein Partner ging gegen neun Uhr nach Hause.«

»Und wann starb Cowles?«

»Wahrscheinlich nicht vor zehn. Gegen halb zehn klingelten drei Kinder bei ihm und fragten nach Süßigkeiten. Sie sagten, er habe ihre Kostüme bewundert.«

»Es muß also danach noch etwas passiert sein. Haben Sie einen Verdacht?«

»Um 21.38 Uhr rief er Dr. Treadwell an. Laut Telefongesellschaft dauerte das Gespräch sechs Minuten.«

»Wie bitte?« fragte Jason erstaunt. »Was sagt Dr. Treadwell dazu?«

»Ich hab sie nicht danach gefragt, Jason. Für unsere Ermittlungen war das nicht von Bedeutung. Wir suchten einen Mörder.«

»Bei einer Fahrlässigkeitsklage wäre es aber wichtig.«

»Klar, bei einer Zivilklage spielt sicher auch der Schaden, der mit Worten angerichtet wird, eine Rolle.« April warf einen Blick auf die Uhr über der Theke. Es war 16.02 Uhr.

»Manchmal können Worte sogar töten.« Jason winkte nach der Rechnung.

»Ich mach das schon«, sagte April.

Jason schüttelte den Kopf. »Nächstes Mal... Es gab also eine sechsminütige telefonische Verbindung zwischen Dr. Treadwell und Ray Cowles. Und direkt danach hat sich Cowles umgebracht.« Selbst wenn es keine eindeutigen Beweise dafür gab, daß Clara mit Ray gesprochen hatte, war das eine unschöne Neuigkeit. Jason rieb sich nachdenklich die Wange.

»So sieht's aus.« April griff nach der Rechnung, aber Jason war schneller.

»Nächstes Mal, sagte ich.«

»Danke.« April klaubte ihre Jacke und ihre Tasche zusammen. »Und dieser Dickey? Hatte der einen Grund, sich umzubringen?«

Jason kratzte sich an der Wange. Heute morgen hatte ihn der Dekan der *Medical School* mit der Bitte angerufen, Dr. Dickeys Unterricht zu übernehmen, bis sie jemand anderen für die Stelle hatten. Und ganz nebenbei, hatte er vielleicht Interesse an der Professur? Jetzt stellte sich heraus, daß Dickey eines unnatürlichen Todes gestorben war. Hatten auch ihm Worte geschadet?

Erschüttert holte Jason tief Luft und atmete aus. »Harold Dickey war eigentlich kein Selbstmordkandidat. Könnte es ein Unfall gewesen sein?«

»Das wollte ich als nächstes fragen.«

»Tödliche Fehler kommen andauernd vor. Ich hab von älteren Herzpatienten gehört, die ihre Medikamente versehentlich doppelt einnahmen. Das soll zwar nicht vorkommen, tut's aber.« Er zählte die Dollarscheine ab und legte sie neben die Rechnung auf den Tisch.

»Bei den Ermittlungen im Krankenhaus werde ich wahrscheinlich Ihre Hilfe brauchen«, sagte April draußen auf der Straße. Es ärgerte sie ein wenig, daß er die Rechnung bezahlt hatte und nicht mehr aussah wie er selbst.

»Ich werde Ihre auch brauchen«, sagte er bitter lächelnd. »Wir hören voneinander.«

38

Clara Treadwell blieb sitzen und grüßte auch nicht, als April ihr Büro betrat. Sie deutete bloß auf den gepolsterten, runden Ledersessel vor ihrem Schreibtisch.

»Bitte setzen Sie sich, Officer.«

»Detective Woo«, verbesserte April.

»Ja, ich erinnere mich. Letztes Mal waren Sie doch zu zweit. Wo ist Ihr Partner?« Anscheinend paßte es ihr nicht, daß sie es heute nur mit einer Beamtin zu tun hatte. Clara Treadwell sah viel älter aus als letzte Woche. Die Haut unter der Sonnenbräune war trocken und grau. Ihre Augen waren geschwollen, als hätte sie die Nacht mit Grübeln statt Schlafen verbracht.

»Er ist mit einem anderen Fall beschäftigt.« April machte sich nicht die Mühe zu erklären, daß Detectives eines Reviers zwar manchmal zusammenarbeiteten, aber keinen Partner im üblichen Sinne hatten und ließ sich schwungvoll auf dem harten Sessel nieder.

Bei ihren Fällen in der Upper West Side hatte sie es schon mit allen möglichen Frauen zu tun gehabt: Obdachlosen, Huren, Studentinnen, Hausfrauen und Geschäftsfrauen. Fasziniert und zugleich eingeschüchtert wurde April am meisten von denen, die sie als wohlhabend bezeichnet hätte. Vor ihrer Versetzung nach Uptown hatte sie solche Menschen, die aussahen, als wären sie gerade einer TV-Serie oder einer Hochglanzzeitschrift entsprungen, nie aus der Nähe gesehen. In den luxuriösen Appartements, in denen sie wohnten, gab es Türsteher oder Portiers, die täglich den Müll ausleerten und die Gehwege jeden Morgen mit einem Schlauch abspritzten. Eine Garage kostete hier soviel wie eine Einzimmerwohnung außerhalb Manhattans. Sie arbeiteten in schönen, komfortablen Büros und Läden – ganz anders als die Diensträume der New Yorker Polizei und alles, was April je in Chinatown gesehen hatte.

Luxus war aber nicht das einzige Privileg dieser reichen Frauen. Immer wieder war April etwas Besonderes in ihrer Aufmachung aufgefallen; sie hätte es auch gerne gehabt, wußte aber, daß das unmöglich war. Weder durch eine Beförderung noch durch alles Geld der Welt konnte sie diese Besonderheit erlangen. Clara Treadwells Haltung, als sie erschöpft, aber unverzagt hinter dem Schreibtisch saß – wie selbstverständlich lagen ihre Hände neben dem exklusiven Terminkalender und dem teuren Füllfederhalter –, alles, womit sie sich umgab, spiegelte ihre Selbstsicherheit wider, die Gewißheit, daß sie immer recht hatte und ihr Gegenüber davon überzeugen würde. Mit Blicken allein konnte sie jeden einschüchtern. Angst kannte sie nicht. April war überzeugt davon, daß man mit dieser Furchtlosigkeit geboren wurde, dementsprechend erzogen werden mußte und außerdem weiß sein mußte, um damit durchzukommen.

»Sie möchten mich über die Ergebnisse im Raymond-Cowles-Fall unterrichten«, stellte Dr. Treadwell gebieterisch fest.

»Ich bin in einer anderen Angelegenheit hier, aber ich sage Ihnen natürlich gerne, was wir herausgefunden haben.«

April faßte schnell zusammen, was sie über Raymond Cowles' letzte Nacht herausgefunden hatten und was die forensische Abteilung zu Art und Zeitpunkt seines Todes festgestellt hatte. Claras Miene verzerrte sich, als April das Essen, den Liebhaber und den Sex erwähnte. Sonst zeigte sie keine Emotionen.

»Wir hätten in diesem Fall so weit alles geklärt, bis auf das Telefongespräch mit Ihnen«, schloß April.

»Wie kommen Sie darauf, daß ich mit Ray telefoniert habe?« fragte die Direktorin des Centres entrüstet und wirkte gar nicht mehr alt und erschöpft.

»Wir haben die Wahlwiederholung seines Telefons überprüft. Ihre Nummer hat er zuletzt gewählt.«

»Das heißt noch lange nicht, daß er mich erreicht hat«, sagte Clara wütend. »Er hat bestimmt den Anrufbeantworter erwischt und aufgelegt.«

Unmöglich. Bei der Telefongesellschaft war eine sechsminütige Verbindung verzeichnet. Claras Anrufbeantworter nahm höchstens zweiminütige Nachrichten entgegen. Das wußte April, weil sie die Nummer angewählt und vom Anrufbeantworter selbst diese Information erhalten hatte. Cowles und Treadwell hatten miteinander gesprochen. Aber April wollte darauf nicht weiter eingehen. Falls Dr. Treadwell für Raymond Cowles' geistige Verfassung zur Zeit seines Selbstmordes teilweise verantwortlich war, mußte das vor einem anderen Gericht entschieden werden.

»Sehr mysteriös«, murmelte April.

»Ich bin Ärztin. Denken Sie etwa, ich hätte aufgelegt, wenn ich gewußt hätte, in welch kritischem Zustand er sich befand?«

»Sie haben mit ihm gesprochen«, sagte April leise.

»Nein, natürlich nicht. Ich behaupte sogar, das wäre gar nicht passiert, *wenn ich mit ihm geredet hätte.*«

Clara hatte ganz sicher mit ihm gesprochen. Sie verriet sich, indem sie es so beharrlich abstritt. Aber das änderte jetzt auch nichts mehr. Allerdings konnte April dieser Frau nichts mehr glauben.

»Nun ja.« April wollte nicht länger über Raymond sprechen. »Eigentlich bin ich hier, weil ich Ihnen ein paar Fragen über Dr. Harold Dickey stellen möchte. Soweit ich weiß, waren Sie bei ihm, als er zusammenbrach.«

»Ja.« Clara starrte sie zornig an. »Interessiert sich die Polizei dafür jetzt auch?«

April war überrascht. »Hat man Sie nicht informiert?«

Ermattet schüttelte Clara den Kopf. »Nein, worüber?«

»Der Autopsiebericht ist noch nicht ganz vollständig, aber die ersten Untersuchungen haben ergeben, daß es kein Herzinfarkt war und kein natürlicher –«

»Woran soll er denn gestorben sein?« fragte sie ungeduldig.

»Er hatte eine hohe Dosis Alkohol und Amitrip ... äh, Elavil im Blut.«

»Lieber Himmel!« Clara runzelte die Stirn. »Amitriptylin? Sind Sie sicher?«

»Ja, Ma'am.«

»Aber er hatte doch getrunken. Er würde doch nicht –« Clara Treadwell erstarrte.

April zog ihren Notizblock hervor. »Gibt es Ihres Wissens irgendeinen Grund, weshalb *er* sich umgebracht haben könnte?«

Die Ärztin starrte April verständnislos an. »Geben Sie mir bitte etwas Zeit, ja. Das ist ja ...«

Aprils Rücken begann in dem harten Sessel zu schmerzen. Sie wäre am liebsten aufgestanden und hätte sich ein wenig die Beine vertreten.

Clara sammelte sich schnell. Innerhalb einer Minute hatte sie wieder ihren gebieterischen Tonfall. »Detective, wir müssen dieses Gespräch aufschieben. Ich muß erst mal Ordnung in meine Gedanken bringen.«

»Es dauert nicht lange«, sagte April gelassen. Sie wollte nicht, daß Clara Treadwell ihre Gedanken ordnete. Diese Frau war innerhalb einer *Woche* in zwei Todesfälle verwickelt gewesen. Es war Aprils Job herauszufinden, was mit Harold Dickey passiert war. Und sie würde es herausfinden – ganz egal, wie wichtig und furchteinflößend die Frau vor ihr war.

»Ich kann Ihre Fragen jetzt nicht beantworten.«

Clara erhob sich, aber April blieb sitzen.

»Ich möchte lieber mit Ihnen reden, bevor Sie darüber nachdenken, Dr. Treadwell. Es war kein natürlicher Tod. Wir müssen nur feststellen, ob es ein Unfall war oder ob Dr. Dickey absichtlich eine Überdosis genommen hat.«

»Und woher soll ich das wissen?« Clara ballte die Fäuste.

»Sie waren bei ihm.«

»Ja«, sagte sie etwas gefaßter. »Harold bat mich in sein Büro. Es ging ihm schon schlecht, als ich ankam. Zuerst hielt ich ihn nur für betrunken.« Sie schüttelte den Kopf. »Aber dann merkte ich, daß es schlimmer war.«

»Woran merkten Sie das?«

»Er war ganz erregt, paranoid, er wütete herum und hatte Wahnvorstellungen. Er hatte eine psychotische Episode.« Sie sah April verwirrt an. »Aber ich –«

»I Iat er Sic um Hilfe gebeten?«

Sie schüttelte den Kopf.

»Wann haben Sie Hilfe geholt?«

»Er brach zusammen und hatte gleich den Anfall. Ich war erst ein oder zwei Minuten da, als es passierte. Sie können die Wächter fragen. Die haben mich gesehen, als ich kam und haben dann ja auch auf das Signal reagiert.«

»Was für ein Signal?«

»Es gibt ein Signal für solche Notfälle.«

»Wann haben Sie sich verabredet?«

»Wir waren nicht verabredet. Er hat mich nur gefragt, und ich –« Sie erstarrte.

»Wann?«

Clara schloß die Augen. »Ich weiß nicht mehr. Ich weiß nur, daß er in meinem Beisein nichts eingenommen hat und daß es ihm schon sehr schlechtging. Wenn ich fünf Minuten später gekommen wäre, wäre er allein gestorben.«

»War er deprimiert, als Sie mit ihm geredet haben?«

»Zu dem Zeitpunkt nicht.«

»War er in letzter Zeit vielleicht deprimiert?«

»Ja... schon. Da war ja der Cowles-Selbstmord, das hat ihn schon ziemlich mitgenommen.«

»Kannte er Raymond Cowles denn?«

»Natürlich, er war mein ärztlicher Betreuer bei Cowles' Analyse. Er hat den ganzen Prozeß mehr oder weniger bestimmt.« Clara schürzte die Lippen. »Aber das hat er Ihnen sicher gesagt, als Sie mit ihm gesprochen haben.«

Dickey hatte abgestritten, Cowles zu kennen.

»Dr. Dickey erwähnte, daß seine Telefonnummer neben der Leiche gefunden wurde. Vielleicht hat Dr. Dickey mit ihm gesprochen«, vermutete Clara.

»Vielleicht.« April nickte und fragte sich, ob die beiden Todesfälle etwas miteinander zu tun hatten. »Danke, daß Sie sich die Zeit genommen haben. Ich müßte auch sein Büro noch sehen. War noch irgend jemand drin, nachdem –«

Dr. Treadwell warf ihr einen wütenden Blick zu.

»Natürlich nicht. Ich habe es sofort abgeschlossen. Es war niemand drin, es ist nichts angerührt worden.«

»Gut. Ich brauche außerdem eine Liste seiner Patienten und der Kollegen, Krankenschwestern – seine Verwandten.« April stand auf. Ihr Rücken tat höllisch weh, und sie mußte dringend aufs Klo.

»Meine Assistentin wird sich darum kümmern.« Clara Treadwell verabschiedete sich nicht. Sie schloß die Augen. Als sie sie wieder öffnete, war die chinesische Beamtin verschwunden.

39

Jason eilte durch den Riverside Park und wirbelte das herabgefallene Laub auf. Er war auf dem Weg zum *Psychiatric Centre*, um Hal Dickeys Lehrpläne abzuholen. Es war Donnerstag, der 11. November, 9.50 Uhr. Emma war seit sechs Tagen da. Sie war mittlerweile zweimal wegen des Simon-Beak-Stücks zurückgerufen worden. Sie hatte für die Rolle einer Frau vorgesprochen, die erst vom Doppelleben ihres Ehemannes erfährt, als er durch einen Schlaganfall gelähmt wird. Am Tag, als er im Rollstuhl aus dem Krankenhaus kommt, entdeckt sie, daß er Steuern hinterzogen und alle gemeinsamen Ersparnisse gestohlen hat, um seiner Geliebten ein Haus einzurichten, das schöner ist als ihr eigenes. Das Stück gefiel Jason sehr gut. Er war fast vom Stuhl gefallen vor Lachen, als er las, wie die sexuell verklemmte Frau sich an ihrem Mann rächte. Doch seine Gefühle darüber, daß Emma in dem Theaterstück mitspielen würde, waren gespalten. Er rechnete mit einer häuslichen Misere und stapfte unwillig durch die Blätter.

Im Bootshafen an der 79. Straße waren ein paar windschnittige Segelboote in ihren Liegeplätzen auf dem glitzernden Fluß vertäut. Jason sah weder die Boote noch das Laub oder die Sonne, die sich auf dem Wasser spiegelte. Er war zu sehr mit der Frage beschäftigt, wie seine Arbeit und seine Ehe unter einen Hut zu bringen waren. In dem Spielfilm, durch den Emma berühmt geworden war, hatte es einen schmierigen Psychiater gegeben, dessen sexuelles Interesse an einer seiner Patientinnen diese dazu trieb, sich mit einem Gangster einzulassen, um ihre Sexualität auszuleben. Jason fand den Film demütigend und gräßlich – zumal er gänzlich davon überrascht worden war. Er hatte damals vor lauter Arbeit keine Zeit gefunden, das Skript zu lesen und es mit Emma zu besprechen.

Und jetzt hatte sie also ein Medium, mit dem sie ihre Wut auf ihn auf ganz andere Art ausdrücken konnte. Diesmal handelte es sich um eine komische, komplexe Rolle, deren Konflikte am

Ende befriedigend gelöst wurden. Wieder einmal zeigte sich, wie vorbildlich man auf der Bühne Handlungen und Emotionen kontrollieren konnte, die im richtigen Leben unvereinbar waren. In dieser Rolle konnte sich Emma mit all ihren Facetten ausleben. Jason befürchtete, daß ihr das bewußt werden könnte. Was dann?

Die Sonne blendete ihn, und er senkte den Kopf. Er verdiente seinen Lebensunterhalt damit, anderer Leute Schmerzen zu lindern. Er verdeutlichte sich die gedanklichen Strukturen seiner Patienten, indem er sie in seinem Kopf zusammensetzte wie Lego-Steine mit psychiatrischen Etiketten. Er stellte sich die geistige Struktur eines jeden Patienten vor wie eine Raumstation der Serie *Star Trek*. Jede dieser menschlichen Raumstationen war dreidimensional: im Innern vollgestopft mit emotionalen Altlasten gab es außen unzählige Antennen, die noch mehr Verletzungen und Enttäuschungen auffingen. Er fragte sich, was wirklich in den Köpfen seiner Patienten vorging, unabhängig davon, was gerade in der Therapiesitzung zur Sprache kam. Er hielt sich immer etwas zurück und wartete auf die nächste Information, den nächsten Lego-Stein, die nächste Sitzung, den nächsten Tag. In seinem eigenen Leben half ihm seine analytische Begabung nicht besonders. Emma wollte einen Mann mit einfach gestrickten Gedanken, der ganz bei ihr war, wenn sie sich im selben Zimmer befanden, am besten, er widmete ihr stets seine ungeteilte Aufmerksamkeit. Ein vergeblicher Wunsch.

Jetzt war er also in die Personalpolitik des Krankenhauses verstrickt worden. Gedankenverloren verließ er den Pfad entlang Riverside Drive und überquerte die Straße. Als er sich dem Eingang des Centres näherte, zog er automatisch seinen Ausweis aus der Tasche und befestigte ihn an der Brusttasche.

Ein Kollege, den Jason seit der *Medical School* kannte, erspähte ihn vorm Aufzug und schrie über die Köpfe von Ärzten, Patienten, Sozialarbeiterinnen und Sekretärinnen hinweg, die ihre Hälse verrenkten, um wertvollen Tratsch mitzubekommen: »Hey, Jason. Schrecklich, diese Sache mit Dickey. Du kriegst seinen Posten, hab ich gehört?«

»Ja, schrecklich, ich übernehme die Kurse nur für ein, zwei Wochen«, brummelte Jason.

Er sah auf seine Armbanduhr. Zwei Minuten, bis der Aufzug kam, vier Minuten, bis er am Ziel war. Während er wartete, versuchte er, sich die junge, faszinierende Clara Treadwell in der ersten Sitzung mit Ray Cowles vorzustellen.

Ich bat RC, sich auf die Couch zu legen. Er wollte nicht. Er sagte, es mache ihn nervös, daß er mich nicht sehen könne. Wir sprachen darüber, daß dieser quasi leere Bildschirm zum analytischen Prozeß gehört und es ihm sicher leichter fallen wird zu reden, wenn er meine Reaktionen nicht sieht. Er sagte, das erinnere ihn an den *Zauberer von Oz*, der sich hinter einer Tafel versteckte und in Wirklichkeit kein Zauberer war. Dazu meinte ich, Zauberer oder nicht, er hat seine Arbeit geschafft. Das schien RC einzuleuchten und er legte sich auf die Couch. Er sprach sofort davon, wie sehr er seine Verlobte, Lorna, liebte. Sie sei schön, zärtlich und verständnisvoll. Er fühlte sich sehr wohl mit ihr. Ich merkte, daß er anfing zu schwitzen. Dann sagte er, er wisse einfach nicht, warum er ständig diese Phantasien mit Männern hatte. Er war doch keine »Schwuchtel«, konnte sich nicht vorstellen, wie es war, »schwul zu sein und Sex mit Männern zu haben«. Er hatte Sex mit Lorna, seiner Verlobten. Er wollte Lorna heiraten und immer mit ihr zusammensein. Aber in seinem Kopf gab es so eine Art Schalter. Als wolle der Teufel oder ein Dämon ihn ablenken. Er sagte, daß er nicht gerne an Lornas Brüste dachte und sie auch nicht gerne anfaßte. Er hatte schreckliche Angst, daß das abnormal sein könnte. Er sagte, er müsse sie sich als Mann vorstellen, damit er erregt genug werde, um »in sie einzudringen«. Dann schwieg er und drehte sich plötzlich um. Ich saß hinter ihm auf einem Stuhl. Er sah mich durchdringend an. Ich hielt seinem Blick stand. Danach arbeiteten wir den Behandlungsplan aus. RC erklärte sich bereit, daß er weder seinen homosexuellen Impulsen nachgeben noch heiraten würde, bevor die Behandlung abgeschlossen war. An diesem Abend ging er in eine Homo-Kneipe und ließ sich von einem älteren Mann abschleppen. Sie hatten oralen Sex. Später am Abend rief er Lorna an und sie einigten sich auf ein Datum für die Hochzeit. Das erzählte er mir als erstes in der zweiten Sitzung. Ich war überrascht. Wir hatten doch gerade erst begonnen.

Dickey hatte seiner Studentin daraufhin erklärt, daß ihr Patient dieses erste homosexuelle Erlebnis nach der ersten Sitzung provoziert habe, weil er sich gegen seine wahren, heterosexuellen Gefühle auflehnte. Kopfschüttelnd stieg Jason aus dem Aufzug, obwohl er gerade erst mit der Lektüre der Akte begonnen hatte, waren ihm bereits einige bedenkliche Aspekte der Behandlung aufgefallen.

Fast hundert Jahre lang war die klassische Diagnose bei Homosexualität Abwehr von heterosexuellen Gefühlen gewesen. Und manche Leute glaubten tatsächlich immer noch, daß ein Mann, der einen anderen Mann begehrte, oder eine Frau, die mit einer Frau schlafen wollte, aus Trotz handelten und ihr Verhalten einfach ändern konnten. Heutzutage legten wissenschaftliche Ergebnisse nahe, daß sexuelle Vorlieben angeboren waren. Jason fragte sich, was Dickey heute wohl zu Claras sorgfältigen Aufzeichnungen gesagt hätte, denn schließlich waren seine Ansichten schon vor achtzehn Jahren überholt gewesen.

»Entschuldigung, Sir, hier können Sie nicht rein.« Ein untersetzter Officer streckte einen Arm aus, der dick war wie ein Abflußrohr, und hielt Jason vor Dickeys Büro auf.

»Was ist los?«

»Der Raum ist unter Verschluß.«

»Warum?«

»Das kann ich Ihnen nicht sagen.«

Die Tür öffnete sich, und April Woos Kopf kam zum Vorschein. »Hi, Jason. Ich dachte doch, daß das Ihre Stimme war. Was gibt's?«

»Das gleiche könnte ich Sie fragen.« Jason deutete mit dem Kopf auf den rotgesichtigen Mann, der ihm den Weg versperrte.

»Officer, würden Sie uns bitte etwas Platz machen? Der Herr ist auf unserer Seite.« April lächelte den Cop an.

Der uniformierte Beamte trat zögernd zwei kleine Schritte zur Seite, so daß Jason etwas näher kommen und einen Blick auf das Durcheinander werfen konnte. Überall lag Papier, aus Aktenordnern quollen Dokumente, Notizen, Kopien von Artikeln. Vor der grünen Couch waren Flecken, die nach getrocknetem Blut und Erbrochenem aussahen. Ein Jackett von *Brooks Brothers* hing über der Rückenlehne des Stuhls. Plastikröhrchen verschiedener Länge, die Verpackungen von Einwegspritzen und anderer medizinischer Müll lag noch dort, wo er hingefallen war. Auf Dickeys Schreibtisch neben dem Laptop und dem tragbaren Drucker stapelten sich weitere Akten. Auf der ausgezogenen Tischplatte befand sich nur ein Glas mit einem Rest brauner Flüssigkeit und einem schmierigen Film an den Seiten. Der restliche Raum sah unberührt aus.

»Wirklich seltsam«, sagte April. »Ich hab das Büro sorgfältigst durchsucht und konnte absolut keine Medikamente finden. Nicht mal Aspirin oder Hustensaft. Normalerweise findet man bei Selbstmord die Tabletten am Ort des Geschehens. Die laufen ja nicht einfach weg, nachdem der Kerl tot umgefallen ist. Wie ist das Elavil nur in ihn reingekommen?«

»Er hat ein zweites Büro. Vielleicht bewahrt er dort seine Medikamente auf.«

»Jason, wenn er die Medikamente in dem anderen Büro geschluckt hätte, wäre er dann nicht auch dort gestorben?«

»Nicht unbedingt. Es kann mehrere Stunden gedauert haben, bis es ihm richtig schlechtging. Falls er die Elavil zufällig irgendwo anders eingenommen hat, kann er noch eine Weile seiner Arbeit nachgegangen sein, bevor er etwas merkte.« Jason kratzte sich am Bart. »Was hat er denn an einem Sonntag mit den ganzen Akten gemacht? Wissen Sie das?«

»Ich weiß nur, daß die Frau, die bei ihm war, sagte, sie habe die Tür abgeschlossen, nachdem er ins Krankenhaus gebracht wurde, damit niemand was anrühren konnte. Sagt sie immer die Wahrheit?«

»Bei ihm war eine Frau?« fragte Jason.

»Ja, Dr. Treadwell.«

»Tatsächlich.« Jason dachte an Claras Anruf am Sonntag abend. Sie hatte ihm mitteilen wollen, daß Harold gestorben war. Die wichtigsten Details unterschlug sie anscheinend immer. Diesmal zum Beispiel, daß sie bei Harolds Herzanfall anwesend war. Was hatte sie ihm nur angetan? Jason schnaufte, darüber wollte er lieber gar nicht nachdenken.

»Die Frau in der Personalabteilung ist ganz durcheinander. Wenn ihre Akten nicht bald wieder an Ort und Stelle sind, ist die Hölle los. Sie war ganz panisch.«

Jason lächelte. »Gunn ist recht ängstlich. Was werden Sie jetzt tun?«

»Ich warte auf meinen Vorgesetzten. Da wir gerade dabei sind, wo ist denn das zweite Büro?«

Jason nahm sie am Arm und führte sie den Gang entlang, weg von dem uniformierten Beamten. »Im Ärztehaus, dort hat er seine Patienten empfangen.«

»Und was hat er *hier* gemacht?«

»Das ist sein Forschungsbüro.«

»Ach«, April verzog keine Miene. Sie hatte nicht einmal einen eigenen Schreibtisch, noch nicht mal eine eigene Schublade. Wozu brauchten diese Ärzte zwei Büros, fragte ihre Miene.

»Tja.« Jason lächelte. Sie war goldig.

»Haben Sie auch zwei Büros, Doc?«

»Nein, nur eins.«

»Und was hat Dickey in *diesem* Büro gemacht?«

»Verwaltungskram. Harold war in verschiedenen Komitees, hat unterrichtet, Assistenzärzte betreut. Er schrieb für Fachzeitschriften, hielt Vorträge. Vielleicht benötigte er die Akten wegen einer Nachbehandlung oder so was.«

»Was zum Beispiel?«

»Das weiß ich nicht, April. Vielleicht wollte er eine Statistik erstellen, um zu sehen, wie es den Patienten fünf oder zehn Jahre nach der Behandlung geht. So was in der Art.« Er sah auf seine

Armbanduhr. Er war sich ziemlich sicher, daß Dickeys Aktenrecherche einen anderen Grund hatte.

Sie kamen zu den Aufzügen. Erstaunlicherweise wartete niemand außer ihnen. »Oder wegen eines Patienten wie Raymond Cowles, der vierzehn Jahre nach der Behandlung Selbstmord begeht. Hat Dickey vielleicht daran gearbeitet?« fragte April.

»Hm? April, ein bestimmter Prozentsatz von Borderline-Patienten begeht immer Selbstmord, egal was man macht. Das ist eine Tatsache. Wenn jemand unbedingt sterben will, findet er immer einen Weg.«

»Ich wußte gar nicht, daß Cowles eine Borderline-Störung hatte«, murmelte April.

»Sie wissen schon, was ich sagen will. Ich meine nur, Sie sollten keine vorschnellen Schlüsse ziehen. Vielleicht haben die beiden Todesfälle nichts miteinander zu tun.«

»Vielleicht. Dickey ist wahrscheinlich kein Selbstmord. Kein Abschiedsbrief, keine Tablettenschachtel. Es riecht nach Alkohol, da steht ein Glas, aber es ist keine Flasche da. Wo kam der Alkohol her? Und wo ist er jetzt?... Wie auch immer, Jason, bei den Akten in Dickeys Büro handelt es sich hauptsächlich um Personalakten, es sind nur ganz wenige Krankenakten dabei.«

Jason runzelte die Stirn. Er mußte mit Clara reden. Vielleicht hatte sich Hal der Geschichte mit dem Kondom angenommen und die Person, nach der er gesucht hatte... »April, ich muß gehen. Ich habe einen Patienten.«

»Bitte. Weshalb sind Sie überhaupt hergekommen?« fragte April mit unbewegter Miene.

»Das wird warten müssen. Halten Sie mich auf dem laufenden, was diese Sache hier betrifft?«

Sie lächelte ihn unvermittelt an, als hätte er ihr etwas Wichtiges verraten. »Danke für die Info.«

»Also, halten Sie mich auf dem laufenden«, sagte er noch einmal.

»Hey, solange Sie mir alles mitteilen, tu ich das auch.«

»Wann habe ich Ihnen denn schon mal was verschwiegen, April?« Er drückte zweimal auf den Knopf für den Aufzug, der jedoch kein Lebenszeichen von sich gab. Er schlug noch einmal darauf.

»Das ist etwas anderes, Jason. Ich kann Ihnen natürlich keine Informationen zukommen lassen, damit Sie schnell in Ihrem Laden aufräumen, bevor wir die Fakten herausbekommen.«

Würde er das tun? Er setzte schon zum Protest an, als sich der Aufzug vor ihm öffnete. Er war schon voll.

»Schön, Sie zu sehen, Jason. Ich habe gehört, Sie...«

Jason drängte sich hinein. »Ach, der fährt runter? Dann muß ich wieder raus.«

Zu spät. Die Türen des Aufzugs schlossen sich.

40

»Gibt's was Neues?« Sergeant Joyce stürmte in den leeren Mannschaftsraum, als Mike Sanchez gerade gehen wollte. Sie war eindeutig schlecht drauf. Ein Fall, den sie vor drei Jahren bei der Sittenpolizei bearbeitet hatte, wurde endlich vor Gericht angehört, und der Bezirksstaatsanwalt hatte ihr versprochen, daß sie als erste Zeugin aussagen könne und schnell fertig sein würde.

»Warum hat das so lange gedauert?« fragte Mike. Es war schon nach ein Uhr.

»Ach, der blöde Richter ließ auf sich warten. Der Verhandlungsbeginn wurde dauernd verschoben, und der Gerichtsdiener wollte mich nicht gehen lassen; ich kam erst um kurz vor zwölf dran. Hat sich hier was getan?«

»Der unnatürliche Tod im *Psychiatric Centre* hat in seinem Büro ein großes Chaos hinterlassen.«

»Was für ein Chaos?« Sergeant Joye war selbst ziemlich durcheinander. Bei dem Auftritt vor Gericht heute morgen hatte sie wahrscheinlich noch einigermaßen ordentlich ausgesehen mit dem schwarzen Kostüm und dem Wickelrock, der die dicklichen Knie knapp bedeckte. Jetzt saß nur noch die Kleeblattbrosche mit dem kleinen grünen Smaragd am richtigen Platz. Sonst glich sie eher der zerfledderten Tageszeitung von gestern. Die Bluse hing fast ganz aus dem verknitterten Rock und ihr Haar stand in alle Richtungen. Ihre Augen tränten, und die irische Stupsnase war rot und entzündet. Sie preßte sich plötzlich ein grünes Taschentuch vors Gesicht, doch zu spät, um der Explosion zuvorzukommen.

»Hatschiii!«

»*Válgame Dios!*« sagte Mike.

»Danke. Meine Kinder sind beide krank«, murmelte sie und schniefte ärgerlich, als wären Krankheiten absichtlich erfunden worden, um ihr das Leben schwerzumachen. »Können Sie sich das vorstellen? Beide liegen mit Grippe und Fieber im Bett. Ich bin auch krank.«

»Haben Sie denn schon was eingenommen?« fragte Mike.

»Ach was«, sie schüttelte sich. »Wo wollen Sie denn hin?«

»Mal sehn, was Woo macht. Dieser Dickey hat anscheinend übers Wochenende eine Menge Akten mitgenommen, die eigentlich unter Verschluß sind. Das Krankenhaus möchte sie wiederhaben.«

»Wo liegt das Problem?«

»April meint, da ist was faul.«

»Und was?«

»Ein Riesendurcheinander. Der Doc arbeitete normalerweise nie am Wochenende. Er hatte irgend etwas vor. Am Tatort gab's auch keine Spuren von dem Medikament.«

»Dann hat er die Tabletten eben woanders geschluckt. Wissen wir denn schon, welche Medikamente er nahm? Er war über sechzig, oder? Vielleicht hat er seine Medikamente versehentlich zweimal eingenommen.« Sie nagte schniefend am Daumen. Sie wollte nicht, daß es Mord war.

Mike wandte den Blick ab. »Wir kümmern uns ja drum.«

»Scheiße! Wollen wir mal sehen.« Sie nieste. »Gibt's was Neues über den Vergewaltiger?«

»Nein. Die Ratte ist anscheinend neu in der Gegend. Jedenfalls kennt ihn niemand.«

»Habt ihr bei den Obdachlosen rumgefragt?« Lustlos schlenderte Joyce den Gang entlang.

Mike folgte mit einigem Abstand. In seinem Hals kratzte es plötzlich. »Ja. Ein paar konnten mit der Skizze was anfangen, die Anfang der Woche aushing. Aber wie er heißt, weiß niemand.«

»Ich will keine Beamten in Uniform da draußen. Er soll nicht merken, daß wir ihm auf der Spur sind.«

»Gut, keine uniformierten Beamten«, bestätigte Mike. Viele Leute, aber niemand in Uniform. Er hielt die Hand vor den Mund und hustete versuchsweise. Jetzt mußte er auch noch mit ihr in einem Auto fahren. Eine Erkältung fehlte ihm gerade noch. Es war wieder wärmer geworden. Vielleicht war der ständige Temperaturwechsel das Problem.

Sergeant Joyce ging schnurstracks auf den dunkelblauen Wagen zu, mit dem sie heute morgen beim Gericht gewesen war. Es gab bei ihr nie Diskussionen darüber, wer fuhr. Sie saß immer auf der Beifahrerseite und belehrte den Fahrer. Mike stieg ein und kurbelte das Fenster herunter. Es waren nur ein paar Häuserblocks bis zum *Psychiatric Centre.* Joyce ging es heute so schlecht, daß sie ihn ohne Anweisungen fahren ließ.

Statt dessen nieste und beklagte sie sich die ganze Zeit darüber, daß sie in eine große Ermittlung im Centre verwickelt waren, obwohl gleichzeitig auf deren Campus Studentinnen brutal vergewaltigt wurden. Sie sagte das zwar nicht direkt, aber das *Psychiatric Centre* war ihr unheimlich, da Cops ihre Patronen und Waffen abgeben mußten und dann sozusagen splitternackt rumliefen.

Der Parkplatz des Krankenhauses befand sich am Ende des Hügels, etwa zwei Häuserblocks vom Centre entfernt. Um Zeit zu sparen, parkte Mike auf den diagonalen, weißen Streifen einige Meter vor dem Eingang. Trotzdem brauchten sie zwanzig Minuten, bis sie April und Serge im neunzehnten Stock fanden. Das übliche Ritual bei der Oberschwester im dritten Stock, der sie ihre Patronen aushändigen mußten, verschlechterte Sergeant Joyces Stimmung noch. Sie stürzte sich auf den uniformierten Beamten, zog ihn zur Seite und redete auf ihn ein.

»Hi, *querida.*« Mike lächelte April an. »Was gibt's?«

»Nichts«, sagte April gelassen. »Was war los? Du wolltest doch schon vor zwei Stunden hier sein.«

Noch eine schlechtgelaunte Frau. Er zuckte mit den Schultern und deutete mit dem Kopf auf den uniformierten Beamten, der plötzlich den Korridor entlang zum Aufzug rannte. Sergeant Joyce wandte sich Mike und April zu, während sie gleichzeitig lautstark in ihr Taschentuch schneuzte. »Was ist los?«

April ging voraus ins Büro des verstorbenen Harold Dickey. Sie wiederholte die ihr bekannten Fakten, während sich die beiden Sergeants umsahen.

»Dr. Treadwell sagte, sie habe das Büro nach Dickeys Tod abgeschlossen. Seitdem war angeblich niemand hier. Dafür gibt's allerdings keine Beweise.«

April zeigte auf das fast leere Glas mit dem schmierigen Film. Sie hockten sich davor und studierten es genauestens.

»Riecht nach Scotch«, bemerkte April. »Wo ist die Flasche?«

Joyce drehte sich um und nieste auf einen Stapel verstreuter Akten.

»*Válgame Dios!*« sagte Mike automatisch. Er begegnete Aprils Blick und lächelte. Schön, hm? Hier wimmelte es wahrscheinlich nur so von Fingerabdrücken. Jetzt hatten sie einen ganzen Haufen neues Genmaterial und neue Bakterien. Aprils Laune schien sich etwas zu bessern und ihre Lippen waren nicht mehr so verkniffen.

Joyce hatte sich zu Ende geschneuzt. »Tüten Sie es ein.«

»Sollen wir nach Fingerabdrücken suchen lassen und den Raum versiegeln?« fragte Mike zögernd.

Joyce schüttelte den Kopf und verdrehte die wäßrigen Augen. »Wie viele Leute waren denn hier drin, als der Kerl zusammenbrach? Zehn, fünfzehn?«

»So viele nicht. Sieben vielleicht«, sagte April.

»Gestern abend rief noch jemand deswegen an.« Joyce wischte sich über die Augen. »Anscheinend hat dieser Dr. Dickey eine Menge wichtiger Leute behandelt. Einer der Geschäftsführer sagte, Dickey habe seiner Tochter das Leben gerettet, als sie vor Jahren einen Nervenzusammenbruch hatte. Ein paar hohe Tiere wollen unbedingt wissen, was passiert ist.«

Mike richtete seine Aufmerksamkeit auf den Laptop. Er merkte, daß April ihn ansah.

»Wir können die Sache nicht einfach auf sich beruhen lassen«, sagte sie.

»Genau. Wir müssen alles klären. Keine Ungereimtheiten«, sagte Joyce.

Schon bevor er Sergeant Joyce im Mannschaftsraum getroffen hatte, hatte sie also gewußt, daß sie in dieser Sache weiter ermitteln mußten. Mike kaute auf einer Schnurrbartspitze. Schön, daß sie ihm das auch mal sagte.

»Sollen wir das Büro durchkämmen?«

»Ja. Und gebt auf keinen Fall die Akten raus.«

Mike deutete auf den Laptop. »Hast du da schon reingesehen?« fragte er April.

Sie schüttelte den Kopf. »Ich wollte ihn nicht anfassen.«

Joyce wandte sich plötzlich an April. »Waren Sie den ganzen Morgen hier?«

»Seit halb zehn.«

»Und seine Frau haben Sie nicht befragt?« fragte Sergeant Joyce anklagend.

»Nein, Ma'am.«

»Wieso nicht?«

»Ich wollte den Tatort nicht verlassen. Ich sollte die Akten heute schon zweimal rausgeben«, erwiderte April ruhig. »Der Anwalt des Krankenhauses war hier. Eigentlich sind die Akten vertraulich, und wir dürfen sie uns nicht ansehen. Er war bisher sehr geduldig mit uns, meint er. Soweit ich weiß, krähte kein Hahn nach den Akten, bevor wir heute morgen auftauchten. Da wurden auf einmal alle nervös.«

»Wie heißt er?«

»Der Anwalt? Hartley.«

»Gut. Ich rede mit ihm.«

»Er wird wahrscheinlich nach jemand Höherem verlangen«, murmelte April.

»Ach ja? Nach wem zum Beispiel?«

»Keine Ahnung. Dem Captain oder dem Staatsanwalt. Es sind anscheinend eine Menge verschiedener Interessen im Spiel.«

»Gut. Ich kümmere mich darum.« Sie nieste wieder.

»Válgame Dios!« Mike verzog das Gesicht.

»Schon gut. Sie brauchen das nicht dauernd zu sagen«, bellte Joyce Mike an. »Sie wollen wahrscheinlich mitfahren?«

Nach Westchester, um Dickeys Frau zu befragen? Mike hob die Hände. Natürlich wollte er mit.

»Na großartig. Wir haben einfach nicht genug Leute.« Joyces Piepser piepste. Sie seufzte. »Ist hier irgendwo ein Telefon?«

Mike deutete auf den Schreibtisch des Toten.

»Das doch nicht.« Idiot.

»Am Ende des Gangs sind ein paar Sekretärinnen. Von dort hab ich vorhin auch schon angerufen«, sagte April.

Sergeant Joyce machte sich auf den Weg. Nach ein paar Minuten kam sie wieder und sagte: »Ihr wartet auf die Jungs von der Spurensicherung. Ich hau ab.«

Nach einer kleinen Pause fügte sie hinzu, weshalb man sie angerufen hatte. Vor einer halben Stunde hatte ein gutgekleideter Weißer einen ihrer afroamerikanischen Lockvögel auf der Straße angesprochen und nach dem Weg zu einem bestimmten Trakt eines bestimmten Gebäudes gefragt. Der Mann war doppelt so groß wie ihr Lockvogel. Sie hatten einen Verdächtigen im Vergewaltigungsfall.

41

Um halb vier am Nachmittag war es immer noch ungewöhnlich warm für diese Jahreszeit, als Mike und April in Mikes rotem Camaro auf dem Henry Hudson Parkway in Richtung Hastings unterwegs waren, wo sie Dickeys Witwe, Sally Ann Dickey, aufsuchen wollten. April trank den letzten Schluck Kaffee und zerknüllte den Pappbecher. Es war schon ein merkwürdiger Zufall, daß zwei Personen eines unnatürlichen Todes gestorben waren, während oder kurz nachdem sie mit Clara Treadwell gesprochen hatten. Cowles hatte Selbstmord begangen, na gut, aber was war mit Dickey?

April schüttelte den Kopf. Klar, es gab immer tausend Zufälle bei polizeilichen Ermittlungen. Manchmal schien es, als sei der Zufall der einzige Verbündete eines Detectives. Zum Beispiel damals, als der chinesische Juwelenhändler zusammengeschlagen und in seinen Kofferraum gesperrt worden war. Die Diebe dachten, sie hätten sich der Leiche entledigt und machten sich mit der Beute davon. Er war aber nicht tot; er hatte ein Handy in der Tasche und rief die Polizei an, sobald er wieder bei Bewußtsein war. Er wurde binnen einer Stunde befreit.

Dieser Vorfall bestätigte Sai Woo in ihrem Glauben, daß Konfuzius auch in Chinatown, New York, gegenwärtig war. Ganz klar. Das konnte kein Zufall sein. Der Himmel – der schon immer das Universum regiert hat und es auch ewig regieren wird – stellt seine eigenen Verbindungen her, während die Erde und die anderen Planeten sich auf ihren Bahnen bewegen und so für die Veränderungen sorgen, die den Kreislauf von Leben und Tod ermöglichen.

»Der Himmel schweigt, doch die vier Jahreszeiten nehmen ihren Lauf, unzählige Lebewesen werden erschaffen, doch der Himmel schweigt.« Während Aprils Kindheit in einem von Kakerlaken befallenen Hochhaus in Chinatown hatte eine Schriftrolle mit diesem kurzen Auszug aus den *Analekten* an der Wand gehangen.

Der Spruch hatte eine Vielzahl von Bedeutungen. Eine Interpretation besagte, der Himmel sei unfehlbar und bestimme jedes Geschehen. Einer anderen Interpretation nach schwieg der Himmel nie, trotz seiner augenscheinlichen Stille. Einer dritten Bedeutung zufolge konnte man hören, was der Himmel verschwieg, wenn man richtig zuzuhören verstand. Nichts geschah willkürlich oder zufällig. April war beigebracht worden, sie sei auf der Welt, um zu schweigen und ihrer Mutter Sai zu lauschen, die die Pläne des Himmels ganz nach ihren eigenen Hoffnungen und Wünschen für sie beide interpretieren würde.

Der Himmel hatte zum Glück eigene Pläne; genau wie die Angestellten des Krankenhauses oder des *New York Police Departements.* Immer. April wußte, wenn sie lange genug still war, würden ihr die anderen ihre Pläne schon anvertrauen. Auf den verschlagenen Sergeant Sanchez traf das jedenfalls immer zu.

April fragte sich, welche Rolle Dr. Clara Treadwell wirklich in den beiden Todesfällen gespielt hatte. Außerdem mußte sie daran denken, wie Sergeant Joyce, die viel Erfahrung mit Sexualstraftätern hatte, wohl gerade den unseligen verdächtigen Vergewaltiger »in die Mangel nahm«. Sie dachte an ihre und Sergeant Joyce' bevorstehenden Versetzungen und daran, was die Zukunft in NYPD wohl für sie beide bereithielt. Doch hinter ihrem vordergründig völlig unbewegten Gesichtsausdruck ärgerte sich April maßlos über den Tod der Liebe.

Zweieinhalb Stunden lang hatte sie in den Korridoren des Centres rumgelungert, um etwas Ordnung in den Fall zu bringen. April hatte Vergleichsabdrücke von den Leuten genommen, die zweifellos in Dickeys Büro gewesen waren, um später feststellen zu können, ob auch fremde Fingerabdrücke vorhanden waren. Außerdem waren aus den fünfundzwanzig zu befragenden Personen auf ihrer Liste fünfzig geworden; Studentinnen, Sekretärinnen, Kollegen und Patienten – die beiden Wachen des Krankenhauses, die Erste Hilfe geleistet hatten, die Sanitäter, die Ärzte und Krankenpfleger in der Notaufnahme.

Die beiden Kollegen von der Spurensicherung hielten auf Fotos und Skizzen fest, wo genau sich Akten, Dokumente und Möbel befanden. Sie nahmen Proben des getrockneten Erbrochenen und anderem Material vom Teppich mit und etikettierten und kategorisierten alle Einzelheiten im Büro, auch das leere Glas auf Dickeys Schreibtisch. Neben unzähligen anderen Kleinigkeiten fanden sie Blutspuren und ein paar weiße Haare an der Schreibtischkante, zwei Hemdknöpfe unter der grünen Couch; einige glänzende brünette, etwa zehn Zentimeter lange Haare, ein schmutziges Damentaschentuch, außerdem auf dem Teppich vor der Tür eine schwarze, schmierige Substanz, die wahrscheinlich von den Rollen der Bahre stammte, auf der das Opfer wegtransportiert worden war. Die Männer von der Spurensicherung konnten sich ein paar ironische Bemerkungen nicht verkneifen, weil sie an einem Tatort ohne Leiche arbeiten mußten. Doch es gelang ihnen zu rekonstruieren, wo Dickey vor seinem Zusammenbruch gestanden haben mußte, wie er gefallen war und was sehr wahrscheinlich danach geschehen war.

Mike hatte anderthalb Stunden mit Ben Hartley und dessen Mitarbeiterin im Gang verbracht, ein wunder Punkt zwischen den beiden Detectives. Die Mitarbeiterin, die auf schwarzen, lackledernen Stöckelschuhen hinter ihrem Boß einherstolzierte, war April sofort unsympathisch. Hartleys eingebildete Assistentin hieß Maria Elena Carta Blanca.

»Wie das Bier«, hatte sie erklärt, wobei die Worte »Carta Blanca« über ihre wulstigen Lippen perlten, als sei sie die Besitzerin der Brauerei persönlich, die die Gewinne einfuhr.

Maria Elena war das genaue Gegenteil des hochgewachsenen, schlanken Rechtsberaters Ben Hartley, der einen steifen, farblosen Eindruck machte. Er trug einen grauen Anzug, ein weißes Hemd und eine rot-blau gestreifte Krawatte. Ob sie wegen ihres juristischen Könnens eingestellt worden war oder weil sie mit der größten ethnischen Gruppe, die das Krankenhaus versorgte, kommunizieren konnte, war nicht klar. Maria Elena war der Inbegriff all der Frauen, die April schon in der High-School und auf der Polizeiakademie nicht hatte ausstehen können. Sie war eine dieser cliquenhaften Angeberinnen, die mit wackelndem Hintern vor den Männern einherstolzierten. Diese Mädchen hatten Körper elastisch wie Pingpongbälle, machten zotige Witze, benahmen sich aufreizend und verschlangen haufenweise Männer. Außerdem wurde ihnen alle Aufmerksamkeit zuteil. Verglichen mit dieser Frau sah Sergeant Margaret Mary Joyce aus wie eine Debütantin und April Woo wie eine flachbrüstige und plattgesichtige alte Jungfer.

Maria Elena hatte üppige, schwarze Locken und trug ein knallrosa Kostüm, das ein paar Nummern zu klein war und ihren überdimensionalen Hintern betonte. Unter der Kostümjacke trug sie etwas Weißes, Gehäkeltes mit Löchern, durch die ihr Speck quoll. Auf dem unvermeidlich wogenden Busen lag ein großes Kreuz. Im Gegensatz zu einer bescheidenen und aufmerksamen Person, die nach der taoistischen Lehre lebte, konnte sie nicht für eine Sekunde still sein. April kam die Galle hoch, als sie sah, mit welchem Eifer Carta Blanca an Mikes Lippen hing.

»Ich bin Ihre Verbindungsperson«, hatte sie gesagt und erwartungsvoll ihre dicken Lippen benetzt. »Ich bin Mr. Hartleys Mitarbeiterin.«

April nahm an, daß Maria Elena ebenfalls Anwältin und keine Sekretärin war. Bevor das Gespräch überhaupt begonnen hatte, kramte sie zwei Visitenkarten hervor und schrieb ihre Privatnummer auf die Rückseite, falls Mike sie abends zu Hause erreichen mußte. Eine Visitenkarte steckte Mike ein, die andere überreichte er feierlich April, die sich jedoch weigerte, sie entgegenzunehmen.

Dann begann das Gespräch. Stellvertretend für das Krankenhaus teilte Hartley ihnen mit, daß sie ihre Ermittlung auf Einzelbefragungen beschränken mußten, damit die Krankenhausroutine und das Personal so wenig wie möglich gestört wurden. Außerdem waren die Befragungen so schnell wie möglich durchzuführen. Mike erklärte, das sei aufgrund der Natur des gefundenen Materials und dessen Bedeutung für den Fall wahrscheinlich nicht möglich.

Das anschließende Geplänkel drehte sich hauptsächlich darum, ob die Polizei die Akten und den Laptop beschlagnahmen und mitnehmen würde oder ob sie im versiegelten Büro blieben. Sergeant Joyce hatte angedeutet, daß sie für eine Beschlagnahme der Akten und des Laptops war. Hartley bestand darauf, daß Maria Elena anwesend sein mußte, um alles zu dokumentieren und jede einzelne Akte mit ihren Initialen zu versehen. Hartley vertrat außerdem die Meinung, daß die Polizei zwar die Personalakten einsehen durfte, die Krankenakten wegen ihres Sonderstatus jedoch unter keinen Umständen – Todesfall oder nicht. Der Anwalt wollte absolut keine Dokumente aus dem Haus geben. Sie würden die Akten also im Krankenhaus durchsehen müssen.

Nach telefonischer Rücksprache mit dem Zwo-Null und dem Büro des Bezirksstaatsanwalts konnte Mike einen Vorschlag machen, der ihn vernünftig und großzügig erscheinen ließ. Die Akten würden hier im Krankenhaus beschlagnahmt und mit äußerster Diskretion überprüft werden. April wußte, das bedeutete, daß sie das Pferd eben von hinten aufzäumen würden. Sie ärgerte sich gewaltig, als Mike der spanischen Bierflasche mit dem Kreuz auf dem üppigen Busen zum Schluß *seine* Visitenkarte überreichte.

Sie stopfte den zusammengeknüllten Pappbecher in die braune Papiertüte, in der sie bei *H & H Bagels* am Broadway ihren Lunch geholt hatten – zwei Bagels mit Frischkäse und zwei Tassen Kaffee. April hatte sich Zeit gelassen, um den Kaffee und den warmen, frischen Bagel zu genießen.

Während der Fahrt hatte sie bisher geschwiegen, ihr Fenster war heruntergekurbelt und sie ließ sich die frische Brise durchs Haar wehen.

Auf dem Henry Hudson Parkway kamen sie an der Stelle vorbei, wo sich vor zwei Wochen der schreckliche Unfall ereignet hatte. Sie überquerten die Brücke und ließen Manhattan hinter sich. Erst als sie in Riverdale in der Bronx waren, versuchte Mike, ein Gespräch anzufangen.

»Ich wohne hier in der Gegend«, sagte er unvermittelt.

Die Appartementgebäude hier sahen aus wie luxuriöse Wohntürme und die Eigenheime wie herrschaftliche Wohnsitze.

»Tatsächlich.« April wußte so gut wie nichts über die Bronx, nur daß der Cross-Bronx-Expressway neben einer protzigen, lauten Straße verlief, in der man sich der Einwohner und Geschäfte wegen eher in Puerto Rico als in New York wähnte. Sie hatte in Coop City und Hunts Point schon Verdächtige verhört und Orte kennengelernt, an denen man sich keinen platten Reifen wünschte.

»Ja, da drüben, noch weiter hinten, in Knightsbridge.«

»Sieht nett aus. Und du hast es nicht weit bis zur Arbeit.«

»'ne gute Viertelstunde«, bestätigte Mike.

»Bleib lieber hier wohnen«, sagte sie spitz. »Ich hab eine viel längere Anfahrt.«

»Es gibt einen Grund auszuziehen. Ich zeig ihn dir auf dem Rückweg.«

Ohne sie anzusehen, lächelte er verführerisch.

»Du willst mich mit zu dir nach Hause nehmen?« April schüttelte den Kopf. Nein danke. Letztes Wochenende hatte sie genug für ihn riskiert. Sie hatte einen halben Tag damit verbracht, drei modrige, vergammelte Vierzimmerkaschemmen anzusehen, die übertrieben angepriesen worden waren als: »Wunderschöne Vierzimmerwohnung«, »Bezauberndes Appartement mit Garten«, »Viel Sonne und Ruhe«, »Reihenhaus mit Garten«. Die Wohnungen waren noch weiter in Queens gewesen als Astoria, wo sie wohnte, keine davon hatte einen vernünftigen Mietpreis gehabt. Und sie hatte später dafür büßen müssen.

Sie wußte immer noch nicht, was sie eigentlich von seinem unerwarteten Besuch am Wochenende halten sollte. Er war großspurig vorgefahren und hatte versucht, sich bei ihren Eltern einzuschmeicheln. Er verbrachte möglichst viel Zeit mit ihr, damit sie ihn vermißte, wenn er nicht bei ihr war. Es paßte ihr auch nicht, daß sie ihn vor *Skinny Dragon Mother* verteidigen mußte und die ganze Zeit darüber nachdachte, wie lange er seine Hände wohl noch bei sich behielt und wie sie reagieren würde, wenn sie sich plötzlich selbständig machten.

Ihn nach Hause zu begleiten war so ziemlich das letzte, was sie jetzt gebrauchen konnte.

»Nicht zu mir nach Hause. Zu meiner Mutter.« Mike lachte unbeschwert. »Ich möchte dir meine *Mami* vorstellen.«

Na klar. April lehnte sich aus dem Fenster und schnalzte mißbilligend mit der Zunge.

»Was soll das denn jetzt schon wieder heißen?«

»Nichts. Ich hab nur gehustet.« April knüllte seine Serviette und seinen Becher zusammen und stopfte sie in die braune H & H-Tüte.

Sie hatten Riverdale hinter sich gelassen und fuhren jetzt auf dem Saw Mill River Parkway Richtung Yonkers.

»Hast du etwa ein Problem damit, meine Mutter kennenzulernen?« fragte Mike.

»Jesus Christus«, brummelte April leise. Wohin sollte das nur führen?

»Du fluchst? So ein nettes Mädchen?« Er schlug mit einer Hand aufs Lederlenkrad. »Toll, du beleidigst meine Mutter und meinen Glauben in einem Atemzug.«

Der Kerl war nicht ohne Grund bei der Polizei. Er wußte genau, wie man Leute provozierte. April schnaufte widerwillig. »Was hast du nur, Mike? Ich hab überhaupt niemanden beleidigt.«

»Und ob! Also, ich habe jetzt deine Eltern kennengelernt und deine Cousine Mei Mei –«

»Judy. Sie heißt *Judy.«*

»Sie heißt Mei Mei. Sie nennt sich bloß Judy, um anzugeben.« Jetzt imitierte er auch noch *Skinny Dragon Mother.*

Aha, jetzt fing er also wieder mit dem ethnischen Kram an. Sie hatte schon eine Antwort parat, die in ihrem Mund klebte wie ein fetter Knödel aus einem schlechten Restaurant. Mike suchte Streit. April merkte, daß ihr unanständige Worte auf der Zunge lagen. Doch sie wollte lieber schweigen, damit Mike klarwurde, wie idiotisch er sich benahm. Aber die unanständigen, verbotenen Worte wollten raus aus ihrer Kehle wie bei einer richtigen Amerikanerin.

»Diese Schlampe«, entfuhr es ihr.

»Wer, Judy?« fragte Mike überrascht.

»Nein. Die Tussi, die dich mit ihren Augen fast verschlungen hat. Sie hat dir sogar ihre Privatnummer gegeben.« Angeekelt schürzte April die Lippen.

»Wer hat mich womit verschlungen –? Die ist mir gar nicht aufgefallen.«

»War nicht zu übersehen.«

»Ha!« rief Mike und fuhr vom Parkway ab. »Deswegen willst du meine *Mami* nicht kennenlernen? Du hast was gegen Latinas.«

»Also wirklich, Mike! Du weißt genau, daß das nicht stimmt.«

»Du denkst, deine Leute sind was Besseres und uns hältst du für Abschaum.«

»Sei bloß ruhig. Wir müssen hier abbiegen.« Sie waren fast am Ziel. April kurbelte ihr Fenster hoch.

»Du hast Maria Elena Schlampe genannt.«

»Du hast sie doch selbst gesehen.«

»Das ist politisch aber nicht korrekt.«

»Wie würden Sie denn ihre Aufmachung und ihr Verhalten beschreiben, Sergeant? Würden Sie sagen, die Dame verhielt sich professionell oder hat sie noch andere Dienste angeboten, außer ihrer Hilfe bei den Ermittlungen?«

Mike kaute auf einem Schnurrbartende. »Ihr Frauen seid doch alle gleich. Ihr mögt Männer nun mal, das hat ja schließlich nichts damit zu tun, aus welcher Kultur man kommt.«

Doch, es hatte sehr viel damit zu tun, welcher Kultur man entstammte. Wo April herkam, durften Frauen sich nicht so provozierend verhalten. Sie war absolut davon überzeugt, daß Menschen, die sich falsch verhielten, damit nur Böses in die Wege leiteten; *Gutes* konnte daraus nicht entstehen. Sie hätte Hunderte – nein, Tausende – fatale Beispiele anführen können, bei denen sich jemand in Herzensangelegenheiten für den falschen Weg entschieden hatte.

»Weißt du, was ich glaube?« fragte Mike.

Es war zwecklos, ihm zu sagen, daß sie auf seine Meinung gut verzichten konnte. April schwieg, während sie durch eine Gegend mit ansehnlichen Häusern und großen Vorgärten fuhren, die noch grün und saftig waren. Mike parkte schwungvoll vor einem weiß verputzten Haus mit rotem Schindeldach und stellte den Motor ab.

Er sah sie mit ernster Miene an, als hätte er einen Schalter in seinem Gehirn betätigt. Wahrscheinlich würde er sie jetzt in seiner arroganten Art darüber belehren, wie bei der Befragung von Dickeys Frau vorzugehen sei, doch leider schien der Schalter in seinem Gehirn nicht zu funktionieren.

»Ich glaube, du hast Vorurteile gegen Latinos, weil wir so sexy sind und du es nicht ausstehen kannst, etwas zu verpassen… Vielleicht hast du ja Angst, nicht mithalten zu können.«

Arschloch. April lächelte gütig, verfluchte ihn innerlich und griff nach ihrer Tasche. »Das wird's wohl sein.«

Sie sah, wie seine Brust unter der Lederjacke anschwoll. Anscheinend glaubte er, sie in die Enge getrieben zu haben und daß sie sicher nachgeben und seine Mutter kennenlernen würde. Dieser Sieg machte es ihm möglich, den Schalter im Hirn umzulegen. Mit einem Blick aus dem Fenster stellte er fest, daß sie nicht mehr in Queens oder in der Bronx waren. Er stieg aus, schüttelte seine Hose aus und atmete in der Wohlstandsatmosphäre tief durch.

»Nette Gegend«, murmelte er. »Muß schön sein, hier zu wohnen. Meinst du nicht auch, *querida?*«

April zuckte mit den Schultern und ging durch den Vorgarten auf die Haustür zu.

42

Sally Ann Dickey sah aus wie eine in die Jahre gekommene Doris Day. Sie hatte kornblumenblaue Augen, rosige Wangen und rotblondes Haar, der gleiche Farbton wie Doris Day in den fünfziger Jahren. Sie trug ein graues Wollkleid und servierte den beiden Detectives Tee, als wären sie zu einem gemütlichen Plausch vorbeigekommen. Die beiden paßten nicht gerade in das Westchester Ambiente, doch es wäre Mrs. Dickey im Traum nicht eingefallen, ein Wort darüber zu verlieren. Mit dem Rücken zum Fenster saß sie auf einem kleinen Sofa, klopfte die Kissen und blickte sie mit geneigtem Kopf freundlich an.

April und Mike hatte sie die beiden zierlichen Stühle angeboten. Von dort konnte man die Straße und die wenigen vorbeifahrenden Autos sehen. April räusperte sich. »Danke, daß Sie sich die Zeit genommen haben, uns zu empfangen«, sagte sie leise. »Das muß sehr schmerzlich für Sie sein.«

»Nein, gar nicht.« Sally Ann Dickey schenkte Tee ein und wandte sich an Mike. »Zucker?«

»Ja, bitte.«

»Milch?«

Er warf April einen Blick zu, doch die konzentrierte sich völlig auf Mrs. Dickeys Technik des Teeausschenkens und konnte ihm nicht beistehen. Er zuckte mit den Schultern. »Ja.«

Mrs. Dickey legte das silberne Sieb auf dem silbernen Halter ab, stellte die Teekanne hin, griff nach dem silbernen Milchkännchen und gab einen Schuß Milch in Mikes Tee. Dann reichte sie ihm die Porzellantasse.

»Danke«, sagte er.

Sie griff wieder nach der Teekanne.

»Das ist eine sehr delikate Angelegenheit…«, begann April.

»Ja, ich weiß. Zucker?«

»Nein, danke. Ohne alles, bitte.« April nahm die Tasse entgegen und stellte sie auf dem Tischchen ab, ohne zu probieren.

Die frische Witwe hatte zarte, helle, von unzähligen Fältchen durchwobene Haut. Sie starrte April mit durchdringenden, blauen Augen an, bis ihr klarwurde, daß sie ihren Tee kosten sollte. Während sie einen Schluck nahm, fiel ihr Blick auf einen dunkelblauen Ford, der wie ein Dienstwagen aussah.

»Wir müssen Ihnen leider ein paar unangenehme Fragen stellen«, sagte April sanft.

Mrs. Dickey beugte sich etwas vor. »Noch ein wenig Tee, Sergeant?« fragte sie Mike.

»Noch nicht, danke.«

Mike wurde langsam nervös. April folgte seinem Blick und sah wieder den dunkelblauen Ford, der jetzt in die andere Richtung fuhr. Die Antennen waren ausgefahren.

»Wie kann ich Ihnen helfen?« erkundigte sich Mrs. Dickey.

»Nahm Ihr Mann Medikamente ein?«

»Was soll diese Frage?«

»Wir müssen wissen, welche Medikamente er regelmäßig einnahm.«

Blaue Augen sahen sie prüfend an. »Harold war kerngesund. Ich weiß nichts von Medikamenten.«

Sie hatte keine Ahnung. Aha! April holte tief Luft. »Vielleicht würden Sie uns lieber in Ihren eigenen Worten schildern, was für ein Mensch Ihr Mann war, welche Gewohnheiten er hatte?«

»Harold war ein großartiger Arzt, ein guter Lehrer und ein wundervoller Mensch.« Mrs. Dickey schenkte sich noch etwas Tee nach.

»Was für ein Typ Mensch war er? Wie war seine Stimmung?«

»Nun ja. Er hatte natürlich viel zu tun. Er war immer sehr beschäftigt.«

»War er depressiv?«

»Depressiv? Mein Mann? Nein, nie. Er hatte viel zuviel zu tun. Noch etwas Tee?«

»Nein danke.« Mike lächelte April zu. *Komm zur Sache, damit wir endlich hier wegkommen.*

Ja, schon in Ordnung. April nickte. »Mrs. Dickey, nahm Ihr Mann Antidepressiva?«

»Nein, natürlich nicht. Harold nahm überhaupt nichts ein. Er hat ja nicht mal Aspirin angerührt.«

»Wie sieht's mit Alkohol aus?« fragte Mike.

Die Witwe rümpfte die Nase. »Ab und zu mal ein Schluck zur Entspannung.«

»Wie war seine Stimmung in letzter Zeit?« fragte April.

Mrs. Dickey sah zwischen den beiden hin und her, als hätte sie plötzlich eine Idee. »Wer von Ihnen ist der Gute und wer der Böse?«

»Wie bitte?« sagte April.

»Es gibt doch immer einen guten und einen bösen Cop. Er ist bestimmt der Böse. Sie sind Mexikaner?« Die kornblumenblauen Augen ruhten auf Mike.

»Woran sehen Sie das?« fragte er verdutzt.

»Ich bin aus Texas, mein Lieber. Aus Lubbock. Mein Mann auch. Wir leben schon lange hier. Genau wie Sie.«

»Seit ich vier bin«, sagte Mike.

»Trotzdem, manches ändert sich nie.« Mrs. Dickey seufzte. »Wir haben mit einundzwanzig geheiratet. Harold wollte ein großartiger Arzt werden und seinen Mitmenschen helfen. Das ist ihm auch gelungen.« Ein jugendliches Lächeln huschte andeutungsweise über ihre erstarrte Miene. »Was möchten Sie wirklich wissen?«

»Ihr Mann war fast den ganzen Sonntag im Büro.«

»Er ging gegen neun. Ich wußte, daß er ins Büro wollte.«

»Hat er Ihnen gesagt, weshalb?«

»Er hat gar nichts gesagt.«

»Woher wußten Sie dann, wo er hinging?«

»Er war nicht für den Tennisplatz angezogen und nahm die Aktentasche und den Laptop mit. Er war auch am Samstag im Büro gewesen. Ich nahm an, daß er irgend etwas ausarbeitete.«

»Wissen Sie, worum es sich handelte?«

»Ich hörte ihn am Telefon. Es ging um einen Todesfall, einen Patienten, glaube ich.«

»Raymond Cowles.«

»Wer?«

»Der verstorbene Patient hieß Raymond Cowles.«

Mrs. Dickey schüttelte den rotblonden Schopf. »Nein, um den ging es nicht.«

»War noch ein Patient gestorben?«

»Ja, das vermute ich jedenfalls. An einer Überdosis Elavil.« Mrs. Dickey befingerte ihre Frisur, die wie Zuckerwatte zu einem steifen Berg aufgetürmt war.

»Erinnern Sie sich an den Namen des Patienten?« fragte April.

»Das war eine schlimme Sache, glaube ich.«

»Der Todesfall?«

»Ja, der sorgte damals für ziemlich viel Wirbel.«

»Es ging also nicht um einen kürzlich Verstorbenen?«

»Nein, nein. Ich glaube, das war letztes Jahr.«

Es hatte also vor einem Jahr auch einen Todesfall gegeben. »Was war so schlimm?« insistierte April.

Mrs. Dickey sah sie verwirrt an. »Das kann ich Ihnen wirklich nicht sagen. Harold hat nie sehr viel erzählt. Noch etwas Tee?«

»Nein danke. Ihr Mann wurde also wegen des Todes eines Patienten angerufen. Wann war das?«

»Es ging eigentlich um was anderes. Aber er wurde wohl an diesen Patienten erinnert.«

»Ich verstehe«, murmelte April.

»Sie sind die gute Polizistin, das erkenne ich doch sofort. Sie haben ein liebes Gesicht. Haben Sie Kinder?«

April schüttelte verneinend den Kopf. Sie sah, wie Mike sich verkrampfte, als der dunkelblaue Ford zum dritten Mal vorbeifuhr. Im Wagen saß ein Mann in schiefergrauem Anzug und einem Mobiltelefon in der Hand. Sein Gesicht wurde von dem Gerät verdeckt. Er wurde langsamer, sah aber nicht in ihre Richtung; beim nächsten Haus gab er wieder Gas. Das war kein Cop. Cops hatten keine Mobiltelefone.

April versuchte es noch einmal. »Ist Ihnen sonst noch was aufgefallen, außer diesem Anruf am Sonntag? Gab es irgendwelche Veränderungen im Leben Ihres Mannes? War er ängstlich oder angespannt? Schweigsamer als sonst?«

Mrs. Dickey dachte eine Weile nach. »Harold hat sich viele Sorgen wegen der Schlange gemacht, meinen Sie das vielleicht?«

»Wegen der Schlange?«

»Ich nenne sie so. Sie ist wie eine Klapperschlange. Leider hört man nicht, wie sie sich anschleicht. Nach all den Jahren ist sie wieder zurückgekommen, nur um ihn zu ärgern. Aber ich will nicht darüber sprechen, ich bin keine Tratschtante.«

»Sie können uns alles sagen«, sagte Mike leise.

»Sie sind der böse Cop, ich erzähl es lieber *ihr*.«

»Bitte, ich höre.«

»Es würde mich nicht wundern, wenn *sie* ihn umgebracht hat. Deswegen sind Sie doch hier, oder? Sie glauben doch, daß Clara Treadwell Harold umgebracht hat.«

»Also, Mrs. Dickey, im Moment versuchen wir eigentlich nur herauszufinden, wie es zu der Überdosis Elavil und Scotch kam, an der er gestorben ist. Ob es ein Unfall war... oder ob er depressiv war und selbst –«

»*Sie* hat es in seinen Scotch getan.«

»Dr. Treadwell?« fragte April.

»Jawohl. Sie haßte Harold. Sie wollte ihn loswerden, und er wollte nicht gehen.« Mrs. Dickey verschränkte die Arme vor der Brust. »Ich sage Ihnen, wie es war: Sie hat mir meinen Mann weggenommen, und als sie ihn nicht mehr wollte, hat sie ihn einfach umgebracht.«

Und dann, als Clara zurückgekommen war, um Dickeys Büro abzuschließen, ließ sie den Scotch verschwinden. April warf Mike einen Blick zu. Sie sah ihm an, daß er mit Sally Ann Dickeys Theorie einige Probleme hatte. Wenn die Direktorin des Centres tatsächlich den Scotch ihres ehemaligen Geliebten vergiftet hatte, weshalb hätte sie es darauf angelegt, zum Zeitpunkt seines Todes am Tatort zu sein? April zuckte mit den Schultern. Na ja, vielleicht hatte Clara nicht gewußt, daß Harold sterben würde. Elavil hatte schon in einem anderen Fall eine Rolle gespielt. Den sollten sie mal unter die Lupe nehmen, vielleicht eröffnete das neue Perspektiven.

April stand auf. »Vielen Dank, Mrs. Dickey. Sie haben uns sehr geholfen.« Sie stellte ihre leere Tasse auf dem Tablett ab. »Ach ja, hatte Ihr Mann eigentlich ein Büro hier?«

»Natürlich. Möchten Sie es sehen?«

Das machte also drei Büros. Der Mann hatte drei Büros gehabt und eine Frau, die zuviel fernsah.

»Ja, gerne. Aber zuerst müßte ich auf die Toilette, bitte.«

»Die Tür da rechts.« Mrs. Dickey zeigte auf eine Tür unter der Treppe und legte die restlichen Teeutensilien auf das Silbertablett.

»Darf ich Ihnen das abnehmen?« Mit einem Augenzwinkern ergriff Sanchez das Tablett.

»Macht Ihnen das nichts aus?«

»Aber nein. Zu Hause mache ich das auch immer.«

»Das kann ich irgendwie nicht glauben, Sergeant. Aber trotzdem vielen Dank. Das alte Ding wird von Tag zu Tag schwerer.«

»Ja, so ist das.« Mike war plötzlich sehr umgänglich.

Es paßte ihm wahrscheinlich nicht, innerhalb kürzester Zeit als Mexikaner *und* böser Cop abgestempelt worden zu sein. Auf dem Weg zur Küche ließ April die Toilettentür links liegen und eilte die Treppe hinauf.

43

Am Mittwoch, nach April Woos Besuch in ihrem Büro, drehte Clara Treadwell ihren Ledersessel zum Fenster und starrte über den Fluß auf die Klippen New Jerseys. Sie mußte sich erst einmal beruhigen und ihre Gedanken sortieren. In einer knappen Stunde wollte Daveys vorbeikommen, der FBI-Agent, den Arch Candel am Montag auf ihr Problem angesetzt hatte. Sie hatten sich nicht auf einen früheren Termin einigen können. Der Montag war kompliziert genug gewesen. Jetzt, da in Hals Tod ermittelt wurde, sah es noch schlimmer aus. Clara war ziemlich durcheinander; sie ärgerte sich über die verlorene Zeit und darüber, daß es vielleicht zu einem Skandal kommen würde. Bis jetzt hatte sie aber noch alles im Griff, davon war sie überzeugt.

Erschöpft schüttelte sie den Kopf und sah hinab auf die Wellen des Hudson. Die letzten vier Tage war sie ununterbrochen am Telefon gewesen und hatte von Hals tragischem und so plötzlichem Herzanfall gesprochen. Sie hatte mit dem Dekan der *Medical School* telefoniert, dem stellvertretenden Geschäftsführer des Medizinischen Instituts der Universität, dem Universitätspräsidenten, den Verwaltern des *Psychiatric Centres*, dem *Chief-Psychiatrist* des Staates New York, der dem Gesundheitsminister unterstand und eine entscheidende Rolle spielte, wenn es um die Vergabe finanzieller Mittel für das *Psychiatric Centre* ging. Der stellvertretende Geschäftsführer des Medizinischen Instituts hatte den Dekan der *Medical School* angerufen, der wiederum den *Chief-Psychiatrist* informiert hatte, der Clara anrief, als sie gerade mit dem Universitätspräsidenten telefonierte. Sie kannten sich alle gut und saßen zusammen in den Komitees, die Gelder verteilten und das akademische und medizinische Angebot der Universität und des *Psychiatric Centre* organisierten.

Der Tod Harold Dickeys hatte großes Aufsehen erregt; über dreißig Jahre lang war er eine bedeutende Persönlichkeit im Centre gewesen. Man hatte ihn geliebt und geachtet. Seine allgemeine Beliebtheit war eines der unzähligen Probleme, die Clara mit ihm gehabt hatte. Die meisten Leute waren einfach dumm und loyal, was seine überholten Ansichten betraf. Verbittert dachte Clara daran, welchen Einfluß Dickey bei Ray Cowles' Therapie gehabt hatte. Dickey hatte Ray in den Tod getrieben.

Nicht genug, daß Harold aufrichtig gemocht wurde, er war außerdem Vorsitzender des Qualitätskontrollausschusses gewesen und war unter rätselhaften Umständen hier im Centre gestorben. Während der Gespräche mit ihren Kollegen hatte sich Clara in keinster Weise auf größeren Ärger vorbereitet. Sie hatte alle über Harolds Tod informiert und glaubte, die unerfreuliche Situation voll im Griff zu haben. Arch hatte ihr zugesichert, daß sich der FBI-Agent um das andere Problem kümmern würde: Boudreau.

Es fehlte Clara gerade noch, daß die chinesische Polizeibeamtin, die schon die Cowles-Sache verpatzt hatte, jetzt auch noch argwöhnische Vermutungen über *Harolds* Tod anstellte. Das machte sie wütend. Claras Wange zuckte, als sie sich noch einmal die Informationen vergegenwärtigte, die sie von April Woo erhalten hatte. Sie versuchte, einen Sinn in das Gehörte zu bringen, ohne dabei selbst einen Herzanfall zu erleiden. Panische Angst durchzuckte sie, daß auch ihr Herz, genau wie Harolds, Amok laufen könnte.

Ray hatte Selbstmord begangen. Ergab das überhaupt einen Sinn, nach allem, was er ihr in jener Nacht erzählt hatte? Nein. Und jetzt sah es so aus, als sei Hal an einer Überdosis Elavil und Alkohol gestorben. Jeder wußte, wie ungern Harold Medikamente nahm. Clara formte mit den Zeigefingern ein Dreieck und trommelte nervös mit den Fingern. Ray war nicht depressiv gewesen, und Hal auch nicht. Ray hatte nicht explizit von Selbstmord gesprochen, und Hal hatte sich viel mehr für seine Gedankengänge als für seine Stimmungen interessiert. Hal hätte nie etwas eingenommen, das sein Denken in irgendeiner Weise beeinträchtigt hätte. Chemische Stimmungsmacher waren für andere. Für seine Frau vielleicht. Oder seine Tochter. Aber nicht für ihn. Er war ein Purist.

Clara starrte durch das Fingerdreieck. Sie hatte Hal ganz deutlich vor Augen, sogar nach all den Jahren und diesem scheußlichen Tod. Sie sah ihn vor sich, in dem alten, bequemen Sessel im Schlafzimmer ihrer Wohnung. Wie ein triumphierender Pfau hatte er immer mit einem Glas Johnnie Walker dagesessen, nachdem sie miteinander geschlafen hatten. Für den Sex brauchte er keine Entschuldigung, aber seinen Scotch mußte er analysieren und erklären.

»Jeder hat seine Schwächen. Meine Schwäche ist der Scotch«, pflegte er zu sagen, wobei er die goldbraune Flüssigkeit gegen das Licht hielt.

Seine andere Schwäche wollte er nicht eingestehen: Frauen – insbesondere sie. Er redete nie über seine sexuellen Bedürfnisse, seinen Hunger, da er nicht die Absicht hatte, die Rechnung zu begleichen. Tief in Claras Innerem war ein Knoten aus Verbitterung zurückgeblieben. Er fühlte sich an wie ein schmerzliches Geschwür aus ansonsten gutartigem Gewebe; bei zuviel Anspannung reagierte es empfindlich. Manchmal hatte der Knoten weh getan, wenn Hal ihr mit seiner Pedanterie bei Konferenzen auf die Nerven gegangen war, wenn er erst vorgab, ihre Neuerungen zu unterstützen und ihr dann mit bescheidenen Zwischenfragen, die endlose Debatten auslösten, in den Rücken fiel. Sogar die Ursache seines Todes warf auf einmal Probleme auf.

Er war Alkoholiker, ganz klar, ein Säufer alter Schule. Clara hörte auf, mit den Fingern zu trommeln, das Dreieck fiel auseinander.

Jemand, den du liebst, wird sterben. Hätte Hal diesen Zettel geschrieben, dann hätte er damit wohl kaum sich selbst gemeint. Sie liebte ihn doch schon seit Jahren nicht mehr, und das hatte er auch gewußt. Daß sie andere Männer liebte, hatte er als Herausforderung angesehen, als ein Hindernis, das es zu überwinden galt. Er war arrogant gewesen. Er hatte sie manipuliert und gequält, wo er konnte. Sie konnte sich durchaus vorstellen, daß er irgendwie durchgedreht war und ihr einen Schrecken einjagen wollte. Aber es war absolut unvorstellbar, daß er *sich selbst* etwas angetan hatte. Niemand würde das glauben. Harolds Tod würde ganz bestimmt nicht als Selbstmord *ad acta* gelegt werden.

Nervös rubbelte sie an der zarten Haut ihrer Lippen, als wolle sie sie abschmirgeln. Auch Ray Cowles hatte sie nicht geliebt. Der war jetzt ebenfalls tot. Was war am wahrscheinlichsten? Zwei Selbstmorde? Ray, der sein Coming-out nicht verkraftet hatte, und Hal, der zwar nicht mehr nach ihrer Liebe gelechzt hatte, der aber ihre Anschuldigungen und Drohungen, ihn rauszuwerfen, nicht länger aushielt?

Oder waren es zwei Unfälle? Das ergab in beiden Fällen mehr Sinn. Keiner von beiden hatte einen Abschiedsbrief hinterlassen. Vielleicht hatte keiner von ihnen sterben wollen. Diese Erklärung erschien aber nicht schlüssig. Hal war sehr beschäftigt gewesen, als ihn der Tod ereilte. Er wollte reinen Tisch machen und um seinen Job kämpfen. Er hätte bestimmt kein Amitriptylin genommen. Wenn er das Medikament also nicht absichtlich genommen hatte, war es vielleicht versehentlich passiert? Clara erinnerte sich an Bobbie Boudreau, der rauchend an einem Baum gelehnt hatte, als sie nach Hals Tod zum Centre zurückgekehrt war. Boudreau war ein Unruhestifter, der schon mal jemanden vergiftet hatte. Er war unter ziemlich unangenehmen Umständen rausgeworfen worden. Das paßte eigentlich zusammen. Boudreau hatte Hal umgebracht, weil Hal herausgefunden hatte, daß sie von Boudreau belästigt wurde.

Es war an der Zeit, das Kondom aus dem Tiefkühlfach zu holen, wo sie es letzten Freitag vor der Konferenz in Washington deponiert hatte. Sie würde Boudreau mit seinem eigenen, unverschämten Präsent festnageln. Clara lehnte sich zurück und sah auf ihre Uhr. Special Agent Daveys wollte in zehn Minuten kommen; sie hatte also noch etwas Zeit, sich zu entspannen.

Bobbie

44

Mittwoch war Bobbies freier Tag. Am Mittwoch nach Harold Dickeys Tod lief er in den unterirdischen Gängen des *Medical Centres* von einem Gebäude zum anderen, als hätte er Wichtiges zu erledigen. Wie immer sah es aus, als gehörte er hierher.

Wie eine Pflanze im Garten hatte er Wurzeln geschlagen und beabsichtigte nicht zu verschwinden. Vor einem Jahr noch war das *Psychiatric Centre* der Garten gewesen, in dem er für immer bleiben wollte. Er hatte mehrere Jahre Tagschicht gemacht und ein paar Jahre Nachtschicht. Er war immer eingesprungen, wenn Not am Mann war und noch jemand gebraucht wurde, der den verstörten Menschen auf der Station half. Die normalen Menschen konnte er nicht leiden. Er lebte für die Arbeit.

Bobbie hielt die Patienten für heilige Opfer einer teuflischen Welt, von der sie systematisch zerstört wurden – erst wurden sie krank gemacht, dann wurden sie eingesperrt und noch kränker gemacht und dann warf man die armen Seelen wieder raus auf die Straße, wo sie unmöglich überleben konnten. Genauso war er in der Armee zerstört worden, glaubte Bobbie. Die Verrückten waren ihm ein Trost. Er war überzeugt davon, daß Gott ihn zu den Verrückten gesandt hatte, damit er deren Leben in die Hand nahm. Er sagte den Patienten, wo es langging. Sie bekamen von ihm alles, was sie brauchten, und zwar dann, wenn er wollte, keine Minute früher. Er fixierte sie, wenn sie in die Zwangsjacke gesteckt werden mußten. Er machte sie auch wieder los. Er entschied über jede Zigarette; er bestimmte, was sie haben durften und was nicht. Bobbie verabreichte ihnen die Medikamente mit Liebe. Er trauerte ihnen nach, wenn sie entlassen wurden in die unbegreifliche Welt da draußen.

Als letztes Jahr ein Patient vom Balkon sprang und man Bobbie die Schuld dafür in die Schuhe schob, war ihm das sogar noch nähergegangen als seine Versetzung aus der MASH-Einheit. Danach war er über die Jahre systematisch degradiert worden, bis er die Patienten nicht einmal mehr anfassen durfte. Ihm wurden *völlig grundlos, aus purer Boshaftigkeit* immer niedere Aufgaben zugeteilt, bis er nur noch Bettpfannen ausleeren und Blut aufwischen durfte. Und wenn die Ärzte Mist bauten, mußte er die Leichen in die Überseesäcke packen. Bis zu seiner Entlassung aus der Armee hatte er jede Menge Leichen eingepackt.

Jetzt ging es ihm wieder gut. Schließlich gab es einen Schweinehund weniger; der hatte es nicht verdient, sich Arzt zu nennen und unter den Lebenden zu weilen. Es hatte ihm richtig gutgetan zuzusehen, wie die beschissenen Sanitäter, die den Toten unbedingt am Leben erhalten wollten, mit Dickeys Leichnam auf der Bahre die Straße entlanggehetzt waren. Gott hatte es bestimmt so arrangiert, daß Bobbie gerade im richtigen Moment auf der anderen Straßenseite stand, damit er Zeuge wurde, als das Böse bestraft wurde.

Gott meinte es gut mit ihm. Er hatte ihm einen Tod präsentiert, den er sich immer wieder ins Gedächtnis rufen konnte. Vor seinem inneren Auge wiederholte er besonders oft die Szene, als die Hexe Clara Treadwell allein zurück ins Centre ging, wahrscheinlich, um die Flasche zu holen. Bobbie hatte sich darüber gewundert, daß Clara nicht blaß war vor Schreck. Auch nicht grau vor Trauer. Sie hatte den Mann, der eben erst gestorben war, schon komplett vergessen und war in Gedanken schon beim nächsten Problem. Bei der Vorstellung, welche Panik die Hexe Treadwell ergriffen hatte, als sie feststellte, daß die Scotch-Flasche nicht mehr in Dickeys Büro stand, mußte Bobbie lachen. Der Hexe mußte klar sein, in welcher Gefahr sie jetzt schwebte. Bobbie war da gewesen: er wußte, was sie getan hatte.

Am Montag ging es Bobbie gut. Dienstag auch. Am Mittwoch

ging es ihm so gut, daß er beschloß, der Alten im dritten Stock einen Besuch abzustatten. Er wollte sehen, wie Gunn errötete, wollte hören, wie sie jammerte und sich fürchtete vor dem, was geschehen könnte. *Was ist verdammt noch mal passiert seit Freitag, als ich den Doktor noch bei guter Gesundheit sah und ihm die Akten aushändigte?* Sie würde fragen: was hast du getan, was hast du getan, was hast du getan? Bla, bla, bla. Gunn wußte ja nicht, daß er die Sache völlig im Griff hatte. Beim Gedanken daran fühlte er sich richtig gut.

Kurz nach fünf tauchte Bobbie in Gunns Büro auf. Sie saß reglos hinter ihrem Schreibtisch. Daß sie bei seinem Anblick nicht vor Scham oder Furcht errötete, enttäuschte ihn. Sie saß wie versteinert da und starrte vor sich hin. Sie sah fertig aus, richtig alt. Er fragte sich, warum er sich mit so einer alten Frau eingelassen hatte.

»Hi.« Er tippte an den Schild seiner Baseballkappe.

Sie schüttelte den Kopf.

Malika, ihre begriffsstutzige Mitarbeiterin, kam vorbei und grüßte nicht einmal.

»Ich gehe«, sagte sie nur und ging.

»Was ist los?« fragte Bobbie. »Du siehst komisch aus.«

»Irgend etwas ist faul. Ein Kerl vom FBI war hier.«

»Was?« rief Bobbie erstaunt. »Warum?«

»Dreimal darfst du raten, Bobbie.«

»Mensch, Alte, verarschen kann ich mich selber. Was wollte das Arschloch?«

»Er wollte wissen, warum Dr. Treadwells Freunde plötzlich sterben.«

Bobbie hätte beinahe gelacht. Luft stieg aus seinem Magen auf. Laut rülpsend schmeckte er noch mal die Hackfleischbällchen vom Mittagessen. »Was für Freunde?« fragte er mit Unschuldsmiene. »Ich wußte gar nicht, daß die Hexe Freunde hat.«

»Komm schon, Bobbie. Du weißt schon. Zwei Leute sind gestorben. Nicht nur der arme Dr. Dickey – sondern auch noch ein *Patient*. Es ist noch ein Patient gestorben.«

»Seit letzter Woche ist *noch* ein Patient gestorben?«

»Nein, ich meine den von letzter Woche. Einer reicht doch, oder?«

Bobbie zuckte mit den Schultern. »Ist das FBI hier, um die Hexe zu überführen?«

Gunn schüttelte den Kopf. »Bobbie, du machst mir solche Sorgen. Wirklich.«

»Warum?« Am liebsten hätte er ihr ins fette Gesicht gelacht.

»Weil du nicht die Folgen bedenkst, wenn du etwas tust... wenn Menschen *sterben*, zum Beispiel.«

»Red doch nicht so einen Scheiß«, sagte er wütend. Mit dem Tod dieser Leute hatte er überhaupt nichts zu tun. Gunn hatte ja keine Ahnung.

»Ich arbeite doch nicht mal hier«, empörte er sich. »Ich kenne den Kerl doch gar nicht. Du sagst doch selbst, es war ein Privatpatient. Ich weiß nicht mal, wie er heißt. Wie kommst du darauf, daß ich was damit zu tun habe?«

»Dr. Dickey kennst du aber, Bobbie«, wandte sie überheblich ein. »Die Polizei war auch hier. Die Polizei *und* das FBI. Was soll ich denen denn erzählen?«

»Klar, das Scheiß-FBI. Ich will dir mal was sagen – wenn das FBI ermittelt, dann sagen die dir nicht, daß sie vom FBI sind. Du bist nicht mehr ganz dicht. Du weißt gar nicht, was du redest.«

Sie nickte. »Doch, doch. Ich hab dem Kerl gesagt, er soll sich davonmachen, wenn er nicht befugt ist, mir Fragen zu stellen. Deswegen hat er es mir gezeigt, sein FBI-*Dingsda.*« Aha.

»Und, was soll ich deiner Meinung nach jetzt machen? Ich hab doch nichts angestellt. Ich weiß ja nicht mal, wovon du redest. Dickey hatte einen Herzanfall und hat ins Gras gebissen. Den anderen Kerl kenn ich nicht, hab nie von ihm gehört.«

Plötzlich war es vorbei mit ihrer Beherrschung, sie heulte los. »Der arme Dr. Dickey. Und jetzt wollen sie meine Akten nicht rausrücken. Ich bin so fertig, Bobbie.«

»Keine Sorge. Ich hab damit nichts zu tun. Ich hab den Kerl noch nicht mal gekannt.«

Gunn schneuzte die Nase. »Das behauptest *du.* Was machst

du überhaupt hier? Du darfst nicht hierherkommen. Du weißt doch, daß die Polizei da war, oder?«

Sie war verrückt. Wer hatte ihm verboten herzukommen? Niemand. *Sie* ganz allein behauptete, daß er nicht herkommen durfte. Aber er mußte sich jetzt klug verhalten, durfte nicht ausrasten. Er schüttelte den Kopf.

»Nein, ich weiß von nichts. Ich wollte nur kurz hallo sagen. Deswegen mußt du nicht gleich ausrasten.«

»Jetzt reicht's, Bobbie.« Gunn starrte ihn wütend an. »Nach allem, was ich für dich getan habe«, murmelte sie. »Ich weiß gar nicht, warum ich mir das bieten lasse. Ich will dich nie mehr wieder hier sehen, hörst du?«

»Was willst du denn? Soll ich etwa die Stadt verlassen?«

»Das wäre gar keine schlechte Idee. Dann wärst du wenigstens sicher.« Sie wedelte ihn mit ihren kurzen, fetten Armen weg. »Geh du zuerst. Ich will nicht, daß man uns zusammen sieht.«

Sie war eindeutig verrückt. Bobbie seufzte und ging.

45

»Wie steht's um uns, Jason?«

Emma saß in dem grün-schwarzen Korbsessel und klopfte lautlos mit ihrer Gabel auf die weiße Tischdecke. In dem weichen Licht wirkte ihr Lächeln sehnsuchtsvoll. Sehnsucht und Traurigkeit weckten in Jason immer Schuldgefühle. Und Schuldgefühle machten ihn defensiv. Er wollte aber nicht defensiv sein.

Emma hatte gehofft, daß das Restaurant, in dem sie zu Abend aßen, einnehmend genug war, um sie von ihren Problemen abzulenken. Emma wartete immer noch auf eine Entscheidung bezüglich des Theaterstücks, während Jason ins schwarze Loch der Krankenhauspolitik gesogen worden war und nur noch am Telefon hing. Das Restaurant, das Emma ausgesucht hatte, um ihn mit ihren Angelegenheiten abzulenken, war gerade um die Ecke vom zwanzigsten Revier. Von seinem Fensterplatz aus konnte Jason die Straße überblicken. Er fragte sich, ob April Woo Dienst hatte. Und falls ja, was sie machte.

»Wie steht's um uns, Jason?« fragte Emma noch einmal.

Als sie zum zweiten Mal fragte, sah er sie an. So was hätte Emma früher nie gefragt. Wie stand es um sie? Was war das überhaupt für eine Frage? Was fühlte er? Liebte er sie, vermißte er sie? Vor einem halben Jahr war sie noch vorsichtiger gewesen und wäre nicht auf die Idee gekommen, ihm solche Fragen zu stellen. Aber diese Zeiten waren vorbei. Das Blatt hatte sich gewendet, und sie war plötzlich eine ernstzunehmende Person. Sie verdiente Geld, trug teure Kleider, färbte ihr Haar und warf mit Namen von Hollywood-Größen um sich, die er lieber nicht kennenlernen wollte. Anscheinend glaubte Emma, sie konnte fragen, was sie wollte.

Nun ja, so eine Frage ließ sich aber nicht beantworten, egal, wie das Blatt sich gewendet hatte. Die Liebe war nun mal kein »ewig sicheres Ziel, das unerschüttert über Sturmeswogen thronte«, wie Shakespeare es in einem von Jason einst geliebten Sonett ausgedrückt hatte. Nein, die Liebe war genauso wechselhaft und gefährlich wie das Wetter.

Wie ging es ihm? Wie oft schlug der Wind an einem einzigen Tag um, wurde stärker, flaute ab? Manchmal gab es riesige Temperaturschwankungen. Der Luftdruck steigt und es entstehen Gewitterwolken. Und dann, wenn man sich gerade auf einen unvermeidbaren Kampf mit den Elementen vorbereitet hat, flaut der Wind ohne Vorwarnung ab und die Sonne bricht hervor.

Emma befingerte ungeduldig ihren Ehering, während sie auf eine Antwort wartete. Lächelnd legte Jason eine Hand auf ihre. »Du kennst doch die Antwort.«

»Ja? Und die wäre?«

»Wir holen gerade einiges nach und arbeiten an unserer Beziehung.«

Das war wohl zur Abwechslung mal richtig; sie nickte.

»Das stimmt.« Sie wand ihre Finger um seine.

»Ich hätte dich sowieso nicht gehen lassen«, fügte er nach einer Weile hinzu. »Ich brauche dich.«

Genau das wollte sie hören.

»Und was hältst du von dem Stück? Gefällt's dir?« fragte sie herausfordernd.

Er schnitt eine Grimasse und sah aus dem Fenster. »Es wird bestimmt ein Erfolg.«

»Und was paßt dir nicht daran?«

Der Lebensstil, die Eifersucht. Alles. Er konnte so spät nichts mehr essen. Er war viel zu müde. Wenn Emma die Rolle bekam, würde es keine gemütlichen Abendessen mehr zu Hause geben. Auch keine Ruhe mehr. Oder zuviel Ruhe. Wenn er spätabends allein, hungrig und erschöpft war, würde sie durch die Stadt ziehen, noch spät mit den Fans essen, die ihr sagen würden, wie toll und wunderbar sie war. Wie sollte er das nur aushalten? Und tagsüber, wenn er wie ein Verrückter arbeitete, würde sie noch im Bett rumlümmeln. Keine lustige Vorstellung. Andererseits, wenn sie die Rolle nicht bekam, würde sie vielleicht wieder nach Kalifornien ziehen, und er würde sie gar nicht mehr zu Gesicht bekommen.

Verärgert stocherte er in seinen Spaghetti herum. Selbst die Tomatensauce war nicht so, wie er sie gewollt hatte. Der Kellner hatte ihm versichert, daß keine Sahne in der Sauce sei, doch sie war dick und cremig mit nur einem Hauch Rot.

»Es ist doch egal, was ich denke. Du tust, was du tun mußt«, murmelte er.

»Du hast immer getan, was du tun mußtest, Liebling. Ohne dir Gedanken darüber zu machen, was ich davon halte.«

»Das ist nicht dasselbe. Man kann Äpfel nicht mit Birnen vergleichen.«

»Ich vergleiche Äpfel mit Äpfeln, Jason. Arbeit ist Arbeit. Ich mag deine Arbeit nicht, aber dich. Verstehst du...?« Sie zuckte mit den Schultern. »Es ist genau das gleiche.«

Unwirsch bezahlte Jason die Rechnung. Sie war nicht hoch, wie immer. Emma aß zur Zeit keine Hauptgerichte, da sie ihr perfektes Gewicht halten wollte. Auch das bedrückte ihn, er konnte ihr nicht mal was Ordentliches zu essen kaufen. Verärgert steckte er die Quittung ein.

»Komm schon, bring deinen abgefüllten Mann nach Hause. Vielleicht mach ich dir noch ein paar schöne Stunden, wenn du nett zu mir bist«, murmelte er. Er wollte die Sonne wieder hervorholen.

»Immer diese leeren Versprechungen«, knurrte Emma. Trotzdem ergriff sie auf der Straße seinen Arm und drückte sich fest an ihn.

Sie gingen in westliche Richtung zum Fluß. »Hat eigentlich dieser Mann mit dir gesprochen?«

»Wer?«

»So ein Typ im grauen Anzug. Weißes Hemd. Kurze Haare, blaue Augen. Er klingelte an der Wohnungstür und fragte nach dir.«

»Was wollte er?«

»Das soll ich doch nicht fragen, ich hab ihn natürlich auch nicht gefragt. Er wollte wissen, wann du Zeit hast. Ich sagte ihm, da müsse er dich selbst fragen.«

Sie überquerten die 79. Straße. »Hm. Ein Cop? Jemand von der Versicherung?«

Emma schüttelte den Kopf. »Ein Cop war's nicht.«

»Wie kam er nach oben?«

»Keine Ahnung. Ich hielt ihn für einen Patienten.«

Jason wollte am nächsten Morgen mit dem Portier reden. Er überlegte, wer gerade Frühschicht hatte; wahrscheinlich Emilio, dem es manchmal an der nötigen Aufmerksamkeit mangelte. Als sie die Eingangshalle betraten, fragte er den Nachtportier, ob jemand nach ihm gefragt hätte. Der ehemalige Marinesoldat hatte die Statur eines Kampfhahns. Er hatte sich immer noch nicht davon erholt, daß Emma letztes Frühjahr während seiner Schicht um sechs Uhr abends, als es noch hell war, am Ende des Häuserblocks entführt worden war.

»Nein, Sir, niemand«, sagte er abwehrend und vermied es, Emma anzusehen.

»Danke, gute Nacht.«

In der Wohnung klingelte das Telefon. Jason schloß eilig die Tür auf.

»Das ist bestimmt für mich.« Emma drängte sich an ihm vorbei in die Küche und war als erste am Apparat. »Hallo«, sagte sie mit neutraler Stimme.

»Ähm... ist Jason auch da?« fragte eine überraschte Frauenstimme.

»Wer ist am Apparat?« entgegnete Emma kühl.

»Dr. Treadwell. Clara Treadwell.«

Jason stand direkt hinter ihr und blickte sie fragend an. Emma verdrehte die Augen und übergab ihm den Hörer. Sie sagte nicht, wer dran war.

Vielen Dank auch. Nach einer kleinen Pause sagte er: »Hallo?«

»Jason, hier ist Clara. Ich muß Sie unbedingt sprechen.«

»Gut.« Jason sah auf seine Armbanduhr. Es war fast halb zwölf; Emma runzelte die Stirn, sie ärgerte sich über diese Störung. »Morgen vormittag bin ich total ausgebucht. Wie wäre es früh, so gegen sieben?«

»Kommen Sie bitte in meine Wohnung.«

»Okay...«

»Um sieben«, sagte Clara ungeduldig. »Die Sache kann nicht warten.«

Sie hatte aufgelegt, bevor er fragen konnte, was denn so dringend war.

46

Obwohl er müde war und zum Abendessen Wein getrunken hatte, blieb Jason noch auf, als Emma zu Bett ging. Er hatte einiges mit Clara zu besprechen. Er wollte noch die Cowles-Akte durchlesen, bevor er sie morgen früh aufsuchte. Er raffte die Papiere zusammen und schleppte sie ins Wohnzimmer, wo er sich in seinem Lieblingssessel niederließ. Um ein Uhr hörte er all seine Uhren einmal schlagen. Eine halbe Stunde später schlugen sie wieder. Er fand es ein bißchen unheimlich, mit nur einer Leselampe so im Dunkeln zu sitzen und sich mit den Widersprüchen, Gefühlen und Sehnsüchten seiner Ehe auseinanderzusetzen. Ihre Beziehung hatte sich völlig verändert, seit Emma gegangen war. Die frühere Sicherheit war verschwunden. Sehnsucht nach Liebe war eine mächtige, treibende Kraft. Jason hatte festgestellt, daß er auch ein Leben ohne Liebe aushalten konnte, wenn auch nur schlecht.

Trauer überkam ihn, als er in der Akte suchte, wo er stehengeblieben war. Es war für einen Arzt nie leicht, einen Patienten zu verlieren; doch dieser Patient Harolds und Claras war noch nicht verstummt. Ray Cowles schrie noch nach Hilfe, sogar jetzt mußten sie sich noch um ihn kümmern. Jason brauchte nicht die Leiche sehen, den Todesbericht lesen oder die Verwirrung und Trauer der Witwe erleben, um von dieser Tragödie berührt zu werden. Cowles war ein Jahr jünger gewesen als er. Jason hielt ihn für einen jungen Mann, der sein halbes Leben noch vor sich gehabt hatte.

Warum hatte er nach all den Jahren seine Meinung geändert? Was hatte ihn dazu bewogen, seine Frau zu verlassen, um dann feststellen zu müssen, daß er die Freiheit, er selbst zu sein, nicht aushielt? Jason suchte in den Anfangsjahren von Rays Analyse nach Anhaltspunkten, die zu der selbstzerstörerischen Tat geführt haben könnten. Hatte es während der Therapie depressive Phasen gegeben? Hatte er Selbstmordgedanken geäußert, die während der ursprünglichen Behandlung ernsthafter hätten angegangen werden sollen? Während er Rays Geschichte las, wurde ihm schmerzlich bewußt, daß Harold Dickey, der einzige Zeuge von Rays Analyse mit Clara Treadwell, nun ebenfalls tot war.

Kopfschüttelnd hielt er bei einer Eintragung sechs Monate nach Beginn der Analyse inne. Es war offensichtlich, daß das Verhältnis zwischen Dickey und Treadwell über das Berufliche hinausgegangen war. Keine Frage, Dickey hatte größeres Interesse daran gehabt, seine Assistenzärztin zu verführen, als den Bedürfnissen des Patienten gerecht zu werden – und er benutzte die Worte des Patienten zu einer Art Vorspiel mit Clara.

Seufzend hielt Jason nochmals inne, als zwei Jahre später das Thema Liebe zur Sprache kam. Der Patient RC schwärmte für einen Professor an der Universität. RC erwähnte unter anderem, daß ihn Aussehen und Duft des Mannes völlig überwältigten. Dickey hatte seiner Studentin Clara versichert, daß es sich hier nicht um echte Liebesgefühle handelte. Dickey bestand darauf, daß der Patient in Wahrheit in Clara verliebt sei. Er gab zu bedenken, daß RC seine angeblichen Gefühle für Professor S. nie in die Tat umgesetzt hätte; das beweise, daß er nicht schwul und auch nicht in S. verliebt sei. In den darauffolgenden Sitzungen gelang es Clara, den Patienten von Dickeys Interpretation zu überzeugen.

Jason hielt die Gefühle des Patienten für Professor S. eindeutig für echt. Ihm wurde auch klar, daß Rays Therapeutin und ihr betreuender Arzt zweieinhalb Jahre nach Beginn der Therapie ein Verhältnis anfingen und mehr Interesse aneinander hatten als an Ray. Jason schlief schlecht in dieser Nacht. Emma auch. Beide wälzten sich stundenlang umher; manchmal fanden sie einander, umarmten und streichelten sich in der Dunkelheit.

Es war ungewöhnlich mild, als Jason um zehn vor sieben auf dem Weg zu Clara Treadwell den Riverside Drive entlanggging. Er fühlte sich leicht verkatert vom Weißwein und der schlaflosen Nacht. Als er vor ihrem Haus ankam, stand gerade der Nachtportier auf dem Gehsteig und polierte die Messingpfeiler des Baldachins.

»Hier darf niemand rein«, sagte der Portier kühl.

»Dr. Treadwell erwartet mich. Mein Name ist Dr. Frank.«

»Da muß ich erst fragen.«

Jason nickte.

Der Portier deutete mit dem Kopf auf ein Auto am Straßenrand, in dem ein Mann saß. Dann rief er Clara über die Sprechanlage an. »Geht in Ordnung. Die Penthousewohnung«, informierte er Jason.

Bevor Jason klingeln konnte, öffnete Clara schon die Tür. Ohne Begrüßung ging sie ihm voran in die Küche. »Kommen Sie. Ich mache uns einen Kaffee«, waren ihre ersten Worte.

Sie sah auch nicht aus, als hätte sie viel geschlafen. Jason folgte ihr in die Küche, die der seinen nicht unähnlich war. Sie war groß genug, daß man darin sitzen konnte; modern, aber nicht zu chic. Auf einem Schrank stand ein Mikrowellengerät, so was hatten sie nicht. Jason wußte nicht so recht, wozu man so etwas brauchte, doch gerade gestern abend hatte Emma davon gesprochen, daß sie gerne eines hätte.

Er beobachtete, wie Clara Kaffeebohnen aus einer *Zabor's* Tüte mahlte und ohne abzumessen in den Filter schüttete. Sie holte Milch aus dem Kühlschrank, goß sie in eine Kanne, stellte die Kanne in die Mikrowelle und drückte auf einen Knopf.

»Setzen Sie sich«, sagte sie.

Jason wunderte sich über die Milch und nahm auf einem der beiden Stühle am Küchentisch Platz. Nach ein paar Sekunden piepste der Apparat. Clara nahm die Kanne schäumender Milch heraus und stellte sie auf den Tisch. »Café au lait«, sagte sie.

»Italienisch kann ich nicht«, murmelte er.

»Das war Französisch.«

»Ich weiß.«

Sie lächelte. Na klar. Sie stellte zwei Tassen und eine Zuckerschale auf den Tisch. Die Mikrowelle piepste, als die Milch fertig war. Die Kaffeemaschine piepste, als der Kaffee fertig war. Eine piepsende Küche. Clara goß Milch und Kaffee in den Mengen zusammen, die sie für angebracht hielt, um das gewünschte Getränk zu fabrizieren. Jason nahm vier gehäufte Teelöffel Zucker, rührte um und legte den Löffel zur Seite.

»Ich sprach gestern abend mit Ben Hartley. Er bekam einen Anruf vom Anwalt der Versicherungsgesellschaft, bei der Ray versichert war. Anscheinend müssen sie zahlen. Ich wußte gar nicht, daß Selbstmord versichert ist. Die Versicherung muß offensichtlich zahlen, wenn die Police älter als ein Jahr ist, egal, welche Todesursache. Sie werden uns verklagen.«

»Wen genau?« fragte Jason.

»Äh – mich, das Krankenhaus – alle.«

»Mit welcher Begründung?«

»Weil ich Ray vor achtzehn Jahren behandelt habe. Zwei Tage vor seinem Tod hatte er einen Termin bei mir. Die werden behaupten, daß ich ihn damals nicht korrekt therapiert habe und ihn vor zwei Monaten, als er sich bei mir meldete, nicht als Selbstmordkandidat erkannt habe. Die Versicherungsgesellschaft wird uns auf eine Million Dollar Schadensersatz verklagen. Die Witwe will fünfundzwanzig Millionen. Ben sagt, die Summe errechnet sich aus dem, was Ray in seinem Arbeitsleben verdient hätte plus einer Wiedergutmachung für die Witwe wegen Liebesverlust und Verlust des Partners. Sie wissen ja, daß er schwul war. Er hat sie schon vor Monaten verlassen.«

»Ist das nicht sehr weit hergeholt?« fragte Jason. »Wo sieht Hartley die Verantwortung des Krankenhauses?«

Clara ignorierte ihren Kaffee und begann, den Lippenstift von ihren Lippen zu nagen. »Die Versicherung des Krankenhauses wird eventuell die Position vertreten, daß Cowles mein Privatpatient war, zumindest das letzte Mal, und alle Verantwortung von sich weisen. Die Sache ist ziemlich kompliziert. Haben Sie die Akte gelesen?«

Jason nickte. Er fragte nicht, warum sie diese detaillierten Aufzeichnungen einer verpfuschten Analyse aufbewahrt und ihm zu lesen gegeben hatte.

»Ich mache mir keine Sorgen wegen einer Klage«, sagte sie. »Wirklich nicht. Deswegen habe ich Sie auch nicht hergebeten.«

»Aha?« Jason machte sich Sorgen. Er nippte an seinem Kaffee und verbrannte sich den Mund.

»Die Polizei ermittelt in Dickeys Tod. Wußten Sie das?«

»Ja. Weshalb?«

Clara griff nach ihrer Tasse. Jetzt hatte der Kaffee bestimmt die richtige Temperatur. Sie trank einen Schluck. »Sie glauben nicht, daß Dickey eines natürlichen Todes gestorben ist.«

»Sondern?«

»Das wissen sie noch nicht.« Clara studierte eingehend ihre Tasse.

»Und was glauben Sie?« fragte Jason.

»Daß er ermordet wurde.« Clara seufzte und rührte gedankenverloren in ihrer Tasse. »Sie haben unten ja bestimmt gesehen, daß ich bewacht werde.«

»Von wem?«

»Ich mußte das FBI hinzuziehen.« Sie fuhr sich wichtigtuerisch durchs Haar.

»Clara, weshalb hat sich die Polizei überhaupt eingeschaltet?«

Mit zusammengekniffenen Augen dachte sie an Harolds letzte Minuten. »Irgend etwas war faul. Mir kam die ganze Sache in der Notaufnahme, als es keine Hoffnung mehr gab, merkwürdig vor – aus medizinischer Sicht. Ich hielt eine toxikologische Untersuchung für angebracht.« Sie zuckte mit den Schultern. »Und ich hatte recht. In Hals Blut wurde eine tödliche Mischung aus Elavil und Alkohol entdeckt, der Arme. Wenn ich nicht die Untersuchung angeregt hätte, wäre der Mörder ungeschoren davongekommen.«

Sie blickte Jason entsetzt an. »Wer weiß, vielleicht wäre ich als nächstes dran gewesen.«

Jason runzelte die Stirn. »Woher wollen Sie wissen, daß es kein Unfall war?«

»Sie waren doch dabei, Jason, als ich mich verletzt habe. Sie haben das Kondom gesehen bei dem Treffen Freitagmorgen. Sie sagten damals selbst, daß wir etwas unternehmen müssen. Jetzt habe ich was unternommen; das FBI wird sich um die Sache kümmern.«

»Ich verstehe.« Verstohlen nahm sich Jason noch einen Löffel Zucker. Er fragte sich, was die Polizei davon hielt. »Das wird ja ausreichen«, sagte er.

»Nicht ganz.«

»Nein?« Was kam jetzt?

»Sie sollen die Probe für mich persönlich überprüfen lassen, Jason.«

»Was für eine Probe?«

»Das Sperma aus dem Kondom.«

»Das soll wohl ein Scherz sein?«

Clara schüttelte den Kopf.

»Warum?« fragte er angewidert.

»Weil ich weiß, wer Dickey umgebracht hat. Er muß unbedingt gefaßt werden.«

»Dann geben Sie doch dem FBI-Agenten das Kondom. Oder der Polizei.«

Kopfschüttelnd sagte sie: »Ich möchte sichergehen, daß nicht zwei Leute darin verwickelt sind.«

»Zwei Leute?«

»Ja.«

Jason trank den Rest seines überzuckerten Kaffees. Ihm war nicht klar, was für ein Spiel Clara eigentlich spielte. Er fragte sich, ob sie vielleicht etwas verwirrt war.

»Wen haben Sie in Verdacht?«

Clara kniff die Lippen zusammen. »Vor ungefähr einem Jahr verabreichte ein Pfleger des Centres einem Patienten eine Überdosis Elavil. Der Patient wurde psychotisch und sprang vom Balkon. Der Pfleger hieß Robert Boudreau. Dickey kümmerte sich damals darum, und er war es auch, der Robert Boudreau rauswarf.«

»Sie glauben, dieser Boudreau war so wütend, daß er Dickey umbrachte?«

Clara nickte. »Am Tag, als Hal starb, sah ich ihn vor der Notaufnahme.«

Jason schwieg einen Moment. »Und was ist mit dem Kondom?«

Clara beantwortete die Frage, indem sie aus dem Tiefkühlfach ein Päckchen holte. Sie legte es auf den Tisch und schob es Jason zu. »Ich bin überzeugt, daß die Sache mit dem Skalpell und die anderen Kondome auch auf Boudreaus Rechnung gehen.«

»Warum übergeben Sie das dann nicht dem FBI?«

»Es besteht die vage Möglichkeit, daß es nicht mit seiner Blutgruppe übereinstimmt.«

»So. Wen verdächtigen Sie noch?«

»Ich bin mir nicht ganz sicher.« Clara wich seinem Blick aus.

Hätte Jason am Abend zuvor nicht soviel Zeit mit der Lektüre der Ray-Cowles-Akte verbracht und hätte er nichts von der intimen Beziehung zwischen Dickey und Clara gewußt, dann hätte er es nicht gewagt, die nächste Frage zu stellen. Doch Clara hatte ihm die Akte gegeben. Er wußte, daß Clara und Dickey ein Verhältnis gehabt hatten.

»Sie wollen nicht, daß dieser Jemand in die Sache hineingezogen wird?« fragte er. »Sprechen wir von dem Opfer?«

»Ja.« Clara sah ihn an. »Sie wissen, daß Hal mich ausgenutzt hat. Er hat Rays Analyse manipuliert und mich auch. Er war mein Vorgesetzter. Ich hatte keine Wahl, ich mußte seine Instruktionen befolgen.«

Aber Clara stand nicht unter Hals Supervision, als sie Ray zwei Tage vor seinem Tod getroffen hatte und auch nicht, als sie mit ihm telefonierte, kurz bevor er sich die Plastiktüte über den Kopf stülpte. Jason durchschaute ihren Plan. Clara wollte vermeiden, daß das FBI von ihrer vertrackten Beziehung mit Dickey erfuhr. Jason hatte die Cowles-Akte, die sie in beiden Fällen belastete. Und jetzt sollte er auch noch das Kondom an sich nehmen.

»Okay«, sagte er nach einer Weile. »Ich lasse das Kondom testen, wenn Sie das möchten. Ich muß es aber der Polizei übergeben, da habe ich keine Wahl. Es geht schließlich um ein Strafverfahren. Ich muß mit der Polizei zusammenarbeiten.«

»Die Polizei ist aber nicht kompetent genug.«

»Da bin ich anderer Meinung. Aber es ist Ihre Entscheidung. Ich werde keinesfalls Beweise in einem Mordfall an mich nehmen, wenn ich sie nicht der Polizei übergeben darf.«

Clara zögerte. Er sah ihr an, daß sie versuchte, das Für und Wider ihrer verschiedenen Übereinkünfte abzuwägen. Aus irgendeinem Grund wollte sie zwar den Schutz des FBI, von offener Zusammenarbeit mit der Behörde hielt sie jedoch nichts. Sie spielte ein gefährliches Spiel. Nach einigen Minuten stimmte sie zu und übergab ihm die Plastiktüte. Jason verabschiedete sich und verschwand, wobei er seinen neuen Bart befummelte. Er hatte nicht viel Zeit, April anzurufen, bevor ihrer beider Tage hektisch wurden. Er wollte das Beweisstück unbedingt innerhalb der nächsten Stunde loswerden.

47

»Was sagen Sie da?« Sergeant Joyce nieste geräuschvoll über das ganze Telefon, bevor sie den Hörer auflegte. »Jason Frank hat Ihnen ein benutztes *Kondom* gegeben, das letzte Woche in Treadwells Terminkalender aufgetaucht ist?«

April stand vor Sergeant Joyces Schreibtisch. Sie nickte, während sie sich fragte, ob der Zeitpunkt günstig war, auch noch das FBI zu erwähnen.

Joyce nieste nochmals und bellte: »Setzen Sie sich hin – ich krieg Kopfschmerzen, wenn Sie so rumstehen.«

April zuckte zusammen und ging zum Fensterbrett, wo Luft immer noch kalt durch die Ritzen zog. Sie hätte Sergeant Joyce einige chinesische Heilmittel gegen ihre Erkältung empfehlen können, aber sie glaubte nicht, daß sie ihren Ratschlag schätzen würde.

»Und Sie haben *was* damit gemacht?« bellte Joyce.

»Ich habe es zum Test ins Labor gebracht.«

»Verraten Sie mir ruhig ein bißchen mehr, April. Was für ein Test?«

»Um die Blutgruppe zu bestimmen, vielleicht finden wir ja eine Übereinstimmung mit –«

Die Tür flog auf und Mike trat mit einem munteren Lächeln ein.

»Sie wollten mich sprechen?«

»Was ist los, Sanchez? Sie wissen anscheinend mehr als ich.« Joyce hustete krachend in ein Papiertaschentuch.

»Wie bitte?«

»Ich glaube, Sie wissen mehr als ich, oder?«

Mike zwinkerte April zu und schüttelte mit ernstem Gesicht den Kopf. »Was gibt's?«

»Die *Feebies* wollen sich plötzlich um die Sache kümmern. Was zum Teufel ist da los?«

Mikes krumme Augenbrauen zogen sich zu einer Linie zusammen. »Das FBI? Warum?«

»Gerade rief mich Special Agent« – sie warf einen kurzen Blick auf ihre unleserliche Notiz – »Stephen Daveys an. Er will mit uns zusammenarbeiten. Er kommt um vier zu einem Gespräch vorbei. Das heißt also, uns bleiben vier Stunden, um den Fall aufzuklären.« Sie lachte schallend.

April konnte sich nicht mit ihr freuen. Sie hatten sich schon eine Weile unterhalten, doch diese Information hatte Sergeant Joyce zurückgehalten, bis Mike Sanchez zugegen war.

Mike kratzte sich an der Nase. »'tschuldigung, ich komm nicht ganz mit. Von welchem Fall sprechen wir überhaupt?«

»Es ist ziemlich mysteriös, Sanchez. Warum interessiert sich das FBI für den unnatürlichen Tod eines Seelenklempners im *Psychiatric Centre*? Können Sie mir das sagen?«

»Tja, das könnte viele Gründe haben.« Er schwieg und sah April an. »Ich hab gehört, du warst heute morgen im Labor. Wir haben uns verpaßt.«

»Detective«, sagte Sergeant Joyce zynisch. »Möchten Sie dem Sergeant nicht mitteilen, was Sie dort gemacht haben?«

April schnalzte mit der Zunge. Das gleiche Geräusch machte *Skinny Dragon Mother* immer, wenn ein Wutausbruch bevorstand. April schnupperte vorsichtig, ob Joyces Erkältung wohl auf dem Weg zu ihr war, dann räusperte sie sich und lächelte Mike an.

»Ich hab Sperma testen lassen.«

»Ach ja?« sagte er. »Wessen?«

»Dr. Treadwell glaubt, daß es von Dickeys Mörder stammt.«

»Tatsächlich? Mir ist am Tatort gar kein Sperma aufgefallen.«

April bemühte sich um einen unbewegten Gesichtsausdruck. »Es tauchte schon vor Dickeys Tod auf. Am Freitag, bei einer Konferenz; Dr. Treadwell wollte über den Cowles-Fall sprechen. Jemand hat es in ihren Terminkalender gelegt.«

Mike kaute auf seinem Schnurrbart herum. »Aha«, sagte er. »Und wie bist du daran gekommen?«

Sie wand sich ein wenig. »Jason Frank hat es mir gegeben.«

»Und wie kam *er* dazu?« Entnervt griff sich Sergeant Joyce ins Haar und malträtierte eine Strähne.

»Jason Frank ist Dr. Treadwells Berater für Raymond Cowles' Suizid.«

»Und was hat das mit uns zu tun?« schrie Sergeant Joyce.

»Dickey war bei Cowles' Therapie vor achtzehn Jahren Dr. Treadwells betreuender Arzt. Dr. Treadwell und das Krankenhaus werden von der Witwe und der Versicherung auf sechsundzwanzig Millionen Dollar Schadensersatz verklagt.«

»Scheiße!« Joyce ließ die Haarsträhne los und putzte sich die Nase. »Scheiße, das gefällt mir überhaupt nicht.«

»Und du glaubst...«

April warf eine Vermutung in den Raum. »Dickey war der einzige Zeuge von Cowles' Analyse. Jetzt ist er tot und kann nicht mehr aussagen, wenn sie wegen Fahrlässigkeit vor Gericht kommt.«

»Was wollen Sie damit sagen, April? Halten Sie es allen Ernstes für möglich, daß die Direktorin des *Psychiatric Centres* – eine Frau, die zufällig auch dem präsidialen Ausschuß für geistige Gesundheit angehört – ihren ehemaligen Betreuer umgebracht hat, damit er nicht gegen sie aussagt in einem Fall, der achtzehn Jahre zurückliegt? Erscheint Ihnen das etwa plausibel?« kreischte Joyce.

»Kriegen die viel staatliche Unterstützung?« Sanchez' Finger trommelten auf die Armlehne des Stuhls, auf dem er sich endlich niedergelassen hatte.

»Wer?«

»Das Krankenhaus, die Programme des Krankenhauses für die Bevölkerung –«

»Bingo, da hätten wir ja die Verbindung zur Regierung. Okay, soll sich das FBI drum kümmern«, knurrte Joyce, damit waren sie die Sache los.

»Vielleicht geht's ja um was ganz anderes. Das FBI kann sich schließlich einmischen, wann es will; einen Grund finden die doch immer. Vielleicht interessieren die sich gar nicht für den Mord. Vielleicht geht's um Korruption.« Sanchez wandte sich an April. »Und du? Du warst heute morgen mit einem Pariser unterwegs?«

»Ich hab noch was über Dr. Treadwell rausgefunden«, sagte April. »Jason bestätigte, was uns Mrs. Dickey über Dr. Treadwell und ihren Mann gesagt hat. Sie hatten eine Affäre während Claras Ausbildung. Nach ihrem Examen verließ sie New York und war über zehn Jahre weg. Sie heiratete, ließ sich scheiden, arbeitete in Kalifornien; heiratete noch mal und ließ sich wieder scheiden. Seit drei Jahren ist sie als Leiterin des psychiatrischen Krankenhauses wieder hier.

Seit einem halben Jahr etwa ist sie mit einem US-Senator zusammen, ungefähr zur gleichen Zeit fingen die Drohbriefe an. Jason war dabei, als sie sich letzte Woche an einem Skalpell verletzte, das jemand in ihrer Schublade deponiert hatte. Das benutzte Kondom kam bei einer Konferenz zum Vorschein, als sie ihren Terminkalender aufschlug –«

»Das wissen Sie alles von Jason Frank?« unterbrach Joyce skeptisch.

»Er schilderte mir die Ereignisse, bei denen er zugegen war. Ihre persönliche Geschichte habe ich selbst recherchiert«, erwiderte April.

»Gute Arbeit, Detective«, sagte Joyce zynisch.

April hob eine Schulter. *Danke.*

»Und warum interessiert er sich dafür?« wollte Mike wissen.

»Jason? Weiß ich nicht genau.«

»Und wie stehen die beiden zueinander, hm? Was hat er von der ganzen Sache?« fragte Mike.

April schüttelte den Kopf. »Keine Ahnung.«

»Dr. Treadwell hat also eine Beziehung mit einem US-Senator. Phh!« Joyce schneuzte sich laut. »Und was ist mit den Drohbriefen?«

»Sie hat sie offensichtlich nicht ernst genommen«, April betrachtete ihre Handflächen. »Es sollte niemand davon erfahren.«

»Und jetzt hat sie ihre Meinung geändert.«

»Jetzt denkt sie, der Kerl, der sie belästigt, hat Dickey umgebracht.« April erwähnte nicht, daß Clara für die Einschaltung des FBI verantwortlich war.

»Hm. Hat dieser Kerl auch einen Namen?«

»Boudreau, Robert Boudreau. Er war früher Krankenpfleger. Letztes Jahr wurde er nach dem Tod eines Patienten gefeuert – ein junger Mann hat sich vom Balkon gestürzt...«

Mit weit aufgerissenen Augen kaute Joyce bestürzt auf ihrer Lippe herum. »Ich erinnere mich daran. Das ist aber alles vage, April.«

April nickte. »Ja, riecht aber verdächtig«, bestätigte sie.

»Und warum hat Jason Frank Ihnen das alles erzählt?«

»Dr. Treadwell vertraut uns nicht, schätze ich. Sie erzählte Jason, daß das FBI den Fall übernimmt. Vielleicht befürchtet er, daß wir mit denen nicht fertig werden«, murmelte April. »Vielleicht mag er mich ja auch einfach.« Sie lächelte.

»Er mag dich?« fragte Sanchez wütend. »Ich schlag dem Kerl die Fresse ein.«

»Schnauze!« schrie Joyce und wurde von einem Hustenanfall geschüttelt.

»Möchten Sie einen Schluck Wasser?« fragte April gelassen.

»Nein, mir fehlt nichts.« Joyce räusperte sich. »Dr. Treadwell hatte also einen guten Grund, Dickey umzubringen. Wir sollten auch nicht vergessen, daß sie bei ihm war, als er starb.«

»Richtig, das sollten wir bedenken«, bestätigte Mike. »Vielleicht wollen die *Feebies* diese Tatsache ja verschleiern.«

Joyce quälte wieder eines ihrer Haarbüschel. »Vielleicht stellt sich noch heraus, daß diese Belästigungen nur Hirngespinste waren. Hat irgend jemand die Drohbriefe gesehen?«

»Das Kondom war jedenfalls –«

»So ein Schwachsinn. Was sollen wir damit anfangen? Warum hat Jason Frank das Kondom überhaupt mitgenommen? Und warum gibt er es Ihnen? Das ist doch lächerlich.«

»Jason sagt, Clara möchte das Ding bloß testen lassen, um

festzustellen, ob es Boudreaus Blutgruppe ist. Dann können wir ihn festnageln.«

»Verdammt noch mal, wer ist dieser Boudreau überhaupt?« schrie Joyce. »Was hat er denn auf einmal mit der Geschichte zu tun? Wie sollen wir ihn überführen? Tatsache ist, es gibt einen Toten. Entweder war es Selbstmord oder ein Unfall oder jemand hat ihn kaltgemacht. Nach allem, was wir wissen, hat Dr. Treadwell diesen Boudreau vielleicht schon vor einer Woche bei der Tat ertappt und hat es bis jetzt für sich behalten. *Eine Woche* lang. Das stinkt doch zum Himmel, April.«

»Was wollen Sie jetzt tun?«

»Geht der Sache nach. Untersucht jedes noch so kleine Detail. Ich will wissen, was da los war.« Sie zog die Nase hoch und wandte sich an Sanchez. »Und Sie? Sind Sie auch fündig geworden?«

»Ein bißchen.« Sanchez zuckte mit den Schultern. »Es handelte sich um Amitriptylin-Sirup. Die Patienten auf der Station bekommen es in kleinen Bechern und nennen es Krötensaft. Es kommt aus der kleinen Apotheke im dritten Stock. Es gibt aber auf jeder Etage auch einen eigenen Vorrat. Dickey hat es offensichtlich mit dem Scotch getrunken. Im Glas fanden sich Spuren von Amitriptylin und Scotch.«

»Dickey war Arzt. Er wußte doch, wie gefährlich diese Mischung war … Selbstmord?« fragte Joyce hoffnungsvoll.

Mike schüttelte den Kopf. »Weder die Scotch-Flasche noch Medikamente wurden am Tatort gefunden. Auch kein Abschiedsbrief.«

Joyce raufte sich die Haare. Plötzlich warf sie beide Hände in die Höhe. »Haut jetzt ab. Um vier muß alles geklärt sein – und besorgt mir heiße Hühnerbrühe gegen diese verdammte Erkältung.«

48

Das Bohnen-Burrito und die Guacamole lagen April schwer im Magen, als sie nach dem Mittagessen aufbrachen. Immer, wenn Sanchez das Restaurant aussuchte – und er entschied sich stets für mexikanisches Essen –, hätte sich April danach am liebsten ins Bett gelegt. Nicht nur wegen der kräftigen Gewürze und des üppigen Essens, sondern weil sie sich die ganze Zeit auch noch vor ihm in acht nehmen mußte. Er war so scharf wie die kleinen, ungenießbaren roten Chilis auf ihrem Teller und redete nur zweideutiges Zeugs. April konnte mit diesem Geplänkel nicht umgehen.

Neckereien widersprachen allem Chinesischen. Man wurde in ihrer Kultur mit unerbittlicher Härte erzogen. Positive Verstärkung war in China unbekannt. Erst in den Straßen New Yorks hatte sie Mitgefühl kennengelernt. Und was Sex betraf – tja, wie hatte ihr italienischer Vorgesetzter in Chinatown immer gesagt? »April – vergiß es.«

Aus den Augen, aus dem Sinn – das war die chinesische Philosophie in puncto Sex. Am besten, man hatte gar keinen Sex; wenn es aber doch sein *mußte*, redete man nicht darüber. Aprils Vater hatte sich in ihrem Beisein nie zu der körperlichen Seite des Ehelebens geäußert. Ja Fo Woo redete sowieso nur selten, und wenn er einmal etwas sagte, beschränkten sich seine Bemerkungen meistens darauf, was Kinder ihren Eltern und Frauen ihren Ehemännern schuldig waren oder was er zum Abendessen wollte. Manchmal sprach er auch über seine Verdauung. Er hatte keinen Humor; auf chinesisch nicht und auf englisch auch nicht. Genau wie ihre Mutter.

Ihren ehemaligen Freund, Jimmy Wong, konnte man auch vergessen. Jimmy hatte sich immer beklagt, daß April ihn nicht genug liebte und verwöhnte. Damit hatte er sie völlig verunsichert, und sie hatte schließlich aufgegeben, es ihm recht zu machen.

Beim Mittagessen hatte Mike von den Latinas in der High-

School geredet, die Push-up-BHs und hautenge Hosen trugen und sich auf dem Mädchenklo tonnenweise Haarspray aufsprühten. Sie waren immer am Plappern, Lachen, Rumalbern und Sichzurechtmachen, um über die Jungs herzufallen.

»Siehst du den dort drüben? Das ist Carlos. Er ist ja soooo toll. Sieh nur, der knackige Hintern – einfach klasse! Und sein Motorrad. Extra niedrig gelegt. *Esta noche* schnapp ich ihn mir. *Véalo usted mismo.*«

Mike wollte sie davon überzeugen, daß dieses Verhalten ganz normal sei; sie sollte ruhig auch ein bißchen lockerer sein und sich amüsieren. Eine schier unmögliche Aufgabe. Was, wenn sie – was Mike zum Beispiel anging – lockerer würde und er auf einmal feststellte, daß er sie doch nicht besonders mochte? Oder was, wenn er irgendwo eine falsche Tür aufmachte und von der Glock eines Gangsters weggepustet wurde? Das schien die Mühe nicht wert zu sein.

»*Querida.* Hey – wart auf mich.« Mike rannte hinter ihr her.

Sie schenkte ihm keine Beachtung. Weil es keinen ungekennzeichneten Wagen mehr gab, überlegte April, ob sie mit ihrem eigenen Auto zum *Psychiatric Centre* fahren sollte; dort hatte sie drei Termine vor sich.

Mike holte sie ein und ergriff ihren Arm. »Hey, was ist denn los?«

»Das müßtest du doch wissen.«

»Verstehst du keinen Spaß?«

»Ich hasse es, wenn du mich auf den Arm nimmst, Mike.«

»*Querida*, was hat man denn sonst vom Leben? *Dios*, mir tut der Kerl, der dich mal kriegt, wirklich leid. Dieses darf man nicht, und jenes darf man nicht.«

Sie knuffte ihn in die Seite. »Hör schon auf.«

»Der wird ein Scheißleben haben, der Arme. Du mit deinen komischen Launen. Ich wette, dem trocknen die *cojones* ein.«

April mußte lachen. »Vergiß es, Mike.«

»Du brichst mir das Herz«, erwiderte er. »Was ist denn nur los? Wir haben uns beim Mittagessen doch ganz gut amüsiert, oder?«

»*Du* vielleicht. Ich kann auf diese Andeutungen und deine Albernheiten verzichten. Drück dich bitte deutlich aus, wenn du mir was zu sagen hast.«

»Du bist eindeutig im falschen Geschäft, Schätzchen, wenn du Andeutungen nicht leiden kannst.«

»Du weißt genau, wovon ich rede.«

Lächelnd zuckte er mit den Schultern. »Es ist alles sehr rätselhaft, *querida*. Unsere Fälle sind noch das geringste.«

»Hast du Neuigkeiten?«

Er nickte ernst. »Ja.«

»Werde ich versetzt?«

Er zuckte mit den Schultern.

»Komm schon, sagst du es mir oder nicht?«

»Eher nicht.« Mike sah zu den uniformierten Beamten hinüber, die sich lachend und plaudernd auf dem Gehweg versammelten.

»Vielen Dank, Kollege.« April blickte jetzt ebenfalls zu den Beamten.

»Na gut, wenn du es wirklich wissen willst: für einen Kuß verrat ich es dir.«

Sie schüttelte den Kopf. Es war zwecklos.

»Dann zeig mich doch wegen sexueller Belästigung an.«

»Später vielleicht, wenn wir das hier erledigt haben«, murmelte sie.

»*Bueno*, ich freu mich schon. Wir sehen uns um vier«, sagte Mike und ging.

Um drei Uhr saß April in Dr. Lionel Hambugs Büro. Sally Ann Dickey hatte ihr gestattet, das Privatbüro ihres Mannes im Ärztehaus zu durchsuchen. Dort war April zuerst gewesen. Das Büro war mit Ledersesseln, einer Ledercouch und einem verstaubten Plastikbambus ausgestattet. Bücher und Fachzeitschriften füllten die Regale, und in den Schränken darunter hatte der Verstorbene Akten und Nachdrucke seiner Aufsätze aufbewahrt. April hatte die Aufsätze rasch gesichtet. Dickeys Spezialgebiet war offensichtlich die Genetik gewesen. In den Akten wimmelte es von Graphiken und Tabellen.

In der mittleren Schreibtischschublade hatte sie einen Terminkalender gefunden, der von einem Gummiband zusammengehalten wurde. Sie sah sich die Termine der kommenden Wochen an. Dickey war den ganzen November über ausgebucht. Seinem Kalender zufolge wollte er Mitte Dezember einen Vortrag bei einem Verbandstreffen in Miami halten. Er hatte sich notiert (seine Schrift war schwer leserlich), daß er das Thema seiner Rede noch bekanntgeben wollte. Die Woche darauf hatte er einen Urlaub geplant; er hatte alle Tage quer durchgestrichen und darüber »Aruba« geschrieben. Seine Frau hatte keine Reise in die Karibik erwähnt. Sally Ann hatte auch nicht gewußt, daß Harold, der schon ein paar Lebensversicherungen hatte, zwei weitere abgeschlossen hatte und psychoanalytische Berufsverbände als Begünstigte eingesetzt hatte. Bisher hatte April seinen Anwalt noch nicht erreicht. Sie wollte wissen, was in seinem Testament stand. In diesem Büro bewahrte er auch keine Medikamente auf, in der untersten Schublade fand sie allerdings eine Flasche Johnnie Walker. Johnnie Walker war die Lieblingsmarke der Chinesen. Er war zwar teuer, aber sogar ihr Vater trank ihn – um zu beweisen, was für ein toller Mann er war. Diese Flasche war noch voll und verschlossen. April ließ sie in der Schublade liegen.

»Wie kann ich Ihnen helfen?«

Dr. Hambug betrachtete sie mit ausdruckslosen Augen. Er hatte gesagt, daß er ihr sechs Minuten seiner Zeit opfern würde; seinem Büro und Gesichtsausdruck nach zu schließen keine Sekunde mehr. Dr. Hambug war klein, dünn wie eine Salzstange und hatte gelocktes Haar; sogar im Sitzen wirkte er angespannt und aggressiv. Zu dem braunen Anzug im Schottenkaro trug er ein hellgrünes Hemd und eine braune Krawatte. Sein hölzerner Drehstuhl ähnelte Aprils Stuhl im Mannschaftsraum. Diese harten, rückenfeindlichen Stühle sah man früher oft bei Bahnhofsvorstehern; sie hatten nichts gemein mit den lederbezogenen Sesseln, die sonst in den Büros der Seelenklempner standen.

Dr. Hambug wartete schaukelnd auf Aprils Antwort.

»Ich ermittle im Todesfall Dr. Dickey.«

»Ja, das sagten Sie schon am Telefon. Was genau wollen Sie wissen?« In den Augen des Arztes flackerte verhaltene Neugier auf.

»Am Tag seines Todes arbeitete Dr. Dickey in seinem Büro. Wir wissen noch nicht genau, was geschehen ist. Wir sind gerade dabei herauszufinden, wie sein Befinden war, damit –«

»Glauben Sie etwa, Harold Dickey hat sich umgebracht?« Dr. Hambug schien überrascht. »Harold?«

»Das wäre eine Möglichkeit. Oder es war ein Unfall.« Oder Mord.

»Lieber Himmel!« Hambug starrte auf das Bild mit den wirren Sonnenblumen an der Wand.

April wußte, daß dieses Bild berühmt war, sie wußte aber nicht, warum. Sie verstand nichts von Kunst. »Klingt das Ihrer Meinung nach plausibel, Doktor?«

Hambug riß sich von den Sonnenblumen los und lächelte sie an. »Plausibel?«

»Ihr Büro ist direkt neben seinem. Sie haben ihn doch bestimmt gut gekannt.«

»Wir haben die letzten zwanzig Jahre zwei-, dreimal die Woche zu Mittag gegessen. Ich kannte ihn recht gut, ja, das kann man so sagen.« Hambug schielte auf die kleine Uhr, die am Rand seines Schreibtischs stand.

Sie nahm an, daß sie noch etwa drei Minuten hatte. »Wie war sein seelisches Befinden, Dr. Hambug? War er ein glücklicher, zufriedener Mensch oder war er eher enttäuscht und mürrisch? War er glücklich, war er depressiv? Gab es Anzeichen für einen Selbstmord?«

Hambug schaukelte hin und her, worüber sein Stuhl sich lautstark beklagte. Er preßte die schmalen Lippen zusammen und runzelte die Stirn. »Ich weiß durchaus, was seelisches Befinden bedeutet«, sagte er kühl.

April schwieg. Sie haßte es, wenn sie von Leuten abfällig behandelt wurde, die ihr Jahre an höherer Bildung voraus hatten und sie deswegen für dumm hielten. »Und?«

Er zuckte mit den Schultern. »Die Entwicklungen hier im

Krankenhaus gefielen ihm nicht. Seine Stellung wurde immer mehr untergraben. Es hat sich alles verändert. Das quälte Hal schon sehr.«

»Gab es Konflikte zwischen ihm und Dr. Treadwell?«

Hambug ignorierte ihre Frage. »Auch wenn sich alles verändert hat – Hal hatte immer treue Anhänger, seine Studenten mochten ihn sehr, die Angestellten auch.«

»Und Dr. Treadwell?«

»Dazu kann ich nichts sagen.«

»Die beiden hatten vor Jahren ein Verhältnis. Offensichtlich wollte er das wiederaufleben lassen. Was wissen Sie davon?«

»Nichts«, erwiderte Hambug. »Klar, er mochte Frauen, er hat immer eine Freundin gehabt. Soweit ich weiß, war da aber niemand Besonderes in den letzten Jahren. Das Verhältnis zu seiner Frau war natürlich gespannt. Die Kinder haben sich vom Elternhaus abgewendet. Trotz allem, Hal war immer optimistisch. Er war auf seinem Gebiet sehr anerkannt. Er hatte viel zu tun, und er war eine Kämpfernatur. Er hat einfach nicht das Persönlichkeitsprofil eines Selbstmörders … Er wird mir fehlen.«

So ähnlich hatte sich Jason auch geäußert. Aber Dr. Treadwell hatte angedeutet, daß Dickey depressiv gewesen war. »Hat er sich in der letzten Zeit über irgend etwas Sorgen gemacht?« fragte April.

Hambug schaute wieder auf die kleine Uhr. »Na ja, *irgend etwas* hat ihn immer beschäftigt. Hal war jemand, der gegen Windmühlen ankämpfte, aber mir fällt jetzt nichts *Konkretes* ein. Ich kann dazu nichts sagen.«

April glaubte, daß er sehr wohl etwas dazu sagen könnte, wenn er williger wäre. Ihre Zeit war um. Dr. Hambug betrachtete April abschätzend, während sie unvermittelt aufstand. Sie wollte gehen, bevor er sie dazu aufforderte, und holte eine Visitenkarte aus ihrer Tasche. »Vielen Dank. Sie haben mir sehr geholfen, Doktor. Falls Ihnen noch etwas einfällt, können Sie mich unter dieser Nummer erreichen.«

Überrascht erhob sich Hambug aus dem quietschenden Stuhl, nahm die Karte entgegen und öffnete April die Tür. Er hatte anscheinend nicht damit gerechnet, sie so einfach loszuwerden. Tja, manchmal erfuhr man schon beim ersten Gespräch alles, manchmal mußte man die Sache aber auch anders angehen, vielleicht noch zwei-, drei- oder viermal vorbeikommen, bis die Person alles, was sie wußte, gesagt hatte. Auf dem Weg zum nächsten Gespräch klackten die Absätze ihrer Stiefel laut auf dem blanken Fußboden des Korridors.

Zehn Minuten später fand April Gunn Tram schluchzend an ihrem Schreibtisch in der Personalabteilung vor. April hatte sich die Frau, die solches Aufhebens um ihre Akten gemacht hatte, nicht so klein vorgestellt. Gunn sah nicht aus wie eine vom Stamm der Wikinger; sie war eine untersetzte Frau mit wabbelndem Doppelkinn, gelbem Haar und leuchtendrosa Lippenstift. Sie nahm die Brille ab und trocknete ihre Tränen. Als sie den Kopf neigte, konnte man den grauen Haaransatz sehen, der ihre Kopfhaut schmutzig aussehen ließ. April schätzte sie zwischen fünfzig und sechzig.

»Was wollen Sie wissen?« Mit feindseliger Miene griff Gunn Tram nach einem Papiertaschentuch. Ihr Blick fiel auf Aprils Pistolenhalfter, das zum Vorschein kam, als April die Jacke öffnete; damit hatte Gunn sogleich einen neuen Anknüpfungspunkt. »Haben Sie Ihre Patronen bei der Oberschwester abgegeben?« fragte sie fordernd. Es würde nicht leicht werden, diese Frau zur Kooperation zu bewegen.

April nickte.

»Waffen sind im Krankenhaus nicht erlaubt.«

»Ich kenne die Vorschriften«, versicherte April.

»Wenn eine labile Person so was in die Hand bekäme –« Gunn verdrehte die Augen –, »die würde uns alle über den Haufen schießen. Wir haben hier schließlich keine Polizeiwachen wie im Bellevue.«

Auf dem Schreibtisch stand ein Styroporbecher mit einem Rest Kaffee, dessen Geruch April in die Nase stieg. Es war eine dieser Gourmetmischungen und roch intensiv nach Vanille oder Haselnuß. Neben dem Computer warteten zwei Donuts in einer Plastiktüte darauf, verzehrt zu werden.

»Darf ich mich setzen?« April wartete die Antwort nicht ab. Sie setzte sich, zog ihren Notizblock hervor und notierte Datum, Zeit, Namen der Interviewpartnerin und was Gunn Tram bisher gesagt hatte. Außerdem vermerkte sie:

DISKETTEN???

Das fleischige Kinn der Frau zitterte: »Wie lange wird das dauern?«

April zuckte mit den Schultern. »Kommt drauf an.«

Gunn atmete tief durch und riß das erste Donut in Stücke.

»Wie gut kannten Sie Dr. Dickey?« April wollte noch einmal vorsichtig von vorn anfangen. Das war gar nicht so leicht. Sie war müde und konnte die Leute hier nicht besonders leiden. Sie waren wie ein chinesisches Puzzle, kompliziert und trügerisch.

»Ich bin schon so lange hier wie er«, sagte Gunn steif.

»Seit wann?«

»Über dreißig Jahre.« Sie musterte die Donutstücke, entschied sich für das kleinste und biß geziert hinein.

»Sie kannten ihn also ziemlich gut.«

»Sehr gut.« Darauf war sie stolz. »Wir müssen sehr genau wissen, was für Leute wir einstellen. Unfälle sind für alle« – ihre Augen wurden wieder feucht – »sehr kostspielig.«

»Was für Unfälle?«

»Ach, in so einem Krankenhaus kann alles mögliche passieren. Wenn zum Beispiel ein Patient, der keinen Ausgang hat, am Wochenende rauskommt, jemanden verletzt oder sich selbst was antut. Oder wenn jemand das falsche Medikament bekommt und ...« Sie sprach den Satz nicht zu Ende. »Oder wenn jemand ausreißt.«

April seufzte; Ausreißer, falsche Medikamente. Unfälle mit Todesfolge in einer psychiatrischen Klinik. »Wie ist die Vorgehensweise, wenn etwas schiefgelaufen ist?«

Gunn verdrehte die Augen. »Ach Gott, es gibt immer eine interne Ermittlung – Berichte, Konferenzen, Disziplinarverfahren. Kein Unfall bleibt ungesühnt«, sagte sie sanft, »außer denen eben, die ungestraft davonkommen.«

»Arbeitete Dr. Dickey oft sonntags?«

»Nie, soweit ich mich erinnern kann.«

»Und woran hat er letzten Sonntag gearbeitet?«

»Das weiß ich nicht.«

»Haben Sie die Personalakten auf Diskette?«

»Wie bitte?« Gunn wischte den Zucker von ihren Fingern.

April deutete auf den Computer. »Haben Sie in Ihrem Computer auch Personalakten?«

»Nein, nur Geschäftliches. Die Personaldaten – also die ganzen Bewertungen, Lebensläufe und Dokumente über Disziplinarverfahren – werden in getrennten Ordnern aufbewahrt. Wir haben nicht genug Personal, um das alles einzugeben.«

»Was ist mit Robert Boudreaus Akte?«

»Wer?«

»Dr. Dickey hat Sie um Akten gebeten. Auch um die von Robert Boudreau?«

Die feindselige Miene kehrte wieder. »Ich weiß überhaupt nicht, wovon Sie sprechen.«

»Dr. Dickey nahm doch Akten verschiedener Leute mit. Hat er Ihnen gesagt, warum er das tat?«

Gunn biß in den Donut. »Ich glaube, er wollte irgendeine Übersicht erstellen.«

Aha. »Und was ist mit Boudreau?«

Gunn schüttelte mit gerunzelter Stirn den Kopf. »Diesen Namen hat Dr. Dickey gar nicht erwähnt.«

»Gunn, ich habe gehört, daß Sie hier so ziemlich alles mitbekommen. Wissen Sie, ob Dr. Dickey Depressionen hatte oder vielleicht in seinem Büro getrunken hat?«

Gunn sah sie entsetzt an. »Dr. Dickey? Nein, nie. Er war ein wunderbarer Mensch.«

Mehr bekam April aus Gunn nicht heraus. Sie überreichte der Frau ihre Visitenkarte. Sie mußte zehn Minuten warten, bis die Oberschwester ihr die Patronen aushändigte. Da sie noch im Krankenhaus bleiben würde, steckte sie die Patronen in ihre Jackentasche.

Das nächste Gespräch fand in der Cafeteria statt. Dort wollte sie John Flower treffen, einen Assistenzarzt, der eine Therapie bei Dickey gemacht hatte. Der ungepflegte junge Mann betrat den Raum einige Minuten nach ihr. Unter dem weiten Sportjackett trug er eine dunkelbraune Strickkrawatte und ein zerknautschtes dunkelblaues Hemd. Sie holten sich Kaffee am Getränkestand und suchten sich einen Tisch. Nachdenklich berichtete Flower, daß Dickey die zwanghafteste Person gewesen sei, die er kannte.

»Vor zwei Jahren ist er am Knie operiert worden. Davor brachte er sein ganzes Leben in Ordnung, falls er die Operation nicht überstand oder so. Er hatte sogar schon jemanden ausgesucht, der seine Seminare übernehmen sollte.«

Der junge Mann spielte mit seiner Kaffeetasse. Sein Kaffee war aus der Kanne mit der Aufschrift GOURMET-MISCHUNG: Die Gourmetmischung dieser Woche war Vanille-Haselnuß. April hatte statt dessen den NORMALEN Kaffee genommen. Keine gute Wahl; die trübe Brühe schmeckte modrig.

»Er hat keine einzige Sitzung verpaßt, kam auch nie zu spät. Warum wollen Sie das alles wissen?« John sah sie mit unverhohlener Neugier an.

»Dr. Dickey hat ein Medikament eingenommen, das zu seinem Tod beitrug. Wir versuchen herauszufinden, wie das passieren konnte, Dr. Flower.«

»Nennen Sie mich doch bitte John.« John legte den Kopf schief und sah sie jungenhaft an. Ihr fiel auf, daß er grüne Augen hatte. »Darf ich fragen, was es war?«

»Welches Medikament?«

»Ja, vielleicht fällt mir dazu was ein.«

»Das kann ich Ihnen nicht sagen.«

Flower schnaubte abfällig. »Na ja, ist wahrscheinlich auch egal. Es gibt allerdings Medikamente, die man aus Versehen einnehmen kann und solche, die man nicht versehentlich schluckt, verstehen Sie?«

April lächelte. »Es war offensichtlich ein Medikament, das er sonst nicht einnahm.«

»Man munkelt, daß er betrunken war.«

»Trank er denn?« fragte April gleichmütig.

Flower hob eine Augenbraue und betrachtete sie prüfend. »Ich glaube ja. Das hat ihn allerdings nie beeinträchtigt. Er benahm sich immer korrekt und machte nie einen betrunkenen Eindruck.«

April nickte. Sie fragte sich, was den jungen Arzt zu einer Therapie veranlaßt hatte. Er war attraktiv und recht intelligent.

»Würden Sie sagen, er war suizidgefährdet?«

Flower schüttelte den Kopf. »Einmal hing er an irgendeinem Flughafen fest und dachte, er käme nicht mehr rechtzeitig zu meiner Sitzung. Er rief mich an und hinterließ eine Nachricht auf meinem Anrufbeantworter.«

Er schwieg unvermittelt und atmete den parfümierten Dampf seines Kaffees ein. »Am Montag hatte ich einen Termin um 9 Uhr.«

»Aha«, sagte April.

»Wir wollten die Therapie bald abschließen. Ich kannte ihn ziemlich gut. Er hätte sich das nicht angetan, ohne sich vorher zu vergewissern, daß es mir gutgeht. Das gilt natürlich auch für seine anderen Patienten.«

»Ich verstehe.« April warf einen Blick auf ihre Armbanduhr. Sie war schon spät dran für das Treffen mit dem FBI. »Ich muß los. Vielen Dank für Ihre Hilfe.«

Flower schien enttäuscht. »Ich würde Ihnen gern weiterhelfen. Können wir uns noch mal unterhalten? Ich könnte mich ja mal umhören und mich dann bei Ihnen melden.«

»Danke«, sagte April, sie mußte sich ein Lächeln verkneifen. Alle waren so hilfsbereit. »Ich melde mich bei Ihnen.«

»Er war ein großartiger Kerl. Ich könnte mich nicht damit abfinden, daß er …« John Flower erhob sich und folgte ihr zur Tür. »Sie finden raus, was passiert ist, nicht wahr? Sie kriegen doch raus, was wirklich passiert ist, ja?«

»Ja«, murmelte April. »Meistens.«

49

Von ihrem Spurt die Treppen hinauf ganz außer Atem, traf April sechs Minuten nach vier in Sergeant Joyces Büro ein, wo bereits drei Stühle besetzt waren.

»Schön, daß Sie auch kommen, Detective«, bemerkte Joyce säuerlich. Sie nickte in Richtung des schmalgesichtigen Mannes im grauen Anzug, der neben Sanchez saß. »Das ist Special Agent Daveys von der New Yorker Abteilung. Detective Woo.«

Sanchez zwinkerte April zu. Wie schon am Morgen sah er aus wie ein lächelnder, unbewegter Buddha. April nickte Daveys zu.

»Detective.« Daveys streckte ihr die Hand entgegen, so daß April auf ihn zugehen und sie ergreifen mußte. »Guten Tag.« Daveys war schlank und wirkte nicht besonders stark. Er hatte aber einen kräftigen Händedruck und wollte Aprils Hand nicht mehr loslassen. Sie verzog keine Miene, als ihre Knochen knirschten. Als sie wieder die alleinige Gewalt über ihre Hand hatte, knackte sie mit den Fingern.

Sergeant Joyce sah sie mit erhobenen Augenbrauen an. *Gibt's ein Problem?* April zuckte leicht mit der Schulter. Irgendwie kam ihr der Agent bekannt vor. Sie war ihm schon mal irgendwo begegnet.

»Also, Daveys, sie wollten uns gerade sagen, warum wir diesen schönen Nachmittag zusammen verbringen«, sagte Joyce.

Daveys lächelte gütig. »Sergeant Sanchez, Sergeant Joyce, Detective – Woo? Ich muß schon sagen, hier kommt man sich ja vor wie bei den Vereinten Nationen.«

Joyce kniff die Augen zusammen. »Tja, wir können Ihnen in jeder Sprache behilflich sein. Sie haben ein Problem, Daveys?« Sie sah aus, als stünde ein herzhaftes Niesen bevor; sie drückte einen Finger gegen die Nasenwurzel, um es zurückzuhalten.

»Nein, soviel ich weiß, haben Sie ein Problem, Sergeant. Ich will Ihnen bei der Lösung helfen.«

»Das ist ja wunderbar. Warum erzählen Sie uns dann nicht,

worum es geht und weshalb Sie mitmischen wollen?« Joyce war die Ranghöchste und ergriff deshalb das Wort, obwohl sie fiebrig und angeschlagen war.

»Warum stelle ich nicht zuerst meine Fragen?« erwiderte Daveys.

»Nun ja, das ist etwas ungewöhnlich. Wenn unser Department Hilfe braucht, ziehen wir normalerweise Leute aus unserem Büro hinzu«, sagte Joyce.

»Aha«, erwiderte Daveys. »Und?«

»Weshalb hat das FBI Interesse an einem unserer unnatürlichen Todesfälle?«

»Wir wollen Ihnen bei der Lösung des Falls helfen. Sehr wahrscheinlich ist da eine Intrige im Gang.«

»So, welcher Art?«

»Korruption«, antwortete Daveys.

»Sehr interessant«, erwiderte Joyce gleichgültig. »Korruption ist ein weites Feld, Agent Daveys. Darunter kann alles mögliche fallen. Was wissen Sie und wer ist Ihr Informant?«

»Das sag ich Ihnen vielleicht später. Im Moment sind wir an Ihrer Kooperation interessiert. Sie zeigen uns, was Sie bisher herausgefunden haben, und wir helfen Ihnen bei der Aufklärung. Wir stellen Ihnen unsere Leute zur Verfügung, unser Labor – alles, was Sie brauchen.«

Sergeant Joyce nieste jäh; es klang, als wäre ein Reifen geplatzt. Niemand wünschte ihr Gesundheit. Als sie sich wieder erholt hatte, murmelte sie: »Das ist sehr großzügig von Ihnen, Daveys.«

»Wir helfen gerne.«

»Wir helfen auch gerne, nicht wahr, Sergeant?«

Sanchez ließ seine Schnurrbartspitzen aus dem Mund gleiten und stimmte zu.

»Also …« Daveys streckte die Hände aus. »Was haben wir bis jetzt?«

Joyce warf April einen Blick zu, die in einem der Efeutöpfe herumbohrte und die Feuchtigkeit der Erde prüfte. Die Pflanze machte keinen gesunden Eindruck.

»Informieren Sie uns bitte kurz über den Stand der Ermittlungen, April?«

Jetzt fiel April ein, wo sie Daveys schon mal gesehen hatte. Die dunkelblaue Limousine. Als sie Dickeys Witwe in Westchester befragt hatten, war er vor dem Haus hin- und hergefahren.

»Dr. Dickey starb Sonntagnachmittag, dem 7. November, an einem schweren Herzanfall infolge einer Überdosis Amitriptylin und Alkohol. Dr. Clara Treadwell war bei ihm. Sie kam gerade von einer Reise zurück, sagte sie, und suchte ihn im Büro des Centres auf. Sie merkte sofort, daß er schon eine ganze Weile getrunken hatte. Er brach wenige Minuten nach ihrer Ankunft zusammen. Sie versuchte, ihn wiederzubeleben und rief die Sanitäter. Er wurde in die Notaufnahme gebracht, doch alle Wiederbelebungsversuche nützten nichts und er wurde für tot erklärt.«

April sah Joyce an, die, den Kopf in die Hände gestützt, am Schreibtisch saß. Sie sah schlecht aus. »Die verdammten Kinder«, brummte sie. »Sind wieder in der Schule, und ich bin krank wie ein Hund. Kann ich mir gar nicht leisten. Sprechen Sie weiter.«

»Wie ich schon sagte, dem rechtsmedizinischen Bericht nach wurde das Opfer mit der genannten Substanz vergiftet. Bei der heutigen Laboruntersuchung wurden Rückstände im Glas entdeckt, aus dem er getrunken hatte. Das Opfer war zur Zeit seines Todes offensichtlich nicht depressiv und hat die Substanz wahrscheinlich nicht freiwillig eingenommen.

Dickey trank zwar, aber Medikamente lehnte er strikt ab. Seinen Kollegen und seiner Frau nach war er ein sehr gewissenhafter Mann. Sein Terminkalender für die kommende Woche war randvoll – Unterricht, eine Konferenz, im Dezember eine Reise nach Aruba. In seiner Familie gab es bisher keine Selbstmorde. Außerdem hat ihn vor seinem Tod etwas sehr beschäftigt. In seinem Büro herrschte ein riesiges Durcheinander, trotzdem konnten wir weder die Schnapsflasche noch ein Tablettenröhrchen in seinem Büro finden.«

Daveys kratzte sich am Hals. »Sie glauben also, irgend jemand hat ihm die tödliche Mischung gereicht? Er trank ahnungslos wie Sokrates und der Mörder beseitigte alle Beweise, in der Hoffnung, es würde wie ein Herzanfall aussehen?«

Joyce warf ihm einen bösen Blick zu.

Daveys schien das nicht zu stören. »Flotte Arbeit, Kinder. Wie viele Leute hatten ein Motiv, ihn umzubringen?«

»Clara Treadwell ist zur Zeit die Hauptverdächtige. Sie war bei ihm, als er starb«, sagte Sergeant Joyce tonlos.

»Welches Motiv hat sie?«

»Sie ist in eine mehrere Millionen Dollar schwere Fahrlässigkeitsklage verwickelt; einer ihrer Patienten beging vor einer Woche Selbstmord. Dr. Dickey war vor vielen Jahren ihr Betreuer bei der Therapie. Außerdem hatten sie damals ein Verhältnis.«

»Gibt's noch andere Verdächtige?« fragte Daveys.

Joyce wandte sich an April. »Gibt's noch jemanden?«

»Dr. Treadwell verdächtigt einen ehemaligen Krankenpfleger namens Boudreau. Vor einem Jahr verabreichte Boudreau einem Patienten eine Überdosis Amitriptylin, der sprang darauf vom Balkon.«

Daveys verzog das Gesicht. »Eine vertrackte Sache. Haben Sie mit Boudreau gesprochen?«

Joyce warf ihm einen fiesen Blick zu. »Bis jetzt noch nicht.«

»Dann bringen Sie ihn zur Befragung her.«

»Alles zu seiner Zeit, Daveys.«

»Sie wollen doch nicht erst Gras über die Sache wachsen lassen, oder?«

Joyce wandte sich an Sanchez. »Sergeant, möchten Sie noch etwas hinzufügen?«

»Nein, im Moment nicht.«

»Also, vielen Dank, Kinder. Wir möchten alles sichten, was Ihr bisher ermittelt habt. Würden Sie bitte alles zusammentragen?«

»Wovon reden Sie?« fragte Sanchez.

»Von Ihren Aufzeichnungen, den Laborergebnissen, dem Autopsiebericht.« Daveys erhob sich. »Schön, mit Ihnen zusammenzuarbeiten. Ich melde mich wieder.«

Nachdem Daveys gegangen war, herrschte kurze Zeit Totenstille. Dann sah Joyce auf ihre Armbanduhr und stellte kopfschüttelnd fest, wie schnell die Zeit verflogen war. Ihre Schicht war schon seit einer halben Stunde vorbei.

»Ich gehe«, verkündete sie. »Und ihr auch. April, knöpfen Sie sich Dr. Treadwell noch mal vor. Mike, Sie gehen nach Hause.«

April sah Mike mit hochgezogenen Augenbrauen an. Er zuckte mit den Schultern. Als sie gingen, sagte Joyce, als käme ihr der Gedanke gerade eben: »Schön, mit euch zusammenzuarbeiten.« Mit keinem Wort erwähnte sie, daß sie ihre Ergebnisse zusammensuchen und aushändigen sollten.

50

In Clara Treadwells vornehmem Wohnzimmer war es trocken und warm. Wie üblich bei Häusern, die vor dem Krieg erbaut worden waren, erkannte man auch hier das Nahen des Winters daran, daß die Heizung zum ersten Mal nach dem langen, schwülen Sommer auf Hochtouren lief. Rastlos ging Clara vor den Fenstern auf und ab. Von dort konnte man den Hudson sehen, der sich tiefschwarz vom Abendhimmel abhob. Die ersten Schneeflocken wirbelten durch die Luft und ließen sich kurz auf der schwarzen Zierbalustrade nieder, bevor sie wieder weggeweht wurden. Clara bemerkte offenbar nicht, daß der Raum um sie herum in Dunkelheit versank.

Mit unbewegter Miene saß April Woo regungslos in einem Queen-Anne-Sessel. Diese Detective Woo war ganz anders als Connie Chung, die freundliche chinesische Nachrichtensprecherin; ihre leeren Augen machten Clara nervös, besonders nachdem April unumwunden den FBI-Agenten Daveys zur Sprache gebracht hatte.

Clara überlegte, wie die Situation am besten zu handhaben war. Anders als in den Geisteswissenschaften und der Soziologie gab es in ihrem Fachgebiet keine Lehrveranstaltungen, in denen man etwas über kulturelle und ethnische Unterschiede lernte. Man ging in der Psychiatrie zum großen Teil immer noch davon aus, daß Menschen aller Kulturen sich nach dem gleichen freudianischen Persönlichkeitsmodell entwickelten. In letzter Zeit versuchten ein paar asiatische Psychiater, ihre Kollegen mit dem exotischen Charakter vertraut zu machen. Für asiatische Patienten (sogar für diejenigen, die im Westen geboren und aufgewachsen waren) war das Gemeinwohl wichtiger als Individualität; Patienten, die gedrängt wurden, sich dem »gesunden« westlichen Konzept anzupassen, liefen Gefahr, sich nach den Maßstäben ihrer eigenen Kultur in egoistische, entfremdete Kriminelle zu verwandeln. Asiatische Therapeuten warnten vor den verheerenden Folgen, die eine falsche Integration beider Kulturen mit sich bringen konnte.

Clara hatte noch nie einen asiatischen Patienten behandelt. Sie verachtete asiatische Psychiater genauso wie kanadische, französische oder italienische – sie waren hoffnungslos rückständig und hatten auf dem Gebiet der Psychiatrie nichts Interessantes beizutragen. Als die beiden Officers ihr Büro zum ersten Mal betreten hatten, hatte sie gleich jeden in eine Schublade gesteckt. Detective Woo hielt sie für eine kleinliche Bürokratin, einfallslos, starr und unnachgiebig. Der Latino war vom gleichen Schlag wie die Sicherheitsbeamten am Eingang des Krankenhauses. Ein begriffsstutziger Macho. Clara wußte, wie man mit solchen Leuten umging.

Auf Woos Schoß lag ein aufgeklapptes Notizbuch. Clara fiel auf, daß ihr Mitarbeiter das gleiche benutzte, doch die Aufzeichnungen Detective Woos enthielten auch chinesische Schriftzeichen. Diese exotische Geheimnistuerei trug dazu bei, Claras Haß auf die Polizei zu schüren.

Clara war davon überzeugt, daß April die Ermittlungen im Fall Cowles vermasselt hatte. Sie war schuld an der Fahrlässigkeitsklage, die Clara jetzt am Hals hatte und die sie ihre Position kosten könnte, auf die sie jahrelang hingearbeitet hatte. Ihr ganzes Leben stand auf dem Spiel, weil diese junge Beamtin Scheiße gebaut hatte. Und jetzt – zweifellos weil sie heute morgen wider besseres Wissen Jason Frank nachgegeben hatte, was das Kondom betraf – war Woo immer noch da und ermittelte in Hals Tod.

Plötzlich fiel Clara auf, wie dunkel es war. Sie schaltete die Lichter ein und bemerkte, daß Aprils Hände nicht entspannt auf dem Notizbuch lagen. Die Beamtin wurde ungeduldig. Clara verlangsamte absichtlich ihr Tempo. Sie würde reden, wenn es ihr paßte.

Es war Freitag, halb sechs. Zuerst hatte sie die Beamtin fünfzehn Minuten unten im Foyer warten lassen. Oben im Wohnzimmer hatte sie sich ebenfalls Zeit gelassen. Sie hatte etwas gegen die Polizei. Sergeant Daveys mit seiner Aktentasche, der den gleichen Akzent hatte wie sie, einen grauen Anzug und ein weißes Hemd trug, gehörte zweifellos ihrer eigenen Klasse an; das hatte etwas Beruhigendes. Sie erinnerte sich vage daran, irgendwo gehört zu haben, daß FBI-Agenten ein Jurastudium absolviert hatten; außerdem entwickelte das FBI Methoden zur Erstellung von Persönlichkeitsprofilen von Massenmördern. Daveys hatte ihr versichert, daß sie alles Material im Mordfall Hal Dickey bekommen würden und den Mörder so schnell wie möglich dingfest machen würden.

»Was haben Sie herausgefunden?« fragte sie unvermittelt.

»Wir glauben nicht, daß Dr. Dickeys Tod ein Unfall war«, erwiderte April tonlos.

Clara sog Luft durch ihre aufeinandergepreßten Zähne. Dabei machte sie ein Geräusch, das dem wütenden Fauchen einer Katze ähnelte. »Wie kommen Sie darauf?«

»Wir fanden weder Alkohol noch Tabletten in seinem Büro.«

Clara versuchte sich den Tag, an dem Hal gestorben war, ins Gedächtnis zu rufen. Auf dem Schreibtisch hatte eine Flasche Johnnie Walker gestanden. Sie war fast leer gewesen, und Hal war ziemlich betrunken. Clara hatte daraus geschlossen, daß Hal den ganzen Nachmittag getrunken hatte. Außerdem war sie davon ausgegangen, daß die Flasche noch da war.

»Erzählen Sie mir doch bitte, was sich an jenem Nachmittag abgespielt hat«, schlug Detective Woo vor.

Clara betastete den Schorf auf ihrer Wunde. Er würde in ein paar Tagen abfallen. Bis dahin, dessen war sie sich sicher, war der Täter gefaßt und hinter Schloß und Riegel. Als sie redete, versuchte sie, sich darauf zu konzentrieren.

»Ich kam am Sonntag gegen vier zurück – ich war übers Wochenende in Florida. Auf meinem Anrufbeantworter war eine Nachricht von Hal.« Das Zucken in Claras Wange machte sich bemerkbar. Sie wollte es unterdrücken und verkrampfte sich. »Er bat mich, sofort in sein Büro zu kommen.«

»Warum?«

Clara fixierte die chinesische Beamtin. »Ich werde belästigt. Hal hat sich der Sache angenommen.«

»Und deshalb rief Dr. Dickey Sie an?«

»Ja. Er hatte herausgefunden, wer es war. Er wollte mir etwas zeigen – ich weiß nicht genau, was –, wahrscheinlich Beweise für seine Vermutung.«

»Und ...?«

»Ich kam in sein Büro und merkte sofort, daß Hal betrunken war. Kurz darauf hatte er einen psychotischen Anfall. Den Grund dafür konnte ich natürlich nicht ahnen. Und dann brach er zusammen. Mir war sofort klar, daß etwas nicht stimmte.« Clara schnalzte mit der Zunge. »Der Mann, der mich bedroht, hat ihn offensichtlich vergiftet.«

»War es allgemein bekannt, daß Dr. Dickey in seinem Büro trank?«

Prüfend fuhr Clara mit zwei Fingern an den Rändern der verschorften Wunde entlang. »Keine Ahnung. Ich wußte es jedenfalls nicht.«

»Dr. Treadwell, diese Drohbriefe, der Vorfall mit dem Skalpell und die Sache mit den Kondomen, von denen Dr. Frank uns erzählt hat« – Detective Woo beobachtete, wie Clara an ihrer Hand herumspielte –, »warum haben Sie uns das nicht gemeldet?«

Claras Finger hielten inne. »Ja, das war dumm. Das wird mir jetzt auch klar.«

»Als Leiterin eines psychiatrischen Krankenhauses wissen Sie doch, wie gefährlich ein verstörter Mensch sein kann.«

Clara lächelte verdrossen. »Kranke haben einen schlechten Ruf, Detective. Gesunde sind genauso tödlich.«

»Jedenfalls haben Sie die Polizei nicht verständigt.«

»Nein.«

»Und eine Person ist gestorben.«

»Ja.« Clara musterte ihre Hände. Jetzt beschuldigte diese blöde Beamtin sie auch noch, verantwortungslos gehandelt zu haben. Clara wurde knallrot. »Ich gebe ja zu, das war ein Fehler. Ich konnte doch nicht ahnen, daß es so weit kommen würde.«

»Und bei Raymond Cowles? Hatten Sie da auch keine Ahnung, daß es so weit kommen würde?«

»Detective, Cowles' Tod hat damit nichts zu tun. Wenn Sie so weitermachen, muß ich Sie bitten zu gehen. So etwas ist mir noch nie untergekommen. Sie haben doch alles vermasselt. Ich glaube nicht, daß Ray Selbstmord begangen hat.«

»So etwas ist noch nie passiert?« April sah sie überrascht an. »Kein Patient Ihres Krankenhauses hat je Selbstmord begangen? Ich dachte immer, ein bestimmter Prozentsatz psychisch Kranker begeht immer Selbstmord, ganz egal, wie man ihnen zu helfen versucht. Das kommt auch in Krankenhäusern vor.«

»Hören Sie, wir haben es mit sehr kranken Menschen zu tun. Natürlich *kann das vorkommen*.«

»Sogar recht häufig.«

»Es *kommt vor*. Ich sagte, *mir* ist es noch nicht passiert.«

»Aber Dr. Dickey war mit solchen Vorkommnissen vertraut. Als Vorsitzender des Qualitätskontrollausschusses kümmerte er sich doch um solche Vorfälle.«

»Sicherungsausschuß, Qualitätssicherungsausschuß. Deshalb wußten wir ja auch, daß der Mann, der vor einem Jahr vom Balkon sprang, *nicht* Selbstmord begangen hat. Er ist vergiftet worden, genau wie Dr. Dickey. Es ist nicht immer Selbstmord, Detective. Dickey wurde von Robert Boudreau umgebracht. Das *wissen* wir; Sie sollten ihn schleunigst festnehmen, bevor er noch mehr Leute tötet. Dafür werden Sie schließlich bezahlt.«

Detective Woo fragte unverzagt weiter. »Wie kommen Sie

darauf? Hat Dr. Dickey Ihnen gezeigt, weshalb er Sie in sein Büro gebeten hat?«

»Nein.« Clara atmete tief durch. »Aber als ich im Büro ankam, stand eine fast leere Flasche Johnnie Walker auf Dickeys Schreibtisch.«

»Wo ist sie jetzt?«

»Als ich die Notaufnahme verließ, sah ich Boudreau davor stehen. Vielleicht hat er das Medikament in den Scotch getan und ihn dann verschwinden lassen, als Hal weggebracht wurde. In dem ganzen Durcheinander vergaß ich, das Büro abzuschließen. Aber selbst wenn es verschlossen gewesen wäre – er kommt ja offensichtlich überall rein.«

»War die Flasche denn nicht da, als Sie zurückkamen?«

Clara schüttelte den Kopf. »Ich hab nicht nachgesehen. Ich hab nur die Tür abgeschlossen und bin gegangen.«

»Sie sind auch nicht noch mal wegen des Materials reingegangen, das Dr. Dickey Ihnen zeigen wollte?«

Clara errötete. »Einer meiner Freunde war gerade gestorben. Ich konnte an nichts anderes denken.«

»Ein Freund?« Ein kleines Lächeln umspielte Detective Woos Lippen. »War Ihnen die Beziehung zu Dickey nicht eher peinlich, was den Fall Cowles betrifft und auch persönlich?«

»Das reicht«, Clara erhob sich. »Sie sind zu weit gegangen. Ich habe den hippokratischen Eid geleistet«, sagte sie kühl. »Ich würde einem Menschen nie etwas antun. Das widerspricht allen meinen Überzeugungen.« Sie atmete stoßartig, empört darüber, daß auch nur der Schatten eines Verdachts auf sie gefallen war.

»Überlegen Sie mal, was Sie da für Andeutungen machen, Detective. Schließlich habe ich die Sanitäter gerufen. Ich war diejenige, die mißtrauisch war. *Ich* habe die Autopsie veranlaßt. Hätte ich das etwa getan, wenn ich Hal loswerden wollte?«

Detective Woo schloß ihr Notizbuch. »Sie sind Psychiaterin, Dr. Treadwell, nicht ich. Ich muß keine Erklärungen für das Verhalten von Menschen finden. Ich weiß nur, daß Menschen immer wieder die unerklärlichsten Dinge tun.« April erhob sich und schulterte ihre Umhängetasche. »Wer weiß, vielleicht wollte nur jemand Dr. Dickey einen Streich spielen und hat deswegen das Zeug in seinen Scotch gemixt. Vielleicht sollte er nur außer Gefecht gesetzt werden, damit er seinem Job nicht mehr gerecht wurde. Vielleicht wußte derjenige ja nicht, daß er die Flasche austrinken würde...«

»Schnappen Sie *Boudreau*«, fuhr Clara sie an. »Das dürfte doch nicht schwer sein. Der Kerl hat schon mal jemanden umgebracht. Und *mich* hat er bedroht.« Clara schloß die Augen. Sie wollte diese clevere Polizistin nicht anschreien.

»Ich bemühe mich ja, Ihnen zu helfen«, preßte sie wütend hervor. »Ich habe Ihnen den Namen des Mannes genannt. Sie sollen *ihn schnappen* und nicht in meinen Gewässern herumfischen.«

»Ich muß in allen Gewässern herumfischen«, sagte April leise. »Und ich habe nicht vor, irgendeinen Fisch zu fangen, sondern den richtigen.« Auf dem Weg zur Tür drehte sie sich abrupt um. »Sie haben also nicht das Medikament in den Scotch getan und die Flasche verschwinden lassen, nachdem Dickey gestorben war?«

»Nein.« Clara seufzte ungehalten. »Ich bin Ärztin. Ich würde nie ein Medikament mißbrauchen, um jemandem Schaden zuzufügen.«

»Danke. Ich weiß, das war sehr schmerzlich, aber ich mußte Ihnen diese Fragen stellen. Ich danke Ihnen für Ihre Hilfe.« April ging ohne weitere Worte.

51

Jason beobachtete, wie Special Agent Daveys die restlichen Eiswürfel aus seinem Glas zermalmte. Unterdessen schlugen neun Uhren die halbe Stunde. Halb neun. Emma war bestimmt sauer. Er war gerade vom Büro nach Hause gekommen, und Emma hatte ihm freudestrahlend berichtet, daß ihr die Rolle angeboten worden war, wegen der sie wieder an die Ostküste gekommen war, als Special Agent Daveys vom FBI ohne Voranmeldung hereinschneite.

Ungelenk wie ein Reiher hatte Daveys im Flur gestanden und verkündet, daß er schrecklich durstig sei und gerne ein Glas Wasser hätte, am liebsten aus einer frischen Flasche. Emma hatte eine frische Flasche Evian geholt und war verschwunden. Dann hatte er um Eiswürfel gebeten; daß er Umstände bereitete, war ihm offensichtlich gleichgültig. Emma stand schmollend in der Küche, als Jason das Eis holte. Es würde nicht lange dauern, versprach er, das war aber schon eine Weile her.

Eineinhalb Stunden lang kaute Daveys bedächtig auf den Eiswürfeln herum und befragte Jason über seine Verbindungen zum *Centre* und Clara Treadwell. Er wollte wissen, was Jason mit den Ermittlungen im Fall Cowles zu tun hatte und was er über Harold Dickey wußte. Er wollte Informationen über die verschiedenen Abteilungen, die Angestellten des *Centres*, über die Sache mit dem Kondom und dem Skalpell, an dem Clara sich verletzt hatte, über das Kondom in ihrem Terminkalender, und über tausend andere Dinge, über die Jason gar nicht reden wollte.

»Werden Sie für Ihre Tätigkeit als ärztlicher Betreuer bezahlt?« fragte Daveys unvermittelt.

»Nein«, erwiderte Jason und starrte wehmütig die leere Wasserflasche an. Er sehnte sich nach einem richtigen Drink und konnte es kaum erwarten, daß Daveys endlich verschwand.

»Sie arbeiten umsonst?« fragte der Agent ungläubig.

»Es wird als Ehre angesehen.«

»Wie genau läuft das ab?«

»Man begleitet Assistenzärzte bei ihren ersten Psychoanalysen – schaut ihnen über die Schulter, bespricht die Sitzungen, was sie gesagt und wie sie sich verhalten haben; man versucht, ihnen den Prozeß klarzumachen. Das nimmt viel Zeit in Anspruch.«

»Sie bringen ihnen also bei, wie eine Analyse abläuft?«

»Ja, so ungefähr.«

»Sie führen sie sozusagen.« Daveys zwickte seine Habichtsnase.

»Wir zeigen ihnen den Weg auf«, berichtigte Jason.

»Aber Sie können sie auch auf die falsche Fährte locken.«

Jason hustete. »Das wollen wir natürlich vermeiden.«

»Aber wenn sie auf die falsche Fährte gelockt werden, wer trägt dann Ihrer Meinung nach die Verantwortung?«

Jason schüttelte den Kopf. »Von welchem Fall sprechen wir eigentlich, Special Agent Daveys?«

»Nennen Sie mich doch bitte Steve. Ich will mir nur ein Bild machen. Kommt es oft vor, daß Betreuer und Assistent ein Verhältnis haben?«

»Das kann ich Ihnen wirklich nicht sagen. Es ist auf jeden Fall sehr unprofessionell. Ein großes Tabu.« Die tickenden Uhren klangen auf einmal wie Zeitbomben in Jasons Ohren.

»Wo sind die Kondome, die Dr. Treadwell gefunden hat, jetzt?«

»Wo das erste ist, weiß ich nicht. Das zweite hat die Polizei.«

Daveys Augenbrauen schossen in die Höhe. »Die Polizei?«

»Soweit ich weiß, ja.«

»Dr. Frank, ich habe gehört, daß Sie mit dem NYPD recht dicke sind.«

»Ich habe bei ein paar Fällen mitgearbeitet«, erwiderte Jason bescheiden.

Nachdenklich betrachtete Daveys die leere Evian-Flasche.

»Gibt's etwa Kompetenzgerangel zwischen den Behörden?« fragte Jason lächelnd.

Daveys preßte die dünnen Lippen zusammen. »Ich bin in Boston aufgewachsen, Doktor. Mein Vater war Cop. Mein kleiner Bruder ist Cop. Ich hab keine Probleme mit anderen Behörden. Wir tun alle nur unsere Arbeit und wollen uns das Leben nicht gegenseitig schwermachen.«

»Ich dachte immer, für Mord seien die Behörden vor Ort zuständig.«

»Wir helfen immer gern, wenn wir darum gebeten werden.« Daveys stellte endlich das leere Glas ab und erhob sich. »Sie sollten mehr Wasser trinken«, riet er ihm zum Abschied. »Spült die Nieren durch.«

Nachdem Jason die Tür hinter dem wassertrinkenden Agenten geschlossen hatte, kam Emma mit einer Flasche Champagner aus der Küche. Etwas beleidigt rückte sie auf dem Tisch eine Uhr und ein paar Bücher zur Seite, um Platz für die Gläser zu machen. »Na, wie war's?«

Jason wischte über eine runde Uhr und stellte sie auf den marmornen Obelisken auf dem Seitentischchen. Stirnrunzelnd bemerkte er, daß die Uhr vorging.

»Dir ist die Feierstimmung wohl vergangen.« Emma stellte die Flasche ab, ließ sich in der Ecke des Sofas nieder und kuschelte sich in ihren weißen Pulli; sie mußte sich wohl damit abfinden, daß ihre ursprünglichen Pläne über den Haufen geworfen worden waren.

»Doch, ich bin in Stimmung. Ich freue mich sehr für dich. Wirklich.«

»Sieht man dir gar nicht an.«

Jason produzierte ein enthusiastisches Lächeln. »Stimmt aber. Ich bin wirklich stolz auf dich. Du wirst toll sein. Einen Tip möchte ich dir allerdings geben.«

»Und der wäre?« Hoffnungsvoll beäugte sie den Champagner.

»Du darfst nicht sabbern.«

»Was soll das denn heißen?«

Sie wollte keine Ratschläge. Er ergriff die Flasche und entfernte die Folie. Er bemühte sich, wenigstens für ein paar Minuten nicht an Clara Treadwell zu denken, die sein Leben wie eine gewaltige Sprungwelle zu überspülen drohte.

»Komischer Typ«, bemerkte Emma enttäuscht darüber, daß er nicht richtig bei ihr war.

In ihren Augen braute sich Ärger zusammen. Sie ärgerte sich über Daveys Besuch. Jason konnte sich gut vorstellen, wie sie kochend vor Wut in der Küche gesessen hatte, weil sie an den Rand seines Lebens gedrängt worden war. Und weil sie nie auf die Unterstützung eines liebenden Ehemannes zählen konnte, der sie aufmunterte, wenn sie es brauchte. Und immer tauchte zu den ungünstigsten Zeiten – wie jetzt zum Beispiel ein Mensch vom FBI – jemand auf, um ihnen ihre Feier zu verpatzen.

Vielleicht war Emma aber auch gar nicht mißmutig in der Küche herumgeschlichen. Vielleicht hatte sie einfach Angst, weil sie die Rolle in dem Stück bekommen hatte, denn damit hatte sie eigentlich nicht gerechnet. Vielleicht war das Vorsprechen nur ein Vorwand gewesen, ihrer brüchigen, aber trotz allem Halt gebenden Ehe und ihrem miserablen, noch immer liebenden Ehemann noch eine Chance zu geben? Ein zynisches Lächeln umspielte Jasons Lippen, während er sich an dem Champagnerkorken zu schaffen machte. Wenn Wünsche in Erfüllung gingen, hatte das manchmal unangenehme Konsequenzen.

Schäumend schoß der Korken aus der Flasche, während Jason nach einem Glas griff.

»Herzlichen Glückwunsch zu deinem tollen Erfolg, Liebling. Wenn du nicht sabberst, werden sie dich lieben.«

»Du hättest bestimmt lieber ein Bier«, murmelte Emma, als die Gläser erklangen. »Darauf, daß sich deine Wünsche auch irgendwann erfüllen, Schatz. Vielleicht wird dir ja mal klar, was du eigentlich willst.«

»Touché.« Er setzte sich neben sie aufs Sofa; Gin wäre ihm jetzt lieber.

»Was wollte der Geheimniskrämer?« fragte sie und schlürfte den Champagner nicht gerade vornehm.

»Rat mal.«

»Hmmm, der Champagner ist wirklich gut. Wir brauchen noch eine Flasche.« Sie trank ihr Glas aus und schenkte noch mal nach. »Er war vom FBI, stimmt's?«

»Wie kommst du darauf?«

»Ich weiß nicht. So ein farbloser, schmallippiger Typ. Und dieser graue Anzug... Evian mit viel Eis – also ehrlich.« Sie goß Jason noch etwas Champagner nach. »Und die niedliche kleine .34er an seinem Knöchel. Ein Cop war das jedenfalls nicht.«

»Die ist dir aufgefallen?«

»War nicht zu übersehen, als er die Beine übereinanderschlug. Sollst du jetzt auch noch fürs FBI arbeiten?«

Jason lachte. »Du bist lustig. Bist du deswegen so berühmt?«

»Nein, ich bin berühmt, weil ich so brillant und furchtlos bin. Er war doch vom FBI, oder?«

»Ich glaub schon, die Waffe hab ich nicht gesehen. Ich habe also eine brillante, furchtlose Frau.«

»Und, wie findest du es, Besuch vom FBI zu bekommen?«

»Tolles Gefühl, nur hier geht's mir nicht so gut...«, er deutete auf seine untere Region. »Fühl mal.«

»Ha, ha.«

»Wirklich, ich brauche Aufmerksamkeit.«

»Wer nicht? Sag die Wahrheit, Doktor. Hat Clara Treadwell ihren Liebhaber umgebracht? Und schickt der Präsident der Vereinigten Staaten jetzt seine Privatarmee vorbei, damit er die großartige Dr. Treadwell von seiner Kommission entfernen kann, bevor sie größeren Schaden anrichtet? Oder plant das FBI heimlich, alle Irren auf freien Fuß zu setzen? Dafür wärst du doch der Richtige.«

»Mein lieber Watson, wie kommen Sie denn auf diese Schnapsidee? Sind Sie sicher, daß Sie sich nicht lieber um mein...?«

Vom Champagner etwas beschwipst, schlug Emma ihm spielerisch auf die Hand. »Vielleicht später. Zuerst will ich alles wissen, mein lieber Sherlock. Das ist viel interessanter, als nur Therapeutengattin zu sein. Warum gehst du nicht zum FBI? Da hättest du es mit *delikaten* Geheimnissen zu tun. Und mir stünde eine Privatarmee zur Bewachung zur Verfügung.«

Sie erhob sich leicht torkelnd und schwankte in die Küche, um noch eine Flasche zu holen. »Hat sie ihn umgebracht oder nicht? Warte eine Sekunde, bitte. Sag nichts, bis ich wieder da bin.«

Von welchem Toten redet sie? Jason schloß die Augen und genoß den Champagnerschwips. Ihm waren noch einige Ungereimtheiten in der Raymond-Cowles-Akte aufgefallen. Zwei Jahre nach Beginn der Therapie wollte Rays Freundin unbedingt heiraten. Die Gesprächsaufzeichnungen und Claras Notizen belegten eindeutig, daß Clara die Ehe für eine männliche Erfindung hielt, um Frauen zu unterdrücken und zu schikanieren.

Clara war damals noch unverheiratet gewesen und hatte die unterlegene Position im ehelichen Herrschaftsverhältnis keinesfalls angestrebt. Obwohl sie selbst gegen die Ehe war, ging aus ihren Notizen hervor, daß sie Rays Furcht vor der Ehe als Abwehrmechanismus interpretierte. Sie erklärte Ray, daß er Angst davor hatte, seinen natürlichen Platz in der heterosexuellen Welt einzunehmen. Jason war klar, daß sie Ray manipulierte, als wolle sie eine Balance schaffen zu ihren eigenen Überzeugungen. Sie verhielt sich wie eine subtile Domina. Außerdem widersprach dieses Verhalten ihrer Behauptung von heute morgen, ausschließlich die Ansichten ihres Vorgesetzten vertreten zu haben.

Aus Claras Aufzeichnungen ging hervor, daß Ray sich nach einem knappen Jahr bereit erklärt hatte, seine Verlobte zu heiraten. Als in den Supervisionsgesprächen die Rede davon war, begrüßte Harold diese Entscheidung. Neun Monate später war Ray verheiratet und führte ein angepaßtes heterosexuelles Leben. Er berichtete Clara, daß er seit seiner Hochzeit keine selbstzerstörerischen Aktivitäten mehr unternommen hatte. Das Paar hatte regelmäßig Sex. Sie hatten einen vorhersehbaren Bekanntenkreis und führten ein solides Yuppie-Leben. Ray äußerte den Wunsch, die Therapie zu beenden.

Clara wollte darüber nachdenken und konsultierte Dickey. Zwei Dinge störten Jason: Ray litt offensichtlich unter chronischen Depressionen, seit er von seiner Homosexualität »geheilt« worden war. In den Sitzungen mit Clara herrschte oft langes, fruchtloses Schweigen. Seit seiner Hochzeit war keine Rede mehr von freudvollen, wohligen Phantasien; er konnte auch nicht mehr frei assoziieren. Statt dessen beschrieb er seinen Arbeitsalltag und sein häusliches Leben in grauen, freudlosen Tönen; sein Selbstbewußtsein war gesunken, und er war anhedonisch. Er sagte, er fürchte sich davor, niemals wahre Liebe oder richtige Befriedigung zu erfahren. Er hatte Schuldgefühle und dachte häufig an den Tod. Cowles war ein angepaßter, unglücklicher Homosexueller, der die Heterosexualität auslebte, an der seine Analytikerin und deren Betreuer soviel Freude hatten. Clara Treadwell und Harold Dickey wollten nicht heiraten; dieses Bedürfnis hatten sie gestillt, indem sie Cowles zur Ehe überredet hatten.

Jason konnte sich vorstellen, daß es keine zwei Minuten gedauert hatte, bis Dickey und Treadwell sich darauf geeinigt hatten, Rays Therapie zu beenden. Clara langweilte sich offensichtlich mit ihm – er war nicht mehr der interessante, poetische Patient. In den letzten Monaten war es ihr nicht mehr gelungen, ihn in Gespräche zu verwickeln. Sie dachte sich während der Sitzungen Kreuzworträtsel aus oder ließ ihre Gedanken abschweifen. In ihren Aufzeichnungen vermerkte sie wiederholt, daß Ray nichts mehr sagte. Er war fertig. Deshalb befürwortete Dickey die Beendigung der Analyse. Nach vier Jahren mit Harold und Clara wurde Ray Cowles entlassen und war auf sich allein gestellt.

Jason fand die Notizen der letzten Sitzung besonders aufschlußreich. Ray wollte wissen, ob er seine Analytikerin je wiedersehen würde. Clara fragte, welche Phantasien er dazu hatte. Endlich konnte Cowles sich wieder einmal etwas Angenehmes vorstellen. Er stellte sich Clara als eine Art Fee vor, sagte er, die er Weihnachten immer besuchen könnte. Sie würden Weihnachtsgrüße, vielleicht sogar Geschenke austauschen. Oder sie könnten sich an ihren Geburtstagen zum Kaffeetrinken treffen, wie das Paar in dem Film *Nächstes Jahr, selbe Zeit*, nur daß er und Clara Freunde und kein Liebespaar waren. Clara hatte diese Phantasien mit der Bemerkung »Ende der Therapie heißt Ende der Therapie« zerstört. Sie wollte, daß er diese Wiedersehensphantasien genauer analysierte.

»Warum?« hatte er wissen wollen. »Das ist eine ziemliche Zurückweisung.«

Clara bestand darauf, daß »Ende der Therapie tatsächlich Ende der Therapie bedeutete«, sie wollte ihm diese Phantasie nicht lassen. Sie behandelte ihn wie einen zurückgewiesenen Liebhaber und stritt diese Tatsache gleichzeitig ab. Schließlich, um sie zufriedenzustellen, sagte Ray, daß er »stolz sei«, jemanden für immer hinter sich zu lassen. Damit endete die Therapie.

Hätte Ray Cowles Clara Treadwell doch nur in der Vergangenheit gelassen! Vielleicht wäre er dann noch am Leben und zusammen mit dem Mann, den er liebte.

In ihrem Abschlußbericht schrieb Clara, daß sie einen neurotischen Homosexuellen erfolgreich in einen angepaßten Heterosexuellen verwandelt hatte. Daß Ray Cowles es über lange Zeit an Spontaneität fehlen ließ, erklärten sich Clara und Dickey damit, daß sich sein Superego entwickelt habe, nachdem er mit ihrer Hilfe seine ödipalen Konflikte gelöst hatte.

Jason dachte darüber nach und hoffte, daß kein Champagner mehr da war, sonst waren Kopfschmerzen vorprogrammiert. Es war eindeutig, daß Clara Ray Cowles' Therapie mit den Prinzipien von Harold Dickey in Einklang gebracht hatte. Jason wußte, daß damals – obwohl sich die psychiatrische Lehrmeinung schon gewandelt hatte – die Ansicht noch weit verbreitet war, daß es sich bei homosexuellen Handlungen um freiwillige, steuerbare Impulse handelte. Homosexualität wurde nicht mehr als Perversion eingestuft. Der offizielle Meinungswandel fand sich schwarz auf weiß im *Diagnostic and Statistical Manual of Mental Disorders Fourth Edition* (DSM-IV) wieder, dem diagnostischen Handbuch, nach dem sich Psychiater im ganzen Land richteten, aber Vorurteile halten sich hartnäckig, und Dickey war eindeutig noch ein Vertreter der alten Schule. Jason kam zu dem Ergebnis, daß Raymond Cowles' Analyse schlecht und unzureichend gewesen war. Zur selben Zeit hatte Clara mit Dickey eine Affäre gehabt. Das Argument, daß der Patient noch vierzehn Jahre nach der Analyse lebte, wurde von der Tatsache zunichte gemacht, daß er starb, kurz nachdem er wieder Kontakt zu Clara Treadwell aufgenommen hatte. Clara hatte mit Ray direkt vor seinem Tod gesprochen, sechs Minuten lang. Hatten ihre Worte diese letzte, selbstzerstörerische Handlung ausgelöst? Für Claras Worte konnte man Dickey auf keinen Fall verantwortlich machen. Clara behauptete, ein ehemaliger Pfleger habe Dickey aus Rache getötet, weil Dickey ihn gefeuert hatte. Sie sah zwischen Dickeys und Rays Tod keinen Zusammenhang. Jason kamen langsam Zweifel.

Emma kam mit der nächsten, eisgekühlten Flasche zurück. »Sieh mal, was ich gefunden habe.«

Jason seufzte. Zum Arbeiten würde er heute abend nicht mehr kommen. Wenigstens sah Emma nicht mehr so verärgert aus. Der Ausschnitt ihres Pullis war verrutscht und hatte eine nackte Schulter freigelegt. Sie lächelte beschwipst. Sie war froh, Jason endlich mal für sich allein zu haben. Kluges Mädchen. Er ergab sich den ehelichen Freuden.

52

Die Heizung in Harold Dickeys Büro machte klackernde Geräusche, als hämmerte jemand auf ein Stahlrohr ein. April fühlte sich an chinesische Wasserfolter erinnert und fragte sich, wie man an diesem Ort nachdenken sollte. Die Heizung klopfte den ganzen Samstag über ununterbrochen, während April sich im Büro zu schaffen machte und die Personalakten durchging. Mike saß an Dickeys Schreibtisch. Er druckte Dutzende von Dokumenten aus, die Dickey in seinem Laptop in der Datei »Besondere Fälle« abgespeichert hatte.

Sie hatten den Laptop beschlagnahmt, damit eine lückenlose Beweiskette garantiert werden konnte. Der Bezirksstaatsanwalt und die Anwälte des Krankenhauses hatten bestimmt, daß ohne Zeugen nichts verändert oder gelöscht werden durfte. Deshalb verbrachte Maria Elena Carta Blanca den ganzen Tag mit ihnen. Sie saß dicht hinter Mike und blickte über seine Schulter hinweg auf den Bildschirm. Als sie feststellte, welch heikle Dokumente der Drucker ausspuckte, schnalzte sie mit der Zunge und versah alles mit ihren Initialen.

April saß auf der häßlichen grünen Couch und warf ab und zu einen Blick auf Maria Elenas große Brüste, die an Mikes Schulter grasten wie hungrige Tiere. Am späten Nachmittag hatte April schreckliche Kopfschmerzen. Meistens hatte sie Freude an ihrer Arbeit, heute allerdings nicht.

Die Dokumente waren in einem heillosen Durcheinander. Es gab Berichte für und über Sozialarbeiter, Krankenschwestern, Schwesternhelferinnen, Assistenzärzte, Supervisoren, angestellte Ärzte und Privatärzte. Bei einigen Geschichten sträubten sich April die Haare. Dickey hatte in seinem Laptop seine Gedanken zu den ungeheuerlichsten Fahrlässigkeitsfällen festgehalten – außerdem hatte er eine eigene Datei über die jungen Ärzte angelegt.

»Hör dir das an, *querida*«, sagte Mike in einem der seltenen Augenblicke dieses Nachmittags, in denen sie allein waren. Carta Blanca war auf dem Klo.

»›Zweiter Juli.‹ Das war letzten Sommer. ›Assistenzarzt, ein Tag Erfahrung, kümmert sich in der Notaufnahme um suizidgefährdete Person. Suizidgefährdete Person ist seit langem medikamenten- und alkoholabhängig, war schon oft in der Notaufnahme. Assistenzarzt schätzt die Situation falsch ein, entläßt den Patienten, der verläßt das Krankenhaus und bringt sich eine Stunde später um‹.«

Klack, klack, klack machte die Heizung, trotzdem wurde es keine Spur wärmer. April fröstelte. »Welche Folgen hatte das für den Assistenzarzt?«

»Keine. Dickey schreibt, ›weshalb sollte man die Karriere eines jungen Arztes ruinieren‹?«

»Und was haben sie gemacht, haben sie die Akte gefälscht?«

»Sieht so aus. Hier schreibt Dickey über den Selbstmord, ›ich hasse diese Kokainsüchtigen, versauen unser ganzes System‹. Den Assistenzarzt haben sie wahrscheinlich gedeckt.«

»Ist denn überhaupt schon mal ein Arzt entlassen worden?«

Mike sah sie verträumt an und strich sich selbstgefällig über den Schnurrbart. Er schüttelte den Kopf. »Bis jetzt nicht. Die Disziplinarverfahren beschränken sich anscheinend aufs Pflegepersonal. Und der Polizei sagt man nach, wir wären ein Filz.«

»Hast du was über Boudreau gefunden?« fragte April nachdenklich. Dickey hatte die Personalakten geholt, weil er mit einem Patiententod beschäftigt war, doch bis jetzt hatten sie diesbezüglich noch nichts entdeckt.

April saß im Schneidersitz auf der grünen Couch, auf der sonst Patienten über ihre Träume, Wünsche und ihr Sexualleben sprachen. In den Psychologiekursen am John Jay College hatte sie ein wenig über Therapie erfahren. Klang eklig, fand sie. Sie war mit den Akten auf ihrer Liste fertig.

»Aha, hier ist es. Dickey schreibt: ›Diesmal hat dieser Störenfried Boudreau es zu weit getrieben.‹ Ja, genau, das ist es. Depressiver Patient, sechster Stock, Aufnahme am Montag morgen. Um vier Uhr nachmittags ist er manisch, verläßt die Abteilung, geht im Schlafanzug einen Stock tiefer. Dort sind die manischen Lithium-Patienten. Türen sind abgeschlossen, er geht noch einen Stock tiefer. Hier sind Büros, die Tür im Treppenhaus ist offen. Der Patient geht zum Ende des Ganges, dort gibt es eine Flügeltür und einen kleinen Balkon. Sonniger Tag, die Tür steht offen. Anscheinend kann man draußen rauchen. Der Kerl springt vom Balkon, bevor ihn jemand aufhalten kann. Fällt auf den spitzen Gartenzaun. Aufgespießt. Er fiel am Fenster der Jugendpsychiatrie vorbei, ein Dutzend Kinder sahen den Toten. Die Überdosis, die die Manie auslöste, hat ihm Boudreau verabreicht. Dickey schreibt, ›aus dieser Sache kann sich Bobbie Boudreau nicht mehr herausreden. Man konnte sich noch nie auf ihn verlassen, aber das bringt das Faß zum Überlaufen.‹ Hier steht noch was…« Seine Stimme wurde immer leiser und plötzlich sah er sehr traurig aus.

»Was ist?« fragte April.

»Ach, nichts. Ich mußte nur dran denken, daß ich vielleicht nicht mehr lange beim Zwo-Null bin. Ich werd's vermissen.«

»Aha.« Aprils Kopfschmerz, der gerade etwas nachgelassen hatte, wurde wieder stärker.

»Aber du bist vielleicht auch nicht mehr lange dabei«, fügte er lächelnd hinzu.

Scheißkerl. Aprils Kopf dröhnte. »Gehen wir irgendwohin, Sergeant?« fragte sie in bemüht ruhigem Ton.

»Vielleicht, mein Schatz«, neckte er sie.

»Sagst du mir auch, wohin?«

»Interessiert dich die kurzfristige oder die langfristige Perspektive?«

Mit wem hatte Mike gesprochen? Um was hatte er gebeten? Was fiel ihm ein, sich in ihre Angelegenheiten zu mischen, zumal *sie* noch nicht wußte, was sie eigentlich wollte? Wütend starrte sie ihn an. »Woher weißt du das?«

»Wenn man eine Weile dabei ist, lernt man Leute kennen. Und einige davon steigen auf.« Er zuckte mit den Schultern. »Du hast auch Freunde, das weißt du bloß noch nicht.«

Aprils Wangen glühten. *Hijo de puta* fuhr ihr durch den Kopf. Sie sagte es aber nicht. *Mierda*. Sie konnte ja Spanisch.

»Pendejo«, murmelte sie.

Mike lachte lauthals auf, er schien vor Freude fast zu platzen.

»Was gibt's da zu lachen?« April legte die Akten sorgfältig zur Seite.

»Pendejo, querida?« Du hältst mich für ein *pendejo*?

April zuckte mit der Schulter. »Was heißt das überhaupt?«

»Ein Schamhaar soll ich sein? Ein Nichtsnutz, ein Feigling, ein *Schamhaar*? Das denkst du von mir?« Das Lachen war ihm vergangen. Er wurde lauter, er war wütend, sie hatte ihn in seiner Ehre gekränkt.

Die Tür ging auf. Nicht die aufdringliche Latina-Rechtsanwältin drängte ins Büro, sondern der aufdringliche FBI-Beamte. Special Agent Daveys war aschfahl. »Na Ihr beiden. Was gibt's?«

»Wir verschwinden bald.« Mike sah auf seine Armbanduhr.

»Habt Ihr die Akte über den Krankenpfleger gefunden?«

»Ich sagte Ihnen doch schon, daß sie nicht hier ist«, sagte April.

»Scheißkerl, er hat sie bestimmt mitgehen lassen.«

»Ja«, brummte April. Oder jemand anders. Gunn hatte ihnen versichert, daß Dickey Boudreau nicht erwähnt hatte. Sie trommelte auf die Akten, es war Zeit zu gehen.

»Drüben am Broadway gibt's ein nettes Café. Gehen wir doch dorthin und überlegen, wie wir jetzt am besten vorgehen«, sagte Daveys. Das war keine Einladung.

Mike warf April einen Blick zu. »Wir ermitteln noch. Es ist zu früh für ein Strategiegespräch.« Er schaltete den Computer aus.

»Egal. Es ist an der Zeit für ein Meeting.«

»Haben Sie uns was Neues mitzuteilen, Daveys?«

»Jede Menge, meine Lieben. Mir nach zur Wahrheit und Gerechtigkeit.« Als Daveys sich umdrehte, stieß er mit Maria Elena zusammen, deren Brüste seinen Brustkorb rammten, als sie hereinstürmte.

»'tschuldigung.« Mit einem breiten Lächeln ging sie einen Schritt zur Seite.

»Wir gehen. Sie können draußen abschließen.« Daveys hastete davon, ohne einen Blick auf das zu werfen, was ihm entging.

53

Sonntag, 14. November, die Sonne ging hell und klar auf. Als Maria Sanchez aufwachte, dachte sie sogleich voller Sorge an den Tag, der vor ihr lag. Zwei Sonntage hintereinander hatte Diego Alambra sie von der Kirche nach Hause begleitet. Was sollte sie davon halten, was wollte dieser attraktive Mann von ihr, einer alten Frau? Señor Diego Alambra hatte so etwas Geheimnisvolles, das beunruhigte sie. Er hatte einen spanischen Namen, aber er sprach Italienisch.

Seit einigen Monaten besuchte der geheimnisvolle Diego ihre Kirche. Er sah sehr gut aus, sein Haar war noch so schwarz wie ihres. Ihr Haar war im Nacken zu einem strengen Knoten gewunden. Er hatte seines hochgekämmt zu einer Tolle, hinten fiel es elegant auf den Kragen. Sein Schnurrbart lag wie ein dünner Zweig zwischen Oberlippe und Nase. Er hatte volle Lippen und leicht vorstehende Zähne. In dem langen Gesicht saß ein Paar wachsamer Augen, die sie beim Gebet beobachteten. Manchmal blickte er traurig, manchmal nachdenklich, doch er sah immer intelligent aus. Sie saß immer vorne, damit der Priester sehen konnte, daß sie da war. Über die Wochen hatte er sich stetig genähert, eine Kirchenbank nach der anderen, vielleicht hatte sie ihn mit ihren intensiven Gebeten angezogen.

Zuerst hatte Diego Alambra ihr zugenickt, dann hatte er sich verbeugt. Und als er sie schließlich ansprach, hatte er sie *»la bella signora«* genannt.

Maria Sanchez war eine alte Frau, fast fünfundfünfzig, und sie wurde schon so lange von abgrundtiefer Traurigkeit niedergedrückt, daß sie sich wie hundert vorkam. Sie hatte es nicht für möglich gehalten, daß noch einmal jemand einen Blick auf sie werfen würde. Jetzt, da ihr plötzlich ein gutaussehender Mann seine Aufmerksamkeit schenkte, erschien es ihr unangebracht, das Haus zu verlassen, ohne vorher die Nase zu pudern und einen Hauch Farbe auf die runden Wangen aufzutragen.

Wie enttäuscht war sie gewesen, als Diego sie endlich ansprach – auf italienisch. Maria Sanchez hielt nicht viel von den italienischen Männern in der Nachbarschaft, deshalb umklammerte sie mit strengem Blick die Plastikperlen ihres Rosenkranzes und ignorierte ihn. Die Orgelmusik schwoll an, die Messe war zu Ende.

»Bella signora, si, si.« Er nickte energisch und stellte sich vor. *»Mi chiamo Diego Alambra, e Lei, cara signora?«*

Wie bitte? Dieser Name ergab doch keinen Sinn.

Unwillkürlich kräuselte sich ihr Mund. Aus der Vergessenheit blubberte ein Kichern hervor und schlüpfte über ihre Lippen. »Hi, hi«, lachte sie.

Dann ertönte Pater Altavoces Stimme, die zum Friedensgruß aufrief, und plötzlich, ohne daß sie wußte, wie ihr geschah, ergriff Diego Alambra ihre Hand und sah ihr tief in die Augen, so tief, daß sie Bauchschmerzen bekam.

»Si, si. Molto bella.« Dieser Italiener namens Diego, der bestimmt auch schon über fünfzig war, schien wie ein junger Mann besessen von diesem einzigen Gedanken.

Er hatte sich so tief über ihre Hand gebeugt, daß es der ganzen Kirchengemeinde aufgefallen sein mußte. Ohne Maria Sanchez' Zutun lächelte ihr Mund, der über die Jahre vertrocknet war wie eine Blume, schon lange keinen Lippenstift mehr getragen hatte und nicht mehr damit gerechnet hatte, jemals wieder einen Mann zu schmecken.

»Español?« hatte sie bebend gefragt.
»E.« Er zuckte vielsagend mit den Schultern.

Darauf hatte sie sich umgedreht und war dem Ausgang der Kirche zugestrebt. Sie war ganz perplex nach dieser Begegnung und froh, als sie ihm auf der Straße nicht noch einmal begegnete. Später, als sie zu Hause war, befürchtete sie, etwas Falsches getan zu haben, sie wußte aber nicht genau, was.

Diese Schuldgefühle waren Maria nicht neu. Wahrscheinlich hatte sie in der Vergangenheit schlimme Sünden begangen und sündigte auch heute noch, dachte sie. Weil sie so viele unbekannte Sünden angehäuft hatte (die sie nie wiedergutmachen konnte), hatte sie wahrscheinlich schon immer soviel Leid ertragen müssen. Ihr stand bestimmt eine endlose, leidvolle Zukunft bevor.

Sie hatte schon viel Verluste erlitten. Sie war noch sehr jung gewesen, als sie ihre Eltern verlor, und als ihre beiden Söhne im Säuglingsalter starben, war sie noch keine zwanzig Jahre alt. Aus unerklärlichen Gründen konnte sie nach Mike keine Kinder mehr bekommen. Sie und Marco hatten sich damit abgefunden. Sie hatten viel Leid erfahren, aber auch ein langes gemeinsames Leben gehabt, fast vierunddreißig Jahre. Mehr stand ihr nicht zu, glaubte sie.

Sie machte sich Sorgen um ihren Sohn, der so einen gefährlichen Beruf hatte und nachts immer unterwegs war. Er hatte eine Frau geheiratet, die viele Probleme gehabt hatte. Ohne jegliche Erklärung verschwand Mikes Frau Maria aus seinem Leben und ging zurück in das jämmerliche, verfallene Häuschen in dem Grenzstädtchen, wo sie herkam.

Danach war Mike noch mehr vom Glauben abgefallen und hatte sich zunehmend von seinen Eltern entfremdet. Er benahm sich wie früher, rief nie an und kam nie vorbei. Nie würde Maria die Nacht vergessen, als er nach Hause kam – wie überrascht sie war, ihn zu sehen; er hatte sie am Arm ins Hinterzimmer geführt. »*Papi* ist tot«, hatte er gesagt, »er hatte einen Herzanfall, er ist im Restaurant gestorben.« Er hatte Maria in die Arme genommen und sie ganz fest gehalten, so fest, daß sie die Pistole unter seinem Jackett spüren konnte.

Marco war gestorben, während er eine Krabben-Quesadilla zubereitete. Er war nicht, wie sie immer befürchtet hatte, spätnachts auf dem Heimweg von Manhattan in der U-Bahn überfallen oder von einem Taxi oder einem Lastwagen überfahren worden. Marco war ein schweigsamer Mann gewesen, so schweigsam, daß Maria sich in seiner Gegenwart manchmal einsam gefühlt hatte. Aber als er tot war, fühlte es sich an, als hätte er ihre Seele mitgenommen.

Es war wieder kalt an diesem Sonntagmorgen. Mike schlief noch. Marias Nase war gepudert, ein Hauch Rouge schimmerte auf ihren Wangen. Sie war fertig für die Kirche. Sie schlürfte den starken, süßen Kaffee, betrachtete die gefrorene Wiese des Van Cortlandt Parks und dachte an Diego Alambra. Was, wenn er sie zum dritten Mal nach Hause begleitete? Mußte sie ihn der Höflichkeit halber hereinbitten? Und was war mit ihrem Sohn? Was wollte sie eigentlich?

Nachdem sie den letzten, zuckersüßen Tropfen geschleckt hatte, wusch sie ihre Tasse ab und sah sich um. Die Küche war sehr ordentlich. Für ihren Sohn war noch Kaffee in der Kanne. Sie zog die Wohnungstür hinter sich ins Schloß und wünschte sich insgeheim, daß Mike aufstehen und den ganzen Tag verschwinden würde. Ihr Gebet wurde erhört. Sobald Mike die Tür ins Schloß fallen hörte, warf er die Bettdecke von sich und sprang fröstelnd unter die Dusche.

54

Um neun Uhr traf Mike Sanchez Judy Chen im leeren Maklerbüro ihrer Eltern in Astoria, Queen.

»Wo ist April?« fragte sie, als er allein ankam.

»Sie muß noch was erledigen.«

Judy reichte ihm eine Liste der Wohnungen, die sie ihm zeigen wollte. Sie war kleiner als April, flachbrüstig, mit breiten Hüften und lockigem Haar und betrachtete ihn abschätzend, während er die Liste studierte. Sie saßen an ihrem Schreibtisch im Fenster von *Chen Realty;* sonntags öffnete das Geschäft nicht vor zwölf.

Er ging zuerst die letzte Spalte durch und runzelte die Stirn angesichts der hohen Mieten.

»Wie sieht's eigentlich aus mit euch beiden?« fragte Judy.

Er antwortete nicht, da er sich mit WBF, EIK, RIV VU, UTL INC und dreißig anderen nichtssagenden Abkürzungen beschäftigte.

»Du trägst deine Pistole sogar, wenn du nicht im Dienst bist?«

»Ja.« Er konzentrierte sich auf die Liste. Was ihn eigentlich interessierte, war daraus nicht ersichtlich, zum Beispiel, welche Wohnung April gefallen würde. Er wußte nicht, was April gefiel, er wußte nur, daß sie Stil hatte. Ihr Chrysler Le Baron hatte Stil, ihre Kleidung auch. Sie war elegant, aber nicht auffällig. Er suchte eine Wohnung, in der sich eine Frau mit Stil wohl fühlen würde.

»Trägst du die immer?«

»Die Pistole? Ja.«

»April hat ihre nicht immer dabei.« Sie lehnte sich vornüber und atmete Mikes süßes, starkes Aroma ein.

»Doch.«

»Bist du dir sicher?«

Mike blickte auf, endlich hatte sie ihn abgelenkt. »Ja.«

»Also, wie sieht's aus mit euch beiden?«

Unwillkürlich manövrierte er seine Schnurrbartspitzen in den Mund und kaute darauf herum. Er schüttelte den Kopf. Sonst hatte er sich, ohne lange zu fackeln, die Frauen geschnappt, die er gerade attraktiv fand. Wenn er in der richtigen Stimmung gewesen wäre, hätte er sich früher vielleicht sogar die flachbrüstige Judy Chen geschnappt.

Das war kein Grund, vertraulich zu werden. Die Frauen wollten es. Er wollte es. Eigentlich ging es nur um Triebbefriedigung, ohne daß man sich verliebte oder sich eine Krankheit einfing. Beides hatte er immer tunlichst vermieden. Nur mit Maria war er vertraulicher geworden, und sie hatten geheiratet. Wohin das geführt hatte, konnte man ja sehen.

Mike hatte die Schuld für das achtjährige Drama bei sich gesucht und erst einmal jegliches Interesse am anderen Geschlecht verloren. Er war ein erstklassiger Polizist geworden. Seine Freizeit verbrachte er trinkend und rauchend in Kneipen mit einer Riesenwut im Bauch. Dann, vor etwa einem Jahr, regte sich die Natur wieder in ihm. Er entdeckte seine alte Vorliebe für lächelnde, bodenständige Frauen mit großen *chichis*, die ohne viel zu fragen die Beine breit machten.

Er begann nur, sich für April Woo zu interessieren, weil sie jeden Tag neben ihm saß und ihn ignorierte. Sie zeigte überhaupt kein Interesse, das ärgerte ihn und kränkte sein Ego, das sich gerade wieder etwas erholt hatte. Sie machte einfach mit gesenktem Kopf ihre Arbeit und ließ niemanden an sich ran. Er war beeindruckt, wenn sie Umstände bedachte, die ihm entgangen waren und verteidigte sie, wenn die anderen Kerle sie ärgerten.

Unmerklich hatte er April Woo liebgewonnen. Ihm war noch nie eine Frau begegnet, die behauptete, nicht rumzumachen und sich länger als eine Woche daran hielt – allerhöchstens zwei Wochen. April ließ ihn schon seit Monaten *pendiente*. Sie meinte, was sie sagte.

»Was sagt *sie* denn über uns?« fragte Mike schließlich.

Judy hatte ein rundes, wißbegieriges Gesicht. Ihre Augen waren stark gepudert und der lockige Pony streifte die angemalten Augenbrauen. Sie lächelte verschlagen. »Ich soll die Finger von dir lassen, sagt sie.«

Mike lachte erfreut und lehnte sich zurück. »Ach? Besteht denn die Gefahr?«

»Natürlich nicht. Ich gehe nie mit meinen Klienten aus.« Eingeschnappt zog Judy an ihren Locken. Mike war davon überzeugt, daß Judy sehr wohl mit ihren Klienten ausging. Er schätzte sie älter als April; sie war bestimmt schon über dreißig und hatte Torschlußpanik.

Er deutete auf die Liste. »Welche soll ich mir denn ansehen?«

»Ich kenne deine Prioritäten nicht. Was suchst du denn?« Sie starrte ihm so tief in die Augen, daß er den Blick abwenden mußte, um nicht lauthals aufzulachen.

»Keine Ahnung. Irgendwas, was einer Frau gefallen würde. Viel Sonne. Vielleicht mit einer Terrasse oder einem kleinen Garten...« Er sah aus dem Fenster auf die ruhige, sonntägliche Straße. »Ein Schlafzimmer«, murmelte er. Der Gedanke an April in seinem Schlafzimmer erregte ihn.

Judy Chen lachte. »Ein Schlafzimmer haben eigentlich alle. Soll's eher ein eheliches Schlafzimmer sein oder eins zum Aufreißen?«

Zwei Stunden und fünf Wohnungen später stellte Mike seinen Wagen hinter Aprils frischgewaschenen Le Baron vor dem Haus der Woos ab und blieb darin sitzen, als wolle er das Haus observieren. Es dauerte fünf Minuten, bis im oberen Stock ein Fenster geöffnet wurde.

»Was ist los?« rief April über den gefrorenen Vorgarten hinweg.

Er stieg aus dem Auto. »Kann ich dich kurz entführen? Ich möchte dir jemanden vorstellen.«

»Wen denn?« Ohne seine Antwort abzuwarten schloß sie das Fenster.

Kurz darauf trat sie aus der Haustür. »Was hast du? Du siehst krank aus.« Sie trug den roten Rollkragenpullover und eine schwarze Hose. Vor einer Woche hatte sie barsch gefragt, was er wollte. Diesmal hatte sie ihn anscheinend schon erwartet. Vielleicht hatte Judy Chen angerufen und ihr gesagt, daß sie fertig waren.

»Möchtest du was trinken?« fragte sie. Er war überrascht, daß sie ihn ins Haus bat.

»Klar.« Er folgte ihr und sah sich nach den mißbilligenden Eltern um.

Anscheinend war niemand zu Hause, nicht mal der Hund. April ging am Wohnzimmer vorbei; Mike erhaschte einen Blick auf ein unbequemes Sofa, zwei unbequeme orientalische Stühle und auf rot-goldenen Schnickschnack mit Fransen und Papiermünzen, wie man ihn nur in Chinatown fand.

April ging die Treppe voran zu ihrer Wohnung und bedeutete ihm zu folgen. Er streifte die Cowboystiefel an der Fußmatte mit Lotusblüten und zwei chinesischen Schriftzeichen ab.

»Es sieht ziemlich wüst aus. Sie ist noch nicht ganz eingerichtet.« Nervös bat April ihn in die ordentlichste Wohnung, die er je gesehen hatte.

»Wunderschön«, sagte Mike, er meinte es auch so. »Wirklich.« Er betrachtete das dunkelrosa Sofa mit den beiden rosa, blau und gold bestickten Kissen, auf denen zwei Pavillons inmitten einer Berglandschaft mit blühenden Kirschbäumen dargestellt waren. Vor dem Samtsofa standen zwei mit Schnitzereien verzierte Holztische. Auf einem lag Aprils neue 9-mm-Pistole. Sie war noch in ihrer Schachtel, da April sie noch nicht tragen durfte, bevor sie die Fortbildung dafür gemacht hatte.

Mikes Blick wanderte zu den Wänden, an denen mit geflochtenen Bändern einige Papyrusrollen mit chinesischen Landschaften angebracht waren, die April wahrscheinlich nie zu Gesicht bekommen würde. Die Jalousien waren hochgezogen. Er warf einen Blick auf den Garten, der für den Winter hergerichtet war. Eine kahle Hecke versteckte einen Teil des Hauses. Er ging in die winzige Küche. Über dem Gasherd hingen zwei Woks, und auf den Regalen standen bunte Porzellanbehälter und Tütchen mit unidentifizierbarem getrocknetem Inhalt. An einem breiten Bord befanden sich mehrere Messer.

»Sehr schön«, sagte er so ernst und feierlich, als hätte er gerade ein religiöses Erlebnis. »Darf ich mir die anderen Zimmer auch ansehen?«

»Sie ist ziemlich klein«, murmelte April. »Viel mehr gibt's nicht zu sehen. Im Schlafzimmer ist ein Chaos …« Sie deutete in Richtung Schlafzimmer.

»Glaub ich nicht.« Er ging an ihr vorbei, sein Herz hämmerte so heftig wie die Hufe von fünfzehn Rennpferden auf der Zielgeraden des Kentucky Derby. O Gott, es war soweit. All die Mühe, seine ganze Planung – umsonst. Sie hatte ihn freiwillig hereingebeten. Sie liebte ihn. Sie wollte mit ihm schlafen, jetzt, hier in ihrer Wohnung.

Wie oft hatte er sich diesen Moment vorgestellt, hatte davon geträumt, wie sie endlich zueinander fanden. Er hatte in den letzten Monaten verschiedene April-Szenarien entwickelt – April, die hungrige Raubkatze, leidenschaftlich und aggressiv. April, die sich die Kleider vom Leib riß und sich auf seinen Hosenlatz stürzte. April, zart und nachgiebig wie eine Kirschblüte. April, wie sie ihn von ganzem Herzen umarmte. Er hatte davon geträumt, wie sich ihre Körper in *ardiente pasión* aneinanderpreßten. April, die ihn von Kopf bis Fuß küßte und die Beine um ihn schlang.

Ihm war vor Vorfreude ganz schwindlig, als er das kleine Schlafzimmer betrat. Wie bei ihm stand da ein schmales Bett, nur daß auf ihrem eine Decke mit rosa Blumenmuster lag. Diesmal keine Kirschblüten, sondern Veilchen. Zwei Kissen waren gegen die Wand gelehnt, der Abdruck ihres Körpers war noch zu sehen; wahrscheinlich hatte sie ihn hier erwartet. Auf einem Stuhl neben dem Bett lag ein Stapel Bücher.

Allem haftete der Duft ihres blumigen Parfüms an. Am liebsten hätte er sein Gesicht in dem Nachthemd vergraben, das am Kleiderschrank hing. Er wollte auf die Knie sinken und auf der Stelle sterben. Ihm wurde ganz mulmig vor Sehnsucht, während er auf April wartete.

Aber April kam nicht. Er wartete, doch sie kam nicht, um ihm in die Arme zu sinken. Warum nicht? Mürrisch lief er auf und ab; einerseits wollte er das Schlafzimmer nicht verlassen, andererseits kam er sich komisch vor, hier auszuharren. Schließlich steckte er den Kopf aus der Tür. Aus der Küche kamen Dampfschwaden. Auf Aprils Lust waren die allerdings nicht zurückzuführen. Das Wasser im Kessel kochte. Als er das Pfeifen des Kessels hörte, wurde ihm schlagartig klar, daß April ihn aus einem anderen Grund hereingebeten hatte – nicht der Liebe wegen.

»Mike.«

Sie rief nach ihm. Ihm blieb nichts anderes übrig, als den Ort seiner Träume zu verlassen. Schweren Herzens kam er aus dem Schlafzimmer und nahm das Getränk entgegen, das sie gerade in der Küche zubereitet hatte. Argwöhnisch beäugte er die dampfende, grüne Flüssigkeit. Sie roch bitter.

»Vielleicht ein anderes Mal«, murmelte er.

»Trink schon«, befahl sie. »Dann geht's dir gleich besser.«

»Mir fehlt nichts«, log er.

»Glaub ich nicht.« Sie befühlte seine Stirn. »Du schwitzt. Du hast Fieber. Trink, das hilft.«

So nah ließ April Mike Sanchez an sich heran – nah genug, um zu sterben, doch nicht nah genug, sie zu berühren. Er mußte den bitteren Kräutertee trinken, damit er wieder hier rauskam. Und erst nachdem er den Tee getrunken und bestätigt hatte, daß es ihm besserging, stieg sie in seinen Wagen.

Erst jetzt verriet er ihr das Ziel. Ausnahmslos jeden Sonntag um eins stellte seine *Mami* das Mittagessen auf den Tisch. Manchmal lud sie ein paar Frauen aus dem Haus dazu ein, oder eine Cousine, manchmal auch den Pfarrer oder ein paar Nonnen aus dem Kloster. Jedenfalls gab es immer reichlich zu essen.

April erwähnte, daß sie sich wegen der fehlenden Boudreau-Akte Sorgen machte, aber nicht danach fragen wollte. Hin und wieder warf sie ihm einen Blick zu: als sie auf dem Weg in die Bronx waren, als er auf dem Broadway parkte, als sie kurz darauf vor dem Aufzug des Backsteingebäudes standen, in dem er wohnte. Er wollte nicht über die Arbeit reden, und sie sah ihm an, daß er sehr nervös war.

»Kein Grund zur Aufregung«, sagte er wiederholt. »Ich habe deine gesehen, und jetzt siehst du meine. Nichts Besonderes.«

Er beteuerte zwar unablässig, daß es nichts Besonderes war, doch sein Herz spielte schon wieder verrückt.

Oben angekommen, schlugen ihnen unvorstellbar köstliche Düfte entgegen. Seine Mutter hatte sich selbst übertroffen. Es roch nach Zwiebeln, Paprika, Hühnchen, Bohnen, überbackenem Käse. Er warf April einen verstohlenen Blick zu, sie mochte keinen Käse. Er wollte aber, daß sie ihn mochte.

»Riecht lecker«, sagte sie, als er aufschloß.

»Ja. Kochen hat sie von meinem Vater gelernt.« Mike öffnete die Tür, und sie betraten einen vom Kochen erhitzten Raum mit schweren Holzmöbeln und bunten, grob gewebten Stoffen. Er lächelte ihr ermutigend zu. Dann wandte er sich dem Tisch am Fenster zu, wo seine Mutter in der Mittagssonne saß.

Das lange Haar fiel offen über Maria Sanchez' Rücken. Sie trug ein lila Tüllkleid mit unzähligen Rüschen am Ausschnitt, der so tief ausgeschnitten war, daß der Ansatz ihrer vollen, runden Brüste zu sehen war. Als Mike die Tür öffnete, preßte gerade ein flotter, kleiner Mann mit großer Haartolle seine Lippen auf ihre ausgestreckte Hand.

Mike erstarrte, als wäre eine Maschinenpistole auf ihn gerichtet. Seine Mutter erschrak genauso. Sie starrte erst ihn und dann die schöne, dunkelhaarige Frau in dem roten Pullover und der schwarzen Jacke an, bevor ihre Augen wieder zu Mike wanderten. Schließlich verwandelte sich ihre überraschte Miene in ein herzliches Lächeln.

»*M'ijo*«, sagte sie. »*Dichosos los ojos*«. Kommt herein.

55

Bobbie Boudreau hatte es nicht nötig, der Hexe Treadwell weitere Drohbriefe zu schicken. Die Alte hatte recht. Treadwell hatte das FBI eingeschaltet. Sie wußte, daß er irgendwo lauerte und hatte schreckliche Angst. Das freute ihn. Ihr Appartementgebäude wurde von einem Anzugfritzen überwacht; einem FBI-Agenten, ein Cop war das nicht. Bobbie wußte, daß Zivilcops sich als Obdachlose oder Pizza-Hut-Auslieferer tarnten. Den Anzugtypen konnte man schon aus zweihundert Meter Entfernung sehen, samt dem Ding im Ohr, über das er Nachrichten von Außerirdischen bekam. Genau wie der Präsident der Vereinigten Staaten. Er mußte ja ganz schön wichtig sein, wenn das FBI eingeschaltet worden war, um ihn von Treadwells Büro fernzuhalten. Bobbie vermutete, daß mittlerweile auch vor der Bürosuite im zwanzigsten Stock ein Anzugfritze postiert war. Lächerlich. Hielten die ihn für blöd?

Er lief ganz offen herum, und sie sahen ihn nicht. Die hatten keinen blassen Schimmer. Sollte die Polizei ruhig kommen, das FBI, die ganze Scheißarmy. Was konnten die ihm schon anhaben? Nichts. Wie lange wollten sie die Gegend sichern? Eine Woche, zwei Wochen, vielleicht einen Monat?

Sollten sie doch ein ganzes Jahr rumhängen – egal. Das war sein Revier. Er war schon seit fünfzehn Jahren hier. Er würde nicht abhauen. Wenn er nicht arbeitete, verbrachte er seine freie Zeit meistens in den unterirdischen Gängen. Sollten sie sich ruhig die Köpfe darüber zerbrechen, wo er steckte und was er machte. Sollten sie ruhig glauben, daß derjenige, der die Hexe belästigt hatte, für immer das Weite gesucht hatte. Solange das FBI da war, würde er sich nicht blicken lassen. Schließlich waren sie nicht in Waco oder Oklahoma. So eine Riesensache war das hier nicht; sie würden ihm nicht wochenlang auflauern. Schließlich ging es nur um eine beschissene Seelenklempnerin, die ihre Patienten mit Worten umbrachte. Sie raunte ihnen grauenvolle Worte ins Ohr und sie fielen um wie Bowlingkegel. Bobbie hatte gehört, daß sich ihretwegen angeblich ein Patient das Leben genommen hatte. Bestimmt nicht der letzte. Ärzte konnten sich einfach alles erlauben. Sie hatten eine Lizenz zum Töten. Und niemand konnte sie aufhalten. Sie war auch nicht besser als der Scheißkerl in Vietnam, der an gesunden Herzen operierte, weil er nach seiner Armeezeit Bypass-Operationen machen wollte. Niemand hatte sich getraut, was zu sagen. Niemand hatte ihn aufgehalten.

Es stand also fest. Seelenklempner konnten mit Worten töten. Wie mit einer Pistole, mit Dynamit oder Gift. Sie trugen unsichtbare Waffen, machten Menschen zu Krüppeln oder brachten sie gleich um – Scheiße. Und niemand konnte sie aufhalten. Gott allein hatte diese Macht, und Er würde sich schon darum kümmern mit der Zeit.

Es war keine Sünde, Gott zu helfen. Im Gegenteil, das war nötig, so nötig wie Krieg. Früher oder später würde das FBI damit fertig sein, alles zu verwanzen. Darauf zu warten, daß er wieder etwas anstellte, wofür sie ihn festnageln konnten, würde ihnen irgendwann zu langweilig werden. Dann würden sie sich dahin verziehen, wo sie hergekommen waren, und er konnte wieder aus dem Keller kommen.

56

April hatte mit Mikes Mutter und dem Freund, von dem Mike nichts gewußt hatte, zu Mittag gegessen und danach die Wohnung in Queens besichtigt, die Mike mieten wollte, und jetzt konnte sie nicht schlafen. Das Essen hatte sogar April beeindruckt, an der Schlaflosigkeit war es aber nicht schuld. Die Wohnung war auch ganz nett gewesen. Sie hatte eine Terrasse und war höher gelegen als alle Wohnungen, in denen Mike oder April bisher gewohnt hatten. Judy wollte einen guten Preis für Mike aushandeln, da der Vermieter einen netten, ruhigen Polizisten im Haus haben wollte.

Veränderungen brachten einfach immer Probleme mit sich. April wälzte sich umher und grübelte darüber nach, warum sie unbedingt beruflich weiterkommen wollte, wenn das gleichzeitig den Abschied vom Zwo-Null bedeutete; dort wußte sie wenigstens, wer ihre Feinde waren. Sie hatte keine Ahnung, wo sie als nächstes landen würde oder was Mike und ihr bevorstand, wenn sie den Dickey-Fall vermasselten. Der Fall war ziemlich undurchsichtig.

Es gab auch eindeutige Mordfälle, meistens wenn es um Beziehungskrisen ging. Da gab es eigentlich nie große Rätsel. Die Lösung stach einem oft schon von weitem ins Auge. Handelte es sich bei Dickeys Tod etwa auch um einen Mord unter Geliebten? Oder war es tatsächlich ein Racheakt dieses Kerls, der einen Patienten auf dem Gewissen hatte und die Direktorin des Centres belästigte? Hatte er das gleiche Medikament, mit dem er vor einem Jahr aus dem Patienten einen Irrflieger machte, in Dickeys Scotch gekippt? Das waren bloße Vermutungen, denn die Flasche – falls es tatsächlich eine gegeben hatte – war verschwunden. April nahm sich vor, den Müll durchsehen zu lassen, obwohl es ziemlich aussichtslos war, eine Flasche zu finden, die vor einer Woche weggeworfen worden war.

Und was war eigentlich mit diesem Typ vom FBI? Daveys hatte sich darauf versteift, daß Boudreau der Mörder war. Wenn es aber eine Verbindung gab zwischen Dickeys Tod und Cowles' Selbstmord, was hatte dann Boudreau damit zu tun? War er wirklich der Hauptverdächtige?

April wälzte sich grübelnd im Bett umher. Sie versuchte, Mike aus ihrem Kopf zu verbannen, während sie an die neue Wohnung mit Blick nach Westen auf den Sonnenuntergang dachte und sich vorstellte, dort mit Mike zu schlafen. Clara Treadwell hatte vor Jahren eine Affäre mit Dickey gehabt, als er ihr Lehrer gewesen war. Vielleicht hatte Dickey es nicht verkraftet, daß Clara jetzt seine Vorgesetzte war? Vielleicht hatte Dickeys Frau recht, und Dickey wollte die Verbindung mit Clara wiederaufnehmen? Claras Freund war Senator. Vielleicht hatte sie versucht, Dickey loszuwerden, und Dickey hatte sie erpreßt. Das war eine Möglichkeit. Vielleicht hatte Clara den Mix aus Alkohol und Elavil zubereitet, vielleicht hatte sie Dickey nicht töten, sondern nur verwirren wollen, damit er sich merkwürdig benahm und sie ihn rauswerfen konnte.

April machte sich auch Sorgen um Daveys. Sie hatte in Chinatown schon mal mit dem FBI zusammengearbeitet, doch ihr war nie ein Agent untergekommen, der allein arbeitete. Normalerweise gab es für jeden offen ermittelnden Agenten noch Dutzende, die sich in irgendwelchen Gebäuden verschanzten, observierten, Telefongespräche abhörten und es sich auf Steuerzahlers Kosten gutgehen ließen.

Die Bundespolizei und Geld waren heikle Themen. FBI-Angestellte verdienten viel mehr als Cops, außerdem hatten sie Zugriff auf unerschöpfliche, staatliche Geldquellen. Dem FBI standen Labore, Computer und technische Ausrüstungen zur Verfügung, von denen Cops nur träumen konnten. Wo steckten also in diesem Fall die anderen FBI-Beamten? Was hatten sie vor? Würden sie April Woos Hoffnungen auf ein glückliches langes Leben zunichte machen?

»Ni«, schrie *Skinny Dragon Mother* die Treppe herauf, als es zu dämmern begann. *»Ni*, du keine Harmonie, das dein Problem. Keine Harmonie.«

April konnte es nicht ausstehen, wenn ihre Mutter sie mit »du da« anredete. Sie quälte sich aus dem Bett. Unter ihrer Tür lag ein Zettel, darauf stand auf chinesisch:

Um sich zu sammeln,
muß man sich zuerst weiten.
Um nachgiebig zu werden,
muß man zuerst stark sein.
Um zu zerstören,
muß man zuerst errichten.
Um etwas zu erhalten,
muß man zuerst etwas geben.

Das war eine Beschreibung des Wandlungsprozesses und wenn man nicht in Harmonie mit sich selbst war, sollte man so vorgehen. Traditioneller chinesischer Auffassung zufolge ist die Welt in einem fragilen Gleichgewicht von Yin und Yang. Das dunkle Yin – das Passive, das nachdenklich Weibliche – und das helle Yang – das Positive, aktiv Männliche.

Sind Yin und Yang im Gleichgewicht, ist man gesund und erfreut sich guter Beziehung zu seinen Mitmenschen, die ideale Ausgangsposition für ein langes, glückliches Leben, einen guten Beruf und Ansehen. Sind Yin und Yang nicht im Gleichgewicht, wird man körperlich krank und kommt mit anderen Menschen nicht gut aus. Man kann dann nicht mehr arbeiten und alles geht schief.

Die chinesische Philosophie besagte außerdem, daß man nie selbst schuld hatte an Pech, Krankheit oder Charakterschwächen. Schuld war die Disharmonie. Wenn man Glück hatte, wurde man richtig behandelt und konnte mittels eines dieser Wandlungsprozesse die Harmonie wiederherstellen. Yin und Yang kamen wieder in Balance und das Glück war einem sicher.

»Ni«, Skinny Dragon Mother hörte nicht auf zu rufen. Ihre durchdringende Stimme verriet, daß auch sie die ganze Nacht kein Auge zugetan hatte. Sie klang fürchterlich, nicht einmal der Hund war zu sehen, als April die Tür öffnete, den Zettel fand und gähnend die Treppe hinunterspähte.

»Was is, Ma?«

Skinny Dragon Mother trug heute morgen eine schwarze Pyjamahose und eine blaue Bauernsteppjacke. Sie wollte den Göttern weismachen, daß sie eine arme Frau war. Unvermittelt fing sie an, sich mit der Handfläche auf die Brust zu schlagen und in chinesischem Befehlston zu rufen, daß Aprils *Qi* schwach sei und daß dies die Ursache all ihrer Probleme war.

»Was für Probleme?«

»Du sofort behandelt werden, damit du wieder in Harmonie, dein *jing* sonst ganz schwach, und dann alles zu spät.«

»Jing, was soll das denn sein?« fragte April.

»Ganz egal. Uhr tickt, jeden Tag du verlierst Zeit.«

April gähnte. Wenn ihre Mutter eine tickende Uhr erwähnte, sprach sie bestimmt von Hormonen. Die Jade-Kur hatte nichts mit Hormonen zu tun, das wußte jeder Idiot.

»Schlechte Nachrichten. Komm runter«, schrie Sai.

April tappte in die Küche ihrer Mutter, den offiziellen Raum für schlechte Nachrichten. Dort teilte *Skinny Dragon Mother* ihr mit, daß sie in einer chinesischen Zeitung gelesen habe, daß über New York ein schmutziger Nebel hing, in dem es von Krankheitserregern nur so wimmelte. Wer sich draußen oder in öffentlichen Gebäuden aufhielt, war vor Grippe und Fieber nicht sicher. April hielt sich den ganzen Tag über im Freien oder in öffentlichen Gebäuden auf, sagte *Skinny Dragon Mother* und sah ihre Tochter entrüstet an. April atmete die unreine Luft von Vergewaltigern, Dieben und Mördern ein. Sie war also besonders gefährdet.

Sergeant Joyce kam April in den Sinn. Darauf folgte ein Wortschwall über die anderen furchtbaren Ereignisse des gestrigen Tages. Offenbar hatte es sich schon bis New Jersey herumgesprochen (dort hatten die Eltern Woo die Familie Chang besucht), daß April ihre Chancen mit George Dong und anderen Heiratskandidaten verdorben hatte, weil sie mit einem Spanier rummachte. Sai Woo hatte von Foo Chang erfahren, daß George Dongs Mutter Mimi eine Cousine hatte, die wiederum eine Tochter hatte, deren beste Freundin Medizin in Harvard studiert hatte. Sie war sehr klein und gar nicht hübsch, sondern pummelig und hatte Locken und Sommersprossen. Außerdem war sie viel älter als April ... aber sie war eine erfolgreiche Gynäkologin im Lenox-Hill-Krankenhaus in der Park Avenue in Manhattan. Diese ältliche Frauenärztin und George Dong hatten schon zweimal in der großen Anlage in Queens Tennis gespielt, und man munkelte von einer Hochzeit im Frühling.

Dann hatte Foo Aprils spanischen Freund zur Sprache gebracht – über den waren alle bestens informiert. Daraufhin hatte Sai dem immer dicker werdenden Foo Chang erklärt, daß es sich bei dem Spanier um einen hochkarätigen Sergeant handelte, der schon fast Captain und ein persönlicher Freund des Polizeichefs war. Foo hatte *Skinny Dragon* mit reichhaltigem Essen trösten wollen, doch sie hatte abgelehnt. Er hatte ihr erklärt, daß sie nicht das gleiche Schicksal hinnehmen *mußte* wie all die anderen Eltern, deren Kinder vom goldenen Weg abgekommen waren.

Die einzige Möglichkeit, ihre unglückliche Mutter wieder aufzumuntern, bestand darin, die eklige, dampfende Brühe zu schlucken, die *Skinny* ihr verabreichte. Sie war von trügerischer Farbe. April schnupperte besorgt; sie befürchtete fast, ihre Mutter sei vor Wut imstande, sie zu vergiften. Die Jade-Kur schmeckte unangenehm; aber Sai versprach, daß sie das schützende *Qi* stärken werde.

Das schützende *Qi* waren die Energien der oberen Atemwege, Hals und Lunge. Um das gesamte Immunsystem zu stärken, behandelte man das *Qi*. Doch wer wußte schon, was *Skinny* ihr da wirklich verabreichte? Vielleicht etwas, das ihren Geist schwächen und sie verwirren sollte. Es schmeckte jedenfalls anders als die Jade-Kur, die sie Mike gegeben hatte und die sie selbst gestern genommen hatte, um sich gegen Sergeant Joyce' Grippe zu wappnen. Ihre Jade-Kur war dunkelgrün und würzig, sie ähnelte Eukalyptustee und machte die Bronchien frei. Mike hatte es nicht erkannt, aber es hatte ihm geschmeckt. April war gespannt, ob es ihm heute besserging.

Sie machte sich früh auf den Weg zum Zwo-Null und ließ ihre Mutter zurück, die Räucherstäbchen anzündete, um die Götter der Harmonie zu beschwören.

57

Es war totenstill im Mannschaftsraum, als April um 7.45 Uhr dort ankam. Mike saß einsam am Schreibtisch und blätterte eifrig in seinem Notizbuch. Vielleicht hatte er auch nicht schlafen können.

»Yo, *querida*, hattest du einen schönen freien Tag?« fragte er, ohne aufzusehen.

»Ganz toll. *Pasé el dia en blanco*«, grummelte sie.

»Was, du hast überhaupt nichts gemacht? *Qué lástima*! Du kennst nicht die richtigen Leute.«

»Das wird's sein. *Qué pasa, chico*?«

Er lächelte. Sie hatte ihn *chico* genannt. »Unser neuer Freund möchte uns heute nachmittag treffen. Er hat ein Geschenk für uns, sagt er. Wir müssen es nur abholen.«

April warf ihre Schultertasche auf den Schreibtisch und ließ sich auf den Stuhl fallen. »Das letzte Mal, als jemand vom FBI einen Cop darum bat, etwas abzuholen, handelte es sich um eine ungenehmigte Hausdurchsuchung. Das FBI wollte keinen Ärger kriegen, falls es aufflog.«

»Ach ja? Und du warst dabei?«

April musterte ihn eindringlich auf der Suche nach Anzeichen für eine Grippe. Mike trug heute ein rotes Hemd und eine schwarze Krawatte; das erste Mal, das er etwas Farbe wagte. Er wollte wohl einen Stier anlocken. »Du siehst heute besser aus, Mike. Die Jade-Kur hat anscheinend geholfen.«

Er schnitt eine Grimasse. »Meinst du das eklige, grüne Zeug, das du mir eingeflößt hast? Wozu sollte das eigentlich gut sein, sollen meine Eier verdorren?«

»Man tut, was man kann.«

Mike lehnte sich zurück, fuhr sich über den Schnurrbart und setzte sein Piratenlächeln auf. »Hat nichts genützt. Das müssen wir wiederholen...« Er starrte sie an, bis sie blinzelte. »Und, bist du reingegangen fürs FBI? Hast du das Haus durchsucht?«

Sie lachte. Lachend sah die Welt doch gleich besser aus. »Ich doch nicht. Ich laß mich nicht verarschen.«

Er wechselte das Thema. »Wir müssen uns ein bißchen vorbereiten. Wir brauchen eine Strategie.«

April nickte. Sie verteilten die anstehenden Aufgaben und machten einen Termin aus, bevor sie Special Agent Daveys zum Mittagessen im *Lantern Coffee Shop* treffen würden. Um 9.30 Uhr war April wieder im *Psychiatric Centre*. Beim letzten Gespräch hatte ihr Gunn Tram nicht die Wahrheit gesagt. Es war an der Zeit für ein weiteres Schwätzchen.

Gunn Tram war allerdings nicht im Büro. Sie hatte sich am Montag krank gemeldet. Eine junge, afroamerikanische Frau lümmelte am Schreibtisch in der Ecke. Sie sagte, Gunn sei schwer erkältet und habe am Telefon ganz schrecklich geklungen. April fragte die Frau, ob sie einen Angestellten namens Boudreau kannte.

»Nö.« Vor ihr auf dem Schreibtisch stand ein Schild mit dem Namen Malika Satay. Malikas Haar war zu wunderschönen, kleinen Zöpfen geflochten. Sie begleitete jede Erwiderung mit einer energischen Kopfbewegung, dabei wedelten die Zöpfe über ihre Schultern. »Der arbeitet nicht hier.«

»Und im Sommer vor einem Jahr?«

»Keine Ahnung. Ich hab letztes Jahr Weihnachten hier angefangen.« Malika klickte mit ihren goldenen, langen Fingernägeln an den goldenen Perlen ihrer Zöpfchen.

»Könnten Sie das bitte überprüfen?« fragte April.

»Was?«

»Würden Sie bitte in den Akten nachsehen, ob es einen Boudreau gibt – B-O-U-D-R-E-A-U.«

»Sind Sie 'n Coup? Ich hab Sie doch gestern hier mit dem anderen Typ gesehen.«

April lehnte sich an Malikas Schreibtisch. Sie war gestern nicht hiergewesen. Gunn und Malika auch nicht. »Was für ein anderer Typ?«

»Weiß nicht. Irgendsoein Typ. Der machte die ganze Zeit hier rum und hat Gunn geärgert.«

»Sie meinen am Freitag.«

»Wie auch immer«, erwiderte Malika schnippisch.

»Ich möchte es schon gern genauer wissen.«

»Ich weiß nicht mehr, wann das war; irgendwann letzte Woche.«

»Okay, würden Sie jetzt bitte in den Akten nachsehen?«

Malika erhob sich gemächlich. »Hat er auch nach dem gesucht?«

»Der andere Typ? Was sagte er denn?« April folgte Malika, die langsam in ein Hinterzimmer schlenderte, das von oben bis unten mit Akten gefüllt war.

»Hmh. Er hatte eine Waffe am Bein. Gunn hat sich ganz schön aufgeregt.«

»Kann ich mir vorstellen. Und was wollte der Kerl mit der Waffe?«

»Er sagte, Gunn wüßte schon, wonach er suchte, und er würde nicht lockerlassen, bis sie damit rausrückt.«

»War er heute auch schon hier?«

Die schweren Zöpfe der Sekretärin flogen durch die Luft. Sie starrte April an. »Was geht Sie das eigentlich an?«

»Mögen Sie Gunn? Kommen Sie gut mit ihr aus?«

Malika wandte sich dem Aktenschrank zu, zog die *B*-Schublade auf und wühlte in den Akten unter B-O-O. »Klar.«

»Dann seien Sie ihr doch bitte ein bißchen behilflich, okay?«

»Warum, hat sie Schwierigkeiten? Dacht ich mir schon.« Sie knallte die Schublade zu. »Hab ich doch gesagt, hier gibt's niemanden mit diesem Namen.«

»Er schreibt sich B-O-*U*«, sagte April geduldig. »Schauen Sie bitte noch mal nach.«

»Hm?«

»B-O-U-D-R-E-A-U.«

»Da hab ich schon nachgesehen.«

»Wann?«

»Als der Typ da war.« Malika ging wieder zum Schreibtisch zurück.

»Und da war die Akte nicht da?«

»Genau.«

April wollte lieber selbst nachsehen. Sie wühlte sich durch die *B*s und stieß auf eine Akte, die kopfüber unter *B-u* hing. Ihr Nackenhaar sträubte sich. Sie streifte ein Paar Latexhandschuhe über, die sie aus der Tasche gekramt hatte, und nahm erst dann die Akten in die Hand. Wie durch Zauberei war die verschwundene Robert-Boudreau-Akte wiederaufgetaucht. Sie legte sie zur Seite und suchte in den Schubladen nach einem großen, braunen Umschlag. Darin verschwand die Akte ein zweites Mal. April ging zu Malika, die wieder an ihrem Schreibtisch lümmelte. »Tschüs«, sagte sie teilnahmslos.

»Ich bin noch nicht fertig. Wußte Gunn, welche Akten fehlten?«

»Sie war total fertig, als Dr. Dickey starb. Total fertig. Sie sagte, sie wüßte als einzige, welche Akten fehlen. Sie wollte sie sofort wiederhaben. Alle.«

»Wissen Sie, ob Gunn eine Liste von den Akten erstellt hat, die Dr. Dickey mitnahm?«

»Ja.«

»Wissen Sie, wo die Liste ist?«

»Also, dieser Typ, der hat sie echt fertiggemacht. Er hat gesagt, sie kommt ins Gefängnis. Das hab ich gehört.«

»Der Kerl mit der Waffe?« fragte April.

»Nö, der mit dem Zopf.«

Aha, jetzt gab es also außer dem Kerl mit der Waffe auch noch einen mit Zopf. Aprils Magen machte sich bemerkbar. Da war also noch jemand, der Gunn nachspionierte. Ob Daveys das wußte? Aprils Stimme und ihre Augen verrieten nichts von der Ungeduld, die ihren Körper erzittern ließ.

»Haben diese Typen auch Namen?«

»Keine Ahnung.« Malika machte sich nicht mal die Mühe, mit den Schultern zu zucken. Ihr war das alles scheißegal.

»Können Sie sie beschreiben?«

»Einer sah aus wie ein Cop.«

Aha. Cops gab es in allen Farben, Formen und Größen. »Der mit der Waffe am Knöchel?«

Anscheinend eine schwierige Frage, denn Malika dachte eine Weile nach.

»Ja.«

»Wie sah er aus?«

Malika seufzte; April war aber auch begriffsstutzig. »Wie ein *Cop* eben«, wiederholte sie beharrlich. »Wie Tommy Lee Jones.«

April kannte keinen Cop, der so aussah. »Gut, und der andere?«

»Sah aus wie ein Arzt.« Malika nickte.

»Der mit dem Zopf?«

»Ja. Er hatte einen weißen Kittel an.«

Das machte ihn nicht unbedingt zum Arzt. »Konnten Sie sehen, was er unter dem weißen Kittel anhatte?«

Malika sah sie erstaunt an. »Der war zugeknöpft.«

»Konnten Sie vielleicht sehen, ob er ein Hemd anhatte, eine Krawatte, ein Jackett? Oder was für eine Hose er trug? War es vielleicht ein Sicherheitsbeamter oder ein Krankenpfleger?«

Malika überlegte.

»Haben Sie seinen Ausweis gesehen?«

»Nö.«

»Hatte er keinen Ausweis, oder haben Sie ihn nicht gesehen?«

»Hatte keinen. Der Cop hatte auch keinen, genausowenig wie Sie.«

Daveys hatte wahrscheinlich einen Tagespaß gehabt wie sie auch. Sie zeigte Malika ihren Tagespaß. »Noch eine Frage: Haben Sie den Kerl mit dem Zopf vorher schon mal gesehen?«

»Ja.«

»Oft?«

»Manchmal.«

»Und wann?«

»Vor 'ner Weile. Vor ein, zwei Monaten.«

»Trug er da auch einen weißen Kittel?«

»Nein.«

»Was hatte er damals an?«

Malika schürzte entnervt die Lippen. »Straßenkleidung.«

»Was genau?«

»Was man eben auf der Straße so anhat. Eine Jacke, Sweatshirt, Hose.« Malikas Beschreibung wurde auf einmal ausführlicher, weil April sich Notizen machte.

»Wo haben Sie diesen Kerl mit dem Zopf, der Jacke, dem Sweatshirt und der Hose denn sonst gesehen?«

»Was?«

»Sie haben ihn doch früher schon gesehen. Wo?«

»Auf der Straße, mit Gunn. Ich hab sie auch schon in der Kneipe gesehen.«

»In welcher Kneipe?«

»Sie wollten doch nur eine Frage stellen.«

»Sie wissen aber viel mehr Antworten, Malika. Welche Kneipe?«

»French Quarter.«

April nickte. Sie wußte, wo das war. »War der Kerl weiß, schwarz, hispanic, groß, klein? Dick, dünn?«

»Beige und groß.«

Beige, das war ja sehr präzise. »Wie groß? Einsachtzig? Dick, dünn?«

»Ja.«

Mehr bekam sie aus Malika nicht raus. Der Kerl hatte einen Zopf und war hellhäutig. Wahrscheinlich gab's verschiedene ethnische Einflüsse in seiner Familie; wenn er nicht gerade einen weißen Kittel anhatte, trug er Straßenkleidung. Und er hing in einer vergammelten Kneipe im Westen der 99. Straße rum. April notierte sich Gunns Telefonnummer und Adresse. Dann machte sie sich auf zum Labor, um die Akte auf Fingerabdrücke untersuchen zu lassen.

58

Gunn wohnte in einem dreistöckigen Haus mit verschnörkelter, gotischer Fassade. Eine gewundene Steintreppe führte zur Haustür mit Bleiglasfenstern im ersten Stock. Der Eingang zu den ebenerdigen Wohnungen wurde von der Treppe verdeckt und war weder von der Straße noch von der Tür im ersten Stock einsehbar. Über den Bordstein ragte ein Vordach, das von zwei steinernen Hunden gestützt wurde, die mit gefletschten Zähnen in ewigem Angriff verharrten. Im zweiten und dritten Stock brannte Licht hinter drei bunten Erkerfenstern. Das Haus hatte etwas Bedrohliches, es wirkte geradezu lebendig und hungrig. April parkte den nicht gekennzeichneten Dienstwagen vor einem Hydranten und eilte die Stufen hinauf. Sie hatte nicht viel Zeit, um Klarheit in die Sache mit den Akten zu bringen.

Hinter der Haustür gab es eine kleine Eingangshalle und eine zweite, verschlossene Tür mit einer uralten Sprechanlage. Gunn wohnte in der obersten Etage. April drückte auf die Klingel neben ihrem Namen, worauf sofort ein Rauschen ertönte.

»Gunn«, sprach sie deutlich in die Sprechanlage, »hier ist April Woo. Wir haben uns am Freitag schon mal unterhalten, erinnern Sie sich?«

Die einzige Antwort war ein Knacken in der Sprechanlage.

»Gunn, ich muß mit Ihnen reden. Es ist dringend.«

»Ich bin krank. Ich kann nicht reden.«

»Gunn, es ist sehr dringend.«

»Ehrlich, ich kann nicht –«

»Gunn, ich ermittle in einem Mord. Es bleibt Ihnen gar nichts anderes übrig.«

Nach einer Weile öffnete sich die Tür mit einem Klicken. April ließ sie hinter sich ins Schloß gleiten und erklomm die ächzenden, durchgetretenen Stufen. Nur eine der fünf Glühbirnen in der uralten Deckenbeleuchtung ganz oben brannte schwach. Gunn wohnte im hinteren Appartement im dritten Stock. Knarrend öffnete sich die Tür einen Spalt, als April um die Ecke bog.

»Hallo, Gunn«, sagte April.

Unwillig öffnete Gunn die Tür so weit, daß eine sehr dünne Person hindurchpaßte. April schlängelte sich hinein. Bevor sie die Tür wieder schloß, spähte Gunn in den Flur. Die Wohnung bestand aus zwei vollgestopften Zimmern. In eine Ecke des ersten Zimmers war eine Küchenzeile gezwängt. Das Schlafzimmer befand sich im hinteren Teil der Wohnung. Zwischen den beiden Zimmern gab es eine riesige, hölzerne Schiebetür, die offenstand.

»Was wollen Sie?« Gunns Augen waren rot und geschwollen, sie sah aber nicht krank aus. Sie trug glänzende schwarze Leggings und mehrere Lagen T-Shirts und Pullis. April konnte das Flackern des Fernsehers im Schlafzimmer sehen. Sie glaubte aber nicht, daß Gunn im Bett Fernsehen gesehen hatte. Die weinerliche kleine Frau roch, als hätten die vier Hauptnahrungsgruppen in den letzten Tagen nicht auf ihrem Speiseplan gestanden.

»Gunn, Sie haben mich angelogen. Sie kennen Bobbie Boudreau.«

Gunn taumelte zurück und stieß gegen einen geblümten Schaukelstuhl, über dessen Rückenlehne ein Spitzentaschentuch drapiert war. Ihr Kopf zuckte verneinend hin und her. »Ich kenn keinen Bobbie Boudreau.«

»Kommen Sie, Gunn, natürlich kennen Sie ihn. Er ist doch Ihr Kumpel.«

»Wer sagt das?« Gunn sah sie erstaunt an, trat vom Schaukelstuhl weg und sank auf den geblümten Zweisitzer.

»Gunn, man hat euch zusammen hier in der Gegend gesehen, zum Beispiel im French Quarter um die Ecke...« April machte eine Pause, um ihre Worte wirken zu lassen. »Wir wissen, daß Bobbie in diesem Haus wohnt. Wir wissen alles.«

»Was? Das glaub ich nicht.«

»Und was wir jetzt noch nicht wissen, finden wir bis spätestens morgen raus.«

»Wie? Wie wollen Sie das rausfinden?«

»Indem wir Fragen stellen, Gunn. Wir fragen alle möglichen

Leute. Wir kriegen es so oder so raus, deswegen können Sie mir auch gleich alles über sich und Bobbie erzählen.« April ging vorsichtig in den hinteren Teil der Wohnung, ihre Hand lag auf der Waffe an ihrer Hüfte. »Ist er hier?«

»Nein, ich hab ihn nicht mehr gesehen, seit ihr hinter ihm her seid«, erwiderte Gunn trotzig.

»Gut, dann können wir uns ja unterhalten.«

»Ich hab dem anderen Kerl nichts verraten, und Ihnen sag ich auch nichts.« Gunn schüttelte den Kopf. »Das letzte Mal soll Bobbie auch an allem schuld gewesen sein. Er hat nichts damit zu tun. Sie können mich ruhig umbringen.«

»Niemand will Sie umbringen.«

»Na ja ... auch gut. Dann können Sie ja gehen.«

»Gunn, Sie wissen ganz genau, daß ich nicht einfach gehen kann.«

»Der andere Kerl hat mich in Ruhe gelassen.«

»Hat er nicht. Er hat Ihnen doch gesagt, daß er vom FBI ist, oder? Das FBI gibt nie auf. Mit einem von uns müssen Sie reden. Entweder mit ihm oder mit mir.«

»Bobbie hat nichts damit zu tun. Ihr sucht ja nur einen Sündenbock.«

»Sündenbock wofür?« fragte April.

»Ich weiß doch, was ihr vorhabt. Ich bin nicht blöd. Ihr denkt, Bobbie hat Dr. Dickey umgebracht, so wie den Patienten vor einem Jahr; dabei hatte er mit beidem nichts zu tun.«

»Woher wissen Sie das?«

»Ich *weiß* es eben. Manche Sachen weiß man einfach.«

»Klar. Nur kommen Sie damit bei einem Mordfall nicht durch.«

»Ich weiß doch, was da läuft. Wenn was Schlimmes passiert, brauchen die einen Sündenbock. *Sie* hat Bobbie die Schuld gegeben. Und jetzt behaupten sie auch noch, daß er schuld ist.« Gunn verschränkte die Arme, wobei sie ihre Brüste wie zwei Brotlaibe zusammenpreßte. »Von mir können Sie dabei keine Hilfe erwarten.«

»Wen meinen Sie mit sie? Dr. Treadwell?«

»Ja.«

»Hat sie was gegen Bobbie?«

»Woher soll ich das wissen? Ich bin nur in der Personalabteilung.«

April sah auf ihre Armbanduhr. Es war halb zwölf. Um eins war sie mit Mike und Daveys verabredet. Diese kleine, untersetzte Frau saß bis zu den blonden Augenbrauen in der Patsche. April spürte instinktiv, daß Gunn alle Antworten kannte, doch sie würde mit der Wahrheit allerdings erst herausrücken, wenn sie sich ausweglos in Lügen verstrickt hatte. Sie sagte: »Es ist so gemütlich warm hier. Darf ich meine Jacke ablegen, Gunn?«

Gunn zuckte mit den eckigen Schultern. »Klar. Sie machen ja eh, was Sie wollen.«

»Nicht unbedingt.« April knöpfte ihre Jacke und den dunkelblauen Blazer darunter auf. Um den Rollkragenpullover hatte sie einen Seidenschal geschlungen, ein Chanel-Imitat, das sie in Chinatown gekauft hatte. Auf dunkelblauem Hintergrund waren dicke goldene Ketten und Schlösser abgebildet. Die Ketten erinnerten sie manchmal an Handschellen. Ihre Nacken- und Schultermuskeln schmerzten. Sie zog ihr Notizbuch hervor und schlug eine neue Seite auf. Irgend jemand hatte Boudreaus Personalakte in den Aktenschrank zurückgehängt – jemand, der die Akte dort haben, sie aber gleichzeitig verstecken wollte. Wer würde so was tun?

Gunn schneuzte sich in ein feuchtes Knäuel Papiertücher. »Bobbie ist ein großartiger Kerl«, schluchzte sie.

April sah zu, wie sie die Nase putzte, und wartete.

»Er war Lieutenant in Vietnam.«

»Tatsächlich«, murmelte April. »Das ist ja schon eine Weile her.«

»Da war er noch der kleine Bobbie Boudreau, ein Cajun aus Louisiana. Wissen Sie, was ein Cajun ist?«

April schob verneinend das Kinn vor.

»Franko-Indianer. In Louisiana gibt's viele. Das ist vielleicht 'ne Mischung. Die sprechen so ein komisches Französisch.

Richtige Franzosen können das gar nicht verstehen. Haben Sie schon mal von Voodoo gehört?«

»Voodoo?« April blinzelte. Sie hatte gehört, daß auf den großen Friedhöfen in Queens Voodoo praktiziert wurde. Jugendliche buddelten in Gräbern rum, weil man für Totenschädel gutes Geld bekommen konnte.

»Ja, Schwarze Magie.« Gunns tränenverschleierte Augen wanderten zu einer mit Bändern verzierten Maske an der gegenüberliegenden Wand.

»Ähm, spielt Voodoo bei diesem Fall irgendeine Rolle, Gunn?« Aprils Meinung nach ähnelte sie den Masken, die in italienischen Restaurants hingen.

»Bobbie glaubt, daß er damals, als sein Vater starb, vielleicht einem Voodoo-Zauber unterlag.« Die alte Frau schüttelte ernst den Kopf. »Die Aushilfsschwester, die er so gern hatte, ist auch gestorben.«

April holte tief Luft. Was hatte das damit zu tun? »Und wie ging's dann weiter – mit Bobbie?«

»Er ging zur Armee, als Krankenpfleger natürlich. Das war seine Mission, sagt er. Er wollte Amerika helfen. Er wäre gern ein Weißer gewesen, wissen Sie?«

April nickte. Wer nicht?

»Ich schätze, er hat sich ans Blut gewöhnt, denn er war wirklich gut.«

»Ans Blut gewöhnt?«

Gunn schüttelte den Kopf. »Sagte ich doch. Er war gut mit der Aushilfsschwester befreundet. Sie arbeiteten zusammen. Er hat viel Blut und Elend gesehen.«

Viel Blut und Elend.

»Deswegen wollte er den Menschen helfen, schätze ich.« Gunn wurde depressiv. »Jede gute Tat wird bestraft.«

April stellte fest, daß sie schon sieben Minuten hier war. Draußen hupte ein Auto.

»Wo ist Bobbie jetzt?« fragte sie.

Gunn schneuzte sich wieder. »Woher soll ich das wissen?«

»Sie wissen viel über ihn. Sie haben bestimmt viel Zeit mit ihm verbracht. Sie sind doch gute Freunde.«

»Ich kenne ihn. Er ist ein prima Kerl.« Gunn kaute verdrießlich auf ihrer Lippe.

April wechselte das Thema. »Was hat Bobbie in Vietnam erlebt?«

»Fürchterliche Dinge. Er war an der Front bei einer MASH-Einheit.«

»Viele Tote? Bomben? Gab's Drogen? Was –?«

»Ärzte, die an Soldaten rumexperimentierten und operierten, obwohl diesen Soldaten *gar nichts* fehlte.« Gunn warf einen Blick auf die Maske an der Wand. »Die ist aus New Orleans, hübsch, nicht?«

»Wie hängt das alles zusammen, Gunn?«

»Sie wollen doch über Bobbie Bescheid wissen. Deswegen erzähle ich Ihnen das. Der Captain seiner Einheit bekam den Befehl, einen Hügel einzunehmen. Also wurde der Hügel eingenommen. Dabei verlor der Captain einen Arm, und sein Gesicht verbrannte. Sie verloren dreißig Männer. Am nächsten Tag bekamen sie aus unerfindlichen Gründen den Befehl, den Hügel wieder zu räumen.«

»Und was war mit Bobbie?« Die Zeit verstrich. Wahrscheinlich lag er irgendwo draußen auf der Lauer. Die MASH-Geschichte kam ihr äußerst fragwürdig vor, doch sie wollte Gunns Worte nicht anzweifeln.

»Der neue Captain sollte die Zahl der getöteten Feinde ermitteln.«

»Aha.«

»Als er die Einheit übernahm, erfand er einfach Zahlen.« Sie schnaufte verächtlich. »Was für eine Umgebung für einen anständigen Kerl. Die rauchten alle Marihuana, nahmen Opium und tranken. Bobbie hatte Alpträume, wachte schreiend auf. Die erfanden einfach die Zahlen von gefallenen Feinden. Der Captain war Herzchirurg, der neue Techniken an seinen Patienten ausprobierte, ganz egal, ob eine Operation nötig war oder nicht. An einem neuen Marinesoldaten, einem Jungchen aus

Iowa, wollte er eine ganz gefährliche Operation vornehmen. Bobbie wußte, daß das nicht nötig war. Er riet dem Jungen, er solle sich weigern. Doch der fürchtete sich und glaubte nicht, daß der Arzt ihn belügen würde.«

Gunn starrte in die tiefen Abgründe, die Bobbies Leben in Vietnam ausgemacht hatten. »Schrecklich. Der Marinesoldat starb während der Operation, und in der Nacht kam es zu einem Streit. Einer der Krankenpfleger brachte den Captain um die Ecke.«

»Wie das?«

»Ein schmutziger Trick. Er warf eine Handgranate in sein Zelt und jagte ihn in die Luft.«

Die Heizung in dem Brownstone-Gebäude lief auf Hochtouren. Es wurde immer wärmer. April zog den Seidenschal aus. Ein schmutziger Trick in Vietnam, und der Captain starb. Vor einem Jahr ein schmutziger Trick im Krankenhaus, und ein Patient kam ums Leben. Ein schmutziger Trick letzte Woche, und Harold Dickey war tot. Was war mit Clara Treadwell?

»Kannten Sie Ray Cowles?«

Gunn schüttelte den Kopf. Die Frage schien sie zu befremden.

»Gunn, Sie müssen mir sagen, wo Bobbie ist«, sagte April eindringlich.

»Aber Bobbie war's nicht. Er hatte einfach einen schlechten Ruf. Die Militärpolizisten konnten ihn nicht leiden, weil er katholisch war und ein Cajun. Er spricht einen komischen Dialekt. Die hatten Vorurteile, verstehen Sie?«

April schwieg.

»Dann befragten sie den wahren Mörder, der war verrückt. Er sagte, er hätte gehört, wie jemand den Captain auf französisch verfluchte, nachdem das mit dem Marinesoldaten passiert war.« Gunns Augen rasten wild hin und her. »Er hat sich umgebracht, hat sich in den Kopf geschossen.«

»Wer?«

»Der echte Mörder. Es gab keine Verhandlung, weil es keine Zeugen gab, aber Bobbie wurde *grundlos* fertiggemacht. Er wurde oft versetzt und nie befördert. Bei Gott, das System hat ihn zerstört. Am Schluß durfte er nur noch Bettpfannen ausleeren, und dann wurde er mit einem schlechten Zeugnis aus der Armee entlassen.«

»Das ist schon lange her«, sagte April. »Aber er hatte seitdem doch noch mehr Ärger.«

»Nein, es gab keine Probleme, bis –«

»Bis letztes Jahr ein Patient an einer Überdosis Elavil starb, so wie Harold Dickey letzte Woche.«

»Er konnte nichts dafür«, sagte Gunn beharrlich. »Er war nur der Sündenbock. Der Apotheker hat das falsche Mittel rausgegeben. Nicht zum ersten Mal. Das weiß ich. Aber wurde *der* etwa entlassen? Nein. *Bobbie* haben sie rausgeworfen. Er hat keine Krankenversicherung mehr. Als seine Mutter krank war, hatten sie kein Geld. Sie ist gestorben.«

»Haben Sie sich damals mit ihm angefreundet?«

»Was machen Sie mit ihm, wenn Sie ihn erwischen?«

»Reden. Genau wie mit Ihnen. Glauben Sie, er ruft Sie mal an oder kommt vorbei?«

Gunn schüttelte heftig den Kopf. »Nein.«

»Machen Sie sich Sorgen um ihn?«

»Natürlich. Ich will nicht, daß ihm was passiert.«

»Gunn, haben Sie Bobbie im Krankenhaus einen anderen Job verschafft?«

Gunn blieb die Luft stehen. »Woher wissen Sie das?«

Er hatte schließlich Zugang zu allen Abteilungen. »Wußten Sie, daß Bobbie Dr. Treadwell bedroht hat?«

»Das glaub ich nicht.«

»Gunn, hat Bobbie Dr. Treadwell die Schuld für seine Probleme gegeben?«

»Sie ist eine Heuchlerin, sagt er. Ärzte werden nie gefeuert, wenn sie Fehler machen. Und die machen viele Fehler, das können Sie mir glauben.«

»Haßt er sie so sehr, daß er ihr etwas antun würde?«

»Er würde nie jemandem weh tun«, erwiderte Gunn tonlos.

»Gunn, es kommen dauernd Leute in Bobbies Umkreis zu

Schaden. Wir wollen vermeiden, daß noch mehr passiert. Er ist im Krankenhaus gesehen worden, wir wissen also, daß er Zugang hat. Wie ist er an die Schlüssel gekommen?«

Gunn schwieg eine Weile und hielt die Luft an. »Er ist Monteur im Hauptgebäude«, sagte sie leise.

»Wo ist deren Büro?«

»Unter der Notaufnahme.«

»Tag- oder Nachtschicht?«

Gunn sah sie schuldbewußt an. »Tagschicht.«

»Wir gehen jetzt zusammen aufs Revier, Gunn. Holen Sie bitte Ihren Mantel.«

»Warum? Ich hab Ihnen alles gesagt.«

»Ermittlungsarbeit«, erklärte April. »Wir brauchen die Fingerabdrücke von allen.«

Die alte Frau begann zu weinen. »Du lieber Himmel, ist die Polizei brutal«, schluchzte sie. »Das ist ja wie im Film.«

59

Jason kam am Montag morgen um acht in sein Büro und fand auf seinem Anrufbeantworter eine Nachricht von Clara vor. Sie wollte ihn sofort sprechen. Er rief nicht zurück. Sein Ein-Uhr-Termin fiel aus, und er ließ sich von Emma zu einer Mittagspause überreden. Als sie gingen, hörte er das Telefon klingeln und Claras Stimme, die noch mal eine Nachricht hinterließ. Er nahm sich nicht die Zeit zu hören, was sie wollte.

Er war schlecht gelaunt und in Gedanken versunken, als er und Emma auf die Straße traten. Sie gingen nach Osten und ließen den schneidenden Wind, der vom Riverside Drive herüberwehte, hinter sich. Ihr Atem dampfte in der kalten, winterlichen Luft. Die Hände tief in den Taschen vergraben ging Emma freudig neben ihm her, während Jason schweigend über seine Zukunft nachdachte. Ihm wurde die Zeit an allen Enden knapp. Er hatte Mühe, seine Patiententermine unterzubringen, weil er Dickeys Unterricht übernommen hatte. Mit der Cowles-Akte hatte er sich viele Stunden beschäftigt. Ihm war jetzt klar, daß Clara ihm die Akte gegeben hatte, damit er ihre Version – nämlich ihre Unschuld am Verlauf der Analyse – bekräftigen würde. Dickey hatte ihr Vertrauen und das ihres Patienten mißbraucht. Eine üble Geschichte. Sie rechnete damit, daß er, das Krankenhaus und die diversen Komitees schweigen würden, damit das Centre nicht in Verruf kam. Unglücklicherweise war Dickey unter rätselhaften Umständen in seinem Büro gestorben, als Clara zugegen war.

Jason war entsetzt über Claras Arroganz. Sie hielt sich offenbar für unangreifbar. Der Selbstmord ihres Patienten Ray Cowles und das sechsminütige Gespräch, das sie kurz vor seinem Tod mit ihm geführt hatte, spielten keine Rolle. Es spielte auch keine Rolle, daß sie dabei war, als Dickey starb. Clara würde sich auf ihre Position berufen, und das alles würde ihr nichts anhaben. Sie wollte ungeschoren davonkommen, und Jason wußte, daß sie diesem Ziel alles und jeden opfern würde. Es gab viele gute Gründe, sich nicht mit ihr anzulegen. Jason wollte das Centre nicht in Verruf bringen. Er wollte aber auch nicht, daß Clara mit einem Mord davonkam, indem sie das Institut erpreßte. Er war hin- und hergerissen, überarbeitet und übermüdet. Jetzt würde er erst einmal mit Emma zu Mittag essen.

»Sag bloß, du freust dich nicht«, sagte Emma fröhlich.

»Worüber – über den Winter, den Mord, Clara Treadwell oder dich?« fragte Jason verdrießlich.

»Na, vielen Dank. Ich hätte dich auch zu Hause lassen können und wäre allein schön essen gegangen oder einkaufen. Ich hätte auch ins Fitneßstudio gehen können. Mir wäre schon was eingefallen.«

»Tut mir leid. Von Clara abgesehen geht's mir eigentlich phantastisch.«

»Was ist nur los, Jason?« fragte Emma ernst.

»Ich weiß nicht, Em. Ich weiß es wirklich nicht.«

»Komm schon, du bist doch Analytiker. Wie lautet deine Theorie?«

Jason holte tief Luft. Die Kälte fiel in seine Lungen, und er mußte husten.

»Ich kann mir Clara nur schwer als Mörderin vorstellen«, sinnierte Emma, als er nicht antwortete.

»Es gibt auch noch andere Möglichkeiten.« Jason kratzte sich seufzend am Bart. »Es stinkt mir ganz gewaltig, daß ich da so drinhänge.«

»Was willst du tun, Schatz?« Emma steckte eine Hand in seine Manteltasche und ergriff ein paar Finger. »Du bist reich. Du mußt dir das nicht bieten lassen.«

Sie gingen schneller, um die West End Avenue zu überqueren, bevor die Ampel auf Rot sprang.

»*Du* bist reich, Liebling. Nicht ich. Ich muß mir das sehr wohl gefallen lassen.«

»Was soll das denn heißen. Würdest du etwa nicht mit mir teilen, wenn du einen Haufen Geld verdienen würdest?«

»So hab ich's nicht gemeint.« Er schwieg unvermittelt. Er wollte nicht gemein sein und sie daran erinnern, daß er nicht immer auf ihr Glück zählen konnte, schließlich war sie gerade erst zurückgekommen, nachdem sie ihn vor sechs Monaten verlassen hatte. Sie konnte jederzeit wieder verschwinden. Und über eine gut verdienende Frau konnte er sich sowieso nicht richtig freuen.

»Alter Sexist«, brummte sie.

Sie kamen zu ihrem Lieblingsrestaurant, dem *Lantern Coffee Shop*, wo sie sich vor Jahren, als sie sich kennenlernten, immer getroffen hatten. Vor der Tür zog Emma ihn am Arm zurück.

»Sieh nur, die Cops und der Typ vom FBI.« Sie drehte sich um. »Da geh ich nicht rein.«

Jason spähte durch die schmutzige Glastür. April Woo, Mike Sanchez und Special Agent Daveys saßen an einem Tisch im hinteren Teil des Restaurants. Als hätte sie Jasons Anwesenheit gespürt, blickte April auf einmal auf. Sie lächelte ihm zu.

»Was ist da los?« fragte Emma besorgt, als sie die beiden Detectives sah, die ihr das Leben gerettet hatten.

»Wir könnten reingehen und es rausfinden«, schlug Jason vor.

Emma zog ihre Hand aus seiner Tasche. »Dir gefällt dieser Kriminalkram, stimmt's?«

Sie lief den Broadway hinunter, so daß ihm nichts anderes übrigblieb, als ihr zu folgen. »Das FBI wäre ja schon interessant. Die brauchen verrückte Seelenklempner. Da wärst du genau richtig. Rasier dir den Bart ab, und auf nach Washington. Aber was willst du nur mit den New Yorker Cops? Warum kannst du dich von denen nicht fernhalten?«

»Sie sind manchmal ganz nützlich, Emma.«

»Vielleicht. Ich weiß nicht. Ich will nicht darüber reden.« Sie lief schneller. Jason mußte einen Zahn zulegen, um sie einzuholen. Er wollte zu gerne wissen, was da vor sich ging. Am liebsten hätte er sich mit Emma zu der Gesetzeshüterparty gesellt. Aber er wußte aus Erfahrung, daß man Emma nicht zwingen konnte. Sie mußte auf ihre eigene Art damit fertig werden. Er mußte akzeptieren, daß sie nicht daran erinnert werden wollte, daß sie selbst Opfer gewesen war.

Jason nahm sich vor, April später anzurufen und sie zu bitten vorbeizukommen, um ihn auf den neuesten Stand zu bringen. Sein Atem gefror in der Luft, als er hinter seiner Frau herrannte.

60

Daveys kaute auf einem Eiswürfel herum und beäugte Aprils Teller. »Stimmt was nicht?« Er deutete auf das letzte Viertel Thunfischsandwich, das noch auf ihrem Teller lag.

»Nein.« Beim Anblick der Pommes frites, die sich neben dem Sandwich türmten, verzog er das Gesicht. Er hatte betont, daß er nichts Frittiertes aß. Er hatte viel erzählt. Sie kannten mittlerweile seine ganze Familiengeschichte.

»Essen Sie das noch?« fragte Daveys.

»Nein.«

»Kann ich es haben?«

»Klar.«

»Ihr redet nicht viel, oder?« fragte er und schnappte sich den Teller.

Lächelnd nickte Sanchez dem Kellner zu, der ihm noch einen Kaffee angeboten hatte.

»Sie sollten nicht soviel Koffein trinken«, belehrte ihn Daveys.

Sanchez erwiderte nichts und rührte zwei Päckchen Zucker in die frische Tasse.

»Wasser ist einfach am besten. Das können Sie mir glauben.« Daveys biß in Aprils Sandwich. »Nicht schlecht, möchten Sie mal probieren?« Er hielt es Mike hin.

April blickte auf und sah Jason und seine Frau Emma vor der Glastür stehen. Die schöne Frau war also tatsächlich wieder da. April lächelte ihnen zu. Emma hatte sie jetzt auch erkannt und erschrak. Sie griff nach Jasons Arm. Ihre Lippen bewegten sich. Sie wandten sich schnell wieder ab. Aprils Lächeln erlosch.

»Ihr traut mir nicht? Kinder, was ist nur mit euch los? Das ist ein tolles Angebot. Ihr schnappt euch Boudreau in seiner Wohnung und heimst den ganzen Ruhm ein. Fall erledigt. Was habt ihr nur für ein Problem?«

»Vielleicht sind Sie unser Problem?« gab Mike zu bedenken.

Damit hatte er Daveys anscheinend getroffen. »Ich biete euch die Lösung. Ich bin doch nicht euer Problem.«

»Hey, Spiro«, rief Mike dem dicken Besitzer zu, der rauchend unter einem Rauchen-verboten-Schild an der Theke saß. »Kennst du das Sprichwort ›Hüte dich vor Griechen mit Geschenken‹?«

»Wie wär's mit einer Baklava?« fragte Spiro. »Frisch aus dem Ofen. Hab ich selbst gemacht.«

»Ist bestimmt lecker, aber dann sähe ich bald so aus wie du.«

»Ha, ha.« Der Dicke lachte.

»Also, was wollt ihr damit sagen?« fragte Daveys gereizt.

»Warum bieten Sie uns das an? Warum erledigen Sie die Festnahme nicht selbst und teilen die Anerkennung mit Ihrem Team?« fragte Mike und blinzelte April zu.

Die Bundesgerichtsbarkeit war hierfür nicht zuständig. Deswegen konnte Daveys es nicht selbst erledigen. Der Fall interessierte ihn aus Gründen, von denen sie noch nichts wußten. Er arbeitete mit Treadwell, der Freundin eines US-Senators, zusammen.

»Kommt schon, Kinder«, schmeichelte Daveys. »Ich hab doch alle Beweise für euch erbracht. Der Kerl war schon immer ein Querulant. In Vietnam hat dieser Scheißkerl einen Officer in die Luft gejagt. Wahrscheinlich ist er ein Massenmörder so wie Dahmer. Ich tu euch einen großen Gefallen. Schnappt ihn, bevor er noch jemanden umbringt. Ihr könnt mir wirklich vertrauen.«

»Wo steckt der Rest des Teams?« fragte April unvermittelt.

»Von welchem Team reden Sie?«

»Ich hab noch nie erlebt, daß ein FBI-Agent allein ermittelt. Da stecken doch noch mehr irgendwo im Gebälk. Warum schnappt ihr Boudreau nicht selbst und heimst die Lorbeeren ein?«

»Wollen Sie mich etwa herausfordern? Sie, eine kleine Polizistin?« Daveys verdrehte die Augen. »Ich kann das nicht machen, das wißt ihr ganz genau. Deswegen überlasse ich es euch. Warum sträubt ihr euch eigentlich so, Kinder – seid ihr verrückt?«

Mike knallte seine Tasse auf den Tisch. Der Kaffee schwappte über. »Daveys, wenn Sie uns noch einmal Kinder nennen –«

Daveys knallte sein Glas ebenfalls auf. Ein Eiswürfel schlitterte über den Tisch. »Ich will euch doch nur helfen. Mein Vater war auch Cop; mein Bruder ist Cop –«

»Ich dachte, der sei bei den Feldjägern«, warf April ein.

»Mein anderer Bruder.« Daveys erwischte den Eiswürfel, bevor er vom Tisch fiel und schob ihn in den Mund.

Mike winkte nach der Rechnung. »Danke, daß Sie uns so ausführlich von Ihrer Familie erzählt haben.«

»Ihr werdet es bereuen, wenn ihr euch diese Chance entgehen laßt. Das garantiere ich euch. Eure Zukunft könnt ihr vergessen.«

Mike seufzte. »Hören Sie, Daveys. Wir machen das auf unsere Art. Wir arbeiten mit der Staatsanwaltschaft zusammen. Bevor wir irgend jemanden festnehmen, brauchen wir handfeste Beweise. Kapiert? Wir wollen keinen Mist bauen, sonst steht das Department nämlich beschissen da. Aber danke für den Tip mit der Scotch-Flasche in Boudreaus Küche. Woher wissen Sie das nur, Sie haben doch noch gar nicht mit der Ratte gesprochen? Stand die Tür etwa offen?« Lachend warf Mike den Kopf zurück.

»Sehr witzig.«

Mike fing sich wieder. »Wir gehen der Sache nach. Wer weiß, vielleicht trinkt Boudreau ja auch Johnnie Walker.«

»Ihr seid wirklich undankbar. Was habt ihr denn schon allein rausgefunden, hm, Kinder?«

Mike warf April einen kurzen Blick zu. Sie hatten Boudreaus Personalakte gefunden. Er spendete Blut, sie kannten also seine Blutgruppe, 0 negativ. Wie das Sperma im Kondom. Seine Fingerabdrücke hatten sie auch. Sie hatten noch nicht die Zeit gehabt herauszufinden, ob Boudreaus Abdrücke mit denen auf der Personalakte identisch waren. Sie gingen aber davon aus, daß nicht Boudreau die Akte ins Personalbüro zurückgebracht hatte. Sie wußten Bescheid über Boudreaus Vergangenheit in der Armee und seine unehrenhafte Entlassung. Sie wußten, wo er wohnte und wo er arbeitete. Jetzt wußten sie auch noch, wo er sich versteckte.

»Danke«, sagte Mike. »Sie haben uns sehr geholfen. Wir kümmern uns morgen darum.«

»In Ordnung.« Obwohl ihm sonst nie etwas entging, vergaß Daveys, seine Rechnung zu bezahlen.

61

Am Montag abend, kurz vor sieben Uhr, stand April nervös an ihrem blauen Chanel-Seidenhalstuch nestelnd in dem käfigartigen Aufzug, der sie langsam in den fünften Stock zu Jasons Wohnung brachte. Jasons Frau besaß bestimmt viele Designer-

Halstücher und würde ein Imitat von weitem erkennen. Sie wühlte in den Tiefen ihrer Jackentasche nach einem Kleenex, um ihren Lippenstift abzutupfen.

Es hatte April heute nachmittag im Restaurant sehr getroffen, als Emma bei ihrem Anblick erstarrte und sich umgedreht hatte, die Worte *Da geh ich nicht rein* auf den Lippen. Nach dem Tod von Emmas Entführer waren die beiden Frauen einander nie mehr begegnet. Gewöhnlich sah man sich auch nicht mehr. Ungewöhnlich war allerdings, daß April seitdem mit dem Mann des Opfers in einem anderen Fall zusammengearbeitet hatte. Und nun schon wieder.

Falls ihr die Schauspielerin die Tür öffnete, würde sie sie bestimmt von oben bis unten mustern. April wußte, daß sie schrecklich aussah, ihr Haar lag angeklatscht am Kopf, und ihre zerknautschte Kleidung roch nach Psychiatrie und Gunns Wohnung. Außerdem knurrte ihr Magen fürchterlich. Sie fühlte sich Jasons Frau heute abend nicht mehr gewachsen und hatte schreckliche Angst, den Fall zu vermasseln.

Sie wußte, daß der chinesische Gott des Vermasselns (welcher das auch immer war) ganz in der Nähe weilte, wenn Yin und Yang aus der Balance gerieten. Sie konnte ihn zwar nicht sehen, spürte aber, daß er nur den richtigen Moment abpaßte, um zuzuschlagen. Er würde Schande über sie bringen und ihr Leben ruinieren. Vielleicht hatte er die Gestalt von Special Agent Daveys angenommen. Vielleicht sollte das NYPD bloßgestellt werden, und es würde sie ihren Job kosten. Sie hatte ein ungutes Gefühl, was Boudreau anging. Nichts paßte richtig zusammen, und sie konnte sich nicht vorstellen, daß sie der Lösung morgen näher waren.

Der Aufzug ruckelte ein wenig, bevor er mit dem Fußboden auf einer Ebene war und ein Klicken verriet, daß man die Gittertür jetzt öffnen konnte. Normalerweise unterhielt sie sich mit Jason in seinem Büro, in dem die Uhren nicht schlugen. Heute abend hatte er sie in die Wohnung nebenan gebeten, in der die Uhren läuteten. Seit der Nacht, in der Emma verschwunden war, war April nicht mehr dort gewesen. Daß Jason hier mit ihr reden wollte, hatte sicher etwas mit seiner Frau zu tun.

Hastig band sie das Halstuch ein letztes Mal. Emma öffnete die Tür, bevor April die Klingel berührt hatte. Sie war dabei ertappt worden, wie sie an dem Seidenschal herumfummelte und fühlte sich bloßgestellt. Verblüfft stellte April fest, wie umwerfend schön Emma war. Emma hatte die klassischen, amerikanischen Züge, die auf der ganzen Welt bewundert wurden. Alle anderen wurden an diesem Schönheitsideal gemessen und für mangelhaft befunden. Emmas zarte, reine Haut, die großen haselnußbraunen Augen, die schmale (sehr schmale!), zierliche Stupsnase. Ihr Haar war jetzt goldblond und sie hatte eine leichte Dauerwelle, so daß es sehr füllig aussah. Ihr Mund war größer als Aprils, der eher einer Rosenknospe glich. April kam sich klein, häßlich und bloßgestellt vor.

»Es tut mir leid«, sagte sie, »daß ich Sie zu Hause störe, Ms. Chapman.«

»Nennen Sie mich doch bitte Emma. Alle nennen mich Emma.«

Emma trug eine hellbraune Wildlederhose und eine blaßgrüne Seidenbluse. Um den Hals hatte sie einen weichen Pulli der gleichen Farbe geschlungen. In der Sung-Dynastie hatte es ein Porzellan aus diesem hellen, fast durchsichtigen Grün gegeben, das hohes Ansehen genoß, da ihm die magische Kraft zugesprochen wurde, vergiftete Speisen zu erkennen, die darin gereicht wurden.

»Schön, Sie zu sehen, Detective. Sie haben mir schließlich das Leben gerettet. Wer weiß, Jason vielleicht auch. Kommen Sie, er erwartet Sie.« Emmas befangenes Lächeln bewirkte, daß April sich zu allem anderen auch noch schäbig vorkam.

»Nennen Sie mich bitte April.« Schulterzuckend ahmte April die freundliche Geste nach. Tatsache war, daß Emma auch auf den Kerl geschossen hatte. Und Emma hatte zuerst geschossen. Vielleicht hatte sogar dieser erste Schuß beider Leben gerettet.

Die Flügeltüren standen offen. Jason saß im Wohnzimmer, das April so extravagant vorkam. Es war vollgestopft mit Büchern, tickenden Uhren und verschlissenen Polstermöbeln, die einen neuen Bezug vertragen konnten. Die Gardinen vor den

Fenstern mit Blick auf den Fluß sahen auch aus, als hätten sie schon bessere Zeiten gesehen.

Jason stellte ein Glas mit einer klaren Flüssigkeit ab, bevor er sich erhob. »Danke, April, daß Sie gekommen sind. Wie geht's Ihnen?«

»Gut, danke. Bleiben Sie ruhig sitzen.« Es überraschte sie immer wieder, daß er sich der Höflichkeit halber für eine Frau erhob. Sie kannte sonst niemanden, der das machte.

»Möchten Sie etwas trinken?« fragte Emma.

April beäugte Jasons Glas. »Sodawasser?«

»Nein, Gin. Möchten Sie auch welchen?«

April schüttelte den Kopf und warf Emma einen fragenden Blick zu.

»Ich trinke Weißwein«, sagte Emma schnell. »Aber wir haben auch Pepsi da oder Saft, Bier ...«

Die Filmschauspielerin wollte mit diesem Angebot wohl andeuten, daß es sich um einen feierlichen Anlaß handelte. Weißwein – das kostete etwas Überwindung. Sie kannte außer George Dong niemanden, der Weißwein trank. April hatte Weißwein bisher immer für ein Yuppie-Getränk gehalten. Sie mochte ihn eigentlich nicht besonders.

»Weißwein, bitte«, sagte sie.

Emma holte ihr ein Glas, während dreiundsechzig *Dingdongs* die volle Stunde verkündeten. April legte ihre Jacke ab und ließ sich in einem Sessel nieder, den sie auszufüllen versuchte, was ihr jedoch nicht gelang.

»Also«, sagte Jason. »Wie steht's?«

April lächelte. »Immer noch mit Bart, wie ich sehe.« Und die wundervolle Frau war auch wieder da.

Jason fuhr sich mit der Hand über die Stoppeln. »Ja, ich mach eine Umfrage, was die Leute davon halten.«

»Was hält Emma davon?«

»Ich finde, er kratzt.« Emma überreichte April ein Glas Wein und plazierte sich elegant auf dem Sofa.

So. Das war also die Frau, die sich vor sechs Monaten geweigert hatte, aufs Revier zu kommen, um ihren eigenen Fall zu besprechen. Und heute nachmittag wollte sie das Restaurant nicht betreten, in dem ein paar Cops saßen. Jetzt gehörte Emma zum Team und hatte nichts dagegen, sich mit ihr in einem Raum aufzuhalten. Clevere Frau. April lächelte.

»Also, was gibt's Neues?« Jasons Lächeln verriet, daß sie die Situation richtig eingeschätzt hatte.

»Ich sagte Ihnen ja schon am Telefon, daß die Blutgruppe des Spermas mit Boudreaus Blutgruppe übereinstimmt.« April nahm einen Schluck Wein und stellte das Glas ab. »Sehr wahrscheinlich hat er Dr. Treadwell belästigt. Er hat schon früher Ärger gemacht –«

Jason nickte. »Der Patient, der vor einem Jahr im Krankenhaus starb.«

»Schon vorher. Boudreau war in Vietnam OP-Pfleger bei einer MASH-Einheit. Möglich, daß er damals den Captain umgebracht hat, nachdem ein junger Marinesoldat bei einer Operation starb, die dieser Captain vorgenommen hatte. In der Nacht darauf warf jemand eine Handgranate ins Zelt des Captains. Boudreau wurde zwar nicht direkt die Schuld gegeben, aber danach ging es in der Armee mit ihm bergab.« An dieser Stelle hatte sich Daveys sehr erregt. Daveys Bruder, ein Marinesoldat, war in Vietnam offensichtlich wegen Fahrlässigkeit oder Feigheit eines seiner Männer ums Leben gekommen.

Emma erschauerte.

»Boudreau wurde nach dem Tod des Patienten gefeuert. Vielleicht glaubte er, der Qualitätskontrollausschuß habe ihm eine Falle gestellt und daß der Vorsitzende für seinen Rausschmiß verantwortlich ist.«

»Warum hat er noch Zugang zum Krankenhaus?«

»Er hat eine Freundin in der Personalabteilung. Sie hat ihm einen Job als Monteur im Stone-Pavillon verschafft.«

»Dann hat er also sämtliche Schlüssel«, murmelte Jason.

»Ja, anscheinend«, bestätigte April.

»Ist er verhaftet worden?« fragte Emma plötzlich. »Hat er noch mehr Leute umgebracht?«

Aprils Wein schmeckte frisch und leicht, gar nicht nach Alkohol. »Nein, wir haben ihn noch nicht verhaftet, und es ist durchaus möglich, daß er noch ein paar Leute auf dem Gewissen hat.«

Emma schenkte sich noch etwas Wein ein. »Und jetzt?« fragte sie.

»Wir holen ihn morgen zum Verhör aufs Revier.«

»Soll das heißen, Sie wissen, wo er steckt?«

April nickte.

Emma schwieg. April wollte nicht wissen, welche Erinnerungen in Emma wach wurden.

»Was ist mit Dr. Treadwell?« fragte Jason.

»Daveys kümmert sich um sie.«

Jason warf einen Blick aufs Telefon. »Vielleicht sollte ich sie mal anrufen.«

»Warum hat sich das FBI eingeschaltet?« fragte Emma. Bei Emmas Entführung hatte sich das FBI nicht blicken lassen.

»Dr. Treadwell ist mit einem Senator befreundet. Sie wurde schon vor Dr. Dickeys Tod belästigt, hat aber nichts unternommen. Der Senator hat sich wahrscheinlich der Sache angenommen, nachdem jemand ums Leben gekommen war. Er braucht ja nur jemanden um einen Gefallen zu bitten. Das vermute ich jedenfalls.«

Genug für heute. Widerwillig quälte sich April aus ihrem Sessel. »Vielen Dank für alles. Ich muß los. Morgen ist ein langer Tag.«

»Sie bleiben nicht zum Abendessen?« Irgendwie schaffte es Emma, enttäuscht zu klingen.

»Es gibt Abendessen?« fragte ihr Mann.

62

Maria Sanchez mußte unbedingt mit ihrem Sohn reden. Am Dienstag morgen hielt sie es nicht länger aus. *»M'ijo –«* Sie klopfte zaghaft an Mikes Tür. »Möchtest du Kaffee?«

Aus dem Zimmer ertönte ein Grunzen.

»Bist du wach?«

Noch ein Grunzen.

»Es ist halb sieben. Bist du nicht schon spät dran?«

Keine Antwort.

»Ich hab Kaffee gekocht.«

Nach einigem Rascheln und Poltern öffnete Mike die Tür und rieb sich den Schlaf aus den Augen. »Was gibt's, *Mami*?«

Schamhaft wandte Maria den Blick ab. Außer der Goldkette mit dem heiligen Sebastian, die sich in der dichten, schwarzen Brustbehaarung vergrub, trug ihr Sohn nur ein winziges Handtuch um die Hüften. Sie fixierte den Türrahmen, um keine verräterischen Wölbungen des *le verga en ristre* bei ihrem vielgeliebten Sohn sehen zu müssen, der sich nicht mehr umarmen oder liebkosen ließ. Sie konnte ja nicht mal mehr mit ihm reden.

»Es ist halb sieben, *m'ijo*«, sagte sie leise. »Kommst du nicht zu spät?«

Es war Dienstag, und sie trug wieder Schwarz. Er betrachtete das Kleid, das schlichter war als eine klösterliche Ordenstracht und so gar nichts gemein hatte mit dem glänzenden lila Fummel vom Sonntag. »Ich steh nie vor halb sieben auf«, stellte er klar. »Was gibt's?«

»Wirst du mich verlassen, *m'ijo*?« flüsterte Maria. »Ich will dich nicht belästigen, aber –«

Mike schloß die Augen. »Ich komm gleich, *Mami*.«

Sie nickte, als ihr Sohn die Tür schloß. Er war Sergeant, die geladene Waffe lag auf einem Stuhl neben seinem Kopf, und er hatte eine chinesische Freundin mit sehr kleinen *chichis*, die absolut unkatholisch aussah. Seufzend tappte Maria durchs Wohnzimmer zu dem Tisch vor dem Fenster und ließ sich auf dem Holzstuhl neben dem Stuhl nieder, auf dem Diego am Sonntag gesessen hatte, als er zum Mittagessen da war. Wie schon die letzten beiden Nächte dachte sie darüber nach, was Diego gesagt hatte, nachdem Mike und seine hübsche *novia china* gegangen waren. Ihre Hand glitt über das schöne Holz, das ganz dunkel war vom jahrelangen Polieren.

»Maria, du darfst nur einen Mann heiraten, der dich respektiert«, hatte ihr Vater vor langer, langer Zeit eingetrichtert, als sie noch ein kleines Mädchen war und vor dem Abendessen immer unter dem Blätterdach des alten Baumes spielte, den der Blitz gespalten hatte. Sie spielte mit ihrer Flickenpuppe, während er sprach. *Mami* schwitzte derweil über dem alten Holzofen, auf dem ausschließlich die Lieblingsgerichte des Vaters zubereitet wurden.

»Heirate einen Mann, der kochen kann«, pflegte ihre *Mami* zu sagen. Und danach sagte sie immer: »Mexikanische Männer haben alle ihre Macken. *Hiposexuado.* Gehen fremd und sind faul, *también*. Heirate lieber einen Amerikaner oder einen Italiener, Maria.«

»Wo soll ich denn einen Italiener herkriegen, *Mami*?« wollte Maria wissen. Sie lebten schließlich in einem alten Städtchen an der Grenze zwischen Mexiko und Texas.

»Rosario Tebrones hat einen Italiener geheiratet. Er war aus Kanada und hat hier einen Freund besucht. Kannst du dich noch an Rosario erinnern, Maria? Sie ist in Kanada sehr reich geworden.«

Maria konnte sich nicht mehr an Rosario erinnern. Sie konnte sich ja kaum noch an ihre *Mami* erinnern, die mit dreißig Jahren am Fieber starb, als Maria gerade mal zwölf war. Aber sie erinnerte sich noch an die geflüsterten Ermahnungen, die sie jede Nacht wie ein Gebet vorm Einschlafen begleitet hatten. »*En el nombre del Padre, del Hijo, y del Espiritu Sancto,* heirate einen guten Mann, Maria, sonst wird dein Leben vom ersten bis zum letzten Tag eine *fuego del infierno*.«

Als hätte sie geahnt, daß ihr Sohn wenige Sekunden später in die Küche kommen würde, stand Maria auf, um ihm den dickflüssigen Kaffee einzuschenken. Sie atmete seine morgendliche Duftmischung ein: Deodorant, Zahnpasta, Seife, Rasiercreme, irgendeine *crema hidrante* für die Haut nach der Rasur – und das starke Parfüm mit den vielen Aromen, das alles andere überdeckte und noch Stunden, nachdem er die Wohnung verlassen hatte, in der Luft hing.

Er setzte sich, seine Augen blickten endlich wieder einmal besorgt und sanft. Sie war froh, daß er sie nicht mit tausend Fragen über Diego löcherte. »Was hast du auf dem Herzen, *Mami*?« fragte er.

Sie seufzte. »Ich hab die Papiere in deinem Zimmer gesehen. Willst du heiraten?«

»Wen, April?« Mike verschluckte sich an seinem Kaffee, er mußte lachen. »Du ziehst voreilige Schlüsse, *Mami*. Ich hab sie ja noch nicht mal geküßt.«

Das überraschte Maria.

»Sie ist eine – ernsthafte Frau. Sie macht nicht einfach so rum.« Er schüttelte den Kopf und hob eine Schulter, als sei es ihm peinlich, daß er sich so anstrengen mußte. »Es ist etwas kompliziert.«

»Was ist mit diesen Wohnungspapieren?« fragte Maria verstört. »Ziehst du um nach Queens? Du hast überhaupt nichts davon gesagt.«

Er blickte schuldbewußt drein. »Ich werde versetzt, deshalb seh ich mich um.«

Was hatte das eine mit dem anderen zu tun? Maria betrachtete ihren Sohn prüfend. »Du möchtest eine *campanera de cama* in Queens. Das ist weit weg, *m'ijo*.«

Nachdenklich fuhr sie mit dem Finger über das wurmstichige, glänzende Holz. Sie konnte es nicht fassen, daß ihr Sohn *la china* noch nicht mal geküßt hatte. Wegen ihr wollte er sein Zuhause verlassen? Dann hatte es ihn ganz schön gepackt.

»Sie ist sehr nett, *muy bonita, muy simpática*. Sie gefällt mir, *m'ijo*.« Maria sagte nicht, *obwohl* la chica *keine weibliche Figur hat und offensichtlich keine Katholikin ist.* Sie liebte ihren Sohn. Was sollte sie machen?

Mike lächelte. »Danke, *Mami*.«

»Wirst du nach Queens versetzt?« Sie benetzte eine Fingerspitze und wischte einen nichtvorhandenen Fleck auf dem Tisch weg.

»Nein.« Mike wechselte das Thema. »*Mami*, das war eine ganz schöne Überraschung. Du hast mir gar nichts davon erzählt, daß du einen –«

»*Amigo.* Er ist ein Freund, *m'ijo*. Wir haben uns in der Kirche kennengelernt«, sagte sie spitz.

»Glaub ich dir ja, *Mami*. Du hast doch immer gesagt, daß du von Männern nichts mehr wissen willst, daß du eine alte Frau bist, die sowieso bald in den Himmel kommt. Weißt du noch?«

Maria errötete. Am Sonntag hatte Diego ihr seine Philosophie über Frauen mitgeteilt. Das war sehr interessant gewesen, denn er hatte eine ganz andere Auffassung als mexikanische Männer. Diegos Theorie nach hatte eine Frau, die nicht mehr im gebärfähigen Alter war, viel mehr zu bieten als eine, die das Kinderkriegen noch vor sich hatte. Er meinte damit nicht mehr Fleisch. Er sprach von größeren Freuden, man hatte mehr Zeit zum Essen und zum Reden. *Ola*, Diego redete gern. Er wollte eine Frau, die auf der gleichen Lebensstufe war wie er, die Gleiches erlebt hatte und ihn nicht für einen Trottel hielt.

Maria hielt Diego für einen weisen Mann, fast schon für einen Heiligen. Daß er in ihrem Leben aufgetaucht war, hielt sie für ein Zeichen des Allmächtigen persönlich. Das war durchaus möglich. So was hatte es schon gegeben. Zwar nicht in letzter Zeit und sie kannte auch niemanden, dem je ein Wunder widerfahren war, aber *Todopoderosa* konnte tun, was Er wollte. Und wenn Er wollte, daß sich eine gute Frau um einen Heiligen kümmerte, dann konnte er sich vom Himmel aus eine solche Frau aussuchen – zumal sie immer in seiner heiligen Kirche betete, das mußte man bedenken – und ihrer Seele neues Leben einhauchen. In der Heiligen Schrift wimmelte es von solchen Wundern.

»Vielleicht ist es noch nicht soweit«, sagte sie zum Thema Himmel.

»Und, was weißt du über Diego?« fragte Mike argwöhnisch. »Wann habt ihr euch kennengelernt? Was will er von dir?«

»*M'ijo*, erinnerst du dich an den Hund, den dein Vater nach Hause gebracht hat? Groß wie der Tisch hier und voller Flöhe.«

»Die Flöhe, ja, ich weiß. Er meinte, der Hund wäre Jesus und wir müßten uns um ihn kümmern.«

»Der Hund ist ihm nach Hause gefolgt.«

»Ich weiß.« Mike konnte sich noch an die irrsinnige Aktion erinnern. »Und?«

»Diego *también*.«

Mike schürzte die Lippen. »Diego ist ein Hund?«

»Nein, *m'ijo*, das andere.«

»Diego ist Jesus.«

Maria nickte sachlich. »Ich hab ihn in der Kirche kennengelernt. Gott hat zu mir gesprochen.« Ihre sanften Augen flackerten leidenschaftlich. »Das kannst du von dir und *la china* nicht behaupten.«

Mike stellte seine Kaffeetasse ab. Das Lächeln war ihm vergangen. Diego Alambra war Oberkellner in einem italienischen Restaurant. Mehr hatte er gestern nicht mehr in Erfahrung bringen können. Über Diegos Familie und wo er herkam hatte er noch nichts herausgefunden, Jesus war er aber nicht.

»Darüber müssen wir noch mal reden, *Mami*.«

»Verzeih mir, *m'ijo*. Ich will doch nur, daß du glücklich bist. Aber ohne den richtigen Glauben ist das unmöglich. *M'ijo*, warte doch. Warum hast du es auf einmal so eilig?«

Mike zog die Lederjacke über und rückte die Waffe im Pistolenhalfter unter seinem Arm zurecht. Er klang sehr wütend. »Maria war religiös. Und außerdem hatte sie *mich*. War sie etwa glücklich, *Mami*?«

Eine große Träne quoll aus Marias Auge und kullerte die Wange hinab. Er war immer noch nicht darüber hinweg. Mike litt immer noch wegen der armen, gemütskranken *chica*.

»Es tut mir leid, *m'ijo*«, schluchzte sie. »Kann ich etwas dafür, daß Gottes Wege so geheimnisvoll sind, daß wir sie nicht begreifen können?«

Mike gab ihr einen Kuß auf die nasse Wange. »Das ist nicht deine Schuld, *Mami*. Aber wenn du an Gott glaubst« – er hob die Hände und schüttelte den Kopf wie ein weiser Mann –, »dann mußt du auch darauf vertrauen, daß Er weiß, was Er mit mir macht.«

Maria meinte auch in diesen Worten Gott zu erkennen. Sie glaubte, ihr Sohn hätte ihr gerade versichert, daß – falls sie heiraten sollten – *china primavera* zum katholischen Glauben übertreten würde oder daß es ihm doch nicht so ernst mit ihr war.

63

Bobbie Boudreau schloß die Tür zum Feuerschutzraum auf der Ebene 3B des *Stone Pavilion*, den er mittlerweile sein Zuhause nannte. Hier hatte er die letzten vier Nächte verbracht. Es war dunkel, und man hörte nur die Geräusche der Maschinen – den ganzen Tag und die ganze Nacht klickten die elektrischen Relais der Aufzüge und sprühten Funken, wenn oben Knöpfe gedrückt wurden und die Aufzüge sich in den Schächten neben ihm von einer Etage zur nächsten bewegten. Das Getriebe der Pumpen, die das Wasser beförderten, polterte und ächzte und aus den Sicherheitsventilen zischte heißer Dampf. Es war sehr heiß hier, wie Louisiana im Sommer, nur daß es weder menschliche noch animalische Laute gab. Das gefiel ihm. Er war auf dem Weg nach oben. Er mußte aufs Klo, sehnte sich nach einem heißen Kaffee und einem Donut.

Er ging um die Ecke und war nun im Hauptgang, als er einen Kerl in grauem Sportjackett und eine schlitzäugige Frau bemerkte, die auf ihn zukamen. Bobbie warf ihnen einen erschöpften Blick zu und ging weiter. Seine Blase war voll.

Der Mann sprach ihn an. »Robert Boudreau?«

Bobbie erwog kurz, sich umzudrehen und abzuhauen, aber eigentlich war ihm alles scheißegal. Er lief weiter, die Augen hatte er auf eine bessere Zukunft gerichtet. Der Mann konnte ihm nichts anhaben, es war so ein hispanischer Clown, kleiner als Bobbie und bestimmt fünfzehn Kilo leichter. Den konnte er mühelos mit einer Hand umstoßen. Er wollte sich seitlich an der Frau vorbeischlängeln und einfach weitergehen. Das gelang ihm aber nicht. Bobbie war etwa drei Meter von ihnen entfernt, als der Mann seine Jacke öffnete und lässig nach der Pistole an seiner Hüfte langte.

»Stehenbleiben, Polizei!«

Entsetzt hielt Bobbie an und hob die Hände. »Was soll das, haben Sie ein Problem?«

Der Mann schüttelte den Kopf. Wenn jemand Probleme hatte, dann Bobbie. »Sind Sie Robert Boudreau?«

»Und wennschon, schießen Sie mich dann über den Haufen?«

»Nein, wir wollen nur mit Ihnen reden. Haben Sie nicht gehört, daß ich Sie angesprochen habe?«

»Nein.«

»Hören Sie mich jetzt?«

Anscheinend so ein beschissener Undercover-Cop. Bobbie starrte ihn wütend an. Das Arschloch ließ die Waffe stecken, aber seine Hand lag demonstrativ daneben; er wollte seine Macht zeigen, das nervte Bobbie. Was sollte diese Scheiße? Am liebsten hätte er den Spanier angepinkelt.

»Ja«, sagte er. »Ich höre Sie.«

»Gut. Dann stellen Sie sich bitte dahin, Hände an die Wand.«

Ein Elektroingenieur kam um die Ecke und blieb stehen, als er die Gruppe sah. Das Blut stieg Bobbie zu Kopf. Jetzt wurde er auch noch in der Öffentlichkeit bloßgestellt. Er warf einen Blick auf die Waffe, einen auf die Frau. Sie trug ebenfalls eine Pistole. Was sollte der Scheiß? Er hatte nichts angestellt, womit er das verdient hätte. Ungeheuerlich! Er wollte seine Hände nicht an die Wand legen. Er wollte nicht von dem Schlitzauge betatscht werden. Er hatte schon gehört, daß Cops manchmal einfach Leute umlegten. Er hatte eine reine Weste, brauchte sich nicht zu verstecken. Er legte also die Hände an die Wand. Zum Glück wurde er von dem Mann abgetastet. Er wäre ausgerastet, wenn die Schlampe ihn berührt hätte.

Wenige Minuten später hatten die beiden ihn in einen Streifenwagen verfrachtet und brachten ihn aufs Revier. Schon wieder spielte sich die gleiche Scheiße ab.

64

April stellte eine Tasse Kaffee und ein Donut auf den Tisch im Verhörzimmer und wartete darauf, daß der Beamte mit dem charmanten Verdächtigen von der Toilette zurückkam. Sergeant Joyce war doch noch ihrem Fieber erlegen und hatte sich krank gemeldet. Mike war in ihrem Büro und telefonierte mit der Bezirksstaatsanwaltschaft. Er trug jetzt die Verantwortung.

Sie roch den Kaffee und kam in Versuchung, doch es war die übliche Revierbrühe, also ließ sie es bleiben. Die Tür ging auf. Herein kam nicht der Officer mit dem Verdächtigen, sondern Lieutenant Marsh. Seit das Department den Posten des diensthabenden Sergeants abgeschafft hatte, gab es auf manchen Revieren Lieutenants und sogar Captains, die unten im Büro die Aufsicht hatten. Sie hatte keine Ahnung, warum Marsh seinen Posten verlassen und sich hochbemüht hatte, um ihr mit einem Briefumschlag vor der Nase rumzuwedeln.

»Was gibt's?« fragte sie.

Grinsend hielt Marsh ihr den versiegelten Brief hin. »Herzlichen Glückwunsch.«

April war schon öfter verkohlt worden, deshalb beäugte sie den förmlichen Briefumschlag mißtrauisch. Sie hatte keine Zeit für dumme Scherze. Ihr Verdächtiger war auf dem Klo.

»Was ist das?«

»Weiß ich nicht, Sergeant.«

Sergeant, was sollte das? Sie war Detective. April kniff die Lippen zusammen und wollte den Brief nicht nehmen, aus Angst, er könnte schlechte Neuigkeiten beinhalten.

»Was glauben Sie? Muß ich mich sofort darum kümmern?« fragte sie zahm wie ein Lamm.

»Ich glaub schon. Nehmen Sie schon, er beißt nicht.«

»Ich bin mitten in einem Verhör.«

»Vielleicht kann das ja warten.«

»Na gut.« *Ich bin eine Idiotin.* April nahm den Brief.

»Los, machen Sie ihn auf.«

Sie wollte ihn nicht in Marshs Beisein öffnen. Aber er würde vorher nicht gehen, also machte sie ihn auf. Es war eine Einladung. Sie sollte sich zur Beförderung melden, darauf hatte sie gewartet. Sie hatte es geschafft, sie war Sergeant. Gut. Ihr Herz pochte heftig. Hatte sie es wirklich geschafft, oder war das ein Scherz?

Lieutenant Marsh streckte ihr die Hand entgegen. »Ich wollte Ihnen als erster gratulieren.«

April schüttelte seine Hand. »Danke.« Wo war der Haken?

»Ja.« Er grinste.

April suchte nach dem Termin. »Werden Sie am 16. November vorstellig«, stand da. Was sollte das? Heute war der 16. November. Sie runzelte die Stirn. Da stimmte was nicht. Man bekam immer ein paar Tage früher Bescheid. Schließlich handelte es sich um eine wichtige Sache. Man mußte in Uniform erscheinen. Es gab eine Feier. Man brachte die Familie mit.

Sie überprüfte noch einmal das Datum und entdeckte den Haken. Der Brief von Downtown war vom 1. November. Das war der Tag, an dem die Cowles-Sache begonnen hatte, der Tag, an dem sich die Frau mit der verstopften Toilette beschwert hatte. April starrte Marsh an. »Lieutenant...?«

Er zuckte mit den Schultern. »Ähm, er wurde irgendwie verlegt.«

»Verlegt?«

»Ich hab ihn eben erst entdeckt. Keine Ahnung, wie das passieren konnte. Da ist was schiefgelaufen.« Lieutenant Marsh war ein großer, rotgesichtiger Mann, der bei einem kleinen Dauerlauf wahrscheinlich einen Herzanfall erleiden würde. Bei ihm lief eigentlich sonst nie was schief. Er grinste, ihm war das anscheinend nicht mal unangenehm.

April senkte die Augen, damit ihre Wut nicht hervorbrach und sie sich ihre Karriere ruinierte. »Na ja, ich bin froh, daß Sie ihn gefunden haben. Danke.«

In dem Moment brachte der uniformierte Beamte Bobbie wieder ins Zimmer. Boudreau ignorierte den Lieutenant und griff nach dem Donut, bevor er sich setzte.

»Kümmern Sie sich am besten sofort darum, Sergeant«, sagte Marsh im Gehen. »Beeilen Sie sich.«

April sah auf ihre Armbanduhr. Es war 8.15 Uhr. Um halb elf sollte sie zur Beförderung in *One Police Plaza* vorstellig werden. Das war doch zum Verrücktwerden! Und das war nicht das erste Mal. Immer, wenn ein Durchbruch in einem Fall bevorstand, mußte sie Downtown irgendeine blöde Prüfung ablegen oder befördert werden oder sonstwas. *Mierda!* Sie war total wütend und hätte Marsh am liebsten umgebracht. Sie wollte nach Downtown, konnte aber nicht. Mike war mit dem Verdächtigen ganz allein – und mußte sich außerdem um die Mannschaft kümmern –, da sollte sie ihn sitzenlassen und sich zur Beförderung melden, in unpassenden Klamotten und völlig unvorbereitet? Der Brief war nicht rechtzeitig zugestellt worden. Sie war mitten im Verhör, sie konnte jetzt nicht gehen.

»Alles in Ordnung?« Mike betrat den Raum und betrachtete sie besorgt.

»Klar.«

»Gibt's ein Problem?«

»Nein, erzähl ich dir später.« Sie steckte den Brief ein. Sie mußte zu Ende führen, was sie begonnen hatte. Da hatte sie geschuftet, um voranzukommen, und jetzt entging ihr der Ruhm. Ihr war ganz schlecht, am liebsten hätte sie auf den Fußboden gekotzt. »Bist du soweit?«

Mike nickte. Sie schaltete den Kassettenrecorder ein und begann das Interview damit, daß sie Tag, Datum, Ort und Namen der Anwesenden diktierte.

»Würden Sie uns bitte Ihren Namen und Ihre Adresse sagen?« fragte sie den Verdächtigen.

Boudreau wandte sich ab, trank einen Schluck Kaffee und reagierte nicht.

April wartete einen Augenblick und machte noch einen Versuch. »Wir fangen jetzt mit dem Verhör an. Sagen Sie uns bitte Ihren Namen und Ihre Adresse?«

Boudreau sah Mike an und verzog das Gesicht. »Das soll ein Verhör sein?«

»Das ist eine Unterhaltung. Wie wär's, wenn Sie auch was dazu beitragen?« Obwohl die ganze Verantwortung auf ihm lastete, wirkte Mike entspannt. Er hatte sich anscheinend auf einen langen, komplizierten Tag eingestellt.

Bobbie starrte ihn wütend an und sagte: »Was wollen Sie wissen?«

Mikes und Aprils Blicke begegneten sich. Der Verdächtige hatte anscheinend ein Autoritätsproblem mit Frauen. Mike würde sich um ihn kümmern müssen. April spielte mit dem Gedanken zu gehen und sich Downtown vom Police Commissioner die Hand schütteln zu lassen. Jetzt war sie Sergeant. Ihr früherer Freund Jimmy Wong hatte gesagt, er würde sie keinesfalls heiraten, falls sie zum Sergeant befördert würde. Sergeant Joyces Mann hatte die Scheidung eingereicht, als sie zur Mannschaft kam. Viele Leute hatten Probleme mit Frauen in gehobenen Positionen. Mike anscheinend nicht. Er hatte sicher schon gewußt, daß sie befördert worden war, als er sie seiner Mutter vorgestellt hatte.

Mike stellte Robert Boudreau die Eingangsfragen zu seiner Arbeit im *Stone Pavilion*. Die Frage, was er auf Ebene 3B gemacht hatte, beantwortete er nicht. Er wollte nicht wissen, wie die Cops ihn dort ausfindig gemacht hatten.

Sie fragten ihn nach seiner letzten Stelle, und er beschrieb lang und breit seine Arbeit als Krankenpfleger im Centre – für nichts und wieder nichts hatte er sich jahrelang abgerackert. Seine Arbeit war nie gewürdigt worden und am Ende hatte man ihn auch noch verraten, erzählte er. So war das immer. Aufgeregt fummelte er an seinem fettigen Pferdeschwanz herum.

Eine Stunde verstrich. Bobbie redete sich immer mehr in Rage und rutschte auf seinem Stuhl hin und her, während er seine Lebensgeschichte rekapitulierte. Eine Ungerechtigkeit nach der anderen. Eine weitere dreiviertel Stunde verging. Um zehn dachte April noch einmal daran zu gehen. Sie drehte ihre Armbanduhr um, so daß sie das Ziffernblatt nicht mehr sehen konnte. Trotzdem war ihr jede Minute bewußt.

Bobbie beugte sich nach vorn, um Sanchez mit stumpfen

Augen anzustarren. »Um die halbe Welt sind wir für die gereist. Und was haben die mit uns gemacht? Zerfetzt haben sie uns. Das hätten Sie sehen sollen. Abschaum. Die wußten gar nicht zu schätzen, was wir für sie getan haben. Ehrenloses Pack. Die schlitzäugigen Weiber kann man nicht mit Amerikanerinnen vergleichen.«

Sanchez kaute auf einem Schnurrbartende herum, ihm war unwohl dabei, wie Boudreau Asiaten beleidigte.

»Das sind keine Menschen. Haben uns beklaut. Hatten alle möglichen Krankheiten. Ein Kumpel von mir wollte dem Kind von so 'ner schlitzäugigen Schlampe helfen –«

»Hey, passen Sie auf, was Sie sagen.«

Boudreau fixierte Mike. »Wissen Sie, was die gemacht haben? Haben sein Geld geklaut, und dann haben sie ihn umgebracht. Wissen Sie was? Es war mir scheißegal, daß unsere Männer die Weiber vergewaltigt und umgelegt haben. Nichtsnütziger Abschaum. Das sind keine Menschen.«

Aprils Kopfhaut juckte. Zwanzig nach zehn. Es war vorbei. Zu spät. Sie hatte es verpaßt. Und wofür? Um zu hören, wie dieses Ekel Asiaten Abschaum schimpfte? Sie merkte, daß Mike immer wütender wurde.

»Wie können Sie nur mit so einer zusammenarbeiten? Beschissene Schlitzaugen. Benutzten ihre Kinder als Lockvögel. Haben sie umgebracht. Die Weiber, alle Nutten –«

»Das reicht jetzt. Sie hatten Ärger in Vietnam? Warum erzählen Sie uns nicht davon?«

Boudreau starrte Mike aus seltsam farblosen Augen an. »Ein Mann sollte mit einem *Mann* zusammenarbeiten.«

»Das geht Sie ja nichts an.«

»Ich frag mich halt nur, was für ein Kerl mit 'ner schlitzäugigen Fotze arbeitet –«

Es ging ganz schnell, ohne jegliche Vorwarnung. Kein Poltern, kein Grollen, keine angespannten Muskeln. Nichts. Eben saß Mike noch auf dem Tisch und hörte dem Verdächtigen zu, schwitzte ein wenig und fühlte sich unwohl. Dann befand er sich plötzlich irgendwo jenseits aller Wut, zog den größeren

Mann aus dem Stuhl, so daß er auf die Füße kam, und rammte sein Knie so fest in Boudreaus Leiste, daß sie beide fast umfielen.

Würgend versuchte Boudreau sich vornüberzubeugen, doch Mike ließ nicht zu, daß der Kerl sich vorbeugte und auf den Boden kotzte, so wie die Natur es jetzt gewollt hätte. Vor Wut rasend hielt er den großen Mann fest und schüttelte ihn.

»Du dreckiges Schwein! *Hijo de puta.*« Er umklammerte Boudreaus Hals, ihre Gesichter berührten sich fast. *»Culo«*, flüsterte er. *»Cagado.«*

Dann schleuderte er Boudreau rückwärts über den Tisch und hielt ihn mit einer Hand fest. Mit der anderen umklammerte er Boudreaus Kehlkopf, so daß der weder kotzen noch einen Laut von sich geben konnte.

Voller Entsetzen beobachtete April Mikes irrsinnigen, animalischen Wutausbruch. Mike war verrückt geworden, er wußte nicht mehr, was er tat. Bei anderen Cops hatte sie das schon gesehen. Sie hatte schon oft erlebt, daß gewalttätige Verdächtige auf der Straße getreten und geschlagen wurden. Sie hatte Cops gesehen, die so wütend waren, daß sie mit bloßen Händen hätten töten können. Sie müßte jetzt die Tür öffnen, Hilfe holen, den Cop bändigen.

Aufhören.

Der Verdächtige war am Ersticken, und sein Gesicht begann sich blau zu färben. *Mach die Tür auf, hol Hilfe. Bändige den Cop.* Sie konnte sich nicht bewegen und brachte keinen Laut über die Lippen. Die Kassette war zu Ende. Sergeant Joyce lag krank zu Hause. Der Bezirksstaatsanwalt würde sich erst blicken lassen, wenn sie Beweise hatten. Mike war schweißüberströmt. Vor Wut rasend würgte er den Verdächtigen.

Mike ließ den Verdächtigen los und stieß ihn zu Boden.

»Und jetzt entschuldige dich bei der Dame«, sagte er.

65

Innerhalb von fünfzehn Minuten hatte sich Mike abgeregt und war wieder ganz der professionelle Cop. Boudreau saß wieder auf seinem Stuhl, und Mike gab sich anscheinend mit der Entschuldigung zufrieden, die er in Aprils Richtung murmelte. Es war klar, daß er Boudreau nicht allein lassen würde, damit der über das soeben Vorgefallene nachdenken konnte. Er würde das Verhör weiterführen, als wäre nichts geschehen, ruhig und gefaßt.

April beruhigte sich allerdings nicht so schnell. Es war nicht ungewöhnlich, daß selbst Verdächtige, denen kein Haar gekrümmt worden war, einen Anwalt verlangten und behaupteten, geschlagen und gequält worden zu sein. Mike hätte den Kerl beinahe umgebracht. Bald würden an Boudreaus Hals blaue Würgemale sichtbar werden, und wenn er einen Anwalt wollte, um sich zu beschweren, hätte er Beweise dafür, daß Mike ausgerastet war. April war nervös und wußte nicht recht, wie sie sich verhalten sollte.

Healy war auf dem Gericht, um einen Durchsuchungsbefehl für Boudreaus Wohnung zu holen. Aspirante durchsuchte den Keller des *Stone Pavilion*. Die Ermittlung schritt voran. Sie konnte nicht einfach ohne Sergeant Joyce die Zuständigkeitsbereiche neu einteilen. April war klar, daß Sergeant Joyce sie beide von dem Fall abziehen würde, falls sie erfuhr, was gerade passiert war.

Mikes Schweiß trocknete. Er hatte sich beruhigt, doch in der Luft lag noch immer die gewalttätige Stimmung. Das Problem war für April damit nicht gelöst, daß Bobbie nicht sofort einen Anwalt verlangte und beide Männer so taten, als wäre nichts geschehen. Es war auch nicht damit erledigt, daß Mike um halb eins von einem uniformierten Beamten noch etwas zu essen bringen ließ und Bobbie alles aufaß. Eine vertrackte Situation. Sie überlegte, ob sie noch einen Detective hinzuziehen sollte. Doch das war auch nicht so einfach, denn die waren alle im Einsatz. Und selbst wenn alle dagewesen wären, hatte sie gar nicht die Befugnis, das zu veranlassen. Mike war der verantwortliche Supervisor. Er sollte die Mannschaft beaufsichtigen und hatte sich selbst nicht im Griff. Das einzige, was sie tun konnte, war, so lange wie Mike bei dem Verdächtigen zu bleiben.

April war völlig verwirrt. Seit über einem Jahr arbeitete sie schon mit Sanchez zusammen, doch es wäre ihr nie in den Sinn gekommen, daß er einen unbewaffneten Mann in seiner Verwahrung mit bloßen Händen fast umbringen könnte.

Als sich Mike vor Monaten zwischen sie und ein loderndes Feuer gestellt hatte, hatte er sie aus Pflichtgefühl geschützt. Für einen Mann hätte er dasselbe getan, für jeden. Manche Cops retteten zuerst die anderen, ganz egal, wer es war. Aber heute hatte er ihre *Ehre* verteidigt, das war verrückt und dumm. Dafür gab es keine Entschuldigung.

Während des mehrstündigen Verhörs gingen April Situationen durch den Kopf, die sie und Mike gemeinsam durchgestanden hatten, eingezwängt an gefährlichen Orten, langweiligen Orten – im Strudel der Gewalt anderer Menschen. Er schlug in Ausnahmesituationen schon mal zu, nahm jemanden in den Schwitzkasten. Rasche, effektive Überwältigung war eher seine Art. Er brauchte Gewalt nur, wenn es gar nicht anders ging. Er war bekannt für seine legere Art.

Jetzt wußte sie, daß Mikes Selbstbeherrschung relativ neu war. Ausrasten war eine Reaktion von früher. Wahrscheinlich war er als Junge Mitglied einer Gang gewesen, und Gewalt war ihm nicht fremd.

Sie war verblüfft. Sie hatte gedacht, ihn zu kennen. Sie dachte, sich selbst zu kennen. Sie hatte geglaubt, daß sie richtig und falsch trennen konnte und war immer davon ausgegangen, daß sie stets zur richtigen Seite halten würde, egal, um wen oder was es ging. Gewalttätige Menschen konnte sie nicht ausstehen. Sie hatte keinen Respekt vor Cops, die zuschlugen, wenn sie provoziert wurden. Mike respektierte sie aber immer noch, sogar nach dem, was er gerade getan hatte. Sie war selbst zu weit gegangen, sie hätte ihn zurückhalten müssen. Jetzt waren sie beide jenseits der Grenze.

Aber es war keine Zeit, darüber zu reden. Um halb vier stürmte Daveys ins Büro des Supervisors, in dem die vier Detectives gerade ihren Tag Revue passieren ließen.

»Wo ist er?« fragte er.

»Ah, Daveys«, flötete Mike, der hinter Joyces Schreibtisch saß. »Wir sprachen gerade von Ihnen. Wo haben Sie den ganzen Tag gesteckt?«

»Wo ist der Verdächtige? Das ist jetzt schon das zweite Mal, daß ihr mir das antut.«

»Was? Wovon reden Sie?« entgegnete Mike. Aspirante und Healy rutschten auf ihren Stühlen herum. April saß auf dem Fensterbrett, wahrscheinlich zum allerletzten Mal. Der Efeu war tot.

»Ihr sollt mit mir zusammenarbeiten. Davon merke ich aber nichts.«

»Wir sind nach Plan vorgegangen. Sie wußten ganz genau, was wir heute gemacht haben. Falls Sie was Besseres zu tun hatten, ist das nicht mein Problem.«

»Schon gut. Kann ich das Video sehen?«

Healy kratzte mit seinem Stuhl über den Fußboden. Aspirante hustete. Daveys starrte sie wütend an. »Was habt ihr für Probleme?«

»Wir sind nicht in Los Angeles, Daveys. Wir haben kein Video.«

»Kein Video?« fragte Daveys ungeduldig. »Ein Geständnis habt ihr aber, oder?«

Mike warf April einen Blick zu, doch er konnte ihren Gesichtsausdruck nicht deuten und wandte sich wieder an Daveys. »Die Treadwell-Geschichte geht wohl zu seinen Lasten. In dem Kellerraum im Krankenhaus, wo er sich rumgetrieben hat, haben wir Zeitungsartikel über Dr. Treadwell und ihre Kondomkampagne gefunden. Außerdem Kondome, eine Schere, Klebstoff, ein paar gefälschte Ausweise, verschiedene Uniformen. Und einen Handwerkskasten. Der Kerl kam problemlos überall rein.«

»Was ist mit Dickey?«

Mike schüttelte den Kopf.

Daveys schnitt eine Grimasse. »Was ist nur los mit euch, Kinder? Wißt ihr nicht, wie man ein Verhör führt?«

»Er hat Dickey nicht umgebracht, sagt er.«

»Ach ja. Und was hat er da gesucht, als Dickey in die Notaufnahme gebracht wurde? Was ist mit der verdammten Flasche?«

»Die ist im Labor, wird gerade untersucht.« Healy hatte die Flasche Johnnie Walker in Boudreaus Wohnung gefunden.

»Ein unwiderlegbarer Beweis«, sagte Daveys zufrieden.

Mike warf April einen kurzen Blick zu.

»Was ist?« fragte Daveys.

»Nichts.«

»Lieber Himmel, ich will wissen, was los ist. Raus mit der Sprache.«

»Boudreau sagt, er habe die Flasche aus Dickeys Büro mitgenommen, weil Dr. Treadwell ihm damit eine Falle stellen wollte.«

»Dr. Treadwell wollte Boudreau eine Falle stellen«, wiederholte Daveys sarkastisch. »Kennen die beiden sich so gut?«

»Er sagt, Dr. Treadwell wußte, daß er sie belästigte. Sie wollte ihn loswerden.«

»Indem sie einen ihrer besten Freunde umbringt?«

»Na ja, es ist ziemlich kompliziert, Daveys. Dickey und Dr. Treadwell hatten vor Jahren eine Affäre. Beide Namen tauchen in einer Fahrlässigkeitsklage auf, weil einer ihrer Patienten Selbstmord begangen hat.« Mike kaute bedächtig seine Schnurrbartspitzen.

Daveys schloß die Augen. »Ihr habt große Scheiße gebaut. Der Kerl hatte den *Beweis* in seiner *Wohnung*. Falls herauskommt, daß das Elavil in der Flasche war, ist das ein unwiderlegbarer Beweis. Was wollt ihr denn noch, verdammt noch mal?«

»Clara war bei Dickey, als er starb.« April meldete sich zum ersten Mal zu Wort.

Daveys verdrehte entnervt die Augen. »Aha, diese Nation

sagt auch mal was. Sie war also in seinem Büro. Na und? Boudreau war unten auf der Straße, meine Kleine.«

»Es gibt also zwei Fäden, die zur Wahrheit führen könnten«, sagte Mike und warf dem FBI-Agenten, der April gerade beleidigt hatte, einen haßerfüllten Blick zu. »Ich dachte, ihr Typen wollt immer die Wahrheit wissen? Ich glaub, ich hab irgendwo mal gehört, dem FBI läge viel daran, die Wahrheit herauszufinden.«

Healy lachte schallend.

»Was für ein Haufen Idioten. Wo steckt er? Er ist doch noch hier, oder?« Daveys starres Gesicht lief rot an.

»Ja«, bestätigte Mike.

»Okay, ich will ihn sehen, ganz kurz nur.« Daveys schüttelte den Kopf. »Mensch, Kinder, muß ich denn alles für euch machen? Holt ihn her, ich zeig euch, wie man ein Geständnis kriegt.«

»In Ordnung.« Mike warf April nochmals einen Blick zu. Diesmal regte sich etwas in ihren Augen. Sie sprang vom Fensterbrett und ging zur Toilette.

65

Bobbie lümmelte auf dem Stuhl, als Daveys, der seinen FBI-Ausweis vor sich hielt wie ein Kruzifix, um Satan abzuwehren, ins Verhörzimmer trat.

»Hallo, Bob, mein Guter. Ich bin Special Agent Daveys vom FBI«, sagte er.

Sieh an. Lächerlich. Noch so ein Arschloch. Einer von der Regierung. Heute morgen hatten ihn ein spanischer Cop und ein Schlitzauge blamiert. Der Spanier hätte ihn beinahe umgebracht, aber das hatte ihm nichts genützt. Jetzt hatten sie also den Trottel vom FBI geholt, den er schon bei der Hexe Treadwell gesehen hatte. Der sollte wohl mit ihm fertig werden.

»FBI, hast du verstanden, Bob?«

»Soll ich mir jetzt in die Hosen scheißen oder was?«

»Eigentlich ja.«

Bobbie schnaufte verächtlich.

»Ich seh schon, du hast Humor. Wirst du von der Polizei ordentlich behandelt? Möchtest du Kaffee oder 'ne Zigarette?« Bobbie antwortete nicht. Daveys zuckte mit den Schultern und setzte sich.

Bobbie betrachtete das Arschloch mit kalten, farblosen Augen. Er kannte diese Typen. In der Armee waren das diejenigen, die beim Verhör ihren Knüppel einsetzten und Antworten erfanden, nachdem sie ihre Opfer totgeprügelt hatten. Er zuckte zusammen, als sich Daveys plötzlich an die Wade griff, an der eine Pistole befestigt war. Mit erhobenen Augenbrauen warf er Bobbie einen kurzen Blick zu, während er sich an der Wade kratzte.

»Bob, ich will's kurz machen. Wir wissen alles über dich.«

Bobbie sah zum Kassettenrecorder. Das Arschloch hatte ihn nicht eingeschaltet. Das war kein Versehen, Bobbie wurde mulmig zumute. Er schnitt Grimassen in Richtung Spiegel und fragte sich, ob dahinter jemand zuschaute.

Daveys rieb sein Bein über der Pistole. »Bobbie, es wäre das Beste, du erzählst mir von Dickey, seinem Alkoholproblem, wie du das Elavil in den Scotch getan hast.« Daveys Hand näherte sich dem Kolben der Waffe. »Komm schon, bringen wir's hinter uns. Wir können uns 'ne Menge Zeit und Ärger ersparen.«

Bobbie fuhr sich mit der Zunge über die Lippen und sah erneut zum Spiegel. War da draußen jemand? Oder würde dieses Arschloch zu Ende führen, was der andere Kerl begonnen hatte?

»Ich hab den Scheißkerl nicht umgebracht«, sagte er schließlich.

»Wer dann?«

Bobbie zog an seinem Pferdeschwanz. »Das weißt du doch selbst.«

»Bobbie, mein Junge, so redet man nicht mit dem FBI. Wir sind ja schließlich nicht blöd. Wir haben genug Beweise. Wir können dich für den Mord an Dickey lebenslänglich hinter Gitter stecken.«

»Ich scheiß aufs FBI. Damit brauchst du mir gar nicht zu kommen.« Bobbie schüttelte den Kopf. Sie konnten ihm nichts vorwerfen. Sie hatten keine Beweise. Sie konnten ihn nicht mal einen Tag lang einsperren, und das wußte dieses Arschloch sehr wohl. Er hatte Dickey nicht umgebracht. Das konnten sie ihm nicht anhängen.

»Das nehm ich dir nicht ab, Bobbie. Vorm FBI haben alle Angst. Wir lassen nämlich nicht locker.«

»Das könnt ihr mir nicht anhängen. Die Hexe war bei ihm im Büro. Habt ihr daran schon mal gedacht, FBI?« Bobbie winkte dem Spiegel zu. »Ist da jemand? Die – beschissene – Hexe – hat – den – alten – Knacker – umgebracht. Und die laßt ihr einfach laufen?«

»Bobbie, du bist nicht gerade kooperativ. Das ist dumm.« Daveys betrachtete ihn betrübt. »Du bist doch nicht dumm, Bobbie, oder? Soll ich dich für dumm halten?«

»Willst du mich verarschen? Es juckt mich nicht, was du von mir denkst.«

»Aber ich bin wichtig für dich. Ich kann dir das Leben retten –«

»Ach ja?« Bobbie grinste höhnisch.

»– ich kann's auch ganz schnell beenden. Was ist dir lieber?«

Bobbie schwieg. Er hatte anscheinend keine Wahl.

»Weißt du, Bobbie, du kriegst nie mehr einen Job. Mit dir ist es aus, vorbei. Das sind keine bloßen Vermutungen. Wir *wissen*, daß du Dickey umgebracht hast. Deine Freundin hat es uns gesagt. Sie hat uns alles über dich erzählt.«

Bobbie schüttelte den Kopf. Das würde Gunn nie tun.

Er wand sich unbehaglich auf seinem Stuhl. »Das ist eine dreckige Lüge. Sie hat überhaupt keine Ahnung.«

Daveys lachte. »Du kannst mir ruhig glauben. Ich lüge nie.«

Bobbie schnaufte. »Ich auch nicht. Ich konnte ihn nicht ausstehen, aber ich hab ihn nicht umgebracht. Warum auch? Seine Freundin war's.«

»O Mann!« Daveys stand auf und ging langsam auf Bobbie zu. »Ich will dein feiges Gerede über Dr. Treadwell nicht hören.

Es geht hier um Leben und Tod, kapiert? Um Leben und Tod, Bobbie. Also, pack aus.« Daveys kam Bobbie ganz nah. »Los, erzähl schon.«

Bobbie saß regungslos da und starrte Daveys schweigend an.

»Bist du etwa nicht Manns genug, Bobbie? Weißt du, was ich von dir halte? Du bist ein Stück Scheiße, eine Schande für Amerika.« Daveys beugte sich näher. Er flüsterte. »Du *stinkst* auch wie ein Haufen Scheiße.«

Bobbie warf einen Blick auf die Pistole an Daveys' Knöchel. Er blieb ruhig.

»Du bist ein feiger Schlappschwanz. Eine Schande für unser Land. Hast in Vietnam feige einen Officer in die Luft gejagt. Das ist wirklich das letzte. Wie viele unschuldige Menschen hast du denn seitdem noch um die Ecke gebracht, du verdammter Scheißkerl?«

Bobbie stieg das Blut zu Kopf, er war vor Wut fast blind. Plötzlich trat Daveys einen Schritt zurück. Einen Augenblick lang dachte Bobbie, er würde seine Pistole ziehen und ihn mitten im Verhörzimmer abknallen.

»Ich will einen Anwalt«, brachte Bobbie krächzend hervor. Jetzt hatte er Angst, richtig Angst. »Ich kenne meine Rechte. Entweder ihr verhaftet mich oder ihr müßt mich gehen lassen.«

Es war vorbei, und das wußte Daveys auch. Er schlug mit der Hand auf den Tisch. »Eins sag ich dir, du Arschloch. Es ist mein Job, die Gesellschaft von solchem Ungeziefer wie dir zu befreien. Und meinen Job erledige ich immer, auch wenn's mir keinen Spaß macht.« Er wirbelte herum und schlug noch mal auf den Tisch.

»Du bist eine Schande für die ganze Menschheit, hörst du, du Scheißkerl? Ich krieg dich noch. Und nicht nur, weil das mein Job ist – der berechtigt mich nur dazu –, sondern weil *ich* es will. Ich mach dich fertig, das kannst du mir glauben.« Daveys hatte alles gesagt und hörte auf, auf den Tisch zu schlagen. Als er ging, knallte er die Tür hinter sich zu.

Eine Stunde später war Bobbie wieder auf freiem Fuß.

67

Den ganzen Dienstag über versuchte Gunn in der Kellerwohnung anzurufen, doch obwohl sie es ununterbrochen klingeln ließ, nahm niemand ab. Wo steckte Bobbie bloß? Sie wußte, daß er nicht zur Arbeit gegangen war, denn sie hatte dort angerufen und nach ihm gefragt. Der Mann am anderen Ende der Leitung wußte auch nicht, wo Bobbie war.

Gunn machte sich Sorgen. Wenn Bobbie sich aufregte, ging er immer einen trinken. Und wenn er trank, kam es immer zu Streit. Sie war froh, daß sie der chinesischen Polizistin erzählt hatte, sie habe kein Foto von Bobbie. Außerdem war sie froh, daß er nie seinen Namen neben der Haustürklingel angebracht hatte. Bobbie wollte nicht gefunden werden. Vielleicht würden sie ihn auch nicht finden. Sie hatte ein schlechtes Gewissen.

Die Abendstunden schlichen vorüber, und Gunn machte sich immer größere Sorgen. Schon als Kind hatte sie Versteckspielen gehaßt. Heimlichkeiten machten ihr angst. Es war jetzt bereits über eine Woche her, daß Dr. Dickey seinen Scotch getrunken und gestorben war. Mit jeder Sekunde wuchs ihre Angst. Als Bobbie das letzte Mal Schwierigkeiten gehabt hatte, war sie auch beteiligt gewesen, hatte über jedes Detail Bescheid gewußt, aber ihr selbst hatte damals keine Gefahr gedroht. Jetzt war sie selbst in Schwierigkeiten und wußte nicht, was sie tun sollte. Sie hatte niemanden außer Bobbie. Und der war irgendwo da draußen, war nicht nach Hause gekommen, als sie vom Revier zurückgekommen war, wo man ihre Fingerabdrücke genommen hatte und sie mit den Cops geredet hatte. Bobbie würde ihr alles andere verzeihen; er würde ihr aber nicht verzeihen, daß sie über ihn gesprochen hatte.

Die chinesische Beamtin hatte Gunn letzten Freitag ihre Visitenkarte überreicht, falls ihr noch was einfallen sollte. Gunn hatte die Karte in ihre Handtasche gesteckt, weil sie nicht unhöflich sein wollte. Heute morgen hatte sie sie herausgeholt. Sie fühlte sich immer noch schuldig, weil sie Detective Woo in ihre

Wohnung gelassen hatte und ihr dann nicht die Wahrheit sagte. Vielleicht hatte Bobbie gestern abend gesehen, daß die Polizistin da war, hatte die Nerven verloren und war nicht nach Hause gekommen. Vielleicht hatte die Beamtin auch Bobbie heute morgen vor der Arbeit abgefangen. Gunn war ebenfalls nicht zur Arbeit gegangen. Sie hatte eine schlaflose Nacht voller Angst hinter sich. Sie wußte einfach nicht, was sie tun sollte. Hoffentlich kam Bobbie bald zurück, damit sie ihm alles erklären konnte.

Ab und zu nahm Gunn die Visitenkarte der chinesischen Polizistin gedankenverloren in die Hand. Es war keine richtige Visitenkarte. Es war eine Karte des Police Departments, auf der stand: *20 Detective Squad* und darunter *Det. XXX.* In die Lücke hatte April Woo handschriftlich ihren Namen eingetragen. Darunter war eine Lücke für das Aktenzeichen, da stand aber keine Zahl. Vielleicht hatte Bobbies Fall bisher noch kein Aktenzeichen. Gunn spielte mit dem Gedanken, die Beamtin anzurufen und zu fragen, was denn im Fall-ohne-Nummer los war. Den ganzen Tag über dachte sie daran anzurufen, sich zu stellen. Bis es zu spät wurde.

Um acht Uhr ging sie nach unten und spähte durch die gläserne Haustür, um zu sehen, ob das Gebäude observiert wurde. Sie glaubte nicht, daß Bobbie nach Hause kommen würde, solange die Cops in der Nähe waren. Draußen im Garten war es dunkel, und außer den Umrissen alter Schutthaufen konnte sie nichts erkennen. Um neun ging sie ein zweites Mal nach unten, um halb elf ein drittes Mal. Unter Bobbies Tür war kein Licht zu sehen. Jedesmal, wenn sie wieder in ihrer Wohnung ankam, genehmigte sie sich ein paar Drinks. Um elf stieg sie ein letztes Mal hinunter. Diesmal war irgend etwas merkwürdig. Die letzte der drei trüben Glühbirnen der Deckenbeleuchtung war erloschen. Es war dunkel im Flur, unter Bobbies Tür auch. Sie spürte, daß irgend etwas nicht in Ordnung war. Gunn näherte sich der Tür. Sie hörte die Toilettenspülung.

»Bobbie?« flüsterte Gunn. »Bobbie? Bist du da?«

Keine Antwort.

68

Am Dienstag abend war es ruhig im Mannschaftsraum des Zwo-Null. Außer dem Boudreau-Fall stand nichts Besonderes an. Ein Detective saß am Schreibtisch und telefonierte, alle anderen waren im Einsatz. Mike und April saßen an dem Tisch im Umkleideraum. Die Atmosphäre zwischen ihnen war immer noch gespannt. Es war ein langer Tag gewesen. Ihre Schicht war schon seit Stunden vorbei, doch beide zog nichts nach Hause. April wußte, daß sie nicht mehr hierherkommen würde, ein neuer Lebensabschnitt stand bevor. Aber sie war noch nicht bereit, diesen hinter sich zu lassen. Mike hatte Detective Andy Mason losgeschickt, um Boudreau zu überwachen, der nach dem Verhör mit Daveys um einen Anwalt gebeten hatte. Die Bezirksstaatsanwaltschaft war der Ansicht, daß es keine überzeugenden, sondern nur Indizienbeweise dafür gab, daß Boudreau sich an Dickeys Scotchflasche zu schaffen gemacht hatte. Und überhaupt konnte nichts von dem, was er früher angestellt hatte, im vorliegenden Fall vor Gericht geltend gemacht werden. Sie brauchten überzeugendere Beweise, um ihn zu verhaften. April und Mike hatten hinter dem Spiegel beobachtet, wie Daveys sich für nichts und wieder nichts ins Zeug gelegt hatte. Beim Gedanken an Daveys war ihnen unwohl.

Boudreau war erst einmal wieder auf freiem Fuß. Daveys hatte keinerlei Reue gezeigt und war sofort abgehauen. Einem schrecklichen Tag schien ein noch schrecklicherer Abend zu folgen. Nachdem Daveys gegangen war, ohne eine Adresse oder die Nummer seines Piepsers zu hinterlassen, hatten sie aus dem Labor bedenkliche Informationen erhalten. In der Johnnie-Walker-Flasche, die sie in Boudreaus Wohnung gefunden hatten, waren Spuren von Elavil entdeckt worden. Neben den Fingerabdrücken des Verstorbenen waren auch Boudreaus Abdrücke darauf.

Außerdem hatten die Experten verschmierte Teilabdrücke einer dritten Person auf der Flasche gefunden. Sie stimmten mit den einzigen anderen Abdrücken überein, die auf Boudreaus Personalakte waren: Gunn Trams. Dickeys Fingerabdrücke waren auf fast allen Seiten der Akte, woraus man schließen konnte, daß er die Akte in seinem Büro durchgelesen hatte. Gunns Abdrücke hatten sich mit denen des Toten so vermischt, daß man davon ausgehen konnte, daß Gunn die Akte nach ihm angefaßt und wieder in die Personalabteilung zurückgebracht hatte. Hätte Boudreau die Akte aus Dickeys Büro entwendet, folgerten April und Mike, hätte er sie nicht ins Personalbüro zurückgebracht. Er hätte sie vernichtet.

Daß Gunns Abdrücke an zwei Stellen auftauchten, wo sie absolut nichts zu suchen hatten, störte die beiden Detectives so sehr, daß sie noch ein paar Stunden in ihren Aufzeichnungen und in Boudreaus Akte herumgruben. April wählte Gunns Nummer mehrmals, um sicherzugehen, daß die kleine Frau nicht ausgebüchst war. Es war ständig besetzt.

Um 22 Uhr waren sie bereits vierzehn Stunden zugange und beratschlagten immer noch, was als nächstes zu tun war. Die meisten Beamten wären an ihrer Stelle schon vor Stunden nach Hause gegangen, hätten auf einen neuen Tag gewartet und darauf, daß sich ein anderer Supervisor der Sache annahm. Morgen war ihr freier Tag; was immer dann passierte, sie hatten nichs mehr damit zu tun. Aber Mike und April sahen das anders. Einer der Verdächtigen, der zudem recht gefährlich war, war wieder auf freiem Fuß und wurde von einem oder mehreren FBI-Agenten sowie einem ihrer Detectives beschattet. Und jetzt hatten sie auf einmal noch eine ganz neue Verdächtige, die Freundin des mutmaßlichen Täters, eine kleine alte Frau. Auf einmal sah der Fall doch nach einer Beziehungskiste aus. April seufzte ungehalten. Sie mußten Gunn zum Verhör aufs Revier bringen. Am besten jetzt sofort oder morgen?

Um halb elf meldete sich Andy und teilte ihnen mit, daß Boudreau in seiner Wohnung verschwunden war und dort wahrscheinlich die Nacht verbringen würde. April unterdrückte ein Gähnen. Vielleicht kehrte ja Ruhe ein und sie konnte nach Hause gehen. Sie wählte noch einmal Gunns Nummer, um sich zu versichern, daß mit der alten Frau alles in Ordnung war. Nach dem zehnten Klingeln legte sie kopfschüttelnd auf.

»Erst war stundenlang besetzt, und jetzt ist sie nicht mehr da.«

Mike klopfte mit einem Stift auf die Armlehne seines Stuhls. »Vielleicht ist sie auf dem Klo.«

April sah ihn zweifelnd an. »Vielleicht auch nicht.«

»Machst du dir Sorgen?«

»Klar, du nicht? Erst belästigt Boudreau eine Ärztin, und dann bringt er, oder Gunn, oder beide zusammen, den Doc um. Das stinkt doch zum Himmel.« April sah ihn zum ersten Mal seit Stunden direkt an. »Wir müssen was tun, das weißt du genau.«

»Ich hab sonst nichts vor. Ich könnte die alte Dame für ein Schwätzchen aufs Revier bringen. Wär dir das recht?«

»Ja.«

»Okay. Geh du nach Hause und schlaf dich erst mal aus. Ich hol sie.« Mike klopfte mit seinem Stift und zuckte die Schultern. »Sehen wir uns morgen früh?« fragte er.

April schüttelte den Kopf.

»Hör mal, April, ich hab darüber nachgedacht, was heute morgen vorgefallen ist. Ich will dir nur sagen, daß ich nicht schnell explodiere. Es ist nur, daß –« Er holte tief Luft, stieß sie wieder aus. »Ich wußte nur nicht, daß das in mir ist. Manchmal sind bestimmte Dinge so selbstverständlich und man denkt gar nicht weiter drüber nach, doch dann passiert auf einmal was, das alles über den Haufen wirft.«

Er warf ihr einen hilflosen Blick zu. »Ich bin ein sanfter Mensch, das *weißt* du doch.«

Mit gerunzelter Stirn betrachtete sie ihre Hände. »Da bin ich mir nicht mehr so sicher.«

»Du kennst mich doch. Das war nicht ich. Das war...«, er rang nach dem richtigen Wort.

April kam ihm nicht zu Hilfe.

Er legte den Stift hin, klopfte jetzt mit dem Finger gegen die Lippe und warf einen Blick durch die Tür auf den jungen, schwarzen Detective im Mannschaftsraum, der mit erregter Stimme telefonierte. Anscheinend ging es um einen Streit, den er auf keinen Fall verlieren wollte. »Du machst es mir ganz schön schwer«, murmelte Mike.

Sie sagte nichts.

»Okay, du hast recht. Ich hatte früher mit recht brutalen Leuten zu tun. Ich hab Mist gebaut, aber das ist schon lange her. Damit hab ich nichts mehr zu tun. *Dir* würde ich nie was tun. Das weißt du doch, oder?«

Immer dieselbe Entschuldigung: jeder Dieb, jeder Schläger, jeder Mörder behauptete das.

»Ich wußte das ja gar nicht. Jetzt weiß ich's, ich muß also damit rechnen«, sagte Mike.

»Womit?«

Er blickte sich um, fühlte sich ertappt – schuldbewußt hob er eine Schulter. »Ich glaube, ich bin in dich verliebt... Das hat mich selbst überrascht. Ich hab nicht gewußt, daß ich deswegen... gewalttätig werden könnte.«

April wurde heiß. Das hatte sie bisher noch nicht von vielen Menschen gehört. Vor allem nicht von denen, die es hätten sagen sollen. Das machte alles nur schlimmer.

»Y qué más?« fragte er leise.

Sie schüttelte den Kopf. Es schmerzte, daß sie nicht so empfand, wie sie es immer erwartet hatte, wenn ihr ein Mann, den sie bewunderte, seine Liebe gestand. Glücklich und sicher wie im Kino. Zuviel sprach dagegen. Ein Cop durfte nicht unberechenbar sein, durfte nicht einfach durchdrehen – außerdem durfte er sich nie, nie in eine Kollegin verlieben und ausrasten, wenn deren Ehre verletzt wurde. Die Liebe machte Mike nicht berechenbar, sondern gefährlich. Er würde immer gefährlich sein. Sie fragte sich, ob wahre Liebe vielleicht so aussah.

»Y qué más?«

»Nada más. Komm, gehen wir.«

»Du kommst mit?« fragte er überrascht.

»Klar.« Erschöpft griff sie nach ihrer Tasche.

69

Bobbie verließ das Revier in der 82. Straße und ging nach Westen Richtung Broadway. Er ärgerte sich fürchterlich – nicht zuletzt über die Cops, die ihn gedemütigt hatten. Die Cops hatten ihm sein Zuhause genommen, sein ganzes Leben. Er wollte wieder seine Arbeit, seine Patienten und sein altes Leben im Centre haben.

Er redete sich ein, es sei ihm scheißegal, daß er beschattet wurde. Er konnte zwar niemanden sehen, wußte aber, daß jemand hinter ihm her sein mußte. Die Cops und das FBI-Arschloch glaubten tatsächlich, daß er Dickey umgebracht hatte. Absolut lächerlich, die hätten *ihn* beinahe umgebracht. Wo blieb die Gerechtigkeit? Es gab keine Gerechtigkeit. Die Cops und das FBI waren ihm sicher auf den Fersen. Sie hätten ihn nicht gehen lassen, ohne ihn zu beschatten.

Wer auch immer ihm folgte, Bobbie drehte sich nicht um; diese Genugtuung wollte er den Scheißkerlen nicht geben. Es war ihm scheißegal. Er wollte was trinken und nachdenken. Es wurde immer kälter. Heute nacht würde es wahrscheinlich wieder frieren. Bobbie trug lediglich eine dünne Nylonjacke. Er wußte nicht, wo er hingehen sollte.

Im *French Quarter* würde ihm der alte Ire wieder auf die Nerven gehen. Im Krankenhaus war es jetzt nicht sicher. In einem Laden, in dem er sonst nie Alkohol kaufte, holte er eine Flasche Schnaps und lief eine Weile ziellos umher. Kein Ziel zu haben fand er schrecklich. Er regte sich fürchterlich darüber auf.

Er war wütend, weil die Arschlöcher ihn den ganzen Tag mit uralten Geschichten aus seinem Leben genervt hatten. Diese alten Kamellen interessierten doch keinen Menschen mehr. Wen juckte es, was vor dreißig Jahren geschehen war? Das war vorbei. Interessierte niemanden mehr. Bobbie saß auf dem kalten Boden und betrachtete die Lichter New Jerseys. Er wußte, daß die blöde Alte schuld an allem war. Sie hatte Dickey die Akten gegeben. Sie hatte mit den Cops geredet. Sie hatte denen ganz private Sachen von ihm verraten, die er nur ihr und sonst keinem anvertraut hatte. Warum hatte er ihr das bloß alles erzählt? Er war zutiefst verletzt. Erst erzählte sie ihm ständig, wie sehr sie ihn liebte, und dann verriet sie ihn – genau wie alle anderen.

Während er im Park saß, führten um ihn herum Leute ihre Hunde aus und manche gingen nach der Arbeit joggen. Er war sich sicher, daß die Alte hier irgendwo verängstigt rumlief, als sei sie auf der Suche nach einem entlaufenen Hund. Er würde ihr bestimmt über den Weg laufen, wenn er einen Block nördlich am Riverside Drive entlangging. Er hoffte, sie würde von einem Auto überfahren werden.

Während er diesen Gedanken ein wenig nachhing, fielen ihm ein paar Schwarze auf, die in etwa dreißig Meter Entfernung auf dem Hügel standen. Ihre Gesichter waren von den Kapuzen ihrer Sweatshirts verdeckt, und sie rauchten Joints. Der süßliche Rauch des Rauschgifts trieb in der eisigen Luft runter zum Hudson. Ekel packte ihn. Er hatte nie einen Joint geraucht. Er wußte, Joints waren gefährlich, man verblödete davon. Aufgebracht murmelte er vor sich hin, schimpfte über diese Nigger, die die Luft verpesteten und Leute bedrohten. Er dachte erst, sie würden rüberkommen und ihn ausrauben. Sollten sie es ruhig wagen, das wäre ausgesprochen dumm, er würde ihnen die Niggerschädel einschlagen.

Sie ließen ihn in Ruhe, und nach einer Weile war er wütend genug, um nach Hause zu gehen.

70

Bobbie mochte die Kellerwohnung, obwohl die Heißwasserrohre eine derartige Hitze verbreiteten, daß es sonst niemand hier aushielt. Ihn erinnere das an Louisiana, behauptete er. Die Rohre waren im Winter manchmal so heiß, daß ein Wasserspritzer die Wohnung in ein Dampfbad verwandelte. In den sumpfigen Flußarmen Louisianas, in denen sein Vater und seine Brüder täglich gefischt hatten, bevor der Vietnamkrieg alles veränderte, war immer viel Dampf aufgestiegen, erzählte Bobbie.

Bobbie, Bobbie, Bobbie. Gunn konnte an nichts anderes denken. Er hatte ihr von Austernpasteten erzählt und davon, wie sie mit einem Stock Langusten aus ihren Höhlen gekitzelt hatten; von der Hitze hatte er erzählt, dem Vater und dessen jahrelangem Siechtum, bis er Blut spuckte und endlich starb. Er hatte seinen Bruder erwähnt, der im Gefängnis saß, weil er angeblich einen Mann getötet hatte. Bobbie wußte, daß sein Bruder diesem Mann nie ein Haar gekrümmt hatte. Er hatte von den Demütigungen in Vietnam berichtet, wo alle von Drogen benebelt waren und Bobbie als einziger alle Sinne beisammengehabt hatte und mitbekam, was wirklich ablief. Er war zu gut. Nachdem die chinesische Polizistin ihr so viele Fragen gestellt hatte, dachte Gunn noch einmal über die Ereignisse des letzten Jahres nach.

Gunn erinnerte sich daran, wie sanft Bobbie mit den Patienten umgegangen war, auch mit den völlig verrückten und bösartigen. Nie, nie hatte er jemandem weh getan. Sie wußte, daß er immer wieder verletzt worden war, aber er hatte nie jemandem Schmerzen zugefügt.

Gunn lag stundenlang in ihren Leggings und mehreren Lagen T-Shirts steif auf dem Bett. Obwohl sie nicht damit rechnete, daß Bobbie anrufen würde, hatte sie sich nicht schlafen legen wollen, falls er sich doch noch meldete. Er war wütend auf sie, weil sie seine Akte nicht schon längst vernichtet hatte, sondern sie mit den anderen im Aktenschrank aufbewahrte, wo jeder sie finden konnte, ihm einen Strick draus drehen und ihn aus dem Centre werfen. Er hatte Angst davor, obdachlos auf der Straße zu krepieren. Egal, wie eindringlich sie ihm versicherte, daß das nicht passieren würde, er glaubte ihr nicht. Er begriff einfach nicht, daß die Akten heilig waren. Gunn wußte von Leuten, die in Akten herumpfuschten, sie verschlampten oder vernichteten, doch sie würde das nie tun. Deshalb hatte sie Bobbies Akte aus Dickeys Büro geholt und zurück in den Aktenschrank gehängt. Sie wollte Bobbie aus allem raushalten.

Der Fernseher flimmerte vor sich hin. Gunn fröstelte, obwohl die Polizistin gemeint hatte, es sei warm in der Wohnung. Sehr warm. Sie schaltete den Fernseher aus und legte sich wieder aufs Bett.

Ihre Lider wurden schwer, und sie entschlummerte in einen vertrauten Alptraum. Sie träumte, daß in ihrem gemütlichen kleinen Appartement – mit den vielen Möbeln, Blumenmustern, Kissen und Spitzen – ein wild loderndes Feuer ausbrach und sie vor dem Bleiglasfenster stand, das sich nicht öffnen ließ. Mit dem Feuer im Rücken mühte Gunn sich ab, doch das Fenster gab nicht nach. Es war verrostet und klemmte.

Sie hörte, wie die prasselnden Flammen ihr Sofa verschlangen, den Schaukelstuhl mit dem Spitzenschal über der Rückenlehne, spürte, wie die Hitze sie gegen das verrammelte Bleiglasfenster preßte. Plötzlich schlug ihr kalte Luft ins Gesicht, das Fenster war offen. Sie wimmerte vor Furcht, als der Traum anders als gewohnt ablief und wollte aufwachen.

Während sie noch im Traum kämpfte, hörte sie eine Stimme. »Gunn, wach auf.« Zwei kräftige Hände packten sie an der Schulter und schüttelten sie erbarmungslos.

Sie schlug die Augen auf. »Bobbie?«

»Steh auf«, befahl er.

Gunn brach in Tränen aus. »Bobbie, sei mir nicht böse, bitte. Ich hab mir solche Sorgen gemacht.«

»Steh auf, hab ich gesagt.«

»Ja ja, schon gut.« Sie stand auf, zog die T-Shirts über die Hüfte und wischte sich die Tränen von den Wangen.

»Los, da lang.« Er führte sie ins Wohnzimmer und drückte sie auf das hübsche Sofa. »Was hast du denen erzählt?« fragte er.

Gunn schnappte nach Luft. »Gar nichts.«

»Die sagen aber was ganz anderes.«

»Bobbie – ich hab was Schlimmes angestellt.«

»Du blöde Kuh.« Er trat gegen das Sofa.

Sie zuckte zusammen. »Reg dich nicht auf. Ich hatte solche Angst. Ich… ich hab immer noch Angst.«

Bobbies Blick war eiskalt. »Der Typ vom FBI, zu dem du so nett warst, sagt, du hast mich verpfiffen.«

Gunn riß erschrocken die Augen auf. »Ich hab ihm erzählt, wie geschickt du mit den Patienten umgegangen bist, wie sehr sie dich mochten. Sonst hab ich nichts gesagt. Aber ich hab was anderes Schlimmes angestellt.«

»Ach ja, was denn?«

Bobbie sah so wütend aus. Gunn rang verzweifelt die kleinen Hände, wie sollte sie es ihm nur sagen. »Ich wollte dir nur helfen, ich wollte niemandem weh tun. Deswegen hab ich's getan – um dir zu helfen.«

Ihr blieb keine Zeit zu schreien. Er packte sie am Hals und würgte, bis sie zu ersticken drohte und es in ihren Ohren toste. Ihre Lungen schrien nach Luft. Sie streckte die Hände nach Bobbie aus, bekam ihn aber nicht zu fassen. Sie krallte sich ins Kissen und pinkelte in die Hose. Als sie wieder zu sich kam, begoß Bobbie sie mit Wasser aus der antiken Messinggießkanne, die sie nur der Dekoration halber besaß.

Gunn bekam keine Luft und rang nach Atem. Sie war durchnäßt von stinkender Brühe und wollte sich übergeben. Doch es kam nichts hoch. Bobbie beugte sich über sie; wie ein riesiger Berg ragten das sommersprossige Gesicht und der massige Körper vor ihr auf. Er hielt die Gießkanne immer noch über sie und besprengte sie mit Wasser. Sein Gesicht war vor Wut aufgedunsen. So was hatte sie noch nie erlebt. Entsetzt suchten ihre Augen im Zimmer nach den Cops. Die Cops mußten ihn doch bewachen, die mußten doch das Gebäude observieren. Sie betastete die schmerzenden Würgemale am Hals. Sie hatte panische Angst. Bobbie hatte beschrieben, wie er Hühner umgebracht hatte – genau so und wenn sie tot waren, hatte er ihnen den Kopf abgehackt. Zum ersten Mal kam ihr der Gedanke, daß sie es mit einem Verrückten zu tun hatte.

»Bobbie, tu mir nicht weh…«, flehte sie mit krächzender Stimme.

»Ich hab noch *nie* jemandem weh getan.« Die Todesstrahlen des Voodoo-Zaubers durchzuckten seine seltsamen, blauen

Augen. Leute mit diesem merkwürdigen Blick waren fähig zu töten, hatte er gesagt.

»Du tust niemandem weh?« wimmerte sie.

Er schlug die Gießkanne gegen die Sofalehne.

»Ich bin ein guter Mensch, loyal bis zum Letzten. Ich tu keinem weh.« Er stocherte mit dem Finger in der Luft vor ihrem Gesicht herum. »Hörst du? Ich tu *keinem weh.«*

»Du tust mir aber weh«, sagte Gunn leise. »Du hättest mich beinahe umgebracht, Bobbie.« Sie senkte den Kopf.

»Du hast mich verletzt, Gunn. Sag, daß es dir leid tut.«

»Du weißt doch, daß es mir leid tut.«

»Warum entschuldigt sich nie jemand? Erst bauen sie Scheiße, und dann entschuldigen sie sich nicht – du Hexe! Du hast mich reingelegt.«

»Nein, Bobbie, ich wollte dich retten«, schluchzte Gunn und fing wieder an zu husten.

»Reingelegt hast du mich.«

»Nein.« Das stimmte nicht. Sie schüttelte den Kopf. Sie hatte ihn immer unterstützt. Wie sehr hatte sie sich bemüht, ihm zu helfen. Ihre wirren Augen suchten nach Rettung.

»Gib's schon zu, du hast mich reingelegt«, sagte er. Seine Wut flackerte von neuem auf.

»Es tut mir leid, Bobbie… Ich hab so ein schlechtes Gewissen. Ich wollte Dr. Dickey doch nicht umbringen. Ich wollte ihn nur ein bißchen verwirren, damit er die Sache mit dir vergißt. Das mußt du mir glauben. Ich wußte nicht, daß er sterben würde.«

»Du hast ihn umgebracht?« schrie Bobbie. *»Du?«*

»Ich wollte dir nur einen Gefallen tun, Bobbie.«

»Du… *Schlampe*. Einen Gefallen wolltest du mir tun? Du hast mich erledigt!« Wütend schleuderte er ihr die mittlerweile leere Gießkanne ins Gesicht. Mit einem Schlag zerschmetterte er ihr Nasenbein und die Wangenknochen. Er versetzte ihr noch einen Schlag und zertrümmerte ohne große Anstrengung ihren Schädel. Dann ließ er die Gießkanne fallen und ging ohne einen Blick zurück ins Schlafzimmer. Er wußte, daß Gunn das Bleiglasfenster nie verriegelte, da sie sich vor einem Brand fürchtete. Er kletterte die Feuerleiter hinab und verschwand durch den Garten.

71

April fuhr in ihrem eigenen Wagen die 99. Straße entlang. Mike saß auf dem Beifahrersitz. Er war ungewöhnlich still, bis sie zu Gunns Häuserblock kamen. Wahrscheinlich hatte es ihn sehr getroffen, daß sie ihn nicht ebenfalls liebte. Aber wer weiß, vielleicht ging ihm was ganz anderes durch den Kopf.

»Ich geh hoch und hol sie«, sagte er.

»Nein, ich mach das«, widersprach sie. »Du wartest im Wagen.«

»Ich bleib nicht hier.«

Ein gutes Zeichen, sie stritten sich wieder.

»Ich komme besser mit ihr zurecht«, behauptete April.

»Sollen wir beide gehen?«

»Mir bleibt wohl nichts anderes übrig.« April parkte den Wagen vor einem Hydranten. Sie machte das Licht aus und stellte den Motor ab. Der nächtliche Himmel war bewölkt. Auf der Straße waren kaum Leute. Sie stieg aus und sah Andy, der ihnen aus der Gasse hinter dem Haus entgegenrannte. Er hatte seine Kapuze hochgezogen und einen Schal um den Hals gewickelt.

»Er ist abgehauen –«, stieß er keuchend hervor. »Daveys ist hinter ihm her.«

»Gut, soll Daveys sich um ihn kümmern«, sagte Mike.

Sie stiegen die Treppe hinauf zu Gunns Appartement. Eine alte Frau hämmerte gegen Gunns Tür. »Er hat sie angebrüllt. Ich hab die Polizei gerufen«, schrie sie. »Es ist alles in Ordnung, Gunn. Mach schon auf.«

72

Vom Himmel fiel leichter Pulverschnee, als Bobbie über die Mauer kletterte und im Nachbargarten verschwand. Er war überzeugt davon, daß ihn niemand gesehen hatte, als er sechs Häuser weiter unten, am Ende des Häuserblocks wieder auf der Straße auftauchte. Irgendwo in der Kälte kauerten ein paar Arschlöcher und observierten das Gebäude, das er gerade verlassen hatte. Dachte er.

Es war ihm eigentlich auch egal, ob ihm jemand folgte. Wie ein Tier, das sich in seiner Höhle verkriechen will, wurde Bobbie vom Centre geradezu angezogen, obwohl er nicht wußte, was er dort sollte. Wäre er nur erst dort, dann wäre alles in Ordnung, dachte er. Er schlug sich immer irgendwie durch. Seine Ausbildung in der Armee war viele Jahre her, aber er wußte noch, wie man kämpfte und in Deckung ging. Wenn er erst mal im Centre war, konnte er in Ruhe nachdenken. Bei Gunn würde so schnell niemand anrufen. Ein ganzer Tag konnte vergehen, ehe sie gefunden wurde.

Bobbie hielt sich dicht an die Häuser am Riverside Drive und vermied das Licht so gut er konnte. Er war wütend, weil Gunn Dickey getötet hatte und dem FBI-Agenten erzählt hatte, *er* sei der Täter. Was für ein schändlicher Verrat. Der allergrößte Verrat, den er je erlitten hatte. Ihm wurde plötzlich klar, daß Gunn an all seinen Problemen schuld war. Nicht Dickey hatte ihn vor einem Jahr in eine Falle gelockt. Dickey hatte ihm auch nicht den heißgeliebten Job genommen. Gunn war's, sie war an allem schuld. Schließlich wurde sie bei jedem Fall zu Rate gezogen. Sie bewahrte die Akten auf. Sie wußte, was in den Akten vermerkt oder getilgt wurde und warum. Sie kannte den Inhalt der Akten, deswegen hatte sie alles in der Hand.

Der Wind wurde stärker und peitschte feinen, stechenden Schnee in Bobbies Augen. Auch in seinem Innern tobte ein Sturm, als er versuchte, den Sinn hinter den fürchterlichen Ereignissen seines Lebens zu begreifen. Die alte Schlampe hatte sein Leben ruiniert, aber Gott hatte eingegriffen und sie bestraft. Nachdem er das erkannt hatte, versuchte Bobbie sich zu beruhigen und sich auf die nächsten, überlebensnotwendigen Schritte zu konzentrieren.

Die Gewohnheit trieb ihn zum Centre. Viele Jahre hatte er hier verbracht. Tag und Nacht – die Patienten hatten ihn gemocht, und er hatte alles im Griff gehabt. Nachts waren keine Ärzte in der Nähe des Schlafsaals *Six North* im sechsten Stock, wo er gearbeitet hatte. Hinter der Glasscheibe der Schwesternstation saß immer nur eine Krankenschwester. Auf der ganzen Etage waren nur zwei oder drei Pfleger. Die Patienten wurden mit Medikamenten vollgepumpt und schliefen von Mitternacht bis halb acht oder acht. Dort würde sich niemand blicken lassen, dort war er sicher.

Er wollte sich im Schlafsaal im sechsten Stock mit den vierzehn Betten auf einen Stuhl setzen und dem Schlaf der Patienten lauschen. Sie hatten ihn immer gemocht, hatten immer auf ihn gehört, selbst die total Verrückten. Er hatte sich immer um sie gekümmert. Gleich würde er sie wiedersehen und sie würden ihm den Raum geben, den er brauchte, um nachzudenken und sich zu sammeln. Der Stuhl in der Mitte des Schlafsaals, in dem seine verrückte Familie ruhig schlief, ging ihm nicht aus dem Kopf. Dort würden ihn die Cops und das Arschloch vom FBI nicht finden.

Bobbie gelangte über die Laderampe neben der Leichenhalle ins Krankenhaus. Der Wächter in dem winzigen Büro hatte ihn schon oft gesehen und machte sich nicht mal die Mühe, ihn durchzuwinken. Zwei Stockwerke unter der Erde lief er durch die muffigen, verschlungenen Gänge und kam zum Keller des *Psychiatric Centres.*

Nachts störte einen keiner. In der zweiten Nachtschicht gab es keine Sicherheitsposten. Trotzdem ging Bobbie auf Nummer Sicher und machte bei einem Wandschrank halt, um sich eine weiße Uniform überzustreifen. Er bemerkte die Blutspritzer, als er Jacke und Hose auszog. Er vergrub die schmutzige Kleidung in einer Mülltonne, in der noch der Abfall vom gestrigen Tag war. Er sah auf seine Armbanduhr. Er hatte die Situation voll im Griff.

Im sechsten Stock befand sich das Auffangzentrum, in dem jeder aufgenommen wurde. Menschen, die von Sozialhilfe lebten, Obdachlose, Bettler – all diejenigen, die sich einen Krankenhausaufenthalt und eine Behandlung nicht leisten konnten. Einmal aufgenommen, wurden sie mit Medikamenten tage- oder wochenlang stabilisiert. Und dann wurden sie wieder entlassen. Wieder auf der Straße, setzten sie ihre Medikamente ab und drehten bald wieder durch. Viele wurden immer wieder eingeliefert.

Manchmal kamen Leute ins Auffangzentrum, die weder Englisch sprachen noch sonst eine Sprache, die irgend jemand hier beherrschte. Einmal hatten sie es mit einem illegalen Einwanderer zu tun gehabt. Keiner wußte, wo er herkam und welche Sprache er sprach. Niemand hatte sich mit ihm unterhalten können, er hatte nicht mal einen Namen gehabt.

Bobbie hatte den hinteren Aufzug genommen, den man von der Schwesternstation aus nicht sehen konnte. Er stieg aus und sah einen vornübergebeugten, ergrauten Kopf. Er blickte auf seine Armbanduhr. Es war kurz nach elf. Die Schwester las wahrscheinlich gerade die Instruktionen des Arztes. Um halb zwölf spätestens wurden die letzten Medikamente ausgegeben. Die meisten Patienten waren dann schon versorgt, aber manchmal gab es bei Problemfällen besondere Instruktionen. Bobbie duckte sich, bevor die Schwester den Kopf hob, und ging nach links den langen, dämmrigen Gang entlang.

Bobbie hatte diese unwirkliche, nächtliche Stille immer besonders gemocht. Es gab strenge Vorschriften. Kein Fernsehen, kein Radio mehr nach 22 Uhr. Die Türen zu den Zweier- und Dreierzimmern auf beiden Seiten des Ganges waren geschlossen.

Der nördliche Schlafsaal war kreisrund und hatte keine Türen. Gedämpftes Licht brannte. Bobbie konnte alles recht deutlich erkennen. Er schaute nochmals auf die Uhr und versuchte, die Situation einzuschätzen. Mehrere Patienten waren wach, aber nur einer war auf den Beinen. Mit zornigem Blick lief dieser Kerl erregt hin und her. Er hatte nur eine Schlafanzughose an. Trotz des trüben Lichts erkannte Bobbie sofort, daß dieser Kerl Ärger machen würde. Der Patient hatte ein Netz verästelter Narben auf der Brust. In dem totenkopfähnlichen Schädel saß ein Paar glühender Augen; ein Ohr fehlte halb.

Das war allerdings der einzige Problemfall. Die meisten anderen Patienten lagen im Bett, starrten an die Decke oder schnarchten. Zwei spielten lautlos Schach. Einer blätterte in einem Pornoheftchen und befummelte sich unter der Decke. Bobbie ließ sich auf einem Stuhl nieder und beobachtete den rastlosen Kerl. Er wollte ihn nicht aus den Augen lassen.

Sobald Bobbie sich hingesetzt hatte, blieb der Kerl stehen und ballte die Fäuste. Wie von einem Stromschlag getroffen, fuhr der Mann im Bett neben ihm in die Höhe. Dann wälzte sich auch der im Bett nebenan herum und richtete sich auf. Bobbie schenkte ihnen keine Beachtung. Der Mann mit den Narben boxte in Bobbies Richtung in der Luft herum. Bobbie saß in der Mitte des Schlafsaals und sah ihm zu. Er warf einen Blick auf seine Uhr. Wie erwartet, kam um 23.20 Uhr eine Krankenschwester.

Sie bemerkte Bobbie erst gar nicht. Sie ging zu dem Patienten, der in der Luft herumboxte. »Seamus, wie geht's dir?«

Der Mann hielt inne, seine Augen waren auf Bobbie gerichtet. »Ich bin so ... angespannt.«

»Wirklich? Was ist denn ...?« Die Schwester drehte sich langsam um. Sie sah Bobbie und schien verwirrt. »Seamus, einen Moment bitte. Ich muß hier was klären.«

Die Augenbrauen fragend erhoben trat die Krankenschwester auf Bobbie zu. Bobbie ignorierte sie. Die beiden Schachspieler begannen, sich auf spanisch zu unterhalten.

»Ich muß mal pinkeln.« Ein kleiner, kahlköpfiger Mann kletterte aus dem Bett und begann zu weinen.

»Leg dich wieder hin, Alberto ... Entschuldigen Sie.« Die Schwester stand vor Bobbie, auf ihrem breiten Gesicht lag ein verwunderter Ausdruck.

Er schenkte ihr keine Beachtung.

»Wer sind Sie?« fragte sie leise.

Bobbie fiel keine gute Antwort ein, deshalb sah er in die andere Richtung, so als existiere sie gar nicht.

»Entschuldigen Sie, aber ich brauche heute abend niemanden hier.« Sie runzelte die Stirn. »Sprechen Sie Englisch? Ich will wissen, was hier los ist.«

Bobbie rührte sich nicht. Er würde sich einfach tot stellen, bis die neugierige Hexe verschwunden war. Doch die kapierte das anscheinend nicht. Er wollte nicht mit ihr reden.

Doch sie bestand darauf. »Bewachen Sie jemand Bestimmtes?«

Bobbie schnaufte und antwortete unwillkürlich. »Ja genau, ich bewache jemanden.«

»Ich muß pinkeln!« schrie Alberto.

»Mußt du nicht. Geh wieder ins Bett«, sagte die Krankenschwester automatisch und fixierte Bobbie. »Tut mir leid. Ich kenne Sie nicht. Wer sind Sie?«

»Ich soll jemanden bewachen, sagte ich doch schon. Los, verziehn Sie sich«, blaffte Bobbie sie an.

Die Krankenschwester errötete. »Was fällt Ihnen ein, so mit mir zu reden?«

»Lassen Sie mich in Ruhe, okay? Ich will keinen Ärger, gehen Sie schon weg«, stieß Bobbie hervor.

»Ich hab hier das Sagen. Was soll das eigentlich?«

Bobbie bemühte sich, ruhig zu bleiben. Er suchte nach Worten, mit denen er die Hexe abservieren konnte. Nachdem ein paar Sekunden verstrichen waren, ergriff sie wieder das Wort.

»Auf welcher Station sind Sie? Wer ist Ihr Chef?«

Bobbie schnaufte verärgert. Er hatte sie gewarnt. Er wollte sie nicht noch einmal warnen. Er schwieg. Alberto kam angeschlurft und legte seine Hand auf ihren Arm.

»Alberto, leg dich bitte wieder hin.« Die Krankenschwester stützte aufgebracht die Hände in die Hüften, ohne sich zu dem senilen Mann umzuwenden. »Welche Schicht haben Sie?« wollte sie von Bobbie wissen. »Zeigen Sie mir Ihren Ausweis.«

Zum ersten Mal in seinem Leben hatte Bobbie keinen Ausweis dabei. Für keine der Stationen. Die Schwester hatte ihn erniedrigt und sprang außerdem mit dem alten Mann so gemein um, das brachte das Faß zum Überlaufen. Er konnte sich nicht länger zusammenreißen.

»Verpiß dich.« Bobbie erhob sich und richtete sich zu voller Höhe auf. Er war ungefähr zwanzig Zentimeter größer als die Krankenschwester. »Geh mir aus den Augen. Hörst du, du Hexe? Verpiß dich.«

Der Krankenschwester blieb vor Schreck der Mund offenstehen. »Ich hab Dienst hier. *Du* verschwindest, aber sofort. Los, hau ab.«

Das reichte. Mit dieser Hexe war nicht zu reden – er würde auf keinen Fall gehen. Unvermittelt hob Bobbie den Arm und schlug zu. Die Krankenschwester stürzte zu Boden. Beinahe hätte sie Alberto mitgerissen. Der alte Mann zog sich jammernd von dem reglosen Körper zurück. Dann ließ er die Schlafanzughose runter und pinkelte neben sie auf den Fußboden.

Seamus hörte auf, in der Luft herumzuboxen. Behende wie eine Katze war er mit zwei Sprüngen bei Bobbie, schlug und trat nach ihm. Wo immer seine Zähne Halt fanden, biß er zu und zerfetzte ihm die Ohren.

73

April und Mike blieben in Gunns Wohnung, bis jemand auf ihren Ruf nach Verstärkung reagierte. Innerhalb sechs Minuten hatten sie den Tatort gesichert und die uniformierten Beamten über das Geschehen aufgeklärt.

Mike rief dreimal auf dem Revier an, um festzustellen, ob Daveys sich gemeldet und seine Position durchgegeben hatte. Hatte er aber nicht. Um zehn nach elf rief Andy Mason an. Daveys habe sich gemeldet und mitgeteilt, daß Bobbie im Keller des *Stone Pavilion* verschwunden sei. Daveys sei ihm auf den Fersen.

Als Mike und April Gunns Wohnung um 23.25 Uhr verließen, standen vier Streifenwagen mit Blaulicht auf der Straße.

Seufzend blickte Mike auf seine Uhr. »Wie viele FBI-Leute hat Daveys wohl mittlerweile ins Krankenhaus geschleust?«

Kopfschüttelnd warf April ihm die Autoschlüssel zu. Ohne weiteren Kommentar stieg er auf der Fahrerseite ein und startete den Wagen.

»Wahrscheinlich gar keine«, erwiderte sie, als die Heizung des Wagens langsam auf Touren kam.

»Wie kommst du darauf?«

April erschauerte beim Gedanken an das Verhör, das Daveys mit Boudreau geführt hatte. »Das war der übliche Quatsch. Aber manches nahm er sehr persönlich.« April musterte Mikes Profil. »So wie du einiges persönlich genommen hast. Weißt du, was ich meine?«

Mike fuhr los. »Nein«, sagte er schroff.

»Daveys hat uns doch ausführlichst von seiner Familie erzählt, weißt du noch? Sein großer Bruder starb in Vietnam. Sein kleiner Bruder ist Cop. Seine Familie geht ihm über alles, er ist ein amerikanischer Rassist, wie er im Buche steht.«

»Und?«

»Er haßt Leute wie Boudreau. Daß er ihn fertigmachen will, hat er nicht nur so gesagt, damit Boudreau auspackt. Er nimmt die Sache sehr persönlich.«

April betrachtete Mike von der Seite. Sie hatte sein Profil schon tausendmal angesehen. Das rechte Ohr war vernarbt von den Verbrennungen, die er bei der Explosion erlitten hatte. Auch sie hatte Narben, die nie verschwinden würden. Durch diese Narben waren sie miteinander verbunden, wie auch durch die Geister der Opfer, deren Fälle sie ermittelt und aufgeklärt hatten.

»Du bist auch durchgedreht, Mike, weil du das persönlich genommen hast. Aber danach war's gut. Du wolltest den Kerl nicht umbringen. Daveys will ihn aber umbringen, dabei kann er seine Kumpels vom FBI nicht gebrauchen. Er ist allein.«

Mike warf ihr einen verstohlenen Blick zu. »Willst du mir damit sagen, daß du mich liebst, *querida?*«

April starrte aus dem Fenster. »Ich hab nur erklärt, warum Daveys allein ist. Wir haben einen Vorteil.«

»Aha, und der wäre?« Mike raste über die rote Ampel am Riverside Drive und fuhr gen Süden zum Krankenhaus.

»Wir wissen, wo Boudreau steckt.«

»Bestimmt nicht im Keller. Das Versteck kennen wir ja, und das weiß er.«

»Richtig. Wo würde er also hingehen?«

»Das Medical Center ist riesig. Er könnte überall stecken. Wenn er es schlau anstellt, brauchen wir eine Armee, um ihn zu finden.«

»Hm. Denk doch mal nach. Der Kerl hat jahrelang im Psychiatric Centre gearbeitet. Bestimmt steckt er da.«

»Danke, *querida*, das hilft uns gewaltig.« Mike fuhr am *Stone Pavilion* vorbei. Das *Psychiatric Centre* war im nächsten Häuserblock.

»Komm schon, *amigo*, du hast doch den ganzen Tag lang seine Akte durchwühlt. Was stand denn da?«

»Daß sie ihn mehrmals auf eine andere Station versetzen wollten, weil er zu den Patienten auf der Auffangstation so feindselig war, aber er weigerte sich, die sechste Etage zu verlassen.«

Mike bremste auf den weißen Markierungen vor dem Eingang des zwanzigstöckigen Gebäudes. Auf einer vereisten Pfütze schlitterte das Auto seitwärts, bevor es zum Stillstand kam. Sie sprangen aus dem Wagen. Es war fürchterlich kalt. Sie stürzten auf die Drehtür zu. Geschlossen. Sie nahmen den Seiteneingang für Rollstuhlfahrer, die Dienstmarken hielten sie schon bereit. Es war aber niemand da, der sie sehen wollte. Sie tauschten einen kurzen Blick und rannten zum Aufzug. Es war elf Uhr fünfundvierzig.

74

Ellen McCoo, die kräftige Krankenschwester mittleren Alters, die Bobbie auf der Station entdeckt und zur Rede gestellt hatte, worauf er sie bewußtlos zu Boden schlug, versuchte um 23.45 Uhr stöhnend ihre Augen zu öffnen. Ellen war mitten im Schlafsaal zusammengebrochen. Von dem Chaos, das die vierzehn Patienten der Station *Six North* anrichteten, bekam sie nichts mehr mit.

Joe Penuch, ein dreißigjähriger Bettler, der sich im Wahn für einen Aristokraten hielt, gestikulierte wild mit den Armen. Roberto, ein fünfundvierzigjähriger Puertoricaner, dem man eine Lobotomie verpaßt hatte, weil er es nicht lassen konnte, sich klaffende Wunden in den Körper zu reißen und Cesar Garcia, ein junger Mann, der mehrere Selbstmordversuche hinter sich hatte – beim letzten hatte er sich die Pulsadern aufgeschnitten und versucht, Luft in die Lunge zu injizieren – jagten einander um ein Bett und stritten sich auf spanisch.

Peter Austin, ein netter fünfundzwanzigjähriger verwirrter Künstler, der schöne Öllandschaften malte, aber nur wirres Zeug redete, brach in Tränen aus, als er sah, wie Seamus an Bobbies Haar rupfte. Dann tat er es Seamus nach und riß sich ebenfalls Haarbüschel aus.

Terry, ein kleiner, dicker Mann unbestimmbaren Alters und Herkunft hatte sich vor kurzem drei Finger amputiert und trommelte jetzt auf dem Rücken des HIV-positiven Haitianers Herbert herum, der versucht hatte, sich umzubringen, nachdem er seine Frau vergewaltigt und ebenfalls mit dem HIV-Virus angesteckt hatte.

Und Seamus hatte das alles angezettelt. Als er sah, wie Bobbie die Krankenschwester zusammenschlug, die sich immer um ihn gekümmert hatte, brach all seine Wut aus ihm hervor. Und in ihm hatte sich viel angestaut. Er hatte die Chromosomenkombination XYY, die sich bei den gewalttätigsten Kriminellen fand; außerdem war er Alkoholiker, hyperaggressiv und heroinsüchtig. Als er das letzte Mal draußen war, hatte er in einem Berufstrainingscenter gearbeitet und seinem Chef mit einem Messer den Hals aufgeschlitzt. Das *Psychiatric Centre* und die Polizei hatten sich darüber gestritten, wo er am besten aufgehoben war. Er wurde wieder ins Krankenhaus eingewiesen, und zur Zeit hielt man ihn mit hohen Dosen Thorazin und Haldol in Schach.

Als Ellen langsam wieder zu sich kam, rief sie leise nach Hilfe, doch niemand kam. Sie rappelte sich auf und sah voller Entsetzen, wie Seamus versuchte, Bobbie ein Ohr abzubeißen.

»Hör auf!« schrie sie. Genausogut hätte sie einem Tornado befehlen können, er solle nicht so herumwirbeln.

Der Störenfried in Seamus' Revier hatte eine Frau angegriffen, die er kannte. Wie eine Naturgewalt hatte Seamus sich auf den Eindringling gestürzt und die anderen Patienten damit aufgeschreckt. Sie verhielten sich wie ein verstörter Fischschwarm – bösartig und gierig. Seamus selbst schien in keiner Weise beeinträchtigt von dem Milligramm Haldol, das ihm abends stündlich verabreicht wurde, bis er sich nicht mehr regen konnte. Sein Gegner war zwar größer und schwerer, doch Seamus' Vorteil war das chemische Ungleichgewicht in seinem Körper, das – trotz der Medikamente – nicht genügend ausbalanciert war. Das war Gewalt pur, hemmungslos. Bobbie kämpfte ebenso unerbittlich und gewann an Boden, als seine Wut größer wurde. Plötzlich trat Seamus einen Schritt zurück. Sein kleiner rechter Finger stand seitlich im rechten Winkel von der Hand ab, sein Gesicht war blutüberströmt.

Bobbie schüttelte sich wie ein nasser Hund und dachte, es sei vorbei. Aus einer klaffenden Stirnwunde lief ihm Blut in die Augen. Er hatte blind gekämpft. Blut troff aus seiner gebrochenen Nase, die bereits anschwoll. Mit dem Handrücken wischte er das Blut aus den Augen und erhaschte einen Blick auf die stechenden Augen seines Gegners, als sich Seamus zurückzog. Siegessicher wandte sich Bobbie ab.

Doch plötzlich drehte sich Seamus um und fiel ihn von hinten an. Er schlang die Beine um Bobbies Mitte, die Arme um dessen Hals. Bobbie röchelte, als der Verrückte ihm den Hals zurückbog und sein kräftiges Genick zu brechen versuchte. Keine Chance. Bobbie wirbelte herum und beugte sich vornüber, wobei er Seamus mit einem lauten Schlag zu Boden warf. Dann griff er nach dem Stuhl, auf dem er gesessen hatte.

Ellen versuchte aufzustehen. »Hey, hört sofort auf... Das reicht...« Sie wollte Bobbie den Stuhl entreißen. »Hört... auf.«

Bobbie schlug nach ihr. Ellen McCoo war untersetzt, aber sie war stark, und jetzt war sie wütend. Sie duckte sich und schrie nach Hilfe. Diesmal war ihre Stimme lauter, und zwei Helfer eilten herbei. Ein dritter rannte zum Telefon, um Unterstützung zu holen. Überall auf dem Flur gingen Türen auf.

Die ganze Station war am Kämpfen, als Special Agent Daveys mit seiner stupsnasigen Waffe in beiden Händen zur Schlägerei hinzukam.

»FBI«, krächzte er, bevor er seine Stimme wieder fand. »FBI! Hände hoch!«

Niemand hob die Hände. Beim Anblick der Waffe wurden das spanische Geschrei, die englischen Flüche und das Gerangel nur noch lauter und wilder. Daveys richtete die Waffe auf Bobbie, der immer noch den Stuhl über seinem Kopf hielt. Vom Flur hörte man Jammern und Schreien.

»Zurück!« schrie Daveys der Menge hinter sich zu. »Verzieht euch!«

»Du verziehst dich!« schrie Bobbie. »Komm bloß nicht näher.«

»Keine Bewegung, Bob. Ich hab eine Waffe«, sagte Daveys. Er wirkte allerdings nicht sehr überzeugt, hatte wohl noch nicht sehr viele Klapsmühlen gesehen.

»Ich scheiß auf deine Waffe. Jag uns doch alle in die Luft. Los, mach schon, vielleicht kriegst du ja 'ne Medaille.« Bobbie mußte bei dieser Vorstellung lachen.

»Das reicht, es ist vorbei, Bob. Stell den Stuhl hin.« Mit großen Augen betrachtete Daveys das Schlachtfeld. »Immer mit der Ruhe«, sagte er vernünftig.

»Arschloch.«

Ellen ergriff die Gelegenheit, um Bobbie den Stuhl zu entreißen. Gleichzeitig robbte Seamus heran und zerrte an Bobbies Knöcheln. Bobbie entwand der Krankenschwester den Stuhl und schlug auf Seamus' Kopf ein. Der brach zusammen und regte sich nicht mehr.

Daveys fuchtelte mit der Pistole herum und versuchte, ungehindert sein Ziel anzuvisieren. »Aufhören, hab ich gesagt! *Sofort* aufhören. Das reicht jetzt.« Er klang nicht mehr so vernünftig. »Ich mein's ernst. Ich schieße.«

»Na klar.« Bobbie griff sich Alberto, den nächsten Patienten, der immer noch schluchzend neben der Krankenschwester stand und sich an seinen Penis klammerte, als hinge sein Leben daran. Mühelos hob Bobbie den halbnackten, alten Mann hoch und hielt ihn wie ein Schild vor sich. Lachend sagte er: »Mach schon, du Arschloch, schieß doch!«

Um 23.56 Uhr rannten Mike und April den Gang entlang, vorbei an aufgebrachten Helfern und Krankenschwestern anderer Stationen, die herbeigeeilt waren, um Ordnung in die Abteilung auf der sechsten Etage zu bringen. Sie erreichten das Ende des Ganges gerade rechtzeitig, um zu sehen, wie Daveys mit zitterndem Arm Bobbie im Visier hatte. Alberto jammerte und schrie nach Hilfe. Was immer auch Daveys anvisiert hatte, der Schuß traf nicht wie geplant. Die Kugel traf Bobbie und Alberto. In einer tödlichen Umarmung sanken sie zu Boden.

75

Am Mittwoch morgen brauten sich am ansonsten weißen Himmel dunkle Sturmwolken zusammen. Über Nacht war die Temperatur auf zehn Grad unter Null gefallen. Es lag kein Schnee mehr, statt dessen hatten sich die Pfützen auf den Gehwegen und Straßen in knarzendes Eis verwandelt.

Clara Treadwell bemerkte die vereiste Zierbalustrade am Balkon und die Eisblumen in den Ecken der Fensterscheiben. Um zwei Uhr morgens hatte Special Agent Daveys sie aus ihrem medikamentös herbeigeführten Schlaf geweckt. Er teilte ihr mit, daß Robert Boudreau Gunn Tram in ihrer Wohnung ermordet hatte und dann ins Centre geflüchtet war, wo er die Patienten auf der Station *Six North* in heftigen Aufruhr versetzt und einen von ihnen getötet hatte. Als Clara nach dem Ergebnis des Ganzen fragte, sagte Daveys, daß Boudreau und ein anderer Patient tödlich getroffen worden waren, als Boudreau den Patienten als Geisel nehmen und fliehen wollte. Clara zählte die Opfer dieses ehemaligen Angestellten des Centres, Robert Boudreau. Seinetwegen waren fünf Leute umgekommen, die etwas mit ihrer Institution zu tun gehabt hatten.

Den Rest der Nacht verbrachte Clara am Telefon mit unterschiedlich wichtigen Leuten und erzählte verschiedene Versionen der Wahrheit. Um 6.45 Uhr rief sie Jason Frank an und bestellte ihn samt der Cowles-Akte für halb acht in ihre Wohnung. Jason schien gerade anderweitig beschäftigt, als sie anrief, doch als sie die Vorfälle der vergangenen Nacht schilderte, gelang es ihr, ihn den Armen seiner Frau zu entreißen.

Dann nahm Clara eine lange, heiße Dusche, um sich aufzuwärmen, und dachte nicht an den bevorstehenden Tag, sondern an Florida. Sie hatte ganz plötzlich beschlossen, daß Florida gar nicht so schlecht war, wenn man zwei oder drei große Häuser und Tausende Hektar Orangenplantagen sein eigen nannte. Jedenfalls nicht so schlecht wie das Leben mit Ehemännern Nummer eins und zwei in Kalifornien. Arch Candel war ein mächtiger Mann und würde sie beschützen. Er hatte das FBI hinzugezogen und damit all ihre Probleme gelöst. Arch würde dafür sorgen, daß sie die ganze Sache unbeschadet überstand. Nach ein paar Jahren, wenn ihr Vertrag mit dem Centre abgelaufen und alles vergessen war, könnte er ihr vielleicht zu einem Ministeramt verhelfen. Der Posten der Generalstabsärztin oder der Gesundheitsministerin wäre doch ganz nett.

Ihre strahlende Zukunft vor Augen zog Clara Treadwell ein elegantes, schwarzes Kostüm an, das dem Ernst der Lage angemessen war. Sie machte einen gefaßten Eindruck, als sie Jason Frank um 7.29 Uhr die Wohnungstür öffnete.

»Kommen Sie rein, Jason. Schön, Sie zu sehen. Ich hab schon Kaffee gemacht. Ihnen ist bestimmt kalt.« Sie ging in die Küche, ohne ihm den Mantel abzunehmen.

»Es ist ganz schön kalt«, bestätigte Jason. »Wie geht's Ihnen?«

»Ich bin natürlich schockiert und betroffen. Zutiefst betroffen«, fügte sie hinzu.

Jason knöpfte seinen Mantel auf, holte die dicke Cowles-Akte aus seiner Mappe und legte sie auf den Tisch. Er war offensichtlich besorgt und keinesfalls so zuversichtlich wie sie.

Das war Clara scheißegal. »Milch?«

»Nein danke.«

»Ist das die vollständige Akte, alles, was ich Ihnen gegeben habe?« fragte sie, während sie vorsichtig eine neue Tüte Orangensaft öffnete.

Jason nickte. »Ja. Das ist alles.«

»Sie haben keine Kopien gemacht?«

»Nein, Clara, ich hab keine Kopien gemacht.«

Claras Aktenmappe stand offen auf dem Küchentisch. Der Kassettenrecorder lag auf einem Stapel Dokumente. Als sie bemerkte, daß die Stimmaktivierung ausgeschaltet war, stellte sie den Orangensaft ab und gab vor, die Papiere in der Mappe zu sortieren, schaltete aber tatsächlich den Recorder ein.

»Das war eine schreckliche Tortur. Ich möchte mich für Ihre Hilfe bedanken, und dafür, daß Sie sich die Zeit genommen haben. Ich bin froh, daß es vorbei ist. Diese Unannehmlichkeiten werden bald ein Ende für Sie haben.«

Jason betrachtete seinen schwarzen Kaffee. »Ich wußte gar nicht, daß der Fall abgeschlossen ist. Ich dachte, Gerichtsverfahren dauern ewig. Hat sich das Krankenhaus so schnell einigen können?«

»Nein, nein. Das ist noch in der Schwebe. Aber das geht jetzt alles ganz glatt, da bin ich sicher.« Clara schenkte sich ein halbes Glas Orangensaft ein und trank genüßlich. »Das FBI gibt einem doch wieder den Glauben ans System zurück, oder?«

»Das FBI?«

»Ja, schließlich haben die sich der Sache angenommen, nachdem die Polizei es nicht geschafft hatte, den Mord an Harold aufzuklären. Können Sie sich vorstellen, welchen katastrophalen Ausgang das für mich ohne das FBI hätte haben können? Diese blöden Cops hatten doch tatsächlich den Verdacht, ich hätte was mit Rays Tod zu tun, mit Hals Tod... Es war der Agent vom FBI, der Boudreau zur Station Six North folgte. Boudreau hatte dort einen Aufruhr unter den Patienten angezettelt.« Clara schenkte sich Kaffee ein, bevor sie weitersprach.

»Erschreckend, wie inkompetent die Polizei sich in dieser Angelegenheit verhalten hat. An Ihrer Stelle würde ich mich von denen zurückziehen, Jason, bevor Sie richtigen Ärger bekommen.« Der Nerv in Claras Wange zuckte.

Jason betrachtete sie stirnrunzelnd. »Sie halten die Polizei für inkompetent? Warum?«

»Jason, die dachten, ich sei schuld am Selbstmord eines Patienten. Die haben mich in meinem Büro belästigt, sie haben mich ja fast des Mordes bezichtigt. Und als dann der arme Hal starb – die waren doch überzeugt davon, ich hätte ihn *auch noch* umgebracht. Ich, eine Mörderin. Können Sie sich vorstellen, daß das jemand behauptet? Verleumderisch ist das, schadet dem Centre und uns allen – das kann man auf keinen Fall hinnehmen.«

Jason warf einen Blick auf die Aktenmappe, dann musterte er Clara. »Darf ich ganz offen mit Ihnen sein, Clara?«

»Natürlich. Noch etwas Kaffee?«

Er schüttelte den Kopf. »Wußten Sie, Clara, daß für die Polizei die Wahrheit eben nichts Relatives ist? Die werden mißtrauisch, wenn man schon bei Kleinigkeiten lügt. Dann denken sie, man lügt immer.«

Clara lachte. »Was reden Sie da? Ich lüge nie.«

»In der Nacht, als er starb, haben Sie mit Raymond Cowles gesprochen. Sie haben sich sechs Minuten lang mit ihm unterhalten, kurz bevor er sich umbrachte. Die Polizei hat die Beweise schwarz auf weiß von der Telefongesellschaft.«

»Na und?« erzürnte sich Clara. »Das geht Sie überhaupt nichts an, und die Polizei auch nicht.«

»Die Polizei hält es für einen überzeugenden Beweis, und in einem Zivilverfahren wird das bestimmt auch gegen Sie verwendet werden, Clara.«

»Sagen Sie so was *nie wieder*, Jason. Das Gespräch ist absolut tabu, es war höchst vertraulich. Was sind das nur für Stümper bei der Polizei, die haben ja keine Ahnung.«

»Nun ja, sie werden dafür bezahlt, vertrauliche Sachen herauszufinden, die niemanden was angehen. In diesem Fall ist es ihnen ja auch gelungen.«

»Nichts haben sie herausgefunden. Machen Sie mich nicht wütend.«

»Dann behaupten Sie nicht, die Polizei sei inkompetent, weil sie eine Verbindung herstellt zwischen Ihnen und dem Suizid und Ihnen und dem Mord. Sie waren in beides verwickelt.«

»Der Selbstmord und der Mord haben nichts miteinander zu tun.«

»Ja, aber *Sie* haben mit beiden zu tun. Und Sie haben mit Cowles geredet, bevor er sich umbrachte. Stecken Sie den Kopf nicht in den Sand, Clara. Sie waren praktisch bei ihm im Zimmer.«

»Seien Sie ruhig«, sagte Clara kühl.

»Sie können den Kopf nicht in den Sand stecken, Clara«, sagte Jason noch einmal.

»Das Gespräch zwischen Ray und mir hatte absolut nichts mit seinem Selbstmord zu tun.«

Dazu sagte Jason nichts.

»Na gut, wenn Sie es unbedingt wissen wollen. Ray wollte wieder eine Therapie machen, ich sollte seinen Entschluß absegnen, daß er doch eine Schwuchtel war.« Mit hämischem Grinsen trank sie einen Schluck Kaffee. »Können Sie sich vorstellen, was das für mich bedeutete, nach allem, was ich mit ihm durchgemacht habe?«

»Was haben Sie ihm gesagt?«

»Was ich gesagt habe?« Claras Gesichtsausdruck verhärtete

sich, als sie an Rays jammernde Stimme dachte. Selbst jetzt noch erschauerte sie vor Abscheu.

»Dr. Treadwell«, hatte Ray geklagt, »so darf es nicht enden. Ich muß Sie wiedersehen. Waren Sie denn noch nie verliebt? Wissen Sie denn nicht, wie es sich anfühlt, glücklich zu sein, ganz frei und man selbst zu sein?«

»Wenn Sie mit Ihrer Wahl glücklich sind, Ray, und als Homosexueller leben wollen, brauchen Sie mich nicht mehr«, hatte sie eiskalt erwidert.

»Ich hab keine Wahl. Ich bin homosexuell. Ich bin immer homosexuell gewesen.«

»Und was wollen Sie dann noch von mir? Wollen Sie es mir heimzahlen und behaupten, unsere ganze Arbeit war für die Katz? Wollen Sie mich dafür bestrafen, daß ich versucht habe, Ihnen ein normales, gesundes Leben mit einer Frau zu ermöglichen, die Sie liebte, die Sie wahrscheinlich immer noch liebt? Sie regredieren, Ray. Sie verhalten sich wieder selbstzerstörerisch. Sie riskieren, an Aids zu sterben, und das wäre noch das Geringste. Aber da sind Sie an die Falsche geraten, Sie können mich nicht bestrafen, ich bin nicht Ihre Mutter.«

»Ich möchte Sie doch gar nicht bestrafen.« Rays Stimme war so empfindsam wie er selbst. »Ich würde Sie nie verletzen. Sie sollen ja nur akzeptieren, daß ich keine Wahl habe.«

»Sie regredieren«, sagte sie tonlos.

»Hören Sie, ich möchte das doch nur abschließen. Was ist daran so schlimm? Ich möchte einfach mein Leben mit dem Gefühl weiterleben, diese Hürde genommen zu haben.«

»Ich soll es gutheißen, daß Sie eine Schwuchtel sind?« Clara erinnerte sich an ihre wütende, empörte Stimme. »Da sind Sie bei mir an der falschen Adresse. Für Absolution bin ich nicht zuständig. Sie brauchen einen schwulen Therapeuten. Ich gebe Ihnen eine Adresse, der wird Ihnen helfen.«

Clara erinnerte sich an jedes Wort und dachte zähneknirschend daran, wie heimtückisch Ray sich verhalten hatte, ihre Worte als endgültig hingenommen und höflich die Telefonnummer aufgeschrieben hatte, obwohl er gar nicht vorgehabt hatte, anzurufen. Nie würde sie vergessen, wie ruhig und fügsam er sich bedankt und auf Wiedersehen gesagt hatte. Ray Cowles hatte ihr sogar viel Glück für ihr eigenes Leben gewünscht. Nach all den Jahren ihrer Beziehung konnte sie sich nicht vorstellen, weshalb er ihr so etwas Fürchterliches angetan hatte. Er hatte sich ihr schon früher widersetzt. Woher hätte sie wissen sollen, wieviel Wert er auf ihre Meinung legte und daß er so dumm war, sich deswegen umzubringen? Dieser Scheißkerl. Darüber würde sie nie hinwegkommen.

Sie fuhr sich durchs Haar. »Jason, ich sagte ihm, daß ich unmöglich noch einmal eine Therapie mit ihm machen könnte. Sie wissen ja, daß ich keine Privatpatienten mehr annehme, und ich hätte dieses selbstzerstörerische Verhalten auch nie gutgeheißen. Ich sagte ihm, daß ich keine Absolution erteile. Ich riet ihm, sich an einen schwulen Therapeuten zu wenden, wenn er Absolution für sein Schwulsein wollte – Dr. Dickey war der beste Arzt, den ich kannte, ich gab ihm also Harolds Namen und Telefonnummer.«

Jason sah sie entsetzt an. »Aber Hal war nicht schwul, Clara.«

Trotzig warf Clara ihren Kopf zurück. »Na und?«

»Es gibt eine Menge hochqualifizierter schwuler Therapeuten. Warum haben Sie Cowles nicht an einen von denen verwiesen?«

»Verdammt noch mal! Hal war mit dem Fall vertraut. Er schien mir zu der Zeit am besten geeignet. Was für einen Unterschied hätte es denn gemacht?«

»Hal trug einige Verantwortung für das Resultat der ersten Therapie. Eine erneute Konfrontation mit ihm wäre bestimmt nicht gut für den Patienten gewesen.« Jason sprach mit einer Leidenschaft, die Clara auf die Nerven ging.

Sie warf ihm einen gerissenen Blick zu. »Kommen Sie mir nicht mit Moral, Jason, ich hätte keine Provision bekommen.«

»Davon rede ich auch nicht. Was hat Cowles noch gesagt?«

»Er sagte, er würde Hal anrufen. Es hörte sich ganz gut an. Das war alles.« Clara erhob sich und schenkte etwas Kaffee nach, an dem sie im Stehen nippte. »Es war sowieso äußerst unangemessen, mich überhaupt anzurufen. Wir hatten über die Bedeutung von Grenzen gesprochen und das Ende der Therapie diskutiert. Das war nichts Neues.« Nur, daß er diesmal versucht hatte, ihr Leben zu ruinieren, das würde sie aber nicht zulassen.

Sie warf einen Blick auf die Uhr an der Wand. 7.45 Uhr. Sie mußte gehen. Sie stellte ihre Tasse ins Spülbecken und räumte den Orangensaft und die Akte vom Tisch. Jason schenkte sie keine Beachtung. Ihr war egal, was er dachte. Sie konnte ihn fertigmachen, wenn er ihr querkam. Das wußte er sicher auch. Sie öffnete die hintere Wohnungstür und trat in den hinteren Gang.

Dort stopfte sie die Akte in den Müllschlucker. Es brauchte eine Weile, bis sie das Bündel durch den Schlitz gequetscht hatte. Sie hörte zufrieden, wie das Paket zwanzig Stockwerke tiefer im Keller aufknallte. Als sie wieder in die Küche kam, knöpfte Jason gerade seinen Mantel zu und wollte sich verabschieden.

»Was den Cowles-Fall angeht, will ich noch eins klarstellen«, sagte Clara. »Folgende Fakten sind für uns von Bedeutung: Ray konnte sich mit seiner sexuellen Präferenz nicht abfinden und beschloß, sich das Leben zu nehmen. All die anderen Vorfälle, die Belästigungen, die Sie ja miterlebt haben, Hals Tod – wir waren alle etwas hysterisch und haben die Richtung aus den Augen verloren. Jetzt können wir uns wieder ganz auf diesen unglückseligen, verwirrten jungen Mann konzentrieren. Es ist am besten für uns, wenn wir uns alle auf die gleiche, glaubwürdige Geschichte einigen. Es tut keinem von uns gut, wenn wir unschlüssig erscheinen. Ist das klar, Jason?«

»Klar.« Jason klopfte auf seine Manteltasche und ging.

Clara nickte grimmig, sie war mit dem Ergebnis der Unterhaltung zufrieden. Sie war froh, daß Jason klug genug war, sie nicht nach der in Aussicht gestellten Position zu fragen. Das erleichterte die Sache, denn sie hatte nie vorgehabt, ihm den Job zu geben.

Erst sehr viel später im Laufe des Tages bemerkte Clara, daß Jason ihren Kassettenrecorder mit der Gesprächsaufzeichnung gestohlen hatte. Er war nicht mehr da, wo sie ihn hingelegt hatte. Zuerst erwartete sie, daß er sie erpressen würde. Als die Kacke am Dampfen war und sie gefeuert wurde, versuchte sie, ihn telefonisch zu erreichen. Sie vermutete, daß er sie mit dem Band diskreditiert hatte. Diebstahl war eine Charakterlosigkeit, die sie Jason nie zugetraut hatte. Ihre diesbezügliche Verwirrung hielt an, bis sie einige Monate später auszog. Da tauchte der Kassettenrecorder wieder auf. Er lag in der unteren Schublade, in deren Nähe Jason gesessen hatte. Anscheinend hatte er sich einen kleinen Scherz erlaubt und den Recorder dort versteckt, um sie glauben zu lassen, er wolle sie erpressen.

Aber nicht die Kassette, die mit dem Selbstmord eines Patienten zu tun hatte, kostete Clara ihren Job. Sie verlor ihren Posten, weil das FBI ihretwegen im Mordfall Dr. Dickey eingeschritten war und einen Skandal verursacht hatte. Dieses Einschreiten hatte einen Aufruhr in Station *Six North* zur Folge gehabt, wobei ein Patient und ein ehemaliger Angestellter des Krankenhauses bei einer Schießerei ums Leben gekommen waren, und das in einem Gebäude, in dem das Tragen von Waffen strikt verboten war. Das kostete Clara auch ihre Zukunft in Washington. Der gute Senator aus Florida änderte seine Meinung. Er hatte es gar nicht mehr so eilig, so plötzlich nach dem Tod seiner geliebten ersten Frau wieder zu heiraten.

Epilog

Mittwoch, der 17. November, war Mikes freier Tag. Nachdem Mike und April mehrere Stunden im *Psychiatric Centre* verbracht hatten, um nach den drei Toten auf der Auffangstation wieder Ordnung zu schaffen, gingen sie nach Hause, um sich auszuschlafen. Nachmittags um vier wurde Mike aus tiefstem Schlaf gerissen, und es wurde ihm offiziell mitgeteilt, daß er zur Mordkommission des NYPD versetzt worden war.

»Weißt du auch, wo Sergeant Woo hinkommt?« war seine erste Frage.

»Keine Ahnung«, erwiderte sein Informant aus der Personalabteilung.

»Sag mir Bescheid, wenn du was hörst, okay?«

»Ja, ja. Glückwunsch, Mike.«

»Danke.«

Er legte auf. Seiner Mutter konnte er die frohe Botschaft nicht mitteilen, sie war nicht zu Hause. Aber irgend jemandem wollte er es sagen. Er nahm eine lange, heiße Dusche und dachte an April Woo.

Eine Stunde später parkte er vor Aprils Haus in Astoria und hupte. Als sie fünf Minuten später aus der Tür kam, stand er an seinem Wagen und wartete auf sie.

»Was gibt's, noch ein dreifacher Mord?« Sie schlenderte ihm entgegen. Ihre Handtasche hing über der Schulter. Sie trug einen neuen Kamelhaarmantel und neue Stiefel. Ihr Haar sah anders aus. Es wirkte auf einmal viel länger. Ihre geschwungenen Lippen waren in einem tiefen Rotbraun geschminkt.

Und noch etwas war anders. Für einen Moment wußte Mike nicht, warum April so unglaublich verändert aussah. Erst als ihr Mantel aufschlug und ein Knie zum Vorschein kam, wurde Mike schlagartig bewußt, daß April einen Rock trug. Er hatte sie noch nie mit Rock gesehen, noch nie einen Blick auf ihre Beine geworfen. Im Revier trug April immer Hosen, weil sie nicht begafft werden wollte.

Hingerissen kaute er auf seinen Schnurrbartspitzen.

»Hat's dir die Sprache verschlagen?« Sie grinste.

»Du siehst klasse aus, *querida*. Hab gar nicht gewußt, daß du so tolle Beine hast.«

»Jetzt weißt du's.«

»Allerdings.«

»Was gibt's Neues? Ist irgend jemand verhaftet worden?«

Mike schüttelte den Kopf. Er dachte an Ray Cowles, Harold Dickey, Gunn Tram und Bobbie Boudreau. Dann wanderten seine Gedanken zu Clara Treadwell und Special Agent Daveys. Gerüchten zufolge würde Daveys erst einmal Urlaub machen und sich nie mehr in New York blicken lassen.

»Ich schätze, es gibt Verbrechen, bei denen Menschen umkommen und solche, bei denen sie ihren Job verlieren …« Mike hielt inne, als er Sai Woos Kopf unten in einem Fenster erblickte.

»Und?«

»Und Verbrechen, mit denen man einfach so davonkommt.«

April drehte sich um und winkte ihrer Mutter zu.

»Was denkst du, April, soll ich die Wohnung im *Garden Tower* nehmen?«

April lehnte sich an den Wagen. »Die Terrasse ist sehr schön … und man kann Manhattan sehen –«

»Wenn man sich den Hals verrenkt.« Mike zuckte mit den Schultern. »Sie hat eine Spülmaschine. Hast du schon mal eine Spülmaschine gehabt, *querida*?«

»Muß man das Geschirr abwaschen, bevor man's reintut?«

»Weiß nicht. Hinterher muß man es jedenfalls nicht mehr abtrocknen.« Mike hielt ihr die Tür auf. »Gehört mittlerweile zur

Standardeinrichtung, sieht auch ganz gut aus. Willst du sie dir noch mal ansehen?«

»Die Spülmaschine? Soll das ein Antrag sein, Sergeant?« April stieg lachend in den Wagen.